校草的秘密 (上)

一弯月 著

中国广播影视出版社

目 录 contents

1	第一章 ♥	命运初遇
103	第二章 ♥	怦然心动
357	第三章 ♥	花样年华

458	第四章 ♥	**危机四伏**
603	第五章 ♥	**重逢**
674	第六章 ♥	**番外**

第一章 > 命运初遇

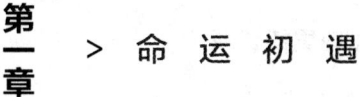

每个人都有属于自己的一片森林,
也许我们从不曾去过,
但它一直在那里,
总会在那里。
迷失的人迷失了,
相逢的人会再相逢。

······················村上春树

> 阳家有男初长成

"我回来了~"

穿着白衬衫的少年有气无力关上门，趿拉着鞋子晃悠悠走进客厅，春日细碎阳光穿透高大落地窗，映衬他清俊之眉，留芳之眼，修长之形，上天无私地赐予他风华绝代的皮囊，送他狂风暴雨般的桃花劫。

少年略带疲惫地揉揉太阳穴，一杯水下肚洗不净疲惫。想他阳洛天堂堂体育世家的天之骄子，万花丛中过，不沾片根草，今儿居然会被一个胖妞给追了足足五条街，阳洛天累得直在沙发上打瞌睡。

世人只当阳家少爷俊美异常、不羁睿智，在帝中这所重点中学混得风生水起，美名远播，追求者从 A 市排到法国。

殊不知她其实是女儿身，只是自幼被当作男儿养育。

"哟，阿天宝贝儿，你放学回来啦。"清朗温柔的女声突兀响起，阳洛天浑身的疲惫霎时无影无踪，浑身蹭蹭蹭直起鸡皮疙瘩。她的母亲大人洛白雪笑眯眯凑过来，阳洛天如临大敌，一步蹿出沙发，落地作标准的防御姿势。

心头腹诽，这半老徐娘今日吃错药了？又想什么法子折腾自己！

"洛白雪，你要做什么！"阳洛天俊眉一竖，眉眼犀利。但凡老妈甜蜜蜜称呼自己"宝贝儿"的时候，注定了是杀人放火卖女求荣的前奏。

洛白雪眨巴着漂亮的眼睛，来回打量着自己的宝贝女儿，啧啧，真

第一章 > 命运初遇

是越看越帅，越看越无奈。

"阿天啊~我和你爸商量了一个晚上。我们都是21世纪的新式父母，"洛白雪侧坐在沙发边沿，贤淑而大方，柔柔抚额道："当年是我们一手酿下的苦果，才让你成了这不男不女的性格，我们很遗憾地看着你走向歧路"。

阳洛天丈二和尚摸不着头脑，直觉告诉自己这女人必有阴谋，阳洛天幽幽道："你们现在才后悔生了我？"此话一出，洛白雪漂亮的脸蛋变色龙似的闪过恼色。

洛白雪叹息着盯着自己女儿帅气的皮囊，又往沙发凑近一步，阳洛天似踩到蟑螂般连退三步，空手道时刻准备着应对有可能的攻击。

阳洛天侧头望向老妈身后的阳光华，她老爸耸耸肩，做无奈状。

"我和你爸想通了，当年若不是因为你的奶奶，你也不会活得这么窝囊。"洛白雪仿佛做出了天大的决定，面色决绝，声音慷慨："身边的女孩儿倾慕你，男孩都被你发展成了兄弟，这辈子估计都没男人用异性的眼光审视你。"

阳洛天咔嚓咔嚓石化在原地，只听她无良的老妈慷慨道：

"我观察过，你身边的女孩儿个个没教养，根本不配当我阳家的儿媳妇。所以我给你找了你三伯的外公的侄女的老公的小女儿——美丽可爱的木诗诗做我的儿媳妇！前些日子已经帮你定了亲，你也老大不小了，过些天直接把婚事办了。"

洛白雪温柔一笑，笑里藏刀，仿佛已经触手可及自己未来漂亮的儿媳妇。

阳洛天："……洛白雪，我是女的。"

"是呀是呀，我女儿最帅了，老妈看着你都犯花痴，孩子他爸，你说是吧。"

不知何时，父亲阳光华出现在洛白雪身后，朝着阳洛天淡定地点点头，又小心翼翼瞥了眼自家妻子变幻的表情。

阳洛天怒了，她堂堂女子汉居然要在封建家庭逼迫下娶另一个女人，看洛白雪那女强人的脸色，笑中带着决绝。

阳洛天瞬间风中凌乱。

奇葩母女噼里啪啦吵起嘴架，就差捋起袖子大打一场。见惯了妻女剽悍模样的阳光华，淡定从兜里摸出几张赛程表慢慢看着。

一个小时后，洛白雪拖着自家老公赶飞往澳洲的飞机。阳洛天的老爸是中国网球国家队队员，此次澳网决赛极为重要。洛白雪临走之前，不忘攥着拳头温柔威胁：

"阳洛天，两个月后老娘我赶回来就给你们办婚礼，甭想逃票，就是你逃到火星，老娘也开火箭把你轰回来！"

阳洛天冷飕飕盯着无良父母拖着行李出门，大门"砰"地关上。

母女俩激烈的撕扯似乎还在继续，大有余音绕梁三日不绝不休的架势。阳洛天心头烦躁得要命，窝在沙发里思考对策。

她的确长得帅，帅得人神共愤天理难容，她的确招蜂引蝶、肆无忌惮，从小被表白到大。可是再怎么像个男人她也不带把儿，每个月那几天依旧像个女人一样心烦气躁。

她无良的父母居然以为她变成了lesbian，还要给她娶媳妇儿！

阳洛天揉揉头发，心烦意乱地盯着照片上那眉眼弯弯晶莹剔透的"未婚妻"。瓜子脸，白皮肤，珍珠般的眼睛，波澜似的卷发，的确漂亮之极。

长得再漂亮也不是阳洛天的菜。她好好的女孩儿一枚，虽然被当作男人十八年，骨子里还是个女的……

阳洛天用尽毕生智商思考处境，分析了洛白雪强悍的实践能力，如果现在不逃，两个月后她将会穿着西装迎娶照片上的少女，接着在众目睽睽下被逼迫入洞房。

洞房……

想到那，阳洛天毛骨悚然、汗毛倒竖。

"小乔，哥们有事求你。"

"哎哟？阿天你居然求人？说，哥们罩着你！"

当夜，阳家宅院溜出一道狡黠的黑影，黑影灵活穿过窸窸窣窣的草丛，直奔数里外的机场。

仿佛一滴穿透千古的水滴悄无声息渗入汪洋大海，从此阳洛天走向既定的、不可避免的命运。

青春不经意的偶遇，造就一生执手相携亮丽的风景。

> 倒霉的转校生

一夜春雨后的今朝，春风正好，一辆绿皮出租车小心翼翼地驶入豪车云集的富人区，犹犹豫豫地磨蹭到那华丽的校园街角。

车门打开，一双白色球鞋轻快落地。出租车司机逃也似地开出这片富人区。司机颇有自知之明地察觉自己这辆小出租像极了落入满汉全席的老鼠屎，生生破坏了这贵族学院的高贵之风。

当事人阳洛天仿佛无视周围富丽堂皇的街区，背着简单的全部身家，不远万里逃到这所举世闻名的贵族学校来投奔自己哥们儿。

圣华贵族学院，距离自己老家Ａ市三万八千里，是世界上最富庶贵族子弟的聚集地。阳洛天慵懒地伸展个懒腰，嗅嗅雨后清新的空气，伸手理了理肩膀上的背包，侧头朝路边玻璃墙壁望去。

玻璃里印着一个身长玉立的少年，白衫黑外套，背上斜斜挎着不大不小的包。那人俊美、剽悍、英武、风流倜傥、处处留情百花齐放——可惜她是个女的。她阳洛天出身于剽悍霸道的体育世家，自小被当作男儿养育，连户口本上都耸人听闻地写着"性别：男"。

然而没料到一个好好的女孩儿被无良父母逼着娶个女人，她是谁？女汉子一个宁死不屈。

阳洛天笑眯眯瞪着玻璃墙里的少年，心道：老妈老爸，你们敢逼我成魔，小爷我就敢反叛成神……

话还没想完，宽大公路上一辆深蓝色跑车飞也似地掠过阳洛天身边。昨夜哗啦啦下了一整晚，偏巧阳洛天身边的马路边沿积了深深一潭水。跑车飞驰，那泥水爆炸似地瞬间溅满阳洛天半边身子，泥水无比顺溜地染黑她雪白的白衫。

冰凉的泥水瞬间将阳洛天从辉煌的21世纪打回青铜时代，阳洛天艰难地抹掉左脸颊冰凉的水渍，费力睁开眼，深深记住那个车牌号：

S-Z-O · I314

阳洛天咬牙切齿，你给小爷我等着！不废了你小爷不姓阳！

拖着半身泥水，阳洛天如从垃圾堆里爬出来的泥鳅，浑身怒火地走到辉煌大气的学院门卫处。

门卫大叔懒懒抬头，似乎受到什么惊吓般，惊恐万分摸出抽屉里的警棍：

"非本校人员不得进入。"

"啪"，阳洛天摸出一张烫金的转学通知书，通知书上闪瞎人眼睛的金印在阳光下闪闪发光。门卫大叔取出放大镜，仔仔细细将金印看了个遍，恨不得扒进纸缝里面看。半个小时后，门卫终于痛心疾首地相信这是一封真迹。

阳洛天等得心烦气躁，一把扯回通知书。头也不回潇潇洒洒地跨进圣华贵族学院的大门。风中传来门卫略带怀疑的声音：

这年头，学校连吉祥物都收？还收这么脏的吉祥物。

听力极好的阳洛天，再次将那个车牌号给刻在墓碑上。

刚入圣华雄伟到夸张的大门，入目便是大理石铸造的庞大喷泉。银光闪闪的水花直入云霄，在春日灿烂阳光下散射着银色光芒。

阳洛天俊美眼眸四下扫了扫，最后在喷泉东侧花坛边找到自己的哥们——或者说他肩膀上扛着的大招牌。只见招牌上夸张地写着："欢迎宇宙无敌阳洛天大帅哥。"

她的好哥们，三年不见的乔英宰正略带不耐烦地擦着俊朗额头上的汗渍。他依旧高大帅气，健康的小麦肤色上隐隐可见汗渍。一头墨色短发中，迎风招展着一撮儿黄毛，用他本人的话来说：这叫万黑丛中一点黄，招财辟邪。

阳洛天扬眉，三步两步朝他跨了过去。

乔英宰在这里等了快三个小时，越等越火大。他就知道阳洛天那小子天生傲娇，要他守时比让小宇子笑一个还要难。

地上出现一团影子，乔英宰不耐烦地抬头。见一只脏兮兮浑身泥水的宠物正眨巴眨巴着晶亮眼睛看着自己，他心里一团怒火，没好气道："闪一边啃骨头去，哥现在在等人。"

空气忽然冷了冷。

只听到那浑身泥水的宠物幽幽凉凉说道："你是不是在等一个来自东土大唐的苦行僧，她在半路遇到花痴白骨精逼婚要把她抢回去做压寨相公，所以苦行僧不得不赶来三国找名为小乔的宇宙级别大帅哥。"

乔英宰足足愣了半分钟，随后惊天动地大吼大叫：

"阿天！你刚从茅厕里爬出来还是经历了二战洗劫？"

阳洛天"嘿嘿"笑着，搓搓手上的泥巴，张开双手给好哥们一个满满的大拥抱。

"阳洛天你放开！我要叫了！"

"小乔，小爷我好想你～别拒绝我爱的抱抱～"

"哥们儿，你就只带了身上这一套衣服？"乔英宰语调上扬，难以置信地盯着眼前四处乱瞄的少年。

乔英宰以为，按照阳洛天素来坑爹的性子，不把他家半套房子给搬来也要把半箱体育器材扛着。谁知道阳洛天仅仅背了个松松垮垮的小包。

逃难也逃得太没阳氏风度了。

阳洛天邪邪一笑，拍拍自己半饱的背包："我可是把老爸毕生私房钱都给背来了，够我在这里混吃混喝好几年。放心，我老爸绝对不敢告发我的。得，你还有没有新衣服送我一套？"

乔英宰叹息着，擦了擦衣袖上的泥巴："转学手续还需要去我老妈那里盖个章，我昨儿顺手帮你取了一套新校服。等着，哥马上给你拿来。"

半个小时后，阳洛天容光焕发从男厕所走出来。圣华的男子校服极为优质，里面白衬衫，套薄薄的欧洲黑羽西装外套，系黑色领带，套白色长裤，俊脸白白净净，黑发细碎张扬。

乔英宰的下巴好久没合上。

"阿天你这三年来没少敷面膜吧，瞧这嫩嫩的小白脸儿都能掐出水来了～放哪儿都有女人嫉妒。啧啧，我穿上这校服像土匪，你穿着像陈世美。"

阳洛天生就一副好皮囊，这黑羽校服几乎是为他量身定做。

"滚，你才陈世美。"阳洛天优雅地翻白眼，眯着眼望蔚蓝色天幕，幽幽道："你不懂，重要的是颜值。"

两人嬉笑着去理事长办公室签了个到。圣华理事长是乔英宰的老妈，前些日子在乔英宰软磨硬泡之下终于答应将所谓的"震惊天人、文武双全、人面桃花、善良大方、英明神武对圣华可持续发展具有深远影响"的朋友阳洛天带来帝中。

三言两语同阳洛天交谈后，严肃的理事长笑呵呵地签字。她没想到阳洛天居然是如此知书达理、温和礼貌的少年……

两人顺利出了理事长办公室。

乔英宰无比热心地给阔别三年的好哥们儿讲述圣华那充满传奇色彩的校园。

圣华贵族学院分四个年级，约莫千人。每个年级十个班，每班约30人。学院广阔到要开跑车才能逛完，基础设施完全以超五星级标准设计。课程不多却精，每年的期末考有一半人跳下游泳池寻死。

这里是炫富的炸药库，乔英宰无比真诚地告诫阳洛天：千万不要随便揍人，圣华的一只蚂蚁都尊贵如小主。

阳洛天闻言，无比淡定地踩死花园里的两只蚂蚁。

"小爷我是皇帝。"

乔英宰：……呵呵，他居然忘了阳洛天这小子的不羁傲慢性子，即使天塌了也敢吐两口水补上。

眼瞅着天儿已到正午，阳洛天坐了一晚上飞机，今早又怒火攻心，着实又困又饿，便拖着乔英宰赶往餐厅。

一路上也没见着几个人。

阳洛天略带疑惑，再怎么贵族到变态的学校也不可能没见几个学生啊。难不成全校师生都去看校长拍沐浴露广告？

"哟，新来的不知道吧。"乔英宰替她解答疑虑，"今日周六，上午有苍穹乐队的演唱会。男生们都去看宋荟乔，女生们都去花痴列衡宇，哪有空来迎接阳大帅哥你"。

乔英宰的语气酸酸的，两道英俊眉毛一挑一挑。

阳洛天眨巴晶亮眼睛，她记得小乔提过，他乔英宰是苍穹乐队的吉他手。难不成今天他为了接自己，放弃去演唱会弹奏？

"哥们儿，小爷好感动。我决定以后在圣华好好罩着你。"阳洛天顿住脚步，郑重其事说道。

乔英宰翻个白眼，正要吐槽几句。却见阳洛天繁星般的眼眸写满罕见的认真，乔英宰蓦地愣住了。

"可是你对我的爱太过深沉，我脆弱的小心肝无法承受。"

乔英宰就知道是这样。

正说着，接连不断的尖叫声从不远处那宽阔的道路传来。

阳洛天揉揉耳朵，仿佛又回到A市的中学。她垫脚望过去，只见前方一片浓重且黑压压的妖气。目力极好的阳洛天，瞥到万花丛中一点绿，果真是一点绿！那道修长冷漠的身影，穿的就是奇葩无比的墨绿色西装。

"那谁啊？比我还拈花惹草。"阳洛天凉凉问道。

乔英宰扬眉，见怪不怪道："他是苍穹乐队的钢琴师，圣华一株草，我朋友列衡宇。啧啧，这小子到哪儿都是磁铁。性子是淡漠了些，人倒是挺不错的。"

乔英宰话毕，列衡宇已朝着路边的跑车走去，露出惊鸿一瞥艳煞众生的半张侧颜。阳洛天见到这半张皮囊，总算有几分服气。

然后又瞄了瞄那辆深蓝色跑车，眼珠子瞬间卡在那车上，以及露出的S-Z-O车牌。

深蓝色？

同样的车牌。

数年前痛苦的往事一时冲击着她的头脑，阳洛天顿时火气四起。

阳洛天危险地眯着眼，捋起黑羽校服袖子。像是吞了一个超级炸弹般，浑身每个关节咯咯作响、暴怒岩浆蹿到每条血管。阳洛天一辈子最憎恶的就是炫富无礼睡黄金的暴发户，她妈洛白雪就是教材典型。一想到洛白雪，阳洛天火气更是噌噌直冒。

乔英宰第一时间发现阳洛天的魔化状态，忙扯过阳洛天领口："阿天你要杀人呢还是杀人呢？"

"滚，小爷我最讨厌那种小白脸，那破皮囊放到墓碑上都可以当黑白遗照了！我要去毁他容！"

"……明明你最像小白脸好不！"

"……你是哥们就放手让我去为民除害。"

乔英宰极为明智地，用尽浑身力气阻止阳洛天被人民除掉的命运。等阳洛天终于一脚踹开乔英宰的时候，那小白脸早就逃得无影无踪。

中午吞了三碗白饭后，贤惠的小乔带着阳洛天前往商场买了一大包日常用品。而后酒足饭饱的阳洛天摸出校舍分配单，只见上面触目惊心写着：

A602 列衡宇 阳洛天

贤惠的小乔犯难了：阳洛天性子火爆，剽悍爽朗；小宇子冷淡腹黑，素来喜静。如果把嗷嗷乱叫的阳洛天放进校舍，无异于在小宇子优雅无尘的生活里放了个千分贝的噪声器。

乔英宰很纠结。

倒是阳洛天冷冷笑着："和这种小白脸住在一起，有损我风雅。君子报仇，一天不晚。学校西苑不是有间小公寓吗，你带我去那里安家。"

"啧啧，究竟是谁损谁风雅。"乔英宰俊眉飞扬，颇不领情，"那公寓租金价格变态，连千金中的千金宋荟乔也不敢随意租，你一个逃难的小子能租得起？再说校舍便宜，超五星级标准，你凑合着住吧。"

阳洛天摸摸还沾着泥浆的背包，淡定地笑了笑。正在澳洲训练场热身的阳光华猛然打了个喷嚏，不好的预感徐徐蔓延。

"今天的演唱会很成功,美中不足的是缺了英宰那小子,我的吉他技术可没他那么惊天动地。"副驾驶上,嬉皮笑脸一头黄发的少年擦着吉他。忽然记起什么,俊脸划过狡黠,侧头对身边淡然俊雅的哥们说道:"不过告诉你一个天大的好消息,你很快就能见到英宰亲自接待的转学生了。"

列衡宇不语,薄唇抿成一条直线,墨镜下看不清楚他的神色,他只是默默优雅地转动着方向盘。深蓝跑车完美地转过一抹飘忽的弧度。

莫风神秘兮兮地从包里摸出一张照片,送到列衡宇眼下:"我对英宰的朋友保持着高度的兴趣,今儿派人去拍了张他朋友的照片。此人名为阳洛天,据说是英宰私底下动用关系送进来的,家世背景一片空白。"

列衡宇瞥了眼照片上浑身淌着泥水的少年,那半张脸都沾满脏兮兮的泥,高高瘦瘦,仿佛大难不死刚从哪个泥塘里爬出来似的,列衡宇好看的剑眉皱了皱。

他有洁癖。

"哈哈~"莫风挑眉,幸灾乐祸补充道,"据官方消息:这位泥巴匠阳洛天,终于填补了你宿舍里另一半房屋的空缺。"

想到素有洁癖的列衡宇要日日夜夜面对这么一个奇葩室友,莫风头上的黄毛欢快地跳跃着,他无比期待宇吞苍蝇一样的表情。

深蓝色跑车"吱呀"一阵刹车,莫风猝不及防差点撞到车玻璃。

"莫风,帮我办件事。"

"成,有什么好处给咱?"

"事成之后,你偷拍宋荟乔洗澡的事情我可以忘记。"

"……你个腹黑鬼,当我不知道,你记恨我给你买了件绿西装!"

当天下午,阳洛天咬牙将老爸私房钱的十分之九抠出来交了房租。

然而即使是十分之九的钱,她也只能租半间公寓。好在这欧式圆形公寓颇为宽敞,一楼是宽敞明亮的客厅,两侧是春意融融的花园。大厅东侧古典橱柜边,安静而立一架白色钢琴,约莫是原本的配套设置。

欧式旋转楼梯流畅地衔接着二楼,雕花白玉栏杆盘桓着优雅的弧度绕成圆圈儿,趴在栏杆上可轻易将楼下客厅全貌尽收眼底。

阳洛天第一眼便爱上这清雅又昂贵到无耻的公寓,随手把家当扔到二楼东侧的大房间里,在贤惠的小乔"无私无畏"的帮助下,屋子总算能够住人。

忙活了一天,阳洛天吞完小乔带来的晚饭,拍拍肚子倒床而睡。

乔英宰恨铁不成钢地瞪着一秒沉睡的阳洛天,为什么他堂堂大男儿,有钱、有身材、有尊严,偏偏在阳洛天这小子面前自动变成保姆?

终于在良心谴责下帮阳洛天盖上被子,乔英宰猛觉自己太没志向,七尺男儿沦为保姆?他干脆恨恨捏了把阳洛天白嫩的脸蛋泄愤。

阳洛天迷迷糊糊皱着眉,当她老妈又在动手动脚,忍不住瓮声瓮气发火:"洛白雪,你滚回老爸窝里。小爷我死也不娶女人~死也不娶~"

"梦里都和你妈叫板,毒舌进化程度深啊。放心,有哥们我罩着你,你死了一定给你买进口棺材。"小乔保姆苦笑着替她掖好被子,想来这次逼婚事件对阿天强悍的心灵造成毁灭性的创伤。乔英宰极为好奇阿天口中那个丑到"地球宁愿自杀也不愿意留她、放在战场上威力堪比三百颗原子弹、本国终极反侵略武器"的未婚妻究竟是何模样。

乔保姆刚踏着微微夜色出了公寓,一辆深蓝色跑车不快不稳地行驶过来。

那穿着深蓝色风衣的少年走进公寓,他优雅如贵族,清俊的眉眼淡淡略过西边大门轻闭的屋子。

他记起公寓管理员满脸真诚的话:"列同学啊,在你中午整理好东边屋子离开后不久,有另外的同学把西边公寓租了下来。我知道你喜欢安静，放心放心，那小伙儿长得极好又温和有礼，一看就是乖乖孩子。大妈我看了一辈子人，从来没有走眼过，你们一定能好好相处的。"

列衡宇喜欢安静，这是响彻圣华的真理。

如果身边有个温和有礼的同居者，高贵腹黑如列衡宇，也皇恩浩荡勉强能接受。至少比今天照片里那个浑身泥水的人好太多。

一夜无梦。

阳洛天一觉睡到中午，如果不是肚子不争气唱响空城计，她可以很淡定地睡到黄昏。反正只要有贤惠的小乔，她可以高枕无忧地当米虫。

周末，闲散无事。乔英宰被理事长派去采购校运动会的高级器械，一时空不出时间陪阳洛天四处拈花惹草。

阳洛天胡乱啃了几口面包，穿了件新买的牛仔衫，简单打理自己后便出了公寓。临走前她留意到客厅银白色沙发上放着一本蓝色封面的书，随意瞥了眼后，阳洛天也不多留意。伸着懒腰走入春意盎然的圣华贵族学院。

今天的学院总算称得上是个学校，阴阳调和美不胜收。

一路上，笑得猥琐的、埋头装深沉的、谈笑风生的、谈恋爱的，当真如一盘苍蝇馆子大杂烩，各种怪味都有。阳洛天恍惚记起在A市读的帝中，帝中在那边也是数一数二的超重点，然而学校比学校，一比吓一跳。圣华的学生，仿佛每个人家里都开着印钞场，果真是世界著名的钱罐子。

不过阳洛天生性乐观，为人毒舌，倒也能在这钱罐子里优哉哉生存。

> 惊遇未婚妻

"好消息好消息，两大校花狭路相逢，绝佳观赏地就在圣华湖东亭边，东五十米右转跑两百米~"

尖声尖气的嗓音轰隆隆碾压四处，那笑得猥琐的、埋头装深沉的、谈笑风生的、谈恋爱的学生们仿佛听到什么惊天喜讯，纷纷朝着体育馆那边拥去。

角落里的阳洛天揉揉耳朵，眼见着一堆富家子弟凭空消失，无影无踪。

她一把扯过刚才大声宣布消息的小个子学生，抬眼望着圣华湖东亭方向，略带疑虑问道："校花撕逼那些人都是去劝架的？看着不像啊。"

张小强慌忙稳住胸前的单反相机，一边低头检查相机配置一边别嘴八卦道："哟，一年级新生？咱们学校两大校花历来有矛盾，一见面不是导弹就是原子弹。美女拌嘴，想想这画面就心动。你要看热闹就赶快去，到时候没位置了看你怎么哭。"

阳洛天扬眉，看热闹啊，唔，挺好玩的。

"小子，你有宣读圣旨的天赋。"阳洛天转过头朝小强轻笑，声音清朗如风，她大步朝圣华湖走去。

张小强愣了愣，他盯着阳洛天离开的背影许久许久，手指微微战栗着举起相机拍下那道玉立修长的背影。

"爆炸消息，爆炸消息，圣华什么时候来了这么个男生。"张小强嘟囔着，小眼睛晃悠悠，随即摸着下巴，"哎？不对啊，什么叫宣读圣旨的天赋？"

轻柔春风飘过碧波荡漾的圣华湖，泛起阵阵鱼鳞似的波纹。湖边柳树刚抽出嫩绿芽儿，柔柔倒映在湖水中。湖边一座优雅古朴的亭子，碧瓦飞甍眺望着远方。

多么清雅的画面啊，搁哪里都是净土，可惜观众都是来看美女撕逼的。

"我要在这地方画画，宋荟乔你懂不懂先来后到？"清脆的女孩儿声音银铃般响起，略带公主似的骄纵，听着却也不觉得刺耳。

"胡说，荟乔比你先到这里，你没见到石桌上搁置的书？我们不过有事离开了会儿，你便过来胡搅蛮缠。"有人尖锐地直指要害。听得有温温柔柔的女生轻声阻止着，"小蝶，就把这里让给她好了，我们去其他地儿看书。"

白小蝶不满，嘟着嘴埋怨道："荟乔，你就是太善良了，所以总会被这种刁蛮女给欺负。今儿我偏偏要替你出头，你们围观拍照的听好了，是她刁蛮在先。"

周围有人随声附和着，和那位刁蛮小姐比起来，温柔多才的宋荟乔完美得像天使。

"白小蝶，你真当本小姐不敢揍你？你上茅房把屎留下，那是不是意味着下一个上茅房的人也不得不提起裤子让你进去，就因为你把屎放这茅房了？"

阳洛天懒洋洋地在人群最后徘徊，闻言忍不住抬头，略带赞赏地看着那个梳着漂亮金色卷发的小姑娘。她背着自己，看不清楚模样，不过仅仅刚才几句话，阳洛天已经对她竖起大拇指。

一个贵族姑娘，骂起人来颇有大将之风，干脆利落，毫无节操。

就是智商低了点。那宋荟乔分明就是四两拨千斤的狠角儿。

白小蝶恼怒，她素来不喜欢这个刁蛮任性的丫头。如今听到她满口不入耳的话，心头更是怒火中烧。抬手就将那刁蛮丫头一推，这一推不要紧，关键是她们偏要选择在湖边吵架……

人群中一阵尖叫，耳朵灵敏的阳洛天想也不想就冲了进去。春天的湖水温度可不低，随便放一只死鸭子进去都能保鲜好几天。

卷发少女尖叫着闭眼，周围看热闹的人还没反应过来，一道牛仔身影闪电似地冲破人群。白皙手掌一伸，即将落湖保鲜的少女旋转着被拉了起来，金色卷发优美地划过。

她怔怔地看着那少年俊美的侧脸，细碎的阳光洒在他白皙脸颊上，竟然有淡淡圣光般的色泽，那双星辰般的眸子流连生辉，眼波微转便是人间绝唱。

阳洛天以逃避丑女追杀的速度救起即将落水的少女，并不是想要出风头来个英雄救美。实在是那茅厕论极为出彩，英雄惺惺相惜罢。

"谢谢你。"银铃般的嗓音，带着丝丝颤抖。

"路见不平拔刀——！"

阳洛天顿住，眼前那金色卷发、珍珠大眼、瓷娃娃般的美少女怎么就这么熟悉呢！她阳洛天逃到万里之外可不就是为了躲她，没想到来个羊入虎口！

她那八竿子打不着的未婚妻——木诗诗！

从前有个诗人文绉绉说："春天来了，缘分还会远吗。"阳洛天发誓一定要把这诗人拖出来塞进茅厕里，让他嘴贱！

木诗诗小巧的眉毛皱了皱，眼前少年的表情好纠结，难道刚才扭到腰了？

宋荟乔微滞，美眸凝望着凭空出现的陌生人，同样带着疑虑，这个人是谁？怎么从来没见过，按理说学校来了个这种模样的学生，会造成极大轰动的。

阳洛天颇为烦躁地扫过周围一众看客，心里像是被塞了一团乱麻，浑身血液不畅。阳洛天眼前浮现出将来某一天，木诗诗主妇穿着粉红色围裙，娇滴滴问：

"阿天，今天晚上我们吃什么？"

阳洛天从来不怀疑洛白雪的行动能力，此女人正值更年期，什么事情都做得出来。阳洛天甚至想到不远的某天，洛白雪逼迫着自己做变性手术……

"这位同学，谢谢你帮我。我、我能知道你的名字吗？"刚才还刁蛮任性的公主，突然间娇弱弱地开口。

阳洛天盯着木诗诗瓷娃娃般的脸，俊眉拧成疙瘩："路人甲，我姓雷。"话罢，脚底生风，飞也似地冲出人群。

阳洛天觉得，老天一定是看她活得太猖狂，所以选择在最近几天把所有厄运统统安排在自己身上：被无良老妈逼婚、逃婚不成还遇见所谓的未婚妻、入学第一天被淋、五千万租了半间公寓……

震惊归震惊，阳洛天到底是智商非凡的女生，跑到花园无人的草地上躺了会儿，望着瓦蓝瓦蓝的天空。

柔柔清风吹拂到脸上，凉丝丝的，她顿悟了。

回想木诗诗的反应，她似乎不认识自己。换句话说，她现在还不知道"未婚夫"的事情。

两人之间完全是陌生人……阳洛天猛拍自己额头：你小子脑袋被泥浆淋傻啦，遇神杀神、遇佛杀佛，遇到变态找警察。

当夜，阳洛天回到公寓。

她需要打工，老爸太不争气，瞒着老妈攒下来的私房钱不到六千万，阳洛天把这笔钱大半挥霍到租房子上。圣华贵族学院是钞票焚烧炉般惨绝人寰的极品地，她理财能力太低，要在这地方好好活下来，不得不出卖色相，哦不，出卖劳动力去养家糊自己。

好在她有一副花见花开、第一印象满分的皮囊，她无比顺利地在校内圣华湖边的咖啡厅里找到了个当服务生的工作，明儿下课后就去上班。

眼前豪华别致的公寓坐落在小院氤氲芬芳中，梦幻得像城堡。她不禁感慨万千，她是住着皇帝的宫殿，吃着贫民的剩饭……一切都怨那叫列衡宇的混蛋！

阳洛天捋捋牛仔衣，跨步走进皇帝的宫殿。听管理员说，这公寓已经有个学生租住另一半，这学生长得极好又温和有礼，大伙儿都喜欢他。

话说阳洛天生性不安分，脾气火爆，骨子里却是善良，识她本性的人都奉为真理。

如果有个温和有礼的舍友，阳洛天摸摸下巴想，她皇恩浩荡勉强能接受。阳洛天带着轻飘飘的思绪，推开白色大门……

楼上，东屋。

别致休闲、落落大方的房间里，左手持铅笔在曲谱上流畅自然而动，右手食指轻轻敲击桌子。温和的灯光洒在他细碎的黑发上，温柔抚摸着他俊美绝伦的侧脸。桌边白色花瓶里，静静绽放着星星点点的满天星，每朵星星都近乎痴迷地凝视着那沉浸在音乐里的少年。

无声的旋律幽幽飘在耳畔，他轻哼着小调，铅笔沙沙滑落一片细腻的音符。

光阴微凉，缓缓流淌。

最后，他合上曲谱。蓝色封面上，流畅笔锋龙飞凤舞写着：《春日·爱·协奏曲》

列衡宇唇角轻勾，走出东屋。

他听到楼下窸窸窣窣的响动，约莫是传说中他那位温和有礼的舍友回来了。列衡宇靠在白栅栏上，深邃眼眸望向楼下客厅。楼下客厅里有一个穿着牛仔衣的少年，他似乎在寻找着什么东西，脑袋四处晃动。亮晶晶的眼眸四处寻找，颇有灵气。

第一眼，印象不错。那少年模样相当俊俏，身长玉立，干劲十足。

列衡宇饶有兴致地继续观摩着，那似乎是个挺温和的男子。有这样的舍友，应该……

楼下的阳洛天终于找到今天中午吃剩的面包了，不知哪个混蛋把它扔到角落的小桌上，差几厘米面包袋就掉到小桌边的垃圾桶里了。

阳洛天饿极了，三口两口将面包塞进嘴里，砸吧砸吧舌头意犹未尽，又去接了一大杯水，咕噜咕噜灌进肚。几片面包配一杯热水，总算吃个半饱。

阳洛天心满意足转过身，打算上楼拜见周公。一抬头，她看见白栏杆上瞠目结舌的男人……

当夜，乔英宰浑身酸痛，打着哈欠回校舍。

"风，给我留晚饭没？我快英勇就义了。"

黄毛大眼萌莫风正在游戏机前激烈酣战着，耳朵动了动，头也不回道："搁在桌上，现在估计凉了，自己去微波炉热热。"

乔英宰替理事长跑腿购买体育器材，跑了一天差点废了两条腿。也不顾饭菜凉，直接狼吞虎咽，咀嚼之中记起某些事，忙从包里摸出一张纸来。

"风，等会你把体育比赛报名表给小宇子送去。"

"等明天送，他住得太远了。"

"你小子想偷懒？他不就在楼上吗？"

"哦，你还不知道吧。昨天他就搬到西苑公寓住了，现在估计梦周公……，你干什么！老子在打游戏，马上就赢了！放开！"

"滚，西苑那里要出人命了！"

西苑，公寓。

夜色正苍茫，室外花香氤氲，室内硝烟四起。

四目相对，转瞬间心思透亮。

公寓那位管理员大妈的话还聒噪在耳边："放心放心，那是个长得极好又温和有礼的同学。"

阳洛天心里暗骂一声，就这"温和有礼"的小白脸溅了她一身泥！果然管理员由内而外散发的奸商文化，源远流长让人防不胜防。

不只阳洛天嫌弃楼上人，楼上高贵的某只同样俊眉微皱。对其完美的第一印象已随着阳洛天嘴角细碎落下的面包屑土崩瓦解。

那粗鲁、野蛮、杀气腾腾的蛮荒样，着实让人感叹造物主之奇妙。

钢琴家需要的是一湾春水，而不是阳洛天这种泥巴瀑布。列衡宇眸子轻睐，思索着要怎么样才能以最低伤害将此人"请"出去呢？

"你要怎样才肯搬出去。"

异口同声，寒冰碰火山。

阳洛天抬手将额前碎发向后一捋，露出光洁锃亮的额头，她动动脖子，敢情这小白脸还嫌弃自己？！

"这世上没有什么比暴力更能完美地解决冲突了。"阳洛天凶狠地朝精美的旋转楼梯走去，星光灿烂的眸子霎时冰火四溅。

楼上的列衡宇模样俊得不像是凡人，浑身散发着超凡脱俗、不食人间烟火的疏离和冷淡。

他随意简单穿着墨蓝色衬衣，领口轻解两颗银色扣子，露出结实的胸膛。修长腿微交叉，双手随意搭在白栏上，发色檀棕，一双深蓝如墨的眸子静静凝着阳洛天，将浑身火气欲要大打出手的阳洛天视为无物。

于列衡宇，什么人他都不放在心上。尤其是阳洛天这种粗陋俗气的动物。

"小白脸，你还记得昨日清晨做的恶事吗？"阳洛天面带狠辣，她看不惯小白脸那一副冷得像冰块的资本家模样。

"太多，你说的是哪件？"列衡宇淡淡疏离，并不把离他越来越近的人放在眼里。

好狂妄的语气！

"今儿我阳洛天要为民除害！"阳洛天捋起袖子，大吼一声冲了上去。今日不矫正这万恶资本家扭曲的价值观，她就跟她老妈洛白雪姓！

战火一触即发。

"轰~"大门被外力强有力踹开，乔英宰飞也似冲进来，披荆斩棘闪电般地将阳洛天给扯了回来。

"阿天，别冲动！冲动会毁容！"

楼上的列衡宇，轻挑俊眉，兴致缺缺。

……

一个小时后。银色沙发，从左到右：列衡宇、莫风、乔英宰、阳洛天。

阳洛天在被反剪着双手，数次暴走被阻的情况下，终于将善良帅气的男孩子在万恶资本主义压迫下被弄得浑身泥水的痛苦经历细数。

> 男人的协议

当事人列衡宇连一个眼神都不变，云淡风轻说了俩字——"幼稚"。

一句话激得阳洛天面容扭曲，差点又要大打出手。

"这是态度的问题！你是人，我就不是人了？小爷我告诉你，这些年经过我教育终身不举的资本家毒瘤数不胜数，也不差你一个。今儿你敢无缘无故飙车，明儿你就能无缘无故把可怜的老大妈给撞死！"阳洛天眼眸有些猩红，语气倏忽上扬。

激烈言语里，有些潜藏的、不为人知的淡淡忧伤。列衡宇睫毛动了动。

劝架的小乔同志赶忙将阳洛天拖回原地，皱着眉头纠结万分。一边是小宇子，一边是阿天，手心手背都是肉。手心和手背有矛盾，那要怎么办？

"阿天～冷静！"乔英宰侧头，询问那疏离的、自始至终翻阅着蓝色乐谱的人，"小宇子……"

"他只有一条路，离开西苑。"列衡宇将目光从乐谱上移开，声音平平淡淡。与生俱来的高贵气质展露无遗，居然有些莫名威压。莫风摸摸下巴，宇是动真格的了。他素来喜静，阳洛天那浑身炸弹的小子注定要被揪出去。

"我为什么离开！"阳洛天横眉怒视，"小爷花了五千万租了这房子，让我出去我就出去？你以为你爸是校长啊，我爸还是皇帝呢！"

列衡宇蓦然抬头，眼眸中带着寒冰凝着阳洛天，气氛瞬间压抑之极。阳洛天不甘下风，狠狠瞪了回去。

一冷一热，莫风觉得今晚他一定会感冒。乔英宰朝他使了个眼色，莫风回了一眼。

乔英宰：哥们儿，你脑子里黄豆多，帮忙。

莫风：我要最新的游戏软件装备。

乔英宰：行，成交。

"咳咳……"

莫风装模作样咳了咳，不大自在地掀开眼皮，"要解决这个矛盾并不难。打架这事粗俗，不是咱们贵族该做的庸俗事。你们可以通过一场男人的雄风较量来一决高低。"

"三个星期后有校运动会。你们二位用实力来比拼，谁的综合分数高谁就是赢家。赢的人留，输的人走，就这么简单粗暴。"莫风优哉游哉说道。

说得冠冕堂皇，其实他真正的目的有三：

其一，安抚两只动物的情绪。

其二，看热闹。

其三，他是年级体育委，要抓人凑数……

莫风小哥的建议不错，阳洛天侧头一想，红润唇角勾起一抹意味深长的笑容。她出身于体育世家，家里面就有两位体育国将，她阳洛天虽然是女儿身，心却是铮铮铁骨制作的。和小白脸这种养在宠物院里弹钢琴的所谓贵胄相比，她阳洛天简直就是神。

嘿嘿，弹钢琴的手去扔铅球，穿金戴银去游泳，脑补此画面莫名滑稽。

列衡宇只抬眸淡淡将阳洛天狡黠模样看在眼里，合上手中乐谱，道："成交。"

男人间的约定就这么坦荡荡定好了，三个星期后，谁去谁留，还未有定数。

乔英宰忽的有些担忧，小宇子那家伙看似淡漠如水、不惹尘埃，实际上他的腹黑程度远远达到妖王的水准。阿天看似大大咧咧，心机宫斗水平也不低。当两个同样腹黑的人相遇……

　　眼见矛盾已经解决，莫风潇洒扔下两张报名表。他挠挠满头黄毛，再三嘱咐阳洛天不许动粗，列衡宇不得玩心机，谁破坏规矩谁就输。

　　叮嘱完各大细节的莫风，打着哈欠拖着乔英宰出门。

　　谁料乔英宰在临走时，瞥见阳洛天正在往肚子里猛灌水，浓眉微皱。又走回沙发边，一把将阳洛天手里的水杯夺走："阿天，你是不是又没吃晚饭？喝水解决不了肚子饿，你胃病还没好。"

　　阳洛天不满，又有些困意浮上脑海，懒得和乔英宰啰唆，随意摆摆手道："行，行，行，小乔保姆，小爷知道了。"

　　"你那本性我还不了解？你等着，我等会儿给你订份外卖。"乔英宰撇嘴，又嘱咐几句，"小宇子洁癖严重到变态，你屋子里的袜子要每天洗、内裤那玩意也要每天洗。还有杂七杂八的面包少吃点，明儿我给你捎一箱水果，泡面那种智障吃的东西……"

　　"行，行，行，都听保姆的！"阳洛天不耐烦地将乔英宰往门外推，推到门外猛地关上大门，将絮絮叨叨的杂音关在门外。乔英宰这人什么都好，就是啰唆，自从十岁那年两人成为朋友，他那阳刚男儿气质尽数变成保姆精华。小乔保姆倒是把阳洛天数年来缺乏的母爱给补足了。

　　阳洛天伸着懒腰坐进沙发，将最后一口水喝完。扭头打算上楼睡觉，却瞥见楼上白栅栏边静立着那位小白脸。

　　阳洛天懒懒瞪了眼列衡宇，走进屋子狠狠踢上门。

　　列衡宇墨蓝色眸子变幻莫测地望向客厅，目光落到玻璃茶几上那个玻璃水杯上。

　　回校舍的路上，莫风一直若有所思地盯着乔英宰。

乔英宰被这不善猥琐的目光盯烦了，阴恻恻道："怎么了？看上哥们我了？"

"鬼才看上你，你以为每个男人都像宋浩瀚那gay？"莫风大眼萌萌，眼珠儿亮晶晶，随即"嘿嘿"一笑，"英宰啊，今晚之前我以为你是纯爷们，今晚之后才看清你那保姆本性。你一个大男人什么时候关心起别人的吃喝拉撒了？

莫风眼前浮现出阳洛天雌雄莫辨的白皙俊脸，脑海里开始浮想联翩。

乔英宰翻白眼，抬脚一踢，莫风滑溜如鱼儿利索躲开。

"他是我哥们儿。这小子最近走霉运，被家里的暴君逼着娶个丑得足以毁灭地球的女人。他不堪压力，奔赴万里来投奔我避难。"乔英宰俊朗面容露出隐隐忧色，"阿天那性子，不到万不得已绝不开口求人。我把他偷渡到这里，自然要照顾他。"

莫风眨巴眼睛，"哦"了一声不回答。

飘乎乎说了句："其实你应该告诉他，宇的老爸真是校长……"

乔英宰：……

周一，暖风习习。

阳洛天昨夜灌肚两杯水，混合着敞口漏气的过期面包，不知道哪种化学反应在胃里产生，她终于华丽丽地拉肚子了，半夜三更起床跑了好几次厕所。昏昏沉沉折腾良久，终于倒床而睡。

等她迷迷糊糊睁开眼时，窗外已经大晴，刺目阳光照得人睁不开眼来。她猛然惊醒，摸出手机一瞅，方屏幕上赫然写着8：41，而这所学校每天上课时间是8：50。

虽然阳洛天历来不是遵守规矩的主儿，但也不想转学的第一天华丽丽迟到，当即摸出两本书，飞也似的窜出西苑。西苑到二年级教学楼的距离整整三公里，阳洛天气喘吁吁跑到二年级5班时，乍然见到满教室空落落没几个人。

乔英宰露出一口洁白的牙齿，招招爪子示意自家蓬头哥们儿凑过来，"来来，七餐的莲花肉包子、食品屋的碎花糕点、我家阿姨送来的自制豆浆"。

阳洛天美滋滋一笑，挥掌抢过早餐，"谢啦，哥们~"。

人生中有乔英宰这样既可以做朋友，又可当厨娘的哥们，阳洛天深深觉得十八年来受洛白雪压迫的委屈全都值得。

班上人陆陆续续到齐，9：30那长发及腰的美丽女教师雨路才姗姗来迟。贵族学校的课程不比普通学校，尤其是圣华这种高中和大学混合的超级贵族学院。课程精练而有效，力求为打造最完美的贵族阶级，塑造贵族产业链提供一条龙服务。

总之一句话，课程无聊之极……阳洛天趴在课桌上，耳朵里尽是其他学生窸窸窣窣的交谈声，或讨论化妆品哪家好，或讨论挖掘机技术哪家强，或犯花痴说哪位公子哥帅，至于女教师雨路轻柔婉转的嗓音，坐在最后一排最角落的阳洛天压根就没听到。

阳洛天正昏昏欲睡，身边的乔英宰拍拍他的后背，压低声音道："喂喂，老师叫你做自我介绍。"

阳洛天眼皮掀开一条缝："啥？……"

慢半拍接受信息——自我介绍……

她迷迷糊糊站起来，随口掰了几句。什么我叫阳洛天，来自遥远的东方，受一名位高权重的大人物所托，带上身家来到这所寺庙，哦不，学校取经。可惜路上没有带上猴子、马和猪给大家观摩观摩，小爷我真觉得万分愧疚。

阳洛天自然是随口瞎掰的，她的真实身份是遥远的A市赫赫有名的体育世家阳家的独苗儿，家里两位无良长辈，一个打排球、一个打网球，她阳洛天两种球都会打……

然而这种谁听都会怀疑此人弱智的话语，居然得到轰轰烈烈的掌声。巨大的掌声惊得阳洛天脑子里的瞌睡虫跑了一大半，连雨路老师也面色微红点点头。

第一章 > 命运初遇

"呵呵,你小子有能耐,这种胡扯鬼话都有人信。你说说,你凭什么有此能耐祸害一方?"乔英宰无比赞叹又无比羡慕,猛发牢骚。为什么他乔英宰就没有这个能耐!

阳洛天勾唇,慢吞吞吐出四个字:

"就—凭—我—帅。"

在这个看脸的时代,没有什么比一张俊美皮囊更能八面玲珑的了?

果不其然,阳洛天祸害一方的能耐在下课后全方面展示。班上三十个人,一半儿女生,这一半儿女生几乎都朝后面围拢过来,叽叽喳喳闹个不停。

"你好,我是"××",阳洛天你好帅哦~"

"天天哥,你有女朋友吗?我正好单身呢。"

"娜娜你昨天不还和你男朋友 kiss 吗?怎么还单身。"

"你懂什么,十分钟前我就恢复单身了~洛天哥,你觉得我漂亮吗~"

……

阳洛天素来不讨厌女生,尤其是漂亮女生。自小被当作男儿养,离家三百米是一家江湖味十足的男子空手道馆。阳洛天父母时常外出参与赛事,没时间照顾自家女儿,便一脚把阳洛天踢到空手道馆里放养。

男子空手道馆里的人,一身江湖气息。久而久之,阳洛天和那群大老爷们混得越来越熟,自然也沾染了江湖气息,骨子里不羁风流、狡黠聪慧,也顺便学得一手泡妞手艺。等洛白雪夫妇终于良心发现的时候,事情已经到了无可挽回的地步。

眼下莺莺燕燕的软语,阳洛天倒也不心烦。反而颇为开心地露出一口雪亮的白牙,很快和一众女生打成一片。被排挤在地缝里的乔英宰颇为不爽,忍不住摸摸自己完美的下巴,他也长得帅啊,怎么没见这些女生进碗里来?

第二节课居然是体育课,见色忘友的阳洛天和一众花儿率先前往二年级体育馆。徒留乔英宰撇嘴，对着镜子观摩颜值。

"喂，乔英宰。那阳洛天是你朋友？"有道拽气十足又带着几分娇气的声音传来，乔英宰头也不抬，继续打量着小圆镜里那张颇为俊朗的脸。

"他是我好哥们，怎么，你又嫉妒了？"

来人是班上极为奇葩的一个存在，物欲横流的贵族圈里总有那么几个异类，譬如女扮男装的阳洛天，譬如优雅腹黑的列衡宇，譬如乔英宰面前这位黄永松。

黄永松家里做着全国最大的动物贸易，此人明眸皓齿白皙无比，声音雌雄莫辨带点女儿娇气，算是二年级名气极大的一个男学生。他有个广为人知的优良品质：素来善妒，尤其嫉妒比自己长得好看的男生。

娇气的黄永松兰花指漂亮地一翘，轻飘飘的嗓音带点娃娃音："哼，那种寻花问柳胸无大志的哥们儿，你可要好好盯着他，哪天把我惹不高兴了，本宫有的是法子收拾他。让他得意！让他抛头露面招蜂引蝶！"

乔英宰略带诡异的视线从镜子上移开，瞟了眼穿着黑羽校服、系一条闪瞎人眼花领带的黄永松，随意自若劝勉道："阿天他是空手道有段者黑带。"

黄永松：……

"哼～"他轻飘飘走开，走到半路甩甩头发，回头，抛给乔英宰一个"回眸一笑百媚生"的眼神儿～

乔英宰鸡皮疙瘩噌噌冒起……

体育馆用巨大的玻璃铺设顶层，一仰头便可见碧蓝碧蓝的天空，灿烂阳光洒下，温和注视馆内几十个少男少女。

休息台靠门处展现着一幕奇观，一众换上体育服的短裙少女围着某意气风发的长衫男生，嘻嘻闹闹谈个不停。那少年露出一口雪亮白牙，眼眸盛满醉人的星光，他似乎说了一个笑话，引得周围一众莺莺燕燕娇笑声接连不断。

黄永松轻飘飘走进体育馆，瞄到那处人，翘着兰花指，高傲冷哼着离开。

刚走进体育馆的列衡宇，入眼就是这么一幅景象。他深蓝色的眼眸划过一丝微乎其微的厌恶，这丝情绪转瞬即逝。谁知阳洛天好巧不巧抓住那抹嘲讽，撇嘴，动动眉毛朝小白脸挑衅一笑：

看什么看，嫉妒就直说，你个小白脸。

列衡宇不做理会，和走近的美丽短裙少女宋荟乔交谈着，两人很快走出阳洛天的视线，来到班级集合地。

体育老师吹响口哨，阳洛天不慌不忙起身。在一众少女的簇拥下回到5班队伍。乔英宰一把扯过阳洛天的脖子，手臂勒住阳洛天的纤细脖子不放，恶狠狠道：

"你小子还舍得回来？怎么不直接带上那些女人远走高飞。"

阳洛天"嘿嘿"一笑，动动脖子扯下乔英宰小麦色的胳膊，"我这不是良心发现了嘛，路边的花儿再动人，也比不上我家小乔脚上一根臭汗毛。"

乔英宰扬眉，"算你小子有良心。"听得出，他心情不错。

体育课倒不是多么轻松，估摸着校方考虑到贵族子弟容易祸害一方、引来仇人，所以通过在校体育课来增强学生体质，至少以后被敌人追杀能跑得动……

跑步、引体向上、基本防身术……一套做下来，连乔英宰这种汉子也气喘吁吁，更别提其他一心只读化妆术的女生了。

体育老师终于一声令下，解放犯人。

抱怨声一时响彻不绝。

阳洛天一把抹掉额头的汗渍，打算趁着没人打扰，和乔英宰到边上休息会儿。

两人刚坐上板凳，还没来得及开口谈几句人生，一道清脆脆如铃铛的嗓音欢喜地响起来。

"你在这里啊~"

阳洛天顿觉浑身不舒坦，血液倒流，胸口堵塞。这道声音她算得上熟悉，此人是除小白脸外她第二个不喜欢的人——木诗诗。

洋娃娃般的木诗诗欢欣鼓舞地跑过来，脸上还带着锻炼后留下的悠悠红晕，不知是累着了还是羞涩。阳洛天更希望木诗诗脸红是因为训练太累。

"阳洛天，我是木诗诗。水木年华的木，诗歌的诗。叫我诗诗、小诗、亲爱的、阿诗都行。谢谢你昨天救了我。"木诗诗清脆如黄莺的嗓音甭提多好听，唯独阳洛天如坐针毡，只觉此音如洪荒猛禽般扎得耳朵难受。

她所谓的未婚妻这是出哪招？什么水木年华的木，诗歌的诗，文绉绉的刺耳之极。

"阿天，你什么时候救了她？"乔英宰压低声音问道，余光瞅瞅一米远外那位俊俏的校花姑娘。

"一场风花雪月的往事。"阳洛天万分后悔。

"木同学，你怎么知道我的名字？"阳洛天还是决定好好和这位"未婚妻"谈谈，语气前所未有的客气。

木诗诗狡黠一笑，珍珠般的眼珠子动了动。白皙手掌从后背伸出来，取出一张彩印纸。随即用让阳洛天心惊肉跳的优美嗓音念了出来：

"阳洛天，男。

身高171cm，体重53kg，血型B。

外貌：非常好看！

兴趣爱好：看书、画画、弹钢琴、写散文。

性格：外向开朗。

优良品质：善良、慷慨大方、有爱心、温和有礼。

家庭：盛唐家庭。

性取向：未知……

这里还有你的一张照片，侧脸哦，真好看。"

阳洛天差点吐出一口老血，哪来的八卦资料？更可气的是什么兴趣爱好居然是：看书？画画？弹钢琴？写散文？

她阳洛天最擅长的是空手道、损人和睡觉！

什么善良大方温和有礼？她怎么没发现自己有这些破毛病？

倒是边上的乔英宰眼神闪了闪，摸摸鼻头、屁股慢慢往边上移动。

"哪来的破数据？"阳洛天幽幽问眼前的洋娃娃。

木诗诗俏脸微红，笑眯眯招呼了个瘦小个子男生过来。指着那男生道："当然是学校杂志社提供的数据了。喏，这位是校杂志社的王牌狗仔，这些简介都是他的功劳。想必全校大部分学生都看到这份海报了。"

张小强脸色微赧，瘦瘦的双手抱着胸前的昂贵单反相机，略有些忐忑地瞅着眼前的少年。眼神时不时瞄一下阳洛天的脸色，生怕他一怒之下杀尽狗仔。去年他偷拍列衡宇的时候，张小强的下场极为恐怖，列衡宇在他人生中留下了不可磨灭的阴影。

"张小强~"

"请讲。"小个子少年挺直身板。

"你为什么写我171cm，多加几厘米不行吗？"

"……是，我马上打电话让编辑部修正，改成185cm！"

边上正要偷偷挪走的乔英宰，微乎其微松了口气，看来是他多虑了。乔英宰故作镇定地拍拍阳洛天的胳膊，叹道："三年前，你165cm，我170cm，你说三年后必定能超过我的海拔。怎么现在你小子只长到171cm，你哥们乔英宰都185cm的海拔了。"

阳洛天幽幽瞄了眼幸灾乐祸的乔英宰，捕捉到其脸上几分不自然，以及两人隔开几十厘米的距离，她星星般明亮的眼神儿闪了闪，"我这三年来长的是智商，你长的是肥肉，能有什么可比性？"

乔英宰：……

她又扭头阴恻恻问脚底抹油的张小强："这些数据从哪里找来的？"

"嘿，我朋友的老爸是圣华档案室组长，他动动眼皮子就可以找到你的资料啦……"张小强笑嘻嘻道，黝黑面容燃起得意神色，仿佛在说着颇为自豪的得意事。

阳洛天转转眼珠子，档案室的资料绝不是她在A市的记录，她所有的记录都是乔英宰一手改编的，也就是说……

"姓乔的，你有种别跑！那性取向是什么鬼，你给小爷解释下！"

乔英宰哇哇大叫，撒腿就跑……

两人你追我赶，绕着体育场转圈子。阳洛天到底是身姿轻巧，最后揪住乔英宰头上的黄毛，拖着这汉子走向阴暗的角落施展素质教育。

两人动静不大，偏偏当事人备受瞩目。一时间窃窃私语谈个不停。

宋荟乔优雅地理理额前的发丝，侧头问身边沉默的少年："那就是你的新舍友，性子还真——不错。"

列衡宇淡淡瞥了眼远处闹腾极欢的两人，在他高冷的世界里，他们活像两只跳梁小丑，却又洋溢着令人羡慕的温情。那是列衡宇从未体悟过的情感，他的世界除了深蓝别无色彩。

"没人当得了我舍友。"

言语悠悠，冷光微微。

宋荟乔清潭般的眸子飘过异样情绪，似欢喜，又被很好地掩饰住。

> 腹黑不过

在圣华贵族学院，飘飘忽忽一天很快过去。

傍晚时分，阳洛天忙不迭朝圣华湖边的咖啡厅奔去。

天色已经微微暗下，湖边柳树枝幽幽晃动，湖水波纹阵阵，阳洛天哼着小曲儿横穿过青草坪，来到霓虹灯初现的湖边那幢漂亮的小建筑。

The Sunshine——她打工的地方。

门铃轻响，古朴柜台前的老人抬起皱纹微布的头，和蔼笑着："小天，你来得真准时。"老人灰褐色的衣裳素净，鼻梁上架着一副老花眼镜，看着俊美的少年越走越近。

"我马上去准备开店，坤叔你先忙着。"

阳洛天将包搁在柜台角落，自来熟地穿上 waiter 服饰。拉开霓虹灯、整理桌椅，像模像样。

这间咖啡厅别具一格，每天只有晚上七点到十点开张，咖啡种类不多却卖得奇贵，咖啡屋里的装饰风格又太穿越古朴，唯一的店员居然还是个半只脚踏入棺材的酷酷老大爷坤叔。如此高冷傲娇充满资本主义毒瘤的店，每晚的生意居然还挺不错！

阳洛天嘀咕着，每天上班三个小时，每月得钱三万块，顺便包晚餐。这种独一无二的烧钱店，真不知道店主是何方暴发户傻冒。

很快，顾客渐多。阳洛天留了个心眼，发现上帝们大多数都是漂亮的女学生，个个涂脂抹粉，顾盼生姿，甭提多动人。这家店里除了自己就只有那位年过半百的大叔，阳洛天转着黑眼珠子偷瞄着柜台前风姿依旧的老男人……

阳洛天端着咖啡杯四处溜达，搁这里，放那边。女生们很快发现此处亮点，这位穿着白内衫黑外套的 waiter，身姿挺拔，模样俊逸，一时间小服务员阳洛天很忙……

"服务员，再来一杯玛奇朵~"阳洛天屁颠屁颠端过去。

"小哥，我要你的电话，哦不，一杯黑咖啡，顺便给个电话呗。"

"waiter~ 转过来……看镜头~茄子~"

好不容易折腾到十点，好说歹说才把最后一位激动的姑娘劝走。阳洛天一抹额头汗水，接过坤叔送来的温水咕噜咕噜一饮而尽。

"坤叔，我申请加工资。这哪是让我当服务员，分明是相亲大会，可不忙死我。"

老人和蔼笑笑，"我和小宇说说，那孩子心地善良。"

"行，就这么说定了。"

一听涨工资有保障，阳洛天眉毛高挑着，笑眯眯将洗干净的咖啡杯端进里屋的橱柜。"嘿嘿"，果然有钱人的工资就是好赚。阳洛天将精致咖啡杯放进玻璃橱，一边想着这位所谓的幕后老板。

无意中找到这间咖啡厅，抱着试一试的态度居然被收留着打工。再看看这间咖啡厅，占地不广，装饰精美奢侈，天然傲娇高端大气。不知怎么地，阳洛天就想到某个人……刚才坤叔说，这家店的主人叫——小宇。

小宇、小宇……

阳洛天无意识想了想，猛然想到了什么。

阳洛天忙撒腿跑出去，果不其然，门铃一响，某个小白脸惊悚地出现在她眼里。

谁说世界很大？她千逃万逃想要避开未婚妻，未婚妻就横空出世；她看到小白脸就浑身难受，偏偏早晚都要目睹悲剧。

列衡宇深蓝如天空的眸子微微一睐，淡漠地瞥了眼阳洛天。

阳洛天浑身都是凉飕飕的，仿佛掉在冰窟里冻了个来世今生。

"哟，小宇~这位就是我和你说的那位踏实肯干、温和有礼的小少年，阳洛天。他今儿第一天上班，勤勤恳恳甭提多好了。"可怜毫不知情的坤叔，丝毫没留意两人之间徐徐燃烧的战火。

踏实肯干……

温和有礼……

"店里不需要人手。直接解雇。"冰冷冷没有丝毫温度的话。

坤叔和蔼可爱的笑容，凝成咖啡杯上的咖啡渍。

"小爷吃苦耐劳、外貌利国利民，符合可持续发展观。今天有十几个小姑娘多点了好几杯咖啡，就是因为小爷的美貌。"阳洛天哼哼鼻子，双手抱拳直视前方的冰块，"小白脸，你凭什么解雇我？你这万恶的资本家。"

就这么粗暴地再次杠上了。

列衡宇淡然瞥了眼阳洛天，徐徐道来三大原因："第一，我不想让你给校医院增加住院率。"阳洛天仰头。

"第二，彬彬有礼一时，不代表一辈子。"闻言，阳洛天捏拳头。

"第三，太丑。"

阳洛天差点就要踹过去！

"列衡宇你节操是不是掉到马桶被冲到太平洋了！"

最后憋着一口气，从兜里摸出一张四折八折的纸张，举到小白脸眼前，晃悠悠炫耀道："可惜已经和坤叔签约了，从四月到十月。中间不得无故解约，违反者赔偿金——哦，我看看，啧啧，一百万呢～小白脸，给我一百万我就走人。"

列衡宇睨了一眼合同，余光瞥向一脸祈求的坤叔以及满脸"快解雇我吧拿到一百万小爷就走人绝不反悔你求我我也不留"的阳洛天。

有的是对付你的法子。列衡宇淡淡想。

阳洛天最近过得很悲催,一边准备着运动会决斗,一边咬牙忍受高冷的小白脸明里暗里的施压。

她不明白,为什么每晚12点会响起催魂招魂般的幽怨钢琴曲,他半夜不睡觉爬起来弹钢琴!弹的还是哀怨婉转的鬼调子,阳洛天睡得迷迷糊糊之际,浑身冷汗直流,总觉得有女鬼趴在她窗边。

好几次忍不住,阳洛天掀开被子就踹开东边那扇门。

结果那货阴着脸,冰冷招魂似盯着阳洛天,"你如果打断我弹琴一次,我扣你一天工资;打断两次,扣你一个月;打断三次,直接走人。"

阳洛天憋屈地回头,闷在被子里不断思考人生。

很早以前,阳洛天以为世界上最痛苦的事情,莫过于做数学时只会写个"解"、翻答案时只有个"此题略"、语文课本后惊悚地写着"背诵全文",以及洛白雪逼自己女儿娶别的女人。

如今才知道,生命中最痛苦的经历,莫过于拿小白脸发的工资养家糊口、被小白脸讽刺度日如年、同住一个屋檐下半夜听招魂曲做噩梦。

她无比期待着运动会来临,助她脱离苦海。

三个星期,就在阳洛天憋屈的期盼中,终于龟速度过。

彩旗飘飘,晴空万里,她涅槃的日子终于来了!

天气正好,晴空万里。

恢宏大气的运动会拉开绚丽帷幕。

张小强麻利扛着摄像机,老鼠似的流窜在拥挤的人群里。东拐西拐,推开一个又一个碍路者,好不容易才找到阳洛天所在的前台。

"帅哥，笑一个~"

阳洛天习惯性转过头，谁知没把握住距离，俏脸蛋"啪"地砸上黑洞洞的摄像机镜头。

阳洛天"啊哟"一声。边上四处瞧美女的乔英宰赶忙扯过她脑袋，爪子揉了揉阳洛天的额头，仔仔细细瞧着那张脸。

"哟，你脑袋是铁疙瘩做的，撞上镜头居然连个红印儿都没有。"小乔惊呼，叹为观止。

"想知道？自己可以去撞撞镜头。"

阳洛天赶苍蝇似挥开乔英宰的大手，心道小白脸死之前，小爷决不能有事。她斜眼看着四处望天的张小强："小强同学，你今儿是要专访我？采访费低于四位数我可不答应。"

张小强忙不迭点头，"放心放心，公费出行。能采访到阳小哥你，随便一张挖鼻孔的图片都能大卖。"

阳洛天摸摸自个有点痛感的脸蛋，似笑非笑道："作为报答，以后我一定少踩死几只你的同类。"

张小强笑嘻嘻地答应，兴冲冲扛着摄像机对准阳洛天俊俏的脸蛋，尽管听不懂阳洛天的话外之音……

不远处，莫风顶着一头黄毛迎风招展地走了过来，身后是列衡宇和宋荟乔。

列衡宇和宋荟乔，这两人一个俊一个美，一个蓝一个白，要多养眼就有多养眼，路人纷纷侧头。各种情绪都有，炖成一锅"情绪麻辣烫"。不少女同胞小眼神剜着宋荟乔，想要取代这位姑娘站在小白脸身边……

貌似这两位是公认的情侣，阳洛天想。又忍不住瞥了眼漂亮的宋姑娘，哼，小爷我换回女装保证秒杀你！

"英宰，阳洛天，你们来这么早？哟哟，还请了记者。"莫风轻佻的声音飘到阳洛天耳畔，阳洛天不耐烦地甩甩头。

她早就听小乔说过，列衡宇不沾阳春水的纤纤素手真的能扔铅球！不但能扔铅球，他还是上届运动会总冠军……果然人不可貌相，腹黑不可斗量。

列衡宇旁若无人地走过来，带着深蓝色剪影。他似在观察运动场布局，模样随意轻佻，气场缓缓流泻而出，一步一步踩在阳洛天心头。

淡淡不屑，无声嘲讽。

阳洛天腮帮子一鼓眼角垮下，突然好想热泪盈眶仰天长啸，酸涩无比的情绪虱子般爬满全身，倒不是她多思念此人，她眼底隐隐的黑眼圈，是她在祭奠自己逝去的青春：

每个晚上，小白脸独家创造夜半惊魂的钢琴声，折磨得她近乎崩溃。咖啡厅里时不时的冷嘲热讽、人身攻击，憋得阳洛天都要月经不调了！

可她偏偏不能发火，一发火意味着这个月的工资捧给小白脸塞牙缝，意味着窝在屋子里吞泡面的悲惨人生。小白脸抓住她的弱点，阳洛天最缺的就是钱，没钱意味着没法过日子，没法过日子意味着不得不回Ａ市，回Ａ市意味着娶妻生子……

尊严诚可贵，在娶妻面前被秒杀得渣渣都不剩……

"哟哟，小天天，你那什么鬼眼神？是半夜没睡好被女鬼附身了吧，你是恶魔派来杀死宇的？"莫风瞄到阳洛天阴森森、咬牙切齿的眼神，宇这狐狸究竟对阳洛天做了什么。

阳洛天算是彻底看清列衡宇的真面目了，他就是上天派来克自己的，外表好模样好，实则就是个腹黑到可以开办墨水工厂的恶鬼。

阳洛天黑亮的眼珠子密密麻麻带刺，扎在那位穿深蓝风衣的人身上："我怎么会是恶魔派来杀他的，你听过恶魔还要杀自己兄弟这种事吗？"

莫风：……

乔英宰：……

张小强：……

宋荟乔蹙起好看的秀眉，侧头偷偷看了眼列衡宇的神色。见他并没有任何异样，平静得像一碗水，似乎从没有人能引起他半丝情绪变化。

列衡宇幽蓝如墨的瞳转向阳洛天，掠过阳洛天眼下的淡淡黑眼圈，薄唇微启："你想要工资，就闭嘴。"

很毒很暴力。

阳洛天：……我忍！

老天，求你打个雷，劈死这小白脸！

学院某教室，人不多。

"海报上这人——是谁？"声音有些阴冷，鼻音拖得很长很长，幽幽的像沉重锁链拖过参差的水泥板。

"哦，小苏你不知道吧，这是新转来的二年级学生，叫阳洛天。长得那叫一个标准的小白脸，近来在女生堆里颇受欢迎。他还是这次运动会的风头明星，据说体育极好。"有热心的同学帮他解决疑惑。

那阴冷嗓音的主人目光复杂，似毒蛇凝着海报上笑得肆意飞扬的少年，冷道："好出风头，是会受伤的。"

没想到你居然会不远万里来圣华送死，这里可不是 A 市帝中。

当年的仇怨，总要算在你身上！

> 狠角色阳洛天

体育，是男人力量的象征，荣辱成败决定男人的命运。

所以阳洛天认为，在体育上打败小白脸，必定能纠正他扭曲到变态的价值观，打击他强悍异化的灵魂。

贵族学院的赛程，自然和普通学校大相径庭。贵族嘛，骑骑马、遛遛狗、兜兜风、泡泡妞……拥有贵族风情的比赛项目挺多。

比如游泳，阳洛天没有参加也不可能参加，在边上瞄了几眼，入眼全是花花绿绿的泳衣美女，美女们亮开嗓子，朝着池子里正比赛的小白脸又笑又闹。

比如赛马，听到木诗诗带着一众男女大喊"天天爱你，洛天最帅"的口号，阳洛天差点从马背上滚下来。

分数墙上数字不断变化，滚动得触目惊心。阳洛天适应能力超越小强，很快进入状态。

她体育虽然厉害，但也有侧重。再怎么像个男人，也是货真价实的雌性。比如举重那种粗活，列衡宇不去，她更不会去。只能在其他项目上努力挣分数，有时候和列衡宇凑到一块儿比赛，她尤其跃跃欲试如打鸡血，几次比拼下来，两人连续拿了好几个并列第一。

运动会举行三天。

第二天，阳洛天拱进空手道的武术比拼现场，她从小生活在道馆，耳濡目染一身武术气。

列衡宇素来不喜欢参与这种"俗气"的比赛，洁癖极重。乔英宰和莫风似乎是认准了这点，笑呵呵一左一右架着他来到道馆看热闹，美其名曰观摩武术精华。

阳洛天一袭黑白道服，戴着黑色护额，英气十足。一上场便气势万千，力压群雄，当然指的是美貌……观众台上传来翻山倒海的尖叫，阳洛天带着惯性微笑，朝人群挥手致意——实则装酷耍帅。

"哼，一个空手道白带的小破孩，也敢这么嚣张。到时候有的她死。"阴阳怪气的话，鼻子里小调儿拉得长长远远，听得人浑身起鸡皮疙瘩、通体便秘。

乔英宰一把扯下额头上的红带子，回头看了看阴阳怪气的那人，"黄永松，你嫉妒阿天就直说，酸水冒那么多你打算开泡菜场？你那贩卖野生动物的老爹会愿意儿子卖泡菜？"

说话的正是那位名震四方、明眸皓齿、善妒美貌的黄永松。

黄永松弹弹新修的手指甲，兰花指微翘，鼻孔正对乔英宰，"说什么有段者黑带，姓乔的，你骗我。阳洛天就是个用张漂亮脸蛋混吃混喝的小白脸，你等着看，等会儿出场的有那个粗鲁的肌肉男张锐。看他不打趴阳洛天。"

黄永松眨巴着眼睛，发觉乔英宰身边居然是莫风和列衡宇，三个花样美男冲击着他脆弱的心，黄永松哼哼鼻子，弹弹指甲盖儿，傲娇地别开头。

乔英宰翻了个白眼，拉拉自个儿头上那一撮儿黄毛。

懒得和这种小角色折腾，蚂蚁要和大象比大小，不自量力。不是阳洛天段位不够，实在是有段者系列的腰带圣华道馆没有配备……

莫风甩着一头黄毛，偷偷凑过来问道："空手道馆里人才济济，有些暴发户生怕自家孩子钱太多被绑架，所以从小就训练他们武术。我瞧阳洛天那瘦弱的小身板，经得起折腾吗？你看比试台最右边那位肌肉男，张锐呢。他可是全国冠军。"

不只是莫风小哥怀疑，扛着摄像机的张小强手也在抖，木诗诗组织的啦啦队士气不过是虚胖境界，甚至边上列衡宇也一副看好戏的惬意姿态。列衡宇幽蓝的眼眸，幽深像一汪摄人心魄的潭水，谁也看不透他的内心。

场上那位穿着白色道服的少年，长得虽然养眼，和一群肌肉男大老爷们搁在一起，却也改变不了她脆弱得像根稻草似的第一印象。

比试台上，参赛选手堆里。

阳洛天身边那位肌肉男瞥了眼她瘦弱的身板，以及腰上颇为扎眼的白带。

"小哥，你……我下手有点重，到时候你要避开点。"张锐压低声音叮嘱道。

阳洛天侧头，身边是位膀大腰圆的汉子，面容黝黑，笑容憨厚。他腰间明晃晃系着一条黑腰带，以及腰带上的有段者标志，宣告他独一无二的身份。

阳洛天瞥了一眼，扬眉，"放心，我会轻一点的。"

张锐有些着急，他性子本就憨厚淳朴，没有富家子弟的傲气。这些年来他有好几次失误，出手过重把对手打成重伤，还有一个对手差点被毁了一辈子。眼前这位白生生的小哥，要是不小心被摧残，他心里也过不去。

"不是我瞧不起你，我真怕伤了你……"张锐真挚诚恳的话还没吐完，场上裁判的手势已经打响。

比赛开始，升级战！

阳洛天笑容满满，优雅鞠躬，像一只蝎子。

场外张小强的手抖得更厉害了，以至于镜头里的阳洛天仿佛在跳探戈。黄永松正在往纤纤十指上涂鲜红的指甲油，无意间抬头看到场上的阳洛天，指甲油"啪"地落到地上开出一片"红花"。

莫风满头黄毛都竖起来，惊悚地盯着场上行云流水似揍人的阳洛天。小心翼翼瞅了眼身边的列衡宇，他不禁有些担心列衡宇的人身安全。把狮子和狐狸关在一起，这世界还真……

"现在的白带都这么强？这白带有水分吧～用啥牌子漂白剂漂的？"莫风嘟囔着，手心莫名汗涔涔。

呃，倒是乔英宰俊眉自豪上扬，拍拍胸脯壮志凌云："阿天可是日本私设空手道大赛有段者亚军，此赛事没有年龄划分，冠军是那位六十来岁的老头。若不是阿天要让万恶的日本人感受咱们中华千百年来尊老爱幼的传统，他早就一脚踹了那老头。"

莫风的节操都被吓掉了一地……

列衡宇清淡的目光从钢琴曲谱上挪开，旁人猜不出他的所思所想。他仿佛从来都置身事外，又悄无声息地渗入一切。

阳洛天的一身功夫，不仅传承自 A 市道馆，更得到一位神秘师父指点。至于那位师父是谁，阳洛天从来没有告诉任何人。只道那位师父曾是帝中的学生，是校长哥们的爱妻。

逐步打怪升级，阳洛天一双拳头打遍擂台。

在众人瞠目结舌之中，终于和那位肌肉男张锐展开最终角逐。

一个壮实得像牛，一个清瘦如竹。一条黑带，一条白带。对比之强烈，简直触目惊心。

"小哥，瞧不出你挺有几把刷子的。接下来我可要好好和你比试一场，一定要打个痛快！哈哈！"爽朗豪迈的嗓音响彻道馆，空气都震了震。

张锐站定，转转腰间的黑带。他莫名激动，大有相见恨晚把酒言欢之意。

难得终于遇到个有意思的对手，阳洛天的拳脚力度并不大，骨骼也算男子中娇小那类，然而她很擅长以柔克刚，利用自身优势，转变局势，甚至所向披靡。

张锐浑身肌肉、血脉、骨骼都兴奋起来，他盯着阳洛天那张俊脸的眼神，火热得无比耐人寻味……

阳洛天"嘿嘿"一笑，随意摆摆手，甩甩浑身的鸡皮疙瘩："自然要打个痛快，你负责痛，我负责快。"虽是这么说，她灿烂如星的眸子染上几丝跃跃欲试的凝重兴奋。

张锐：……"呵呵"。

裁判手势一挥，战场上两人目光交汇。拳脚"噼里啪啦"砸在一起。

心照不宣地勾起一抹诡谲的微笑。

黑带虎虎生风的拳头袭向白带平整的胸口，白带瞪眼脚底生风躲开，心头暗骂一声流氓。

　　白带脚踝使力，旋转身体，脚尖狠狠踢向黑带的腿根那玩意儿，黑带"咯噔咯噔"后退避开，黝黑俊脸不可思议地瞪着白带狡诈的小脸。这小哥要做甚？！

　　张锐的确是空手道高手，一个不到二十岁的少年，居然能有这种身手。如果被阳洛天的师父知道了，保不齐就直接打包带回C国国安局。而阳洛天用普通的空手道套法根本不能占几分便宜，渐渐地她潜藏的手段一点点流露出来。

　　张锐黝黑的脸染上汗渍红晕，咧开嘴露出白生生的牙齿，看得出，这位大哥越来越激动，早把输赢抛到脑后，眼睛里燃烧着对竞技的狂热。

　　而阳洛天的招数，别人兴许看不出来，只看到那位白带少年拳脚狠辣生风，颇为犀利。

　　唯独观众席上的列衡宇，俊眉划过淡淡的涟漪。

　　阳洛天根本不像个普通的武道者，他的出手方式更像是——杀手暗探。列衡宇大神难得有了几分兴致，猜测着阳洛天的师父是何方神圣，居然教出这么个奇葩的徒弟。

　　比赛结果不用说，杀气暗溢的阳洛天险胜。

　　宣布结果那一刻，场上如投放炸弹般响起一阵雷鸣般的掌声，木诗诗带领着一众啦啦队欢欣鼓舞，她灿烂眸子锁着台上眉眼如画的那人，红唇不经意地一勾再勾，笑嘻嘻着。

　　张锐笑呵呵地抹着脸上的汗水，拍拍阳洛天的肩膀，颇为豪迈道："阳小哥，你打法真牛，改编了不少空手道套法动作，是哪位师父教的？精妙绝伦，杀气腾腾，有好一会儿我都差点以为我是你杀父仇人。你那夺命一脚我不躲开，后果不堪设想。"

　　这声音，甭提多爽朗大方。

　　爽快人气质让阳洛天记起在A市道馆风花雪月的往事……

　　阳洛天咧嘴，露出一口雪亮白牙："我师父她素来高冷，你没得机会认识。哦，对了，小爷我认识几个男科医生，把你踢出问题没有任何后顾之忧。"

心里却暗想，她的师父几乎是一个传奇的女子，传奇的爱情，传奇的人生。

张锐：……

抛下目瞪口呆的张锐，阳洛天"蹭噌噌"跑下台，老鹰似的张开双手，拦住正往道馆门口溜达去的列衡宇等人。莫风小黄毛这回啥都没说，灰溜溜躲到乔英宰身后。

阳洛天星星般的眸子闪过戏谑，居然有几分天真活泼意味。列衡宇深蓝的瞳孔映着那个额头尚还有几分薄汗、白皙面庞红晕未散的纤瘦少年，仿佛他浑身都透着灵气巧劲，倔强而不肯服输。列衡宇眉心微动："做什么？"

嗓音清朗如大提琴，偏偏入不了阳洛天的耳，阳洛天恶寒地抖抖肩。

"我就是来警告小白脸你的，你老人家要是半夜不睡觉爬起来弹招魂曲，小爷我就敢半夜梦游活动筋骨，到时候不小心砸了你漂亮昂贵的钢琴、踢断你身上几根脆弱的骨头……嘿嘿嘿"

她笑得很猥琐，很猥琐……

"你没有那胆子"列衡宇瞥了眼一脸猥琐笑的某人，清朗嗓音，徐徐平淡回复。

"怎么没有？"阳洛天昂首挺胸。

"每月三万的工资，你舍得？"列大神深知：虎落平阳，甘为五斗米折腰的道理。

"……"

收起笑容，阳洛天垂头，抹了抹自己眼角。众人不知所以然。

她再次抬起头，眼珠子滴溜溜满是明媚的忧伤，她用白皙食指戳了戳自己的脸，问小白脸："你看到我眼底的黑眼圈了吗？"

众人耳朵动了动，齐齐瞄向阳洛天眼底淡淡的黑影。

列衡宇："怎么？"

阳洛天悲愤："小爷眼底抹不去的黑眼圈，那不是失眠，那是我阳洛天逝去的青春！！！"

众人：……

道馆人走楼空，空荡荡一片。阳光微暖，乍暖还寒，空寂得让人心寒，在观众席角落投下小小一片暗影。

暗影中藏着某个黑影，寒涔涔的目光弥漫着挥之不去的阴气。仿佛压抑、蛰伏于荒野静心等待的野兽。刚才阳洛天的一举一动统统落在他猩红狠辣的眸子里。

拳头狠狠捏在一起，掐进肉里，从前的恩怨纠葛洪水般涌进脑海。

八年了，你比当年更让人厌恶。

明天，总要给你点苦头尝尝才好。以报答你当年的"恩情"。

春日的天儿总是晴暖，太阳晃悠悠消失在天边的时候，穿着单衣都不觉得寒冷。

天暗，乔英宰和莫风俩人勾肩搭背朝校舍走去，嘻嘻笑笑谈个不停。聊得最多的还是阳洛天和列衡宇两人之间的恩怨纠葛、刀光剑影。

列衡宇这位傲娇有洁癖的大神针对体育项目挑三拣四，但凡有损他高贵音乐品质的赛事统统拒绝，但凡勉强合乎他审美的赛事都稳拿一二。两天下来，现在两人综合分数旗鼓相当，阳洛天居然以 0.5 分微弱优势暂居第一。

第三天还剩下一场 3000 米赛道长跑，乔英宰和莫风估摸着明儿两人又有一场角逐争锋。

"我觉得这回宇动真格了，"莫风挠挠满头黄毛，萌眼划过猥琐的笑意，"今儿我可瞅见宇雪亮亮的眼神儿了，那是瞄到猎物的眼神。要说阳洛天那人，甭看瞅起来纤细白净，漂亮俊俏，时不时上火发飙泼辣得像泼妇，没想到还真有不少本事。

还有啊，宇的性子你又不是不了解，他能凭借一己之力壮大家族集团，自然手段极端。

他最大的嗜好就是慢慢拔掉毒蛇的牙齿、砍掉老鹰的翅膀、消磨对手的意志。阳洛天那人性子太活，天不怕地不怕，倔强又目中无人，两人之间少不了几番折腾。"

犹记得一年级的时候，黄永松就是一个活生生的血案。

意气风发的黄小哥为了踹下集美貌与才华于一身的列衡宇，明里暗里动了不少手脚。都被列衡宇随手逗狗似化解，后来终于为着一件小事触龙逆鳞。大家族之子，养尊处优的黄永松被神秘人士劫持，化了个奇丑无比的女人妆，换上暴露无遗的贵女服，绑在校园钟楼晾晒整个上午……

然而谁也不敢找列衡宇麻烦，在圣华，权势才是第一法则。

乔英宰俊眉拧成核桃大的疙瘩，眼珠子转了转，想起阳洛天最近经常在他耳边的抱怨，从吃饭睡觉到打工挣钱，细数着列衡宇名垂青史的罪状。

两个性子同样强悍的人撞到一起，难免火花四溅。

"得，小宇子厉害，阿天也不弱。"乔英宰伸手拧门钥匙，心想着明儿还是亲自嘱咐校医院多准备点跌打损伤药品。

"哟，你就这么放心阳洛天，我去，木诗诗你跑错房了吧！"莫风推门而入，一眼瞅到沙发上满脸烦躁的木诗诗，她公主般的金色卷发此时被纤纤手指折腾着，乱成一团。

木诗诗眼见两人出现，忙跳起来，肉眼可见其纤纤十指痉挛成诡异形状。

"你们跑哪去遛鸟了？我等了你们三小时二十八分钟，"木诗诗抡起手腕，飞快地瞄了眼手腕上的钻表，气急败坏发火，"加十五秒钟！"

小丫头的声音尖尖的像稻穗，挠得乔英宰两只耳朵出奇痒。

乔英宰揉揉耳朵，淡定地瞥了眼神出鬼没的木诗诗，义正词严地质问："你来做什么？难不成看上我和莫风，想要对我俩做什么不轨之事？"

莫风心领神会，配合地将自个的胸护住，一脸防备地看着木诗诗。

然而某大小姐正在气头上，丝毫不理会这逗趣二人组，扬起嗓子问道："我漂亮吗？"

乔英宰和莫风丈二和尚摸不着头脑，想着一时半会儿也赶不走这位在整个学校闻名的刁蛮小姐，便心照不宣地点头："挺漂亮的。"

"我身材好吗？"

两人"嘿嘿"瞄了眼前凸后翘的木诗诗，双双小鸡啄米般地点头："好。"

"我不招人喜欢吗？我家没有钱吗？我穿得没品位吗？为什么阳洛天老是躲着我！上星期五给他送早餐，他跑了；这星期给他送点跌打药膏，他又拒绝了；三天前请他看电影，他说要看《午夜凶铃》，下午我就碰巧经过他身边，他就和看到鬼一样，头也不回跑开了……阳洛天究竟是什么意思！"

……

乔英宰摸摸下巴，这一系列事真不像阿天干出的。阿天从来只避丑女伪男，木诗诗这种刁蛮漂亮有点小脾气的富家女，按照阳式定律早就收进阳家后宫……

那边木诗诗眼睛都红了，脚上粉红锃亮的小皮鞋见到什么就踢。莫风心疼地盯着被踢成碎片的游戏光盘，肉痛得一抽一抽。

唯女子与小人难养也，唯女子与小人难对付也……

两个大男人互看一眼，心照不宣各干各事，一个回房间打游戏，一个脱掉上衣露出壮实肌肉准备洗澡。乔英宰手还没碰到浴室门把，木诗诗小姑娘蹿了过来，双手叉腰，扬眉怒问："姓乔的，你和阳洛天是哥们，你知不知道他躲我的原因？他和别的女生说说笑笑，为什么就是不理会我？他越躲我，我就越对他感兴趣！"

乔英宰不着痕迹地把浴巾裹上，露出一个神秘莫测的笑容："想知道？"

木诗诗点头，金色卷发在空中甩了个漂亮弧度。

"我家阿天是——弯的，他喜欢男人，女人都是他的姐妹。"

第一章 > 命运初遇

西苑公寓，阳洛天窝在一楼客厅银色的沙发上，正翻着一本看得津津有味，却蓦地小说打了个响亮的喷嚏，她摸摸鼻子，抬头就看到楼上穿着睡袍露出胸口肌肉的小白脸。

"哼，用不着诅咒我。明儿你输定了。"按照常理，自然而然推断是小白脸暗地诅咒。

列衡宇用最贵族的眼神轻扫过窝在沙发上，发丝凌乱、窝囊如乞丐的阳洛天，冷然转身。

楼下阳洛天正为自己小胜一筹而沾沾自喜，楼上琴键响动，赫然传来飘荡在她梦里千百回的招魂曲。

某人面容顿时扭曲。

约莫是圣华的墙太透风，不知道是哪位八卦狗仔透露消息，阳小哥和列大神之间的私人战争居然闹得全校皆知。

一个是新生代校园偶像，一个是万年稳居话题榜 NOV.1 的尊贵大神。八卦之风油然而起风靡校园，校园杂志社专卖的人物杂志一朝之间被抢购一空，校刊杂志主编兼头牌狗仔张小强同志兴奋得下巴至今没合上……

阳洛天顶着黑眼圈慢悠悠晃到赛道上时，差点被这巨大阵势绊倒。

极目望去，万里晴空之下，旌旗飘飘，绿树红花，别样热闹。帝中总人口加起来不到两千，今儿观众席花花绿绿一片尽是人间好姿态。这家千金小姐带了数个家仆帮忙举旗、那边世家少爷领着数个手下高声呐喊，有组织、有纪律充分体现贵族子弟之奢侈，排山倒海仿佛围观恐龙等古生物般夸张。

不就一个 3000 米长跑嘛……至于这么夸张，有钱人真会玩。

阳洛天揉揉耳朵，斜眼看到身后幽灵般晃悠上来的摄像头，张小强黝黑淳朴的脸蛋露了出来。阳洛天不知道的是，她来圣华不到一个月，就已经被校园狗仔队盯上。一个月来校刊大肆渲染新人阳小哥之雄伟形象，校刊主编数钱数到手抽筋之时也无形中把阳洛天推上风口浪尖。

新媒体时代，谁不八卦？

"哟，阿天。别那么一副臭脸，"乔英宰吊儿郎当的嗓音甩了过来，阳洛天肩膀一重，某人的体重便压了过来。乔英宰好哥们儿似地搂着阳洛天，大手一伸试图将阳某人拧成疙瘩的眉毛顺顺，"小宇子整天就知道弹琴，坐板凳那么久早就发福，你这21世纪体育青年怎么会输？"

阳洛天还没张嘴，略带娇气怒气的女声突然大喝起来，一只小巧却有力道的小手赫然出现，将压在阳洛天背上的乔英宰给一把拽开。

木诗诗秀眉上扬，盯着乔英宰怒喝："姓乔的，你手脚放干净点。别对阿天动手动脚的，男人之间搂搂抱抱卿卿我我，我都替你害臊！"

"别以为你是女的就可以胡说八道，爷们儿之间哪来的害臊！我俩穿一条裤子长大泡一个池子的澡，早就不分你我了！"

木诗诗杏眼大瞪，纤纤手指戳着乔英宰的俊脸，心道阿天就是被你这样的人给带坏的。

她决不能让阳洛天走上歧途。

"阳洛天，你不准走！"木诗诗大喝，转角挡住阳洛天晃动的步子，瞧着阳洛天黑眼珠子四处转悠甭提多有灵气，木诗诗突然有些气闷，"我最初不就想给你道谢吗？谢谢你那天救我。可你躲我做什么？你不躲我本小姐能整天关注和你有关的消息吗？你不躲我本小姐能慢慢发现你小子挺帅真有魅力吗？你不躲我，我能发觉我慢慢地喜欢你吗？总之一句话，你干吗躲我！"

一番不算告白的告白……

阳洛天连想死的心都有了，搞了半天她自个躲着未婚妻，未婚妻反而还贴上来了！早知道当初就不去大明湖畔救什么夏雨荷，不去圣华湖边瞅什么校花撕逼！

这下可好，从小没受过挫折的富家小姐最难打发。若是让木大小姐知道传闻中的"未婚夫"在这里，天还不塌下来！保不齐来一场圣华版的穆桂英抢亲……

阳洛天叹口气，拽过边上四处看风景思考人生哲理的乔英宰。手臂一伸，大气磅礴地搂着小乔结实的肩膀，侧头，语气极其铿锵有力。面不改色对木诗诗说道："我只喜欢男人，对女人没有半分兴趣。你要喜欢我，也可以，变性变成男人。"

从女人角度来讲，阳洛天的话绝对发自肺腑。

可惜她现在是"他"，一个风流俊朗名声初起的男人。

说者有意，听者更有心。乔英宰浑身鸡皮疙瘩冒起，顿觉搭在肩膀上的手力压千斤……

扛着摄像机的张小强手一抖，小眼睛眨巴眨巴，八卦地挖掘到某些爆炸性消息。

木诗诗珍珠般的眼睛里顿时涌起百般复杂情绪，他、他、他竟然？！

小俏脸红白交加，眼眸里复杂之色碰撞，终是幻化成阳光下闪烁的水花，她越来越委屈，"哇"地大哭起来，含泪扭头就跑……

人生最委屈、最悲催的事儿，莫过于你喜欢的异性喜欢同性……

阳洛天瞅着小姑娘晃着满头卷发离开，这才松了口气，边上的乔英宰干笑两声，小心翼翼避开她的魔爪。

待阳洛天无知无觉地转过头，猛然发现目瞪口呆的莫风宋荟乔等人，齐齐竖在她身后……

其中列衡宇深蓝色眼眸里，别样的意蕴悠长……

无论众人怎么想，也无论明儿八卦怎么飞。厚脸皮的阳洛天依旧一脸正义地踏上赛道。

小爷就喜欢男人，怎么了？你们管得着？

枪声一起，喝彩呐喊扑面而来。

阳洛天和列衡宇箭一般冲了出去。

贵族子弟里不乏爱好长跑的人，阳洛天凭借着自身优势，渐渐和这群人拉开距离。和列衡宇并驾齐驱迎风而去，赛场宽敞明阔，赛道别出心裁制作成贵族氏特色的1000米每圈，跑起来倒还轻松。

阳洛天侧头偷偷瞄了眼与之并驾齐驱的小白脸，只见列衡宇气息平稳，栗色头发细碎荡漾着阳光，白衬衫下露出淡淡小麦色皮肤，他安静地跑，眸子里没有半分涟漪，仿佛喧闹的凡尘和他没有半分联系。

居然有人能置身事外达到这种程度，阳洛天心头涌起微微思绪。

然而不等深究那抹思绪的由来，她脸色瞬间变化。

右脚后跟突然刺痛无比。

锋利的钉子扎进运动鞋，刺到脚跟穿透血肉。阳洛天的速度霎时慢了下来，身边的列衡宇渐行渐远……

谁把钉子扔到自个儿脚下的！

跑第一圈的时候这里干净得连渣都没有，怎么凭空出现了只钉子？

仿佛有人伺机把钉子扔到她脚下……

阳洛天咬牙，等她跑完之后一定要揪出那"钉子户"败类！瞥着前方领先她一段距离的白色背影，短短一段距离，她却觉得隔了整片印度洋，阳洛天突然很不服气，心头的倔强劲儿猛蹿。

她尽量抬起脚后跟，用前掌触地跑步。最开始这法子挺有效，疼痛也不明显，阳洛天的速度渐渐提了上去。

越到后面，脚后似揭了伤疤地刺痛，从抽搭着有一下没一下痛，到仿佛整个脚后跟的神经全部崩断似的，钻心的疼痛从下往上，刺激着她的尖锐的神经末梢。

阳洛天呼吸都快停滞了……她居然还天马行空地想起童话里的美人鱼，原来巫婆是在那条鱼的脚跟里放了只钉子……

她的不适掩藏得很好，仅有少数人发觉异样。

"乔英宰，你看我家阿天似乎有点不对劲。"很快忘记烦恼的木诗诗凑过来，珍珠般的眼珠如影随形锁着阳洛天，紧紧攥住手中的啦啦花。

乔英宰也发觉异样。跑道上的阳洛天脸色煞白，光洁的额头上冷汗直冒，原本红润的嘴唇也淡了几分血色，乔英宰心头缓缓升起不好的预感。跑道上的阳洛天却突然加速，奋力朝终点线冲去。

观众席上霎时尖叫四起，欢呼声沸腾不绝于耳。

列衡宇回头，清俊眉眼扫过面色惨白的阳洛天。见她脸色煞白如雪，冷汗沾湿刘海，黑油油的刘海贴在额头上，长袖运动衫也被汗水浸透，仿佛眼前这人就是从水塘里爬出来的。唯独那双黑眼珠子晶亮而倔强，盯着白色终点线久久不转动。

"你输了，今晚12点之后，别让我在西苑看到你。"他声音一如既往，冰冷毫无感情。阳洛天仿佛泄了气的皮球。

周围喧嚣嘈杂，到处都是人声。嗡嗡响在耳边，扰人心神。

他和她就像人群中的两根柱子，笔直挺立，任凭周遭人流涌动。阳洛天微微别过头，沉住气朗声道："输就输，我阳洛天不是什么死皮赖脸的人。"

其实她不但是个死皮赖脸的人，还是个有点小心眼的假小子……

"我并不比小白脸你差，这场比赛仅仅少你0.5秒。我尊重体育精神的公平概念。等会在闭幕领奖台上，我依旧站得笔直。"

列衡宇淡然转身离开，他对什么领奖毫无兴趣，更不愿意见到坐在主席台上那个衣冠楚楚道貌岸然的男人。他参加运动会的唯一目的，不过是要赶走眼前这个扰他心神的小子。目的已达成，日后生活必然清净不少。

列大神前脚刚走，后边张小强扛着黝黑的摄像机凑到阳洛天身边来。

阳洛天瞥到匆匆赶过来的乔英宰等人，原本大义凛然的酷脸瞬间垮了下来，嘴角一咧，吐出一串的嗷嗷大叫，秀眉成八字，右脚颤巍巍的。

她转眼变成受伤害的小猫咪。

"小乔～赶紧带我去校医院，找个钳子来，小爷脚都快废了～"

"轻点～嘶嘶～疼。"

阳洛天咬着白被子，年轻的女护士正试图小心翼翼把被钉子穿透的白球鞋脱下。然而只要她微微用力，钻心的疼痛就蔓延到阳洛天全身，疼得她龇牙咧嘴。乔英宰在一边皱着眉头看着，莫名很揪心。

"小护士，你就不能轻点？"

女护士不敢动了，校医院里最有权威的医生最近出差，她不过初出茅庐，能力远远不如正规医生，"阳医生不在，我……我没办法。要不送到校外医院？这位同学应该是伤到骨头了，鞋子连着钉子，取下来很不容易。"

乔英宰守在阳洛天搭在床沿的右脚边，抓耳挠腮，烦躁又心疼，瞧着阳洛天满头冷汗，一时竟然想不出法子。

阳洛天皱眉盯着自己的脚，小钉子虽小，长期扎在皮肉里痛楚一阵接一阵，把人翻来覆去地折腾，小伤口子居然比痛经还牛哄哄。

"算了，小爷自己把鞋子脱了。消毒之类的小护士你总会做吧？"小护士红着脸，轻点头。

床上的阳洛天咬牙，打算暴力解决问题。她自认倒霉，怨不得谁，反正从小到大跌打损伤数不胜数，长痛不如短痛！

小乔保姆皱眉，阻止阳洛天的动作，试探着问："要不我把你带到校外医院？做个局部麻醉也少受点罪。"

"不用，小伤疤很快就好。"阳洛天伸手，夺过剪刀剪开鞋带。

大门被轰然踹开，木诗诗赫然出现："别乱动！"

突如其来的吼叫，让阳洛天差点惯性地举起爪子投降。

木诗诗盯着阳洛天的脚，皱眉。身后十来个穿白大褂、发丝凌乱的医生被放了进来。

阳洛天混沌之间，麻醉针头已经插到脚踝。伴随着挠痒痒似的痛意，鞋子被脱了下来。

一大帮全副武装的医生围着自己小小的右脚上的米粒大小的伤口转悠，阳洛天厚着脸皮极为自觉地躺在床上，用白被子盖住身体膝盖以上部分。

"阳洛天，你脑袋有病是吧？被钉子穿了脚还跑什么跑，如果脚筋断了那你一辈子不就毁了。不就是五千万吗，犯得着拼上性命和列衡宇去较量。"

"还有你乔英宰，你家没专职医生吗？居然跑到校医院这种渣地方拔钉子，有你这样的哥们阳洛天上辈子究竟造了什么孽……"

事实证明，木诗诗的大小姐脾气不是人人都能消受的，连珠炮似的字句滔滔不绝。阳洛天半眯着眼，阴恻恻想着如果真娶了这位姑娘，未来的日子注定是飞机大炮满天轰炸……

木千金带来的医生果真不是盖的，阳洛天脚跟仅仅有个黑红色小点，周围乌青肿胀，估摸着扎进一厘米深。

好在钉子只是顺着骨头边沿擦了过去，休养几天就没事。

面色古怪的医生们逐一嘱咐着药膏、药丸的涂抹服用方法，语气不甚客气。大有屈才到极致的憋屈感，十几个顶级医生，围着米粒大的伤口问长问短，搁谁都不痛快。

对于医生们的谆谆教导，阳洛天左耳朵进，右耳朵出。她知道乔英宰这位合格保姆定会按时监督自个服药，有乔保姆，她完全不用担心生存问题。

众人散尽，房间里只剩下三个人。

木诗诗憋着气，瞅着盖被子昏昏欲睡满脸惬意的阳洛天。偏偏阳洛天随意懒散躺着的姿势也颇有吸引力，木诗诗连续瞄了好几眼，不禁气闷："阳洛天，你这场比赛输得不值得，姓列的他完全是靠运气取胜。明儿我就让张小强把真相报道出来！还你公道。"

阳洛天懒懒地掀开眼皮，暗自朝乔英宰示意了个眼神。乔英宰心领神会，比了个ok的手势。阳洛天清清嗓子，深沉大义凛然道：

"男人的世界里没有公平与否，我阳洛天输了就是输了，没有什么破理由。小白脸早就想赶我走，我比谁都清楚。这件事别让他知道，否则他还以为我悻伤而骄、死皮赖脸留下，今晚小乔就会帮我把行李搬走。"

阳洛天的话，低沉婉转，和央视主持人报道新闻似的铿锵有力。一副慷慨悲壮模样。

木诗诗眼神飘忽有些动容，而乔英宰眼珠子飘忽到门口。

只听得阳洛天深沉的嗓音继续："我阳洛天不过是来自远方的一个普通家庭，偶然结识小乔，幸得他帮助能够到如此顶级奢华的学院学习，那是我从来没想过的。"的确没想过，谁知道洛白雪那人居然逼迫自家女儿结婚……

"小乔，"阳洛天深情脉脉望着乔英宰，后者忍着呕吐迎接上她的目光，"我欠你的五千万，恐怕这辈子我也还不清了。我家穷，以后我就做牛做马服侍你一生好了。"

乔英宰硬着头皮，感动地点头。心道：阿天你小子，究竟是谁服侍谁！

"木诗诗，你是个很好的女孩子。如果不是我喜欢男人，我一定会娶你的。"

木诗诗霎时愣住。

"还有小白，哦不，列衡宇，他这个人除了高冷点、讨厌点也没啥缺点。还有莫风那小帅哥，人活泼，又聪明，性子单纯，我还挺舍不得他的。"

阳洛天絮絮叨叨良久，乔英宰在边上三声两声附和，直到乔英宰偷偷比了个"成功"

的手势，她才顿住舌头，懒懒地合上眼皮睡觉。

说这么多，兵不厌诈，全都给一个人听。

门外匆匆离开的黄毛莫风，带着阳洛天的期盼飞向西苑。

木诗诗被乔英宰拖着离开校医院，房间里安静下来。

正值正午，白纱窗帘外的世界白亮亮一片，几丝渗透纱帘缝隙的阳光洒了过来，温和地落在床上沉睡的少年脸上，白皙透明。阳洛天嘤咛一声，迷迷糊糊嘟囔着入睡。

梦里她穿着一袭白色西装，含笑着，纤纤右手牵着小白脸走入屠宰场的殿堂……

当日下午，阳光晴好。

西苑别致的客厅角落，大理石地板凉意幽幽，靠近落地玻璃窗，窗外绿意森森，窗内一架白色钢琴安静而立。

列衡宇纤长遒劲的十指飞跃在黑白琴键上，轻轻柔柔的音乐流躏在指尖，和着暖风在微微浮动的空气中酝酿。深蓝色风衣摇曳着，他清雅得不像个凡人。

蓦地，音乐声戛然而止。

他脑海里再次浮现出莫风忧伤而明媚的言语：阳洛天的脚受了伤，所以他才能轻松赢……

虽然他不喜欢这位新室友，粗鲁、无礼、蛮横、暴力，两人之间隔了浩浩荡荡的太平洋，根本不是同一个世界的人。

可与生俱来的高傲，让列衡宇更不愿意乘人之危。

正想着，大门外传来窸窣响声。

大门"吱呀"一声打开，阳洛天清俊姣好的脸露了出来，身后跟着高个子的乔英宰。列衡宇不言不语，眸光落在窗外绿意葱茏的树梢上。

"小乔，你先帮我把被子衣物拿下来，其余的大件交给搬家工人。"

"我家那边已经安顿好了，还差一个男保镖。月薪我偷偷给你加了不少。"

"谢啦，哥们儿。那五千万是找不回来的，不过我阳洛天虽然穷，但穷得有志向，有生之年一定全款还你钱！"

"阿天，我们俩之间还谈这些做什么……"

窸窸窣窣之间，乔英宰和阳洛天已经搬下半人高的衣物被子。

阳洛天似乎才瞥到角落里的列衡宇，想了两秒，几步几步凑过去，走的过程中，尽量让自己看起来健康如常。

"小白脸，小爷愿赌服输。以后这间别墅只有你住，没我这个半夜踹你门的混球，倒也乐得自在。"阳洛天尽量站直身子，眼神坚定。

列衡宇清淡的眼眸扫过阳洛天的右脚，仿佛那只脚并没有什么异样。可他知道，这只脚曾经扎进一颗钉子。

再回眸瞥了一眼阳洛天的脸，略带苍白，犹有病容。

偏要装作无所谓。

"还有一句话，掏心掏肺的。"阳洛天斜眼瞄着某人，见他脸色依旧没有动容，"你半夜弹的那曲子真恐怖，明明是春暖花开、你侬我侬的曲儿，非要弹得如丧考妣。你以后还是挑个心情好、天气好的日子再敲琴键吧。"

再一瞄，小白脸还是那副死人脸。

阳洛天有些心急，忍着揍人的冲动别过身子。

"小爷愿赌服输！"

阳洛天一步一步往回走，每一步都像是踩在刀尖子上。难不成那小白脸还不知道自己脚受伤的事情？按理说这种高傲性格的人，一般都挺好面子的，胜之不武的事情绝对有损他们高贵的自尊。

对面的乔英宰挤眉弄眼，阳洛天苦着脸，如果小白脸再不发言，她可真要动用暴力了。谨遵她师父教导，世界上没有比绝对暴力更有用的方式。

还不说话？

哑巴？

阳洛天眉头拧成面团，袖子下的指头渐渐握拳。

"等等。"

阳洛天第一次觉得小白脸的声音这么好听。她慢慢扭动脖子故作无知转过头，眨巴眨巴眼睛，"啥事？"

列衡宇起身，风衣掀开一抹优雅卓绝的弧度。

"你不是一直盼着我说话吗？"

阳洛天："……我听不懂。"

"你可以留下来，以后有的是机会赶走你。"

虽然他的话刺耳点，不过阳洛天第一次由衷感激着小白脸，以后谁赶走谁，还是未知数……

"别以为我不知道你心里那点鬼主意，故意让莫风听到风声，故意把自己置于全校舆论的同情地位，故意在我面前装疯卖傻，不过就是为了留下来罢。还有，五千万借债租豪宅的幼稚谎言，听着实在有辱我智商。"

阳洛天："……"

这个人脑子里装的是哪个牌子的豆渣，都精明到这种地步了？

"不过你输就是输，没有公平与否。以后你我同一屋檐，各不相扰。"列衡宇看着阳洛天的眼睛，看她闪着黑色碎光的睫毛簌簌煽动着，额前细碎的刘海有些凌乱。

阳洛天第一次听小白脸说这么多话，每句都刺耳得要命，扎得人浑身难受。从小到大，从没有人用这种语气和自己说话，有些伤人，有些淡淡的难过。

她性子野惯了，无拘无束。若不是被逼到绝境，策马江湖的性子绝不会寄人篱下。洛白雪不了解自己的女儿，阳光华不理解自己的女儿，唯一理解自己的人已经逝去……

身处万里之外，她蓦然有些忧伤。

"小乔，咱们把东西搬回去。今晚小爷要痛痛快快睡一觉。"

阳洛天哈哈大笑，踩着伤口忍着疼痛，一步步离开列衡宇的视线。

很快一场闹剧结束，阳洛天把自己锁在被窝里昏昏欲睡。列衡宇抬头望着紧闭的西门，他分明看到阳洛天临走前眼底转瞬即逝的淡淡悲伤。

其实他早就看透这个小子的诡谲谋划，在阳洛天说出那句"明明是春暖花开，你侬我侬的曲儿，非要弹得如丧考妣"之前，列衡宇早已下定决心把他赶出去。

可这句话，似是朦胧黑暗里一抹烛光忽然照亮他的思绪。

多少年来，这个粗鲁蛮横的小子，居然是第一个听透他琴音的人。那支《春日·爱·协奏曲》，本来就是轻快优雅的曲调，他心有结，弹不出春风暖意的情思。

有生以来，列衡宇第一次有些淡淡的欣喜，夹杂着淡淡的悲哀。

肃穆幽静的音乐厅，空荡荡人迹罕至。

清澈的琴音徐徐流淌，灯光落在他檀棕色的发丝上，柔柔抚摸着他俊美的侧脸。修长的十指飞动，行云流水般落在黑白琴键上，休止符落定，音乐戛然而止。

"啪啪啪~"

淡薄的掌声响起，观众席上的白裙少女拍着手，走上舞台中央。

"真好听，流畅婉转。下个月的音乐会，冠军非你莫属。"少女嗓音轻轻柔柔，琼玉碎裂般动人。

列衡宇长睫微动，修长的食指慢慢划过黑白琴键，一个音都没有响动，"这首曲子，弹得很好吗？"

宋荟乔笑容微滞，似乎想要微笑，想要习惯性地动动唇角。随即不着痕迹别过脸，轻声笑道："当然好听了，春日爱恋曲，春光明媚时节里的爱恋，春风拂面仿佛灵魂都在颤动呢。宇，你的音乐才华独一无二。"

宋荟乔如同一个音乐点评人，每个字符都尽善尽美。

列衡宇却忽然记起阳洛天的话——明明是春暖花开、你侬我侬的曲儿，非要弹得如丧考妣。

> 未婚妻来袭

住房危机暂时解决，澳洲那边的父母正在忙活着网球赛事，阳洛天最近的小日子过得甭提多惬意了。

肆无忌惮的本性随着脚上米粒大的伤口复原也全数恢复，蹦蹦跳跳四处乱晃。列衡宇仿佛身上安装了个闹钟，午夜时分准时敲响琴键，阳洛天已经对如泣如诉的鬼魅琴音形成抗体，大有每晚不听一会儿不能入眠的架势。

两人依旧水火不容，高贵优雅的列大神依旧看不惯这位生活一团糟的舍友。阳洛天也不在意，该发脾气的时候发脾气，该捣乱的时候捣乱——反正列衡宇也打不过自己。

另一边，粉色漫天飞舞的公主屋。

木诗诗端正身子坐在书桌前，皱着好看的小眉头，眸子盯着她爷爷刚送给她的照片。

照片上阳光般俊美的少年，着一袭肆意飞扬的运动衫，胳膊下夹着一颗排球，露出白亮牙齿，笑容别样动人。

木诗诗深吸一口气，小手里的照片慢慢地被捏成团，她咬牙切齿盯着窗外俏生生探进来的一树红艳艳的桃花。

　　阳洛天，原来这就是你躲本小姐的原因。

　　今儿阳洛天的小日子过得特别诡异。

　　总感觉有一股阴气十足的浓烈怨气穿透教室墙壁将自个围绕得密不透风，扰得她浑身都不痛快。这滋味，恍若被搁在案板上被人来来回回翻转，思考着怎么下刀才最美味。

　　阳洛天的左眼皮一个劲儿蹦跶，她疑心最近是否又做了什么伤天害理的事情。

　　不远处张小强溜达过来，敲敲阳洛天的桌子，"哥们，天价采访费已经汇入你账户啦。有空你去查查看，那可真是天价，宋仲基的采访费都不如你的高呢。"

　　阳洛天懒懒点头，托着下巴继续三省吾身。我做了什么坏事呢……

　　边上的乔英宰来劲了，兴冲冲问道："你拍了那么多片子，有没有个视频剪辑送给我俩？就当是留个纪念给我家阿天。"

　　张小强苦着脸，"这没法，我那摄像机不知道哪滴水落了进去，现在还在修理。约莫着三天后才能把片子取出来。你放心，阳小哥的记录我一定给你们一份。"语罢，上课铃响起，张小强忙溜回座位。

　　越是高级的摄像机越容易出毛病，贵族圈子里连一台摄像机都娇气得要命。

　　"阿天，你今儿不在状态。昨晚又踢被子了？"乔英宰瞅着阳洛天耷拉着脑袋，快快不乐。

　　"难不成小宇子又欺负你了？你等着，下课后我替你出头。"

　　"不是……小白脸从来都是那副死鱼脸，天天看我不顺眼，仿佛世界之所以邪恶是因为我的存在般。其实嘛，我总觉得今儿有怪事发生。"

　　乔英宰一巴掌"啪"地落在阳洛天头上，大手使劲揉着她毛茸茸的头发丝儿。阳洛天横眉倒竖，甩甩脑袋扔出烦恼，两人很快打成一片。

当夜，阳洛天一如既往在咖啡厅里忙忙碌碌。

临打烊，咖啡厅里的客人渐少，坤叔有事先离开。阳洛天神经紧绷了一天，此刻已经昏昏欲睡。一手托住下巴，眼前忽而模糊，忽而清晰。

窗外夜色深深，湖边细碎的晚风划过，带来一阵柳枝春草清新怡人的暗香。

门铃丁零一响，粉红色身影踏着月色靠近。

"一杯焦糖玛奇朵。"

熟悉之极的嗓音，阳洛天瞬间清醒过来，眯着眼望着复古窗棂前的少女。她记起列衡宇说过一句，"工作时间无故离开，扣工资。"

"989元，付账。"阳洛天尽量使自己的语气温和，攥着托盘的手指不着痕迹地收紧。这位小姐三天两头找她麻烦，今儿又是哪阵妖风把她吹来了？

要说阳洛天天不怕地不怕，就怕这位意志坚定的小姑娘。有时候真希望命运能给自己一个利索痛快，免得整天担惊受怕月经不调。

木诗诗的眸子划过笑意，喝了口香浓咖啡。

"阳洛天，你是不是有话对我说？"

心头有鬼之人，总能挑出对方话里的骨头，阳洛天紧绷的神经冻了冻。

"喝完咖啡请走，这里要关门了。"她语气上扬，转身离开。木诗诗猛地起身，三步两步挡在阳洛天面前，秀气地叉腰，"阳洛天，你对包办婚姻有什么看法？"

"……"

阳洛天终于明白今儿左眼皮上马达的原因，果然纸包不住火。干脆转身，一屁股坐在椅子上，懒洋洋翘着二郎腿，掀开单薄眼皮目光直视这位漂亮带刺的"未婚妻"，眼睛半眯半睁，神色慵懒而淡然。

这位姑娘沉不住气，连珠炮轰炸道："阳洛天，你刚转学的时候就知道这件事情对不对？所以故意躲着我。如果不是爷爷告诉我这件事情，本小姐就被你给蒙在鼓里了！我哪里不好，你非要喜欢男人。"

"我只喜欢男人。"说得理所当然。

木诗诗大怒，双手猛拍在木桌上，居高临下盯着阳洛天。一字一句，句句惊心："我不管！一个月后我就满十八岁了。一个月之后我们就订婚！本小姐赖定你了。"

语罢，木诗诗昂首挺胸，她说不出对于阳洛天的感觉是不是喜欢：时常会留心这个少年，关注他的一言一行，会时不时盯着他的背影犯糊涂，喜欢他无所畏惧的笑容……即使他总是避开自己。

"还有，昨晚我和洛阿姨通话。她亲口承认我这个儿媳妇，等她从澳洲回来，我们的婚事就这么定下来了。有空我带你去看心理医生，好好的男人价值观怎么这么扭曲，我一定要把你的性取向给纠正。"

阳洛天突然很心塞，后背脊梁蔓延凉意，凉到了骨子里……不是因为木诗诗的言行，而是因为远在澳洲的母亲……

第二天，校园头版八卦被惊天消息占据。

全校人都知道转学生阳洛天和校花的剪不断理还乱的爱恨纠葛。

木诗诗大家闺秀的不服输精神得到淋漓尽致的体现，现在她追的是自己的未婚夫，名正言顺。再也没有女生在背后嚼她舌头，更多的是羡慕嫉妒恨。

阳洛天几乎生活在水深火热之中，她从来不知道女人可怕起来能达到如此境界！走路，她冒出来；道馆训练，她冒出来；吃饭，她冒出来；上课，手机一个劲儿响动；上茅厕，另一边鬼气森森递了两张纸……

一连折腾几天下来，阳小哥身上的肉都掉了几斤。

第一章 > 命运初遇

好不容易抽出个空闲，阳洛天摆脱未婚妻，窝在乔英宰的宿舍里和莫风猛打英雄联盟游戏。

莫风自认为是游戏中数一数二的高手，打遍游戏界无敌手。今儿才知道世上有种人叫阳洛天，浑身冒火狠辣十足。电脑键盘被阳洛天敲得震天响，屏幕上发疯似的武装人到处挥刀，血液几乎渗透屏幕落入现实……

最终键盘不堪重负，碎裂成小片。

"阳洛天你疯了！我心爱的国际限量版键盘，八万美金超一流的游戏专用系统！你居然，你居然把我心爱的设备给'分尸'了！"莫风一甩胳膊，满头黄毛乱蹿，肉痛地盯着碎裂的黑色键盘。

阳洛天叹气，就地躺在地毯上，两只胳膊枕在脑后，双目无神地盯着白色天花板，"不就一破键盘嘛，明儿给你换个新的……额，我忘了，我现在是个穷光蛋……"后面一句话，淡淡的悲哀，奇迹般地压制住莫风汹涌的怒火。

她现在再也不是 A 市那个玩世不恭无所牵挂的少年，

再也不能和 A 市道馆的朋友们把酒言欢，

再也不能有事没事去师父家蹭饭……

从一个月前洛白雪回家开始，一切都变了……逃离 A 市，来到陌生的贵族高校……

"我就开个玩笑，不就一个键盘嘛，你脸上是啥表情，看得人心塞。"莫风嘟囔着，余光瞥见走进来的乔英宰，忙示意他过来劝阻几句。

乔英宰套着白色 T 恤，露出结实壮硕的肌肉，男人味十足。他瞄了眼躺在地上的人，叹了口气，蹲下身子猫咪似的挠挠阳洛天的头发。

"我说阿天，不就是木诗诗那小妞嘛，有什么烦恼的。她有钱有身材有相貌，当你未婚妻绰绰有余，有什么可挑剔的？要是我啊，能有这么个漂亮姑娘喜欢，做梦都要笑醒。"

阳洛天爬起来,星空般的眸子盯着乔英宰。

"你之前给我说未婚妻是个丑女,我还挺同情你的,谁料是木诗诗这朵花。早知道我就牵红线把你们凑成一对了。"乔英宰还在劝她改邪归正。

阳洛天眸子微眯,一字一句问道:

"小乔,从哥们儿角度,从我家庭角度,你真觉得我和木诗诗应该在一起?"

"当然……阿天……"乔英宰突然说不出话来,现在的阳洛天,浑身冒着戾气与哀伤,像受伤的野兽。原本灵动十足的眼珠子凝成一团冰,她俊秀的面容死气沉沉,陌生得让人恐惧。乔英宰突然有丝丝不着痕迹的心痛,一下下抽着他脆弱的神经末梢。

"乔英宰,你大爷的!"

阳洛天怒吼,眼睛猩红,头也不回冲出屋子,大门轰然关闭,震得墙壁颤了颤。乔英宰心神一震,说不出的情愫蔓延心头。

莫凤吓得一屁股瘫在地毯上,眨巴萌眼睛盯着紧闭的房门,又看看同样目瞪口呆的乔英宰,谁也不知道阳洛天发哪门子火……

阳洛天几乎是风一样冲出校舍,已经半夜三更,雪亮的路灯掩映纵横交错的小路,地上一片片黑影晃动。

也不知道走到哪里,仿佛眼前全是交错无边的路。

坐在人行道边的凉椅上,雪白灯光从路灯上洒下来,阳洛天突然觉得很冷,冷到骨子里。

嘀嘀嘀……

手机响动,裤兜动了动……

"阳洛天!你小子最近混得不错啊!诗诗都和我说了,你整天避瘟疫一样躲着她。我告诉你,这个媳妇儿我洛白雪认定了,你敢动什么幺蛾子我就敢出绝招。你私自离家出走的事情我暂时不和你计较，等你爸赛事结束后我再来找你喝杯茶！"

阳洛天静静地听着洛白雪果敢犀利的话语，思绪辗转飘忽到这十八年来的往事。十八年前的一个错误，让她好好的女孩儿不得不被当成男孩子养活。这些年来，父母忙于各大国际赛事鲜少归家，她被养成无拘无束的野马。直到有一天，飘飞的父母回来了，还不等她开心一秒，沉重的牢笼已经套在她这匹野马身上……

从来不问她愿不愿意……

"阳洛天，我在和你说话呢！你好歹冒句话出来！我儿媳妇你可得照顾好，少一根汗毛我回来和你拼命，就这样，你爸这边还有事，回头找你算账……"

阳洛天随手甩开手机，仰头眯着眼，透过路灯看黝黑的天空。右脚心的伤口一阵子疼意，扎进骨肉的痛。亲人不理解她，朋友不赞同她，从来没觉得世界这么悲观。

……

许久，阳洛天才别回脑袋，灯光落在地上铺出一道黑色影子，眼神渐渐清明。

管他呢，兵来将挡，水来土掩，小爷我才不是什么封建主义牺牲品！阳洛天利索起身，踏着悠悠夜色朝西苑公寓走去。

夜深人静，暗处一双深蓝色眼眸，穿透黑暗捕捉住那保留在夜风中的几丝忧伤。

夜色，路灯，长椅，少年。

原来发疯的野兽，也会有心底的无奈。

深蓝眸子的主人一转身，就看见怒瞪着自己的阳洛天，像一只孤单充满戾气的小兽。

"你半夜不睡觉，偷偷跟踪我做什么？"阳洛天咬牙，有种被抓包的羞愧感。

> 美人奇遇记

列衡宇挑眉，用深不见底的眼眸锁住这张白皙俊脸，似笑非笑道："无意中路过，才发现动物也有情感。"

动物……你才是动物!

阳洛天的怒气一下子被点燃,捏着拳头。一抬头才猛然发现列衡宇的个子很高,她甚至需要仰头才能看清楚那欠揍的小白脸。

列衡宇总能轻易挑起这只动物的情绪。

阳洛天眯着眼,百转千回突然道:"动物怎么没情绪?你列大神的情绪比动物还浓烈。整天弹琴,却把乐谱要表达的真正感情给扭曲成渣。你说你是不是得了忧郁症?弹什么曲子都悲悲戚戚像丧曲。"

眼见着小白脸得意的脸垮下,阳洛天心里的疙瘩终于消散几分。果然凡事都要学会比较,有比较才会有优势,有优势才有满足感。

"……不喜欢就拒绝,何必把自己锁在笼子里。"列衡宇淡淡说道,转身,留下一道修长挺拔的背影。

愣在原地的阳洛天花了好长时间才弄懂这句话的深意,不喜欢就拒绝……他说的是木诗诗的事情……

为什么所有人都不能理解的事情,偏偏小白脸看透了……

木诗诗的狂轰滥炸依旧不停歇,阳洛天叫苦不迭。现在的阳洛天见着女性就有种难以言喻的不舒服感,洛白雪这一招果真好,彻底断了她女儿走上 lesbian 的道路。

今儿好不容易逃脱木诗诗的追捕,阳洛天提前赶到湖边咖啡厅避难。

因为来得早,咖啡厅里几乎没有顾客。阳洛天跟坤叔打了声招呼,钻进屋子里换上 waiter 服。谁知道刚从里屋出来,就瞥见推门而入的木诗诗……

前前后后忙活着,女顾客渐渐拥了进来。阳洛天忙前忙后,仿佛这些女学生都知道木诗诗和阳洛天的事情,她们特别有默契地当着木大小姐的面儿和阳洛天家长里短,别样情深似海。

木诗诗最后终于忍不住,看着阳洛天在一堆莺莺燕燕里喜笑颜开,大小姐脾气倏忽冒出来,起身,头也不回跑出门外……

好不容易折腾完,营业时间终于快结束。客人基本消失,阳洛天擦了把额头的汗水。

"黑咖啡。"有人淡淡说。

阳洛天深呼吸,扫除一身疲惫,从坤叔手中接过托盘,揉揉胳膊朝窗边靠近湖水的那个位置走去。

那位短发美女正专心致志望向窗外波光粼粼的湖水,路灯昏黄的灯光洒在湖水上,荡漾出一波又一波的碎金光芒。她美丽的脸庞上洋溢着别样的微光,说不出悲喜。眼角微微上翘,顾盼生姿,蓝色眼眸里的妖冶风华不着痕迹。红唇轻抿,似在深思。

阳洛天的眼神502似的粘在她身上,真真是被惊艳了一把。圣华学院果真是极品汇集地,列衡宇一个极品,眼前一个极品。这姑娘削着薄薄短发,唇红齿白,美艳大方,大有一种说不清的诱人妖冶气质。

阳洛天看惯了圣华各色美人,木诗诗的娇气,宋荟乔的典雅,班主任的气质,头一回见到这么出众别致的姑娘,阳小哥骨子里的流氓审美品质蠢蠢欲动……更惊悚的是,狗改不了吃屎的阳洛天居然又冒出调戏良家妇女的念头,想当年她在A市道馆,跟着一群爷们泡遍天下无敌手,挥一挥衣袖,不带走半片云彩……

"我可以坐在这里吗?"第一招,接近。

美女不回答。阳洛天"嘿嘿"地笑着,一扫几天来的阴郁,兴致勃勃盯着眼前的美人儿。越看越觉得惊艳万分举世无双美到没朋友……世界上居然还有这样集妖艳与淡漠于一身的姑娘!如果洛白雪让自己娶眼前这位,也不是没有商量的余地……

"嘿,美女。咖啡在这里,你要我帮你试试温度?"阳洛天吹吹口哨,对面那位美女转过头,凤眼深深看着这位凭空冒出来的俊俏小流氓。黑白相间的 waiter 服,贱兮兮的笑容,灿若星辰的眼眸,浑身散发着说不清的灵气灵动,美女红唇轻勾,眼眸深深。

阳洛天差点就被这诱人眼神给打趴,从来没有想到自己会被一个女人的眼神给电到。

"美女,有男朋友了吗?有也没关系,再好也比不过小爷我。你说你这么美丽的一个人,怎么会在深夜里独自喝咖啡?小爷我真心疼。"

对面那位美人神色古怪,浅色衣衫下的纤纤手指动了动,捏着衣角。美人静静地听着阳洛天的调侃,看阳洛天那张嘴一张一合,凤眸飘过深思浅怒。

"这杯咖啡我请你,我怎么忍心让美人掏腰包。我阳洛天虽穷,可穷得有尊严!明儿天气正好,最最适合约会牵手,不知美女你是否有心与我携手同行?"

美人还是不说话……

阳洛天心里怀疑,这位美人莫不是哑巴?脸色怎么这么古怪?瞧她年纪似乎也比自己大点,有可能是三四年级的学姐……更奇怪的是,这位美女明明美貌超越宋荟乔,怎么也没听过她的存在?难不成不是学生?

想到这,阳洛天摆出自认为最帅的姿势,微微侧着脸,露出姣好模样。

"美女,芳名可告知?"

那位美女盯着阳洛天的俊脸,勾唇一笑:"宋浩瀚。"

笑容中分明夹杂着难以掩饰的怒气。

甭提多么有磁性的嗓音,悠悠如同窗外边的湖水。

阳洛天大骇,一个重心不稳,真真儿从椅子上跌倒在地。她不可思议地盯着眼前这位美丽不可方物的——爷们儿!

当男人当出新高度啊!

"你……你……"

磕磕巴巴半天也吐不出一个完整的字眼，阳洛天这才注意到美女绝世的面容有几分刀削斧砍的男儿气势，白皙脖子上滚动的喉结，浅色的男士风衣……

一生放荡不羁爱自由的阳洛天，头一回摔下马吃瘪……

坤叔听到动静，忙赶了过来。瞧见三魂六魄不齐、坐在地上的阳洛天，又看见那位美貌少年。赶紧扶起阳洛天，朝宋浩瀚弯腰鞠躬：

"大少爷，有什么对不住的地方请原谅。"

大少爷红唇微勾，凑近脸色不正常的阳洛天，素手一抬勾起阳洛天白皙光洁的下巴。

阳洛天有种下巴被冰块给冻住的错觉，她呆滞地望着宋浩瀚蓝色的瞳孔……

运动会前夕，为了更好地了解列衡宇的能力背景。阳洛天找到关于列衡宇的独家资料。列衡宇来自圣华集团，当任校长宋任重前妻的儿子。据说校长私下风流，和现任妻子早有一腿。他们有个私生子名为浩瀚……浩瀚衡宇，圣华集团的两位继承人。

而这位宋浩瀚，圣华三年级一班学生。他的确出名……出名的gay，出名的有仇必报，据说最讨厌别人称赞他美得像个女人……刚才，夸了几次对方的美貌？阳洛天只盼地上有个缝。

"阳洛天是吧，有空本少爷好好陪你玩一场。"

阴森森的话，从红唇白牙中缓缓渗出，阳洛天恍惚被吸血鬼盯上。

"哈哈……小爷喜欢、喜欢女人，你又不是……"阳洛天住嘴，惊觉自己又在揭伤疤。

宋浩瀚龇一口银牙，居高临下捏着阳洛天的下巴，发觉这少年皮肤滑溜溜，忍不住再三捏捏她下巴上的肉。

"你喜欢女人？呵，我喜欢男人。"

语罢，将性感的模样展露在阳洛天脸蛋前，红唇微启，朝着阳洛天吹一口浓郁阴风，宋美女非常满意地看到阳洛天打了个哆嗦。

当夜，阳洛天辗转难眠。

她想了很久，最近有四大难题缠绕：

第一，木小姐孜孜不倦的胶水纠缠。

第二，这位宋浩瀚怨妇般的仇怨。

第三，找到那个朝跑道扔钉子的败类。

第四，同一屋檐下处处刁难她的小白脸。

阳洛天毕竟是聪明人，很快就分清楚事情的轻重缓急。凡事先易后难，必须先把木诗诗的事情给解决，年轻女孩儿的恋爱心思大多容易解开。至于那位宋浩瀚美女，阳洛天坚决相信拳头的力量……

要一次性完全摆脱未婚妻，那么就不得不下一盘险棋，彻底让她死心。

阳洛天正想着，手机嘀嘀响起，一条短信。阳洛天差点就被这条短信给压垮，只见屏幕上扎眼地写着：

"小天天，乖乖到我碗里来。"

署名：宋浩瀚

小天天……

阳洛天浑身冒冷汗，爪子攥着手机噼里啪啦打出一行字。

阳：我有一个漂亮可爱、活泼大方的未婚妻，你闪一边去。

宋：你认为在帝中还有谁能够比本少爷美貌的？今儿是哪个小流氓在我面前晃来晃去。

阳：……你要知道，每个人都有犯错的权利。

宋：心灵鸡汤不管用，小天天～本少爷最喜欢有味道的男人。尤其是你这种模样俊俏的小哥。

阳洛天一把扔掉烫手的手机，终于明白风流会惹出大祸。蒙上被子躺尸，一睡就睡到天明。

事实证明，圣华的贵族们个个奇葩。

木诗诗对阳洛天的死缠烂打是时时刻刻，阳洛天总有法子躲开。然而半路杀出个宋浩瀚，此人阴气十足，他如同幽灵般，总在阳洛天不经意的时候大打出手。用那双幽蓝眼眸，静静盯着阳洛天的一举一动。

"阿天，你什么时候得罪宋浩瀚那小子了？他可是出了名的难折腾。"午后休息时间，神经大条的乔英宰终于发觉阳洛天的不对劲。窗外婆娑树荫下，那道鲜红色身影扎眼得要命，凤眼轻挑顾盼生姿，总能百发百中地落在教室里的阳洛天身上。

阳洛天淡淡瞥了眼窗外，窗外的宋美人悄然抛送了个惊天地泣鬼神的媚眼。如果宋浩瀚是个女的，阳洛天早就屁颠屁颠跑过去审美，可惜是个男的……

"也没什么，就不小心把他调戏了几番。谁知这人就贴过来了。"还每晚发些龌龊的短信，送几张眉眼如画的美照。阳洛天倒也不拒绝美人照片，顺手就把这些美照发到社交网站，点击率还挺不错……

乔英宰长长"哦"了声，你倒是谁都敢调戏！小乔同学忽地回忆起某些不堪回首的往事，压低声音道："阿天我跟你说，以后出门把裤腰带给勒紧点。宋浩瀚那人什么都敢做！上学期他不知怎么地看上莫风了，第二天就把人家裤子给扒了。从此莫风就有了心理阴影，只能靠打游戏消磨意志麻痹神经。"

把人家裤子给扒了……

阳洛天神色古怪，右手悄悄攥紧自己的牛仔裤，试探着扯了扯。挺结实的，估计扯不断。小爷我一身空手道绝技沿袭于顶级特工，怕个毛线！

"滚，他敢扒我裤子我就敢一脚圆了他当女人的梦！"她面露狰狞，骨骼由内向外"嘎吱嘎吱"作响。

看到阳洛天如此流氓，乔英宰当即就放一万个心了。

另一间教室，窗边的人抬眼望向绿荫下，他深蓝色的眸子划过深思。这两天，总是能在二年级楼区见到他所谓的哥哥。

当夜，阳洛天翻来覆去思索着明日的惊天计划，想着想着顿觉口渴。她冲出房门跳到楼下客厅，飞也似倒了一杯水咕噜咕噜往肚子里灌。

有时候坏心眼地想，真希望列衡宇、宋浩瀚这些人能够活在她肚子里，这样一杯水下去就能淹死他们。

水杯见底，烦恼还在。

阳洛天一扭头，就看到踏着月色推门而入的小白脸，雕花大门轻然关上时，阳洛天斜眼瞥到屋外一树繁花，以及小白脸那一抹如天幕似的深蓝衣角。

列衡宇只淡淡掠过盘腿坐在沙发上、面容含恨的某人，以及阳洛天嘴边未干的水渍。每天不得不见到这样邋里邋遢毫无仪表的人，有意无意刺激列衡宇高贵的洁癖神经，他居然渐渐也就习惯了。

阳洛天撇嘴，一把抹掉嘴角湿漉漉的水渍，袖口湿了一片。按照阳家小邋遢的经验，这位高贵的大神会迈着最贵族氏风雅的脚步，目不斜视，上楼，弹琴，睡觉。

就像天神看不惯乞丐，卖馒头的瞧不起揉包子的，反正不是同一世界的人。

今儿那位天神却下了凡。

阳洛天撇嘴，窝在沙发上，懒懒掀开眼皮抬头看了看隔开一米远的小白脸，"是不是小爷又做错了什么？老板你又要挖空心思扣工资。"

列衡宇眼眸微闪，声音波澜不惊："你和宋浩瀚的关系。"

明明是一句问话，八个字连半点发问的语调都没有，皇帝大人高高在上金口玉言，阳洛天这种小贱民只有扣头谢主隆恩……个毛线！

难道要明明白白告诉列衡宇：喂，亲，阳大爷见你哥哥貌美如花适合成家，色心大起上前调戏了两把，谁知道你哥非要整天装鬼跟着。

想了想，阳洛天故作无所谓耸肩，捋捋帅气刘海，露出光洁的额头："你哥不知怎么就看上小爷的帅气，非要死皮赖脸跟着，蓝颜祸水，你让我解释什么鬼。"

列大神是何等高明人士，银色沙发上那位小子满脸写着："小爷我就是在撒谎你能拿我怎么着大不了又被扣工资哼哼。"列大神蓝眸深深，窗外夜色浓浓，水晶灯明亮的光芒下，阳洛天忽然觉得很冷……

"半年前，篮球场上，英宰一个不小心把篮球扔到宋浩瀚身上，留下浅浅一道灰色痕迹。之后，宋浩瀚如现在徘徊在二年级楼区，三天后英宰的裤子就被扒了。"列衡宇淡淡从容，提醒又似警告，"要知道，论武力，英宰远在宋浩瀚之上。"

对于小白脸难得超过十个字的发言，阳洛天第一个反应是：原来被扒裤子的是小乔……嘿嘿嘿嘿。

第二个反应：我一定打得过宋变态。

第三个反应：他们果真是兄弟……

阳洛天眼珠子滴溜溜转，小狐狸似的挠挠头发，模样灵动又俊俏，列衡宇的眼神落在她脸上。

"我、我也没惹到他。"阳洛天咳了下，转转眼珠子，"就小小地调戏了下……"

从"调戏"两个字眼冒出来的一瞬间，屋子里气氛瞬时变了变。

阳洛天生怕因为这个又被小白脸扣了工资，调戏老板的哥哥，这罪过实在有点大。

她赶忙又解释道："这也不能怨我，要怨就怨你哥长得太有特色，是个人都会色心大起。我一青春荷尔蒙旺盛健康发育的男人，犯点男人都犯的错误也没错。"

一个"哥"字，刺痛了列衡宇的耳朵。

阳洛天话还没说完，列衡宇已经抬步走上楼。

盯着他高傲的背影，冷漠又桎梏，仿佛刚才的一言一行都是幻觉。阳洛天揉揉眼睛，袖子上的水渍沾到脸颊上，刺得皮肤一阵冰凉。

"有毛病。"阳洛天低骂一句，一个筋斗从沙发上蹿起来。

当夜钢琴声嘀嘀咄咄响起，阳洛天翻来覆去睡不着。琴声幽幽缓缓，相比之前的调子增添了说不清的复杂情绪，似是悲哀，又似是怨恨，和以往空灵寂寥的曲调完全不同。

琴声穿墙过缝使劲往阳洛天耳朵里钻，誓死不让阳洛天见周公。

明儿有大计划要做，这琴声连绵不绝地弹了个无休止。在床上翻煎饼的阳洛天受不住，昏昏沉沉跑去扣东屋的白门。

琴声戛然而止。

列衡宇将门开了个小缝，瞥见门口一个包裹着毛毯的怪物。怪物眼神昏沉，满眼忧伤。

"小白脸，我不就调戏了你哥吗！用得着弹这么悲哀怨恨的调子折磨我？你实在要为你哥报仇，大不了你把我给调戏回来。让我睡个好觉行不！"

列：……

天空碧蓝，暖洋洋的春日温柔铺洒在粉红色窗帘之上。

轻悠悠的歌声从公主房飘出来，漂亮的卷发姑娘收拾好化妆包，对着清亮的镜子抛了最后一个媚眼。

小脸、大眼、金色卷发，珍珠似的眼睛波光流转，红唇一挑便是人间美色。

木诗诗笑眯眯地关上房门，哼着小歌朝圣华西苑走去。

今天，是她未婚夫第一次约自己的重要日子！

"阿天？今儿打篮球，去不？都九点了，你还赖在床上不肯起来？"

乔英宰套着件 T 恤窜进西苑公寓，四处晃了晃也没见到阳洛天慵懒修长的身影。挠挠脑袋上那撮黄毛，乔英宰抱着篮球敲了敲西门。

门受力吱呀一声自动打开，这小子又忘记了随手关门。

乔英宰探了半个脑袋进去，小厅里杂七杂八都是些五花八门的杂志、形单影只的袜子、乱放的拖鞋……简直就是重量级垃圾车开进这屋子里并爆炸了，留下触目惊心的残破光景。

小心拱进阳洛天房间，床上的黑白被子凌乱堆在一角，书桌上的电脑处于待机状态。乔英宰眼珠子四处转了转，小心翼翼避开地上杂七杂八的东西，哪里都正常，乱而不脏，唯独没见到阳洛天的影子。

又到哪去了？

乔英宰犹豫半刻摸出手机，正要拨通号码时，楼下传来熟悉的声音——一道清朗随性，一道婉转娇气。

耳朵灵敏的乔英宰，判断出楼下是阳洛天和木诗诗。

阿天，木诗诗，嘿嘿。

> **性别现世**

光天化日，孤男寡女，共处一室，乔英宰咧嘴一笑，抱着篮球躲进阳洛天的衣橱。这木质的衣橱空间很大，阳洛天的衣物不多，塞进一个高大壮实抱球躲的乔英宰绰绰有余。

乔英宰前脚踏进衣橱，后脚就听见两道声音距离渐近。而后小门轰然关上，震得乔英宰神游太空：你小子真行，把人家姑娘带进屋子里不说，还关门……

竖着耳朵听了听，外边的声音清晰传入耳朵。

"哇，阿天～你房间怎么这么乱？咦，那个是你的裤衩吗？"

"咳咳，我屋子本来挺整洁的。估计是小乔来过一趟。"

"这样，我就说嘛。阿天你长得这么帅，看着就挺会收拾屋子的，也只有乔英宰那种粗汉子才这么邋遢。"

躲在柜子里的乔邋遢，捏着拳头，磨磨牙齿。你就胡说吧，等会再找你算账。乔英宰别过头，眼神忽的被角落里的一盒子小玩意儿给攥住。

衣橱自带壁灯，乔英宰勉强能看清那玩意。迟疑着，还是伸手将那塑料包装品给拿了过来，借着壁灯瞧了瞧上边的字眼，惯性地小声念了出来：

"七度空间。"

七度空间？

这是什么？没听说过。

乔英宰天马行空地推测：这估计是阿天新买的护肤品，下回他也去买包，指不准皮肤就能好点。

搁下七度空间，他的眼睛又往下飘，飘到衣橱壁上挂着的几件黑色小衣裳。好奇宝宝乔英宰又将这黑色小衣裳取下来，借着壁灯瞅了瞅，他认出这是运动型护胸。小心地扯了扯，弹性相当好……

阿天奇奇怪怪的东西真多。

这时候，阳洛天已经带着木诗诗来到乔英宰所在的卧室。怕被发现，乔英宰尽量把自己藏在挂着的一堆衣服后边，屏气侧耳。

"阿天，你把我带到这里做什么？"木诗诗红着脸，忸怩不安又雀跃不已，两只手搅在一起，粉红唇角勾起怎么压也压不下去的弧度，"虽然阿姨已经承认我这个儿媳妇了，不过我们都、都还小，有些事情真的急不得。"

语罢，金色卷发随着脑袋低垂而不断晃动，遮住那张红艳艳的脸庞。

第一章 > 命运初遇

阳洛天欲哭无泪，这小姑娘的思想还真、真挺贵族的。

叹了口悲凉气，阳洛天一屁股坐在床沿，不住地在做思想斗争。

木诗诗不明情况，眨巴着眼睛看着阳洛天的动作，试探着问道："阿天，你、你要做什么？"

闻言，某人终于下定决心。拉链一拉，白色外套胡乱落了下来。

"这个，阿天，你先别脱衣服，我、我还没准备好啦～"

一个羞涩的"啦"字拖得意味深长，百转千回，阳洛天鸡皮疙瘩掉了三斤。

木诗诗别过脸，眼睛东飘西飘，跺跺脚含嗔，脚却像灌了胶水502被粘在原地。娇滴滴的语气，听得躲在衣橱里的乔英宰大呼使不得，这样下去后果很严重……会不会明天就冒出个大侄子？

里面只剩个白色短袖衬衫，阳洛天大义凛然，毅然解开脖颈的扣子，露出光洁的脖子，随手在喉咙上摸了摸，从那里扯下一块皮肤色固体假喉结。她再解开胸前两颗扣子，紧紧包裹住胸膛的黑色护胸露了出来。

木诗诗身为贵族少女多年，有些专属于女性的敏感早就铸造出来。看到黑色护胸的那一瞬间，她的眼睛再也没有离开过阳洛天。

那人面容依然俊美绝伦，棱角分明的脸庞，灿若星辰的眸子，修长的身形。可是他没有喉结，被包裹得很紧的胸也能看出简单轮廓。

一道闪电划过木诗诗的脑海，惊得她愣在原地久久不动。

"阳、阳洛天，你——你——"

声音凄厉，充斥着极度的难以置信。躲在衣橱里的乔英宰，一时间不明所以——他霸王硬上弓了？

"就如你看到的，这就是我不能接受你的原因。我妈一直以为我是lesbian，最近开窍，终于决定要顺从我，把陈年旧账翻出来，找到当年和你的婚约。我了解洛白雪的性子，所以趁着他们出国的空隙逃到圣华来。"

阳洛天的嗓音沉稳，沉稳如千年古石，空灵而通彻。

她不可能娶木诗诗，一纸婚约，伤害的是两个人。木诗诗贵为富豪子女，身份地位绝不能受到冲击，如果被一个不带把的假小子给娶了，丑闻一旦爆出后果不堪设想。

要断，就得断个彻彻底底。

眼泪霎时蓄满眼眶，木诗诗咬着红唇，泪光闪闪地盯着那个少、少女，"阳洛天——""你个骗子——"。

从幻想天堂一下子跌入脏兮兮的垃圾堆，崇拜的人居然是同一个性别……

"我避开你，是为了你好。我爸妈为了守护他们的爱情，告诉我那个封建迷信的姥姥，说生了个男孩。我就这么顶着男孩的身份活了十八年。"阳洛天垂头，眼睛久久盯着地板上一条条交错复杂的纹理，声音几不可闻。

"我的命运本就残破，又怎么能把你牵扯进去。你如果怨恨我、想要报复，我绝不阻止，明日校园头条随便把阳洛天是女生的秘密给公布出去。"

……

木诗诗想要生气，想要发火，可看着那个无力垂下的脑袋，莫名又提不起半点愤懑情绪，心头塞了千万团棉花似堵得慌。木诗诗委屈得直跺脚，转身跑出房间。

思绪万千，低着头跌跌撞撞刚跑出大门一步，没留意到走近的列衡宇。列衡宇轻巧闪身，避开这位横空冒出来的女生。

见她面带异色离去，仿佛窥伺某种极大的秘密般。列衡宇俊眉轻扬，走进屋子，仰头便看见西边屋子房门大敞。

卧室里的阳洛天长长吐了口浊气，呆滞忧伤的神情瞬间清明透亮，手脚放松，大大咧咧地仰躺在床上。木诗诗本性善良，除脾气娇惯点外倒也没什么缺点，想来也不会把这个秘密透露出去，顶多伤心个几天。

阳小哥露出一口雪亮白牙：嘿嘿，洛白雪，这下看你怎么折腾！

正想着，衣橱里传来异响。

乔英宰抱着的篮球落下，砸到衣橱柜。这股声音很轻，几乎不可闻。至于乔英宰，完全石化成希腊雕塑。

他刚才听到了什么？

阿天亲口承认自己是个女孩？！

这怎么可能？绝对不可能，哪个女生房间会乱成垃圾场？哪个女生空手道打败一群男人？更重要的是，哪个女的会去调戏美女！！！

乔英宰脑袋是一根筋，推测着极有可能是阳洛天为了摆脱木诗诗而施展的阴谋。再一想，结合阳洛天的特性，这一推测顺理成章完美无缺。

乔侦探一下放一万个心。

大手一挥，打开衣橱门，爽朗一笑："阿天，你真聪明！这下可彻底摆脱……"

从衣橱里逃脱的那颗篮球慢悠悠滚到阳洛天脚下。

惬意躺着的阳洛天猛然起身，大眼珠子瞪着横空出世的乔英宰。

"乔英宰你怎么在这里！"

"你、你、你、你什么时候做的变性手术……"

乔英宰盯着阳洛天漂亮锁骨以下的黑色护胸。

阳洛天厚脸皮一辈子，难得遇到这种突发情况，脸都不知道往哪个地缝里挤。见乔英宰目光难以置信地黏着自己的护胸，阳洛天恼火又烦躁，耳根子蘸了辣椒水般火辣辣。

烦躁的阳洛天一把抓起床上的外套就往胳膊上套，手忙脚乱套了半天也套不上，干脆心一横，将外套捂着胸口，双目含恨杀父仇人似的瞪着乔英宰。

"乔英宰，你最好给小爷一个解释！你为毛躲在衣橱里！"阳洛天面色狰狞，凶狠泼辣。

"阿天，你，我不是……"到底是谁的错！

乔英宰欲哭无泪，刺激三观的真相让他思绪一片混乱，终于惊骇惊悚地接受了一个惊天事实：原来真的有那种房间乱成垃圾场、空手道打遍天下无敌手、随手调戏姑娘的女生，她叫阳洛天，自己的好哥们儿！

勾肩搭背聊泡妞看片儿的哥们儿突然变成女的……这世界太玄幻了！

扣扣扣，有人敲敲门板。

哪个不省事的又来捣乱，阳洛天皱眉一个眼神杀了过去。

……

门边站着绝世疏离的列衡宇。他衣着整洁独立于一大片凌乱之中，翩跹绝世得如同下凡到杂乱人间的神，透着不沾染尘世的贵气。

瞅着这么高雅的神，阳洛天突然有些愧疚……仿佛让小白脸站在杂乱无章的凡间，是极大的罪孽。当然，这丝愧疚一闪而逝。

列衡宇的深蓝色眸子扫过卧室里的两人：一个用外套捂着胸口面带恨意，光洁的胳膊、锁骨露在外边；一个穿着单薄球衣，目光黏在阳洛天的身上。床上被子凌乱，木诗诗含泪离开……

换做谁，目击这一惊世骇俗的场面，都会顺理成章推理出事情的大致经过，简言之：木诗诗撞破两个大男人的好事。

"你们继续。"列大神略带嘲讽，行云流水似避开零乱的杂物，离开这间暧昧不清的屋子。

乔英宰挠挠脑袋："阿天，小宇子是不是误会什么了？"

"误会个屁，你最好把今儿的事情忘记！"

阳洛天飞也似穿上外套，揪住正要逃走的乔英宰，剽悍出手一把将他甩到地板上。

隔了几道墙，列衡宇还能听见乔英宰呜呜痛苦的叫唤声，高贵的列大神脑海里第一次冒出"杀猪"这充满俗气的两个字。

关闭得严严实实的房间。

阳洛天盘腿惬意地坐在床上，将假小子荒唐肆意的人生给简单描述了下。乔英宰揉着胳膊大腿上的瘀青，听得一愣一愣。剧情大意是：

从前有一对至死不渝相亲相爱的恋人，男方封建思想浓厚的母亲誓死阻止这段婚姻。后来女方怀孕，生了个漂亮可爱的女婴，女方担心婆婆责骂，声称生了男孩。从此，这个小女孩就踏上一条纯男人的不归路……

"我就说嘛，三年前的夏天，我们去体育馆，你死活不肯下水。"乔英宰俊朗的面容颇有饱经风霜的沧桑感，叹了口气，"阿天你就打算一直这么爷们下去？你再像个男人终究还是个女的。"

乔英宰极其不想承认这个事实，上上下下把阳洛天打量了个遍，除了那张雌雄莫辨的俊脸，还真瞧不出哪里像个女人。

"管它，当男人习惯了，受不了女人娇气忸怩。等木诗诗的事过去了，我就回帝中去。圣华这地儿贵族气太重，奢靡浮华，再则每天见到列衡宇那小白脸我就浑身不舒服。"阳洛天撇嘴，先走一步是一步，未来的事情谁能说得准？

乔英宰心里咯噔一下，心里仿佛被挖了一大块血肉，莫名悸动，"你要回帝中？"

"当然，帝中才是我喜欢的学校。与其在圣华当受气包，跑个步都专找钉子踩，租个房都花了大半生积蓄，还不如回帝中找郑大校长聊八卦。"

阳洛天一个跟斗跳起来，理理衣裳，抓起篮球。

"先别说这，走，哥们，去打篮球！"

校刊杂志社。

张小强揉揉眼睛翻看着修好的影像记录，眼皮子不断打架，昏昏欲睡。电脑屏幕上遍布熙熙攘攘的人群，嘈杂而混乱，画面轻微摇晃。

打着哈欠，眼角泛起疲乏的水花，懒懒眼神掠过屏幕上一道画面。

呃，这是？

张小强揉揉眼睛，仿佛脑子里倒入刺骨冰水。他十指在键盘上飞动，那个画面被一再放慢、放慢，最终定格在一张图上。

"大发现啊！"

"杰哥，不好了！"小个子男人穿过来来往往的制服男女，匆匆朝豪华昏沉的按摩房走去。

按摩房里，昏沉灯光下，年轻美貌的按摩师小心翼翼在男子后背上推拿着。她纤细的指尖小心翼翼避开他后背上一条十厘米长、触目惊心的狰狞疤痕。

小个子男人满头大汗闯了进来，女按摩师一个惊吓，手中的力道加重按在背脊上。苏俞杰眉头一皱，一个蛮力巴掌就抡了过去，按摩师右脸通红一片，咬牙，低头，喏喏嗫声。

"滚出去！"

女按摩师低头，噙泪匆匆离开按摩房。

苏俞杰不耐烦地支起身子，半穿着件豪华睡衣，懒懒看着闯进的小个子男人："什么事？"

苏家这位大少爷出了名的脾气暴躁、狠辣暴戾，小个子男人一抹额头掉落的汗水："杰哥，宋浩瀚来了。"

"谁？"

"宋浩瀚，就是校长的儿子，长得骚气十足的那个男人。"

苏俞杰皱眉，精明眼睛划过诡异："不见，直接轰走。等等，就说我有事外出，最近都不在圣华。"

"可是——"小个子男人面露急色，不等他开口，一道绯红色拉风无比的身影华丽丽走入昏黄灯光下，伴随着说不清的浓香。那人茶色碎发及肩，身形修长而靓丽，一件骚包十足的红色男士风衣衬得他尤其富有风骚魅力。宋浩瀚猩红唇角微勾，转眼已经停到苏俞杰跟前。

"你来做什么，这里是苏家，不是你圣华集团办公室！"苏俞杰略带不安，眼神辗转落在别处，睡衣包裹的身体微微战栗。这个男人，宋浩瀚，拥有和其绝色美貌一样骇人的狠辣。

宋浩瀚红唇微启，露出雪白泛冷的牙，言语森森："好心提醒你，阳洛天已经知道运动会那天偷偷往他脚底扔钉子的是你了。"

苏俞杰一颤，手指僵硬。

宋浩瀚将苏俞杰的反应尽收眼底，对阳洛天的兴趣更增添了几分。究竟阳洛天是什么样的人，能让这位富家子弟心理阴影面积难以计算。

"阳洛天初来乍到，能力早已众所周知。我那位不食人间烟火的弟弟无意中泼了他一身泥水，就被阳洛天给记仇数天。如果不是你从中捣乱，他早就报仇雪恨。"宋浩瀚幽幽说道，一双蓝眸尽是讽刺，"所以——聪明的苏少爷应该知道怎么做。"

话毕，他婷婷袅袅风姿绰约地离去，屋子里飘过浓郁的香味，呛得苏俞杰猛咳嗽，咳出两滴眼泪。

"宋浩瀚他家什么时候倒卖香水了！"虽是这么说，苏俞杰却已陷入深思。

宋浩瀚没有理由骗自己，更没有理由帮自己。运动会那天他亲自把钉子放上去，难保人多眼杂……阳洛天那小子历来敢爱敢恨，能咬掉对方几块肉就咬几块肉，对待敌人绝不拖泥带水。

八年前的那件事，那一大一小的残酷背影，苏俞杰现在每每想起，都幻化成午夜梦回、冷汗直流的噩梦。

昏昏压抑的灯光下，小个子男人分明看见苏俞杰眼底一闪而逝的狠厉。

入夜，圣华湖边争吵不断。

阳洛天喋喋不休，跟那位爷探讨资本主义世界的恶根，誓死捍卫无产阶级的权利。

"我都说了，咖啡厅因为有个阳洛天，人气高涨收入直线上升。"阳洛天屁颠屁颠跟在列衡宇身后，手舞足蹈夸耀自己的丰功伟绩，"我脚跟现在还痛着，你就不能加点工资？不加工资也成，至少按条约给基本保障工资。"

阳洛天一辈子都不曾想到自己会走上装疯卖傻求工资的道路。

来到圣华贵族学院已经一个月，人气在涨，知名度在涨，凭着一张帅脸小日子混得还不错。唯独经济极度匮乏，在这钞票当厕纸、银行卡当牙签的贵族学院，她一个离家出走的学生还真被万恶的金钱给打败了。

偏偏列衡宇就是个难搞定的主儿，傲娇得像外星人。挑三拣四扣了阳洛天一大半工资：

阳洛天打个盹儿——破坏风气，扣工资；

洒了两滴咖啡——浪费食材，扣工资；

经不住诱惑给了小学妹号码——心思不正，扣工资；

半夜冲马桶——扰乱贵族安眠，扣工资；

偶尔眼角有眼屎没擦干——污染贵族的眼睛，扣工资……

阳洛天从小潇洒惯了，一只蟑螂的理财能力都比她强。洛白雪自然不会提供自家女儿生活费，她巴不得阳洛天钱财全失，背上荆条回乡请罪。至于她老爸阳光华，阳洛天卷走他全部私房钱的陈年烂账还没有算……

拔剑四顾心茫然，虎落平阳被小白脸欺。

"列衡宇，不就三万块吗？你犯得着这么抠门吗！"

"三万块的确不多，得看是给什么人。只有经济够匮乏，你才能懂得什么叫钱财。"

列衡宇深蓝色的眼眸锁住阳洛天的脸，借着湖岸灯光看到那张白到透明的俊脸。在列衡宇的印象里，这个人粗俗、无礼、张扬放肆、记仇爱报复，根本入不了他的眼。偏偏阳洛天又是唯一一个能听懂他琴音的人，这种矛盾的存在，总让人不舒服。

阳洛天捏紧拳头，瞪着渐行渐远、踏着圣华湖水波光离去的优雅背影。昏昏夜色、湖光潋滟、湿漉漉的风从湖面刮来，刺得阳洛天眼睛生疼。

"你个小白脸！小爷诅咒你！"

阳洛天跺跺脚，踩碎一地灯光，摸出手机打算找张小强要采访费。

"阳小哥啊，我正要打电话给你。你脚上不是踩了钉子吗？我翻录像的时候找到朝你脚下扔钉子的人啦～那个人是三年级的苏俞杰，哟哟，你什么时候下手啊我去做个复仇者现场直播……"

张小强抑扬顿挫的嗓音透过手机穿透夜色，阳洛天轻眯着眼，脑海里放电影般滑出八年前的一幕幕。

苏俞杰……

天堂有路你不走，非要到我跟前晃悠，新仇旧账一起算！

阳洛天转身，朝着列衡宇离去的方向跑去。

经过寂静人行道的时候，阳洛天赫然发觉前方的异样。七八个壮汉包围着那位尊贵的少爷，阳洛天挑眉，看好戏似躲在灌木丛中。

"阳洛天，跟大爷我走一趟。"为首的彪形大汉虎虎生威，壮实身躯挡在列衡宇面前。躲在灌木丛的阳洛天高高竖起耳朵，嘴咧开颇大的弧度。

列衡宇眉头也不皱，绝世独立，双手随意插在风衣口袋里。淡淡开口："我不是阳洛天。"

那大汉和着周围人的哄然大笑，"笑话！头儿说了，阳洛天在湖边卖咖啡的地方打工，每晚都会经过这条路。又长得猪崽儿似的白白净净，不是你还是谁？你小子功夫好又怎样，我们兄弟个个以一敌十，怕了你这小白脸不成？"

"你们要为自己说的话付出代价。"他云淡风轻道，眼底暗沉一片。

七八个壮汉把他的话当笑话，灌木丛里的阳洛天眉头皱成珠穆朗玛峰，这小子话里有话啊！

"不想受皮肉之苦就安心跟着大爷走，头儿会好好招待你的！"彪形大汉扬声劝告，拳头捏成两团铁球。

列大神似乎从来不愿意受皮肉之苦，只随意瞥了一眼，"那好，带我走。"颇有屈尊下凡的错觉。

彪形大汉眨巴眼睛，揉揉耳朵。不是听说阳洛天脾气倔强、不依不饶？今儿怎么这么听话？

"阳洛天，算你识时务！哥几个，带走！"

窸窸窣窣一阵响动，那群人带着列衡宇消失在夜色中。

阳洛天摸出手机给乔英宰发了条求救短信，偷偷跟着那群壮汉。

抓"阳洛天"的人似乎要刻意显示自己的地位，非要按照小说剧情里的反派一般耍大牌,将抓来的"阳洛天"扔在小黑屋里晾着。

好在小黑屋干干净净,墙壁上还有一盏小绿灯。盈盈绿光有些骇人,列衡宇深蓝色的眼眸微凉。坐在木椅上,凝视着小门上一方空隙。

"杰哥,已经抓住阳洛天了。"彪形大汉轻着步子,走进奢华房间,"那小子还算识相,我们就小小出手,那小子就举手投降了,哈哈。"

苏俞杰凛然一笑,精明小眼尽是嘲讽,"还以为阳洛天这些年有点骨气,谁知胆子小成这样。不就八个特种兵嘛,居然怕成这样。"

笑声狠辣而张扬,石子儿划过玻璃似,听得人毛骨悚然。

偷偷从天花板爬过的阳洛天,鄙视盯着缝隙下的白脸男人。让你一个四体不勤五谷不分的少爷赤手空拳打八个特种兵,你不翻白眼投降?八年了,你的智商愈加接近地心。

阳洛天懒得和这手下败将计较,眼下先把列衡宇那小白脸救出来再说,省得他又挑毛病扣自己的工资!

天花板动了动,丝丝灰尘窸窣落下,列衡宇淡然抬头起身避开落下的灰尘。

结实的天花板被轻松取下,露出黑幽幽的洞口。一双精亮的眼珠子露了出来,从洞口探出来四下张望着,看到绿色壁灯下的孤傲身影,那双眼睛亮了亮。

随即眼睛退出,然后露出一双穿着牛仔裤的脚,晃悠几下似乎在试探着寻找落地点。列衡宇平静的双眸,不见任何波澜。

阳洛天"扑通"一声跳下来,双脚稳稳落地,臭美无比地摆了个展翅飞翔的姿势。一身原本炫酷的牛仔服沾满灰尘,那张乌漆墨黑的小俊脸正对着列衡宇,列衡宇身后是一盏绿光壁灯,所以阳洛天的眼睛不可避免地被映衬成绿色,恍若一双绿油油的眼睛如狼似虎地盯着列衡宇。

列衡宇俊眉微敛,避开那双邪气十足的绿眼睛。他总能用最残忍的手法打击对方:"无论你怎么解释,这个月的薪水都是零。"

"小白脸,小爷我可是冒着被枪毙的风险,施展绝世武学潜入敌军总部,排除万难找到被困的公主、啊呸、人质,你不但不感激居然还要扣光我工资!"阳洛天憋屈之极,踮起脚尖抓住列衡宇的风衣衣领,眼神如果能杀死人,列衡宇早就在阳洛天手下死亡千百回。

有时候真想把小白脸绑到医学实验室,好好把他四肢内脏解剖了,看看其中究竟是由什么暗黑物质构成。

"不服气?"列大神发话,一针见血,"换做是你,被莫名其妙绑到肮脏的黑屋子长达三个小时,你能高兴?"

阳洛天体内的洪荒之力瞬间消散。貌似小白脸是被当作"阳洛天"被绑架的……

理亏的还是自己。

理亏的阳洛天一屁股坐在地上,懒懒指着天花板上的洞口:"那我救你出去算不算救驾有功?你跟着我从这里逃出去,保证没人察觉。"

屋子里静了静。

阳洛天猛然发觉不对劲,咽了半生辛酸泪,托起脑袋瞄了眼边上的列衡宇。她怎么就忘了小白脸生来洁癖,要他一代天骄列衡宇去钻一个黑不溜秋的通风道,简直火星撞地球的概率。

"小白脸啊你不走要怎么办啊,待在这里等苏俞杰慢慢宰人?"

阳洛天颓废了,天堂有路他不走,难不成还要自己陪他入地狱!好在自己已经向小乔求救,他家保卫不少,随便拎几个保卫来都能把苏俞杰踩成渣。

于是两个人默默地一站一坐,天花板开着个大洞,绿莹莹的灯光照着诡异的两个人。

"你这身本事,谁教你的。"列大神余光撇过地上的阳洛天。

第一章 > 命运初遇

"啥？"

"空手道暗藏杀气，潜伏侦查技巧超群，这样的本事不可能是天生的。"被绑架的列衡宇，关心的却是另外的事。能够潜入苏宅，避开守卫潜进通风道，准确找到自己位置的人，似乎不是那么简单。

"……还真是天生的。"阳洛天抓抓脑袋瓜子，"嘿嘿"一笑。心神晃悠着晃悠着，想要切开话题。她答应过师父，哪怕原子弹生化武器轰炸来，阳洛天也绝不能把秘密泄露出去。

列大神哪是那么容易被忽悠过去的，只淡然开口："三万薪水一分不少。"

额。

"……我八年前遇到个很厉害的人，她救了我一命，教过我两个月功夫。"在金钱绝对诱惑面前，阳洛天被敲松一颗牙齿。这话相当于没说。

"用不少于一百字的话描述。"清冷，不容拒绝。

阳洛天突然噤声，怔怔看着列衡宇。屋子里蔓延着潮湿的腥气，她现在才发觉，瘆人的潮湿带着寒冷，冻到自己心里去。

凭什么她老是被威胁，用最低贱的方式……

"八年前，我十岁，父母经常外出，我总是一个人生活在道馆。

夏天，六月，姥姥从北京来到Ａ市。6月6日那天放学，她开车来接我。有个叫苏俞杰的富二代开着法拉利横冲直撞，车速过快，把姥姥的小车给撞翻在人行道。车门被撞坏，我们被困在车里出不来。"

阳洛天吸吸鼻子，摸着鼻梁。

"那时候我师父正巧出现，她踹开钢化车门把我给救了出来。六月天热，车子在我被救出的那一刻就爆炸了，至于我姥姥——我连她的尸首都没找全。"

我师父是个有仇必报的人，她带着我把那个富二代在A市的家给炸了，炸成一团焦黑。我拿着短匕首，亲自在苏俞杰后背插了一刀，看着他惨叫昏迷，看着他的血慢慢流到我手心。

而我的师父，她身份太过特殊，我不能说。"

话毕，阳洛天突然笑了。盯着列衡宇冷若冰霜的脸，没有半分活人气息，"自那以后，我就厌恶一切超速开车的人。他们引以为傲的车速，有时候偏偏就是别人生命陨落的巧合。"

列衡宇眉心微动，原来阳洛天记恨自己超速，不是为浑身脏兮兮的污水，而是为了当年那段不堪回首的伤痛。

记忆里那个张扬跋扈的阳洛天，此时此刻突然可怜得像只毛发稀少的猫咪，星空般的眼睛染上说不清道不明的哀伤，一如黑屋子里潮湿压抑的空气。

绿幽幽的灯光，瘫坐在地上的阳洛天。有些莫名的情愫突然蔓延在列衡宇那颗冰封的心上。强迫别人揭开陈旧伤疤的残忍事，他从小到大做过不少，只是第一次会有点点愧疚缠绕着久久难以消散。

"足够一百字，小白脸。这下薪水一分不少，全部付给我。"

阳洛天露出一口白牙，咧开嘴角展露无懈可击的笑容。脸上沾着通风道内的灰尘，脏兮兮的像只收敛爪牙的猫，偏偏掩盖不了原本的俊美非凡。

"等哪天我翅膀硬了，我再连本带利揍你一顿，揍得你整容八百次也挽救不回来，你说好不好？"

她的确是生气了，很生气，极怒反笑。

黑屋子角落里的摄像头动了动，阳洛天收回心思。猛然起身，一把将列衡宇推到角落。她抬眼，看着摄像头的红灯缓缓亮起。

第一章 > 命运初遇

"这种摄像头的拍摄范围超过270度，小白脸，待在角落别动，那里勉强算个死角。"

列衡宇规规矩矩站在墙角，和黑暗融为一体。

苏俞杰大概觉得威风已经摆够了，终于要出手吓吓阳洛天。他似笑非笑看着监控屏幕上的脸孔，夜视灯下那张俊脸泛着绿光。

"阳洛天，好久不见。当年你那一刀，我可是至今记忆犹新，每每想起，都恨不得把你剥皮拆骨，炖肉红烧。"

阳洛天无所谓地耸肩，"呦，苏俞杰啊，八年了，你怎么还没死啊？改行当厨师了？"

"哼，阳洛天，这里是圣华不是你阳家的A市。在这里老子才是天，我要你求生不得求死不能！没了你那怪胎师父，你在我眼里连只蚂蚁也不如。"

"哟哟，小爷好怕怕——有本事你过来揍我啊？没本事的混球才会借着针孔摄像机发昏话。你这大少爷和窝在被子里看片儿的小屁孩有什么区别？"

苏俞杰：……

列衡宇立在墙角，记忆里的阳洛天，又回来了。干脆利落，狡诈如狐，贫嘴耍浑。浑身上下都透着一股灵气精明劲儿，黑暗也掩盖不了阳洛天身上的灵光。

屋子里的苏俞杰咬牙，狠狠瞪着屏幕上的人。他身后的彪形大汉却愣在原地，他分明记得自己抓回来的是个蓝眼睛的人，怎么变成这个斜刘海黑眼珠子的小伙子了？

阴差阳错地，杰哥居然把他当作阳洛天。大汉一时间迷糊了，却也不敢发声。

苏俞杰恨恨一笑，食指按向一边的黑色按钮。黑屋子里电光一闪，阳洛天猛然惊醒，飞也似朝着边上的列衡宇扑去。

那小子玩阴的！

阳洛天一把将卸下来的天花板砸向摄像头，"碰"一声，火光四溅，屋子里瞬间大亮，右边墙壁被深深刺入一个孔，孔里扎着一颗子弹。

贵族家的监控器，质量自然充满贵族傲娇。被阳洛天狠狠砸了砸，画面傲娇一闪反而看得更清晰，屋子里的备用灯光瞬间醒了，完好无损的摄像头无声地嘲讽着趴在地上的少年。

苏俞杰清晰地看见，两个男人叠在一起，阳洛天的脑袋压着另一个人的脑袋。

"怎么回事，怎么有两个人！"

灯光雪亮的屋子，连阳洛天的发丝儿都照得一清二楚。脏兮兮的阳洛天压在干干净净的列衡宇身上，好巧不巧咬上对方的嘴。

软软的，牙齿差点磕坏，冰与火的触碰，震惊两个人。

亲！到！了！

列衡宇鼻尖淡淡萦绕着一丝丝清爽气息，来自那个灵气十足的少年。可是他列衡宇和一个男人接吻……

淡定的阳洛天起身，拍拍身上的灰尘，漫天飞舞的灰洒在列衡宇身上。阳洛天又淡定地对面色扭曲的列大神说："你的嘴好冷，差点把小爷牙齿冻僵。"

耳根子悄然红了个透。

阳洛天心里滚过一万只某动物，直骂苍天的眼睛得了白内障，小爷清白了十八年的嘴居然亲了一只小白脸！早知道有今天，在A市的时候就应该把道馆那只哈士奇的初吻夺了！亲一只流氓狗也比亲这位冰块小白脸好！

有人比她更甚。

"这个月的薪水，作废。"列衡宇从风衣口袋取出雪白的手绢，淡然擦了擦唇。当着阳洛天的面，手绢飘飞如废纸落到角落。

"……大哥，我刚才在救你哎！那子弹朝你的方向射击的，要不是我把你拽开，你早就见你地狱的魔鬼亲戚去了。"阳洛天涨红老脸，手舞足蹈解释。

"不用你救，我能避开。"列大神取出手机，看了眼时间。这种程度的小绑架，于他根本不值一提。他真正感兴趣的是阳洛天的过去，现在目的已经达成，没有必要耗费多余时间折腾。

更何况……一个男人被另一个男人吻，想想就浑身起鸡皮疙瘩。

屋子的铁门被轰然打开，苏俞杰惨白的脸孔暴露在雪亮灯光下。他通红的眼珠子瞪着列衡宇，仿佛窥伺到极大的怪物，浑身上下散发着狠辣的恐惧。

为什么列衡宇这个恐怖的人会在这里！

"杰哥，不好了！苏宅被好几拨人给包围了！"

小个子男人匆匆窜进。

阳洛天从列衡宇身后露出个脑袋，"嘿嘿"一笑："小乔办事挺快的，小白脸，我们就要得救啦。"

苏俞杰退后几步，避开列衡宇冰冷的视线，拎着小个子男人衣领："什么几拨人？苏家的保卫哪去了？"

小个子男人急得满脸通红，"保卫都被制服了！乔家、宋家、木家、莫家、圣华集团还有不知名的一拨人，他们全都逼近，苏家的保卫抵不过这些人！老爷已经赶来了！"

没想到一个阳洛天，居然牵动这么多力量。

苏俞杰霎时脱力，如狼似虎的眼神扎在阳洛天身上。凭什么这小子就如此幸运，无论到哪里都能得到多方帮助！苏家势力远远不如其他几家，这下，苏家完了。

阳洛天挠挠脑袋，她明明只向小乔求助的，怎么跑来这么多人？

事实的真相是，当时乔英宰正和苍穹乐队的其他人员——莫风、宋荟乔共餐，商讨下个月音乐会表演赛。然后阳洛天可怜兮兮的求助短信来了……

莫风作为哥们儿，自然要发动家族力量帮助乔英宰，所以莫家和乔家来了。

宋荟乔喜欢列衡宇，不用想，宋家来了。

哭了半宿的木诗诗打算找阳洛天细谈，没找到人，打电话给乔英宰，于是木家来了。

正巧校长还在办公室，父亲救儿子，天经地义，自然而然庞大的圣华集团来了。

列衡宇暗中经营着商业集团，他在被绑架的那一刻，已经发令，于是神秘团伙也来了……

一大波"僵尸"正在接近，苏家的"豌豆射手"相形见绌。

阳洛天在圣华的确举目无亲，可圣华作为世界顶级贵族人群聚居的地儿，各方势力强悍无比。牵一发而动全身，这是苏俞杰万万没料到的，他只知道，自己彻底完了。

恐惧到极致，便是无惧。

"阳洛天，今天不把你弄死，老子就不姓苏！老马，给我上！"暴吼。

那个彪形大汉窜进来，小个子男人忙避在角落。阳洛天拍拍小胸脯，小爷好怕怕哦。

列衡宇出乎意料挡在阳洛天身前，声音淡漠渗透寒意。灯光下，他深蓝色的瞳孔凝结成冰，将苏俞杰的怒气冻结。无论何时何地，他都尊贵如神。淡淡的威压，在狭小的空间里徐徐铺展。

"别当着我的面动手动脚，我不喜欢。"

阳洛天眨巴着眼睛，偷偷瞄了眼列衡宇线条分明的下巴。这个人刚刚还因为自己亲到他而黑脸，现在居然又有点保护自己的意思，果然啊，阳洛天当了十八年男人，还是不了解男人的心思。

苏俞杰捏紧拳头，豆大的汗珠子从额头滚落下来，后背上愈合多年的伤口似又隐隐作痛。列衡宇这座大山压得他喘不过气。

外边的噪音越来越大，伴随着喧闹，苏俞杰终于服软。让出步子，"你们走。"

声音掩饰不住的压抑。

阳洛天耸耸肩，门外那么多帮手，料定苏俞杰出不了什么么蛾子。于是从容淡定地蹿出列衡宇身边，打量了眼那个浑身肌肉的汉子。

列衡宇眼神一闪，伸手就要拉住阳洛天的胳膊。苏俞杰绝不是那种轻言放弃的人，他能记恨阳洛天八年，又怎么会轻易松口放人，鱼死网破的事情绝对做得出。

电光火石间，苏俞杰眼底划过狠戾。袖口里的匕首亮出雪亮刀刃，朝着阳洛天后背刺去，一如当年阳洛天将匕首插进他后背。

阳洛天狡黠一笑，真当她是豆腐做的心、面条做的胳膊？老早就想彻头彻尾废了这位苏俞杰！她反手灵活无比地躲开，拳头狠狠砸向那个攻来的壮实大汉，一脚精准地踹向他腿根。阳洛天脚踝的力道绝对霸道，招招致命。

大汉的命根子受伤，浑身脱力，捂着裤裆瘫倒在地上"哎哟、哎哟"抽搐叫唤。

苏俞杰一招不成，鱼死网破，咬牙再次挥刀，阳洛天咧嘴一笑，脚尖带风朝他手腕踹去。

按理说，阳洛天的攻击绝对致命。可她忽略了墙角躲避的小个子男人，那人偷偷摸摸蹿出来，朝着阳洛天膝盖一扫偷袭，阳洛天一个重心不稳，力道全偏，白皙脖子往刀尖子上落去。

阳洛天心道一声不好！为什么大人物都是陨落在小角色身上！

她还没有回去找师父呢！还没有给姥姥上香！还没有告诉洛白雪……

事实证明，主角总是最后登场。

列大神终于大发慈悲出手，用灵活似闪电的手扯过阳洛天的胳膊，避免她被屠宰的命运。阳洛天一个激灵，不可思议地瞧着弹钢琴的手转瞬间变成杀人放火的武器。

翩翩书生变成特种兵？就在一瞬间。

原来这才是深藏不露的主儿！阳洛天怔怔看着苏俞杰倒下，小个子男人倒下。怪不得列衡宇对自己的身手感兴趣,原来他是个厉害角色!

"阿天,阿天,你小子死了没有?死了我给你准备棺材披麻戴孝半天,没死你吱一声啊!!!"乔英宰铿锵有力的吼声穿透过来,脚步声很快靠近。

阳洛天长呼一口气,咧嘴小声"吱"了一声,随即扭头:"救兵来——你手怎么回事?"

列衡宇的右臂缓缓渗出血水,淡淡腥味弥漫在潮湿的空气中,阳洛天的脸色瞬间变了。恍惚记得刚才被苏俞杰攻击之际,一只遒劲有力的手拉住她,刀刃似乎落在那只手上。

阳洛天心口一痛,忙扯下衣服上的布条。顺手剽悍地撕了列衡宇胳膊上的衣服,瞥见十厘米长的伤口血水直冒,红色皮肉都露出不少,血肉震得阳洛天心惊肉跳。

"你别动,我会包扎。"阳洛天把他按在地上,半跪着折腾那只血淋淋的手。

她再不喜欢小白脸,可人家现在是自己的救命恩人。

列衡宇心头微动,灯光下,那个浑身脏兮兮的小子垂着头,眼睫毛微微抖动,挺翘的鼻梁上依稀可见毛茸茸的绒毛。看着阳洛天这小子目不转睛替自己清理伤口,他突然有些微微感动。

多少年了,第一次有人肯半跪着为自己打理伤口。

偏偏——又是阳洛天……

"你说,你这么高贵的大神怎么肯救我小小平民?被当作阳洛天绑架,被关在黑屋子里,还大发慈悲因为救我而受伤,你是不是发现坏事做多了终于回头是岸了?要去哪儿出家,回头小爷带上素斋去看望你。"

阳洛天低着头絮絮叨叨,见有一缕发丝落在胳膊上,腾不出手拿开,她凑近噘起嘴一吹,凉凉的风扫过列衡宇的胳膊,仿佛一根毛挠痒痒似的扫过他心口。

"无意揭开你过去的伤痛,超速开车也是我的错,就当是道歉。"列衡宇淡淡地说,波澜不惊。

第一章 > 命运初遇

他第一次向别人道歉,在这个少年身上,他有过很多第一次。

第一次斤斤计较,第一次被听懂琴音,第一次替人挡刀子,第一次亲吻,第一次道歉……

阳洛天顿下手中的动作,星辰般的眼睛落在列衡宇无可挑剔的脸上。

原来这个人,真的有心。

屋子外窸窸窣窣的响声传来,乔英宰一个箭步跨了进来。地上躺了三个,边上姿势诡异的两个人。

随行保卫赶紧将地上的三个人把垃圾袋似拖了出去。

"阿天你的手怎么这么多血?月经不调,要不要七度空间?"着急了的乔英宰,胡话满天飞。蹿过来将阳洛天从地上拉起来,正打算剥开她的衣服看看有没有什么伤口,猛然记起某些事。

乔英宰的手瞬间僵硬了,浑身血液不畅,忙松开阳洛天的胳膊,神色无比尴尬。

"放心,小爷我身体好着呢。这是小白脸的血,他手腕被刀子割了。"阳洛天斜眼瞄着乔英宰,心头哼哼着,你知道我是女的就浑身不舒服是吧,哼!

乔英宰尴尬一笑,大手惯性似打算摸摸阳洛天脑袋上的黑毛表示安慰,手伸到一半又针刺般退缩回来:"哈哈,还好伤的是小宇子,阿天没事就好。哈哈,哈哈……哈……"

阳洛天:……

列衡宇:……

"宇,你的手……医生呢,医生!还不过来!"宋荟乔匆匆赶来,入眼便是一地的血。列衡宇胳膊上带血的布条扎痛她的眼睛,宋荟乔踩着高跟鞋冲进来,阳洛天被蹭到一边,差点跟跄倒地。

乔英宰赶紧扶了阳洛天一把,随即脸色一变,又松开手。阳洛天好不容易稳住身子,差点又跌倒，回头瞪着乔英宰，恶狠狠龇眼说道："你给小爷等着！"

乔英宰摸摸鼻头看天花板，他也不知道犯了什么毛病，自从知道阳洛天真实性别后，见到她总是浑身不自在。哥们变成女的，换做谁都需要一定的适应期。

宋荟乔带来一股子香风，蹲下纤弱的身子，含着泪看着那受伤的手腕。身后的医生赶紧走近，拆开阳洛天包扎的布条扔到一边，消毒后忙不迭裹上新纱布。

美人含泪，风情别样，更何况是宋荟乔这样温柔的一掐就冒水的姑娘。阳洛天撇嘴，眼神落到被扔到地上的那块临时包扎用的染血布条上，可怜的布条啊，你怎么像是被遗弃的乞丐。

"宇，你何苦受这份罪？他们要找的是阳洛天不是你。为一个浑身毛病的小子受伤，值得吗？"宋荟乔含泪，一地的鲜红刺痛她的神经。

这话阳洛天不爱听了，什么叫浑身毛病。

"喂喂，美女。"阳洛天扬眉，"小爷我长得这么帅，是个人都想替我死好不？"

边上的乔英宰微咳嗽，这等自恋到极端的话果真是阳洛天的风格。以前听着特顺溜，可是现在……这种话从一个姑娘口中冒出，总觉得有点怪。

"阳洛天，你究竟懂不懂一双手对音乐家的重要性。"宋荟乔起身，好看的脸有些狰狞，"下个月的音乐会大赛，宇钢琴生涯里最重要的赛事。他为此准备了两年，就因为你，他的所有心血都可能白费！你这个罪魁祸首居然还在这里装疯卖傻。"

说到气头上，翩翩淑女宋荟乔忍不住抬起手腕，狠狠朝着阳洛天那脏兮兮的脸蛋扇去。

阳洛天被宋荟乔的话冲击心神，小白脸居然为了救自己，牺牲对音乐家至关重要的手？！列衡宇有多么爱钢琴，没人比阳洛天更有感触。半夜里惊天地泣鬼神的小曲儿，阳洛天夜夜不能安眠的日子，见证了列衡宇对音乐的热爱。

一股奇异的情愫悄无声息蔓延，阳洛天忽地记起那个冰凉的、转瞬即逝的吻。

走神之际，阳洛天右脸颊一阵刺痛。

"啪！"

阳洛天好半天才反应过来，右脸颊火烧火燎的痛告诉她一个惊天事实——她！被！打！了！

她堂堂国安局顶级特工的关门弟子、阳氏企业唯一的继承人、A市国际道馆最年轻的黑带弟子、帅到人神共愤的阳洛天，居然……居然，被一个手无缚鸡之力的女人给扇了个巴掌！

什么情绪都没了！

阳小爷发火了，抡起胳膊就要打回去。

"荟乔你做什么，阿天你别冲动，打死人怎么办！"乔英宰猛然蹿过来，拼尽全力将冲出栅栏的阳洛天蛮牛塞到自己身后。地上半坐着的列衡宇俊眉微皱，心思晃了晃，手腕一阵刺痛，鲜血霎时又从纱布里渗出来。

无巧不成书，刚溜进黑屋子的木诗诗特巧地碰见阳洛天被扇巴掌的惊天一幕。顿时芳心大怒！阳洛天虽然成不了自己的男人，但可以成为自己的朋友啊！居然让这朵装纯的白莲花给打了！

我木诗诗的人怎么能受半点委屈！

木大小姐生气了，后果很严重。大小姐抡起手里的LV限量包就朝宋荟乔恶狠狠砸去，大有不把对方毁容誓不罢休的念头。木诗诗和宋荟乔的恩怨全校皆知，仇人见面分外眼红，宋荟乔心情本就五味具杂酸涩痛心，此刻也顾不得什么校花淑女形象，当着一帮大男人的面就和木诗诗掐起架来。

阳洛天捂着火辣辣的脸，从乔英宰背后探出一双转动的黑亮眼珠子，见此壮观场景不禁啧啧赞叹："女人真是奇怪的生物，打架除了揪头发就是扇巴掌，一点创意都没有。"

要是我师父在，早就一杆冲锋枪将对方秒杀。"

随后赶来的校长、莫风等人，一进小屋子就看到两个风度全无的女人抓头发掐架，惊叹之余赶紧上前劝架。

场面甭提多混乱。

阳洛天趁乱潜伏到列衡宇身边，也不顾医生在场，两只爪子按着列衡宇肩膀，义正词严说道："放心，哥们儿。虽然刚开始恨不得把你塞进茅房关个三年五载，可你一向我真心道歉我啥仇都忘了。害你受伤我很抱歉，哥们，这个月你的手就是我的手。"

她阳洛天向来有仇必报，有恩必还。列衡宇虽然有错在先，可一代天骄居然肯真心诚意道歉，还为自己伤了金贵的钢琴家手腕，阳洛天怎么都过意不去。

今晚情绪变幻莫测，无奈过、发火过、纠结过、感动过，最后统统幻化成一腔愧疚。

露出一口白亮牙齿，阳洛天笑得特真诚，眼底星光灿烂。她右脸颊红彤彤晚霞似一片，浑身脏兮兮沾满血和灰尘，也掩盖不了她原本的俊俏。

第二章 > 怦然心动

黑白琴键细数悠悠年华,风华正茂你我最好的时光,那年那天那音乐厅,那星光灿烂的背影落入眼眸的一刻,命运相赠的红色丝线已经轻轻系上她的心。

列衡宇被这个近在咫尺的漂亮笑容闪了眼，皱眉，不着痕迹蹭掉阳洛天搁在自己肩膀上的手。

阳洛天的爪子在列衡宇肩膀上留下两个黑乎乎带点血腥味的手印……

"别这样，小爷这一个月就是你的人了！同在屋檐下，你身手不便，我这百年一遇的好室友一定挑起照顾你的大任务。"

列衡宇：……

他莫名有些悔意，为什么要救阳洛天？

后来，阳洛天是被木诗诗和乔英宰用尽全力拖着离开列衡宇身边的，临走前还不忘喋喋不休自己的愧疚报答之心。

出了小黑屋，天边已有熹微亮光。一大帮人浩浩荡荡消失，苏宅空落落寂静如坟墓。

幽深小路边，深蓝色法拉利里，莫风噘着嘴坐在主驾驶位置，满头黄毛迎晨风飘洒，萌萌眼睛里有丝不耐烦。

车边，身穿西装的男人挡住列衡宇的路，象征地位的金丝眼镜高高架在鼻梁上，他那双久经沉浮的苍老双眸闪过疼痛："小宇，你的手腕需要——"

列衡宇面无表情望着他的父亲，高高在上的校长大人："校长，我要回去休息，请让开。"

他的声音冰冷得像是黎明席地而起的寒气，夹杂着多年来酝酿的疏离隔阂。宋校长凝视着那蓝色法拉利如一道蓝光消失在朦胧黎明之中。他仿佛一夕之间又老了几岁，眼角添了一道深深的皱纹。

风中传来苍老而无奈的叹息，消散在春日微凉的空气里。

熹微晨光中的樱花树下，宋浩瀚那倾城的容颜划过几丝兴致。晨风拂晓，穿枝拂叶，粉红色花瓣徐徐飘零，他俊美得像来自另外一个世界的邪神。

阳洛天，挺有趣的玩具。

只是，你经得起玩吗？

> 当保姆的那些年

天边太阳刚露出一点儿，朦朦胧胧的光线穿透花园树叶缝隙渗落到屋里。黑白床单包裹着一团人，大大咧咧睡得正好。

书桌上新买的黑色闹钟安静注视了会儿睡相惊人的阳洛天，随即浑身晃动，滔天巨响轰然响起。阳洛天猛地从床上跳起来，眼睛都还没睁开，手爪子已经精准找到闹钟位置，随手就往地上扔。

"哪个傻缺调的闹钟！"

巨响戛然而止，阳洛天身子一软又缩进被窝。

半分钟后，阳洛天睁开眼睛，她意识到自己就是那傻缺……

为了照顾手腕受伤的小白脸，阳洛天特地制订了一系列照顾计划。早起买早餐就是其中一项重要任务，用中国新闻联播的套路就是说：具有可持续发展的可能。

阳洛天套上衣服飞也似的冲出房门，余光瞥见对面的屋子大门依旧紧闭，安下一颗心，调头冲进朦朦胧胧的晨光中。

圣华贵族学院的早餐店不多,阳洛天提着大包小包赶回来时,天已经大亮。

刚进公寓,淡淡的清幽味儿便飘了出来。阳洛天鼻子嗅嗅,顺着清幽味儿溜达到厨房,餐桌上,贵族人士列衡宇安静享受着早餐。

玻璃桌上,香浓滑腻的米粥、一小碟青菜、两片吐司奶酪、三颗青果、鸡蛋羹小饼、一杯牛奶……

阳洛天瞬间觉得自己逼格低了不止一个档次,她薪水微薄,早餐什么最便宜买什么,大馒头一个就够塞满肚子。今儿为了列衡宇的身体健康特地多买了个菜包子。然而口袋里提着的质量不错的早饭,在列衡宇的优雅逼格前被秒杀得渣渣都不剩……

"砰"的一声将买来的馒头搁在桌上,阳洛天低着头慢慢把馒头往嘴里塞。她头回起这么早,第一次和小白脸共进早餐。飘忽的余光老是不住地瞥到对面那香浓滑腻的粥,吞下眼馋的口水。

小白脸还真是文武双全,上得厅堂下得厨房,也没见他用仆人,这么有洁癖的人做饭估摸着也是自己来,阳洛天抬起头:"哟,哥们,你亲自做的御膳?"后两个字音准飙得很高。

列衡宇颇为贵族范儿地喝了一口牛奶,"吃饭的时候,闭嘴。"

阳洛天更来劲儿了,三口两口吞下馒头:"你右手不是受伤了吗?难不成有黄金左手,一只手都能做出一顿饭来?"

对面的人不答,表示默认。

阳洛天顿时就颓废了。好不容易挨到列衡宇吃完饭,阳洛天猛地起身,将其餐盘统统往怀里塞,头也不回地抱着餐盘往洗碗台走去。列衡宇俊眉微蹙,想要阻止,右手撕裂般的疼痛阻止了他的动作。

谁能想到一个月前老死不相往来的两人,如今居然能表面和谐地在一起共进早餐。

一个月前看到列衡宇就发疯暴躁的阳洛天，因为一道十厘米长的伤口，居然放下屠刀立地成保姆。

银色沙发上，列衡宇静默翻阅着新修改的乐谱，脑海中悠悠盘旋着曲调。受伤了不打紧，一个月内不出意外自然能好。可乐感绝对不能丧失。

厨房里传来瓷器"啪"的碎裂声，列衡宇脑海里奏响一半的曲子戛然而止，他翻阅乐谱的修长食指僵住，抬头，深蓝色的眼眸凝视着厨房方向。

果不其然，半分钟后，阳洛天顶着乱糟糟的头发，小心而谨慎地从那道门踱出来。一看到列衡宇逮耗子似的冷冽眼神，阳洛天面上闪过一丝的尴尬。

"那个——貌似你的餐盘都是一套的。少了一个碟子，应该没问题吧。这在艺术上叫作那啥，对，叫残缺美。"

列衡宇：……

世界上最可怕的不是敌人，而是烂好人。

下课铃乍响，阳洛天一把抓起书包，撂上肩膀就往门外冲。

乔英宰随手扯过阳洛天的书包肩带，阳洛天一个后劲不足跟跄退后几步。乔英宰嘟囔抱怨："你不是说过等会和我去修吉他的，怎么着刚下课就跑了？"

"得，现在刚下课，指不定小白脸就要去厕所。他的手不方便，我得过去帮帮。"阳洛天扯回肩带，瞪了眼乔英宰。

"……哟哟！你还要帮他上厕所？！"

乔英宰不满了，阳洛天真当自己是个男的？她明明就是个女的！

"小爷我混了十八年男厕，什么没见过。当年你喝得烂醉如泥见人就老公老公乱叫，还是我帮忙扒了你裤子送进厕所的。"

乔英宰顿时脸色爆红，红得可以煮熟几百只大虾。阳洛天拍拍书包，转头就走。

黄永松扭扭摆摆地走过来，香风扑面，兰花指一翘，鼻子发音带点九转回环的腔调："呦～乔英宰，我早就在观察你们三个了。哼哼，当我没看出来，你们三个男人是陷入三角恋不可自拔～"

"……黄永松！你以为谁都像你一样是人妖。"

人－妖－

黄永松兰花指气得乱颤，半天指不到一处，白脸上簌簌落下肉眼可见的化妆粉，美目怒气冲冲，最终所有情绪都转化成高高在上鼻子朝天的傲娇背影。

"宇，你晚上别去Sunshine，今天正巧有个国外顶级医师拜访我父亲，你如果愿意，我可以带你去……"宋荟乔美目盼兮，波光流转隐隐的期待包裹在微颤的言语里。

列衡宇不作答，看向教室门边。空空如也，没有阳洛天笑嘻嘻的嘴脸。心稍稍有些放松，热心起来的阳洛天，就像安了个电动马达，随时随地轰炸在耳边。

偏偏用"真心诚意"四个字做筹码，列衡宇居然有几分无可奈何。

风风火火的脚步声，伴随着阳洛天特有的清凉嗓音随风传入一班教室："小白脸～哥来接你去咖啡厅啦～"

阳洛天灵活地探进脑袋瓜子，黑眼珠子来回转动，很快锁定窗边那抹优雅的蓝色身影。清亮眼眸倏忽闪了闪，三下两下蹿进教室，飞也似拿起列衡宇的包。

"走吧，坤叔听说你手伤了，特意炖了一锅猪蹄，说是伤哪补哪。"

列衡宇不动，目光锁住阳洛天欠揍的笑容。

宋荟乔秀眉微蹙，教室里围观看热闹的一圈儿人，自从阳洛天几天前从天而降，二年级一班放学离开率直线下降。不少人对这位新晋偶像颇为感兴趣，更对"他"和列衡宇之间的爱恨情仇八卦无比。

宋荟乔说不出对阳洛天的感觉，谈不上喜欢，谈不上厌恶，反而莫名有丝丝敌意，连她自己也觉得吃惊。

"阳洛天,宇有我照顾,不需要你一个男人在这里多管闲事。"宋荟乔试图夺回主权。

阳洛天俊眉一挑,瞥了眼这位赫赫有名的校花。你还不是担心小爷抢了你对象?那一巴掌的仇还没好好跟你算算。

"你说你能把小白脸给照顾好?"阳洛天质疑。

宋荟乔点头:"自然。此外,别叫宇那绰号。"

阳洛天坏坏一笑:"万一他要去厕所,单手解不开腰带,大小姐你也要亲自去帮他解开?"

留下来的同学长长"咦~"了一声,不少嫉妒宋荟乔的姑娘窃窃私语。木诗诗站在角落,"嘿嘿"咧开嘴角。

宋荟乔俏脸一红,一时间竟然语塞。趁着这工夫,阳洛天拖着列衡宇左胳膊就往外冲。

嘿嘿,和我抢人,你太嫩了!

宋荟乔试图阻止,木诗诗一下跳出来阻挡。

"别介,宋荟乔你真要替列衡宇解裤子?"木诗诗嗓音清清亮亮,响彻整间屋子。一阵不大不小的哄笑声响起。

宋荟乔柔柔瞪了眼木诗诗:"怎么,木小姐不去追未婚夫了?莫不是被阳洛天给甩了?"

"本小姐不喜欢阳洛天,改喜欢你家列衡宇不成?"

木诗诗高傲一笑,转头就走。她能说出来吗?好不容易喜欢一个人,偏偏她也是女的,木诗诗颇有些无奈。

Sunshine 咖啡厅。

咖啡厅里屋是间安静淳朴的小屋子,仅仅有一架钢琴靠窗而立,竹帘轻起,窗外徐徐夜风夹杂着湖水的淡淡清凉渗透进来。

列衡宇修长的五指静静落在黑白琴键上，屋里关着灯，有窗外渗入的银白如月光的路灯光和小门边隐隐约约可见的咖啡正厅的灯光。

银白色光芒一缕缕染白他的发丝，沾染他的眉眼，勾勒浑然天成的侧脸。他左手食指一动，琴键落下一颗音符。

福祸相依，右手暂时不能动，却也让他更进一步了解了琴键的意义。仿佛冥冥中被压制的生命，正在慢慢蓬勃生长着，等待一朝的爆发新生。长期压在他心头的阻隔，每次弹琴不能避免的那点儿隔膜，似乎有了突破的迹象。

说到头来，还要感谢那个听懂自己琴音的少年。

眸光穿透门缝，依稀看到那道来来回回忙碌不停的身影。阳洛天就像个无穷无尽的活力源泉，他身上偶尔有颓废迷茫，偶有不甘倔强，更多的是不屈不挠的率真活力。无形之中感染着身边的人，像小小的太阳。

或许列衡宇冰冷的生命里，需要的就是这么一颗发着光热的太阳。

小门"吱呀"一声响动，咖啡正厅的明亮光源一下子照了进来。

阳洛天逆光而来，黑白侍者服被她穿得有模有样。她瞧了眼窗边的列衡宇，"嘿嘿"一笑，端来一杯黑咖啡搁在琴边的小桌子上。

"喏，口渴喝杯咖啡。等会忙完后，我再叫你吃夜宵。炖猪蹄，坤叔亲手做的。还有，这个月的工资还是要加点的～～嘿嘿～"

说完，小小瞥了眼列衡宇的右手腕，俊眉悄然一皱，叮嘱几句又退了出去。

小门关上，屋子再次暗了下来。列衡宇盯着那杯浮着热气的咖啡，脑海里徐徐盘桓着久违的旋律。

入夜，打烊。列衡宇在坤叔的催促下，极不情愿地喝了口猪蹄汤。剩下的都被阳洛天好心好意地吞了个干干净净。

走在人迹罕至风景优美的小路上,阳洛天喋喋不休谈个不停。自始至终列大神一言不发,宛若万年沉稳的石柱子边飞着一只初出茅庐的小麻雀。赶也赶不走,黏糊糊像口香糖似的。

"其实我觉得吧,我下厨不在行,做家务不擅长,偶尔有点赖床,其他就没啥毛病。今天我仔细想过了,我最大的优点就是能打颜值高。这段日子就由我来好好照顾你,当不了你的厨师,当个保镖也不错……"

絮絮叨叨像只麻雀鸟儿,素来喜静的某人有些耳根痛。

列衡宇侧头,眼眸落在阳洛天身上。骇人的无形威压,阳洛天眉毛一挑赶紧闭嘴。

两人安安静静走了两分钟,路灯将两道身影拖得很长很长。

阳洛天嘴皮动了动,欲言又止。抿着嘴,半晌后又问:"小白脸你最喜欢的曲子是什么?今晚我去下载来听听,这段日子你不能摸钢琴,我有空就放给你听。"聒噪之极,一个字眼一个字眼都能在地上炸出一个洞来。

"……阳洛天。"

"啥?"

列衡宇站定,深蓝色瞳孔和天幕融化成一个颜色。

"给!我!闭!嘴!"

"别介啊~小爷放下架子还不是为了你。一只手多不方便,想当独臂侠也不是时候,欸,宋美人你在这做什么?"阳洛天余光一转,瞥到路灯下美丽不可方物的宋浩瀚。

路灯光微微亮,宋浩瀚背对着灯光,脸色笼罩在黑暗里。他抬头,光线衬托得那张脸棱角分明,多了几分独属于男儿的锐气。

宋浩瀚似笑非笑看着阳洛天,眼底划过几分玩味。从十里外就听到阳洛天清亮爽朗的声音，三月泉水般扣人心扉。也不知道自己这位弟弟是如何忍受得了如此奇葩的。

"宇，你可让人好等。"

宋浩瀚抬眸，凤眼微眯，蓝眼灼灼，慵懒地背靠着路灯灯杆，神态言语中自有一股子风流韵味，"想不到素来冷静孤寡的你也看中了这个小小玩具，居然能忍受如此聒噪的虫子。"

玩具？

阳洛天危险地眯着眸子，寻思着从哪个地方下手才能给此人留下一辈子不可磨灭的伤痛。

那抹深蓝色人影动了动，列衡宇眼神也不抬，清冽嗓音和着幽凉夜风徐徐飘散："什么事，直说。"

"没事儿，我妈这周六40岁生辰，到时候估摸着有百来家媒体采访直播，几千人的舞会。我爸托我过来问个话，你周六最好露个面。"宋浩瀚似无所谓，美丽面孔有几分嘲讽、几分无奈、几分说不清的情愫。

可阳洛天还是分明抓住他言语里的淡漠。他话里不离"我妈""我爸"，仿佛是故意强调着自己的身份地位。相对的，列衡宇就像是遗落在外的过客游子，不深不浅的血缘将他牵扯进浩大的圣华集团。一个后妻的儿子，居然对原配的儿子如此大逆不道，阳洛天特想高呼一句"拖出去斩了"。

"不去。"

不出所料，列衡宇拒绝。阳洛天盯着他修长的背影，仿佛看透那颗孤寂灵魂的彷徨和挣扎，就如他迷茫寂寥的钢琴曲一样。

宋浩瀚似乎就在等这句话，眉眼弯弯，醉人的笑容渗透夜色，扎眼得要命。"就等你这句话，毕竟请一个外人来家族宴会，还要劳烦我这大少爷亲自出马，的确太费神。"

第二章 > 怦然心动

辛辣的讽刺，从那张红唇中吐出。

阳洛天心头一紧，拳头不由得悄然攥紧。若是在几天前，有人当面讽刺几句小白脸，她绝对要敲锣打鼓放鞭炮鼓励。可如今她一想到小白脸手腕上的伤口，十厘米长的伤疤仿佛证明着他的人品。

阳洛天从来不揍好人品的人……呵呵。

列衡宇宛若无事，清幽如风，径直朝着小路另一头走去。阳洛天眨巴眼睛也跟了过去，也不忘狠狠剜了眼路灯边卖弄风骚的宋浩瀚。

宋美人眼波流转，看着阳洛天："小天天~"

阳洛天差点被这三个字绊倒。

"只准你叫我美人，就不准我叫你小天天？"宋浩瀚优雅地微微离开路灯灯柱，长长的胳膊挡在阳洛天胸前，"本美人有件喜事儿要通知你。"

如果阳洛天是个男人，她一定昂首挺胸、以直线从这条胳膊前走过。可惜她是女的，胸再怎么飞机场也得避避。

"见鬼的喜事。你把手伸过来是要请小爷宰了炖猪蹄吗？！"

"……小天天，脏话说多了当心被扒裤子。"宋浩瀚眉毛染上非常明媚的忧伤，忧伤得很假，偏偏又是风情万种，"我是特地来告诉你：我圣华集团打算邀请你参加圣华主办的舞会。喏，这张邀请函价值千金，你这穷酸百姓能得到这请柬，那是上辈子修来的福气。"

阳洛天撇嘴，她看起来就那么穷酸？

这也怨不得以宋浩瀚为首的贵族子弟们怀疑，毕竟阳洛天转学书上写的"大唐"着实诡异，她所有的资料都被人为封闭。再加上阳洛天对外宣称借了乔英宰五千万租房，本人卑微地在咖啡厅领着三万块塞牙缝的工资，是个贵族都把她归为浑身散发泥土芬芳

（土）的贫民一族。不少贵族少女啃咬太多传奇小说，类似《泰坦尼克号》那种富家女与贫穷俊男的恋情被反复提及宣扬，她们对阳洛天都有一种奇怪的爱慕和期盼。

很"贫民"的阳洛天摇头："不去。"

"呦～别担心。你这一副好皮囊就是通行证，你不必自卑。该自卑的是那些穿着燕尾服的丑男们。"宋浩瀚贴心劝阻着。

阳洛天宁死不屈："不去。"

宋浩瀚的美眸锁着这个少年俊朗的容颜，眼底的兴味儿愈发浓厚。眼珠微转，丹唇微启："世界上所有的美味，你都可以在宴会上看到。参与宴会的还有日本的空手道大师，此人似乎不到20岁。"

阳洛天眼珠子转了转。

咬牙，将那个"去"字狠狠憋回心底。

"不去！不去！说不去就不去！你废话那么多做什么？看一群浓妆艳抹跳大神的鬼，还不如听小白脸弹招魂曲！"这句话石破天惊，几乎传到一里以外。

语罢，避开那只挡在路上的胳膊，小跑着朝不远处的列衡宇跑去。这一过程中脖子僵直着，生怕自己一个意念不足就答应去和那位空手道大师切磋。

宋浩瀚收回手臂，背靠着灯柱，凤眼瞥着远处两道渐行渐远的身影。眼前浮现出阳洛天那双灿若星辰的眸子，亮亮的、灵气十足，有股子把那对眼珠子挖下来做成标本好好收藏着的冲动。

小路幽幽，灯光细微，两道身影和夜色融为一体。

"喂，小白脸。我可给你长脸了，天大的馅饼扔过来小爷甩都不甩，这个月的工资至少也要给我加两成。"

"哟哟，你居然在笑？！笑什么笑，今儿吃错药了你居然会笑！"

第二章 > 怦然心动

"说话啊～到底加不加工资给个具体说法。我刚才可是看到你笑了，挺好看的～给小爷再笑个。"

直到回到西苑，高贵的列大神都不再阻止阳洛天喋喋不休谈天论地。

日子平平顺顺过着，半个月从指尖咻咻逃离。宋浩瀚自从那晚莫名其妙出现后，几乎再也没出现在阳洛天跟前，约莫又看上某个新的小鲜肉。

列衡宇手腕上的伤慢慢脱痂，新生的皮肉慢慢长起来，看上去粉粉嫩嫩甭提多可爱。

阳洛天无数次盯着这块新生的粉嫩肉咽口水。

阳洛天胆子愈发大了，明目张胆，原本被自个儿压制的天性慢慢显露。

列衡宇的接受认知能力得到突飞猛进的锻炼捶打。当阳洛天刚从厕所里磨蹭出来，手上的水渍还没有干，湿淋淋滴着水满地乱窜，列衡宇居然还能忍受住，有几分庆幸阳洛天上厕所终于能洗了手。

当阳洛天顶着大黑眼圈，在餐桌上迷迷糊糊啃着馒头的时候，偶尔列大神心情好，也能赏赐半碗香浓浓的粥。

日子倒还过得惬意。

五月天气暖，周六阳光灿烂，花园里的晚樱开得繁密，香味熏得人昏昏欲睡。

阳洛天窝在楼下的沙发上懒洋洋翻体育杂志，翻着翻着眼前模糊起来，那些花花绿绿的字眼旋转飘忽，眼前黑了一下。阳洛天垂头，又慢慢抬起头，翻着翻着又垂下头。

最后终于睡着了。

乔英宰汗渍淋淋来到西苑的时候，看到的就是银色沙发上猫咪似睡着一个少年。屋外玻璃墙透过的清澈阳光洒了进来，她的黑色短发凌乱倒在沙发垫上，额前细碎的刘海斜了一片露出光洁的额头。似乎睡得很熟，唇角微翘，眼睫毛簌簌轻动，隔了几米远还能听到她浅浅的呼吸声。

乔英宰浓眉跳了跳，眼底划过玩笑的痕迹。他小心翼翼搁下篮球，蹑手蹑脚走过去，在这只猫前蹲下。从自己的衣袖上扯下一条绒绒细线，轻轻在阳洛天小鼻梁边晃动。

阳洛天鼻头一痒，按照寻常剧情：她应该打个响亮喷嚏，朦朦胧胧中揉揉鼻子继续睡。

可是阳洛天不是别人，第六感超强。

乔英宰正以为自己的小玩笑要得逞之际，睡熟的阳洛天仿佛打鸡血似的猛然睁开眼。电光火石之间就一把将小奸臣乔英宰给拽到沙发上，自己弹簧似跳起来。

两只胳膊铁钳似卡着乔英宰的胳膊，翻身一个标准的擒拿手。

"痛痛痛～阿天放手啊～"某人痛得面容扭曲。

阳洛天居高临下，手用劲儿锁死他胳膊："哟哟，小乔。这些年你哪次偷袭成功过？几天不收拾就皮痒了是吧，你那身汗臭隔了几百里还是一如既往清晰～"嘴里说着狠话，阳洛天手上的劲儿偷偷松了几分。

"我错了还不成～别压着我，要知道——"乔英宰突然说不出话来，欲哭无泪，要知道男女授受不亲、男女有别、男女界限分明……以前怎么没觉得阳洛天的手腕这么白，脸蛋这么俊秀，身子这么软，贴近自己仿佛一个巨大火炉，烧得人浑浑噩噩。

"要知道什么？"阳洛天朗声问，瞥见乔英宰耳根不正常的红，瞬间明白了过来。皱着眉头，松开乔英宰，自己跨了三步远，抱着胳膊冷冷盯着乔英宰。

乔英宰咳咳嗓子，偷偷瞄了眼冷脸的阳洛天。心被狠狠拧了下，试图解释："这个阿天，我也不是故意的。你放心，等我调整过来……"

"直接说吧，今儿有什么事情找我。"冷脸的阳洛天，有些让人不寒而栗。仿佛骨子里装着另一个灵魂，拥有着另一个让人陌生的身份。

乔英宰心里那根弦越绷越紧，让人浑身难受。阳洛天从来都没有对哥们冷脸过，她

第二章 > 怦然心动

素来爱憎分明。

"明天我有一笔资金到，正巧明儿要去和莫风练习音乐会的曲儿，挤不出时间。"乔英宰尽量让自己正视阳洛天的眼睛，可是总有那股子怯意阻挠着，"这笔钱是我偷偷瞒着老妈攒的，阿天你明儿能帮我转下不？账号密码今晚我发给你。"

阳洛天点头。

乔英宰压住心头的难受，从来不知道自己在阳洛天冰冷面孔前半点儿底气都没有。

阿天希望他能够一如既往把自己当哥们，如以前一般放肆大笑、泡妞揍人，可是乔英宰却莫名其妙改变不了心思，仿佛有道墙隔在两人之间。

抵不住冷漠威压，乔英宰灰溜溜抱头就跑。

屋外阳光灿烂，阳洛天目送那道逃离的背影。终于忍不住破口大骂，手中的杂志被狠狠扔进十米远的垃圾桶。

阳洛天没好气地抬头，楼上白栏杆边慵懒优雅靠着一个看热闹的人。

"看了那么久的戏，哪有不收门票的道理？这个月工资继续涨！"

在列衡宇的记忆里，乔英宰勉强算得上自己的朋友，他待人处事爽朗豪迈，和很多人合得来。阳洛天却是乔英宰所有朋友里的异类，如果乔英宰的朋友可以组成后宫，阳洛天必定是高高在上的皇后，并且深得龙心。

今儿看，两人之间似乎有些隔膜。或者说，乔英宰无意识地造了一片隔膜。

列衡宇的清俊面容悄悄变化，似笑非笑道："可是我不曾看明白戏的含义。"

阳洛天心头苦水一阵阵，也不顾听众是谁，自顾自发泄道："这还不简单。如果宋荟乔哪天告诉你，她不是女人，你做何感想？"

"所以乔英宰发现你不是男人。"列衡宇的清冽眼眸居高临下打量着阳洛天，探照灯似不怀好意。

"明儿借用你的车，我要去贪污！"

乔英宰苦恼了。

苦恼的小乔同学抱着篮球坐在河堤边，眼神非常忧伤地望着湖水，湖边柳树绿幽幽，万年不曾伤感过的小乔同学陷入忧伤。

阳洛天冷漠的眼神，刀子般扎在他心底，连着筋骨皮肉，血流不止。他始终想不透，如果哪天莫风告诉自己，他莫风是个女的，乔英宰会开玩笑似嘲讽几句顺带揩油，忙活着给莫风拉皮条，两人一定会如往常一般打游戏聊八卦。

可是偏偏自己的哥们儿阳洛天是个女的。

七年前在中国A市，他和理事长妈妈去那所日渐鼎盛的帝中考察。他闲着无聊，到帝中外边四处溜达，溜达着溜达着就迷路了。那时候A市突然有场规模浩大的恐怖袭击，年幼的乔英宰举目无亲差点没命，所幸遇到个小个子阳洛天。年幼的阳洛天像是雷达似的，拉着乔英宰避开所有袭击，两人躲在地下室两天。

危机解除后，两人一拍即合成了朋友。

可是——她为毛要是个女的？！

乔英宰欲哭无泪。

"哎~乔英宰，你是要跳湖吗？"银铃似的女声传来，木诗诗搁下风筝，小步跑过来。她纯粹是来看笑话的，难得见到乔英宰脸上阴云阵阵。

"我游泳技术太好，跳湖也死不了。"乔英宰没好气道，继续抱着球回顾往事。

木诗诗可不是一般女孩儿，性子活泼好动。越阻隔她，她越来劲。小公主凑了过来，不怀好意问道："你面带忧伤，眉心红黑不定，天灵盖红鸾星动，是不是单相思哪家姑娘？"

第二章 > 怦然心动

乔英宰差点跌到湖里。

"我在想阿天，自从知道她是个姑娘，我就浑身不对劲儿。满脑子都是男女有别的龌龊想法，她特别气我这样，我自己也气！"木诗诗估计是整个圣华里，唯一了解乔英宰苦楚的人。

木诗诗"哦"了声，眨巴圆眼睛。

见四下无人，好心劝阻这位为情所困的小伙子："其实嘛，也没什么。你伤心能伤心过我？心爱的未婚夫变成女人，换做谁都接受不了。可我还不是果断放弃了。阳洛天那人挺好，长得好看，心眼多倒不坏，骨子里善良。

她母亲和我通过几次话，那位大妈，简直就是21世纪女霸王。阳洛天被逼着娶个女人也不容易，她心里本就苦，纵观整个圣华学院，也只有你算得上她真正的朋友。现在连你这个唯一的朋友都避她，阳洛天心里能好受吗？"

乔英宰浓眉拧成疙瘩。

"别这样，管她是男是女，只需要记住一句话：阳洛天是你哥们儿。"木诗诗恨铁不成钢道。

哥们儿？

一语惊醒梦中人，乔英宰豁然开朗。

这么简单的事情都忘了！管阿天是男是女，统统当作朋友处理。

乔英宰猛地跳起，也不顾手中的篮球圆润地滚进五月湖水里，伸手紧紧攥住木诗诗纤细的胳膊。仰天大笑："谢谢你啊，我这就去和阿天道歉。"

少年带喜色的面容吸引着木诗诗，眉骨锋利、眼睛闪烁、刀削斧砍似的，她第一次发现乔英宰居然这么好看。呆愣着之际，爽朗的笑声伴随着那道背影麻利消失。

切~

木诗诗红着脸,掏出手机给那人打了个电话:

"阳洛天,本小姐可帮了你一个大忙。说好的咖啡别忘了。"

夜色浓浓,圣华地区灿烂的灯光照亮半边天。

黑暗中,有人压低声音:"头儿,已经准备好了。"

(倒叙)

浓浓的黑暗笼罩在圣华公园上空,肃穆奢华的银行大厅内,身着黑衣、戴黑面罩、手持霰弹枪的十来名歹徒徘徊防守着。众多顾客和工作人员被赶鸭子似赶到大厅正中,十来个黑洞洞的枪口嘲讽似盯着这一群手无寸铁的凡人。

角落里漂亮奢华的天花板上,一条细小缝隙偷偷划过异样。

"自从来了圣华,就没好好过一天安稳日子。不是被威胁就是被抢劫~"天花板隔离层中,阳洛天的幽幽抱怨声悄然响起,趴在板上瞄了瞄缝里的情况,"真倒霉,瞧这还算精良的装备和人手,看来是场精心谋划的抢劫。"

阳洛天特佩服这场抢劫的主谋的胆量,那人究竟是吃错了多少过期药,才能有这豹子胆去抢圣华小贵族们的钱。

一个芝麻点儿小的贵族不要紧,可他们身后的集团势力遍及世界,即使抢了钱也没地儿花。

"你先在这待着,我去解决。"

"我去就好。"列衡宇波澜不惊,黑黝黝的空间,阳洛天看不见他的神色,空气寒冽而冷酷。

阳洛天撇嘴,在黑暗中准确无比地拍上他的肩膀:"你的手才刚刚有点好转,和我一样当猴子四处蹦跶是不可能的。乖点,在这里等着我凯旋归来。"一如既往的轻佻语气,带点痞痞的凝重。

她辛辛苦苦贴心贴肺当妈一样照顾这人，虽然照顾得一团糟，可并不是为了让他出去给一群持枪歹徒弹钢琴。

天花板乌漆墨黑一片，最好的藏身之地。

"相信我，当初小爷能避开苏家守卫找到你，现在肯定能安全脱身。"似乎觉得理由不够强大，阳洛天转眼珠子想了想，又补充一句，"我这人第六感特好，身手好，我师父都夸我是做特～特种兵的料。"

天花板隔离层很窄，两人靠得特近。阳洛天仿佛能触摸到身边那人温热的呼吸，跳动的脉搏，辗转的蓝色眼眸。

"你待着别乱跑，我等会就来。"阳洛天压低声音说道。蹑手蹑脚匍匐着往通道另一端前去。

列衡宇背靠通风管，静听着声响一点点消失在耳畔，眼眸深深。右手五指攥了攥，低浅的痛意从手腕传来，无声的提醒。

此刻，他突然对这只疼痛依旧的手产生莫名的抱怨情绪。从包里挑出精巧的通话器，他淡漠吩咐：

"准备防护，圣华公园分区银行。"

……

天子头上的抢劫突然发生，始料不及。而这一切，还得从今早说起。

周末，阳洛天迷迷糊糊之际将自己从床上拔起来。趿着双凉鞋洗漱，伸懒腰，慢吞吞蹭到楼下厨房。

冰箱里放着昨夜乔英宰送来的新鲜食物，火腿、蘑菇、软面包、水果，大包小包几乎占满了冰箱。

冰箱边放着两根软趴趴的松树枝，昨晚乔英宰找遍了圣华也没找到荆条，于是捆着两支松枝过来请罪……

列衡宇如今勉强能接受和阳洛天在同一张餐桌吃早餐，只要不看阳洛天的吃相，他依旧相信世界是美好的。

阳洛天今天废话格外多，一大早没完没了说个不停，隔三岔五转弯抹角夸几句列衡宇的优点，平日里动不动称呼某人"小白脸"，今儿连个"白"字都没有出现半个。

列大神放下筷子，抬眸，深蓝色眼眸潭水似凝着利色，剑一样刺向喋喋不休的某人。

"有什么事，别废话。"

……阳洛天"嘿嘿"一笑，咽下最后一口火腿肉。

"也没啥，就是今儿要去银行一趟，那地儿挺远的。圣华片区逼格太高出租车司机不敢来，小乔的车还在维修，莫风的车特二特傻，木诗诗的车太少女。就你的车又拉风又方便，哥们儿，借我用半天如何？"

一个小时后，天大亮，深蓝色跑车开出春意盎然的西苑。

阳洛天坐在驾驶座上，感慨万千。

转学第一天恨不得炸了这辆车，今儿居然还得依靠它来代步。不得不说，好车就是好车，性能一流，设计完美，曲线流畅，阳洛天这辈子还真没开过此等低调奢华有内涵的跑车。

"其实吧，也不用麻烦你陪我，这点小事花不了多长时间，你放心。"阳洛天喜滋滋摸着方向盘，黑眼珠子四处瞄着，恨不得掰开车盖里里外外看个透。

副驾驶座上的大神闭目养神，"你想多了，我只是不放心我的车。"

第二章 > 怦然心动

阳洛天：……呵呵……

蓝色跑车开到校门，阳洛天取下太阳眼镜，露出一对灿烂黝黑的眼珠子。

"叔，通行证。"

门卫大叔揉揉惺忪睡眼，眼前的模糊渐渐清亮起来，一个似笑非笑的少年出现。年过半百的门卫大叔第一眼看到这个帅小哥，第二眼注意到那辆低调奢华的跑车，老眼噌噌亮了起来，满脸堆笑，从桌上飞也似扯出一张小卡，他和蔼而慈祥："这位小哥看起来挺面生的，是哪家的少爷呢？"

衣着光鲜的阳洛天，开着跑车的阳洛天。同样一个人，初来乍到时浑身泥水，被这位笑眯眯的门卫嫌弃成狗，转眼间换好皮囊就成了神。

"东土大唐家的。"

"哟，大唐？是来自中国的啊，中国那国家好啊，地大物博帅小伙多~"

阳洛天冷眼一笑，接过通行证，随手扔到储物箱，重重踩下油门轰然离开。

那位门卫还不忘贴心嘱咐，"路上小心点。"像极了关心自家孩子的几个字，顺着风飘到阳洛天耳朵里，刺耳又刺心。

副驾驶座上的人俊眉一动，侧头看了眼阳洛天。阳光轻柔落在阳洛天半张脸上，每一根细小的绒毛都被映照得清清楚楚，太阳眼镜下看不清楚阳洛天的神色，凭着冷冷的气氛，约莫能猜透这小子心头的不快。

列大神的兴致被挑起，金口一开：

"你对门卫，似乎很不满意，这不像你普度众生的性格。"

阳洛天狠狠拧了把方向盘，跑车猛地转了个弯冲上正道，速度再慢慢降了下来。

"你才普度众生。"说得跟和尚似的，阳洛天不满地嘟囔，眼光始终注视着前方宽阔的道路。"其实我是可怜这些人。我刚来圣华的时候,脏得像个乞丐,门卫对我的态度特差。今儿换了身拉风装备,立马把我供奉为菩萨。这种拜金主义让我厌烦。"

列衡宇眯子眯了眯,幽幽道:"你不拜金?"

为了几万块工资四处折腾,搅得圣华天翻地覆的人,居然自认不拜金……

"滚,小爷我工作认认真真、丝毫不偷懒,分明是你故意刁难,真当我是傻冒?"阳洛天瞪了回去,说了句发自肺腑的话,"我不喜欢贵族生活,不喜欢巴结贵族的那些可怜人。"

贵族各有各的高贵,可怜的人各有各的可怜。

外人看起来金光闪闪如神仙殿堂的圣华贵族学院,她可没那福分去消耗生命。

这里太富太尊贵,物欲横流。这里没有童话,没有杉菜和道明寺。

阳洛天还是喜欢A市帝中潇洒自由的学院风,喜欢道馆里豪情万丈的武士气。

蓝色眼眸澄澈幽深,他凝视着阳洛天白皙的侧脸许久。她就像一个宝藏,相处越久,得到的惊喜越多。

圣华公园分区银行。

学院里多得是贵族子女,来自世界各地。家长们转移的资金在此家银行落户,每天都有数额庞大的资金在这家银行流动。

阳洛天看到这家银行的第一反应就是壮观,占地广阔,衣着光鲜的绅士、妇人走秀似徜徉着,晃得人眼花缭乱。没有中国银行的肃穆凝重,这建筑金碧辉煌像迪拜皇宫。

车子都还没停稳,两个穿西装的男子便凑了过来。帮忙停车、指路、端茶倒水、嘘寒问暖,半个小时后,阳洛天替小乔转移的一笔私人资金圆满到户。

"啧啧,果然顾客就是上帝。"阳洛天软绵绵窝在沙发中,手上捧了杯玛奇朵咖啡,眼珠子四下打量着奢华的会客厅。感慨良多,行云流水似的服务流程,超高的工作效率,简直是银行中的战斗机。

列衡宇似乎也转移了一笔资金,阳洛天用钛合金眼偷偷瞄了下电子屏,被一串儿000000000尾数给闪瞎了狗眼,连带着看列衡宇的眼神都变了味儿。

这位大神才是真正的钱财不外露。

列衡宇似乎摸透了阳洛天的心思,唇角轻勾,修长身子朝阳小哥倾斜了个小小的弧度。

阳洛天以为某人终于大发慈悲,被银行高逼格的环境感化,打算提升自己这挣扎在普通阶层小百姓的生活水平。谁知列衡宇优雅开口:"想都别想。"

阳洛天:……

阳洛天扔下列衡宇就往厕所跑,倒不是因为生气,她是真想上茅房顺便思考人生。

三分钟后,会客厅。阳洛天神色自若地返回,婉言拒绝了热心侍者的殷勤招待,直接凑到列衡宇身边坐下,沙发深深陷进一个窝。

会客厅分成若干隔间,阳洛天那间会客厅处于最角落,人流量相对较少。玻璃茶几上,浅底花瓶插着几株香水百合,如雪的白色花瓣,一如阳洛天略显苍白的脸。

几名侍者离开之后,阳洛天瞬间变了脸孔,黑色精明的眼珠子飞快在屋里滑了一圈,才摸出手机打了一行字,将手机递到列衡宇眼睛下。看到那一行字的一瞬间,列衡宇平静无波的眼眸划过波澜。

淡淡的疑惑。

阳洛天镇定地点头。就在三分钟前,她穿过人群朝人流最少的男厕走去。就在这短短的行程中,第六感强烈的她猛然发觉异样。

之前全部心思都在帮乔英宰转移资金这件小事上,却忽略了一个很奇怪的事实。

为什么在这么庞大奢华的银行,连一个安保人员都没有看到?

银行里的客人大多数都是贵族子女的管家或者资金管理人。而正厅里各个角落里都设置了高端摄像头，安保系统在徐徐运作，红外防盗设备亮着微乎其微的浅光。

可是——为什么没有安保人员？

一个世界顶级私立银行，居然没有安保人员护卫。阳洛天甚至偷偷试了试爆炸物探测仪 QN-ED600 和车辆底盘安检扫描系统 SMS-UVSS-I 的效果，这些国际顶尖的设备昏睡似的仿佛都失去了效果。

为什么？阳洛天起了疑心。却也猜不透个中原委，难不成是银行安保工作者集体上男厕？

手机屏幕上写着：

安保无效，这间银行有问题。

接着又怕有监听设备，阳洛天灵活的手爪子在屏幕上移动，将自个儿的看法一一表明。

列衡宇自然也起了疑心，他曾来过几次银行。至少在当时，穿黑衣戴墨镜的安保人员不少，今天，似乎有异样。

不过让列衡宇更感兴趣的，却是阳洛天这个人，他俊美面上的凝重严肃，沉稳大气，仿佛换了另一个灵魂。阳洛天一个普通少年，是怎么拥有这样强悍的分析参透力的？

"小白脸，你看我做什么？"阳洛天皱眉躲开这道灼人眼神，压低声音道，"要不咱们赶快回去，管他什么幺蛾子。"

其实她想说，指不定这里等会就有抢劫，安保人员集体消失，她来到这里才半个小时。银行里的其他工作人员似乎都正常工作，没有异状。那么，安保人员极有可能在半小时前突然消失，或者这群护卫在执行某个不得不全体出动的突发状况。

这番想法仅仅是奇妙的推测，阳洛天没有和列衡宇说。事实上，如果列大神知道阳小侦探这一番推理，必定要动一番小心思，指不定哪天就把阳洛天绑去医院解剖掉。

阳洛天有理由相信圣华地区的安保措施，有资本炫富的人都爱惜自个儿那条命。不

第二章 > 怦然心动

但家里要有保卫，连地区的警察配备也要堪比美国 FBI。

"对了，这家银行款项最集中的时间是？"阳洛天突然问道。

列衡宇看向墙壁上的古旧挂钟，淡然摇头。

"还有 4 分钟。"

刚跳起准备闪人的阳洛天挠挠脑袋，"啥？"顺着列衡宇的目光看去，新人阳洛天就明白了：

每天 9：00，圣华地区的银行出纳流动就新一轮翻新。这个时间段是财富资源最聚集的时候。如果阳洛天是劫匪头子，她一定会暗中将安保人员转移或者制服，然后会在 9：00 出击，操控大局后在最短时间内完成抢劫然后离开。

4 分钟……阳洛天翻看手机，霎时发现信号格化为零。

"小白脸跟我来……"

与此同时，门外响声震天。熟悉又陌生的枪响炸在耳畔，伴随着尖叫嘶吼。

"砰~"

会客厅门被轰然踢开，复古雕花门摇摇欲坠。持枪蒙面汉子横眉一竖冲了进来，四下搜索，空空如也，角落里的监控器被打得七零八落、可怜兮兮摇摆在半空。

蒙面汉子粗手一挥，玻璃茶几上那蘸水而开的百合花被踩得破烂不堪，碎了一地玻璃渣子。

猝不及防的客人们还没来得及求救，就被黑黝黝的枪口逼到正厅。

繁华被切断，当客人们发觉没有安保人员现身的时候，富丽堂皇的正厅仅仅残余数不尽的惶恐。

难不成是恐怖组织？

天花板上方，黑黢黢一片，阳洛天深呼一口老气，万分庆幸自己一手爬天花板的好本事。

银行高层电子总控制室,黑瘦老人沉气,黑色瞳孔凝视着大屏幕上困兽似的可怜人群。半小时前这些人还衣着光鲜、个个优雅如贵妇绅士,如今个个可怜得像哭泣滑稽的小丑。

黑瘦老人干枯的唇角勾了勾,鼻孔缓缓张开,泛着血丝的眼珠子渐渐弥漫寒冷的笑意,最终尖利如枯鬼似的笑声赫然爆发,响彻整间控制室。那张枯瘦的老脸,皱成一张死皮铺在骨头上,他身后的两个蒙面男人,目不斜视,沉稳石化在原地。

"头儿,少了三个人。"秘书模样的男人走进,电子屏幕上缓缓浮现三张照片。

黑瘦男子的笑声戛然而止,蛇一样的眼珠子盯着屏幕上的三张面孔。

这个黑瘦老人是苏家老古董,名叫苏霸天,早已不问苏家事,消失在公众视线良久。最近苏家资金迅速凋零,几十年积攒的庞大家业大有一夕蒸发的趋势,股市也跌到前所未有的低谷,破产态式已经无法挽回。

苏霸天当年是从特种部队里挣扎出来的老骨头,手下私养一批特种护卫,骨子里狂妄狡诈。每个成功的商人背后都离不开他人鲜血眼泪的祭奠,谋划半个月后,苏霸天制订出这个冒险的计划。

如果没有钱融资,银行里多得是钱。这批贵族小崽子成天无所事事,再多的钱给他们也是浪费。

"左边两名是圣华二年级学生,上次孙少爷就栽在他们手中,苏家的颓败局面的根本原因是他们。至于另外一位,似乎是郑氏集团派来融资的,估计是个金融顾问。"

苏霸天冷然一笑:"两个小孩子能逃到哪里去?还不是玩躲猫猫。我们还有多少时间完成最后转移资金?"

"总资金共计1206.55亿美元,排除黄金储备,能在9:30前完成全部转移。此外所有安保人员已经被扔到地下室,信号屏蔽全数打开。逃离设备30分钟后到。"男秘书

第二章 > 怦然心动

面无表情，依稀可见那双略有颜色的唇机器似一张一合，冷漠地吐出清晰而冷漠的字眼。

"分点人手去找找这三个人。"苏霸天犀利的余光瞥过屏幕上阳洛天的那张照片，上边的阳洛天套衬衫夹克，咧嘴笑得欢快，刺眼的笑容惹得苏霸天莫名生厌。

另一个少年，神色冷寂，深蓝色的眼眸悠悠如潭水，若即若离抓不住一丝他的性情，隐隐有着独家的决绝。苏霸天心头凛然———这位宋家的二少爷，似乎不那么简单。

"见到那两个学生直接一枪崩了。"

"是。"

然而没有人想到，胆子特肥的阳洛天居然会往总控制室溜，毕竟在常人的认知里，十八岁的孩子绝不可能有那种能力打败几十个特种护卫。

总控室里，苏霸天精明的眸子落在第三张照片上良久，那个人面容俊美，似笑非笑，眉眼之间掩饰不住睿智决绝的光芒。隐隐有些熟悉，仿佛很早之前，苏霸天曾见过他一样。

一时却也想不起。

对外信号已经完全屏蔽，计算机网络被特殊仪器封锁，在这个一切以新媒体为对外交流工具的世界，粗暴极端的屏蔽方式反而是最有效的措施。

还不能确定对方的人数规模，丢下列衡宇独自行动的阳洛天只知道三件事：

1. 孤身奋战的她打不过这群全副武装的牛人。

2. 她必须到总控室解除屏蔽设备。

3. 眼睁睁看着千亿资产落到别人碗里，她特嫉妒，绝不能让对方得逞！

从天花板通风道一边滑溜溜滚到另一边，阳洛天怎么也记不起来总控制室在哪个榻榻米上。唯一确定的是银行分三层另加幽深地下室，她现在夹在第二层。

那么控制室应该在顶层还是地下室？

阳洛天龇牙咧嘴犯迷糊了，她记性再好，也达不到照相记忆的水准。

正想着，不远处传来低低的人声，阳洛天眼睛霎时亮了，哇，居然还有人也跑到通风道躲避，高人啊！

三下两下往声源那边蹭，那低低的、如磁石似的、带点宠溺和痞气的嗓音飘到阳洛天耳边。

"不巧又遇上银行抢劫。啧啧，你是不是很担心我？别担心，你老公厉害着呢~"

听到这话的阳洛天，心头仿佛被塞入一团泥巴，说不清道不明的诡异。在危机四伏的环境下，居然还有人优哉游哉地藏在通风道里轻松自若地打电话……

等等，打电话？

阳洛天摸摸鼻头，怎么会？她怎么记得银行所有的信号都已经被屏蔽，连那位厉害的漫威蚁人都穿不透。

竖起耳朵又听了听，那边没了动静。一股无形的威慑力慢慢渗透过来，X光似地照射着，在触碰到阳洛天的一瞬间，突然销声匿迹。接着一道亮光倏忽洒了过来，处于逆光位置的阳洛天伸出手挡住光线，略带不满道：

"这位——额，大叔，大家都是爷们，今儿同一条线上的蚂蚱，爷们何苦为难爷们。"

那边静了静。

半晌，幽幽略带怨气的嗓音飘了过来："叫谁大叔呢？"几个字翘了点儿鼻音，绵延到几米之外。

阳洛天：……果然人都不服老。明明都有老婆了，还装什么小鲜肉？

"能想到在通风天花板避难，看你还挺聪明，我向来都不刁难聪明人的。"那位"大叔"压低声音，"乖乖的，往后直爬三百米右转七十米，那里安全。这里交给专家，小孩儿闪边。"

大叔指出的方向，正是之前阳洛天和列衡宇藏身的地儿。阳洛天撇嘴，小爷刚从那儿过来，前方还有宏图大业等着小爷完成，眼看登上人生巅峰的日子就来了，哪能回去？

第二章 > 怦然心动

"不回,我要去总控室拯救人类。"

小地儿回旋着阳洛天低低却坚毅的声音,换了个人儿似的,尽是志在必得的戾气。

大叔顿了顿,想起某个人。

"跟着我走,正好缺个打杂望风的。"

阳洛天咧嘴一笑,三步两步蹭了过去。那位大叔打开天花板,幽光从孔中渗了出来,阳洛天瞥见那道半蹲着的完美侧影,有点像列衡宇,不过更多了些成熟意味。

大叔灵活地从天花板洞孔中跳了下去,阳洛天爬了几步也跟着翻了下去。

轻声落地。

她发现这幽暗的地方是安全通道,墙壁底绿绿的指示灯泛着薄光。

那位大叔侧头,似乎对阳洛天的身手挺满意。

"随便跟着陌生大叔走,可是要吃亏的,今年类似的案件屡禁不止。"大叔刻意嘱咐到,特别强调了"大叔"二字。

阳洛天摆摆手,光线太暗看不清对方的模样,从棱角分明的侧脸也能看出这位大叔年轻时候的气派模样。

"哪能吃亏?跟着大神走,绝不吃亏。听你刚才的通话,你是有幸福家室的人,似乎还有点妻管严,哪敢在外边拈花惹草。"阳洛天笑笑,心安自若,"再说,你的手机功能顶尖,估计早就和外界警局联系过了,我跟着你混哪会吃亏?"

阳洛天这一番话完全没经过大脑,偏偏处处在理,推理严谨。

那位大叔桃花眼一挑,大有错愕之感。

果真是江山代有人才出,如果能够好好用一用……某人心里那个蓄谋已久的计划缓缓萌芽。

两人一前一后朝着银行第三层摸索而去。

期间那位大叔似乎故意要试探阳洛天的本事，几次指明方向让阳洛天打头阵。阳洛天凭着良好的特工素质，居然都一一破解了困局。

忙活之余，话匣子阳洛天有开启全面废话模式之势。

"大叔，你是做什么的？看你动作像警察又像小偷，像特工又像城管。"

"全职主夫，顺便开了家公司。"

"……貌似很厉害。公司叫什么名儿啊？规模大不大？哪天我叫小白脸去找你们合作项目去。"

"你猜。"

"别这样，我师父说过了，男人要大度。不过大叔你可以说说你的名字吗？对了，我叫阳洛天，今年十八，长得挺帅，目前是穷光蛋一个。"

"阳—洛—天。"某人薄唇微启，琢磨着这个名儿。

"对，还有啊，不知道为什么我总觉得在哪里见过你。大叔你是哪里人啊？"

"嘘，别出声。"

"老板，人手已经到达，请指示。"

幽幽通道内，俊美少年轻靠在墙壁上，修长食指有一下没一下地轻触着地板，轻悠响声流淌着，像一曲悠悠钢琴曲。

"无论如何，阻止他们离开，不惜代价。"列衡宇深蓝色的眸子闪了闪，冷意乍现。

"是。"

阳洛天抬手拍回喋喋不休的下巴，她留意到两人快摸索到总控制室的天花板上了。

不出意外的话，那个吃错药敢打劫顶级富豪的人就在里面笑得花枝乱颤。

小心翼翼地探出手抠了下天花板，抠不动……再抠，还不动。

习惯从天花板入手的阳洛天没了主意，谁料到这里的天花板居然还有厚厚的夹层隔板,缝隙间也做了固化处理。再牛的老鼠也打不了铁洞……

"大叔~你会特异功能吗?"阳洛天压低嗓子,用气息说着话。

那位年轻的大叔不做理会,取出手机看了看时间——9:25。他侧头示意阳洛天别出声,侧耳贴在天花板上,凝神听着。

阳洛天借着一晃而过的手机屏幕光,看到一张俊美到极致的脸。仿佛另一个列衡宇落在这里,两人不分你我,只是深蓝色眼眸转换成黑色,更添了几分特属于男人的气息。

好像在哪里见过这个人……

"告诉我,圣华片区快破产的富豪是哪家?"

"……额,苏家。大、大叔你问这个做什么?"阳洛天有种遇到知己的快意。

那位大叔勾唇,取出手机。

"听我指示,马上派人去封锁圣华苏家宅院。圣华片区的天空、圣华海边设立三层防护线,所有经过的交通设备都要严查。派 20 号向圣华公园分区银行的银行网络投点最新的病毒,切记在 9 点 29 分 59 秒时将其网络瘫痪。"大叔拨通号码,朝麾下的总局发出命令。

他一转头,就看见阳洛天亮晶晶、热气腾腾、黑暗都掩饰不了的眼珠子。

"怎么着,佩服了?"俊美大叔挑了挑眉。

"啧啧,我在想天花板下那位的神情。眼看着就要成为千亿富翁,在最后一秒栽了跟头,嘿嘿嘿嘿。"

笑得特邪恶,活脱脱八年前的自己,大叔桃花眼里的算计越来越浓——她居然没有对自己的做法感到震惊,那说明她早有应对危机的能力,更可能看透自己的推理。

毕竟敢动世界富豪们子女的人,如果不是傻子,就是被逼上梁山的汉子。苏家在圣华的势力还算庞大,卷走资产悄然溜走,非常容易。

聪明如阳洛天,已经想透了这层道理。只是在圣华人单力薄,才不得不兵走险招。

所幸,她遇到一个大神,不,两个大神。

大叔手机指示灯微亮。

"什么,确定是朋友?实力如何?那暂时和他们合作,警局的人直接踢了,毕竟远水解不了近渴。"又言简意赅地指出几点要求。

搁下电话,大叔薄唇微勾,侧头淡淡瞥了眼阳洛天,探照灯似将阳小哥从里到外穿透得干干净净。

"桃花运挺旺盛的,小丫头。"

小、小丫头!

阳洛天活了十八年,除了那个逝去的姥姥,还是第一次有个外人称呼自己小丫头!还是个认识不到半小时的大叔!

哪只猴子派来的牛大叔!!!

"估摸着哪位暗恋你的小子,派了一支战斗力不逊于特种兵的队伍来救援。我打算和他们合作,对付几十个玩手枪的小朋友,绰绰有余。"

话毕,大叔从鞋底摸出一把精致小刀。慢慢在天花板上打磨着,将震惊的阳小丫头抛在脑后。

阳洛天脑子里有一百个人在打架,打得乌烟瘴气,思绪混乱。

为什么他看出自己是女的?

不逊于特种兵的队伍又是哪只猴子派来的救兵?

正想着,天花板下传来嘈杂的异响,有怒吼、有挣扎、有枪声阵阵。

时间:9:35。

天花板缓缓渗进亮光,大叔手腕猛地使力。天花板轰然而落,亮光瞬间驱散黑暗。

第二章 > 怦然心动

阳洛天瞥见灯光明亮的屋子里，那张黝黑干瘦、暴戾横生的脸。

俊美大叔单手支撑，优雅侧身，一只飞鹫似轻巧落地。相比之下，阳洛天磨蹭着狗爬下去，这天花板过高，差点一个不小心和那位苏霸天老先生来个跨越年龄的拥抱。

落地，那顶级精良的设备差点闪瞎阳洛天的狗眼。

怪不得这位老哥有那胆子去抢世界级的银行，原来人家的家底儿厚实又见识广博，看得人眼花缭乱的设备居然都把控在这位半只脚踏入棺材的老头儿手上。

两个凭空落地的人，着实震惊了宽阔明朗控制室里的四个人。

苏霸天怎么也没想到，当他把其他人手派去对付银行突然闯入的神秘队伍之际，居然还有一招黄雀在后、声东击西。

两个男人。和屏幕上的两张面孔对应重叠在一起。

刚落地，大叔眼疾手快朝着那两个武装蒙面人袭击去，不下重手，仅仅在他们手中的枪支上动了动，这几把顶级枪支转眼间成了废铁。阳洛天看得一愣一愣的。

"阳洛天，能打吗？"俊美大叔侧头，桃花眼潋滟灼灼。

阳洛天眨巴眼睛爽朗大笑，捏捏拳头，志在必得："没问题！"话毕，再次瞅了瞅这位大叔年轻而出众的俊脸，剑眉长目、修长玉立，仿佛在哪里见过……

因为强有力的外界突袭，核心控制室只有两个保镖、一名秘书和苏霸天四人。

阳洛天还真不知道怎么把信号屏蔽器给关掉，于是自然而然接受打手的身份。对付三个面瘫，绰绰有余……

"你、你是谁？"苏霸天不着痕迹后退几步，枯树皮般的脸染上凝重。

这个年轻人，西装略凌乱，碎发张扬邪肆，似笑非笑的唇角微勾，仿佛全天下都在他掌控之中。无形之中的威压淡淡袭来，沉浮半世的苏霸天，居然也升腾起恐惧。

大叔笑笑，灵活的手指在操作盘上飞速运动。一串串解密数码流水似弹出，不断冲

击着封锁。当着苏霸天的面儿操控计算机,他还不忘做出经典的评论:

"老爷爷,人老就要服老。你瞧瞧这老旧的设备,小儿科的封锁,一点也没有挑战性。还有以后抢银行,别带那么多人。直接从天花板爬进来,随便改个程序就能把钱流走。"

苏霸天:……

你到底是谁……

衣袖里的枯手动了动,苏霸天苍老的眼眸划过厉色。

"别这样,老人家少动点歪心思。没事跳跳广场舞去。"大叔侧头,淡然看着苏霸天,"你本来可以轻松卷千亿钱财从海路或者开飞机掠过太平洋到西雅图找美国佬避难,顺便改美国国籍,投点资支持美国大选,凭借千亿资产成为美国集团大亨。"

苏霸天脸都绿了,了解美利坚集团政治的人,都知道钱在那个国家的超然地位。

大叔邪肆一笑:"可惜,老头儿你运气不好。"即使没有我来这里,还有个聪明的阳洛天和另一个神秘人。

"大叔,解决了~"阳洛天一把擦掉额头的汗水,亮开嗓门吼了句。转身一屁股坐在沙发上,接了杯水猛灌。

大叔赞赏一笑,掠过地上瘫软的三人。同样的暴力值、同样的洒脱,这世界还真是奇妙。

"你是谁!"苏霸天几乎嘶吼,他纵横驰骋大半生,骄傲自恃,刚硬决绝,纵横黑白两道,什么勾当都干过,无论多么严峻的形势都能凭着一身本事避开。然而不安与恐惧却在不到半小时的时间里肆意凌迟着他的所有神经。

最可怕的折磨不是伤痕累累,有种人偏偏就能用淡漠如冰刀的话,一刀刀凌迟折磨着对手的灵魂。

从那一刻起,他才发觉自己真的老了。

他带血丝的眼珠子久久锁在眼前那位年轻人身上,缓缓地,慢慢地,尘封在脑海里的一张面孔渐渐清晰。

大叔轻笑:"当年你手下的一颗子弹,我惦记了幕后主使十年。"

"苏霸天,原77特种部队成员,后转战商界。暗中用毒品交易维持家族经济,十年前将黑暗链条转移至美国,交易被我摧毁后潜伏地下。本来打算半个月后再找你算账的,谁知老头你非要把死期提前。"

他笑得邪肆,无形中的大网慢慢收紧,勒得人喘不过气。

苏霸天颓然倒地,但凡罪恶都有千丝万缕的线,他自以为斩断所有线索,却还是难逃有心人的追捕。

边上灌水的阳洛天,眼珠子一转便确定了大叔的职业。

警笛声飘荡在圣华湛蓝澄澈的天空,阳光刺目,晃人眼睛。

像是一场闹剧般,匆匆开场,匆匆谢幕。唯有心口接连不断的心跳声还在提醒着人们,曾经有那么一段时间,他们的命吊在那黑洞洞的枪口上。

有钱人最珍惜的,从来不是钱。

阳洛天以手当篷,遮住额前炽热的阳光。看银行工作人员有条不紊维持着秩序,把控局面。被折腾得迷迷糊糊的安保人员逐渐回归岗位,伤亡人数不多。

贵族们好面子,这样惊天的丑闻不可能见报公之于世,有多少人知道曾经有个小小的女生阳洛天,试图拯救这群冷血的人们?她悄无声息。

"大叔,你做侦探这行多少年了?"好奇的阳洛天不住打量这位俊美大叔,"总感觉你从事的职业特别多,你是不是经过商、从过政、当过特种兵、做过保姆?"

阳洛天真心好奇,如此大神,濒临灭绝的生物,居然就让自己给碰上了。

大神年年有,今年特别多。

大叔理理身上略皱的西装,从容淡定地回答:"我只是一名合格的家庭主夫。"

阳洛天：……

"小丫头，你搁在天花板里的那位朋友是什么来头？"

"转移话题太明显了吧大叔。天花板里的是我一哥们，要不是受了点伤不能剧烈活动，我早就把他踹出去当挡箭牌了。"

俊美大叔不语，旁人看不清他异于常人的想法。似乎在沉思、似乎在赞赏、似乎在算计，千般情绪在桃花眼眸里转瞬即逝，化为一股天然的傲气。

他优雅地打开跑车门，临走时朝阳洛天勾勾手指。阳洛天笑嘻嘻凑了过去："啥事？"

"好心劝告你，小丫头。别和你那位哥们作对，否则吃亏的还是你。"

我们以后，还会见面的，河南心想。

阳洛天笑容凝固在脸上，都说群众的眼睛是雪亮的，在圣华贵族学院，几乎没人敢惹列衡宇。阳洛天只当大伙儿胆子小，她偏要摸老虎屁股，照样活得好好的。可为毛这位大叔也劝告自己？

列衡宇除了钢琴弹得好点，人好看了点，家里有钱点，也没啥优点。

"大叔，你认识小白脸？"阳洛天凑近，实则细看观察这位大叔的脸。

大叔笑笑，狐狸眼睛瞄着近在咫尺的一张俊脸，"不认识。小丫头，如果想要活得久点，最好少惹你那哥们儿。"

攻于心计，运筹帷幄，冷血薄凉，势力深厚，善于隐忍。这样的对手，可不是阳洛天这一会儿聪明一会儿犯傻的丫头能对付得了的。

油门一踩，跑车轰然离开。

阳洛天皱着眉，盯着那辆白色跑车良久。

半晌后，灵光一现，阳洛天猛地跺脚，地面几乎都被踹成一个东非大裂谷。

怪不得这么牛哄哄！原来是咱师父那位神秘老公啊！阳洛天差点涕泗横流，特想追

第二章 > 怦然心动

上那辆影儿都不见的跑车问一句："河南'师母'，我师父她最近还好吗？徒弟特挂念她！"

在阳洛天十八年的生命中，能被她深深想念的人不超过五个。

她的师父，便是其中之一，占据着阳洛天生命的重要一部分。

说起阳洛天一身精怪的本事，暗藏杀气的空手道、刁钻的爬天花板本事、偶尔开挂的大脑，这些很大部分都是她师父手把手教授。

八年前将阳洛天从车祸现场救起的神秘女子，对外称名"李沧月"，真实身份却是国家秘密特工。

或许是人生经历相似，亲人逝世，举目无依。两个月时间内，李沧月直接对"手无缚鸡之力"的阳洛天实行特训，生生把阳洛天打造成一把足以自保的武器。

后来，A市发生了一场震惊中外的大案，这位神秘冷艳的师父离奇失踪。

有人说她出国了，有人说她在大案中丧生了，还有人说她其实是侦破案件的卧底。

总之，无论阳洛天怎么找，她这位师父如同蒸发在人海，除了少数人惊鸿一瞥的记忆，再无踪影。

几个月前，李沧月才终于出现，还挂了牛哄哄的国安局局长称号。

阳洛天还没来得及跑去和师父聊几句，就被横空出世的一个男人甩了张结婚请柬。

这个俊美的男人，正是师父的现任丈夫，沧河帝企的老总河南。

此人性格奇葩，极度宠妻，傲娇之极，苦等了她师父李沧月七年，终于抱得美人归。

据说河南总裁和A市帝中校长，还是哥们儿……

据说河南总裁和一个叫李云峰的俊酷男人抢夺李沧月……

据说……

阳洛天盯着"师母"河南的跑车，直至消失在视线再也无法企及。

脑子里盘旋了会儿师父"师母"的八卦后，阳小哥转身朝银行走去。

然而，她不知道，不久的将来，自己的一生都会被这个叫河南的男人改变。

今日一场偶遇，未来辛酸波折，跌宕起伏。

跑车飞也似划过绿意婆娑的公路，拨通电话的那一刻，河南脸上瞬间爬满笑容，说出来的话却哀怨绵绵。

"沧月～你老公受伤了，刚才对付好几个持枪凶狠的特种兵，胳膊都差点断了。"

那边的人静了静，河南以为自己能听到沧月温柔暖心窝子的话。

"几个特种兵都打不过，三个月的国安局特级训练，没商量。"

"……沧月～"

浓浓撒娇气弥漫整条高速公路。

> 当痛经遇上两个男人

列衡宇刚踏入户外的阳光之中，眼尖的阳洛天瞬间锁定他，飞也似冲了过来。

阳洛天不久前在乌漆墨黑的天花板通道圆润地爬来爬去，这通道平日里都是善良的蟑螂、老鼠来清理。她穿着干净整洁的夹克钻进去，灰溜溜乞丐似地钻出来。明亮日光下，原本白皙的脸颊铺满灰尘，跑起来自带满天飞舞的灰尘暴。

"小白脸，你怎么自个儿下来了？我还打算回去把你抱出来的。"阳洛天笑嘻嘻凑过去，抬手拍拍列衡宇肩膀，灰尘从袖口上簌簌落了下来……

"没事，回圣华。"

列衡宇淡然地、优雅地，避开阳洛天。蓝眸扫过风尘仆仆的某人，见她脸色有几分绯红、动作灵活、呼吸顺畅，半点受伤的迹象也没有，稍稍安心。

当然，列衡宇绝对不能忍受阳洛天用那双手去摸方向盘。换上自动驾驶模式，脏兮兮的阳洛天被扔在副驾驶位置上。

第二章 > 怦然心动

"老板，我饿了。"

肚子很配合地"咕咕"叫了两声。

绿的葱，黄的姜，红的辣椒，摆在一条鱼上，大盘子带着扑鼻香味一放出来，阳洛天的肚子"咕噜咕噜"叫得更欢畅。

"谢了，哥们儿。"

剩下的感谢话都顺着筷子送去嘴里胃里，阳洛天的确饿坏了。上午徒手和三个男人比拼武力，早饭消化得渣渣都不剩，浑身上下每处细胞都在喊饿。眼见一盘鱼上桌，阳洛天狂扒了几口饭，筷子行云流水，只恨自己长了一张嘴。

列衡宇淡淡看着，想着。有生以来第一次给人做饭，当他走入厨房的时候，竟然也猜不透是什么诡异的思绪驱使着自己行动。

只知道阳洛天可怜巴巴望着自己，脏兮兮铺满灰尘的脸说不出的俊俏，那双灿烂如星辰的眸子眨巴眨巴着，列衡宇心头不自觉升起拯救灾民的使命感。

灾民阳洛天边吃边想今儿的事情，恍惚得不真实。明明是刀尖上起舞，冥冥中感觉有人在保护着自己。

"小白"话语圆润地转了个弯儿，阳洛天将脑袋从饭碗里扯出来，包着满口米饭问道，"列衡宇，你一直待在天花板上？"

列衡宇侧头避开飞溅来的碎渣子，"我一直在那里。"

阳洛天眼睛眯了眯，表示怀疑。河南大叔的劝告不可能空穴来风，河南与小白脸素不相识，必定是河南的那几通电话让这位名侦探与小白脸来了个神游之交。

可眼前这位神色淡漠翻阅着乐谱的男人，满脸写着："本小白脸就是有惊天动地的秘密你又能把我怎么着？"阳洛天皱起眉头。

"你认识河南吗？"阳洛天试探一问。

"认识。"

"哦~你和他什么关系？"阳洛天邪邪一笑。

"沧河帝企的总裁，国际商会上见过一面。"列衡宇淡淡瞥了眼阳洛天，总觉得那双亮晶晶的眼珠子精明又狡黠，透着感染人心的灵气。

阳洛天冷哼，小白脸~你就装吧，总有一天小爷会把你所有的秘密扒出来。

大概是中午吃得太好，吃惯了粗茶淡饭的胃承受不住列大神的高明厨艺。当夜，阳洛天肚子痛得一抽一抽，挣扎着爬起来往厕所跑。

然后……

额……

阳洛天惊悚地发现，她那位红红的亲戚又来拜访自己了。

今日又是爬天花板又是打架，中午吃了顿大餐，下午冲了个凉水澡。强烈的外界刺激导致的后果就是，阳洛天脆弱的小腹一阵阵抽痛，下腹像是被塞进插满钢针的球，刺得人鲜血直流。

几乎是从厕所里爬回房间的，阳洛天伸展四肢软趴趴仰躺在床上，一呼一吸都费劲，一开口或者微微一动，那里就痛得毁天灭地惨绝人寰。

阳洛天看着天花板泪眼婆娑。痛经的恐怖在于，再坚强的女汉子在痛经面前瞬间成了软妹子。

现在能怎么办？

不能去校医院，哪个"男人"去医院买痛经药给自己吃？

不能找乔英宰，阳洛天脸皮再厚也不敢让乔英宰知道这种事。

至于木诗诗——算了。

列衡宇？他要是知道自己是个女的，还不一脚把自己踹出圣华。

可怜的阳洛天，只能默默忍受着每个女孩子不得不经受的痛。从来没有如此希望自己是个男的……

阳洛天只得强迫自己入睡，谁知越睡越清醒——她清晰地听见楼下"乒乒乓乓"的敲门声，乔英宰富有特色的呼叫穿墙过缝渗进来。

"阿天~阿天~"

真是怕什么来什么……

阳洛天费力地扯过被子，蒙住脑袋——事情已经到了无法挽回的地步，她脸面无光，想到乔英宰脸上即将出现的颜色，阳洛天就浑身不舒服。

很快地，急促的脚步声伴随着破门而入的巨响，越靠越近。

"阿天，我都听说那事儿了。"乔英宰满身汗味跑进房间，四下搜索，飞快瞄准床上躺尸的阳洛天，"十几杆枪支可不是盖的，死了十几个人呢。你有没有事儿啊？"

乔英宰扯了扯黑白被子，试图将阳洛天的脑袋放出来，阳洛天拼尽全力揪住盖住脸的被子。

"大热天盖那么厚的被子做什么？今晚温度挺高的，你不怕捂出痱子。"乔英宰加大劲儿扯了扯，见阳洛天死咬着被子不放手，乔英宰扬眉，"难不成真的受伤了？"

阳洛天心中默默回答：老子痛经……

乔英宰慌了。一把扯开被子，阳洛天惨白无血色的脸露了出来。汗水打湿额前头发，一缕缕黏在额头，眼神无光，嘴唇苍白。那模样，不是得了肺炎就是患了前列腺炎，可怜兮兮。

像是一根针刺到心底，乔英宰心头一痛。摸了摸她汗渍渍的额头，凉凉的没有半点儿温度。

"你这副死样子还说没受伤？瞧你那可怜兮兮的样儿。我马上找医生过来，告诉哥们，哪里伤了,千万别憋着。"

高大壮实的乔英宰,俊脸写满悲痛欲绝,此时此刻什么男女之分早已抛在脑后。

自己的哥们儿从阎王殿前溜过一圈,根本原因还是他乔英宰让阳洛天帮忙转钱融资。

千言万语一句话,乔英宰看着那张苍白的脸蛋儿,痛心道:"说话啊哥们,有病咱们得治!不能拖着!"

阳洛天已经没有力气和这混球吐字。

如果阳洛天手里有一把枪,必定要一枪崩死这胡话漫天飞的人。

"你不说是吧?好,我去问小宇子,他和你一路总知道!"乔英宰见阳洛天满脸憔悴苍凉,却迟迟不开口,以为她又逞能逞强。乔英宰恨铁不成钢看了眼蔫兮兮的阳洛天,起身就朝门外奔去,阳洛天连叫这混蛋停脚的力气都没了。

眼睁睁看着傻乎乎的小乔消失在视线里,千言万语哽在心头,腹痛难忍的阳洛天终于明白了有心无力的真正含义。

老子痛经,你找列衡宇有什么用,他一个弹钢琴的大男人又不是妇科医生……

风风火火的乔英宰到东门,铁拳头一个劲儿往门上砸。

"小宇子,我知道你没睡。出来,出事了!出来出来~出大事了~"

三秒后,白门不耐烦敞开一个弧度。乔英宰的手腕被一只强有力的手给掐住,疼痛顺着他的手腕蔓延到五脏六腑。

"嘶嘶—痛,放手~我找你有正事,阿天他受伤了!"

闻言,列衡宇左手微松,乔英宰赶紧将自己的爪子缩了回来。

"说清楚。"列衡宇理理墨色睡衣,眼底隐隐有些不耐。

"他现在就剩半条命,还死撑着不开口。"乔英宰身子一歪靠在墙壁上,抓耳挠腮,"浑身冒汗没温度、那张脸刷了白漆一样,偏偏躲在被窝里忍着。我怎么跟他说他都不理。

我说，你今儿没看出他有什么怪的地方？"

列衡宇平淡的眼眸看不出任何异样……白天的阳洛天活蹦乱跳像只猴子，中午吃了三大碗白饭，扫光所有鱼肉，晚上还在咖啡厅里精神抖擞地工作。

要说这样的人受伤，列衡宇宁肯相信自己的手已经痊愈。

"他没受伤。"

乔英宰瘪嘴，眼底有丝黯然："不可能，你跟我去看看！他那副揪心的死样子，明明痛得死去活来，非要装作一副圣人模样。看得人直想掉眼泪。"

乔英宰的话还没说完，列衡宇脚步就已经迈了出去，直接朝着对面那扇门走去。

临近阳洛天的卧室，那道小门早已经被反锁。冷冰冰的门瞅着门前两个高大少年。

"阿天你把门关上做什么？有病咱得治，你这样藏着掖着万一伤口发炎怎么办？"乔英宰死命敲门。

屋子里，用尽所有力气爬起来锁门的阳洛天，悲催地望着天花板。

老子只是痛经，你把小白脸找来有什么用！他弹个钢琴就能治痛经？今儿就是拼了这条老命，也不能让你们俩大男人进小爷的屋！

"阿天，你说话啊？是不是痛晕了？别这样啊，别锁门啊！"

阳洛天憋一口老气，欲哭无泪。

乔英宰敲了半天门，连带着手砸脚踹，这一扇汇集了阳洛天所有坚强勇敢的大门纹丝不动。

"小宇子，想个法子好不？从你手伤了之后，她最听你的话。"乔英宰软语恳求。

最听我的话？列衡宇俊眉一皱。

恍惚记起这大半个月来：每天早上必定会在同一张餐桌上；课后铃声还没结束，那张得意扬扬的小脸就已经扒在门边，黑亮的眼珠子四处晃；咖啡厅，她在外鸟雀儿似的忙忙碌碌，还不忘中途偷偷送来一杯咖啡；西苑所有的体力活都被阳洛天承包，就是不让列衡宇动金贵的右手……

这样的人，也会受伤。

列衡宇冰冷的世界，忽的有丝阳光普照。

"阳洛天，开门。"他低沉有力的嗓音穿透门缝。

声音不大不小，带点低温，落在阳洛天耳朵里简直就是炸雷。

小爷我不就痛个经嘛，你们至于这样？以前我就是从珠穆朗玛峰跳下来，在鲨鱼嘴里跳大神，大神你眼皮子也不动一下。小白脸，你高冷的大神范儿哪去了？

"你们滚远点～小爷没事～嘶～～"

阳洛天拼尽全力吼了出来，下腹因为这动作猛地又开始新一轮的攻城略地，鲜血四溢，折腾得阳洛天冷汗直流不敢动弹，躺在床上直喘粗气。她的手机从床上滑落，砸在地上发出惨绝人寰的"啪"声。

老子真的只是痛经啊，你们一个两个折腾个毛线！

"啧啧，我家阿天好可怜。"乔英宰悲痛欲绝，捂着心口，单手扶墙，"还在撑着，这小子从小就逞强。以前有次空手道比赛，他右腿差点被踢断，居然还强忍着疼痛，直到把对手掀翻才罢手。"

列衡宇危险地眯着眸子，阳洛天中气不足的小话儿穿透门缝，辗转几番，真有几分濒临死亡的错觉。一瞬间，列衡宇就判断出阳洛天必定受了伤，貌似还挺严重。

想到今日阳洛天"故作"正常健康，忍着病痛还不忘照顾自己快要痊愈的右手腕，列衡宇心头有些说不出的情愫蔓延。

微微感动，淡淡心疼。

能三番五次挑战自己耐心的人，又能三番五次感动自己的人，仅仅一个阳洛天。

如果以前的阳洛天在列衡宇眼中像个跳梁小丑，那么今夜，在封锁的门前，阳洛天略带伤痛的声音发出的那一刻，列衡宇就已经完全把这个少年当作自己的朋友了。

屋子里的阳洛天哪知道列大神的心思，她不过半夜突然痛个经罢了……

她真的……只是痛经……

"阳洛天，给你五秒钟，后果自负。"列大神发话，威压十足，半里之内的生物都被震慑得大气也不敢出。从里到外渗透着冷意，仿佛阳洛天敢违抗皇命，她就见不到明儿个的太阳。

阳洛天脱力躺在床上，小白脸你给我5秒钟哪够？给500秒小爷还是起不来……

要是被你们俩男人看到这鲜血淋漓的场面……阳洛天真的不敢想下去。

小爷再怎么厚脸皮，骨子里还是个女的。

一秒，

两秒，

五秒。

"五秒了，阿天还不出来。"乔英宰压低声音提醒道，偷瞄着身边这位大神。在乔英宰的心里，但凡小宇子要做的事情，从来没有失败的案例。

列衡宇深蓝色的眼眸寒光乍现，俊美到极致的脸庞染上决绝狠厉。他淡淡退后两步，浑身精妙的骨骼里里外外动了动。

右脚缓缓擦过地板，左脚原地转了个弧度，腰渐侧，一个完美的回旋踢即将落在那扇代表阳洛天所有意志的门上。

列衡宇的武术水平，从来不低于阳洛天。

他能暗中经营脱离宋家圣华集团的庞大组织，能在最短时间内召集强悍的手下特卫拯救圣华银行，自身的实力自然不容置疑。

不仅拥有弹钢琴的手,还有踢门的脚。

"住脚~~你们两个臭男人赶紧滚出去!!!!"

一阵破天吼叫滚滚而来,穿粉红睡衣的木诗诗横空出现,金色卷发凌乱披散着。红扑扑的脸蛋带着风风火火的戾气,一吼就是石破天惊。

列衡宇淡定地收回脚,冷飕飕的眼神射向天外来客。

"我的未婚夫受伤,当然我来治!你们这些人哪来的回哪去!"木诗诗不敢看冷冰冰的列衡宇,扭头对边上惊呆的乔英宰大吼大叫,"看什么看,你们两个麻利地滚出去~"

屋子里的阳洛天闻言,瞬间放松下来。亏得她机灵,出此下策找来木诗诗这姑娘。此时此刻,木诗诗长出翅膀变成拯救阳洛天的天使。

话毕,木诗诗满心复杂地凑近门前,尽量使自己的言语平静而有爱:"阿天,你别担心。我带了医生过来,她们都是专家,保证能治好你的痛——痛病。"

乔英宰果然瞅见门边来了三个喘着粗气、穿白大褂的女人。

"木大小姐,你确定这三个女医生能——能治好阿天的病?"乔英宰表示怀疑,"还有啊,阿天从来不承认你这未婚妻,你跑来做什么?"

木诗诗憋屈噘嘴,珍珠眼死瞪着乔英宰,"你们真不知道她为什么忍耐着?"

两人摇头。

大小姐插着纤腰,恨铁不成钢问:"我问你们,男人哪个地方伤了最不想让外人知道?"

乔英宰和列衡宇愣了两秒,齐齐明白了过来。

男人嘛,某些难以言喻的病痛自然不能说出来。列衡宇淡淡瞥了眼那三个女医生,转身从那道封死的门前离开。乔英宰摸摸鼻头,还打算留在这里看看情况,最后还是被木诗诗杀人的目光给瞪出去了。

第二章 > 怦然心动

乔英宰灰溜溜出了西苑别墅,仰头,天边的月亮又大又圆,远方的天空璀璨绚烂。夜里的凉风习习,吹得他一个哆嗦。

这风一吹,乔英宰猛然惊醒。

不对啊!阳洛天明明是个女的,怎么会有男人那方面的病?

在一个月光皎洁、树影婆娑的夜晚,空悠悠亮着雪亮路灯的人行道上,大男人乔英宰石头般僵硬在原地足足愣了半个小时。

一个炸弹轰然爆炸在乔英宰脑袋里,终于意识到阳洛天的"病因",真相震得他头昏眼花脸颊发烫,脸皮被浇了红辣椒水似的又烫又辣。

屋子里,阳洛天半死不活地躺在床上,眼睛眯成一条缝儿,懒洋洋看着在自己身上忙来忙去的女医生。

为首的胖女人乍一见到阳洛天,还以为她得了雄性激素分泌旺盛的毛病。直到掀开衣服听诊、扒了裤子打针,才终于确定这位病快快的帅小伙真是个女的……

"吃辣、激烈运动、喝凉水,我说你一个好好的姑娘这么折腾自己做什么?"胖女人摆弄着手里的药丸,药杵狠狠砸在药丸上,慢慢捻磨着,嘴里还不忘絮絮叨叨,"现在的年轻女孩儿就是不懂事,以后要是落下病根那可是痛一辈子的事。看你那不男不女的样子,一看就是不正经。"

阳洛天已经没有力气跳起来辩驳,小爷我有苦说不出。

木诗诗噘嘴坐在床边,心里打翻五味瓶,什么复杂的滋味都有。当她还在房间里睡得昏沉的时候,阳洛天一通电话过来,她立马清醒。揪出家庭医生,直接派人开着直升机飞过来。

等她进入阳洛天这间乱糟糟的屋子,她依旧不明白自己为什么要帮助这个曾经的"未婚夫"。

阳洛天奄奄一息的语气，苍白又坚韧的面孔，一如初见时的光华万千，无形中触动了这位千金小姐的心灵。

"我说阳洛天，你好歹也振作点。瞧你那副死鱼样子，心烦。"大小姐扬起高傲的调子，却伸手替阳洛天掖了掖被角，"不就是痛经嘛，我还以为你骗了世界十八年，早就成了东方不败。"

大小姐心里，还是放不下那档子"婚约"。

阳洛天软绵绵躺在床上，下腹的痛楚稍稍有些消减。精神萎靡，外人说的话她一个字儿也听不进去。想睡又睡不着，大脑就像个皮球被踢来踢去，昏沉之极。

迷迷糊糊中，清淡优雅的琴声和着夜风渗入小屋子，安神缱绻，自带着温柔的力量松弛着阳洛天紧绷的神经，痛楚奇迹般减少。

那熟悉的小调子，正是曾困扰阳洛天每个夜晚惊天地泣鬼神的招魂曲。今夜招魂曲忽地变了含义，仅仅降低一个调，魔法般温柔得可以掐出水来。

说不清，道不明。

有个人用最合适的方式来安慰自己。

"当当当。"

敲门声。

钢琴声戛然而止，白门打开，露出一张希腊雕塑般俊美的脸。

"什么事？"他的声音自带冰碴，冻得人瑟瑟发抖。

木诗诗不敢看列衡宇深蓝冰冷的眼睛，略带怯懦的目光和地板交融，犹豫两秒才开口：

"阳、阳洛天要我告诉你，她想听你弹《小星星》。你现在弹、弹的曲子特难听，简直、是在折磨她脆弱的小心肝。"

空气温度瞬间降低到零度以下，阳洛天把列衡宇当作点唱机的事实被揭开。

白门磨刀似关上，木诗诗如获大赦吐了口气。这位大神的气场可不是盖的，明明大伙儿都是富家子弟，怎么老感觉自己低人一等？

于是乎，躺在床上昏昏欲睡的阳洛天，临睡前终于听到轻柔简洁的《小星星》。

一闪一闪亮晶晶，

满天都是小星星……

钢琴键上，意识到只用那只健全的左手就能敲响简单音符的时候，列衡宇终于明白阳洛天细腻的心思。

一闪一闪亮晶晶，五月天，夜幕星光灿烂。

> 体检风云

折腾了大半夜，阳洛天迷迷糊糊醒来的时候，天色已经大亮。

木诗诗早就带着人离开，柜橱边放着大包小包的药，红红绿绿煞是好看。昨夜的荒唐事儿一件件冲击着脑海神经，最终落在那首优雅婉转的小曲儿上。

睁大幽幽黑眸想了会儿，阳洛天翻身，跑去浴室洗了个澡，半个小时后神清气爽走出来。接近上午10点，列衡宇早就离开西苑。搜刮了点东西简单填饱肚子，阳洛天抓着包就朝门外跑去。

刚到教室，赫然发现原本该闹哄哄的地儿居然稀稀拉拉只有几个人，乔英宰高大俊朗的影子也瞅不见。

第一排的黄永松眼尖，一眼便看到冲进来的阳洛天。他擦着唇彩的小嘴儿翘起，眼底含讽："哟~乔英宰不是替你请病假了？怎么着又跑来了，身残志坚啊。"

阳洛天横眉一挑，眼前这位每个字儿都带刺，扎得人浑身不舒服。也懒得给他好脸色，她开门见山问:"黄永松,班上人都跑哪去玩了?"

"能去哪玩,都去体检了。"黄永松红唇微启,似乎想到什么,笑得欢畅,白脸上的粉扑扑往下掉,"呦,阳洛天,昨天银行抢劫案这事儿都传开了。你那地方受了点伤,想不到你还敢来体检,啧啧,勇气可嘉。"

黄永松讽刺的目光瞥向阳洛天的裤子,只见两条腿挺拔修长,心里那点儿嫉妒瞬间泛滥成灾害,连带着语气都娇气埋怨。

阳洛天:……

体检,呵呵……

那地方受伤,呵呵……

一万只某种动物缓缓滚过来。

班上的人陆陆续续回来,班主任雨路漂亮的面孔出现在门边,扬声道:"剩下一组没体检的同学,轮到你们了,咦,阳洛天?你也来了,现在还有时间,赶紧去体检。"

乔英宰刚踏进教室,听到的就是班主任这一番意味深长的话。然后瞥见阳洛天修长玉立、略微僵硬的侧影。

你不好好躺着跑来做什么?

顾不得人多,乔英宰大手一挥,赶忙将阳洛天拖到走廊外的角落。

"喂喂~姓乔的,你把阳洛天扯走做什么?是不是他真的有什么毛病~"看热闹的黄永松高声发问,教室里随即传来低低的哄笑声。

阳洛天是何等风云人物小鲜肉,昨日男人重要的部位受伤的事儿不知怎么地就被挖了出来,第二天一早就爆炸在整个圣华贵族学院。有惋惜的、有心疼的、有解恨的、有嘲讽的,还有求交往的……

不得不说,圣华贵族中学的兼职狗仔们,都和蓝翔技校有点关系,深谙挖掘之道,任何小道消息都能被挖出来。

走廊角落，阳洛天揉揉胳膊，没好气瞪了眼乔英宰。

"做什么？"

"你，你，你，"把阳洛天扯出来的乔英宰，忽地不知道该说什么话。耳根子悄然红了个透彻，心里一团乱麻，偏偏还洒了辣椒水，以至于心慌火辣。

"我没事。"阳洛天一看乔英宰的神色，就明白过来。心头拧麻花似甭提多别扭，被好哥们儿知道自己月经不调，那尴尬的局面叫一个诡异。

"那、那你体检怎么办？男子体检可是要脱光衣服的，还要检查，咳咳，检查其他地方……"别扭的小乔问了个好问题。

从小到大，阳洛天经历过的体检数不胜数。凭借着超出常人的智慧，以及一张漂亮到不像话的皮囊，阳洛天总能将生化危机化为流水潺潺。

某种层面上，阳洛天的侦破卧底技巧是从小躲避体检、修改体检表的时候练就的。否则也不会被那位大神看上，亲自教了她两个月顶级特工技巧。

"放心，这事儿简单。"

阳洛天露出一口雪亮的白牙，眉眼弯弯，穿过窗户缝隙的风撩起她不羁的发丝。乔英宰恍惚中，又记起多年前初见时候那个自信的小少年。

校医室。

身着白大褂的男子闭眼，眉间染上淡淡疲倦，揉揉太阳穴，"阿佳，还有多少学生？"

年轻的女护士赶忙翻了翻记录册，手指划过一个个铅字人名。

"还有三个男生，估计也快来了。"女护士轻轻柔柔微笑，回头看着办公桌前的年轻男人，"辛苦你了，阳医生。"

校医室的门把微转，隐约印出两道身影，交杂着低低交谈吵闹。

"我也要去，万一校医对你动手动脚怎么办？"语气坚决，乔英宰生怕阳洛天吃亏。

"滚，小爷的事儿你别管。"伴随着一声闷哼，重物倒地。

"阿天~"小乔软绵绵扬起嗓子。

阳洛天一脚踹飞乔英宰，轰然关上大门。她怎么能让小乔观看自己体检？

也不顾校医室里几个护士的怪异眼神，径直走过去，刺啦一声，无比剽悍地扯开诊断帘，将体检表"啪"地拍死在办公桌上。

"阳洛天？"

年轻医生懒懒地翻开体检表，表格上那张一寸照笑得张扬又肆虐。

阳洛天小鸡啄米似点头，贼光贼光的眼神不着痕迹打量着这位据说是圣华最有型的男医生。脑海里浮现出一组数据：

阳岳，男，26岁，高级医师。小麦色健康的肌肤，有神睿智的双眼，精干的短发。

性格不错，面容俊朗，待人随和，性子里似乎有点小暴力，自有特有的小风趣。

唯一的缺点就是个子不高，估摸着只有178cm左右。

"阳医生？"

阳洛天抬头，"啧啧"两声。眼珠子落在阳岳的那双手上，可不像只是医生的手。

圣华贵族中学，真是个极有趣的地方，什么人都有，什么鬼都来。

"怎么看着不像个男生/医生~"

淡淡的疑惑，两道声音同时响起，空气僵硬半刻，两道饱含深意的视线赫然相撞，火花四溅。

阳洛天邪魅一笑，淡定拉开椅子一屁股坐下：

"阳医生，希望您能好好对待这份体检表。"阳洛天咬紧"好好"两字，威胁意味淡淡弥散。

第二章 > 怦然心动

她精明过人，聪明的时候简直像是另一个人，再加上有那份独到的第六感，几乎确定了这位阳医生的诡异。

食指内侧有薄茧，眼神犀利，一举一动都隐隐透着几分锐气。这种人，绝对受过特种训练。

阳岳年轻的眉眼轻敛，盯着阳洛天贼兮兮的脸，手指摩擦着那份体检表边沿，慢慢捻磨，似乎要将那张纸给摩出一个洞，钻木取火。

被一个女扮男装的小女娃威胁了，呵呵。两人目光僵持不下，阳洛天浑身骨头"咯吱咯吱"欢快响动，有大打一场的冲动。

"你们在做什么？"有人淡淡发问。

阳洛天扭过脑袋，看到他的时候小眼神一下亮了，如果不是因为身体上的原因，早就兔子似蹿过来拉着列衡宇问长问短。今儿只能笑眯眯站起来，扬起嗓子打招呼："呵呵，小白脸你也来体检？手现在还没好，要不要帮忙脱裤子……"

列衡宇：……

阳岳医生勾唇，趁着阳洛天不注意，手中的签字笔唰唰飞驰在那张体检表上。

"哟哟～小天天，要不要帮帮我？我的手也不大方便。"雌雄莫辨的妖媚嗓音钻进阳洛天的耳朵，宋浩瀚不知何时出现在门边，白皙修长的手指搭在门框上，那双勾人魂魄的蓝眼直勾勾落在屋子里，一根羽毛似的挠在阳洛天的中枢神经上。

阳洛天落下三斤鸡皮疙瘩。为什么这个人也在这里？

全校仅仅剩下三个人没有体检，偏偏体检项目繁多。

阳洛天搭着二郎腿坐在白板凳上，有一下没一下掀开眼皮，瞅瞅被护士折腾的两个帅哥。

看到女护士拿着针管准备抽血，阳洛天一个机灵翻起来，大吼大叫："别动他右手！

左手,左手,抽左手的血!"

隔壁白纱帘子里抽血的宋浩瀚,右手一抖。针头扎进肉里,好看的眉毛傲娇拧着。随即淡漠笑笑,示意护士重新扎针。

小天天担心的,不是他宋浩瀚。

那边某人动作太大,牵扯到小腹,钝痛一下,阳洛天皱了皱眉头。忙不迭蹿到列衡宇身边,将他右手袖子捋下,扯过左手粗鲁掀开袖子,转头对吓得一愣一愣的女护士道:"别发呆啊,扎针呗。"

"哦,哦……"女护士红着脸,小心翼翼将针头调转。

列衡宇目光落到阳洛天身上,他分明注意到阳洛天刚才皱眉的微小动作,小小的,转瞬即逝,"你的——伤好了点?"

"啥?"

"昨晚,你不是受了挺严重的伤。"

"……已经好了,甭管小爷。"阳洛天低头,伸手将自己的衣裳理了理,镇定地盖住自个儿下半身。

老子才没那毛病,小爷就是痛经。

此时此刻,列衡宇眼中的阳洛天像只收敛爪牙的猫咪。

低着头,耳根一抹悄悄的粉红,离自己很近,透过碎发看得见那挺翘的鼻梁、薄薄红润的嘴唇,透着阳洛天特有的清新。列衡宇忽然起了捉弄的心思,"有病就要治。男人之间这种事没什么好遮掩的。等会儿让阳岳医生看看,他似乎是男科专家。"

不远处看戏的阳医生,"嘿嘿"一笑。

果不其然,列大神瞥见阳小哥浑身僵硬,十指紧扣,连呼吸都急促几分。

阳洛天恨恨抬头,瞥见列衡宇眼底的戏谑。耳根子火辣辣,心想若不是他的手还没

第二章 > 怦然心动

有好,小爷一定好好告诉他花儿为什么这么红!

抽血完毕,阳洛天又溜回椅子,将阳岳医生办公桌上的桌布扯下,随手搭在自己腿上。

宋浩瀚懒懒掀开帘子,"想不到我那位冷漠的弟弟,也有关心别人的时候。阳洛天那小子,倒真是有趣的人,我怎么弄都弄不死。"

列衡宇淡然捋起白袖,深蓝色眼眸掠过身后的人:"宋浩瀚,你要对付的是我。"从两人知道有对方存在的那一刻,注定了避免不了斗争。

"错错错,我要对付的不仅是你。"宋浩瀚慵懒一笑,娇媚邪气的俊脸凑近列衡宇,"我亲爱的弟弟,任何你放在心上的人,我都会一个一个扼杀。总有一天我会把你暗藏的势力统统占为己有。"

明明是微笑,却忽地化作五月夜里的寒风,冻结半个校医室。

宋浩瀚可以暗中推动苏家小少爷报仇,可以暗中鼓动苏霸天劫持银行,所做的一切,都是为了打压这个优秀的弟弟。

"我等着。"列衡宇冷冽一笑,肃杀弥漫。

入夜。圣华湖边灯光幽幽,轻快的夜曲儿流淌在湖光潋滟里。

约莫是听到阳洛天受伤的消息,今晚来喝咖啡的少女特别多。坤叔忙着去处理银行案件的物资款项,暂时离开。阳洛天忙前忙后,忍着小腹的不适,终于将最后一批问长问短的小女孩儿给送走。

阳洛天揉着酸痛的胳膊,瘫坐在高脚椅上,目光呆滞地等待小腹的痛楚慢慢消退。

当女人真累,每个月都要被折腾得死去活来。亏得自己体格好,否则这次史无前例的痛经真会把自己半条命给折腾掉。

"唉~"

阳小哥趴在桌子上叹了口气，目光游离散漫。

一杯热水出现在眼前，玻璃杯上冒着徐徐热气，一道修长身影落入阳洛天眼眸。

"还痛？"列衡宇问。

这不是废话吗……阳洛天懒得看对面那人的脸，抱着杯子灌了好几口。暖融融的热水一下子温暖了寒冷的小腹，舒服惬意。

"老板，我这么卖命工作，这个月工资少说也要涨个三分之一。"阳洛天懒洋洋道，小碎发被凌乱压在前额，软趴趴极为可爱。

对面的人静默着，阳洛天以为他在考虑小员工的薪水问题。谁知列衡宇淡淡说了句不着边际的话："我提醒过你，少和宋浩瀚接触。"

"……你以为小爷愿意？每次那人盯着我，就好像要把我给生吞活剥似的。"阳洛天别开嗓子，随即压低嗓子补充道，"其实我觉得，和你在一块儿才最危险。你不比那人好多少。"

后边那一句话声音压得极为低沉，列衡宇危险地眯了眯眼眸。

阳洛天"嘿嘿"一笑，甩开压在身上的威慑，"过几天就是音乐会大赛，你的手这几天注意点。等比赛过了，小爷也算是功德圆满。"

想想以后不用伺候这位大神的惬意舒适小日子，阳洛天露出了个欠揍的幸福笑容，活似只舒展毛孔的猫咪。

列衡宇突然有股子冲动，想要探出手将阳洛天毛茸茸的脑袋给掰正，把那抹舒心欠揍的笑容给抹掉。

音乐会大赛，全称圣华国际音乐会大赛。国际钢琴大师汇聚一堂，列衡宇悉心准备两年的赛事，终于缓缓拉开帷幕。近来，圣华天空私人飞机不断回旋，海边游轮接连不断，

第二章 > 怦然心动

各色顶级人物汇聚一堂。

毗邻圣华贵族中学的圣华国际音乐厅,日渐开始展现它原本奢华优雅的本貌。流畅的月牙线条勾勒出完美的建筑外貌,浑然天成的古罗马石雕,汇聚成这个世界建筑史上独一无二的存在。

阳洛天打着哈欠陪列衡宇逛了下音乐厅熟悉气氛,随即拖着列大神去医院做了个检查。一系列的检查表示,这只金贵的右手恢复得很完美。

宽宽的马路上,林荫道树影婆娑,阳光穿过树叶缝隙,洒在一高一低的两人身上,平滑的地面落下两道长长的影子。

"喂喂,小白脸你似乎挺久没有摸琴键了。"阳洛天极为不优雅地啃了一口苹果,"嘎吱嘎吱"咬着,含糊不清掰着手指头数了数,好几天没听见他夜半招魂的琴声了。

"我又不怎么懂音乐,就会听。这次听说来了不少种子选手,个个牛哄哄。你要是不把心里头那点儿小忧伤给消除,指不定两年的努力就白费了,还有这几天少吃点刺激食物,半夜别弹琴早点睡……"

列衡宇双手插在口袋里,俊美面容静静望着前方。似乎心情颇好,那张似雕刻出来的脸展露出浅浅的笑容。阳洛天叽叽喳喳叫个不停,一如往常。

他忽然觉得很好,有个人一直在身边尽心尽力替自己着想。即使自己的生活被这个少年弄得一团糟,糟糕得不像话。但那流露出的真诚关怀,却使她从母亲离开后,第一次感受到心暖。

不觉,目光有几分温柔。

阳洛天一扭脑袋瓜子,就瞥见小白脸惊世骇俗、艳煞四方的笑容,那双修罗眼正温柔地盯着自己。阳洛天顿时浑身冒冷汗……猛然想到她师父偶尔流露出的诡异微笑,第二天阳洛天就听到阿富汗某极端特种部队全军覆没的小道消息。

眼下列衡宇难得一见的笑容，给她的错觉就是如此。

"看我做什么，回学校。"列衡宇勾唇，深蓝色的眼眸笑意浅浅。

从来没有见过一个人，可以笑得这么好看。见惯妖孽的阳洛天，出人意料地晃神呆愣。

等她回过神，列衡宇修长玉立的身影已经远去。阳洛天晃晃脑袋，吐了口气追了上去。

转过街角，圣华贵族学院的大门赫然出现在眼前。

拉风的红色兰博基尼停在校门口，更拉风的是驾驶座上那个酷拽的年轻小子。黄毛，偌大的墨镜遮盖住他的大半张脸，露出流畅坚毅的下巴，那一身花哨的牛仔装扮，无声无息昭示着主人的刁钻。路过的贵族学生，也忍不住频频回首。

刚走进校门的阳洛天眼睛一亮，好车！限量版，全球仅仅发售十辆！德国一流大师设计，还在车间就被各大集团给抢订，据说每辆的价值都超乎寻常，把阳洛天卖几百回都买不回一个零件。

阳洛天爱不释手，猥琐地搓着手指头，围着那辆车晃悠晃悠。

"喂，小子。悠着点你的口水。"低低酷拽的嗓音响在阳洛天耳边。

阳洛天皱眉，抬头，盯着眼前的小子看了会儿。

"喂，小子。你车挡小爷路了。"阳洛天咧嘴一笑。当年小爷在A市混的时候，你这头黄毛都没长齐呢。

果然，豪车上那位小子脸色一垮。摘下墨镜，一张呆萌的小帅脸露了出来。上上下下看着阳洛天，略带嘲讽："你这一身便宜货，是怎么混到圣华贵族学院的？难不成近年招生计划变了，专门扶贫救困？"

语罢，见阳洛天眼珠子还黏在自己爱车上，这种眼神甭提多寒碜。他素来就有洁癖，阳洛天黏糊糊的眼神惹得他浑身不舒服。从车里取出香水瓶，朝着防不胜防的阳洛天喷去。

第二章 > 怦然心动

香水喷雾正对着阳洛天亮晶晶的大眼珠子。

猝不及防,阳洛天赶紧退后,踉跄一下,身子一歪就朝着地面倒去。

然后……阳洛天被一双手给接住,拉入一个尚且温暖的怀抱,额头差点撞上对方下巴。

还没反应过来,自己已经被扔到一边,列衡宇闪电般伸手夺过那个香水瓶,随手精准地扔进五米外的垃圾桶。

快、准、狠。

豪车上的少年愣了愣,随即释然一笑:"列衡宇,我等你好久了。"

列衡宇蓝眸一转:"Mike,好久不见。"

Mike 笑得天真无邪,呆萌模样透着志在必得的狠厉,扬声道:"等着,三天后我要你好看!这两年,我可没有偷懒过。"

马达轰鸣,红色跑车飞也似消失在道路上。

阳洛天摸摸鼻子,空气里还残留着那呛人的香水味。凑近列衡宇身边,若有所思地目送那辆车远去:"我以前打空手道国际大赛的时候,隔壁音乐厅在举行什么马斯洛钢琴大赛,听说冠军是个叫 Mike 的小孩儿。不会就是这毛没长齐的小子吧?"

列衡宇侧眼看了看阳洛天,淡漠发问:"你不是挺会打的,怎么连个偷袭都躲不开。"

"……你没听过遇强则强遇弱则弱……别岔开话题!那叫 Mike 的小鬼听说挺牛的,你还是小心点。"

阳洛天不会承认自己是被那辆闪瞎眼的跑车给迷住眼睛,一时大意被钻了空子。

生活又不是侦探剧,哪有那么多坏人需要去防备?

"阿天~被撞到哪了?"乔英宰气喘吁吁跑过来,苍穹乐队刚结束最新的彩排,"刚才我看见那辆跑车,你是不是被撞了?有没有事,小宇子做得好,亏得你扶住我家阿天,谢啦,哥们儿。"

乔英宰一上来就是噼里啪啦一串话，逮着阳洛天不放手。

"没事没事~我能有什么事。"阳洛天哈哈大笑，垫脚好哥们似搂住乔英宰肩膀，"走，去Sunshine咖啡厅蹭点饭，今晚小白脸请大家喝咖啡。我先离开一会儿，晚上见。"

阳洛天笑嘻嘻拽着小乔朝大门走去。

"小乔，这几天吉他练习得怎么样，有没有把吉他弹出花儿来？找时间弹给我听听。"

"当然，我可是圣华第一吉他手。"

"啧啧啧，你那点水平我还不清楚？半斤八两浑水摸鱼……"

"喂喂喂，阿天别瞧不起人~"

两人勾肩搭背，你一言我一语朝着圣华大门走去。说到兴头上，阳洛天忍不住拳脚挥了过去，乔英宰笑眯眯躲开。这是两人照常的交流方式，灿烂阳光下，那两道背影和谐得刺眼。

列衡宇眯着眼。忽的有种被始乱终弃的错觉。

阳洛天的好，是他对所有朋友都好。

这种感觉……极为讨厌。

"宇，你似乎挺在乎那个阳洛天的。"不知何时，白裙飘飘的宋荟乔出现。她美目望向远处笑容灿烂的阳洛天，那股子说不清明的复杂情绪缓缓渗入五脏六腑，"我居然有些嫉妒这个转学生，当初你不待见他、处处刁难，大家都看在眼里的。怎么你替他挡了一刀，反而……把他当作朋友了。"

不仅仅是宋荟乔，几乎所有人心头都有个疑问。

明明是水火不容的两个人，仿佛两人之间被浇上特级502胶水，一夕之间就成了朋友。

在圣华贵族学院，列衡宇几乎是神一样存在的人物，功课第一、容貌第一、家室第一、

第二章 > 怦然心动

才华第一，可望而不可即。哪怕是苍穹乐队其他成员，如乔英宰、莫风、宋荟乔，都仅仅在列衡宇朋友圈子的边缘。

直到有个阳洛天横空出世，一下子跳进他孤傲的圈子里。

列衡宇不回答。修长身子伫立在五月春风里，飘忽得不真实。

一头黄毛的萌小哥莫风跑过来，打破两人之间的微妙平静。

"宇，刚才是不是我弟过来耀武扬威了？"莫风抓抓满头黄毛，他认得自家那位刁钻老弟的爱车。Mike是莫家二少爷，从小放养在美国，受资本主义竞争氛围浸染，自从转弯抹角知道圣华有个钢琴天才列衡宇，那颗不服输的心跃跃欲试，终身大志便是打败这位天才。

莫风垮着脸，嘟囔着低声骂了几句。侧头哀求："宇，到时候下手轻点～不然我不好向家里的老头子交代。"

列衡宇淡然点头，身形微动，避开宋荟乔试图触碰过来的手指。

他的所谓哥哥，又给他找了个小麻烦来。

圣华国际音乐会大赛的帷幕缓缓拉开，各色人物纷纷登场。这场关乎世界钢琴史的国际赛事，几乎吸引了音乐圈所有的视线。

大赛按照年龄划分为精英组和晚英组，约莫是考虑到几十岁的老油条和十几岁的小鲜肉竞争不公平，才以30岁为分界线设置了两个组。

音乐厅休息室。

"喏，你是精英组第十三个上场的，顺序千万别记错～"

阳洛天罕见地戴上一副黑框平光眼镜，套上新买的白色西装，远远看去，活脱脱一个俊美帅气的优雅小绅士，前提是忽略那高高翘起的二郎腿……

"Mike那小子就排在你前面。"阳洛天眯眼，手指划过精致的赛程指南，"莫风那么可爱天真的小伙子，怎么会有这么个弟弟？还异卵双胞胎呢，简直人格分裂。小白脸你不用担心，如果那小子敢对你做什么，我立马把你弹的招魂曲儿放出来，保证杀敌一千自损为零……"

宽敞优雅的休息室，阳洛天絮絮叨叨说个不停。仿佛屋子里被放了几只麻雀，叽叽喳喳闹腾不停。列衡宇安静翻着乐谱，早已经练就"自动屏蔽阳洛天信号"的特异功能。

距离比赛还有一段时间，阳洛天早上喝了不少水，赶忙和列衡宇说了句，甩开蹄子就往最近的厕所跑去。

厕所里几乎没有什么人，解决完生理大事后，阳洛天跑到大镜子前整理皮囊，取下黑框眼镜，打开水龙头，掬起一捧水就往脸上拍。冰冰凉凉的水刺激着每根神经，赶走疲惫，舒服之极。

水渍进了眼睛，阳洛天眯眼朝左边纸巾索取处摸索去。摸到一块软和的手帕，阳洛天想也不想就扯了过来，揩干脸上的水。

这手帕带点淡淡香味儿，阳洛天低头瞧了瞧——风骚无比的粉红色手帕……

扭头，宋浩瀚埃及艳后似的面孔正笑眯眯看着自己。阳洛天垮下脸，早知道是这人的东西，小爷甩都不甩！抬手，将粉红色手帕扔得远远的。

宋浩瀚妖媚的模样有了丝丝裂缝，美目落在垃圾桶边的粉红色手帕上。慢慢转移蓝色眼眸，久久盯着阳洛天。眼前的少年一身白色西装，挺拔俊秀，模样俊俏，浑身透着致命的灵气，养眼得要命。看着看着，宋浩瀚心底的怒气奇迹般消散殆尽。

"怎么这么不待见我？我好歹也是宇的哥哥。"

阳洛天瘪嘴，一字一句道："你人品有问题。"

空气凝滞，宋浩瀚邪魅妖艳的笑容缓缓扩大，烈焰红唇微启："小天天，你这么说话可是会被我报复的哦～苏俞杰没把你杀了，苏霸天没把你杀了，那下次换我来对付你

第二章 > 怦然心动

怎么样?"

他的笑容像致命的毒药,每个字眼扎在阳洛天身上,尖利得像是刀子慢慢割着寸寸皮肤。

"我知道你的意图,宋浩瀚。"阳洛天蓦然伫立,玩世不恭的面容染上凝重,"你和小白脸之间的仇怨纠纷我不参与。我只知道你现在是宋家大少爷,小白脸是被你们宋家排除在外的人。于情于理,都应该是你和你母亲负罪。是你们抢夺了本该属于小白脸的位置。"

阳洛天闲来无事,偷偷动用了在A市的人脉搜集过列衡宇的资料。才得知宋校长当年那段风花雪月的往事。总之就是后母进门,前妻之子被迫离家的一码子事。

"你懂什么!"宋浩瀚笑容霎时消失,杏眼大睁,一个箭步冲过来,仿佛一只受伤的野兽,伤口鲜血淋漓。他遒劲有力的手一把攥住阳洛天的衣领,"你一个外人凭什么对我们的事做判断!你什么都不懂!"

眼眶猩红,美艳面容狰狞痛楚,阳洛天怔怔盯着那双充满痛楚的蓝眼睛,那妖娆俊脸幻化成妖媚伤痕。

他隐藏在深处的挣扎灵魂,让阳洛天一时之间,忘了反抗。

原来每个人心里,都有一抹挥之不去的伤痛。

列衡宇有,宋浩瀚有,她也有……

"你用这种可怜的眼神看我做什么!我不要你可怜!"宋浩瀚猛然挥手,死死蒙住阳洛天晶亮的眼睛。

阳洛天的眼睛被覆盖上一只冰冷的手掌,低温刺得她神经一个哆嗦。晃动胳膊活动拳脚,打算一脚将这个人给踢开。

拳头的闷响传递在偌大的空间里,阳洛天眼前一片光亮。手腕一紧,身子被扯到列衡宇身后。

"我说过，你要对付的是我。"列衡宇冷冷留下几个字，拖着阳洛天便往外走去。

宋浩瀚踉跄着站稳脚跟，抬手抹掉嘴角的血渍。

蓝眸划过两道身影，恍惚间，眼前还残留着阳洛天清亮的眼神。

他自嘲一笑，慢而优雅地整理着自己凌乱的衣裳。洗手台上，孤零零留着阳洛天的那副黑框眼镜，眼镜架下晕染成一片水渍。

可怜吗？

谁可怜。

休息室。

阳洛天"嘿嘿"咧嘴，笑得特天真无邪："你右手没事吧？下次揍人别用右手，直接用脚踢。反正弹钢琴不用脚，踢坏了也没事。"

捋起列衡宇的袖子，阳洛天眯着眼仔仔细细查看了下他的右手腕。原来十厘米长的伤疤已经脱落，如果不仔细看，根本发觉不了那里曾经有过一道触目惊心的伤口。

又仔仔细细检查了下列衡宇的手指，每根手指都修长白皙，艺术品般漂亮。即使刚刚揍了个宋浩瀚，也丝毫没有任何红痕。摸上去，滑溜溜的，还有细细的茧。阳洛天啧啧称奇，忍不住逮着列衡宇完美到极致的手掌不放。

要是能把这只手移植到小爷手上多好……

一系列的动作，行云流水不带半分忸怩，仿佛在做最正常的事情，事实上阳小流氓是在对列大神的手揩油。

列衡宇本打算训斥阳洛天几句，忽的被那一副认真面孔打动，只见阳洛天扇子似的睫毛簌簌扇动着，隐隐有种说不清的魅力。

最是那一低头的温柔。

阳洛天对宋浩瀚所说的话，每个字眼都在维护自己，飓风似掠过列大神的心海。以至于无意识地任凭阳洛天对自己动手动脚，素来有洁癖的自己，居然也能接受这番动作。

"亏得你长了副好筋骨。不然这一拳头下去，指不定又折腾个十天半个月。"阳洛天低头检查那只手，叨叨着，"以后这种事我能对付，不就是一个宋浩瀚嘛，小爷空手道又不是拿来逗猫的，这种小角色来一个砍一个。"

"阳洛天。"

"啥？"列大神沉默了。

阳洛天耳朵一动，抬头，一下子撞进一双深蓝色的瞳孔里。

"咚咚咚……"

听到有什么"砰砰"响动，好半天才发现是自己的心在跳动。口干舌燥，眼珠子瞬间抓不住焦距，阳洛天忸怩地别开脑袋，松开自己的咸猪手，最近老是发现列衡宇悄无声息看着自己。

如果列衡宇是个长相如猪、人品掉渣的破小孩，这倒好对付，一记拳头就能解决所有忸怩。可偏偏人家列大神长得一表人才举世无双，坏起来恨得人咬牙切齿，待人好起来，简直全世界都在冒粉红色的泡泡。

阳洛天原本就脆弱的小心肝，时不时被这一双漂亮温柔的蓝眼睛给摧残。

恶魔一旦对人温柔，整个世界都会垮塌。

恶魔温柔缱绻地说："谢谢你。"

阳洛天耳根子火辣辣燃烧，一万个原子弹赫然在心脏里爆炸，他最近吃错了什么药……

别用这种腻死人的语气对小爷说话好不好……列大神你的劣根性哪去了？你是恶魔

界头牌不是小天使啊……

"咳咳，估计现在是开幕式了，小爷先去看看。你、你、你待在这里别乱晃知道吗，13号，13号，你是13号～千万别忘了！"

阳洛天利索地跳起来，一蹦就是三尺远。留了个后脑勺给列衡宇，跌跌撞撞朝门外跑去。

列衡宇淡淡一笑，优雅如常，翻开蓝色封面的乐谱。

修长食指轻轻敲打着节奏，一下一下，无声的曲儿飘在寂静的空气中，酝酿成久久不散、荡气回肠的协奏曲。

冲出门外的阳洛天"砰"地关上门，脱力似背靠着墙壁，长长吐了一口气。五指成扇，往火辣辣的脸庞扇了扇。走廊银柱子上，映衬着一个脸颊微红、翩翩玉立的白衣少年。

小白脸不就用常人的眼光正儿八经看了你几回，你害臊个什么？小爷活了十八年，这张脸皮厚得几百把倚天剑都刺不破，今儿小白脸一个温柔的眼神怎么就腐蚀你的厚脸皮了？

阳洛天抿嘴，凝想几分钟，后背从墙壁脱离出来，转身大步朝着音乐厅跑去。

肃穆庄严，古朴优雅的音乐厅。巨大的天拱流畅跨过大厅上方，轻柔白亮的光辉慢慢铺洒到每一个角落，衣着华美的贵妇绅士们徐徐就座。

每个人看起来都尊贵优雅，每个人言谈举止都温和有礼，一举一动都透着贵族气息。珠光宝气，香味弥漫。

阳洛天不喜欢这种氛围，不是每个贵族都能如列衡宇那般，超出浮华纯净如深潭之水。阳洛天的观众席位，被诡异地安排在沉闷的音箱边，一看就是有人故意折腾，把她扔在一个视线最差、噪音最重的地方看门。

懒得理会是哪个小心眼的人搞小手段，阳洛天慵懒而精明的目光四处流连，最后定定望着舞台上方、天花板下的舞台幕布支撑架上……

那是为大型摄影录像设备搭建的高架，也是幕布架，居高临下，窥伺千人大场的高端设备。

两分钟后，支撑架边沿便出现一道白色身影，和银色架子混为一体。她软软地趴在长架上，低头俯视华美绚烂的舞台以及几千就座的观众。

二十米的高空，稍不留意就可能翻滚下去。而阳洛天惬意舒适地趴在最佳观众台上，"一览众山小"的自豪感油然而生。然而银色铁架凉冰冰的，通风口不断流动着凉风，阳洛天缩缩脖子，将身上的白色西装紧紧裹住，自豪感瞬间被浇灭了，高处不胜寒……

至于开幕式大使、圣华贵族学院宋大校长是怎么介绍赛事的重要性，怎么强调音乐对人的可持续发展的重要性，阳洛天迷迷糊糊听得直打哈欠。

进行开幕表演的是圣华第一乐队——苍穹乐队。

乔英宰拨动吉他琴弦，宋荟乔天籁般的嗓音流水似流淌在整个音乐厅。阳洛天耳根子一动，低头看了看灯光下那抹仙女似的身影。白纱裙云朵似飘动，墨色绸缎般的长发柔柔搭在肩上，亭亭玉立，娇媚可人。

仙女一样的姑娘，歌声动人，阳洛天却怎么也看不起人家宋荟乔美人。

你再漂亮、再会唱歌又怎样？小白脸还不是一样把你当路人甲！

不过认真起来的小乔真帅，阳洛天瞄了乔英宰好几眼。他一身正装，头发也梳理得整整齐齐，头顶一撮儿黄毛服服帖帖搭在脑后。专注地拨动吉他弦，棱角分明的俊脸上是罕见的认真。

开幕表演结束，待在20米高空的阳洛天早已经睡了过去……

不知道下边的钢琴赛进行得如何，阳洛天昨晚睡得很晚，今儿接二连三的钢琴声跟催眠曲儿似的。

高空的阳洛天昏昏沉沉做了个短暂的梦：

梦里她戴着海贼帽、开着轮船航行在太平洋上，风一个劲儿往脸上刮，冻得阳洛天一个哆嗦。她皱眉望着无边无际的蓝色海洋，深蓝浅蓝，好像在哪里见过……

忽然，列衡宇扇着大白翅膀从天而降，浑身散发着圣洁的光芒，雕刻般绝世的面容染上丝丝温柔，缓缓伸出双手温柔地抱着冻得打哆嗦的阳洛天。

"喂，小白脸，你什么时候长翅膀了？"阳洛天蹭蹭脑袋，笑嘻嘻从那白亮亮的翅膀上扯了根羽毛，"要说你应该长一对黑翅膀，这才像个恶魔。"

列衡宇蓝宝石眼睛一动，勾唇，翅膀扇动。

迷糊中，场景波浪似地变幻。

阳洛天发现自己从海上落到一处桃花源。春光灿烂，漫天飞舞着粉红到透明的花瓣。轻柔的春风，扑鼻而来的花香沁人心脾，阳洛天眨巴眼睛东瞅瞅西瞄瞄。

"小白脸，你带我来这里做什么？我想去战场、道馆之类的地方。"阳洛天咧嘴微笑扯了一支桃花，扔到列衡宇怀里，"喏，送你。下次带我去古罗马战场。"

列衡宇温柔一笑，蓝眸深深。阳洛天最受不了列衡宇绝美的笑容，微微一笑，半里内的生物齐齐失去生命变白痴。

阳洛天的心开始"扑通扑通"打鼓，浑身上下发热，眼珠子又开始找不到焦距。偏偏某人还在特温柔地笑着，一张脸俊美得人神共愤，身后的翅膀上了弹簧似"扑哧扑哧"扇个不停。

阳小哥终于忍不住大吼："小白脸你能不能别笑！再笑小爷心脏就炸了！"

巨吼震碎了半里桃花。

那位扇着翅膀的天神轻笑，巨大的白色翅膀赫然变化，黑羽漫天纷飞。阳洛天震惊万分，天使终于异化成恶魔了？

第二章 > 怦然心动

恶魔扇着翅膀,唇角微勾,伸出恶魔的手臂揽住阳洛天,纷飞之间,列衡宇冰冷的唇贴上阳洛天的嘴角。

阳洛天瞪大眼珠子……胸口"砰砰"跳动几乎炸裂,耳根燃烧到疼痛。一个月前无意间的一个吻,仅仅是肌肤的触碰,和亲了一块冰没差,除了差点冻僵嘴外别无其他感受。

而今春光灿烂下,他用醉人的笑意,蛛网似层层包裹住阳洛天。

天使变成恶魔,追捕蔚蓝色天幕下的海盗。飘忽得如梦般不真实,然而的确是一个在高空的梦。

她拼尽全力推开扇动黑翅膀的那个恶魔。然后……

琴键缓缓起伏,音乐还在继续。阳洛天耳畔传来风声,睁开眼睛,赫然发现自己悬空坠落!

阳洛天在高架上做了一个梦,被惊醒后脱离原来位置,整个人从20米高的地方掉下!

毫无保护措施,俯首就是光亮灿烂的舞台。一个肉饼即将出世!

危急关头,阳洛天眼疾手快扯住舞台边沿隐匿的幕布,手指铁爪似狠狠攥住幕布,十指在幕布上抓出一道道长痕,指头火辣辣刺痛。

终究是稳住了身子。

惊险脱身的阳洛天长长吐了口气,对这种针尖上跳舞的事儿习以为常。身子在舞台角落的半空晃来晃去,清醒过来的阳洛天还低头瞄了瞄音乐厅的状况:

额。

那些观众怎么了,个个呆萌呆萌的。

黑眼珠子一转,她看到舞台中央,透明白玉似的钢琴边,他优雅卓绝的背影。

如梦似幻的灯光汇聚铺洒,落在那一身深蓝西装上,落在他无懈可击的侧脸上,落在他栗色的发丝上，细细勾勒每一寸轮廓，他如太阳一般引人注目。

在哪里见过，似曾相识。

从指尖缓缓流淌的那首《春日·爱》，熟悉悠远的音符渗入阳洛天心底，编织成她一个离奇的梦。梦里有天使恶魔，有海盗和蔚蓝色无边无际的大海。

阳洛天怔怔看着，全世界只剩下那道星光灿烂的身影，磁石一般，吸引着她所有的注意力，不会思考，亦不会迷糊。

琴键落下最后一个休止符。

她看他优雅起身，看他淡淡鞠躬，看他转身朝自己走来，看他顿步抬头，深蓝色眼眸落在半空中晃悠悠的自己身上。

不怕死的阳洛天腾出一只爪子，低头笑嘻嘻朝列衡宇挥了挥：

"你好啊～嘿，小白脸，弹得不错。"

然后……价值数万的幕布经不住阳洛天的折腾，从边沿刺啦裂开，巨大的红色幕布被扯落，阳洛天裹着厚厚的红布往光溜溜的舞台坠。

周围乱哄哄一片，吵吵嚷嚷。

阳洛天趴在列衡宇身上，终于华丽丽昏了过去。

校医室。

下午阳光熹微，窗外探进一只俏生生的榆树树枝，绿叶儿晃着脑袋盯着床上躺尸的人。

"他怎么样。"

"放心，死不了。鉴于从高空猛然坠落，我还需要做进一步调查。"

"阳医生，可要检查仔细点！万一阿天摔出个脑震荡，我可没法向她妈交代，指不定还要赔上我一辈子～～～"崩溃焦急声音响起。

"乔英宰你说话注意点，阳洛天哪有这么娇惯？她就是蜘蛛精，没事老喜欢跑到高架上睡觉。"木诗诗不满，瞪了乔英宰一眼。

"你们先出去，我是医生，我会治，现在她需要休息。"阳岳用穷得可怜的医德保证，将数人赶出了校医室。

列衡宇最后一个离开，关门时，淡然瞥过窗外绿意森森的榆树叶。

屋子里回归安静，护士们在阳岳的指示下纷纷离开。

阳岳锐利的眼神落在双目紧闭，脸色绯红的阳洛天身上。几秒钟后，他淡定地取出针管，汲药剂，靠近，捋起阳洛天的袖子。

银亮针头对准阳洛天白皙手臂上的血管，就要往上刺去。

> 师父那边的人

阳洛天猛然起身，挥开白被子从病床蹿下，后脚跟稳稳落地。阳岳的针头插入薄被，留下一圈红色水渍。

"阳岳你个庸医！往小爷胳膊上扎什么鬼玩意儿~"

阳岳看着阳洛天连贯流畅的动作，一笑，将纤长针管举在眼前。阳洛天心有余悸看着阳岳的手指一勾，红色液体从针尖儿淌下来。

"无病呻吟，浪费资源。"阳岳抿嘴，收回针管，回到办公椅上优哉哉坐着，"阳小姑娘，这里是校医室，不是收容所。"

阳洛天瘪嘴，原来你早就知道我装晕，要不是小爷跳得快，早就成了你这庸医针下的亡魂。又深深看了眼一身白大褂的阳岳，配上小麦肤色，黑白分明，一看就不像个好欺负的人。

"阳医生，有些事你比我明白多了。大人别老欺负小孩儿啊~指不定哪天我就一个不小心把你的假身份捅破。"

办公桌边的那位医生全然不当一回事,屋子里没有别人,模样有些吊儿郎当,"放心,管你是男是女,我丝毫不在乎,也没兴趣告诉别人。床边有药膏,你那十根小指头上的擦伤需要治治。"

阳洛天眯着眼睛,表示怀疑。

脸上写着:你一个身份背景不明的外人,看破我的伪装不说,还往我胳膊上扎针,小爷凭什么信任你?

阳岳无奈扶额,想起那个人对自己的嘱托:如果有可能,尽量照顾阳洛天。

偏偏阳洛天又是个软硬不吃、手段灵活的对象。无奈叹了口气,阳岳医生一字一句阐述清白:"你师父～我上司～让我执行任务的时候,顺便拉你几把。"

"早说!原来你是师父的人啊!"阳洛天仰天大笑,声音顿时拔高,一把抓过软体药膏,忙不迭往火辣辣的手指尖上抹,刺痛的手指被冰凉膏体覆盖,舒服之极,"阳医生,我师父她老人家最近怎么样?她身体好不?局里那些人有没有发难啊?还有,你们跑到圣华来干吗?"

"这是秘密,阳洛天。"

当夜,阳洛天告别阳岳,顶着星光蹑手蹑脚回西苑。

带伤的指头小心翼翼转动钥匙,探入一个毛脑袋,眨巴眼珠子瞅瞅客厅——明灯已灭,墙角亮着银白色指示灯,约莫列衡宇已经入睡。

阳洛天偷偷松了口气,脑海里又浮现出上午的场景。一幕幕生动演示在眼前,梦里的那个飘忽的吻变成了现实:

是的,阳洛天携裹着巨大红布落下来,往哪掉都可以,哪怕地上是个蛇窟虎穴她也

第二章 > 怦然心动

甘愿掉下去滚两圈。可她不争气的腿偏偏就往小白脸身上跳，跳了就跳了，还非得把自己的小嘴儿往人家漂亮的唇上放。

又吻上了……这次还差点把人家小白脸的下巴给压垮。

亏得红布把两人盖住，不然几千双眼睛目击下，那圣华的丑闻即将现世。于是阳洛天两腿一蹬，立马装死……

小爷死也不想看小白脸你的惊骇眼神……

踮着脚尖，阳洛天摸索进客厅。正打算往楼上溜，忽然四下灯光齐亮，差点闪瞎阳洛天一双眼。

银色沙发上，列衡宇优雅而坐。深蓝色睡衣松松搭在身上，露出结实性感的胸肌，膝头放着一本陈旧的蓝皮封面乐谱。那本乐谱是由钢琴大师李斯特手撰，世上仅此一本真迹，列衡宇所有的努力，都是为了这蓝皮封面的乐谱，独属于音乐人的骄傲。

此刻，他幽幽的目光落在拱腰踮脚的阳洛天身上，阳洛天被这道目光弄得浑身难受，仿佛又回到当初那个诡异的梦。

阳洛天掰直自个儿的小身板儿，尴尬一笑："小白脸，恭喜啊～那本乐谱挺有趣的，有空给我看看呗。"

阳洛天不知道自己在说什么，看到列衡宇那张艳煞众生的俊脸，心头忽的古怪诡异，连带着语言组织混乱不堪。

列衡宇眼眸深深。按照阳洛天的脾性，看到这本乐谱第一句话必定是"这本乐谱挺珍贵的，估计值几个亿，你啥时不要了扔给我可好？"今天的话不像阳洛天的风格，难不成摔坏了脑袋？

"为什么在支撑高架上。"他发问，却连半点询问的语气也没有，偏偏每个字眼干净利索，一个字一个字狠狠地砸向偷偷移动脚步的阳洛天。

"没什么……"阳洛天以为列衡宇会纠结那个吻,谁料他质问的却是另一件小事。心头放松的同时,也有些莫名不快。那感觉,像个万分期待老师让自己回答问题的小学生,老师却抽了别的同学回答问题……

"上边看得清楚些,能更清楚地听见你弹琴……谁知道我躺着躺着就睡着了。做梦的时候翻了个身,就掉了下来。"阳洛天说得云淡风轻,偷偷瞄了眼小白脸,扬起语气补充道:"这种事情我见多了,比这更危险的都遇见过,早就习惯了,你别担心。"

说完这番话,阳洛天就后悔了……担心?小白脸担心你个毛线……

列衡宇却有另外的心思,阳洛天早已经习惯了危险,从20米空中掉下来,这种程度都不算危险,那还有什么能叫危险?

看他(她)攥着巨大幕布,晃悠悠在半空,还腾出一只手跟自己打招呼。谁也不了解那时候列衡宇复杂的心思,仿佛即将失去什么重要的人。

列衡宇想:如果没有阳洛天,他指尖下的琴键绝不会如此行云流水。某种程度上,这个玩世不恭、痞气十足的少年已经被自己当作朋友了。

"阳洛天。"列衡宇起身,拾起那本乐谱,走近神情古怪的那个"少年"。

"啥?要加工资了?"阳洛天露出一口白牙,眼光闪躲。

"这本乐谱对我有重要意义,它是我逝去母亲的遗物。"列衡宇凑近,柔声道,"谢谢。"

他的声音风铃似响在耳畔。

当夜,阳洛天辗转难眠。

脑海里反反复复播放着来到圣华的所有记忆,初见时候的蓝色跑车,人海中惊鸿一瞥的侧脸,同一屋檐下的大动干戈,运动场上的白色衬衫,夜半飘摇入梦的小夜曲,唇齿触碰的一瞬间诧异,那双美而深沉的眼眸,星光灿烂下如梦似幻的背影……

第二章 > 怦然心动

阳洛天干瞪着眼睛，呆愣愣盯着天花板。

或许自己真的生病了，得了有些严重的病。

哗啦啦，水龙头往外冒水。

阳洛天掬起一捧凉水就往脸上拍，呼噜几下，脸上冰凉又刺激，舒服得阳洛天直眯着眼睛。

"阿天~快点，球赛要开始了。"乔英宰模模糊糊的声音从厕所外传来，阳洛天卷起袖子揩了揩眼睛，高声回了句："行，马上过来。"

语罢，抡起白袖子继续擦脸，水渍几乎沾湿了半只袖子。今晚苍穹乐队为庆祝列衡宇拿了个世界级冠军，宋荟乔特地包了个豪华包厢，众人聚在一起。列衡宇素来不喜欢这样吵闹的活动，乔英宰和莫风好说歹说费了几番喉舌，终于将这尊大佛请了过来。

"想不到，小天天你命还挺大的。"幽幽鬼魅的嗓音飘了过来，空气中传来细细幽香。阳洛天抖抖肩膀，扭头就看到那位红衣冷艳的宋美人。

"哟~宋浩瀚，你是不是走错厕所了？"阳洛天挑眉，戏谑道，"女厕所在隔壁，你凭空冒出来对我们这些爷们儿有困扰。"

宋浩瀚绝美的容颜慢慢变色，蓝色眼珠子幽幽泛着冷光，仿佛要将阳洛天里里外外看个透彻，每根骨头都狠狠掰弯。

偏偏不怕死的阳洛天满脸挑衅。宋浩瀚美眸微眯，眼前的小伙子纤瘦而倔强，额前发丝湿漉漉一片，柔柔顺顺耷拉在他光洁的额头上，那双眼睛出奇的清凉干净，灵气十足。

宋浩瀚勾唇，微弯着腰，一张美艳绝伦的脸凑近阳洛天耳边，灼热的呼吸烧着阳洛天的耳朵。

"小天天，这次又没弄死你，真遗憾。"

阳洛天身子僵了僵，早就觉得大红幕布质地不错，绝不会因为一个体重微轻的自己而撕裂，除非有人在幕布上动了手脚。

从咖啡厅初遇，宋浩瀚这个妖艳的男人似乎就缠上了阳洛天。带着吐腥鲜红的信子，蛇一样死死盯着阳洛天。

他和列衡宇一样黑暗，却又不一样，列衡宇的爱憎，归隐在淡漠的面容下。而宋浩瀚的爱憎永远摆在一张惊人的笑容上，谈笑之间操控他人生命。

他想要除掉阳洛天，想要猫咪逗弄老鼠似慢慢折腾折磨。

不过这只凭空蹿入的老鼠，似乎不愿意落入猫口。她有她的尖利爪牙，她有她的坚持。

十秒后，厕所里传来"砰砰"的拳脚声。

一分钟后，阳洛天面无表情，揉揉生疼的手指，满身煞气走出男厕。

扶着墙壁站立喘气的宋浩瀚，眼底异样生光。

"呵呵，空手道……"他低低叹了口气。宇身边有这样有趣的人，真好玩……

> 奇葩父母

包厢内。

莫风、木诗诗和乔英宰三人正守着液晶屏观看澳网直播，眼珠子盯着屏幕久久不转动。宋荟乔优雅地切着果盘，切好的漂亮果仁儿都往列衡宇那边搁。列衡宇似乎对澳网也有几分兴趣，不过只是远观，蓝色瞳仁偶尔瞥向液晶屏。

阳洛天大手大脚钻进包厢，乔英宰耳根一动，回头看了眼："呦，阿天回来啦~"随后继续看液晶屏。

"奇怪，不就是个网球赛。他们三个激动成什么样。小乔和莫风激动成那副鬼样我理解，木诗诗那丫头激动个啥？"阳洛天一屁股坐在沙发上，酥手一抬，向列衡宇示意。

后者微挑高傲的眉，半秒后，一个红通通的苹果就扔到阳洛天手里。

阳洛天啃得满嘴是苹果渣。

"最近网球运动风靡圣华，不少学生都在家里设置了网球场。不过他们水平都不高，自然对世界级赛事感兴趣。"列衡宇淡淡解释着。

阳洛天摸摸脑袋瓜子，"哦"了一声，啃着苹果看液晶屏。

倒是一边的宋荟乔愣住，她从没有听过列衡宇如此细心回答他人的问题。在宋荟乔的印象里，列衡宇永远是一副高高在上、拒人千里的模样。而今，他和阳洛天的相处方式，居然……居然出奇的和谐。

和谐？宋荟乔被自己的想法吓了一跳。

现在已经入夜，澳洲还处于阳光正好的白天。液晶屏还在直播澳网男子单打的决赛。

挤在巨大液晶屏前的三个脑袋，叽叽喳喳谈论着。

尤数莫风最激动，恨不得从液晶屏直接钻到决赛现场，呆萌的眼珠子眨也不眨，"我最喜欢的选手就要上场了！你俩安静点，我偶像要是被你俩吓着输了比赛怎么办？"

木诗诗秀眉一蹙，冷哼："走远点，我等这场比赛多久了。我偶像要知道我木诗诗是他忠实粉丝，一定满血复活。"

"别吵，他要上场了~"乔英宰大气也不出，眼珠子死死盯着屏幕，生怕错漏一个情节。三个人盘腿挤在一堆，齐刷刷盯着大屏幕。哪怕是不远处的列衡宇，也微微投来关注的眼神。

除了阳洛天，所有人的注意力都落在澳洲大满贯网球场。

她这些年，已经厌倦了所有的网球赛。

"Now, we can see the No.13 is coming, famous Chinese tennis player Yang Guanghua.He is the man to win the championship。（现在上场的是13号选手，来自中

国的著名网球运动员阳光华,他是热门冠军人选。)"

剩下的介绍词湮没在莫风等人的激动尖叫里,阳洛天没有听清楚。她看到那个阔别两个月的男人出现在大屏幕上,他穿着得体的白色运动衫,俊脸酷形,身材颀长,澳大利亚的阳光,让他的皮肤染上健康的小麦色,一双黑眼里透着犀利和睿智,又自带温和慈穆。

阳光华对着摄像头隐晦地笑了笑,阳洛天突然有种错觉,他可能是在向自己问好。

这一想法刚浮出水面,就被狠狠扼杀了。

阳光华微笑的对象,从来都是他那位我行我素的妻子。

阳家历来出怪胎,阳洛天的老爸经商才能惊天,偏偏要做个网球选手,从出道以来横扫国内网球大赛。眼下这场澳网男子决赛,是他网球生涯最后一场赛事。

毫无疑问,只要打败面前的那位美国选手 Kit,阳光华的职业生涯就会画上圆满的句号。

全世界网球爱好者,都守着那场直播。

"又是 Kit,那位大叔还不退休!每次都拦我偶像的夺冠路。"莫风嘟囔着,恨不得将那位金发碧眼、踌躇满志的美国佬从电视上抠下来。

在场所有人中,只有乔英宰知道阳光华是阳洛天的父亲。小乔偶尔一回头,总能看见阳洛天认真虔诚地窝在角落啃苹果,苹果屑四下飞散,阳洛天和那只可怜的苹果有不共戴天之仇。

时间悄然流逝。

今天的阳光华似乎不在状态,刚开始微微弱弱保持领先,到后面逐渐被强悍的 Kit 赶上,最后甚至超了一球。

你追我赶,惊险非常,现场解说人员惊得几乎忘了词儿,一个劲儿大呼"Oh my

god！"看得液晶屏边的三个小娃一惊一乍。

所幸阳光华的冠军水平不是盖的，两人一前一后终于到了最后一场。

此时，两人分数持平，最后一场至关重要。

英语解说员叽里咕噜发表自己的看法，摄像头精准给两位冲击冠军的男人做了个极好的特写。

人们可以看出，中国选手阳光华额头有隐隐汗渍，俊郎面容上有丝丝焦虑。而对手Kit则是踌躇满志，唇角微翘，金发碧眼咄咄逼人。

明眼人一看，就能猜测最终的冠军花落谁家。

"不是吧～我偶像怎么了？戒骄戒躁啊～"莫风惊呼一声，软趴趴倒在地上，满头黄毛焉焉耷拉在头皮上，他甚至不敢掀开眼皮子瞅画面，生怕瞅到地球毁灭宇宙爆炸。

"阳大叔今儿不在状态，以前Kit这种渣渣三下两下就秒杀。完了完了～"木诗诗双手合十，杏眼大瞪。

她还不知道这位偶像阳大叔差点就成了自己的"公公"。

唯独乔英宰转回脑袋，贼亮的眼光划过列衡宇，没见到任何异状，仿佛已经看透真相。再瞅瞅阳洛天，她盘腿窝在沙发上，淡定地把光杆苹果核扔进垃圾桶。

"阿天，说句话呗～"乔英宰扬起嗓子，声音盖过屋子里所有人。

阳洛天懒懒瞅了眼液晶屏。

"他不敢输，输了后果很严重。"清清嗓音悄然铺展，众人还没反应过来她话里的意思。

如果输了，洛白雪那女人手里多得是对付自家老公的恶毒法子。

阳洛天心底，却缓缓浮出另一种担忧。两个月结束了，这么快……

这时大屏幕上的阳光华伸手打了个暂停手势，裁判点头允许。

镜头拉了过去，众人看到阳光华小心翼翼从教练手里接过手机，小心翼翼放在耳边。

不知道手机那头的人说了什么惊天动地的话,阳光华的俊朗面容一变再变,最后各种颜色堆积集结,最终这位种子选手阴气沉沉返回赛场。

接着,诡异奇妙的事情发生了,13号选手打鸡血似频频发狠球,每挥一挥拍子都恨不得把网球拍打出个洞。势如破竹,力破千军,一鼓作气以压倒性优势将可怜兮兮的美国佬打得惨败。

最后一球闪电般划过球网,Kit试图用球拍去接住,谁料力道不足,美国佬的手腕一扭,球拍竟然从其手中脱落,转几个圈子呼啦啦甩到场外去。

解说员一时词穷。

网球场观众的尖叫呐喊声音冲过液晶屏直往阳洛天耳朵里钻。

"哇……赢了!又赢了!"木诗诗花枝乱颤,也没看对象是谁,一把抱住身边的乔英宰又哭又闹。

"赢得太漂亮了!"莫风满头黄毛乱飞,手舞足蹈。

甚至连列衡宇淡漠的侧颜上,都有一丝丝笑意和激动。网球在圣华片区,出奇地受欢迎。

激动过后,颁奖还没开始,大屏幕上陷入一片真空期。解说员们互相找话题,主题是改变阳光华命运的那通电话。

人们纷纷猜测,是哪路神仙有那种逆天的能力改变一个人的状态。众说纷纭。

"肯定是我偶像的爱妻打来的呗~"最忠实的粉丝莫风蹿了过来,笑嘻嘻地取了块水果,"她一定温柔地说:光华啊,别担心,我永远支持你~多好的妻子啊,你说是吧~荟乔。"莫风大眼萌萌,笑眯眯望着那位长发美女。

宋荟乔报之温柔一笑,不做回应。

"指不定呢~我听说阳大叔的妻子,又漂亮又有才又温柔,两人恩爱两不疑,幸福

第二章 > 怦然心动

得花儿一样。"木诗诗激动过后,也加入讨论那个神秘电话的队伍。而外界媒体也在纷纷猜测。

乔英宰挠挠脑袋瓜子,他也特想知道那一通电话的真相,瞥了眼阳洛天平静的脸色,试探地问了句:"阿天,你了解,你说说看。"

阳洛天今天晚上状态很诡异。换作平时,在这种场合她早就蹦跶到天上去了,不闹腾个风起云涌誓不罢休。今儿自打进屋,除了啃水果,就是沉默。仿佛一夕之间参透人生百态,安静得不像话。

"很简单,"阳洛天动动嘴皮子,吐出一串儿字,"他那个剽悍的妻子说:你敢输老娘就罚你跪一晚上搓衣板。"

众人:……开什么国际玩笑。唯独列衡宇波澜不惊的眸子闪过一丝了然。

这时,液晶屏上摄像头已经转动,有个资深不怕死的记者匆匆追上大满贯新鲜出炉的阳光华,替众人发出疑问。

只听那位俊朗的中国大叔哈哈一笑:"我不赢,我老婆要罚我跪搓衣板,不敢输啊!"

额……

包厢里陷入长长久久的沉默。

阳洛天搁在茶几上的手机忽然响起,瞬间打破安静。阳洛天入定似,眼珠子盯着茶几久久不转动,一潭死水惊不起半点涟漪,状态诡异之极。

列衡宇淡淡瞥了眼阳洛天,见那俊美少年眼底酝酿的不安、疑惑、难过。恍若不久前那个夜晚,夜色、路灯、长椅、少年,发疯的野兽在舔舐伤口,阳洛天心底总有一股子悲伤徘徊。

最后,阳洛天还是起身,弯腰取过手机,走出包厢。

屋子里几人皆是疑惑,木诗诗用手肘顶了顶身边的乔英宰:"喂,阳洛天怎么知道我偶像要说的话，是不是有特异功能啊？"

乔英宰摸摸下巴，英挺眉毛拧成一个凿不破的疙瘩："这不废话嘛！哪个孩子不了解自个儿老爸的？阿天她爸就是阳光华，咱们网球界最闪亮的明星。"

木诗诗下巴差点掉地上，那个帅气迷人的大叔，居、居、居然差点就成了自己的公公！早知道这一码子事儿，她木诗诗管阳洛天是男是女，直接嫁过去得了！

最震惊的就数莫风那铁杆粉丝了，激动地"呱呱"大叫，捋起袖子就打算找阳洛天当结拜兄弟。被乔英宰扼住脖子拖到一边教训去，屋子里一时间鸡飞狗跳，乱糟糟一片。

最后木诗诗和宋荟乔因为小事儿杠上，莫风卡在边上忙着劝架。

乔英宰得空休息，坐在沙发上长吁短叹。偏偏叹气叹得三声长两下短，抑扬顿挫，好不有节奏。

列衡宇放下手中的乐谱，侧头冷冷看着身边的人："有什么事，直说。"

"嘿嘿~果然是小宇子，聪明绝顶。"乔英宰扯开一抹笑容，压低声音道："拜托你个事儿呗，这几天对阿天好点。工资该结就结，不然以后可没有机会给了。"

"为什么？"

乔英宰抿嘴，无奈耸肩："阿天本来就是偷偷溜出家门的，今儿她老爸职业生涯完美结束，以后打理生活的时间必然充裕。阿天的老妈可不是个善茬儿，剽悍霸道，好不容易得空出来收拾自己孩子，怎么能错过机会？"

随即大声叹了口气，鼻子一抽，小乔四十五度角仰头凝望天花板："你甭看阿天大大咧咧、玩世不恭的，其实心眼细得和针一样。她打小就独立生活，和家里关系非常紧张。刚才那一通电话，估计就是她老妈打来的，回中国是定数。还有啊，她家的财力在中国可是拔尖的，从圣华绑一个人绰绰有余。"

乔英宰还在絮絮叨叨说着，偶一回头，发现列衡宇早已不在原地。

第二章 > 怦然心动

走廊深处，灯光微弱。

地上斜斜一条影子铺着，影子的主人背靠着墙壁，俊美面容凝聚着冰渍。

"做什么。"阳洛天沉寂得像一座坟墓。

"阳洛天，你还问我做什么？你做的事情你自己清楚。诗诗那么好一个女孩儿，你不要。那你到底要当男人还是女人？你给我仔仔细细说清楚。"那边的洛白雪扬起声音，在酒店大房间里猛地站起，余光扫过电视上的赛况直播。

"这重要吗？"阳洛天冷笑。

走廊空寂无人，她的声音低低沿着地面传到深处："你以为以阳家的势力，就能把我给弄回去吗？如果我要躲，你们绝对找不到我。"

那边的洛白雪只是淡笑，根本不放在心上。阳洛天一个十八岁的小丫头，哪有什么通天背景去改变自身处境，根本掀不起半点儿波浪。

"阳洛天，你给我好好等着。这事儿你妈我管定了。"

阳洛天"啪"地将手机砸到墙上，耳边再也听不到那个女人的声音，一道深深凹痕赫然嵌在走廊墙壁上，手机零件散落满地，星星碎碎的反光映衬在阳洛天漆黑的眼底。

为什么洛白雪总是要顽固地认为，她欠缺了十八年的母爱，可以通过让阳洛天"回归正常"的方式得到补偿？当了十八年的所谓"男人"，随便抓出一个"未婚妻"怎么可能补偿。

抬脚狠狠踩了踩手机碎片，弯腰把电话卡取出来，阳洛天阴沉着脸走出去。

刚出了走廊，迎面，列衡宇颀长的身子酷酷斜靠在墙上，侧过半张非凡绝色的脸，神色淡漠地望着阳洛天。

"跑这里做什么？抓鬼啊。"阳洛天没好气道："那你先把自个儿抓了。"

列衡宇的深蓝色瞳孔闪过戏谑，锁住少年那张俊俏含怒的脸："手机摔碎了？"

"摔了，现在还想摔小白脸。要打一架？"阳洛天干瘪瘪回了句，将手机卡塞进兜里，挑起眉毛瞥了眼小白脸，踩着两脚地雷，浑身冒火打算离开。

列衡宇优雅伸手，攥住阳洛天纤细的胳膊，小混球阳洛天圆润地转了个圈儿，跳芭蕾舞似的旋转到列衡宇跟前儿。

"你做什么！"阳洛天甩开胳膊，红着脸避开列衡宇的视线，"找揍？我现在心情特差，见谁不顺眼就揍谁，目前我看你最不顺眼！"

阳洛天耳根子红透，不知怎的，每当列衡宇用那种几分温柔几分戏谑的眼神看自己，她所有的情绪都会统统化为心跳加速。真是撞邪了！

"你还是我认识的阳洛天？"列衡宇问。

"你什么意思？"

列衡宇优雅一笑，眼前的阳洛天满头黑毛倒竖，脸颊绯红，黑眼珠子失去焦距般四处乱看，明明是在发火，居然有种说不出的呆萌可爱。列大神微弯腰，修长手指挠挠阳洛天满头乱发，"我认识的阳洛天，邋遢、霸道、蛮横，地球炸了他眼皮子也不抬。怎么会为一个不了解他的人生闷气？"

阳洛天眨巴眨巴眼睛，列衡宇这小白脸，居然、居然摸她的头发，就像个大人安慰小孩儿似的，偏偏阳洛天总觉得有几分暧昧不清。她镇定地掰开僵硬的脖子，退后几步，转过身，后脑勺对着列衡宇回答："多、多谢。小爷有事，先走了。"

脚底生风奔向男厕所，再也不敢回头看那位妖孽一眼。

列衡宇安静望着那道身影旋风似消失，勾唇微微一笑。他低头看了看自己的右手，上面似乎还残留着那个少年黑色发丝清爽的味儿。

摸摸心口，那是什么样的感觉？

心疼吗？

第二章 > 怦然心动

半夜,窗外一直刮风,阳洛天屋子里的窗户被折腾出问题,"咯吱咯吱"一直响个不停。

阳洛天睡不着,总觉得脑袋上有一只手温柔触碰自己的头发,以至于浑身诡异的僵硬。阳洛天裹着块薄毯子走下楼,打开备用照明灯,盘腿,把自己放在银色沙发上开始思考人生。

人生还没思考到百分之一,她那位老妈漂洋过海的电话又打来了。阳洛天压箱底的小手机一个劲儿在裤兜里欢唱地响动。

阳洛天抿嘴,任凭那铃声断了又响,响了又断,足足折腾了半个小时。最后还是怕把小白脸给吵醒,不得已按下通话键。

"做什么?我很困。"

"阿天,我知道这些年亏欠了你。"洛白雪的声音听起来闷闷的,仿佛哭过似的,阳洛天钢筋混凝土制造的心一揪,"可你总要告诉妈,你的取向是男孩还是、还是女孩。别怪我胡乱想,这些年我总梦到你带了个漂亮的姑娘回家,她口口声声叫我阿姨。"

阳洛天垂头,裹紧身上的薄毛毯,耳边响起了小白脸的悠悠鬼魅似的琴声。

半晌后,她说:"我当然喜欢男的。我还要在圣华待一段时间,如果你真的觉得亏欠我,就放我几个月。"

那边的洛白雪似乎松了口气,又嘱咐了几句,才按捺住喜悦挂了电话。侧头诡异地看了阳光华一眼:"老公,原来我家阿天是正常的。明儿咱们回A市,所有和阿天有接触的年轻男孩儿统统排查一遍。等咱们的女婿有着落了,再把阳洛天那小妮子绑回来结婚!"

阳光华:………

"啊切~"阳洛天揉揉鼻子,翻身从沙发上跳下来,"怎么老觉得惹上事儿了?"

不过今晚的洛白雪这么好打发,简直摧毁了阳洛天关于她的所有负面认知。阳洛天绝不会天真地认为，洛白雪这人终于浪子回头，只有一个解释：有惊天的阴谋在等着自己。

管他呢，反正现在暂时自由了。

阳洛天裹着薄毯子往楼上蹿，一个回头，看到东门外，那位大神优雅支在白栏杆边。十指交叉，蓝眼眸颇有兴致地锁住阳洛天。

"哟，还没睡啊~"阳洛天挥挥爪子，面上有几分尴尬。

"被吵醒了。"他话里含着丝丝怨气，哀怨诡异地笑着。阳洛天总觉得最近的小白脸特别怪，他很少损人，很少算计人，对自己格外宽容。宽容到不可理喻。

摸摸鼻头，阳小哥移开眼睛："咳~别扣我工资。"

"我一直以为，你喜欢男人不过是玩笑话，"列衡宇似笑非笑，"今晚才知道，是真的。"

阳洛天：老娘是个女的，喜欢男的很怪？又特别不服气列衡宇那看笑话的眼神。干脆心一横，扬起嗓子警告道："你小心点，以后睡觉关好门窗，万一我溜进来把你睡了，你一辈子的幸福还不被毁了。"

话一说完，顺带油腻腻看着小白脸。然后头发潇洒一甩，阳小哥趾高气扬、抬头挺胸、在列衡宇淡笑的眼光追随下猫进自己的屋子里，"砰"地关上门。

门一关，阳洛天欲哭无泪。

我的天，老子在说什么鬼？！

"紫薇，你看到这束美丽动人的花没？它紫色飘逸的花瓣，是我对你不变的真心。"列衡宇梳着大清朝的辫子，深情地望着阳洛天。白皙修长的五指轻轻揉着阳洛天的发丝。

阳洛天落下两行眼泪，用袖子狠狠擦了擦鼻涕："尔康，有你真好。走，咱们回去生猴子。"

大辫子俊模样的列衡宇浅浅一笑，扶起感动得一把鼻涕一把泪的阳洛天："好，我们去生猴子，不对哦，紫薇，你是个男的。"

阳洛天一惊，小爷现在是个"男的"！尔康，哦不，小白脸怎么会喜欢男的？

"尔康，那个、不是、喂，尔康～你别跑啊，明儿我就成女的～喂喂。"

尔康骑着高大白马，策马扬鞭，扔下紫薇潇洒离开。

"砰～嘶，痛死小爷了。"

阳洛天揉揉生疼的后脑勺，睁开迷蒙的眼睛，雪白的天花板就在头顶。穿着花裤衩的自己已经从床上跌了下来，两条白溜溜的大腿还挂在床沿。

"刚才做了什么鬼梦！"阳洛天一个跟斗翻起来，风风火火进了卫生间。半小时后，穿着薄黑长裤、白衬衫的漂亮小伙子走了出来。

臭美地瞅了眼镜子里的自己，阳洛天哼着小调儿朝厨房走去。

准点闹钟列衡宇已经开始享用一天的优雅早餐。小贫民阳洛天从橱柜里取出面包牛奶，"啪"地放在餐桌对面，"早啊，尔康～"

列衡宇：……

阳洛天"嘿嘿"一笑，白牙齿亮得反光，灌一口牛奶后一字一句道："尔康。"

梦里面那位长衫马褂、锅盖头的列衡宇，一副深情款款模样，想来就特逗。

料定这位西方贵族不知道咱中华文化博大精深，不知道大明湖畔的夏雨荷，阳洛天只顾着一个人乐呵呵。瞧着列衡宇平静无知的俊模样，还偏偏故作正派吃早餐，阳洛天越想越乐，埋在盘子里的脑袋瓜子不住地抖动。

不明白一大早阳洛天抽什么风，只觉他笑嘻嘻的面孔稚气十足，活像个长不大的孩子。阳洛天似乎一直如此多面，可恨的时候气得人牙痒痒，待人好的时候又好得不像话，他可以冷酷得像个杀手，亦可以稚气得像个孩子。

列衡宇淡定地喝一口粥，颇有气势地瞥过阳洛天："早，容嬷嬷。"

……

"噗~"

阳洛天把脑袋从餐盘里拔出来,惊愕地瞪着列大神,几点奶渍还沾在因惊讶而微张的嘴角。

活像一只偷了奶酪的猫,黑眼珠子乱转,可爱得要命。列衡宇忽然有种潜藏的冲动,想要把那抹白色奶渍给抹掉。

据说,今儿圣华贵族学院来了一个重要的交流团。

此交流团代表着中国新式教育,可以说是东方教育文化的领头军。圣华方面极为重视此次交流会,按理说这种单调乏味的会面,贵族学生们绝不参与。校长料定这一招,特地将养眼的学生挑出来。

阳洛天作为新兴校园人气偶像,自然被挑白菜似揪出来提高圣华平均颜值。随行的还有宋荟乔、木诗诗、乔英宰、莫风以及几位高年级的俊男靓女。十来个俊美男女齐刷刷往校长身后一站,聚光灯便齐齐闪了过来。

傲娇的列衡宇,接到通知后,随手将通知扔到垃圾桶,之后继续在钢琴室内陶冶情操。列大神的举动,阳小哥毫不惊讶,不过她没有想到,三年级的宋浩瀚居然也屈尊前来。

"哟~宋美人,脸上的伤这么快就好了?看来我下手挺轻的。"阳洛天贱兮兮地凑近,不加掩盖的声音飘到身边其他几人耳边,众人脸色皆是古怪。宋浩瀚美貌绝伦无可挑剔的脸庞上,眉骨处依稀可见瘀青。

宋浩瀚邪邪勾唇,凑近阳洛天耳边,红唇呼气:"小天天,你给我等着。"

阳洛天鸡皮疙瘩噌噌直冒,宋浩瀚身上的香水味刺得她只想打喷嚏,面带嫌弃地退后几步。

左边一排美女,右边一排俊男。阳洛天的身高在女生中顶尖,在男生中就是矮人族,因此站在最前线直面战场。

宋校长西装革履，略微花白的头发整齐地梳在脑后。容光焕发，精神饱满，在金碧辉煌的西门口耐心等候。作为世界上最富裕学校的校长，他历来心高气傲，此次却如此大动干戈欢迎一个异国的交流团，几乎是史无前例的大事。

占地辽阔的圣华贵族学院，绿树花丛，长亭白路，柳树湖畔，辉煌建筑，天空不时有豪华飞机飘过，俯瞰这片富庶的土地。由于这次交流会是私人范畴，所有媒体都被排除在外。

"阳洛天，瞧瞧你那俗气的样儿。要不是你有副好皮囊，这种场合才不会让你这种贱民参与。"冒着酸气儿的话飘过来，阳洛天扭头，身边站着那位美貌如花的黄永松。阳光下，黄永松的脸皮白得似刷了一层白油漆。

"小爷我靠颜值吃饭，"阳洛天撇嘴，"哪像某些人，靠脸上几层BB霜混吃混喝。"

论毒舌，阳洛天向来不逊于任何人。她更好奇的是这次交流团活动的对象，亚洲哪个学校能有如此魅力，波及世界级的贵族学院？

"哼~瞧你那没见识的样儿，"黄永松咬碎一口银牙，高傲的小眼神儿瞥过面带疑惑的阳洛天，"你不知道来的是何方神仙吧？我告诉你，来的交流团是东方中国赫赫有名的学校，教育方法独特，致力于培养尖端人才，不出十年，那学校就会是中国的人才培育基地。"黄小哥新闻联播似爆出一串评价。

世界贵族圈和世界经济挂钩，教育推动一个国家的兴盛繁荣。近年来中国经济飞速发展，教育的力量不容小觑。宋校长不愧是金融界一把老手，打算和中国那个一流学校拉关系，好好利用其人才，以促进圣华可持续发展。

说白了就是把有才华的人招揽来替自己的圣华集团赚钱。

有钱人的见识和算计果真不是盖的,阳洛天摸摸下巴。

她在中国怎么就没听过这学校呢?

为什么关于这个学校的描述——创新、尖端人才、基地……仿佛在哪里听过?

沉默一秒、两秒、三秒……

阳洛天猛地惊醒。

这时候礼炮齐鸣,清脆的长笛缓缓响起。候在校门口恭候贵宾大驾光临的一众人纷纷抬头:宽阔漂亮的大马路上,插在车头的中国小国旗迎风飘动,一辆黑色加长林肯慢悠悠开过来,身后跟着五辆黑色豪车。

阳洛天撇嘴表示不屑,不到两百万的破车,用得着这么张扬?在圣华,这种车连给小贵族们当玩具都不够格。

加长林肯在等候人群前停了下来。

车门慢悠悠升起,一双锃亮的黑皮鞋招摇地探了出来,穿西装的年轻男人下车。他自若取掉墨镜,随手扔给身边的助手。精明的双目露出来,似是无意地扫过等候的众人,眼底闪过睿智不羁。

"你好,宋校长。"郑凯商业性地微笑,伸出修长宽大的手掌。

"欢迎欢迎,郑校长。"年近五十、发丝已白的宋校长,颇为热心地和这位来自东方的年轻人握手,"郑校长真是年轻有为啊,哈哈。"

阳洛天翻白眼,哼!

两位校长寒暄客套之后,宋校长带领郑凯进入校门。郑凯礼貌性地微笑着,点头交谈之际,眼珠子偷偷四下乱晃,晃过一排美丽少女,再晃过一排穿黑羽校服的俊美少年,最后落到了一脸正派的阳洛天身上。

郑凯挑眉,在阳洛天面前停了下来。

第二章 > 怦然心动

"宋校长，贵校的学生真是不错，尤其是这位少年，长得真有特点，简直让人过目不忘。"郑凯一字一句赞美着，阳洛天分明看到那微笑表情里的咬牙切齿。

小爷不就转个学，郑大叔你何必这么记恨？

阳洛天"嘿嘿"一笑，露出挑衅的白牙。郑凯浅呼吸克制心底怨气，扭头继续和宋校长谈笑风生。

欢迎仪式很快结束，两排男女各自分散。乔英宰和莫风拉着阳洛天去音乐室听乔英宰练习吉他。

乔英宰贼兮兮拉过阳洛天，压低声音道："哥们，刚才那不是你学校的校长吗，才两个月不见，他就不认识你？"

边上装作给电子琴调音的莫风，两只耳朵高高竖起。

阳洛天叹口气："怎么不认识？小爷化成灰，郑大叔都能把我从烟灰缸里挑出来。你没看到他刚才那狠毒的小表情儿，分明是在告诉我：阳洛天，你小子死定了。"

"你不是在帝中挺受欢迎的，怎么校长还看不惯你？"乔英宰眉毛拧成疙瘩。莫风顶着黄毛，偷偷摸摸继续竖起耳朵。

说到往事，阳洛天满肚子苦水："我把帝中学生的学籍全部粉碎了。"

话说阳洛天被洛白雪逼上绝路，托小乔帮忙在圣华造了个学籍。

一个人不可能有两个学籍呗，所以阳洛天必须把在帝中的学籍转移到圣华。不过，堂堂中国第一中学的学籍哪有那么好修改，帝中网络极端严密，改学籍简直是光天化日下脱裤衩的幼稚行为。

阳洛天左思右想，终于决定动用她师父教给她的黑客手段。聪明的阳洛天很快侵入帝中网络，开始还顺风顺水，到后来不知道哪个反追踪环节出了错，结果自己的学籍是被转移了，顺带整个帝中学生的学籍都没了……中国第一中学宝贵无比的学籍资料，把一万个阳洛天翻来覆去折腾着卖都赔不了。

犯下滔天大罪的阳洛天整个人溜到圣华避难，可怜年轻的郑凯校长耗费巨大的人力物力，头发几乎白了一大把，才把阳洛天留下的破洞补好。

阳洛天倒豆子似将事情原原本本倾诉，一向好说话的乔英宰耐心听到最后，送了阳洛天俩字："活该！"

阳洛天腰肢阵阵酸软，被小乔鄙视的眼神气的。

莫风挠挠满头黄毛，啧啧称奇："阳洛天，你背景还不错啊～你老爸是我偶像，今天那位帅大叔是你校长。要不我们俩结个义怎么样，以后彼此有个照应。"

以前莫风打心眼里瞧不起阳洛天，总觉得乔英宰脑袋塞了篮球，才和阳洛天当穿一条裤衩的哥们。自从知道阳洛天的老爸是网球界传说中的大咖，莫风横看竖看这位十八岁的小伙都好得很：

打架那是有男儿气概，邋遢那是男儿本色，抛头露面那是展现才华，口不择言那是放荡不羁。

总之一句话，阳洛天好得简直无可挑剔，莫风想尽办法和这位无可挑剔的主儿搭讪牵关系，期望有一天能和阳光华大神把酒言欢共度良宵。

"阳洛天～阿天，我是英宰的哥们，你也是英宰的哥们儿，根据平行线定理，"莫风挠挠一头黄毛，揽过阳洛天胳膊肘子，萌萌眉眼精光四射，"咱们也是哥们儿～"。

在空间内，直线A与直线B平行，直线B与直线C平行，那么直线AC也平行……

阳洛天扬起两条清秀的眉毛，甩动肩膀蹭开莫风的手爪，面无表情扫过莫风萌萌的小俊脸，伸出自个儿爪子拍拍莫风一头招摇的黄毛：

"乖，一边啃骨头去。"

第二章 > 怦然心动

莫风：……

上午欢迎帝中交流团，大概是站久了胳膊腿脚没活动开，阳洛天觉得那小腰肢酸得有滋有味。下午去厕所，掐指一算，刚结束不久怎么又来了？

某人满面阴沉走进校医室。

约莫是近来天气太好，贵族学生们免疫力都朝着小强靠近。阳岳医生最近小日子过得特清闲，整天无所事事窝在医院里赏赏花、泡泡茶、调戏调戏小护士，顺便四处晃悠着找点儿情报。

如果不是阳洛天揉着老腰敲开校医室的小白门，阳医生估计已经在用棉签处理自己身上无聊的霉。

"说吧，找我做什么？是打一针装个小病，还是开个残疾证？"阳岳懒懒掀开眼皮，眼睛眯成一条慵懒的缝隙，瞅着脸色怪异的阳洛天。

阳洛天四顾一圈儿，除了窗缝里有只黑黢黢的虫子慢吞吞爬着，没见旁人，才缓缓道："我有点小毛病。"

"世界上99%的病都能在我这间医院里找到好药，你哪里不舒服？"阳岳端起茶杯，自信满满地喝了一口。

阳洛天镇定自若："月经不调。"

"噗~"

阳洛天恨恨剜了眼阳岳，如果眼神能杀人，阳岳大校医早就被剥皮抽筋血肉模糊了。

"不好意思，我忘了你是个女的。"阳岳抽出纸巾擦了擦嘴，又忙着整理被茶水沾湿的办公桌。边整理边打圆场："我这里有药，等会开你两副。保你一辈子体会不了女人的痛苦。"

阳洛天：……这话怎么听着这么怪。

这时候，校医室小白门又"嘀嘀咄咄"响了，未见其人，先闻其爽朗痛快的声音。

"岳阳啊～最近有没有什么进展？中国那边已经有些紧迫了。"

变戏法似换了身红绿相间的运动衣，花花绿绿的郑凯校长迈着大步子钻进来。精光四射的眼神探照灯似扫过一圈儿，爱恨交织的眼神盯着某人，火花霎时炸裂，阳洛天想躲都躲不了。

"阳洛天！"郑凯大叔猛虎似蹿了过来，咆哮吼叫："踏破铁鞋无觅处，当初恢复数据差点要了我半条老命，亏了我几个亿，今儿我新仇旧恨一起算！"

阳洛天不想惹事，赶紧蹿到阳医生背后，脑袋一缩，整个人都往阳岳宽阔的后背躲避。郑凯闪电般的拳头来不及收回，直接撞上阳岳结实的胸膛。

沉闷的一响。

"岳阳，你闪开。否则别怪我对你动粗！"郑凯大叫，拳头被一只遒劲手掌攥住。阳岳是哪路大神？他早已不是当年大明湖畔那个怯懦的少年，现在人家是中国国安局一流、牛哄哄的特工。要对付郑凯这种半商人、半政治家的人，简直易如反掌。

"第一，阳洛天身体不舒服，以大欺小我看不惯。"阳岳医生镇定地瞅着满脸通红的郑凯，缓缓松开自己的铁掌。"第二，局长特意吩咐过，必须保证阳洛天的人身安全。"

郑凯先是一愣，揉揉略红肿的手背，不满嘟囔："你还真是听她的话，可她心里永远只有河南那小子。"只见阳岳眉眼低垂，神色戚戚，郑凯赶紧岔开话题，"对了，阳洛天哪儿不舒服？快些治好，治好了我才好算账。"

阳洛天一步步从阳岳背后挪出来，小爷要不是身体状况不佳，十个郑凯大叔我也不放在眼睛里。出于礼貌，也怕阳岳揭出自己的毛病，阳洛天赶紧挥挥爪子："呦，郑校长，好久不见，您老还没退休啊？"

白生生的手爪子，贱兮兮的笑容，幸灾乐祸的语气，郑凯心里的那堆炸药又开始蠢

第二章 > 怦然心动

蠢欲动。

想当年，他郑凯也是横扫学校的一朵奇葩，风水轮流转，才知道教育者的不容易。看着现在的阳洛天，就像看到当年的自己与河南玩世不恭，惹是生非。

窝火的那股子气儿，无处安放。

"别以为笑就能解决问题。"郑凯一屁股坐在椅子上，端起一杯水就往嘴里送，"私自篡改学籍，入侵校园网络，毁坏学校资源，这三项大罪你必须解决。"

阳洛天："小爷未满十八岁。"

郑凯一口水呛进五脏六腑，肺差点被呛炸，费劲清清嗓子："……甭管这，这笔损失统统算进你们阳家，反正你们家钱多。对了，岳阳，阳洛天哪出毛病了？"

"我没毛病"

"女性生理问题。"

两道声音同时响起。阳洛天摸摸下巴，眼睛望向别处。半晌后，只听得郑凯幽幽说了句："对哦，我忘了阳洛天是个女的。"

磨蹭了两个小时，天儿都黑了。阳岳才将自己认为最完美的治疗女子生理健康问题举世无双的良药给配置好。阳洛天提着药包出门，直接往打工的咖啡厅赶。

校医室内，阳洛天一走，郑凯脸上的狂放不羁顺便收敛，面容凝重。阳岳浏览着新传送来的资料，鼠标轻点的低音在空寂的屋子里被映衬得颇为响亮。

"如果不早点解决，这事恐怕会牵扯到整个世界的经济。"阳岳抬了抬眼镜架，望了眼不远处的郑凯。

"半个月前河南特地在这里融资过一笔钱，根据计算结果，恐怕那事儿是真的。"

两人相对，皆是没了言语。

屋子里静悄悄，窗外璀璨辉煌的夜景突然飘忽得那么不真实。

圣华湖滨，Sunshine 咖啡厅。阳洛天静静地与面前的一杯白开水对峙。

右手边，搁着一堆红红绿绿的药丸。

阳岳口中治疗百病的药，居然是十几颗散发浓郁"尸气"的药丸。光闻着那阴森森的味儿便无比销魂。

"阿天，5号咖啡……你要吃什么？"坤叔从里屋走出来，见到雕塑似僵硬在桌子前的阳洛天。

阳洛天赶紧地一咕噜喝了口水，抓住药丸就往嘴里塞。霎时满口苦涩，那滋味叫一个酸爽，阳洛天一个劲儿灌水，忍着呕吐的冲动将最后一颗药丸冲进喉咙。

"没事，吃了点巧克力豆，我去送咖啡了。"阳洛天强忍胃里的翻江倒海，挤出一抹安心的笑容，脚底生风溜走。

"……"坤叔走近一看，桌上还残留着一颗黑色药丸。坤叔到底是精明有背景的人，不多想，直接用餐巾纸小心将那颗药丸收起。

阳洛天忙前忙后，大概是吃了好药，身体越动越灵活，忙下来仔细一感受，发觉身体顺畅自若。

正窃喜着，阳洛天身后忽地传来一道声音："听阳岳医生说，你旧病复发了？"

咖啡厅打烊了，屋子里灯光微暗寂静无声，窗外白亮的月光渗过窗棂。

阳洛天扭头，就看到那个人逆着月光的修长身影，光芒洒在他半边脸上，明明暗暗，棱角分明，看得久了，仿佛整个人都陷入那双深蓝、如同湖畔夜空的眼眸里。

"啥？"阳洛天不着痕迹避开那双眼睛，凌波微步似退后两步。

脚跟撞到桌角，发出轻微"咯吱"一声。

列大神眯着眼睛，美目X光似的打量着眼前的小俊男，最后幽幽目光落在阳洛天两腿之间。

第二章 > 怦然心动

阳洛天尴尬地扯下一块桌布搭在双腿间,该遮盖的地方遮得严严实实,而这一动作,又印证了某大神的想法。一代大神用贼眯眯的眼神往自己那地方看,那感觉要多诡异就多诡异。

"这种毛病,须尽早治疗。"列衡宇淡淡道,似乎觉得有点伤阳小哥脆弱的自尊心,干脆义正词严补充:"如果因为个人原因怠慢工作,所有损失全由你负责。"

阳洛天耳根子一红,眼睛失控似四处躲闪:"小爷没毛病,耽误不了工作。"

这在列大神眼中,阳洛天就是典型的羞涩,那白生生的耳根子通红,圆脑袋垂着,模样十分可怜。列衡宇突然有些心疼,这样一个倔强任性的小伙子,被这种男人难以启齿的毛病折磨,在圣华孤苦伶仃,不得不一个人舔舐伤口存活。

忽的心就软得一塌糊涂。

连带着,突然很心疼阳洛天。

"明天上午8点,我会派国际权威男科医生来西苑别墅给你做全面的检查,所有费用我一律承担。这次检查完全封闭,任何消息都不会透露,你尽管放心。"

阳洛天脸瞬间白得像牛奶,还是掺杂了石灰粉的劣质牛奶。

男科检查?

列衡宇挪动脚步,试图安慰阳洛天受伤的小心肝儿,谁知阳洛天避鬼似,赶紧地退了好几米远,后背"啪"地贴上冰冷的墙壁。

"不去~小爷死也不检查。说了没病就是没病!"阳洛天脑袋摇成拨浪鼓,两只黑眼珠子亮晶晶瞪着列衡宇。平整的小身板儿随着急促呼吸一抖一抖,一个不小心,缠在腰上的桌布掉了下来。墙角正好有一盏备用灯,灯光幽暗,阳洛天裤缝里平平整整的那块地儿露了出来。

呃~由于阳洛天本质上是个女的,所以,咳咳,某些地方没有某些鲜明的男性特征。

平日里大大咧咧，倒也没谁注意她的裤裆，偏偏今儿个被有心的列大神注意到。列大神精明的蓝眸一凝，心道阳洛天果真病得不轻。

生病了也不治，简直是糟蹋自己身体。

素来云淡风轻的列衡宇语气也开始强硬："必须治！我一手经营的咖啡厅怎么能有一个隔三岔五出毛病的员工？"

"我没毛病啊～小爷健健康康、活蹦乱跳、经打耐摔，以一挑十没问题！小白脸你好好过你奢侈的小日子，管小爷做什么？"

阳洛天欲哭无泪，她月经不调的这码子事儿究竟要被误解成男性隐疾多久！两个人根本就不在同一个频道上……

越想越气，越折腾越无奈，阳洛天又不能正儿八经告诉这位爷："嘿，小白脸啊，其实我是个女的。"估计真话说出口，她要么被列衡宇送进男科医院兼精神病院，要么被直接踹出圣华蓝蓝的天空……

心一横，阳洛天干脆直接闪人，脚一抬就往门外溜。

还没走出两步，列衡宇遒劲的手掌闪过来，阳洛天一个力道不稳被狠狠扯了回来，后背猛地撞上墙壁，震得人心悸。

"放开我～我说了我没病！"阳洛天的手腕被压在墙上，压得生疼。一抬头就看到那道颀长黑影，挡住了所有的光芒，仿佛能感受到那人清凉的呼吸。阳洛天又别扭又难受，心里翻江倒海胡乱折腾。

……两个男人壁咚是什么意思！

阳洛天的耳根再次红透。

"我说小白脸，你干吗对小爷这么好！我又不是你儿子，你也不是我老妈。"阳洛天扭扭手腕，别开脑袋。她发现自己愈发看不懂这个人，就像看不清楚自己那点儿忸怩的小心思。

这不经过大脑思考的话问愣了列衡宇,他这才发觉自己怪异的行为。在阳洛天面前,他失控的次数越来越多。

眼光移开,淡淡地收回锁住阳洛天的手。

夜色寂寂,暮春氤氲的花香悄然浮动,混着湖水潮湿而腥甜的味儿,深深浅浅地萦绕在靠得极近的两人身边。屋子里灯光幽暗,阳洛天的脸红了又白,白了又红,红白相间,变幻莫测。

"阳洛天,你不喜欢超速的车,我不喜欢有病不治的人。"列衡宇忽然淡了声音,如阳洛天一般靠在墙上,目光落在古朴窗棂外寂寥繁华的夜色中,"我的母亲是世界上最贤淑的女人,一辈子过着知书达理的生活。她知道宋校长在外面有个人,却从不过问,她以为自己的宽容能够让丈夫回心转意。"

阳洛天眨巴眼睛,不明白列衡宇转移话题的动机。可她的耳朵里除了他的声音,什么都没有。

"那个女人来到宋家之后,我的母亲便病倒了。她整日整日地咳嗽、昏厥,却拒绝所有医生的治疗。我常想,她是不是想用这种方法来让那个男人留心,哪怕一个关切的眼神也值得。她临死的时候,身边只有我一个人。她心心念念一辈子的丈夫,此时此刻却在夏威夷和另一个女人把酒言欢相拥而眠。"

他斜斜倚靠着墙壁,忽明忽灭的侧脸,阴影重叠,唯有深蓝瞳孔凝着远方,空寂地、淡漠地,让人的心针尖刺般一疼。

列衡宇很少向别人透露他的心事,尘封的记忆盒子不愿意开启,似乎也没有人能打开。可不知怎么地他就愿意开口,他越来越发现,自己的眼睛无法从这俊美异常的少年身上移开。

"从那以后，我对每个放在心上的人，都特别关照。我要他健康地活着。"

他轮廓优美的薄唇微启，那一刻，阳洛天愣愣盯着列衡宇，再也听不到任何声音。

放在心上的人吗？

他说，把自己放在心上。

他说，要我健康地活着。

一种难言的欢喜情愫从心里慢慢升腾。

列衡宇侧头，微微一笑："阳洛天你懂？我从没把你当作我的哥们。"

炽热的岩浆铺天盖地包裹着阳洛天的每一个呼吸，阳洛天呆滞了眼神，忘记了言语，大脑一片空白。胸口揣着一只扑腾的兔子，"咚咚咚"跳个不停，冲击她每一根神经。

脑海里只有一个想法：列大神的意思是……难不成……一代天骄列衡宇居然被自个儿给迷住了他打算告白一诉相思？

隐隐约约的，阳洛天无声无息地期待着，想听那温柔缱绻的三个字。

列衡宇轻点头，伸手揉揉阳洛天的头发，一字一句满是真情："从银行抢劫案那天开始，我就把你当成弟弟了。所以，你一定要治病。"

把你当成弟弟了……

弟弟……

阳洛天：……

小俊脸咔嚓咔嚓裂开一条缝隙，一万只某动物汹涌奔驰过阳洛天心头的一亩三分地，先前满怀期待的心肝儿，瞬间被"弟弟"两个字秒杀得乱七八糟片甲不留。

阳洛天扶额悲叹，列大神的世界，真是无人能懂。

娴静优雅的房间，古朴寂寥的长桌，一位年过半百的沧桑老人。

第二章 > 怦然心动

坤叔戴上老花眼镜，取出纸巾里的黑色药丸，小心翼翼放在雪亮灯光下。一手拿着放大镜，一手端来装着清水的小器皿。

先用放大镜仔仔细细检查着这一粒黑色小药丸，随后将药丸放入清水中，慢慢磨散，黑色物质逐渐晕染扩散开来。凑近一闻，有淡淡甜苦味，沁人心脾。一系列动作娴熟流畅，坤叔早年是部队里的军医，对于一些药材比较熟悉。

这味道和色泽，这种药丸似乎在哪里见过。

坤叔顿了顿，停止手中动作。依旧精明的眼眸静静注视着清水中的物质，黑色的药丸、甜苦交加，脑海里浮现出当年部队生活的点点滴滴。

他记得，曾经有个女兵"受伤"，来过军医处两天。

记起当年有一味药，同样的气味色泽。

那种药，治疗女性痛经，叫作益母草。

"弟弟……"

"弟弟……"

"弟弟……"

阳洛天在床上滚来滚去，口中念念叨叨着这俩字，新换上的凉席差点被磨出一个洞。空洞的小眼神儿盯着天花板，看精致的小吊灯来来回回无规则转动着，阳洛天心里头的烦闷一发不可收拾。

列大神不久前惊世骇俗的话苍蝇似在脑子里飞，阳洛天被那俩字折腾到大半夜，越折腾越清醒。最后她干脆恨恨从床上坐起来，僵硬两秒，拳头恨恨砸向薄被。

"我把你当哥们儿，你居然把我当弟弟？！"

弟弟啊弟弟~

摊上小白脸这种异次元大神级别的"哥哥",小爷不折寿好几年?阳洛天软趴趴倒回床上,朋友情可以继续发展,兄弟情就是一条死路啊……

不是每个坚强的女汉子,都有天大的勇气去做男科检查。

第二日清晨,7:00。

早餐桌上,列衡宇深蓝色的眼眸泛着危险的光芒,目光落在对面空荡荡好不萧瑟的位置上。

银色小刀细细磨过小麦面包表层,面包被痛苦地切成两半,对分,再对分,最后化成盘中一堆惨不忍睹的面包渣。

列大神百年难得一见地发慈悲,自知消受不起的阳洛天半夜赶紧逃跑,殊不知自己的行为已经触到列大神最后的底线。现在的阳洛天落在列衡宇眼中,就是个有病不治疗、胡乱折腾白受罪的犯人,通缉令已发,后果很严重。

银色手机接通特殊代码,大老板残忍吩咐:"派人下去,就是把整个圣华炸了,也要把阳洛天给我揪回来。另外,那几位医生暂时安排在A楼待客厅。"

与此同时,二年级校舍。

乔英宰同学翻了个身,连着身上的薄毯子"砰"地从沙发边沿滚了下来。迷迷糊糊睁开眼,茶几、液晶屏、窗帘、地板、天花板……揉揉尚不清醒的脑袋,乔英宰迷糊了:

我怎么睡到客厅里了,什么时候得了梦游的毛病。

带着满腔迟疑,乔英宰赶紧往自己房间溜去。开眼一扫,床上薄被蚕蛹似裹成一堆,顶端赫然露出一个毛茸茸凌乱不堪的脑袋以及她白皙光洁的额头。

"阿天你梦游的毛病挺严重的啊~居然从西苑一路梦游到我床上来了!"话毕,乔英宰伸手去扯自家的被子。睡得正好的阳洛天嘟囔一声,凭借着超强的第六感,猛地将正要脱离身体的小被子扯回来,想再次把自己包裹得严严实实。

这一蛮不讲理地扯,被子倒是回来了,顺便把无辜受害者小乔也扯了过来。

猝不及防的乔英宰,整个人往床上砸去。亏得乔英宰身体灵活,双手麻利地抓住床沿扣住身子,避免一百多斤的肉砸扁阳洛天的悲剧。

由于惯性,身子倒是稳住了,脑袋还在往前凑,嘴唇好巧不巧凑到阳洛天露出的光洁额头上。

肌肤接触,说不出的异样,乔英宰俊脸"唰"地一红,仿佛一道电流从头窜到尾,洗涤他每一条血脉神经。

攥住床沿的两手莫名脱力,乔英宰一米八几的雄壮躯体轰然砸向沉睡中的阳洛天。

"英宰啊,今天晚上乐队训练—"

莫风笑嘻嘻推门而入,惯性地朝床边看去。萌脸上的笑容僵化成冻土,哗啦啦往下掉土渣子。

凝重、肃穆、了然于胸。

莫风机械似说了句:"打搅了,你们继续。"大门"吱呀"关上。

阳洛天是被砸醒的。

一睁开眼就看见乔英宰的大脑袋卡在自己的脖颈边,脑袋上那一撮儿黄毛挑衅似在阳洛天鼻梁下晃悠,他高大的身体侧压在自己身上。

莫风猫在客厅里消化刚才这一奇观,原本就萌得一塌糊涂的小俊脸上此时写满惊愕与担忧。

刚才……英宰那小子居然压在阳洛天身上。

不会啊,乔英宰那可是个纯爷们儿,打篮球一流、弹吉他一流、收拾家务一流、料理钱财一流,长得又帅气风流……怎么会和阳洛天那啥呢?

正想着,乔英宰屋子里"乒乒乓乓"一阵子响动,乔英宰难以压抑的痛苦呜咽穿墙过缝往莫风小耳朵里钻。

"阿天，轻点，痛~痛~"乔英宰痛苦呜咽着。

"敢做这种事，你就要付出代价，手拿开！"阳小霸王大吼一声，石破天惊。

这番暧昧不清的话落在莫风耳朵里，又是另一番奇异动人的光景。阳洛天看着瘦瘦弱弱，没想到那方面居然这么强大！

想到自己居、居然和乔英宰生活在同一屋檐下长达将近两年……莫风浑身鸡皮疙瘩簌簌往地上掉，惊恐地抱着自己纤细的胳膊——还是我家荟乔好啊，又漂亮又有才，最重要的是荟乔是个女的……

屋子里。

阳洛天一通怒火发泄后，淡定地收回拳头。

"你脸红什么！我又没打你的脸。刚才每一拳头针对的地儿都能疏通筋骨。"阳洛天垮着脸，一屁股坐回床沿，垂着脑袋生闷气。她气的不是乔英宰趴在自己身上，穿一条裤衩的兄弟根本不介意这点儿细枝末节。

阳洛天心里压着的是叫列衡宇的那根稻草，今早逃了列大神特意安排的男科检查，她心神不安。末梢神经紧绷，仿佛伸出小手指一碰就能弹出琴声来。以她对列衡宇的深刻了解，但凡此人下定决心做任何事，不完成誓不罢休。

乔英宰龇牙，鼻息间还残留着淡淡的清爽味儿。他揉揉生疼的胳膊肌肉，刚才阳洛天铺天盖地的拳头，倒不是真动手，落在身上酸酸麻麻，回味起来这滋味倒还真是酸爽。

掩饰住尴尬，乔英宰蹭了过去，伸出手指摁了摁阳洛天低垂的脑袋瓜子："哥们，是不是小宇子又欺负你了？"

乔英宰不愧是阳洛天穿一条裤衩的哥们儿，从阳小哥委屈的小眼神儿、酸溜溜的拳头、蔫兮兮的神色，估摸就能猜出七八分来。

第二章 > 怦然心动

阳洛天扬起下巴,眼神黯淡。和刚才火气十足的阳大霸王判若两人。她蔫兮兮问:"小乔,列衡宇最近很怪啊,尤其是对我的态度,以前冷得像块冰,现在像温水。他绝口不提扣工资的事儿,半夜不弹琴骚扰了,有时候吃早饭都会施舍我一点粥,还时不时对我笑几下。"

乔英宰摸摸下巴,点头:"不是一般的怪。"

阳洛天自顾自继续倾诉:"昨晚列衡宇还说,他没把我当朋友哥们。害我差点以为他是个gay,结果莫名其妙地表示一直把我当弟弟。我身体出了点毛病,他非要派男科医生过来给我治病!所以我半夜溜出门逃跑了。"

吐豆子似将心头烦闷吐出来,阳洛天整个人都快陷入地板缝隙里。

乔英宰消化了会儿信息,半晌后幽幽问:"你得什么病了?"

"这不是重点。"阳洛天苦着脸,"小乔你说,我一个刚来圣华两个月的转校生,革命友情再怎么升华开挂,也不可能达到当亲弟弟的层次吧。他小白脸是不是又在想法子整我呢?"

神思紊乱,神经错乱,她从床沿上软绵绵滑下来,整个人窝在凉凉的地板上思考人生,被一个大男人要求去做男科检查……

她堂堂正正活了十八年,什么大风大浪没见过,偏偏就栽在一个莫名其妙的小白脸身上,还栽得稀里糊涂。

"那个、也许、大概、可能……"乔英宰挠挠头发,说了半天也没吐半个完整的句子。鬼才知道列衡宇七窍玲珑五花八门的心思,在所有人的印象里,圣华最神秘悠远的人物莫过于列衡宇,那个神一样的人物。

要猜透神的心思除非升天。

阳洛天颓废了会儿,忽的眼睛一亮,大喝一声蹿起来。

"管他什么心思,小爷我才懒得猜。小乔,把你的车借我玩一天,今儿我旷课撒野去!"阳洛天突然打鸡血似地从桌上扯过车钥匙,旋风似往门外跑。

乔英宰:……

刚刚发生什么事情了……

然而无论阳洛天怎么疯来疯去,留在小乔心里的依旧是刚才那一个诡异飘忽的吻。

和阳洛天当了这么久兄弟,肢体接触是常有的事儿,唯独最近越来越怪异。碰一下,就和触电似的浑身打麻药;看阳洛天笑一个,全世界都晴空万里;偶尔她一个眼神一个皱眉,都无形中抓住乔英宰所有的视线。

阳洛天前脚刚离开,后边乔英宰就陷入沉思。

怎么小小的肢体接触就有这么大反应呢?

怎么会呢?

不可能啊……他真男人乔英宰怎么会对男人有特殊感觉?

房门"当当"响了两声,莫风顶着一头蓬松黄毛踱步进来,见乔英宰穿了件白T恤盘腿坐在床边,神色戚戚,手背上赫然可见红色痕迹。往边上一瞅,那张大床上凌乱一团,不堪直视,触目惊心。

秉持着一颗万年好室友的心,莫风叹口气,凑过去拍拍乔英宰的肩膀:"哥们,我误会你了。之前我绞尽脑汁要和阳洛天结拜,你当时拼命阻止我,我还埋怨你不懂铁杆粉丝的心。今儿才知道,阳洛天就是一头猛虎啊,连你都……"莫风面带悲痛,后怕地吞吞口水。

脑海里还在想着肢体接触的怪异,乔英宰机械似抬头,入眼是莫风絮絮叨叨一开一合的小粉唇儿。

乔英宰万分肯定,自己不可能对男人有特殊感觉的。

第二章 > 怦然心动

眼前是个极好的试验品。

"你要看开点,英宰啊~走上这条路的人——"莫风还在劝慰被阳洛天"折腾折磨""始乱终弃"的乔英宰,口水唾沫满天飞。忽地发现自己的手被温暖物体所包裹。莫风眼珠子呆滞,缓缓压下脑袋,赫然见到乔英宰不知什么时候站起来了,还抓着自己的手来来回回抚摸着。

一股子寒意从脚跟窜到头皮,五脏六腑都在颤抖,莫风惊讶呆滞,脱臼的下巴久久合不上。

乔英宰疑惑着,触碰抚摸莫风的手就没有奇怪反应。难道只碰手不行,乔英宰又伸手揽住莫风的胳膊,如同揽住阳洛天一样。这次,心态依旧没有什么反应。

莫风还处在自己的二次元,像一只木偶似任凭疑惑的乔英宰动手动脚。

"勾肩搭背也没反应。"乔英宰嘀咕两句,随即想到了什么,一把拉过莫风小木偶。乔同学伸出大掌,麻溜撩起莫木偶额前的碎发,噘着嘴,重重亲了一口。

肌肤接触,乔英宰除了闻到莫风脑门上一阵阵汗水味儿,啥感觉也没有。

这下小乔同学终于如释重负,大大地松了口气!

真的太好了,我对莫风没感觉,那么我对男人也就没感觉!

我终于是个正常人啦!一股子浓浓的喜悦涌来,乔英宰哈哈大笑,给莫风一个力道之蛮横、内容之深刻、欢喜之强烈的熊抱。

"莫风,太好了,太好了!我对你没感觉!我对你没感觉!"

欢欣狂暴的吼叫,震得莫风小木偶头皮发麻,震醒了他的脑回路。

发觉自己被乔英宰抱得密不透风,自尊心深深受到摧残的莫风手砸脚踢、哇哇大叫:"你个变态,我总算认清你的邪恶本质了!我清清白白的身体,我为荟乔保留了十八年的吻啊,你还我!你还我清白!"

"莫风，我不喜欢男人，太好了！太好了！"

"胡说什么，你不是喜欢阳洛天吗，阳洛天不是男人吗？在我身上发什么骚，我十八年的清白啊！"

"阿天他当然是男人，我不喜欢——哎呀！"乔英宰猛拍脑门，怀里抱着的莫风"啪"地掉到地上。

悲戚了，悲哀了，难受了，乔英宰反应过来了……

他是不喜欢男人，可阳洛天是个女的啊……是个女的啊……他脑门短路怎么就忘了这码子事了……

莫风从地上蹿起来，掐住拖鞋就往刚刚参透人生的乔英宰身上砸。他莫风一个好好学习、天天向上、俊美非凡的好贵族，怎么就摊上这么个奇葩室友？搂搂抱抱、摸摸亲亲，他一代三好青年的清白啊！

清白丢了，人生灰暗。

"乔英宰，你喜欢阳洛天那暴力鬼我不反对，你对我做这种事我绝不罢休！今儿不打得你爹妈不认，我就——嘶嘶，痛，放手。"

乔英宰攥住那只捏着拖鞋的手，怔怔地问："你说谁喜欢阿天？"模样单纯得像个小孩儿，莫风一瞅这无辜的小眼神，心里怒火噌噌噌地冒。好啊你居然不认账！我就原原本本全部倒出来。

"是谁两个月前，阳洛天影儿都没看见，就整天心心念念说那位好哥们要来了？

是谁抛下重要的乐队训练不顾，扔下心头肉——吉他不闻不问，顶着大太阳去欢迎自己的好哥们儿的？

是谁隔三岔五跑去给阳洛天收拾屋子、动不动送点食物补贴生怕饿着人家的？

是谁搁下大少爷的面子不要，私底下央求宇善待阳洛天的？

第二章 > 怦然心动

是谁半夜为阳洛天那点儿小毛病担惊受怕的？

是谁和阳洛天躺一个被窝卿卿我我的，当我没看见？"

叽里咕噜说了一大串，莫风见乔英宰身板僵硬、俊脸呆滞、目瞪口呆、耳根绯红，以为自己戳中了乔英宰"虚伪"的皮囊，莫风满腔愤怒的气焰燃烧得更加旺盛。

"以前我一直以为咱们是最好的哥们儿，结果阳洛天一来，我才发现我在你眼里连阳洛天一根鼻毛都不如！瞧你那心虚的样儿，你现在居然把对阳洛天龌龊的心思转移到纯洁可爱的我身上……"

乔英宰僵在原地。

久久不动。

他好像忽然明白了些什么。就像初遇阳洛天，那时候A市弥漫在一片恐慌中，唯有那个自信独立的小少年，朝他露出雪白的牙齿："我叫阳洛天，小子，跟我走，哥带你避难去。"

清清脆脆的嗓音宛如天籁，一直响在乔英宰耳边，飘飘忽忽好多年。试问知道哥们儿是个女孩的那一刻，除了惊骇，心底居然会有那么一丝丝的——欢喜。

"当当当~"

门响了又响，列衡宇直接推门而入。以列大神对阳洛天的了解，这位逃兵八九不离十藏在乔英宰的屋里。

锐利眼眸扫过乱成鸟巢的屋子，凌乱的床、纠缠不清的两个大男孩、神色诡异的乔英宰、双目猩红的莫风……

莫风此时此刻还在癫狂状态，根本没留意到门边的一尊大神，大大咧咧还在吼叫踢打：

"你还我清白，又摸又亲是什么意思！我莫风堂堂莫家掌上明珠，全世界一半的豪车的马达都是我家生产的，你居然打上我的主意！我可是荟乔的人啊，我心里只装着一个宋荟乔啊，你还我清白啊~~~"

此情此景，饶是修炼到大神级别的列衡宇也愣了足足三秒钟。

随后，转身，关门。

想不到，原来这两人是这种关系……

列衡宇冷脸走出校舍，仰头，天色放晴，圣华的天空似乎永远都是一碧如洗。列衡宇留意到路边一个背着高级单反相机的灰瘦小子，他低头嘟嚷着什么，头也不抬进了校舍。

校杂志社的张小强同志需要找乔英宰做一个关于音乐会的访谈……

宿舍里混乱不堪之际，阳洛天已经开着小乔的银色跑车冲出了校门。

今儿要是被列衡宇找到，她的女子尊严估计不保。

银色跑车流线似穿过宽阔马路，七拐八拐总算出了学校的势力范围。

一路上，窗外的风景行云流水似变幻，巨大林立的玻璃商业大厦、端庄典雅的各国风情建筑、来来回回的车辆、衣着华美的行人，蔚蓝天空似是跨越万里，俯瞰这片热忱富庶的土地。

圣华片区四季如春，各国文化交融，中心一个圣华贵族学院几乎拉动了整个片区的经济。阳洛天忧伤地转动方向盘，眼珠子时不时被外面的世界给惊艳了一把。她开始考虑一天的行程，兜里只有残存的二百五十块钱。在这种世界级的富地，小乞丐每天的生活费都过千。

开着顶级豪车，住着租金五千万的别墅，阳洛天却觉得自己连小乞丐都不如。

给小乔发了条信息后，屏蔽所有通信设备，包括导航。

跑车马达轰鸣开到绿意森森的郊区，阳洛天潇洒将刹车一踩，理理衬衫雪白的领子，拍拍修长黑裤上几点灰尘，从容淡定地走进郊区湖边矗立的简陋茶餐厅。

"老板娘，一杯最便宜的白开水。"

第二章 > 怦然心动

阳洛天扯开嗓门说了句,接着挑了个视线最好的地儿坐着。茶餐厅装潢简陋,顾客都是些脑袋埋进报纸的老头子。倒也没几个人注意这位陌生的俊小伙儿。

她倒不是真打算四处混,只想暂时避开列衡宇身后的男科医生大军。到点儿了自然会回去,也给那位列大神一点思考清醒的时间。

当然,她也需要给自己一个清醒的思路。

再繁华的地方,都有贫民区。圣华也不例外,阳洛天清亮的眼眸扫过小小的茶餐厅,木桌、门铃、古旧装饰、中式藤椅、头发花白的老人,安逸而祥和。

送白开水来的是茶餐厅的老板娘,圆脸、胖身子、动作利索,她笑呵呵地看了眼阳洛天,又望了望店外停靠的那辆银色跑车。也不多言,放下白开水的同时,还送了一小盘圆滚滚的花生米。阳洛天瞄了眼白开水的价钱,勉为其难地将兜里的250元摸出来……

这是一杯多金贵的水啊,水里是有金子、银子,还是有维生素ＡＢＣＤＥＦＧ?这水是80年珍藏的老窖,还是哪位皇帝曾经半夜漱口用的?在郊区居然也要二百五的价……

晨光熹微,阳洛天托腮望着竹格子窗外的湖水。

黑眼珠子里倒映着波光粼粼,湖风阵阵,绿树掩映。看着,看着,眼前就模糊了,恍惚就回到列衡宇的 Sunshine 咖啡厅。

列衡宇无论做什么事情,都认真到极致,半丝错误都不能有。他一手打造的小型休闲咖啡厅,用最干净新鲜的咖啡豆、最古朴雅致的装修风格、最顶尖的咖啡师坤叔、最好看且负责的服务生。不为盈利,仿佛仅仅在寄托个人某种久不湮灭的情思。

他这个年纪轻轻的少年,高不可即乃至神秘莫测,有时候阳洛天甚至觉得,自己在这位大神面前像个没穿衣服的小丑。相处这么久,每次自己都被压制成咸鱼动弹不得……

狠狠灌一大口白开水,阳洛天憋屈地呜咽一声,脑袋软软趴在木桌上,心里却压了块沉甸甸的石头，感慨万千……

琴房幽白的门轻叩。

门被轻轻旋开一个弧度，开门的是白裙乌发的宋荟乔。

"我找少爷有重要的私事。"老人穿灰褐色衣裳，伸手抬抬鼻梁上的老花眼镜。宋荟乔自然是知道这位地位非凡的坤叔，礼貌性点头，在坤叔走进屋子后，自觉地离开这间琴房。

坤叔扣紧门锁，静站一会儿，听得宋荟乔的脚步悄然远走，这才回头。白纱窗帘边，清澈阳光下，列衡宇正安静翻阅着封皮陈旧古老的李斯特孤本。

除了列衡宇逝去的母亲，坤叔是世界上最了解列衡宇的人。一见少爷飘忽含怒的神色，坤叔心头便明白了几分。

"宇少爷，听特卫说你动用力量通缉阿天了？"坤叔直直身子，言语恭谨。

列衡宇动了动唇，头也不抬淡淡回道："不听话的人，必须抓回来。"

坤叔眼底划过笑意，目光落在那少年身上，委婉劝道："少爷，对一个人好不意味着管理她的人生。阿天性子自尊要强，又好几分薄面，你直接找权威医生过来，在她看来就是打脸的事儿。"

在列大神的世界里，万事万物都有一个标签：正确、错误。四月初阳洛天闯进他平静的生活，这是错误，所以列衡宇明里暗里小小施点计谋打算把阳洛天赶走。所幸阳洛天及时地展现自己身上光辉灿烂的一面，终于才让列大神勉强承认"正确"。

也有可能阳洛天不知走什么鬼运气，或者是她身上哪个闪光点被超尘脱俗的列大神放大，居然稀里糊涂蒙着眼走进列衡宇的朋友圈里。

而列衡宇的思维一贯是，既然是朋友，那么对方的健康问题必须放在心上。一句话，"有病必须治。"列衡宇眸子里流转的光忽然一凝，针尖似表明自己一贯的主张。

坤叔推了推老花眼镜，似笑非笑，无可奈何。阳洛天怎么可能接受男科检查呢，她的病症，分明是……

"少爷，要我说，阳洛天是个堂堂正正的男人，你的做法让她自尊心受挫了。"坤叔在心里重重叹了口气，干脆走到列衡宇身边，语重心长劝导，"试想一下，如果换做是少爷你，自己饱受恶疾摧残折磨不说，还不得不对外展现乐观积极的心态，目的就是让更少的人看到自己难以开口的伤痛。结果却被强迫着去做各种检查，生生把伤口撕裂给众人观赏……"

剩下的话，精明的坤叔点到即止。只是和蔼慈祥地注视着列衡宇，如世界上所有长辈关爱晚辈般，坤叔波澜起伏的生命里，唯有宇少爷值得他倾注所有。让不沾染尘世的列衡宇重新感受人的温暖，坤叔必须想法子。

列衡宇似不在意，却也静静听着，深深的蓝眸望着黑白琴键。窗外风清，白得透明的窗帘微微晃动涟漪似的波纹，轻抚少年细碎的栗发。

> 路见不平

坤叔比所有人都清楚，列衡宇没有关心他人的先例。

阳洛天贴心贴肺拖泥带水地照顾过列衡宇整整一个月，哪怕是石头人都能被感化。

列衡宇从不愿意亏欠别人什么，自然要从其他方面找回来，帮阳洛天治好隐疾，就是重要的一步。

"少爷，你这样全城通缉阿天，闹的动静不大不小。圣华片区消息敏感，尤其是宋家那位女主人，时时刻刻盯着攥着，难保阳洛天苦心保守的秘密被泄露出去。以她刚强的性子，指不定就逃回以前的地方再也不回来了。"坤叔温和笑笑，取下眼镜，露出一双精明而苍老的眼眸。故意把语气扬起，做恍然状，"新买的咖啡豆估计到了，坤叔先去那儿看看。"

坤叔慢慢走到门边,手触及门把的时候,无意说了句:"阿天是今早出学校的,走得挺急的,走那么急做什么呢?年轻人啊,真是简单。"

如所有老人风烛残年的叹息,看透人世沧桑,古钟悠悠鸣响于心。

聪明如列衡宇,自然听懂了坤叔话里的话。阳洛天匆匆出门,匆匆逃出去溜达,兜里哪有那么多的钱,更何况圣华这个寸土寸金,消费水平极高的地儿……

琴房里轻悠悠响起音乐声,断断续续……

阳洛天是被猫叫似的声音唤醒的。

迷迷糊糊地支起脑袋,一个清清秀秀的姑娘由模糊变清晰。她揉揉眼睛,想起自己喝着白开水,百无聊赖以至于最后趴在木桌上梦周公。

眼前的女孩子,眉清目秀,略带羞涩,扎着简单的低马尾,阳洛天记起这是班上的同学。平日里寡言少语,在一堆嬉笑怒骂的贵族子弟里安静得像空气。

"找我有事?白同学。"阳洛天取来水杯,灌了一大口白开水清醒头脑。望望窗外天色,她居然一觉睡到了下午……难道小白脸没派人通缉自己?又或者是自己逃跑得太远了?

白芊芊低头,纤长手指不安忸怩地搅在一起:"阳洛天同学,东边巷子那边似乎出了点事儿。我看见有几个混混在欺负我们学校的同学……那个,我妈妈叫我别管闲事……"

白芊芊偷偷瞄了眼阳洛天的神色,剩下的话不言而喻。老板娘也就是白芊芊的妈妈不愿意惹事,这里都是些手无缚鸡之力的老人,战斗力低下。

当初阳洛天与张锐惊天动地的空手道一战,让举校皆知这个纤瘦少年惊人霸道的实力。白芊芊只得求助于这位自己高不可攀的同学。

圣华郊区并不太平,阳光灿烂的地方有璀璨的富庶,亦有阴影暗生。阳洛天自知此理,并不打算四处找事。

第二章 > 怦然心动

白芊芊见阳洛天的神情，心里着急，明镜似的眼瞬间通红，眼泪含在眼眶里打转，低声哀求："求你了，阳洛天同学，救救那位学长，这几个混混一直在这个地区横行霸道，听说他们的头儿是个贵族，警察也不管这里的事儿……"

阳洛天最见不得女孩儿落眼泪，这些年怜香惜玉惯了，心头也有些不忍。

再则，她最看不惯恃强凌弱的霸道事。于是无奈耸肩，起身理理衣裳："我去看看吧，顺便救救你那位学长。等会儿请我吃饭作为报答。"

"没、没问题！太好了！"

白芊芊松了口气，赶紧跑回屋子找工具。拿着根铁棍跑出来时，阳洛天早就不见踪影了。

靠窗的木桌上，是一杯见底的白开水，玻璃杯透过清澈的光。

阳洛天出门转了个弯儿，眼睛瞅准不远处的小巷子。巷子口堵着五辆狂拽酷的道奇战斧摩托跑车，最出彩的那辆红银相交的道奇，惹眼得要命，瞬间就吸引了阳洛天所有的心思。

阳洛天"嘿嘿"一笑，搓着手爪子，记起在Ａ市和道馆爷们四处混的自由小日子。阳洛天猫也似钻进小巷子……

郊区房屋的建设没有方圆规矩，平地而起胡乱拼凑成大大小小的楼房。数幢高楼之间的缝隙行成小巷子特有的幽深。大概黑暗的地方不只吸引黄鼠狼和苍蝇，还特招混混小败类，阳洛天刚猫进去不到两步，就听到前方一道恶狠狠的警告声：

"怕什么？咱们西郊四条龙打得他爹妈不认！"

"打，他再厉害也不能以一敌四，没什么是拳头解决不了的！"

"在西郊，我们才是老大。头儿，咱们上！"

剽悍霸道的话顺风滑到阳洛天耳朵里，她还打算谨慎观察观察敌情，如今听到这侵略性十足的话，也顾不得那么多。指不定晚了一步，里面那位被群殴的校友就阿弥陀佛见耶稣了。

阳洛天摸摸下巴，心里头正憋着一腔怒火无处发泄，今儿就以保卫人类正义的名义好好来为民除害。阳大勇士捋起袖子，浑身筋骨噼里啪啦响动，里面有四条嗷嗷待哺的小虫啊……

小巷子幽深幽深，阳洛天眯着眼睛，借着暗光瞅到四个花花绿绿的后脑勺，四个脑袋激动晃悠激烈谈论着，将巷子堵得严严实实。

"嘿，你们四个缺不缺老大？"阳洛天友好地打招呼，露出雪亮白牙。

巷子里静了静。

四个脑袋水龙头开关似齐齐转过来，见到那个穿白衬衫的少年时，四张脸孔略带惊异、难以置信。长得最为壮实，个子最高的那位绿毛小子在瞅到阳洛天的那一刻，小眼睛霎时锃亮。

"哟，送上门来了。"绿毛小子咧嘴乐，抬手招了招，身边的三个混混同时亮出家伙。

阳洛天"啧啧"叹两声，捏着拳头瞧着对面的四人，特好心地提醒："在狭窄范围里动刀子，简直自寻死路，一个不小心把自己人伤了怎么办？下次带点其他适合窄区域作战的装备。"

四人还没消化这番专业术语，阳洛天的一张狠辣的笑脸疏忽放大。

小巷子里乒乒乓乓上演了一支震撼人心的交响乐，支离破碎的闷哼，筋骨肢体撞击的鼓点，低低埋怨的咒骂，几分钟后，喧嚣归于平静。

天空传来刺耳的鸟鸣，无声嘲讽着泥地上呻吟挣扎着的四个男人。

阳洛天原本漂亮的白衬衫不可避免地染上一块块污渍，瞧上去乌不溜秋，一张俊脸泛着激动的红晕，意犹未尽。她皱着眉头，伸脚踢了踢绿毛混混的脚，"不是四条龙吗……

第二章 > 怦然心动

小爷还没打过瘾呢。"

混混：……

"真的不打了？我下手不重的呀，起来打呗~"肾上腺素分泌旺盛的阳洛天，最瞧不起那种半途而废的对手，她这才刚活动开来，对方已经倒下了……

地上几个躺着动弹不得，心里那叫一个憋屈，还以为阳洛天就是个乳臭未干的小毛头……

"唉，其实我真的不想找你们麻烦。"阳洛天面带特虚假的惋惜愧疚，蹲下身子，伸手戳了戳绿毛乌青的一张脸，好心好意劝道："做混混有原则的，圣华贵族学院的学生哪个简单？即使是最穷困的我，也还是有几把刷子的。所以今儿给你们上了人生中最重要的一课，回去面壁三天再重新做混混吧~"

四人：……

悉心教导一番，阳洛天这才记起白芊芊口中的那位受难的学长。她站起身来，对藏在黑暗里的那人吼了声："喂，对面的校友你别怕。我已经把这些人收拾了，你放心回家吧。"

黑暗中，那位靠墙看戏的"美人"戏谑地瞧着阳洛天。

十分钟前……

巷子深处。

"茶餐厅靠窗位置，穿白衬衫黑裤，长得不错。"宋浩瀚淡淡开口，美丽邪肆的蓝色眼睛异光萦绕，妖媚而邪。跟前四人毕恭毕敬侧耳聆听。

"他就是阳洛天，你们这次的目标。你们留意点，把他绑到黑屋关上两天，别弄死了，留几口气，到时候会有人把他接走。"

染着绿发的混混头子恭敬点头："放心，头儿。您吩咐的事儿咱们四个一定完成。"

绿毛身后的三人也附和着，他们只知道眼前这位带着诡异笑容的少年是西郊地下组织的头目，身份背景神秘，家财雄厚。

"还有，此人腿脚功夫不错，擅长空手道。"宋浩瀚扬起嘴角，似乎记起某些有趣的事儿，"如果硬打不过，用点其他手段也好。阳洛天运气相当不错，再大的危机都能化险为夷。"

不止一次，有时候宋浩瀚都会怀疑，阳洛天身上是否被某高人贴了避灾咒，天大的灾祸降临他都能活蹦乱跳。

"怕什么？咱们西郊四条龙打得他爹妈不认！"

"打，他再厉害也不能以一敌四，没什么是拳头解决不了的！"

"在西郊，我们才是老大。头儿，咱们上！"

宋浩瀚微点头，西郊这四个小子张狂狠辣，不出意外，阳洛天这次绝对逃不了。

隐隐期待阳洛天服软的模样。

蓦地，一道拽拽的嗓音飘了过来……"嘿，你们四个缺不缺老大？"

宋浩瀚瞳孔不可思议凝住。

然后，阳洛天开挂似地和四个混混打斗在一起。这是宋浩瀚第一次如此近距离目击阳洛天大打出手。

仿佛来自另一个世界的人，精干、敏捷、嗜血、霸气外泄。狭窄不到两米宽的巷子，两堵墙间，那个白衫少年鬼魅晃动，宋浩瀚忽然就明白了什么。

很快，阳洛天行云流水地收拾好残局。

宋浩瀚看见那个少年逆光而来，少年招呼一句："喂，对面的校友你别怕。我已经把这些人收拾了，你放心回家吧。"

语气里，有淡淡的关心，对一个素不相识的陌生人。

宋浩瀚愈发觉得这个人有趣,有时残忍好斗,有时没心没肺,有时傻乎乎,有时善良得不像话。

宋浩瀚薄唇微扬,很好奇阳洛天接下来的脸色会如何。于是,他一步步从隐匿的黑暗走入光明之地。

果不其然,宋浩瀚饶有兴致地看见阳洛天的脸色疏忽变幻,朗朗晴空疏忽变成遮天蔽日,白中透红的小俊脸写满"小爷居然救了这人,早知道就待在茶餐厅好好喝白开水、睡觉得了",连带着周遭的阴暗空气都感染着阳洛天不满的情绪。宋浩瀚活了十九年,头一次有人对自己露出如此怪异的情绪,阳洛天一而再再而三刷新了宋浩瀚的忍耐力。

"宋美人,不在学校里好好涂脂抹粉,跑到咱们这穷乡僻壤招蜂引蝶?"阳洛天挑眉,想破脑袋也料不到宋浩瀚这人会在这里溜达。她还特好奇,那位白芊芊居然放弃自己这个雌雄莫辨的大帅哥不顾,还要自己去救另一位所谓的学长,只能说明一点:那位学长外貌不错。

阳洛天本来还怀着一分看帅哥的热情,宋浩瀚的出现将这一缕热情浇灭得灰都不剩。

"小天天,好久不见,多谢你相救。"宋浩瀚妖媚一笑,那张油画般浓郁的美艳脸庞似黑暗中一朵绚烂牡丹,见惯美女的阳洛天也不禁晃了眼。

"得得,别用那种鬼眼神看我。"阳洛天抖抖肩膀,恶寒地试图用眼神钉死这个风骚的人。转身扭头,招招爪子,"赶紧走吧,听说这四个混混背后还有势力,指不定等会就来了。"

话毕,留给宋浩瀚一个潇洒背影。

真正的背后势力红唇一勾,迈开优雅的步子跟了上去。刚出巷子,宋浩瀚便看见触目惊心的一幕:阳洛天那家伙大大咧咧地跨上那辆他最心爱的摩托跑车,搜出暗红色的骑装,利索地往身上套。从头盔到护膝,十几秒内悉数换了主人。

"看什么看啊，这是赃车，良好公民有义务保护未知财产。还不骑上车快走，喏，就你身边那辆黑车，马上骑着，别用那蓝眼珠子瞪我，不走我先走啦。"阳洛天扣上护目镜，双手触上那垂涎已久的银白车把，"啧啧，好车啊～"阳洛天恨不得把这辆车吞下肚子直接带走。

试试马达，功效上手，头盔里，阳洛天嘴角差点都要咧到耳根子。

宋浩瀚默默将阳洛天垂涎欲滴的神色看在眼里，胸口堵了一口闷气。

一红一黑两辆摩托跑车飞也似冲出郊外，伴随着轰鸣不断的马达声。匆匆赶来的白芊芊惊异地张大眸子，目送两辆摩托旋风似略过眼前，余风撩起她额前一缕发。

宽阔马路两侧的绿树纷纷摇曳，摩托跑车灵活地穿过一辆辆行驶的汽车。阳洛天特喜欢疾风从耳畔穿过的呼呼声，眼前炫目流动的光景让阳洛天心头畅快舒适。

宋浩瀚紧随其后，特想将阳洛天从自己心爱的座驾上拽下来。虽然很不想承认，那一身骑服，仿佛就是为他天然打造。

这个时候的阳洛天洒脱不羁，自由得像一只鸟。

在高速公路上奔驰了半个小时，阳洛天最终在一家豪华酒店边停了下来，潇洒地取下银色头盔，抬手抹掉额头的汗渍，扭头大吼一声："喂，我救了你一命，请我吃饭。"

宋浩瀚：……

阳洛天是真的饿了，从早晨到现在，肚子里除了几颗花生米就是白开水。眼下好不容易拧着个富得流油的宋浩瀚，管他是哪路大神，天大地大救命恩人最大。

结果阳洛天一顿饭下来，专挑菜单上最贵的菜往餐桌上摆，反正身边这位有钱，不吃白不吃。吃完之后还很不厚道地报了自家地址，挑了几个打包送去。

宋浩瀚目睹阳小哥惊天动地的吃相，忽然就没了食欲。他也曾见过难民饥饿，但能把饥饿表现得如此淋漓尽致的，还数阳洛天一人独大。优雅贵族宋公子，一时间难以接受。

第二章 > 怦然心动

"你别用这眼神瞅我，"阳洛天酒足饭饱，扯了张纸斤胡乱擦嘴，"得，你真当我是白痴？小爷我早就看透你邪恶的心理。"

宋浩瀚秀眉一挑，饶有兴致："怎么？"

"巷子外停了五辆摩托跑车，巷子里好巧不巧只有五个人，真相不是明摆着。"阳洛天站起来，阴森森瞪着宋浩瀚，"我究竟哪里惹到你了，我改还不成吗？恨我怨我的人那么多，他们最多也就耍耍嘴皮子，而你呢，动不动就刀枪棍棒阴谋阳谋想要把我往死里弄。你们贵族是不是心理都畸形了？"

说到气愤处，阳洛天恨不得一棍子将对面那人笑得鬼魅的脸捣碎。

宋浩瀚红唇轻勾，妖冶眸子锁着阳洛天的脸。扬手，数个黑衣特卫一团黑雾似悉数拥入，明亮奢华的餐间霎时被阴霾笼罩，这个时候的宋浩瀚，邪魅得像另一个世界的魔王。

阳洛天深呼吸一口气，又坐回原位。

"圣华的世界，远不是你看到的那么简单。"宋浩瀚俯身勾起她雪白的下巴，看阳洛天黝黑的眼珠子慢悠悠晃动着，他的烈焰红唇咧开一抹弧度，"不是贵族心理畸形，而是你不属于这个世界。如果小天天是个女人，说不定我还可以放你一马。可谁让你是个男人，还让万年寒冰的宇动了保护念头。我说过，所有宇喜欢的东西，我都要毁灭。"

毁灭，那两个字无声无息，从这个人嘴里缓缓念出，居然让阳洛天身临彻骨寒冷的深渊。列衡宇和宋浩瀚这对同父异母的兄弟之间，究竟有什么纠葛？

她想到列衡宇的琴声，一阵揪心的痛。

"怎么，呵~"宋浩瀚慢慢靠近阳洛天的脸，将她所有的神色尽收眼底，"瞧你那张可怜的小俊脸。小天天，如果想要活命，就离开宇。对你感兴趣的人，可不止我一个。"

阳洛天别开脑袋，淡淡说了句："我知道了。"

"这么自觉？"宋浩瀚惊讶。

阳洛天叹口气，一副了然于胸的悲悯神情："爱之深，恨之切。你对小白脸深沉的爱，不是每个人都能理解的。不过我实话告诉你，列衡宇是个直男，对于你狂热的爱实在无法接受。如果你想要通过解决他身边的人的方式引起他的注意，这招真的没用。"

宋浩瀚的脸色极为精彩。

身后数个黑衣特卫蠢蠢欲动，脸色古怪。

阳洛天眉眼弯弯，笑嘻嘻站起来，退后几步靠近巨大的落地窗，精明双眸扫过眼前一众特卫。

"宋美人，甭管你怎么折腾。我告诉你，这世界上没有小爷不敢待的地方。"

这是独属于她的宣言，毫无顾忌。

话毕，一个狠辣的旋风踢落在巨大的玻璃窗上，玻璃窗承受不住外力，玻璃碎块噼里啪啦直往地上砸，碎成星光璀璨的渣子。阳洛天瞥了眼宋浩瀚，凌空飞鸟似从空落落的玻璃框中跳出……

宋浩瀚微怔，完全没料到阳洛天居然敢从高空跃下。

心莫名一窒，宋浩瀚忙冲到窗沿边，双眸飞速扫过车水马龙的地面。

白色身影矫健落入一辆跑车的副驾驶，跑车战栗着轰驰到远方，很快消失在圣华繁华路段。像一场梦似的，仿佛这个人从未出现。

"少爷，要不要我们去追上？"

宋浩瀚负手而立，蓝眸染上鲜红，脚底玻璃碴子在夕阳映射下暗芒阵阵。

"不用。"宋浩瀚棱角分明的侧脸有几分寒意、几分欢欣，几个字几乎是从牙齿缝隙里钻出来的，"野猫，还是要慢慢折磨才好。"

这个横空而来、年仅十八岁的小野猫，悄无声息地打破了整片圣华浮在表面的平衡。只是，你又能嚣张多久？

门外传来匆匆的脚步声，一名黑衣特卫面带急色走进："少爷，宇少爷来了。"

宋浩瀚侧头，嗤笑。

夕阳映衬得那张脸愈发绝世独立。

黑色跑车飞也似冲进圣华贵族学院，穿过宽阔跑道隐入建筑深处，辗转几番进入地下车库。

一颗脑袋瓜子从副驾驶座里缓缓探出，黑眼珠子转动，小心翼翼探查四周情况。

"放心，我的地盘绝对安全。"阳岳打开车门，示意里面的人赶紧滚出来。

阳洛天尴尬一笑，灵活地跳下车。朝阳岳颇为友好地伸手，"多谢啦，医生。以后遇到什么麻烦尽管找我帮忙。"

早在跑车飞驰的前一刻，阳洛天已经找好了援救者。纵观整个圣华片区，除了乔英宰，也只有这位同在异乡的特工先生能够实行火星救援。

"你这档子麻烦事终归是本医生酿造的，我自然会负责。"阳岳从容道："三天之内，我保证治好你的病，协助的还有郑校长。"

阳洛天：……

> 阳洛天消失的日子

阳洛天去"治病"了，一声不吭地消失在圣华校园里。

列衡宇接到阳岳的短信通知时，夕阳落山，月上柳梢，咖啡厅在月色中亮起第一盏灯。谁能料到这一天的圣华风起云涌，不少暗中势力蠢蠢欲动，直到天幕已黑，悄无声息的战场才落下帷幕。

木屋中，黑白琴键，黑暗。修长手指落在钢琴上，迟迟没有按下去。

坤叔压低声音，试探开口："少爷，宋家那位夫人似乎对阿天很感兴趣。阿天势单力薄，在圣华孤立无援，如果被那位夫人用来威胁少爷……"

低音琴键猛然一响，列衡宇轻笑，那个女人对什么不感兴趣？对集团有利的人或事，她用尽一切手段得到。一旦利益受损，用尽一切手段摧毁敌人。列衡宇是圣华老一辈认同的集团继承人，宋浩瀚是名义上的长子，为了让自己的孩子掌握权力，她逼走年仅八岁刚刚丧母的列衡宇……

偏偏宋校长爱之入骨，抛弃所有将她娶回家门，即使已经有了一个端庄贤惠的妻子。

"圣华还不是她的天下。"修长手指落在琴键上，小小的夜曲缓缓从指尖流泻，戛然而止。列衡宇淡淡微笑，"阳洛天更不是池中之物，只要他待在我身边，我自然能保他安全。"

虽然还不明白怎么和朋友相处，有时候难免会犯些错误。列衡宇却真心诚意地想要结交阳洛天，那个偶尔犯傻、偶尔善良、偶尔聪明的少年，列衡宇想要把"他"当作弟弟一样保护。

坤叔点点头，苍老容颜浮起一抹高深莫测的笑意。

忽然又记起什么，他和蔼的面容多了丝丝残留的狠厉：

"少爷，组织已经和中国那个集团成功签了秘密合同，我们在暗处的势力可以渐渐浮出。一个月后，公司将以新面孔在美国上市。到时候，宋家夫人再也奈何不了我们。"

列衡宇八岁离家，十岁在坤叔的暗中帮助下成立自己的组织。生活在圣华同一片天空下，宋家夫人却从来没有放弃对这位继子的打压。默默培养势力十年，如今的列衡宇早已不是当初那个仅仅拥有倔强眼神的少年。

十年，幼虎已成，江山可改。

屋子里一时间悄然无声，唯有咖啡厅外隐隐喧哗穿墙入耳。门铃响动，坤叔点头示意一下，转身离开小屋。

第二章 > 怦然心动

轻关上房门,坤叔面带和蔼笑容:"英宰啊,今天都忙完了?真谢谢你替阿天工作,不然我一把老骨头还真忙活不过来。"

乔英宰咧嘴一笑,略带尴尬:"阿天的事就是我的事,她治病我替她工作几天,那是哥们应该做的。倒是我手脚不灵活,坤叔您别介意啊。"

阳洛天临走时,还不忘自己三万工资那点破事儿。

"哪会,这几天还得麻烦你帮忙。来,喝杯水再走。"坤叔笑盈盈地准备茶具,乔英宰赶紧摆摆手:"坤叔您别麻烦,我还有点儿事去处理,我先走~"

门铃响动,乔英宰高大的背影很快消失在夜色之中。

坤叔苍老的脸上依旧挂着和蔼的笑容,他愈发看不明白年轻人的世界了。一转身,列衡宇颀长的身子斜斜靠在门框上,深蓝色眼睛望向窗外的浓浓夜色。

"少爷,怎么了?"

列衡宇蓝眸微眯,一字一句:"以为找人替工就能不扣工资?休想。"

坤叔:……

少爷您什么时候这么幼稚了……

阳洛天从圣华贵族学院蒸发,仿佛一夕之间天下太平,又似一夕之间天下大乱。

清晨,那个胡乱啃面包叽叽喳喳的人不见了。再没有人没完没了地磨叽,从客厅磨叽到厨房,从茶几磨叽到饭桌。

明亮幽静的客厅,银色沙发安静卧在原地,它似乎在问:那个每天在自己身上滚来滚去的人哪去了?

下课铃响,列衡宇习惯性地朝门边望去,学生们来来回回穿梭,阳洛天熟悉的笑容没有出现。

入夜的咖啡厅,夜色寂寂,灯光渗过门缝,没有那个小服务生笑嘻嘻地送进一杯咖啡。

生活好像一颗残缺的心，缺了重要的一块，空落落触不到地。

乔英宰最近老是神游太空，做什么事都心不在焉。他不知道阳洛天在哪里，手机里仅仅只有一条短信——"小乔，我出去几天，帮我代咖啡厅的班，小白脸指不定扣我多少工资！"

趴在课桌上反反复复翻看这条短信，手机屏幕都要被眼神刺穿了。

黄永松扭着小腰滑过来，香风刺鼻，兰花指翘得老高，鼻孔哼气："喂，姓乔的，阳洛天跑哪去拾荒了？"

这话声音挺大，班上不少人都竖起耳根子。白芊芊在角落里默默翻书……

乔英宰眼皮子都懒得掀，继续趴在桌上注视手机屏幕。自从阳洛天消失后，乔英宰作为阳洛天的铁哥们儿，人缘不错，为人随和，明里暗里都有不少人在打听她的下落。

按理说列衡宇才是和阳洛天接触最多的人，不过此人高冷形象深入人心，众人不敢轻易冒犯。

"哟～他是不是离开圣华了？哟呵呵，没了这个强有力的竞争对手，我生活都没了动力。"黄永松捂着嘴轻飘飘笑，满眼的幸灾乐祸。斜着眼睛瞄了眼蔫兮兮被抽了灵魂似的模样，红唇一撇："乔英宰，你不至于吧～瞧你那张可怜兮兮的脸，不知道的还以为你失恋了"

"你才失恋了！"乔英宰耳根一红。蓦地记起那日清晨稀里糊涂的一吻，乔英宰不得不承认，他似乎真的动心了……

喜欢上自己的哥们儿，这感觉要多怪就多怪……

下课后，木诗诗早早等候在5班门外。

"乔英宰～你失恋了？瞧你那病快快的眼神，被哪位姑娘甩了～喂喂，别走啊～"

乔英宰顶着一张黑脸，不理会叽叽喳喳的木诗诗，头也不回地走出教学楼。木诗诗

第二章 > 怦然心动

踩着小高跟一个劲儿追过去。

"乔英宰,你站住,告诉我阳洛天跑哪去了?"木大小姐发火了,甩了高跟鞋、大大咧咧地张开双臂,"别走,话说清楚。"

乔英宰浓眉拧着疙瘩,从昨天阳洛天消失开始,旁敲侧击向他打听阳洛天下落的人,加起来都可以组成一个加强连。

阳洛天横空出世,闯入圣华贵族圈子,身份背景神秘,穷得只能在咖啡厅打工,身欠巨债。和阳洛天联系最密切的,只有乔英宰。

"阿天不是你名义上的未婚夫?"乔英宰顿住步子,心里莫名烦闷不安,连带着素来的好脾气都被磨损,"他去哪里你不应该最清楚?"

这话问到实质了,木诗诗美眸浮上尴尬水色,跺跺脚气急败坏道:"我哪知道阳洛天的底细?要真知道我早就冲到她家里去揪人了。"

要说阳洛天这场包办婚姻,起因是木诗诗那位童心未泯酷爱网球的爷爷,木老爷子多年前结识了网球界的大咖阳光华,想尽办法要和这位年轻人拉近关系。精打细算的洛白雪笑眯眯地提出联姻的委婉建议,于是乎……

要说对于阳家的了解,木诗诗连阳家养什么品种的狗都不清楚,仅仅知道阳氏体育器械占据亚洲辽阔的市场。

木诗诗走神的一会儿工夫,乔英宰已经迈步朝篮球场走去。

乔英宰不对劲儿啊。木诗诗红唇微嘟,目送那个情绪怪异的人远去。

精密仪器密布宽大的屋子,5块大屏幕上密密麻麻传输着新来的数据,仪器微响动,指示灯安静注视着这屋子里唯一鲜活的生命体。

阳洛天戴着特制 VR 眼镜,十指飞快地在另一个空间里传送各个指标。边上的郑凯悠悠闲闲喝着咖啡,翘着二郎腿,神色懒散瞧着阳洛天忙来忙去,嘴角勾起一抹高深莫测的笑容。

啧啧，瞧瞧那灵活的动作、瞧瞧那精确的计算、瞧瞧那一丝不苟的劲儿，活脱脱就是翻版的李沧月，终究是被河南狐狸盯上了，看来阳洛天注定逃不脱那命运了……

一个小时后，阳洛天猛地扯掉VR眼镜，朝天花板吼了句"天啊"，从板凳上猴子似跳下来，拿郑凯身边桌子上的咖啡壶就往嘴边送，咕噜咕噜灌了好几口咖啡。

行云流水的剽悍粗鲁动作，瞬间打消郑凯心里关于"另一个13号"的幻想。

"郑大叔~我已经帮你们完成了数据转移，什么时候放我回家啊？让我白吃白喝咱还真挺不好意思的。"阳洛天抹了抹嘴角的褐色污渍，随口问了句。

你两天吃了我几十万人民币，还不好意思！郑凯大叔翻了个极具特色的白眼："明晚放你回去，现在外边不太平。明里暗里揪你尾巴的人多不胜数。"

"啥？"阳洛天迷糊了，"顶多小白脸和宋浩瀚派人抓我，哪来那么多人？"

摸摸残存的良心想，她在圣华安安静静、本本分分活着，招惹是非有个限度，寻花问柳有个限度，打架犯事儿有个限度……似乎做的出格事儿挺多的。

郑凯慢悠悠开口："与苏家交好的几个集团在找你，木诗诗小姑娘派了人四处搜寻，这些都是小角色。"郑凯灌了一口咖啡，斜眼瞄了下怔怔的阳小哥，轻飘飘说道："最恐怖的是，圣华集团心机深沉的宋夫人对你挺感兴趣的，一直不放弃把你生吞活剥的美好愿望。"

阳洛天一副高难度的懵表情。

"我说阳洛天啊，咱们帝中能出你这样优秀的学生，我这校长真觉得特骄傲。"郑凯幽幽道。"以后我出门了，就可以骄傲地宣称：我帝中优秀学子阳洛天，不但在顶级贵族学校混得风生水起，还正被世界帝王级企业排名第三的圣华集团追杀。你说，这是多大的噱头，等我回帝中，一定给你做个大理石墓碑，纪念你的伟大功绩。"

第二章 > 怦然心动

阳洛天心想:"这损人损得忒有心机了。"

"我顶多得罪个宋浩瀚,宋浩瀚他妈跑来做什么?"阳洛天不理解,这年头拼妈问题有点严重。

圣华集团世界闻名,军政商跨行业多元一体,实力狂撵阳家一条街,几乎是不可撼动的庞然大物。当今圣华集团的实际掌权者,不是宋校长,而是他那位雷厉风行的继妻华琼。

阳洛天抠破脑袋也不明白,自己怎么招惹上这位女霸王了,难不成真因为宋美人?阳洛天眼巴巴望着自家校长。

郑凯装腔作势咳了咳,清清嗓子,义正词严指出要害:"你和列小哥走得太近,宋家夫人打压列小哥多年,你一下子打破她的意愿,宋夫人必须把你弄死一了百了。所以啊,阳洛天,听校长的话,珍爱生命,远离列衡宇。"

阳洛天觉得:有什么样奇葩的妈就有什么样的奇葩儿子。可怜的列衡宇小白脸,金光闪闪的大神光环笼罩下,心里终究是黑暗、痛苦、希望渺茫。一想到半夜那穿透夜色的忧寂琴声,阳洛天几乎窒息,小白脸终究是让人心疼的……

阳洛天捏着拳头,目光如炬:"小爷非要一辈子待在小白脸身边,看他们把我怎么着!"

宋浩瀚三番五次提起,要阳洛天离开列衡宇身边,哪怕是乔英宰,私下里也间接暗示过:不能和列衡宇走得太近,可交不可深交。

外人眼里的列衡宇,高冷、绝世、无所不能、可望而不可即,可阳洛天不信。那个人灵魂摆渡似的琴声,就是最好的证明。

你们远离列衡宇,我不能。

瞄见阳洛天踌躇满志、英勇就义的神色,郑凯差点把咖啡杯吞到肚子里。

"阳洛天你知不知道什么叫一辈子！你和列小哥才认识几秒钟就打算把自己一辈子赔上？"郑凯皱眉，手无意识地攥紧杯子，似曾相识的场景。

刚刚把自己一辈子交代出去的阳洛天耸耸肩，义正词严道："反正人家把我当弟弟，弟弟保护哥哥，天经地义。我已经打算好了，等回到学校，我就去查查宋家夫人的背景。之前小白脸跟我说过，他母亲重病而亡，我怀疑他母亲的死不是那么简单。"

不仅要查华琼，还要查宋浩瀚和列衡宇之间的纠葛渊源。阳洛天总觉得，宋浩瀚对于列衡宇的恨，远远不止面上那么简单……

郑凯沉默了一会儿，静静盯着阳洛天的侧脸，此时此刻的阳洛天，义无反顾地投进明知是深渊的地方。明明知道危险，甚至生命安全受威胁，却偏要去……就像当年的那个人，危险，甘之如饴。

谁能阻止英勇的少年武士赴死呢，他们听不到啊。

"阳洛天。"郑凯扬眉。

她扭头看了过来。

"摸摸良心，你真的愿意列小哥把你当弟弟？"

阳洛天垂着脑袋，默不作声，屋子里仅有仪器小小的滴滴声。

心动与否，冷暖自知。

第三天，阳洛天起了个大早，在餐桌上埋着脑袋，一个劲儿和手中的全麦面包殊死搏斗，啃得天翻地覆慷而慷，心头还盘旋着郑凯那句莫名其妙的话。

阳岳看不惯她那可怜样儿，盛了碗香粥送过去。

阳洛天头也不抬："多谢，小白脸……"话脱口而出，自己都愣了。

抬起脑袋望过去，对面坐着的不是冷淡优雅的列衡宇，而是小麦肤色、一身雪白医装的阳岳。阳洛天忽然有些淡淡失望。

第二章 > 怦然心动

另一边，晨光熹微的西苑公寓，早餐时间。

列衡宇优雅如常，按时吃早餐。今日的米粥多了一点，也不多想，直接将多余的一碗粥推到对面。

没有阳洛天惊喜的笑容，雌雄莫辨的欢呼嗓音，对面空落落的位置，那把白色椅子安静守在原地，列衡宇伸出的手逗留在原地。

有时候，习惯真是可怕的东西。

悄无声息地占据了你清晰理性的思维。

早饭后，列衡宇出乎意料地发现，自己站在阳洛天的房门前。

站在那一扇白门前许久，列衡宇终究还是推开了门。

和想象中一样凌乱不堪，巨大的垃圾车在这间屋子里发生过大爆炸，列衡宇英挺的眉毛微皱。这屋子最大的特点就是乱，乱到难以想象，他忍住内心的不适应，下了巨大的决心走进去。

十分钟后，列大神面色极为阴沉地走出阳小哥的狗窝，二话不说给乔英宰打了一个电话。

半个小时后，乔英宰拖着一车清洁工具到达西苑别墅。

阳岳浓眉一挑，眉眼含笑，摸着自己小麦色的下巴："你来到这里不到三天，叫了我不下十次小白脸。我对着镜子看了许久，也不觉得自己脸哪里白了。阳洛天，要不要带你去看看眼科？本医生严重怀疑你得了深度白内障。"

阳洛天三口两口吞着面包，懒得理会阳岳话里的小刺儿，含糊不清问："我帮你们的事儿已经做完了，非得今晚才放我回去？现在我回去也挺好的。"

食不知味，阳洛天一刻也不想待在这里。她跟师父学了不少计算机黑客技术，对数据处理游刃有余，还独具特工的敏锐性，这两天一直帮着阳岳处理繁杂的信息流，也算是给郑凯校长一个交代。

"必须晚上回去，"阳岳定定瞧着阳洛天，露出一口残忍的白牙，"外边找你的人多得很，你得趁黑回去。"

阳洛天噤声，啃完最后一口面包，头也不回离开餐桌。

她前脚刚走，后脚郑凯就打着哈欠从屋子里溜达出来，拽过桌上的一碗粥喝个底朝天。

"这小丫头不对劲儿啊，"郑凯的目光落在满是面包渣的桌子上，"来圣华之前，我得到的情报是她和列衡宇那小哥水火不容，按照阳洛天的倔脾气，不抗争到底誓不罢休。"

＞ 思念如水

阳岳很有见地总结一句："大概因恨生爱罢。现在的年轻人，自己把自己困在墙里。"

郑凯颇有感慨，拉开椅子坐下："可阳洛天是个女孩儿，一般人根本分辨不出，以后这茬子事儿没准又闹得满城风雨。我可不希望她成为第二个13号，活活折腾另一个河南七年。"

谈到往事，两个男人一时心思起伏。

许久，阳岳才淡淡开口："最近这案子挺麻烦的。我们要尽可能把阳洛天排除在外。"

郑凯苦笑："怎么可能？她招惹的是圣华集团。"

这群年轻孩子的未来，没有谁能改变，生活千变万化，悄无声息滋生的爱意能否禁得住时间的检验，那还是未知数。

阳洛天一整天待在阳岳的私家别墅里，百无聊赖开始了侦探生活。

从房顶磨蹭到地下室，从花园溜达到器械房，从客厅滚到数据处理库，从床上爬到

第二章 > 怦然心动

天花板，一个上午就把这不足两百平方米的别墅给里里外外翻了个遍。还在阳岳的房间秘密夹里搜出一张泛黄的照片，照片上的女孩子身穿蓝白校服，安静地坐在花园长椅上，从拍摄角度看绝对是偷拍的。

下午，天空阴阴沉沉，一扫几天来的晴朗，密密麻麻的乌云开始往天上挤。

阳洛天窝在数据室，将圣华集团的资料打包传到自己的邮箱。忙完这事儿后，窗外已经淅淅沥沥开始下起雨来，阳洛天跑到客厅落地窗前席地而坐，托着腮帮子看雨水洒在玻璃上，顺着玻璃窗划出一条条水痕。

心里愈加烦闷，好像全天下的不顺心事儿都往自己那颗小心脏里塞。

时间一秒一秒地走，走得慢吞吞，阳洛天恨不得抽出鞭子甩在时间的小屁股蛋儿上，让你走这么慢！

不知道列衡宇这几天过得怎么样？

"他半夜会不会起来弹琴？早上熬多了的粥会不会倒了？自己房间里还有几双臭袜子，几天没洗，臭味挥发出来会不会熏到那位大神？"

又自问自答道："小白脸那洁癖到极致的性子，八成会扔了颗原子弹把自己的房间炸了。"

阳洛天托腮望天，似乎有点想他了。

六月的雨，稀稀拉拉持续到夜里。

列衡宇回到西苑的时候，天色已经完全阴沉下去，花园里昏黄的灯光映衬着雨丝飞扬，洒在发丝上凝成小小的水珠。

列衡宇一如往常打开大理石雕花的大门，换了鞋，从走廊进入客厅。

客厅光线阴暗，唯有沙发茶几边亮着一盏昏昏的指明灯。沙发上蜷缩着小小一团，裹着淡黄色毛毯，像一只慵懒的猫咪，随着轻轻浅浅的呼吸上下微动，静心一听，似乎都能听到她的呼吸声。

三天，不，应该是四天，四天不见，恍惚一个世纪那么长。列衡宇放轻脚步，被一股神秘的意识驱使，靠近那个熟睡的人。

蹲下身子，借着灯光凝视那张巴掌大的俊脸。

阳洛天似乎瘦了点，模样清俊不少，眼底有依稀可见的黑眼圈，这几天约莫没休息好。头发修短了，额前是凌乱细碎的刘海，耳朵边压着一缕发丝，后脑勺裹着毛毯。

双目微闭，纤长的睫毛微翕，鼻梁挺翘而可爱，毛毯从后脑勺蜿蜒到前面脖颈，将他整个人包裹得严严实实。

该回来的，终究是回来了。

阳洛天嘤咛一声，嘟囔着似乎骂了句什么。迷迷糊糊睁开眼睛，瞥到暗处修长笔直的两条腿。

意识瞬间清醒，忙伸手打开客厅的灯。

结果灯光太亮，阳洛天刚睡醒的眼珠子一时间没有适应过来，眼珠子被强光逼出几点眼泪。

赶紧地揉掉眼眶里的水渍，阳洛天飞也似从沙发上蹦起来，差点被毛毯给绊倒。

"哟，小白脸，你终于回来了。"

话还没完，人已经蹿到列衡宇跟前，扬起脑袋盯着列衡宇的脸看，习惯性地露出一个灿烂夺目的笑容，右半边脸还留着一块因睡觉被压出的红印子。

久违的笑容，雪白的牙齿，熟悉的清亮声音，列衡宇心里积攒的雨水霎时消失殆尽，残缺一块的心终于被补上了。

阳洛天咧嘴乐着，从睡衣兜里摸出一张盖了章的证明，在列衡宇眼前晃啊晃："喏，看到没。百分百纯天然的健康证明，小爷我现在干干净净、健健康康、完好无损。小白

第二章 > 怦然心动

脸你以后少找什么男科医生过来,我可丢不起这个人。"

列衡宇斜眼瞥了眼证明书,原来阳洛天是因为病愈才这么兴高采烈,他还以为阳洛天是重见自己才欣喜。

果然,还是自己多想了。

列衡宇心头莫名不快,堵着一块沉重的石头,他低头和那双亮闪闪的眼睛对视。

越看越不满,列大神伸出手,按住阳洛天毛茸茸的脑袋,推开一段距离,高冷傲娇地抽刀子发声:"别以为你找来乔英宰代工,就能不扣工资,这个月工资减半。"

阳洛天:……

把自己的脑袋从列衡宇的魔爪下扯出来,黑溜溜的眼珠子瞪着列衡宇良久。列衡宇以为阳洛天又要如往常一样吵吵嚷嚷维权。

谁知阳洛天嘟嘴颇为不屑地一撇,小嘴一瘪,澳网结束后,阳洛天老爸私底下给阳洛天汇了不少钱,足够阳洛天混吃混喝半年,谁还在乎每个月那点儿勉强塞牙缝的工资?

为三斗米折腰的日子已经一去不复返了~她现在已经是资产阶级,小资的美好时光即将开盘。

阳洛天随即猛然大笑,伸手揽住列衡宇的脖子,好哥们儿似的狠狠抱了一把:

"小白脸果然一如既往的腹黑啊。这几天我怪想你的~工资随便你扣,扣到开心为止,哈哈哈。"

一个貌似随意却温暖依旧的拥抱,融化了列衡宇心底最后一丝不快。

鼻翼间充斥着这个少年独有的清爽干净,一侧头就嗅到她发丝的淡淡清香。仿佛失去了的重要人物终于回来,生命都完整了。

阳洛天收回胳膊的时候,列衡宇居然会有一种淡淡的惋惜。

> 回归

圣华 CBD，玻璃大厦最顶层，巨大落地窗倒映一道修长优美的身影。

"夫人，阳洛天已经回到学校和宇少爷会合。此外，宇少爷的公司将在一个月后在美国上市。"女秘书垂头，毕恭毕敬报告，"圣华银行监控显示，劫持案那日，阳洛天身边的男人是沧河帝企的总裁。而宇少爷的公司正是因为得到沧河的大笔融资，才能短期内高速发展。"

华琼纤纤玉手轻扶红酒杯，举杯，红色液体映衬着落地窗外璀璨繁华的夜色。她居高临下望去，整个圣华片区都卑微地匍匐在她的脚下。

红唇微启："阳洛天？公司上市？哼，我还真是小瞧了阳洛天，居然和中国的沧河帝企牵扯到一起，居然为小宇牵线和我对抗。"

女秘书默不作声，她知道这位夫人已经怒了，越是平静无波，越是惊涛骇浪。

华琼美艳的眸子划过厉色，素手一抬，饮下最后一口猩红的酒水，高脚杯落在白色地毯上，残留的红色液体沾染渗透成为一道转瞬即逝的红。

列姐姐，你养的好儿子啊，逼着我去摧毁他。

一夜细雨后，天空洗净容貌容光焕发，瓦蓝瓦蓝凝聚成深蓝，是天神俯瞰众生的深蓝色眼眸。

圣华贵族学院虽"贵而奢"，但是学风并不松散，校长深谙治学之道，即使是顶级贵族的学生也得如普通学校学生般上学听课。乔英宰习惯每日早到课堂，必定带上几份新鲜早餐，比如水晶小笼包、珍珠丸子，一方面填填尚饱的肚子，一方面给早餐不规律、偶尔胃抽风的阳洛天塞塞牙缝。

即使是阳洛天消失的这几天，乔英宰还是习惯性地一手英武潇洒抱着篮球，白色背心淌着晨练后的汗，一手保姆似提着早餐盒，集男人味和保姆气一体的某人，如寻常一样，

第二章 > 怦然心动

洋洋洒洒走进尚还空荡荡的教室。

眸光不经意往座位边一扫,乔英宰再也潇洒不起来。

那张空了四个清晨的桌椅,那个想了四天的人,软软安详地趴在那里小憩。清澈阳光落在她毛茸茸的脑袋上,落在她随着呼吸微微浮动的侧脸,无声无息,仿佛她从来没有消失过。

乔英宰的呼吸几乎都停滞了,胸口起伏蔓延着说不清道不明的情绪。

阳洛天手指动了动,从臂弯里拔出脑袋。眼皮一掀,黑亮清澈的眼珠子先是朦胧无光,瞅到愣愣的乔英宰的时候,那双眼睛顿时神采飞扬。

"今早加什么餐?"她伸出白皙的手掌,小孩儿似的,笑容灿烂而夺目。

乔英宰默默不语地靠近,篮球从胳肢窝下"啪"地掉落,早餐盒重重扣在桌上。然后猛地转身,哈哈大笑,一下子攥住阳洛天的胳膊,阳洛天的脑勺"砰"地撞上结实的肌肉……

"阿天你这几天跑哪去了?我还以为你被绑回中国了!你再不回来我都打算派人去中国了!"

"喂喂~你浑身臭汗~小爷刚洗了澡!"

"我瞧瞧,哟,怎么瘦了,这几天少吃了多少肉?得,中午带你去大吃一顿,吃什么都成~"

"你先放开我成不……小爷快被你捂死了……"

"哈哈哈~"

阳洛天边往嘴里塞包子,边简洁明了地把自己"失踪"的原因说明。大概意思就是躲在阳岳医生家几天,装作在有条不紊地治愈"男科"……

乔英宰听得一愣一愣,时不时插几句嘴。两只眼睛专注地瞅着阳洛天的小模样,忽然觉得特满足。

仿佛整个生活都被她填满了。

学生陆陆续续走进教室，无一例外，最短时间内发现那个好久不见的俊美少年。窃窃私语经久不衰，耳尖的阳洛天还是听到"男科、手术"这些富有特色的词语……

天下没有不透风的墙，圣华的墙尤其透风，阳洛天摸摸下巴思考了几分钟。最后转过脑袋，意味深长的目光落在角落里正偷偷按下快门的张小强……

这一眼冷飕飕，差点冻僵张小强相机的镜头。

白芊芊最后赶到教室，一路安静地低着头，她仿佛早就知道阳洛天的归来。自始至终也不曾朝最后一排看，和无声无息的空气融为一体。

上课期间，白芊芊手机微动。

她犹豫片刻，指尖触及屏幕。一条平和而戾气横生的短信：

远离宋浩瀚，他太危险。

落款：阳洛天

白芊芊紧攥着手机，掌心湿漉漉，如芒在背。

不到半天，阳洛天就深深领会到舆论的压力。以前，阳大校草凭借着一副俊秀模样和一身功夫闻名，现在，响在阳大校草耳边的声音各色各异……不少嫉妒者转弯抹角制造和阳洛天偶遇的机会，有意无意提出"真男人""男科""伪男"等敏感富有内涵的字眼。

亏得阳洛天不是男人，又是出了名的脸皮厚胆子肥，加上长期在毒舌腹黑的列大神手下修炼，这点儿外来讽刺顺着午饭一道消化在胃里。

当晚，列衡宇有事外出，咖啡厅需要置办咖啡豆，暂时歇业一晚。乔英宰特地订了个包厢，拖着阳洛天就往里面塞……

第二章 > 怦然心动

阳洛天提心吊胆好几天，又不得已被关在别墅里做所谓的"男科手术"，时不时被列衡宇飘忽的身影给困扰，心思本就惆怅莫测。

乔英宰看出这一点，特地带阳洛天去放松。

打算叫上几个关系不错的朋友热闹一番，自从小乔同学无意间窥破阳洛天真实的性别，他再也不放心把阳洛天扔到一堆男人中，即使知道阳洛天比一般爷们还爷们。于是又让木诗诗带了几个女同伴过来衬托场面。

谁知道圣华贵族学院，十个女生里有九个都对阳洛天有好感。乔英宰拽着阳洛天一露面，男男女女的视线重重包裹过来，把阳小哥包裹得密不透风。

阳洛天颇为大方地露出一口雪亮的白牙，黑眼珠子熠熠生辉，奢华明丽的包厢瞬间亮了。她的声音雌雄莫辨，清脆响起："你们好啊~"

屋子里静了静，阳洛天从容一笑，泥鳅似钻进人圈子里，很快和众人打成一片。

玩游戏的玩游戏，唱歌的大声嘶吼，还有一圈儿男女听阳洛天手舞足蹈讲空手道馆里的趣事儿。

主办人乔英宰忧伤了，蹲在角落里边，拧着浓眉瞅人群中笑容满面的阳洛天。

哟哟，姓李的那小子干吗老盯着阿天看？

喂喂，张家小姐的手往哪儿搁呢，阿天的胳膊是你能挽上的？

哎哎，范典那臭小子怎么老给阿天灌酒啊，居心不良啊！

啧啧，那罗家姑娘衣服怎么穿这么少，往我家阿天那里凑什么凑，她不是有男朋友了？

乔英宰一个大老爷们儿满腹委屈蹲在角落里，横看成岭侧成峰，看谁都不像正经人。以前阳洛天也经常抛头露面四处折腾，动不动就顺手调戏几个春心萌动的小姑娘，看到不平事儿就喜欢捋袖子上，那时候小乔觉得特正常……现在发现，最不正常的竟然是自己。

"喂~你一个劲儿盯着阳洛天做什么？"

有人用小皮鞋轻轻踢了踢乔英宰的脚后跟,乔英宰扭头,瞥见穿粉红洋装的木诗诗,她一双圆溜溜的眼好奇地眨巴着,递给乔英宰一杯啤酒后,优雅地转身坐在乔英宰身边的小座上。

"你那些朋友怎么个个如狼似虎的,屋子里单身男子这么多,非得往阿天那里黏。"乔英宰灌了一口啤酒,继续监视不远处的一众人,"再说整个学校都知道阿天做了手术,你们女人居然还往她那里跑。"

木诗诗红唇轻翘,瞥了眼乔英宰诡异的神色,又看看人群中明月似的某人。

"阳洛天现在不是健健康康的嘛。再说,她长成那副鬼样子,即使一辈子不举,圣华一半的小女生都贴心贴肺喜欢人家。"木诗诗说道。随即默了一会儿,扯过乔英宰的袖子,"乔英宰,帮我一个忙。"

乔侦探不搭理木诗诗,送给她一个坚毅的后脑勺,那一撮黄毛趴在一众黑发里尤为扎眼。木诗诗秀眉一扬,露出高深莫测的微笑,娓娓而谈:

"昨天我和爷爷说,我要和阳洛天退婚。他坚决反对,说是一辈子只认阳洛天一个女婿。"

果不其然,乔英宰淡定地转回脑袋。

"我告诉爷爷,我已经有喜欢的对象了,两人门当户对,正在甜蜜交往。"

乔英宰目光幽幽,黑毛脑袋上那一撮黄毛翘起一个张扬的弧度。

"爷爷要我把对象带回家,好好审核。乔英宰你也知道,纵观整个圣华,能配得上本小姐的屈指可数。"

列衡宇那人自然是最好的选择,可是他那人实在太冷了,我哪敢对他开口。

宋浩瀚长得太造孽。

莫风太萌,在我身边像个弟弟。

四年级的邓兴豪学长外貌不错，可惜年龄太大，我不喜欢。

听说四年级还有个空手道挺厉害的日本男人，可惜长年在外，没见过面，也不知道人品怎么样，本小姐懒得找他。"

乔英宰听大小姐一一细数圣华的数个极品，心里越来越别扭。就像一条被放在砧板上的北极鳕鱼，即将面临被屠宰的命运。

木诗诗扳着纤纤十指，十个指头数到第九个，最后翘起白生生的小指头。

"还有一个嘛……外貌还挺帅，人品勉强入眼，家世背景尚好，年龄恰当，身体素质极佳，上得了球场下得了厨房，会弹吉他会电子鼓，算得上居家必备男朋友。"话毕，木大小姐的"屈指可数"终于数完了。一双晶亮亮的珍珠眼锁住乔英宰，其中的话不言而喻。

贵族圈子里，时不时有贵族少女少男互相帮助，共同解决来自家族的婚姻压力。

不过……乔英宰扭回脑袋，根本不理会。

木诗诗似乎是无意，纤纤素手慢条斯理地打理着衣服上的褶皱，慢慢道："那就没法了，本小姐只好回去报告爷爷。说阳洛天没病，我还挺喜欢她的。我爷爷的性子你可能不知道，当初我爸爸刚说了和我妈在一起的事儿，当晚我爷爷就派人把一切婚礼事宜准备好。我妈和我爸结婚的时候才19岁……"

今晚乔英宰的脑袋方向盘似转动，最后终于转回正确方向。

> **醉酒**

阳洛天晚上喝了些低度数红酒，按理说不会有什么事。结果灌了两杯，就从脚底开始冒热意，眼前人影晃动。

心知大事不妙，自己有可能醉了，阳洛天赶紧找了个理由出了房间，跑到厕所往脸上冲凉水。

冰冰凉凉的水，似乎也不能缓解越来越矛盾的五脏六腑。背靠着冰凉的大理石墙壁，仰头，大镜子中的少年脸颊绯红，不住左右晃悠跳探戈。

正巧有个包厢里的男生从厕所出来，瞅见贴在墙角的阳洛天，赶紧打招呼："你没事吧？"

"没事，我休息一会儿。"阳洛天尽力站稳脚跟，扯出一抹笑，"你先回去，我马上和大家会合。"

那男生虽有疑惑，却也不敢违背，仅点点头道："那我先过去了，对了，你问我关于列衡宇母亲的事情，我等会儿告诉你。"

"谢了。"

阳洛天靠在墙角，摁住太阳穴开始迷迷糊糊地思考。第六感天生超过常人，她不觉得自己就能被两杯红酒压倒……

大包厢里都是同龄人，大家子弟教养还算良好，估计也没谁故意给阳洛天下手段。唯有几个来来回回送酒水的 waiter，似乎有意无意地往阳洛天那块地儿端茶送水。

端茶递水……阳洛天一激灵瞬间了然，额头冷汗涔涔。

心知大事不妙，身体也昏昏沉沉，全世界都在晃悠，一呼一吸都是迷茫。阳洛天赶紧摸出手机，不顾亮堂的手机屏幕左晃右晃，稀里糊涂地也不知道按了谁的号码，总之似乎拨了出去。

那边有人接了电话，有些熟悉。

阳洛天还没来得及开口，一只骨节分明的手探了过来，抽走她手里握着的手机，按下关机键，优雅地随手扔到角落。

地上出现一双锃亮的黑色皮鞋，阳洛天迷蒙的目光慢慢朝上看，修长笔直的腿，鲜红如血的欧式薄风衣，精致无褶皱的衣领，白皙诱惑人的脖子，微微上扬的唇角，一双

第二章 > 怦然心动

蓝色邪肆的眼。幽幽灯光下，那个人妖冶得像是来自地狱，浑身散发着威逼人世的凌厉气息，就好像变异的列衡宇……

阳洛天哀怨呜咽一声，后背紧靠着冰凉的大理石墙壁，尽可能让刺骨的低温刺激自己越发昏沉的神经。

"姓宋的，又是你……老当反派你不烦我都烦啊～～你是在小爷我身上安了 GPS 定位系统？还是你真身是灰太狼的后裔，天天念叨你一定会回来的。"

宋浩瀚天生艳丽的红唇勾起慑人的弧度，似笑非笑，瞧着阳洛天一张脸被熏得红润通透。粉红鲜嫩，尤为可口。

他总算见到阳洛天"弱"的时候，即使用了些小手段。

"那天吃了我几十万，砸了酒店的玻璃，哪有不偿还的道理。这种酒母，一头大象都能放倒。"他的声音低低沉沉，幽咽鬼魅。阳洛天迷糊的神经有了几分冰刺的迹象，脑子里将"酒母""大象"混合在一起，也听了个大概。

只怪当时忙着和众人打成一片，她只想从他们口中套出一点和列衡宇母亲有关的事儿，居然就放松了警惕。

她从来没有喝醉过，也不知道自己喝醉后是什么鬼样子，但愿不要没节操地脱裤子，唯一知道的是，她现在手无缚宋浩瀚这只妖之力，如果被这人折腾，绝对没有好下场。

宋浩瀚是谁啊？那个口口声声说要弄死自己的人。

阳洛天试图集中精神，厕所门距离这里只有五米，如果要跑，也不是没有可能。

这想法刚冒出来，宋浩瀚看似柔弱实际强悍的手臂就伸了过来，优雅转身，挡住了通往大门的路。

猩红的衣裳，妖冶邪魅的脸，终于完完整整映入阳洛天的眼帘。

"我暂时还不想放你走，门外都是我的人，你逃不掉。"宋浩瀚勾起红唇，细看阳洛天迷蒙飘忽的眼睛，"小天天，告诉我一件事。"

"行，你是大爷，有屁快放。"阳洛天闷声闷气，兵来将挡水来土掩，大不了就是被绑走饿个三天三夜，最坏就是没有一条命。

宋浩瀚蓝眸深深，盯着柔弱的阳洛天。

"中国的沧河帝企，和你什么关系？"

这是很多熟悉内幕的人共同的疑问。

贵族圈是个名利场，稍微一点风吹草动都能引起蝴蝶效应。众人皆知，天才少年列衡宇手里掌握着列家经济命脉，同时也被认为是圣华集团继承人，却独树一帜，近年来一直暗中和圣华集团现任夫人较量。

而最近，中国帝中校长远道而来拜访，代表沧河帝企和列家集团有过私下会晤，之后八竿子打不着的两个集团居然就联盟了！

这对于两个国家的经济无疑是巨大的推动，更是无形中增强了圣华集团和列衡宇之间的斗争较量。

其中最可疑的人物，莫过于阳洛天。

她无声无息降临圣华，又机缘巧合与列衡宇住在同一屋檐下，最后居然和列衡宇成了实打实的哥们，之后就有了集团联盟的消息。

列衡宇素来独立于世，年纪轻轻就已经站立在圣华顶级人物之列，绝非普通富家子弟。高冷傲娇，待人处事自有一套独特的方式，能够被神一样的人物接纳并保护，足见阳洛天的不简单。

知情人都怀疑阳洛天的身份，这个意气风发的少年，是否是中国方面派来的卧底？

阳洛天哪知道这一码子事儿，她来圣华真的就是逃婚的……她现在被高度的酒母征服，连带着所有思绪都飘到半空中，抬起迷迷蒙蒙的一双眼，怔怔地瞅着宋浩瀚。

第二章 > 怦然心动

那双眼睛蒙眬而漂亮,黑色瞳仁占据了大半眼眶,毫无焦距,居然有一种摄人心魄的魔力。宋浩瀚蓝眸一凝,见阳洛天咬咬嘴唇,缓缓动动嘴。

宋浩瀚心里一喜,她打算说出真相了?酒后吐真言,他本就打的这个主意。

阳洛天小小地吐出一口酒气,秀眉一拧,五脏起伏,伸手猛然攥住宋浩瀚的红色风衣袖,把宋浩瀚往自己这边拉。

"它和我有毛线关系!你有病!呕~~~"

醉酒的第一个征兆:呕吐。

吐了个昏天暗地,浓浓的酒气弥漫充斥整间厕所,瞬间掩盖了原有的避臭的檀香味。

阳洛天用特殊的方式告诉宋浩瀚她今晚吃的所有食物,无一遗漏……

宋浩瀚脸色青红交接,他和列衡宇是同父异母的兄弟,某些脾性相通,比如近乎变态的洁癖。

阳洛天一股脑地吐了个痛快,将宋浩瀚顶级的服装糟蹋得那叫一个物是人非不堪入目,呕吐物顺着领口往下淌,滴在地上汇聚成一坨又一坨恶心物,宋浩瀚那双锃亮的皮鞋就这么独立于脏兮兮的万花丛中。

宋浩瀚美艳的皮囊几乎碎裂,强烈的外界刺激震惊了他高贵的神经,突如其来的事儿让他呼吸都几乎停滞,胸膛起伏不定,此时此刻连一刀阉了阳洛天的心思都有了。

厕所门"砰"地一响,大门被踹开,乔英宰焦急的脸赫然出现。

阳洛天的那一通电话,拨通到乔英宰手机上。

乔英宰今儿本就杯弓蛇影,一点儿风吹草动都能引发情绪波动。意识到事情不对后,赶紧带上数个朋友往阳洛天所在地跑。一砸开门,入眼的场景简直触目惊心。

他看到阿天被可怜兮兮地逼到角落,宋浩瀚"霸道"地攥住阿天的小胳膊。幽冷灯光下,宋浩瀚颀长的身影冷意森森,俊美侧脸四溢骇人的杀气。

心一揪，顾不得自己和宋浩瀚的恩怨过往，大步跨进幽暗角落，将阳洛天拽了回来。没料到阳洛天四肢无力，整个人软趴趴地往地上倒，亏得乔英宰眼疾手快将阳洛天扶住。

借着灯光一看，阳洛天脸颊绯红，双眸半眯着，每个呼吸都伴随着冲人的酒气。乔英宰是这次活动的主办人，每一个细节都经过他的打理，几乎是一瞬间就明白了事情的前因后果。

心尖一阵子抽痛，阳洛天初来圣华，他便答应过要好好照顾她。可两个月过去了，阳洛天身边的危险事儿接二连三。当初那随口的承诺显得如此苍白无力，以至于现在凝视着阳洛天迷迷糊糊倒在自己怀里，他心头涌现的愧疚战栗折磨着自己的每一条神经。

"阿天，你还好吗？"乔英宰压低嗓子，伸手触碰她烫人的额头，灼热的温度几乎渗入他的五脏六腑。

阳洛天眼皮子都掀不开，听到乔英宰的声音顿觉安全，迷糊嘟囔了句："他欺负我，不过小爷，呵呵，才不怕他，赶明儿一定把他弄哭，小白脸的敌人，就是小爷的敌人，一定收拾你……"后边的话吐词不清，乔英宰仅仅听到了"欺负"和"哭"俩字眼。

心里的愧疚翻涌，抱住阳洛天瘫软身子的胳膊不断收紧。

抬头，与暗处的人直视。

"阳洛天是我要护的人，如果你再伤害她，我不介意用整个乔家对抗圣华。"乔英宰一字一句道，每个字如冰块般砸在幽暗的空气中，震慑心魄。从来没有人见过乔英宰发怒，世人眼里，他永远是蓝天白云下球场上那潇洒的运动员，是拨动琴弦笑容肆意的吉他手，是理事长骄傲而喜爱的儿子。

"我真的很好奇，"宋浩瀚缓缓褪下沾满污渍的外套，随手扔到角落，幽幽目光望着对面的男人，"阳洛天究竟有什么好？一个不知天高地厚的小子，我弟弟护着他，木家护着他，你也护着他。"

第二章 > 怦然心动

乔英宰眼底寒冰微敛。

他和宋浩瀚素来井水不犯河水。曾经一个意外，宋浩瀚扒了乔英宰的裤子，此事几乎把这两个人置于对立地位。

好在圣华天空宽广，两人颇有默契地几乎不再有任何交集。今夜在幽暗的空间，乔英宰第一次将两大集团的关系挑明，乔家是在列衡宇行列的。

"我护着她，是把她放在心上。像你这种永远只看重家族利益的人，怎么可能明白人性的温暖。"乔英宰弯腰抱起昏睡过去的阳洛天，转身，灯光徐徐落在他宽阔的后背上，"你就永远和你那冷血的母亲一路吧，这些年对宇做的事，总有一天你们会付出代价。"

寂静的空间，只有乔英宰徐徐消失的脚步声。

宋浩瀚久久伫立在原地，目送那只昏睡的野猫消失，冰冷空气中弥散的酒气愈加浓烈。

从来没有一个人，能够引起他如此强烈的征服欲。一而再，再而三地逃脱，一而再，再而三地改变他的世界观。

突然不想让这只野猫死去……慢慢留着，多好啊。

高级会所，会议室奢华而凝重。

两方交涉人员各自分布在长形会议桌两侧，数双眼睛落在桌首的那两人身上。

俊美少年西装革履，深深蓝眸凝视着桌上一纸合同，锋利眉宇染上不属于这个年纪的睿智。半刻后，笔尖飞舞，墨色字迹悄然而生。

屋子里掌声接连不断，人们面带笑容迎接局势的新变化。自此，东半球最有实力的企业和西半球最具发展潜力的公司结盟，圣华片区的势力重新洗牌。

坤叔毕恭毕敬立在列衡宇身后，苍老容颜写满难以言表的激动。十年了，少爷终于能够正大光明地活在人世，再也不被庞大的圣华集团压制。

从此以后，世间再无宋家二少爷，再无校长之子，有的只是列家唯一的继承者列衡宇。

会议有条不紊地进行，直到夜深。

"坤叔，如果母亲在，她会开心吗？"回去的路上，列衡宇望着车窗外的璀璨风景，心里那点儿莫名的怅惘蛛丝般缠绕着每一寸呼吸。

坤叔笑笑，"华琼抢走夫人的家产，列氏企业差点破产。少爷只是拿回属于自己的东西。夫人在天之灵，必会欣慰。"

"但愿如此。"他回答。

当年被驱逐出宋家大门，当年露宿街头差点被混混弄死，当年不得不迎难而上的稚嫩，当年不断成长不断脱离尘世的淡漠……那些往事，在今夜忽然成为不起波澜的记忆，激不起他任何情绪变化。

当今能够让他情绪波动的，只有那个肆意洒脱的少年。

想到阳洛天，眼前便浮现出他阳光似的笑脸，无声无息地驱逐他心底所有的灰暗。

"坤叔，你说，阳洛天究竟是什么人呢？"

仅仅是中国Ａ市阳家的小少爷？列衡宇不相信。阳洛天好像突然闯入异世的一缕阳光，神秘、灼热。

坤叔垂首，默了一会儿，道："她是少爷值得深交的人。"

如果可以，坤叔由衷希望这个神秘少女能够一直留在少爷身边。

"阳洛天没事吧？我瞧瞧。"

乔英宰刚出来，躲在厕所外的木诗诗赶紧凑了过去。踮起脚尖瞅了眼昏沉沉的阳洛天，嘟囔了句："你说宋浩瀚是怎么做到的？简直就是见缝插针，酒母那玩意儿都用上了。"

乔英宰默不作声，将一个朋友送来的醒酒药送进阳洛天嘴里。

"木诗诗，帮我把阿天的手机取回来。你们其他人，要继续留在这里的可以留下，所有费用我包，我先带阿天回去。"他的声音低沉有力，罕见的认真神色无声无息感染着特殊的氛围。

众人面面相觑，发生这种事，大家兴致缺缺。随意寒暄几句，众人也便散了。

木诗诗逗留在原地，秀眉微皱，红唇一嘟，跺跺小脚走进男厕。本小姐居然要去男厕，你以为我是阳洛天！

乔英宰弯腰，轻轻把昏睡的阳洛天放到副驾驶位置。

跑车开得很慢，慢悠悠晃荡在璀璨的夜色中。乔英宰双手转动着方向盘，双目凝重，望着远处。

他比任何人都清楚，阳洛天在圣华停留的时间不会长久。她真正喜欢的是中国 A 市，喜欢的学校是如帝中那样鲜活的地方。阳洛天骨子里的灵魂是自由的，商业与政治夹杂的圣华片区，适合她，又不适合她。

乔英宰叹了口气，他现在能做的，只有尽全力保护好阳洛天的安全。

侧头，摸摸阳洛天汗渍渍的额头，看她无意识地扁嘴哼哼，安逸得像一只猫咪。乔英宰无奈地勾起一抹笑容。

跑车最后开到西苑别墅，阳洛天这人有点认床，乔英宰打算彻夜照顾下阳洛天。

谁知车子刚熄火，阳洛天灵敏的鼻子一嗅到熟悉的气息，大脑自动运转。乔英宰刚打开车门，便看见阳洛天梦游似地站起来，小身板儿挺直，大步往大理石门走。

阳洛天已经自觉形成习惯，西苑花园细微的青草香夜夜伴随她如梦，几乎熟悉到骨子里。

乔英宰还没反应过来，阳洛天已经迈进雕花白门，"啪"地将小乔同学关在门外，顺带反锁得结结实实。然后半睁半闭着眼睛，打着哈欠朝楼上走去。

可怜了一路护送的乔英宰，贴心贴肺忙活了半天，落得个被锁门外的下场。列衡宇近来又加大了对于西苑的监管力度，生怕自己的"弟弟"出问题。乔英宰又不能打破玻璃翻进去，犹豫了会儿，给列衡宇发了条长达几百字的短信。

跑车慢吞吞消失在夜色里。

列衡宇忙碌了一整天，疲惫感涌上心头，根本没留意手机里那条长长的信息。简单洗漱后，穿着睡衣走进卧室打算入睡。

谁知一进屋子，冲天的酒气铺天盖地弥漫过来……

不少花样年华春心荡漾的女孩儿都曾有一个美好的梦。

她们希望有一天睁开眼，阳光熹微，那个思念千百回的美少年安静地睡在自己的床上。风铃声动，少年睁开如梦似幻的眼眸，与那个女孩儿共同谱写一场盛世爱恋。

列衡宇不是女孩，阳洛天不是安静的少年，所以当看到自己的床上趴着一个醉醺醺的阳洛天，列衡宇顿时心潮起伏。

居然有人能把睡相刷新到如此惊天地泣鬼神的程度……

列衡宇原本优雅舒适的大床，现在被一条泥鳅折腾得皱皱巴巴、不忍目睹。雪白被子一半被压在阳小哥身下，一半耷拉在地板上，阳洛天毛茸茸的脑袋还一个劲儿蹭着枕头，眯着眼嘟囔、打呼噜。两只白生生的脚丫子纷纷外露，一只脚上还勾着半只未褪下的褐色袜子。

饶是见惯大风大浪的列大神，也不禁愣了两秒，有那么一瞬间几乎怀疑自己走错了屋子。

列大神垮着脸，靠近床头，板着脸将落在地上的被子重新搁回床上。

"阳洛天，给你一分钟的时间离开我的房间。"列大神的声音一如既往的生冷，冻着了醉酒昏睡的阳洛天，阳洛天迷迷糊糊打了个巨大的喷嚏，浓郁的酒气直扑床边的列衡宇。

第二章 > 怦然心动

列衡宇身子悄然后退，哪知道此时阳洛天睁开醉醺醺的眼，瞥见好几个列衡宇在眼前晃悠晃悠。

"哟～小白脸你回来了～你怎么带了这么多兄弟？"

列衡宇：……

阳洛天眯着眼睛，瞧见好多个小白脸正在后退，不满了，不开心了，你干吗跑那么远？小爷又不是怪物！

醉酒的阳洛天不怕天不怕地，平日里所有的杂乱思绪都消失不见，留下的仅仅是最单纯真挚的念头。

于是单纯真挚的阳洛天猛然伸出手，甩了一套醉拳，将猝不及防的列衡宇拖回床上，两腿一勾把列大神死死压在身下，两只手还胡乱飞舞四处摸。

"哟哟哟～你干吗跑那么远？我有那么恐怖！"阳洛天大吼大叫，酒气冲得列衡宇俊眉一皱，两道剑眉恨不得扎进这个酒后犯浑的家伙的喉咙。酒后的阳洛天犯浑的力气特别大，列衡宇又不忍心揍这小子，只得憋屈地看着阳洛天在自己身上胡作非为。

大约潜意识里察觉列衡宇的服软，阳小哥高兴地尾巴直翘，胳膊肘死死顶着列衡宇的胸膛，另一只手狠狠抓住列衡宇的下巴。一双朦朦胧胧的黑眼珠子晃晃着打量眼前的俊脸。

"小白脸，你没事长那么好看做什么？长得好看也不是你的错……可你干吗这么黑心啊，你黑心，宋浩瀚也黑心，小爷我怎么就这么倒霉。当初宁愿遇到一只狗，也不要看到你～倒霉死了！"

阳洛天仰天长啸，呜咽叹气。

列衡宇的脸黑得都能当木炭了，右手灵活转动，从阳洛天魔爪下抽出，试图推开阳洛天。

结果列衡宇的手好巧不巧触碰到阳洛天硬邦邦的胸膛，的确是硬邦邦的胸膛，好像裹了一层铁板。

那只右手随即被机灵的阳洛天揪住，再次压在被子下。

列衡宇有一丝了然，怪不得阳洛天如此擅长打斗，原来这胸肌练得如此坚硬……

不知死活的阳洛天还在不断酒后吐真言："你们贵族真变态，尤其是你~小小年纪装什么深沉，有几千亿资产了不起啊？有好皮囊了不起啊？小爷我啥都没有，还不是过得开开心心~还有你身边的宋荟乔，你到底喜不喜欢人家，不喜欢直接踹了，我看宋荟乔那张娇气的脸就心烦~"

指尖戳了戳列衡宇的脸，大约触感不错，阳洛天又狠狠戳了几下："你说实话，真把小爷当弟弟？"

列衡宇的手腕已经开始蓄力，随时随地都能把酒气冲天的某人掀翻。蓝眸如夜空，危险光芒乍现。

阳洛天一根筋思考，以为列衡宇无声回答：就是弟弟。

心里霎时火气直冲，也不顾形象了，两只手腾出，一左一右扯住列衡宇的脸蛋。

"鬼才要当你弟弟！小爷……小爷才不想当你弟弟……"

列衡宇挑眉，手放松力道，凝视着那张近在咫尺的脸，徐徐问："那你想当什么？"

低低沉沉，清凉如夜风，阳洛天睁大迷蒙的眼，趴在列衡宇身上思考了会儿。

她想成为列衡宇的谁呢？哥们儿？弟弟？还是……

"我想要当——"

话还没说出口，列衡宇卧室里的独家座机突然响起。那边换做自动录音，乔英宰略带试探性的话响在空气里：

"小宇子~那个阿天今晚似乎醉了，麻烦你照顾下她。这也怨不得她，是宋浩瀚施计害她喝醉的。如果不是我及时赶到，阿天现在的处境恐怕……总之，麻烦你照顾她，额，别给她换衣服，就让她安心睡一觉就好。谢了，哥们。"

列衡宇沉默了。

阳洛天耳根子听到"宋浩瀚"三个字，瞬间炸毛，什么哥哥弟弟都忘记。双手狠狠揪着列衡宇的脸蛋，又揉又掐，霸气十足问："小白脸，宋浩瀚和你有什么仇啊！那人隔三岔五要弄死小爷，昨天找人群殴，今儿酒母放倒，明儿是不是要一颗原子弹轰炸来？小爷我这辈子受的委屈加起来都没有这两个月多～都是因为你！"

醉酒后说的所有话都不经过大脑思考，阳洛天根本没想到自己的抱怨对列衡宇的冲击。

都是因为你……

说得对，列衡宇沉默着，如果不是因为自己，阳洛天也不会一再被伤害，每每都死里逃生。

"不过——"阳洛天凑近列衡宇的脸，鼻尖靠着鼻尖，糯糯说道："小白脸你放心，我一定不会离开你，绝对不会离开。"

呼吸交缠着，红酒味儿弥散在两人的鼻翼间，那一双漆黑如墨的眼飘忽而真挚，阳洛天的每个字都那么真实，以至于他冰封的心一再融化。

阳洛天的笑容缓缓绽开，二话不说，双手捧住列衡宇被蹂躏得通红的脸颊。张嘴，狠狠朝那一亩三分地啃了上去，啃得铁锈似的血腥味儿弥漫。

醇醇酒香、少年身上特有的清爽，混合着血腥味萦绕在列衡宇鼻翼间。毫无章法的吻诞生在阳洛天的血盆大口里。

然后，阳洛天眼睛一闭，睡着了……

阳洛天做了一个特别美好的梦。

梦里她再次穿上洁白优雅的西装，穿过绿意盎然的森林。一路花香四溢，鸟兽齐飞，她穿枝拂叶，踏过荆棘丛，终于找到那阴气十足雄伟依旧的城堡。

她深呼吸一口气，缓缓打开门，走入城堡最顶层。

俊美的王子躺在古朴的雕花床上，双眸紧闭。阳洛天猥琐地搓搓手指头，在橱窗里找了杯水漱漱口，在水龙头那边把自己的脸蛋洗得干干净净。收拾好一切后，终于大步朝着那位睡美男走去。

弯腰，噘嘴，作势狠狠亲上去。

谁知那位闭目沉睡的美男蓦然睁开眼，一双足以冻僵六月艳阳天的蓝眸紧紧锁着意图不轨的阳洛天。从腰间抽出宝剑，直直刺向阳小流氓。

阳洛天大吃一惊，赶紧避开……

然后……

"砰~"

阳洛天翻了个身，裹着被子圆润地滚下床。

迷迷糊糊睁开眼，瞥见眼前的白色绒毛地毯，再抬头，深蓝优雅的纺纱窗帘，整洁有序的书橱，几盏精致古朴的壁灯，梨木拼接的休憩椅，尖端办公设备……窗外熹微阳光渗透进来，晃得阳洛天眼前一阵模糊。

她精明的头脑还不忘分析出以下几点数据：

1. 这绝对不是她的房间。
2. 屋子的主人绝对有洁癖，智商极高，为人淡漠。

> 小幸运

再揉揉发疼的脑袋，检查下自己的衣物，这才缓缓地从地上爬起来。

第二章 > 怦然心动

　　站起来细看这间屋子，差点把阳洛天吓了个魂飞魄散。这屋子是什么人住的？干净整洁得让她几乎羞愤自杀。除了那乱糟糟的床，其他地方的每一处装饰都苛刻地遵循室内设计黄金定律，多一份则乱，少一份则损。

　　将被子扔回床上，阳洛天转身准备溜走。

　　步子还没有跨出，卧室门被无声无息打开，列衡宇那张"艳煞众生"的脸静静望着阳洛天。

　　阳洛天就好像是锅里的一条鱼，被这深沉的目光翻来覆去煎熬。

　　迷迷糊糊记得昨夜喝醉了，遇上了宋大美人……之后似乎小乔来了……再后来，她怎么会睡到列衡宇的"闺房"，之后做了什么鬼事，阳洛天使劲甩甩脑袋，想不起一丁点儿信息。

　　阳洛天抿嘴，略带不安地瞅着列衡宇结痂的嘴角，越瞅越不对劲儿。

　　"为什么小白脸的脸这么肿，俩腮帮子青青紫紫的？

　　为什么小白脸的嘴流血了，蚊子咬的？

　　为什么小白脸准我在他的闺房睡觉而不把我砍了？

　　为什么？"

　　阳洛天的英挺秀眉拧成一个疙瘩，捂着自己的小肚子，小心翼翼说了句："……冰箱里还有东西吗？我饿了。"

　　列衡宇：……

　　堂而皇之装傻的伎俩实在恶劣，列衡宇站在门前，仅仅用那双深蓝邪肆的眼盯着阳洛天。

　　一分钟……

　　两分钟……

五分钟……

后背发凉，冷汗顺着额头往五脏六腑里掉，连呼吸都似乎被堵住了。

阳洛天觉得，自己一定做了对不起列衡宇的事儿。指不定昨晚就把人家的清白用某种特殊的方式毁了……

"咕噜咕噜~"

屋子里的寂静被不和谐的声音打破，阳洛天愁眉苦脸地捂着扁扁的小肚子，试探地哀求："小白——列衡宇啊，小爷一人做事一人当，一定会对你负责的……能不能先让我吃点饭啊，我真的饿了……"

阳洛天绝对没有料到，有朝一日自己能在犯了大错的情况下，在此活着观摩列衡宇的厨艺秀。

小银刀在他手上跳舞似游刃有余，整整齐齐地落在鲜嫩的牛排上，滋滋煎炸香味四溢，每一次翻转都能带出腻滑的肉汁，橄榄油、黑胡椒、白糖、意面，有条不紊落在餐盘里，阳洛天眼睛都看直了，肚子唱得欢畅无比。

香味扑鼻的牛排端上，阳洛天简直不敢相信自己的眼睛。

她把列衡宇的脸糟蹋成那模样，他居然还、还愿意下厨！攥着刀叉的手久久不敢动，一双乌黑大眼睛略带迟疑地盯着餐桌对面正用冰块敷面的人。

列衡宇挑眉，露出半张脸："放心，我没下毒。"

阳洛天小心翼翼吞了吞口水，试探性地发问："我不怕你下毒，小白，哦不，列衡宇大哥，你是不是被我揍傻了，所以性格大变？"

列衡宇：……

"我绝对不是故意的，喝醉了整个人就犯浑。其实我睡觉真的特安分，全程不动弹，和僵尸差不多~"

第二章 > 怦然心动

列衡宇淡淡放下冰袋，露出那张青紫交加、勉强能看出几分俊美的脸，无声无息控诉着阳洛天的谎言。列衡宇道："你确定僵尸没诈尸？"

大半夜穷折腾，口水唾沫横飞，八爪鱼似锁住自己的胳膊，又踢又掐又揍，稍微反抗一下便回报几十下的，不正是眼前这位睡觉"安分"的阳洛天。

列衡宇都极其怀疑，昨晚的自己是否换了颗心。

阳洛天纠结了，列衡宇的脾气变幻莫测，骨子里腹黑无比，指不定又想什么法子来折腾自己。绞尽脑汁想了想，阳洛天慷慨赴死，说："要不这样，今晚你睡我屋子，也把我揍一顿好了？"

列大神扬眉，问："你还想用这种恐怖的方式来报复我？"

"哈？"

让高贵优雅生来有洁癖的列大神屈居阳小哥的狗窝，简直人神共愤天理不容。

列衡宇优雅地鄙视一遍邋里邋遢的阳洛天，将餐盘推了过去："吃干净，别让我看到一丝残留。"

阳洛天总有种错觉，小白脸在喂狗……

"你为什么要给我做早餐啊？你怎么看都不像是会良心大发的人。"阳洛天大大啃了一口肉，吐词不清地问。

"没什么。"列衡宇修长的手指动了动，放下冰袋，目光瞥向窗外绿意森森的花园。起身，留下一道淡漠的背影。

阳洛天埋着脑袋，唇角悄悄扬起一个她自己也不知道的弧度。至少可以知道，他对自己真的不一样。

一口香浓的牛肉，消化在每个细胞里，说不清的思绪弥漫着，阳洛天突然觉得很幸福。

"阿天，你跟我说实话，小宇子脸上的伤怎么来的？"课后，乔英宰眼见四周无人，将心情正好的阳洛天拖到走廊角落，压低声音问道。

这几天列衡宇因故请假，大神消失就是和普通人不一样，平日里大神一根头发消失都能引起一股子旋风，更何况是活人消失。一时间，小道消息旋风似刮满圣华学院。列衡宇历来就是神一样存在的人物，身份特殊，家族势力特殊，一点点风吹草动几乎都能震动整个片区。

今儿个这位神突然因故请假，一消失就是三天，行踪莫测。

众说纷纭，八卦盛行。

有人说列大神与那位郑凯校长共坐私人飞机，秘密前往中国和那个庞大企业谈合作。

有人说列大神正与宋荟乔家族的宋伊服装交涉婚姻事宜，家族婚姻，郎才女貌即将功德圆满。对此，知情人阳洛天回复了一个包含内幕的字眼——呸。

还有人造谣，列大神身受重伤容貌尽毁。张小强为此采访了最接近神的男人——阳洛天。阳洛天抱之以神秘诡异的一笑，于是这一造谣瞬间传得沸沸扬扬。

其他猜测还在进行中……

面对小乔同学的疑问，阳洛天还是那句万年不变的回答："他人品太差，自个儿摔的。"

事实上，列衡宇自知脸上青青紫紫的伤上不了台面，最开始选择了在西苑别墅慢慢养伤。大神也是有尊严的，大神不容尔等凡人亵渎。

不过神的同居者是唯恐天下不乱、用尽一生一世搅浑水的阳洛天。

阳洛天似乎特别喜欢看列衡宇尴尬心虚、萌萌哒的表情，与他一贯的高冷绝世大不相同，又新鲜又好玩。于是乎，他当晚一通电话将乔英宰、莫风、木诗诗、宋荟乔、张小强等人请来西苑别墅，美其名曰促进同学之间的情感发展，为未来贵族的可持续发展奠定坚强扎实的基础。实际上就是请一头雾水的众人来观摩列大神那"惊鸿一面"。

第二章 > 怦然心动

果不其然，当毫不知情的列衡宇推门而入的那一瞬间，原本还算轻松活跃的洽谈氛围瞬间变了色。

"哟，小白——列衡宇你回来了？"小调儿转了好几个弯，拖得长之又长。

除了一个劲儿憋笑，故作正经的阳洛天，他人皆是清一色的目瞪口呆。

见惯了列衡宇眉宇清俊、气质淡雅，突然来了个如此震惊的新面孔：两边的腮帮子红肿不消，依稀可见指甲蹂躏的掐痕瘀青，高挺的鼻梁似乎歪了歪，光洁脖子上赫然可见咬痕，更诡异的是原本如樱花似的小薄唇居然破了口子，结了小小红褐色的痂。除了那一双眼睛依旧美丽，其他部位简直不忍直视惨不忍睹。

众人一时间语塞——原来神的真身是天蓬元帅。

一圈人中数宋荟乔的脸色最为难看，秀眉皱起好看的弧度，美眸瞥过一边满脸写着"此事和我无关真凶正在潜逃请别冤枉好人"的阳洛天。

"咳咳~"

"咳咳~~"

没人敢嘲笑列大神，屋子里一时间咳嗽声起伏不定。

阳洛天也装腔作势咳了几声，顺带偷偷瞄了眼列衡宇五色具杂的脸：眉宇间清晰可见尴尬之色，却装作矜持高冷，那模样要多可爱就有多可爱。

列衡宇深蓝的眼眸扫过众人，最后目光砸在角落偷笑的阳洛天身上。

阳洛天正捂着嘴装咳嗽，眉眼弯弯，黑黝黝的眼珠子四处转动，有种说不出的动人灵动，稚嫩得像个小孩子。列衡宇心里的那点儿怒气，在这双灵气十足的眼睛注视下消失得无影无踪。

他好像越来越不能够对阳洛天发火了，以前阳洛天那些看起来无法无天、足够被屠杀百次的行为，如今居然能够如此地宽容，或者说叫纵容地面对。

> 丑女婿见老爷子

之后，不怕死的阳洛天又刻意在坤叔面前小小地露了一把。

坤叔那张苍老容颜上的忍俊不禁，带点儿莫名激动与诙谐的老头儿模样，至今留在阳洛天的心里。

再之后，列衡宇实在受不了阳洛天整天咧嘴乐的小贱模样，自称公司有事，暂且离开。

一消失就是三天。

乔英宰眼睛特清亮，对列衡宇的人品也足够了解。绝对不相信阳洛天的一番口头说辞。那张脸上明明就有掐痕，脖子上还有肉眼可见的牙齿痕迹，再则，无论怎么受伤，嘴上的痂也不可能如此像……像咬痕。

大侦探乔英宰思前想后，几乎没人能够近距离接触列衡宇并对其实施暴行，除非同住一个屋檐下的阳洛天。那些诡异的伤痕……怎么看都像是那啥的痕迹。

所有想法最终汇聚，乔英宰浓眉皱得比珠穆朗玛峰还高，拉过笑嘻嘻的阳洛天，凑近她耳畔问：

"阿天，说真的。你那晚喝醉了之后，有没有对小宇子做什么事？比如——"乔英宰停顿了会，心里开始滚滚地冒酸水儿。他还不知道自己对阳洛天的喜欢有多深，心头像塞了几百颗青果子，复杂又酸涩。

"比如什么？"阳洛天抬起脑袋，眨巴眨巴黑亮亮的眼珠子。乔英宰脸上的尴尬一闪而逝，别过脸，好半天才支支吾吾吐出几个字：

"你是不是——把小宇子给强了。"

阳洛天：……

第二章 > 怦然心动

六月初，国际商城。

水晶灯晶莹剔透，玻璃墙倒影徐徐晃动，穿燕尾服的管家有条不紊指挥着一众女佣收拾整理。偌大的试衣间，年轻女佣们穿梭过一排排一列列延绵不到尽头的服装海洋。

精美的藤椅上，穿紫色洋装的少女懒散半躺，水晶灯明亮的光芒洒在她白皙的脸颊上，泛起薄薄光晕。

木诗诗纤纤食指一挑。

"东区三列15号白衬衫，对，就那个带花纹边儿的。南区六行59号那条牛仔裤。柜台上最右边儿那双黑白条纹的鞋，尺码42的那双，别~不是这！……中间展台上最贵的那款银色护腕，西欧狼牙项链，这些统统拿到换衣间去。"

木大小姐红唇轻啜，优雅地喝一口原味奶茶，遮目镜下的漂亮眼珠子时不时落在手中的时尚杂志上，慢条斯理翻看着。

翻了三页，手指正捻着页边，换衣间里的那人面无表情地走了出来。

木诗诗麻利儿摘下眼镜一瞥，上上下下瞧了个透，啧啧赞叹。

"姓乔的，看不出来你还有几分姿色啊~要不是阳洛天这个发光体挡着，你这身装扮出去，半个学校的女生都跟着你跑。"

果然人靠衣装，佛靠金装，一个五大三粗的大老爷们进去，换了身行头，出来就是光鲜亮丽的大帅哥。

今天日子特殊，丑"女婿"终于要见老爷子了。

一大早，天蒙蒙亮，小乔窝在被子里梦周公，眼皮还没掀开，就被木大小姐派来的人打包扛到国际商城，充当人体模特足足一个上午，被各种各样五花八门的夏衫包装，木小姐各种不满意各种挑剔，乔英宰身上的皮都快被衣料给磨掉了，终于以一身酷炫的休闲打扮被解放。

乔英宰同学感叹，女人真是可怕的生物。不就一套衣服，随便找件穿上就得了，至于折腾一个上午的时间？

若不是为了阳洛天，乔英宰才懒得耗费宝贵的时间去和挑剔傲娇的小女生逛街。

"等等，"木诗诗扬起嗓子，24k钻石眼闪了闪，"你头上那一撮黄毛太丑了，老李，把他的脑袋收拾下。"

乔英宰认命地跟着老李进了发廊，银剪刀、亮发剂，吹吹拉拉，剪剪烫烫，那颗脑袋被收拾了半个小时后终于凤凰涅槃，那一撮儿黄毛在细碎黑发中飘得优雅大方美不胜收，总算让挑剔的木大小姐点了点头。

小乔无奈，谁让木诗诗掌握着阳洛天的婚姻大权，只有暂时冒充木小姐的所谓对象，才能让阳洛天彻底从所谓婚约中解脱出来。

他比任何人都清楚阳洛天心里的苦楚，母亲的蛮横无理，父辈的压力让她不远万里逃脱，灿烂笑容下那点儿小小悲凉，被掩藏得深之又深。

"喂喂，大小姐～先说好，我只是以客人身份去拜访你爷爷。涉及婚恋的所有问题，我一概不回答。"乔英宰理理衣裳，语气恢复了点儿正经。

木诗诗嘟着小嘴，眨巴漂亮的眼睛，似乎在仔细思考这句话的内涵。

"这可不行，我跟爷爷说过，我和那位对象两情相悦你侬我侬。你不但要表现得很喜欢本小姐，还要适当地展示你对家族婚姻的美好向往，谁让你扮演的是我木诗诗的男人？"

乔英宰抿嘴，俊脸板成石头，每个毛孔都在抗议。

一个教育资源世家和一个卖化妆品的家族联姻，怎么听怎么别扭。

木诗诗巧笑倩兮，声音清脆如铃铛："那我只有让阳洛天来拜访我爷爷了，反正她这几天闲得发霉。不过啊，阳洛天那人见人爱的模样，估摸着我爷爷看一眼就把我的终身大事给定了，到时候～～"偷偷瞄乔英宰的神色变化，木诗诗的小调儿拖得老长老长，仿佛下一个字眼就能抛出个文字炸弹。

"行！"乔英宰咬牙，爽快答应。

木诗诗露出漂亮的笑容。

英俊的公子和漂亮的小姐牵着彼此的小手儿，众目睽睽下"相亲相爱"地走进加长悍马。车门刚关，车窗封闭，乔英宰的手泥鳅似自动放回原位，规规矩矩。

木诗诗耸耸肩，想她美貌出众家境富裕，这么多年来多得是男人往她面前冒，这个乔英宰倒挺有趣……

她自顾自整理仪容，还不忘噼里啪啦提醒身边的人："我爷爷他性子爽朗，脾气也执拗。最喜欢朝气蓬勃、健健康康的年轻人，所以你这身休闲装最得他心。还有啊，等会儿餐桌上千万别拘泥，该吃吃，该喝就喝，别来那一套贵族的就餐方式糊弄人……哎，我在和你说话呢~你一个劲儿玩手机做什么？"

乔英宰侧着身子正在拨阳洛天的号码，通话声"嘟嘟"响了两声，那边刚接通。木诗诗的手便伸了过来，一把夺过乔英宰的手机，利索关机扔到后方的保险箱里，食指一按，"啪嗒"一声箱子自动锁上。

"我就打个电话，你锁我手机做什么？"乔英宰浓眉上扬，保险箱的锁是指纹锁，非本人打不开。

木诗诗说："我跟你说的都是正经事，一点差错都不能出。"

"我的事也是正经事。阿天这几天饮食不规律，经常忘记吃饭。我必须提醒她吃午饭，否则胃病犯了，又是一番折腾。"乔英宰道："手机还给我。"

"她都十八了，没长手吗？她自己都不在乎，你操什么心。手机我锁在保险箱里，今儿你不把事情办好,你就甭想给阳洛天打电话!"

木诗诗小姐脾气一上来,吹鼻子瞪眼,气势汹汹逼人。

列衡宇消失的第四天,阳洛天一个人窝在西苑别墅。

她知道列衡宇的消失并非偶然,治疗脸上的伤是一方面,更重要的事阳洛天也猜到几分,列衡宇利用这段时间,和中国沧河帝企继续深入探讨合作。

可心里老觉得空落落的。

向往了许久的独居生活到来了,却完全不是想象中的那样惬意。

中午,阳洛天正窝在沙发上翻阳岳赠送的计算机黑客教程,百无聊赖。手机响了几声,刚接通,那边却莫名挂断。

阳洛天皱眉想了会儿,手机又响了起来。

"喂,阳洛天。"

来电者,是一个陌生的女人。

"老爷,小姐回来了。"

中年管家步伐稳而不乱,快而不急,进了茶间,弯腰,毕恭毕敬。

茶间清幽,古朴奢华。木老爷子负手而立,目光落在墙壁上那一副网球拍上。

按理说,老人们都喜欢低调奢华有档次、展现自己沧桑波澜归于平静一面的摆设。所以一般上了年纪的人,要么就买个高尔夫球场整天追着球玩儿,要么将古人坟墓里挖来的老古董一个劲儿往房子里塞。

可偏偏这位木家老爷子为人诡异,当年凭借强悍手段将木氏化妆品产业链延伸到大半个地球,退休后,某天被一个网球砸到脑袋,不怒反喜,居然莫名其妙恋上了网球运动,不但自己出资办了个蓬勃发展的网球俱乐部，还喜欢到处和网球名人打交道，连睡觉都要在手里攥两个网球宝贝儿。

深深盯了眼墙上的网球拍，老爷子脸皮一松，瞬间垮下脸："老徐，诗诗那丫头带来的男人是哪家的，能比小阳家的崽子好？"

老徐微垂头，处事不惊："是乔理事长的公子，各方面都不错。"

木老爷子不满地哼哼，眼珠子再次落到墙壁上的那一副网球拍上，球拍手柄上龙飞凤舞流畅无比的签名一如他的主人般英姿飒爽，越看越移不开眼睛。

"唉～好好的孙女婿就没了，眼看就要得了阳光华这么个儿子……"木老爷子眼里满是惋惜，嘴抿成一条刚毅直线，背着手在屋子里来来回回踱步好几圈儿。走走又停停、停停又走走。

"我投身网球事业近20年，还以为能得个人生大满贯，偏偏还亏在我孙女儿身上！"木老爷子又是叹息又是无奈，扭过脑袋问老徐，"我听说小阳家的儿子就在圣华读书，诗诗前段日子还夸过他几句，怎么才几天时间就喜欢上乔家的小子，死活都要解除婚约？"

老徐还是微微垂头，适当地提醒了一句："老爷，现在的年轻女孩儿眼界宽了，小小姐喜欢谁是她的自由，自由不正是我们企业的基本理念之一吗？"

换句话说，木诗诗这小姑娘的脾气是从小耳濡目染的……

木老爷子老脸皱成粽子，鼻孔哼哼，精明的灰眼珠子一凝，闪过势在必得的光芒。

"不行～我的孙女婿必须要严格审核！搞教育的家族培养出来的崽子个个体弱多病，文绉绉让人恶心，老徐，把乔家小子带到那里去；我要亲自把他撵回去！"

老爷子一直心心念念能够和中国阳家结为姻亲，让化妆品家族散发阳刚的体育气息，而不是沾染乔家那一股子书生酸味儿。

眼看着美梦成真，半路杀出个八竿子打不着的乔英宰，心头那股子积攒的怨气愈演愈烈,势必要给乔家崽子一个下马威。

老徐见怪不怪,点头,从容不迫走出茶间。

临走时,还不忘偷偷瞄了眼墙壁上的网球拍,心头无奈叹口气。

人家都是墙上挂幅画陶冶情操,挂一张老弓彰显沉稳,或者挂张老照片体悟人生,就他家老爷非得挂副球拍……

"小小姐,老爷请乔先生到东院去一趟。"老徐声音柔和,恭谨温和,独属于老管家那种精明的目光却堂而皇之落在乔英宰身上。

木诗诗挑眉,金色发卷儿动了动。看了眼身边英气逼人的乔英宰,"我爷爷似乎挺不待见你的,一来就是杀招。你等会儿可别给我丢人啊,该动手时就动手,别管什么尊老爱幼。本小姐看上的男人绝不是弱小之辈。"

乔英宰无所谓,他早就听闻木家老掌门人脾气诡谲,人老心不老。乔英宰耸肩,随口道:"成,绝对不丢你的脸。完事后把手机还我。"

又是手机!

从车上到木家别墅,一路上心心念念他的手机,心心念念给阳洛天打电话!

木诗诗噘嘴,珍珠似的眼瞪了眼乔英宰,心一堵,极为不畅快。

"这要看你的表现,我爷爷可不是善茬,脾气怪得要命。你过不了他那一关,今天你就甭想出我家大门,更甭想给阳洛天打电话!"

话毕,不顾老徐诧异的目光,木大小姐一把拽过乔英宰的胳膊,拖垃圾袋似的狠狠往东院拖。

话说阳洛天接到陌生女人的来电,那边仅仅响了不到十个字眼儿,冰冷,沉静。

"圣大101层。"

第二章 > 怦然心动

阳洛天盘腿静坐在沙发上，脑子里翻来覆去蹦跶着这一道声音。

圣大……

从太平洋边沿远望圣华片区，有一处灰色玻璃建筑夺目伫立，高耸入云，钻石似光芒四射。404米之巨，101层之高，王者似俯瞰整个圣华。

圣华CBD。King大厦，简称圣大。是庞大圣华集团的总部，巨擘商业集团的核心。

第101层，总裁办公室，那位极具传奇色彩的宋家夫人华琼的所在地。

眼下列衡宇又不在，小乔又不知道跑哪去了，阳岳医生没日没夜工作……现在也没有靠得住的依托。

阳洛天抠抠脑袋瓜子，呜咽一声，软软倒在沙发上，两条胳膊垫在脑袋后，弯曲着脚，双目怔怔盯着白色天花板。

去……不去……to be or not to be……

阳洛天快快想：我是打算先黑进圣华集团网络的，还不到和大老板面对面单挑的时候。更何况华琼大老板，资料显示，此大妈雷厉风行、狠辣决绝，简直和老妈洛白雪是亲生姊妹。指不定一个不痛快，就把自己从圣大101层楼踢下去……

可是……如果不单挑，自己想知道的事儿，就永远没个头绪。小白脸心理实在变态，罪魁祸首就是华琼大妈，我必须得想办法治好他那心理问题。

一想到小白脸夜半幽幽鬼魅的琴声，冷漠暗淡的脸孔，阳洛天俊眉微敛，眼色变幻。静静想了会儿，阳洛天猛地从沙发上翻起来，蹦跶到电脑前噼里啪啦忙活着。

一个小时后，白色跑车奔出圣华贵族学院大门，箭一样驶向城市中最高的那栋辉煌建筑。

白色网球帽一掀，被遮蔽的阳光争相往皱纹深深的额头铺洒，老爷子一张脸霎时年轻不少，花白头发居然有几分生机勃勃，灰眼睛露出独属于商贵的精明。

东院，一簇簇绿草绵延铺展直达远方。网球鞋狠狠一踩，嫩草叶垮了几株，75岁高龄依旧挡不住木老爷子精神抖擞，斗志昂扬。护腕、护膝、银链子、漆黑头带，迎风狠狠一挥网球拍，木老爷子英姿飒爽、气势万千。

乔英宰刚走进网球场，看到的就是老头子那一副上战场的骇人模样。木老爷子第一时间瞄到雕花门边的那个小伙子，目光从皮肤扎进血管，力图将他里里外外屠杀个干净。

乔英宰被这骇人目光弄得一愣，随即爽朗轻笑，从容不迫走进屠宰场，还不忘礼貌地挥挥爪子："木爷爷，我是乔——"

"我知道，乔家那小子！就是你让我好好的孙女婿没了的！"木老爷子蛮横挥着球拍，圆润地抡了几圈，球拍剑一样指着乔英宰，"是男人，就跟我正经来一场男人的较量！别怪我以大欺小！"

乔英宰：……

这是要和自己打网球比赛？

木诗诗扯扯乔英宰的衣袖，压低声道："我爷爷走火入魔了，眼里除了网球什么都没有。别看他年纪大，身体可硬朗着，一般年轻人的体力完全比不上他，那网球水平都快赶上半职业水准。"

乔英宰啧啧称奇，早就听闻木老爷子身子骨健朗，这脾气果真让人哭笑不得。不过这种脾气硬的人，只要过了那道最陡峭的坎，以后的日子倒也一马平川。

"是不是每个打网球厉害的，你爷爷都准备留作孙女婿？"

木诗诗眼皮一抽："滚滚滚～你以为木家孙女那么多？本小姐可是独苗苗一枝。你等会上场和爷爷打，其他废话都别多说，只要挥网球拍就好。随便打，我爷爷那种人就是欠打，你把他打得筋疲力尽从地上爬不起来的时候，就是你被接受的时候。"纤纤食

第二章 > 怦然心动

指又指着球场边上的几个穿白大褂、戴眼镜的人,"那几个人是国际医生,专治老年人突发疾病,你放心打,我爷爷绝对死不了。"

还算是斯文的语气,柔柔软软,每个字眼里都包含杀气,彻底打消了乔英宰心头那点儿尊老爱幼的顾虑。

老徐管家就站在木诗诗身后,不算太老的脸上,表情极为精彩。

于是,乔英宰抛弃所有后顾之忧,就这那身休闲服,攥着半旧的网球拍意气风发上场。

木老爷子白花花的眉头抖了抖,盯着这个年轻俊朗的小伙子。浓眉俊脸,黑发细碎,白衬衫裹不住那身结实肌肉,一看就是个阳光积极爱运动的小伙子。

啧啧,不错不错——不错个毛!

木老爷子笑得狠厉:"今儿个不把你打得遍地找牙,我就不姓木!"

乔英宰特憨厚地问了句:"您不姓木,那姓什么?"

这是一句无意之语,乔英宰性子本就直率,很多话不经过大脑思考就直接吐了出来。谁知听者有心,落在木老爷子耳里简直就是赤裸裸的讽刺,老爷子气呼呼甩开胳膊,体内洪荒之力瞬间爆发。

"居然敢小瞧我!今儿就让你知道什么叫高手,什么叫宝刀未老!"

话毕,一个球子弹似砸向乔英宰的面庞。乔英宰赶紧抡起球拍就接。

木老爷子长年在木氏集团总部M市,鲜少回圣华片区兜风。所以对教育界大亨乔家的认知还留在婴儿时期,以为乔家就是个酸不溜溜的集团。

却不知道生物进化,物种变异,乔家这代少爷是个德智体美劳全面发展的三好小子,尤其擅长体育运动……乔英宰的哥们是阳洛天,阳洛天的老爸是网球界翘楚阳光华,不知道怎么就潜移默化了,乔英宰的网球水平也不低……

木诗诗小脑袋瓜子想通了这一层,才故意把乔英宰招呼来。

绿意茵茵的球场，战争的天平很快就倾斜到乔英宰这边。

木老爷子的头巾逐渐被汗渍打湿，水珠子顺着脸庞滑落，溅到青翠的草叶儿上。那双眼睛愈发清明，斗志不减，攻击一个比一个猛，恨不得变成个网球直接砸过去。

乔英宰哪管这么多，他所做的一切都是为了阿天的彻底解脱。每个球顺顺当当接，该打就打，绝不留情。

场边的医生们已经在准备葡萄糖和救生仪器……

> 圣华的女皇帝

老徐轻轻往木诗诗所在的凉椅靠，见木诗诗兴致勃勃地观赛，时不时吆喝几句，饮几口冰水，笑容满面。

"小小姐……"

"喂喂！乔英宰，这个球都接不到啊？你篮球白打了，右边右边，跑快点，跑快点！"木诗诗扬起嗓子，大声吼了句。刺耳的声音一下子压住老徐的话，老徐顿了顿，默默退后。

他想说，老爷身体虽好，也经不住这么折腾……他可是小小姐你的亲爷爷……

日头渐偏，老爷子逐渐从21世纪回归青铜时代，老人的缺点一个又一个暴露。

最后，一个球旋风似的砸飞了木老爷子的球拍，朝气蓬勃的年轻人毫无悬念地获胜。

"木爷爷……那个，似乎我赢了。"乔英宰谦虚地提醒。

木老爷子板着脸，伫立在原地。医护人员赶紧跑来测血压、做测试，把老爷子包围起来。

木老爷子全然不顾，那双秃鹫似的眼睛狠狠瞪着乔英宰，瞪着瞪着，忽然就软了下来。冰雪消融，和蔼慈祥，笑意盈盈。

木诗诗挑准时间，拖着乔英宰凑了过来。颇为自得地说："老爷子，这下服了吧？你孙女是什么人，看上的对象哪有一个弱的！"

第二章 > 怦然心动

乔英宰有些别扭,木诗诗身上那股子香气直往鼻子里钻,鼻头痒痒难耐。

"是不错~难得这年代的年轻人还如此健康!"木老爷子爽朗大笑,拍拍乔英宰结实的肩膀,"好小子!能屈能伸,敢作敢为,乔家总算培养了个人。今晚别走了,老头子请你吃顿家宴!"

热情的木老爷子也不等乔英宰答应,转身吩咐老徐准备晚膳。又亲自带着乔英宰观摩他那些珍藏的宝贝,全程不容拒绝。

眼看着日头偏到地平线,木诗诗也没有还他手机的念头。乔英宰心头那股子焦虑越来越浓。

一刻不清楚阳洛天的状况,一刻心里不安。仿佛她已经成了乔英宰生命的一部分,丢不得,放不下。

借口去厕所,偷偷借了女仆的手机一用。

拨通电话,那边却是无休止的"嘟嘟"声……

玻璃电梯层层上升,俯瞰窗外清明的风景,车水马龙、公路盘旋,繁华的世界都变成脚底匍匐的风景,深望去,天边隐隐可见蔚蓝缥缈的海洋。

玻璃电梯倒映着她穿白色西装的模样,仿佛就立在一片繁华之上。

阳洛天深深吐了口气,撩开眼皮远望几百米的高空,掉下去不是被摔成肉饼就是肉夹馍。亏得阳洛天的胆子比普通人厚实点,眼界比一般人高,居然也能够临危不乱从容淡定。

她身边站着个僵尸似的女秘书,白油漆刷出来的一张脸、黑不溜秋的西装、反射亮光的高跟鞋,仿佛整个人生都奉献给工作,凹凸有致的身材包裹着黑色敛衣。以至于她身边的空气都莫名稀薄起来,阳洛天搭讪:

"美女？"

女秘书不回应。

"嘿，你的妆花了。"

女秘书不回应。

"我一身白，你一身黑，多配啊。"

女秘书不回应。

"哟哟，还没有男朋友吧，要不要小爷亲一个？"

女秘书不回应。

阳洛天猥琐一笑，噘起小嘴，作势要亲上去。

女秘书波澜不惊的面部肌肉终于动了动，移动高跟鞋，避开。

回头深深看了眼阳洛天狐狸似的笑脸，少年俊美异常，雌雄莫辨，女秘书大理石似的面孔闪过一分红晕。

"总裁要见你，如果想要死相好看点，最好少耍些滑头。"女秘书机械似动动嘴，一张一合，话语句句刀子毫不留情，每一刀都往阳洛天皮肤上割。

阳洛天依旧露出单纯无邪的笑容。

女秘书不动声色避开视线。短暂的交流不了了之，阳洛天也没能从僵尸口中撬出点东西。

很快到了101层，女秘书用眼神示意阳洛天规规矩矩在办公室外的黑皮沙发上候着。

不过某人从来不是守规矩的人，瞧着僵尸脸女秘书恭敬走入奢华的总裁办公室，阳洛天在等候厅东走走西看看，上翻下翻，凑到落地窗前凝望了会儿宏伟繁华的圣华片区，最后溜回沙发安静坐着。

这时候，女秘书出来了。

第二章 > 怦然心动

"总裁临时有事,请稍等。此外——"女秘书锐利的眼眸扫过一片狼藉的等候厅,见玻璃窗上清晰可见的脚印,眉骨一动,"总裁希望您能不破坏这里的任何物品。"

阳洛天特诚恳地点头,指着银白大理石茶几上的那台电脑,"那么接下来的时间,我玩玩电脑可好?反正要给我个下马威,彰显一代总裁威风,必定要我等上几个小时。其实这招都过时了,我这人最不怕的就是威风。"

这世界上最擅长攻心的、最胆大妄为的,绝对不只是总裁办公室里的华琼。

女秘书深邃的眼眸望了眼阳洛天无邪的模样,似乎有些明白这个少年的过人之处。哪怕是一国政要,对总裁也是毕恭毕敬丝毫不敢马虎,登门拜访时也唯恐礼数不周。而这个阳洛天,来到顶级帝企的核心地带,一路洒脱,丝毫没有半分怯意。也勿怪宇少爷交心相护。

她转身走回办公室,片刻后,走出,冷冷道:"总裁请您进入。"

阳洛天咧嘴一笑,起身整理仪容。今儿特地换了身白色西装,理理略微凌乱的头发,借着玻璃墙修饰修饰着装,顺便练习下无懈可击的笑容。足足折腾了十分钟,阳小帅哥这才在女秘书怪异的目光下走入和终极老板的对抗中。

总裁办公室奢华明亮,厚重的书架从门边一直延伸到另一头。天花板有一半居然是透明的,还算灿烂的阳光直直洒了进来,避雷针信号塔高耸的建筑尖插入云霄。

整洁的办公桌边空无一人……

视线穿过巨大的落地窗,有云影拂过。

阳洛天微微后退,后背抵靠着连接天际的墙壁。屋子里瞬间暗了下来,270度的落地窗展现出原貌——高清晰度电子屏。

电子屏幕上,徐徐展现出一个个画面文字:

四月初闯入圣华的那辆绿皮出租车,街头被水渍弄得浑身湿漉漉的狼狈模样,行走在圣华贵族学院的点点滴滴，西苑别墅偶尔的惊鸿一瞥，与列衡宇谈笑风生的侧影……

阳洛天默默看着玻璃电子屏上转瞬即逝的自己，愈发觉得这一趟来得值得。

电子屏定格在最后一个画面：

圣华银行外，绿意森森的人行道，阳洛天笑嘻嘻地凑近银色跑车，跑车上是一个年轻男人。两人似乎在交谈着什么，氛围融洽……

任何人看到这张照片，都会认为阳洛天和这个男人关系匪浅。

电子屏闪了闪，银色跑车的主人旁边出现一行字：

中国——沧河总裁——河南。

画面再闪，阳洛天和郑凯校长密谈……

华琼用这种方式，未见其面，先闻其声，简单粗暴地表明自己的立场。

阳洛天心里叹口气：小爷真的和沧河没啥关系……沧河帝企跟列衡宇合作，完全是河南"师母"24k钛合金眼看到列衡宇的价值……

偏偏圣华这群精明过头的贵商总把功劳往自己身上抛。

电子屏转换，又恢复到无瑕的玻璃模样，阳光再度渗入，偌大的办公室亮堂堂恢复生机。

阳洛天清清喉咙，装腔作势咳了咳："那个……华琼阿姨啊～我才18岁，你给我看这种片子……我真不明白怎么回事。"

办公室寂静无声，阳洛天的眼神落在书架边的休息室。

"大家都是聪明人，明人不说暗话，我可以明确告诉你……沧河帝企的确和我有一定关系。"

这句话特有效，休息室的门轻轻打开，高跟鞋刀子似踩上羊毛白绒地毯，压出深深一个窝痕。

第二章 > 怦然心动

逆光而来，模样从模糊到清晰。那是一张美丽犀利的脸，乌黑发丝有条不紊地拢在脑后，梳成果敢精简的发髻，面容白皙，两道秀眉眉梢箭一样刺向双鬓，烈焰红唇，修身西装。不愧是世界排名第三帝企的总裁，圣华地区的女皇帝，隔了老远，阳洛天都能感受到那股子氤氲的犀利气势，绞肉机似让人浑身不舒服。

华琼坐在旋转办公椅上，一手执笔，一手托着下巴，双眸锁住面前的白衣少年。

少年面带温和笑意，无声将华琼的隐隐暴戾阻隔在外，无声较量着。

如果是在古代，华琼绝对是武则天一样的人物。阳洛天活了十八年，见过各色人物，经历过许多事件。即使只见过一面，华琼那种久经磨难、浴火重生的气息，恢宏的狠厉，也让她成为屈指可数的那几个让阳洛天印象深刻的女人。

半响，华琼才开口："阳洛天，给你两条路。1.带着所有和沧河帝企有关的信息离开圣华。2.在圣华死去。"

她的声音冰冷，生命匍匐在她手心，一捏，消失。

阳洛天淡笑："我可以离开圣华，如果你能应允我一件事。"

"如果你想要我善待小宇，放他一条生路，绝不可能。"华琼浅笑，红色指甲划过纸页，好像在割破谁的喉咙，"他的力量逐渐超出我的把控，我决不允许圣华有我控制不了的事。"

"不……我敢打赌，不是你放他一条生路，而是他考虑要不要放你一条活路。"阳洛天微微一笑，"我的条件是：请华琼总裁告知，宋家前夫人的死亡真相。"

圣华绵延千里，临海靠山，圣华人对横空出世的阳洛天充满了好奇。

然而有关阳洛天的所有资料，都被人为地屏蔽，仅仅知道她来自中国，如果要深入调查，那就得投入大量财力才能获得齐全信息。这一切都得感谢阳岳和他背后的国安局，将阳洛天的身份一度强化保密，个中深层原因，无人知晓。

同样，阳洛天对圣华这片富庶土地上的某个人同样充满了好奇，她希望有一天能够解开列衡宇的心结，了解李斯特手写稿背后的故事，了解当年宋家的秘密……

"我查过总裁您的资料。"阳洛天收回玩世不恭的笑容，拉开皮椅，平坐，视线和华琼保持绝对的平行，"概括起来，几乎是一个女人奋斗的史诗。"

当年的华琼还是哈佛一贫如洗的研究生，才华横溢，美名远播，遇上了现在的宋校长，两人很快坠入爱河。不过迫于门户差距，最终宋校长娶了列家小姐，有了孩子宋衡宇。

然而随着时间推移，凡尘琐事困扰着这位年轻有为的贵族子弟，以至于心底愈发怀念单纯如水的华琼，爱意在悠悠岁月里日渐酝酿。得知华琼隐瞒众人，偷偷生下两人爱情的结晶，带着孩子独自远走他方。宋校长再也不能忍受与相爱之人的分离，抛开家族压力，宋校长力排众议将华琼母子接回身边。

宋浩瀚，宋衡宇。浩瀚衡宇，无边无际的宇宙天际，一方安谧栖息之地。宋校长对这两个孩子的名字，倾注同样的心意，却分散不同的爱意。

当妻子病重之时，他带回挚爱的情人；

当妻子临终之际，他和情人逍遥在外；

当年幼的宋衡宇被逼离开宋家之时，他无动于衷；

当华琼逐渐掌握圣华集团大权，终于从副总裁移到总裁位置之际，他无声无息暗中推动。

直到有一天，在外流放的宋衡宇蜕变成不容小觑的列衡宇，宋校长这才开始正视这个忽视多年的儿子。只是为时已晚，当年沉默寡言的小少年，已经是冰冷的列氏首席执行官，几乎和圣华集团分庭抗礼。

这个儿子无疑是卓越优秀的，可惜已经彻底洗脱宋家的印记。除了血脉里流淌着同样的鲜血、一双同样的蓝眼眸，再无其他。

第二章 > 怦然心动

列衡宇的世界里阴暗潮湿，除了幽幽缠绕的钢琴曲，就只剩下那双深不见底的蓝色眼眸。那偏偏是阳洛天最难以接受的，她多想让这个人重新活在阳光下，让他知道这世界灿烂缤纷多姿多彩。

"资料显示，华琼总裁您曾经善良、坚韧、宽容大方，对宋校长的爱深而理智。为什么回到宋家后，总裁您的性格大变？更奇怪的是，列夫人原本得到良好控制的小病居然日益严重，不到30岁便死去。之后列衡宇便被赶出家门，宋校长居然也不阻止。华琼总裁，您在其中究竟扮演着什么角色？"

阳洛天的眼黑漆漆一片，一个字一个字沉稳睿智，仿佛换了个灵魂似的，从里到外散发出冷寂的气息。

华琼眼神一晃，捏住电子笔的手微攥。眼前的少年，褪去这个年纪该有的青涩，恍若杀手、审判者。华琼见惯各色人物，头一次遇到像阳洛天这样诡异的人，居然会让她有种丝丝的压迫感。

"果然是沧河帝企的人。"华琼道："你们总裁似乎也是个出名的侦探，以至于每个手下都带点杀手气息。阳洛天，赶走你果然是明智的选择。不过仅仅一个你，是绝对动摇不了我的所有决定。"

仅仅一个有几分聪明的阳洛天，孤身一人来到大老板占据的总部，无异于羊入虎口。除非阳洛天手头有足够的筹码抵押，否则绝不可能和圣华集团平起平坐。

华琼轻笑："你如果真的聪明，就应该远离小宇，远离圣华。否则那点儿三脚猫的功夫，是绝不可能活着离开这片土地的。在贵胄圈子里，没有警察，没有法律，有的只是权力。"

世俗的所谓规则法律，是统治者用来束缚普通人的，在正义的名号下维护、巩固自己的权益。在特殊的金融中心圣华片区，集团力量才是无形中的王者。

阳洛天淡淡勾唇，小爷什么大场面没见过，区区强权如何能够威慑住我？你们既然认为我就是沧河帝企的商业间谍，小爷就装腔作势当个好间谍！赶明儿还能找河南"师母"要个"促进集团风尚奖"充充门面。

"权力什么的小爷丝毫不在乎，你有权力，我有能力。"阳洛天双手抱拳，阳光打在她半张脸上，白皙脸庞明暗交替，阴黑的色彩漫上瞳孔，"请总裁告知，当年你回到宋家，究竟对列衡宇做了什么？作为交换条件，我可以乖乖回中国。"

阳洛天看到华琼娇美的脸逐渐染上厉色，那双眼角轻挑的眼赫然弥散饱含深意的恨。

"我做了什么和你有什么关系？"华琼冷视眼前的少年，"阳洛天，这种交换条件对你有什么好处？"

这也是华琼想不明白的一点，按理说，商业集团之间的较量往往以利益资金为主，鲜少有合作方会提出这种涉及隐私的问题。她越来越看不清楚下一代人的想法，更不愿意承认自己已经老去。

"他是我哥们儿。"阳洛天淡淡回答，双手交叉，清冷目光落在华琼身上，"小爷提醒你一句：别以为你脚下踩着的这座破大厦的安保系统能够有多强，在我眼里这就是一堆破铜烂铁。"

阳洛天的狠并不张扬，她继承了师父的所有，悄无声息下手，舔着刀口冷冷直视敌人。

华琼脸色微变："你什么意思？这里是我圣华集团总部，你以为有那么容易出去？我今天把你找来，就没有把你放回去的意愿。沧河帝企又如何？这里是圣华！"

华琼的语气愈发激烈，她明明知道不能够乱了神智，多年来左右逢源、游刃有余的商业交际经验，却在这个少年清冷的眼眸里逐渐消融。

阳洛天的眼眸清澈暗黑，仿佛不知不觉就能穿透他人的思维。

第二章 > 怦然心动

"你以为沧河帝企派我来圣华的目的,仅仅是为了和列衡宇合作?"阳洛天换上一副高深莫测的笑容,"你应该知道中国商人的精明。我们最终的目标是联合列氏构建纵横圣华片区的商业帝国,在那之前,必须将圣华集团彻底清除。"

眼睛瞅着华琼的脸一寸寸垮下去,似乎察觉了什么,华琼赶紧接通外线:"July, check our network dataprotection wall(检查网络防护墙)。"

阳洛天缓缓露出笑容。

"President Hua, someone is attacking our database! We can't prevent!"

"Can solve it?"

"Impossible, our internet is controlled completely!"

一个商业巨擘最重要的不是物资金融,而是它的核心数据库。融资转账、商业机密、产权知识、利益链条网,任何一处被外敌获取,都将对集团造成重创。

华琼不愧是大人物,见惯波澜,着急不过几秒便冷静下来。美眸定定望着阳洛天似笑非笑的脸:"早就听闻中国沧河拥有顶级的黑客,想不到今日有幸能让其亲自走上一遭。你这一计使得真好,孤身前来谈所谓的条件仅是迷惑的幌子,实际暗度陈仓入侵我集团数据库,妄图窃取商业机密!阳洛天,这么多年,你是第一个敢在我眼皮子下耍招的人!"

利益权衡的天平已经完全倾斜到阳洛天这一边,阳洛天温和说道:

"来这座大厦之前,我已经赢了。"

用绝对强悍的黑客实力,在最短时间内攻破圣华集团的数据库,扼住它蠢蠢欲动的喉咙。华琼这个人刀枪不入,做任何事情都剽悍狠辣,就如她刚了解到阳洛天有可能是中国暗探、暗中促成两大集团合作损害她利益之际,就毫不犹豫地开始暗中下杀招,无声赞同宋浩瀚接二连三对付阳洛天。

发现事情已经无可挽回，华琼能果断设计阳洛天让其孤身进入圣华大厦，试图用绝对的实力压制这位少年。最终还是小瞧了阳洛天的能力，才让商业巨擘的机密面临泄露的危机。

"条件，要什么条件。"华琼冷冷道。手中的签字笔在苍白纸页上画过一道黑漆的直线，似黑色刀刃留下笔迹伤口。

阳洛天绅士一笑："我对自己的推理保持绝对的信心，我希望华琼总裁告知真相。"

惊异、不安、疑惑，阳洛天局外人似地观赏着这位震撼一方的总裁面容变幻。华琼最大的筹码，是掌握圣华集团命脉的权力，祸福相依，这也是她最大的弱点，一旦圣华集团出了指甲盖大小的问题，单是对她极为不满的集团元老就会接二连三弹劾。

"不用这么徘徊，"阳洛天懒懒撩开眼皮，神态怡然，"用你的一个秘密来维护集团的利益，绝对符合商业标准。现在是国际标准时间15点45分，你的手下能在两个小时内攻破、清除我的网路防护墙。在这两个小时内，我才是主宰。"

阳洛天是聪明的，她总能从众多细碎证据里寻到最有力的那条线索，像一只张牙舞爪的蝎子，狠狠将毒刺扎入对手最软弱的一块肉里。

华琼隐藏在头发里的耳麦传来焦急通知："华总，对方的数据乱而坚固，乱码闻所未闻，我们需要两个小时破除数据障碍。"

华琼姣好的容颜染上厉色，十年了，为什么还要逼迫自己面对当年的事？好不容易从清贫的深渊彻彻底底解脱，进入尘世最浮华奢侈的上层，翻手为云覆手为雨。如果被那个人知道了真相，那点儿仅存的爱意怜惜还能留在他心里吗……

"阳洛天，你要知道，我忌惮的绝不是你。"

阳洛天温和地点头，你忌惮的是咱河南"师母"的帝企嘛，我这狐假虎威的小子在

第二章 > 怦然心动

你眼里就是一条滑溜溜的泥鳅。

"每个人都有自己的秘密,用外物威胁,揭开别人本就鲜血淋漓的伤口真的好吗?"华琼轻笑,眉眼含淡淡凄凉。那一刻的她褪去果敢外表仿佛回归一个普通女人模样。

阳洛天温和地点头。你们这群圣华贵族往死里挖小爷身份的时候,怎么就没想过将心比心?

"如果可能,我希望你别把真相告诉任重(宋校长宋任重),更不要让浩瀚知道。"

阳洛天撩了撩额边碎发,老和尚似讲了个大道理:"人类,总是在做着毫无意义的挣扎。真正的聪明人,往往选择屈服。华总您恩威并施、软硬皆来、不断转移话题,会让我很纠结的。一纠结,圣华集团和当地政府勾结的那点儿小事儿就可能被广大人民群众知晓。"

华琼脸上的凄色顿时消失,深深凝视着阳洛天安逸自得的俊脸。可恨!

她惧怕当年的事被曝光,更惧怕自己从总裁的至尊宝座上跌落。阳洛天正是抓住这一点,让武则天从江山与后宫中做出抉择。

毫无疑问,江山至上,没了权力,什么都没了。

日光灼灼,落地窗外的世界悄然无声,车水马龙的繁华都幻化成指尖一点小小的缩影。

一个小时后,阳洛天走出总裁办公室。

华琼面色苍白,仿佛被抽尽力气似坐在那张黑皮办公椅上,勉强留住最后一丝力气强撑着自己不倒下。还以为自己足够强大,一遍又一遍说服自己强者从不顾忌任何琐事,可有些岁月难掩的丑陋伤疤并不能被时光愈合,反而日渐发酵,形成强大的桎梏折磨自己的灵魂。

僵尸脸女秘书从门边淡淡望了她一眼,转身示意阳洛天跟随自己离开。

玻璃电梯飞速运转,距离人间越来越近。阳洛天依旧面带笑意,随意抹掉额头渗出的汗渍，故意调笑道："嘿，美女，你们总裁发火是什么模样？会踢桌子、扔报告，还是拿刀子捅人？"

女秘书侧头看了眼阳洛天，少年模样依旧俊美，神采飞扬、自信大方，这么多年，阳洛天是第一个从总裁办公室里走出，却依旧不改面色的人。女秘书心思不由一敛，喉咙动了动："总裁鲜少动怒，历来她都是让别人不得好死。"

阳洛天讪讪一笑，借着余光瞄了瞄玻璃电梯的楼层指示灯，还处在半空之中。

心跳声愈加剧烈，生死在一线间，阳洛天的手心悄然渗出薄薄汗渍，清凉的电梯间都不能阻止手掌心的灼热。

"呵呵～果然是商界的霸王花。"阳洛天强装镇定，盯着女秘书漂亮的脸蛋，似笑非笑打趣："美女，你年纪轻轻就成为圣华总裁秘书，自然能力非凡。小爷就喜欢有能力长得又美的女人。"

话毕，阳小流氓露出一口雪亮的白牙，附带一个艳煞众生的笑容。阳洛天比任何人都清楚，在这个看颜值、万民追求美丽的时代，一副绝好的皮囊拥有的巨大力量。出色的外貌不仅能够拈花惹草、惹是生非，还能悄无声息转移他人的注意力。

果不其然，女秘书脸颊微红。冷淡的眼神扫过眉眼如画的阳洛天，选择无视阳小流氓的调侃。

阳洛天见状，打鸡血似愈发来了劲儿。

这些年女扮男装训练出顶级的流氓素养，脸皮厚得几乎可以当防弹衣，一个嘚瑟的小眼神儿、一句自恋的话语、一句小小的调侃，从阳帅哥嘴里冒出来，总能让女神小心肝儿偷偷乱颤，眼神飘忽。

几百秒悠长的行程，在阳洛天没心没肺的调戏里悄然结束。

圣华CBD，King大厦门口停着阳洛天的那辆白色跑车，一前一后还有两个穿黑衣戴墨镜的彪形大汉守着。

阳洛天懒懒一笑,轻巧蹿进驾驶座。

车根本就没有锁,为的就是尽快离开这座大厦。

双手落在方向盘上,才发现手心已经汗渍满满,阳洛天心悸地瞅着自己的指尖,白皙指尖居然还在微微地、肉眼可见地战栗着。

也顾不得和美女秘书多调侃几句,阳洛天猛踩油门,跑车箭一样逃出大厦。

空手套白狼,老虎嘴里跳大神,这日子还真缤纷!

女秘书秀眉一蹙,忽然觉得有些怪异。

那辆白色跑车流畅的车尾还在视线里,圣华的安全警报猛然响起……

阳洛天猛踩油门,马达发出轰鸣尖叫,一条银白色的流星弹射似消失在宽广公路上,晃得行道树窸窸窣窣绿叶招摇。

跑车奔驰前往距离最近的乔家别墅,十几公里的行程被最大限度地压缩,阳洛天风风火火出现在乔家辉煌的大门边,仅仅露出一张薄汗涔涔的脸,警卫便把她放了进去。

管家认识自己少爷的这位铁哥们儿,赶紧上前迎接。

阳洛天尽力平复自己的呼吸,抹掉额头上的涔涔汗渍,言简意赅道:"老乔,门外有人追杀我,麻烦您带人挡住。"

管家毕竟是见过大世面的人,虽是惊骇,面容倒也镇定。吩咐用人带着阳洛天前去休息,自己则有条不紊做好警卫防备。

一入乔家别墅,阳洛天紧绷了一下午的神经终于放松,猛灌几口白开水压压惊,也不顾用人的唠叨,直接倒在客房松软的大床上睡了过去。

圣华 CBD,King 大厦,101 层。

空气凝滞不动，网络安全中心主任、女秘书、警卫处主任……十来个人战战兢兢竖在办公桌前两米远，个个大气不敢出，眼珠子盯着雪白地毯动弹不得。

华琼冷冷盯着自己这群精英手下。

一个小小的阳洛天，瞒天过海的本事真让人佩服！

华琼怎么也没有料到，阳洛天尤其善于抓住人的心理弱点。

什么黑客入侵、什么机密泄露、什么两个小时的威胁，统统都是阳洛天一手打造的骗局。

阳洛天是聪明果敢的，她事先查过华琼的所有资料，知道华琼是哈佛哲学系研修西方哲学史的高才生，选修经商管理，华琼对于高端计算机仅仅了解个大概，华琼深知数据库防护的重要性，却不知道防护数据的操作流程。

而圣华集团，堂堂世界顶级的商业巨擘，手下人才众多，对于商业机密的保护自然精密万分。仅仅一个黑客阳洛天，绝不可能在短短一个下午就攻破集团数据库。所以阳洛天就想了个法子——网络蒙蔽101层，小爷黑不了大集团的数据库，黑你小小一间办公室总该简单吧！

换句话说，阳洛天仅仅编写了个程序侵入华琼总裁办公室的网络。华琼耳麦里听到的所谓"数据库入侵""两个小时时限"都是阳洛天人为编辑设置的屏蔽消息。华琼以为商业机密面临泄露的危险，实际上除了101层办公室暂时休克，圣华集团其他地方依旧正常运行。

等华琼反应过来的时候，阳洛天已经高调地在总裁秘书的一路"护送"下安全离开大厦。仅仅一个黑客程序，加上打心理战的招数，阳小哥就完美地实施了一招空手套白狼、刀尖上跳舞，把总裁大人耍得团团转。

"相关人员，这月工资全扣！安保部的程序员全部解雇，三天内给我换上最一流的人才！"华琼语气冰而冷，面容冷寂如罗马大理石般骇人。没有一丝温度，犀利的目光仿佛能穿透人的五脏六腑。

女秘书微低着头，忽地记起那个叫作阳洛天的少年。

大厦中层，宋浩瀚美眸流转。如潜伏栖息的野兽，目送那道白色光芒消失在繁华的建筑群里。毫无疑问，即使是自己犀利的母亲，也奈何不了这个变幻莫测的少年。

"小天天～你怎么能这么好玩？"

他低低笑着，美艳如画。

再一次，被这个既愚蠢之极又聪明过头的少年刷新认知。

> 阳小哥的那些年

列衡宇的确来到了中国，和沧河帝企签订附加协议后，已经离开圣华三天。

由于药物使用得当，他脸上的伤逐渐好转，然而列衡宇至今仍清晰记得：当自己"毁容"的脸出现在谈判桌的那一刻，对面那位年轻有为的总裁忍俊不禁的模样。

"坤叔，将机票延迟至明天，下午我还有点私事。"

"是，少爷。"

当日午后，列衡宇戴上墨镜，开着一辆蓝色小轿车游览这片陌生的土地——A市。

说不出这么做的原因，只是心里头仿佛有股子力量在驱使着，让他想要了解阳洛天生活了十八年的土地。

他（她）遇到过什么人？行走过哪些路？见过哪些风景？留下过哪些痕迹？究竟是怎样一片诡异的土地，才能滋养出阳洛天这种奇葩而聪慧、慵懒又睿智、灿烂而明媚的少年？

路过空手道馆，那处建筑大气磅礴，年轻男人们汗水淋淋。

走过繁华街道，人来人往，车水马龙。

最后，小轿车慢悠悠行驶，开进声名显赫的中国第一中学——帝中。

正是午后，学生们三三两两行走在校内小路上，一时间整个世界都被蓝白校服铺满。灿烂的笑容点燃在这些正值花样年华的少男少女们身上，熟悉而又陌生，仿佛这才是十八岁孩子们应该有的纯真模样。

列衡宇心头微动，与帝中相比，高贵典雅的圣华贵族学院显得那么苍白无力。

一路绿意盎然，生机勃勃，活力无限。

在校园展示栏前，他看到各色缤纷的海报，有一张空手道大赛宣传报尤为夺目。海报上的少年英姿飒爽、一身道服精神抖擞，勾起一抹坏坏的笑容望着来回参观的行人。

列衡宇俊眉轻扬，盯着海报上的阳洛天看了许久。

"哎~阿天学长跑哪去了？是不是不回来了，这几天我老是梦到他。"两个穿校服的女生靠近，沉迷于谈话中，也没注意到隐藏在展示栏后的人。

"肯定是被7班那个女的吓坏了，可怜的阳洛天~帝中没了他，花儿都谢了一大半。这两个月我吃也吃不好，谁也睡不着，天天念叨着他的回归。"

"对了对了~我那天和老爸去阳氏企业一趟，见到阿天的母亲啦~你猜我听到了什么？"

"什么？难不成阿天回来了？"

"不是~~可可，我说出来你可别告诉别人。"一个女生压低声音，眼瞅着四周无人，轻声道："伯母正在接电话，说什么阿天他，他喜欢男人，伯母还打算给阿天找个男朋友呢。"

"不是吧！我家又帅又酷又有型的阳洛天，怎么会是一个gay？"

"嘘，小声点~这件事可别张扬出去……"那女生声音有些哀怨，"说不定阿天他正在别的地方和别的男人幸福地生活在一起呢，早就忘了咱们这些红颜知己。"

交谈声渐行渐远，列衡宇从展示栏后走出。

在别的地方，和别的男人……幸福地生活在一起……

阳洛天的母亲亲口承认自己的儿子阳洛天喜欢男人。

在圣华，也不止一次认为阳洛天性取向不正常，但列衡宇更多时候只当是玩笑。

可是……最了解孩子的是母亲，列衡宇想，阳洛天的母亲之所以对自己儿子逼婚，恐怕是知道阳洛天性取向不正常，力图扳正，谁知阳洛天誓死只愿当 gay，便不远万里逃到圣华……

又记起某个夜晚，阳洛天可怜巴巴地在人行道边望天欲哭，双目通红。现在想想，阳洛天应该是在为自己身为 gay 而不被母亲接受，心生悲凉，有感而发，忧伤难言……

这一番推理合情合理，列衡宇本人又鲜少过问红尘之事，大脑简单推测了下，不到三分钟便下了结论。

一丝丝诡异情绪闪电似冲击着列衡宇的脑电波，他抿着薄唇，俊逸的脸划过异样。

当晚，列大神向坤叔请教了一个问题：

> 得罪土皇帝的小哥

乔家客房。

阳洛天一觉睡到大半夜，睡得头昏脑涨、口渴难耐。迷迷糊糊起床找水喝，赫然看见床前一尊黑漆漆的石像正凝神盯着自己，那黑亮的眼珠子炯炯有神，在床头灯昏暗光线下映衬得出奇地像一只地狱孤魂野鬼，还带着诡异的笑容。

话说小乔同志一通电话打不通，几十通电话皆是离线状态。想到最近阳洛天接二连三的状况，小乔同志也顾不得多想，直接抛开热情的木家爷孙往学校冲。

小乔在西苑别墅大理石台阶前吼了许久，顾不得四周强有力的安保措施，强硬冲进屋子里翻了个底朝天，就差带人掘地三尺找阳洛天的尸骨了。

他又开车猛冲向几个阳洛天经常溜达的地儿，湖边咖啡厅清寂优雅、道馆训练场汗渍淋淋、计算机室空荡无人，一切都那么正常，唯独阳洛天仿佛人间蒸发似，消失得无影无踪。

乔英宰甚至想到最坏的可能，阿天被圣华集团的人抓住，严刑拷打……圣华集团的商业作风历来犀利狠辣，商场上不择手段。一想到小皮鞭辣椒水儿全往阳洛天小身板上落，乔英宰心头忽地滋生出难言的痛楚，愈演愈烈，连着筋骨带着肉地痛。

这时候突然很怨恨自己的无能为力，除了乔家少爷的身份，什么也没有……

乔英宰凝神想了想，一手紧握着方向盘，一手拽出耳麦打算拨给同样失踪的列衡宇。

在圣华片区，只有列衡宇拥有和圣华集团对抗的实力……

亏得这时候乔家管家打来电话，简单通报了阳洛天的情况，乔英宰心头悬吊的大石头轰然落下。火箭似冲回乔家，也不知道怎么就奔到了阳洛天休息的屋子。

床上的阳洛天睡得没心没肺，被子踢到一边，扇子似的小睫毛微微翕动，微红嘴唇咧开一个小口，低低呼吸声徐徐传来，模样安逸自在、乖顺祥和。

乔英宰的胸口慢慢被幸福填满，失而复得的满足与心悸冲击着所有心神。

更有一种暗自的欣喜——至少当最危险的时候，阳洛天能不假思索向自己寻求庇护。

于是……小乔同学开开心心地坐在床边地板上，借着床头灯开心满足地盯着阳洛天睡觉。

一待就到了半夜，小乔笑眯眯地看着阳洛天迷糊伸出手揉眼睛，迷糊睁开眼。正打算开口问一句，阳洛天的拳头防不胜防地揍了过来。

"哪来的野鬼？居然跑到小爷这里撒野！"

话毕，拳头狠辣地揍了上去……

一阵鬼哭狼嚎。

半晌后……

阳洛天尴尬笑笑，扯扯嘴皮子，赶紧窜到洗漱间淋湿了条毛巾，湿淋淋就往乔英宰脸上搭。

"真、真抱歉，你先拿冷毛巾敷敷，我下去给你找点云南白药来。"话毕，阳洛天一溜烟儿出了屋子，一分钟后风风火火赶回来。

乔英宰右脸颊高高肿起，双眸含怨，凄凄凉凉地将云南白药给抹上。

阳洛天盘腿坐在床上，等无辜的某人忙活完，才开口：

"小乔，问你个事。"阳洛天小心开口。

"嘶嘶……说吧。"乔英宰来得匆忙，一心念着阳洛天的人身安全，也没有向管家细细打听事情原委。

"我又得罪人了。"阳小哥的声音波澜不惊，一个"又"字饱含十几年的历史。

"没事，在圣华有我罩着你，小宇子也护着你！"

"……我又得罪华琼了。"

额！

"你跑到我家是因为得罪华琼那个恐怖分子了？"乔英宰心惊，手上的湿毛巾"啪"地滑到地面。

阳洛天一瞥见乔英宰的神色，就明白了几分。干脆将自己下午的经历倒豆子似吐露出来，省略了谈条件的那部分。这一段经历无异于刀尖上跳舞，在圣华集团最高决策人眼前瞒天过海，还能安然无恙逃出来，几乎可以算得上是奇迹。

"我早就布局过了，华琼以为我是沧河的人，我就假装成沧河的间谍呗，戴上个高贵神秘的帽子，能蒙蔽她的思绪；用黑客软件屏蔽系统，能攻破她的心理防线。就是离开那段时间最煎熬，我不清楚她在何时能看穿我的小伎俩，啧啧，在电梯里那几分钟甭提多吓人了……"

阳洛天满不在乎，侃侃而谈，面容镇静。

旁边的乔英宰却再也淡定不了了，他知道阳洛天所向无惧的性子，刚认识她的时候，仅仅十岁的她就在A市的枪林弹雨中游刃有余。

换做之前，乔英宰会为阳洛天的行为叫好称奇。可如今，某些情思的悄然变化，忽然让每一次冒险都变得心惊肉跳，唯恐一个不小心，世间就再也没有那个人。

"阿天，你知道这片土地为什么叫圣华吗？"乔英宰叹口气，伸出大手使劲揉揉阳洛天毛茸茸的脑袋。

"为啥？"阳洛天眨巴眼睛。

"这个片区是亚欧美澳的临中点，隶属L国，原本叫作后埔（hope），第三次工业革命后经济日益繁荣。圣华集团总部盘踞于此，逐渐壮大，十年前华琼掌管集团命脉。用强有力的政治和经济手段，压迫L国将这个片区设置为自治区，开设贵族学院、开辟外滩，并改后埔为圣华。这里啊，华琼是真正的皇帝，你胆子够大，居然敢对皇帝动幺蛾子。华琼历来有仇必报，不把人整死誓不罢休。"乔英宰扳正阳洛天胡乱动的脑袋瓜子，一字一句道："明儿我就把你送回中国，这里待不久了。"

阳洛天挑眉，自己似乎真的惹怒大老板了。要不是忌惮沧河帝企和列衡宇，华琼绝对直接派人炸了乔家别墅。她自然知道地头蛇的恐怖之处，早在下定决心去拜会华琼之际，她已经料到之后的处境。

如今必须尽快将列衡宇离开宋家的真相查出，让列衡宇的心结打开，然后才能安心

第二章 > 怦然心动

地离开。

阳洛天露出雪亮白牙,拍拍小胸脯:"放心,等我查出一件事情后,我立马就走。"

乔英宰看着那张生机勃勃的脸,心口突然堵得慌。

是啊,敢作敢当,不正是阿天的本色?

阳洛天在乔家待了一晚,迷迷糊糊睡到大清早,忽然被一阵子铃声吵醒。

"30 分钟后回学校,你在哪里?"

脑子一团糨糊的阳小哥神经还没调整过来,直接脱口而出:"小乔家,还在睡呢,你谁啊……"

那人顿了顿。

丝丝冷气从手机那头传递过来,差点冻僵阳洛天的小手爪子。阳洛天这才反应过来,那高冷欠揍、硬邦邦的声音,不正是那位消失四天的列小白脸?

阳洛天赶紧一骨碌爬起来,揉揉迷糊的眼睛,手机显示那位高冷大神已经挂断电话。再打过去,清冷的女声提醒:

您所拨打的电话已关机……

阳洛天托着下巴想了会儿,他打电话给自己,难道是无声暗示自己去接他?

于是,阳洛天赶紧跑进洗漱间,把自己打扮得帅气十足、人模人样,拖着刚睡醒的乔英宰往学校冲。还顺便在路边扯了两朵含苞待放的玫瑰花,打算盛大欢迎列大神的回归。

天色蒙蒙亮,清晨的学院冷寂无人。

阳洛天在校门内的喷泉边站好,撩开眼皮眺望远方,嘴角抽筋儿似一个劲儿往耳朵边上翘。

乔英宰淡淡瞥了一下,酸不溜溜想:你这样子,忒像一块望夫石了。

列衡宇历来就守时严谨,每一分每一秒抓得忒紧。6 点 30 分 00 秒,那辆深蓝色跑车慢悠悠出现在门口。

嘴角笑容几乎咧到耳根，阳洛天一个箭步冲了过去："小白脸啊，你还知道回……"

瞥见副驾驶上端庄漂亮的长发姑娘，阳洛天的话瞬间卡在喉咙里，冻得僵硬。这滋味，仿佛你心心念念终于娶了心上人，结果洞房花烛夜一掀开红盖头，发现居然是凤姐……

宋荟乔温柔笑笑，美丽得像晨风中带露的玫瑰，"阳洛天，你好，谢谢你来接我们。"

"不、不客气……"

阳洛天僵硬着脖子，驾驶座里的那个人依旧俊雅淡漠、俊美得像来自另一个世界的人。晨光熹微朦胧，连带着阳洛天的视线都模糊了。

列衡宇清冷的目光扫过车门边的少年，淡淡点头。马达轰鸣中，蓝色跑车消失在隐隐晨光中，化作一抹飘忽的蓝影，留在阳洛天黑黝黝的瞳孔里。

乔英宰拍拍阳洛天的肩膀，语气轻松："别这样，小宇子历来都是那样子。对人冷冷淡淡，不着边际的，荟乔人也不错，两人凑一对是佳偶天成。"

阳洛天抿嘴，不语。

"别介啊，瞧你强颜欢笑的小样儿，像只大清早辛勤工作的屎壳郎，忙活了半天也没成就。"

阳洛天抿嘴，伸出白生生的爪子，使劲推了推小乔，推了一下还不够，接二连三地推。

乔英宰愣了愣，脑袋很快反应过来，脸色霎时红红绿绿，好不精彩。

银色机翼穿透海雾，出现在地平线上。深蓝色跑车闪电似从机场飞驰而出，冲往圣华贵族学院金碧辉煌的大门。

晨风冰冷，穿透漂亮的栗色发丝，抚过那张俊美异常的脸。列衡宇指尖微动，耳麦自动呼叫那个人。列衡宇猜想着，这个时间阳洛天应该还在被窝里，睡得一塌糊涂，眉眼惺忪，更有可能直接滚到地板上，露着白脚丫子酣然而睡。

第二章 > 怦然心动

列衡宇勾唇，淡淡说："我30分钟后回学校，你在哪里？"

是否又趴在地板上？

果然，那边嗓音慵懒迷糊，稚嫩得像个初睡的婴儿："小乔家，还在睡呢，你谁啊……"

"小乔，你谁啊……"几个字针尖般扎进列衡宇耳朵里，仿佛触电似碾压着骨肉。

列衡宇皱眉，看来，没有自己在身边护着，阳洛天依旧能够好好活着，仿佛他在这个世界里，没有任何作用。

他想也不想，直接挂断耳麦。冰冷眼眸凝视着前方初现的光明，冷冷哼了一声。

路过圣华片区最奢华的商城，偶遇正前往学校的宋荟乔。

"宇，能载我一程吗？"她问出这话时，没有抱任何期望。

谁料列衡宇淡淡点头。

跑车飞驰，心却早已飞向远方。宋荟乔绞着手指，还以为这是一个清晨未苏醒的梦，直到在校门喷泉边见到早早等候的那两个人。

宋荟乔清晰感受到身边人的变化，说不清楚如何。作为女孩的第六感，她察觉列衡宇眼波流转、淡淡戾气，都落向不远处奔来的少年。

恍惚一瞬间，宋荟乔明白了什么。

她红唇微起："你好，阳洛天。谢谢你来接我们。"

不出意料，她看到阳洛天凝滞的笑容，诧异而不安。

这一天，都是在晨光熹微的记忆里慢慢消磨，清晨从大洋彼岸传来一通电话，洛白雪语气镇定从容，阳洛天默默听着，最后应了一个字：

"好。"

坤叔在里屋煮咖啡，咖啡的幽香徐徐蔓延在夜色中。阳洛天深深呼吸一口气，不知道以后还能不能继续喝到这么好的咖啡……

店还没开张,阳洛天换好衣裳走进里屋帮忙。坤叔搁下咖啡豆,侧头看了眼默默无言的人。

"今儿怎么了,是不是四天没上班,不怎么习惯?"坤叔和蔼笑笑,颇为不习惯阳洛天的沉默。

阳洛天闷着脑袋,将新进口的咖啡豆倒入玻璃瓶,犹豫了会儿,突然问:"坤叔……你说小白,列衡宇他是不是该结婚了?"

坤叔"啊"了声,一颗鲜红的咖啡豆从指尖滑落。

"他单身这么多年,喜欢他的人从圣华排到中国,为什么不结婚啊?圣华法律规定,18岁青年男女可领证的。"阳洛天的语气颇为认真诚恳,眼神坚定不移,仿佛下定了极大的决心,坤叔脸色怪异之极。

"他那种性格虽然不讨喜,不过好在长相和能力不错,趁年轻早点儿把事情办了。我已经想了一天,最适合他的人是宋荟乔,两人郎才女貌门当户对。列衡宇娶了宋姑娘,两大集团强强联合,分分钟把华琼那女人干掉。"

坤叔沉默了会儿,觉得事情似乎有些超出自己的掌控范围,坤叔心里的最佳少夫人,绝对是眼前这个俊美异常的阳洛天。

"咳咳,那个,阿天,小宇他应该只把宋小姐当普通朋友,你别多想。"坤叔试图挽回自家少爷的形象。

"我没有多想,听说这俩人是青梅竹马的关系。当年小白脸落难的时候,宋荟乔依旧站在他身边细心呵护。我看人特准的,宋荟乔她绝对适合小白脸~指不定还能成为我嫂子……"

"嫂子?"坤叔疑惑,小白脸又是什么鬼称呼……

第二章 > 怦然心动

"是啊~小白脸不一直把我当弟弟吗。"阳洛天别过脑袋,轻松道:"弟弟替哥哥着想,天经地义。"

她苦苦想了一整天,列衡宇既然把她当弟弟,干脆就好好当一回兄弟。帮他查清母亲的死亡真相,帮他找个过一生一世的女朋友,帮他从沉溺的黑暗中重生。

她在圣华片区待不了多久,华琼的秘密一日在自己手中,自己一日不得安宁。

坤叔彻底无语……

门边,某人深蓝色的眼眸冻僵了夜色。

阳洛天抬眼,瞥到门边冰冻三尺的列衡宇,随手招了招爪子:"嘿,你别一天板着脸。开心点,小爷正考虑给你找个漂亮的对象呢。"

坤叔卡在两人之间,别扭极了。他一个老树皮,为啥要牵扯进年轻人的世界?只要阳洛天没有给少爷带来麻烦,他坤叔绝不插手。这样一想,坤叔脚底生风溜了出去。

狭小里屋,两人四目相对,灯光璨然,氤氲咖啡香萦绕。

"为什么?"

"啥?"

"为什么突然要考虑宋荟乔,你有事情瞒着我。"

"我是你哥们嘛,总不能看你孤孤单单一个人活着。"阳洛天笑笑,眼神飘忽。

心想我瞒着你的事情多了去了。

她赶紧拿起咖啡豆忙活,装模作样掩饰自己的不安慌乱。她最担心的是,如果自己走了,谁还会冒着生命危险靠近这个孤独高傲的神……

"你在说谎。"他凝起深蓝眼眸,漠然走进,按住阳洛天胡乱折腾的胳膊,"阳洛天,你在担心什么?"

阳洛天手里的玻璃盘"啪"地落地,鲜红色的异国咖啡豆洒满一地,红得刺目。

列衡宇看得出，从他今日回来的那一刻起，阳洛天似乎有些变了，有些飘忽，有些让人捉摸不透。他不喜欢那种失控的感觉……

"小白，不，列衡宇，我真的把你当哥们儿。希望你一切都好。"阳洛天咧嘴一笑，俊美面容染上真诚，黑亮的眼珠子盯着那个人。

我要走了，希望你一切都好。

一切都好。

> 宋家小男佣

这几天，阳洛天时常失踪。

除了每日按惯例到早餐桌上蹭饭，晚上按时上下班，列衡宇几乎看不到阳小哥潇潇洒洒的背影。

那种莫名的失落感，总是萦绕在心头，列衡宇说不出道不明。他宁愿阳洛天能像初遇时那样张牙舞爪，恨不得咬碎敌人皮肉地张狂。

而张狂的阳洛天，此时此刻穿着大一号的男佣服，坐在副驾驶位置上。身边美艳的男子饶有兴致，修长食指轻敲着方向盘，侧头问："小天天，真的想好了？"

阳洛天抖了抖一身鸡皮疙瘩，若非有事相求，她死也不要和这人一路。

无奈，只得点点脑袋。

红色宾利缓缓停在豪华气派的大门前，入眼是巨大的圆形拱窗和石砌，两侧绵延不见边际的法国冬青，高高低低的整洁庄严的建筑。

阳洛天"啧啧"赞叹两声，特想当一回八国联军，来个火烧宋家圆明园。

"小天天，害怕了？一入宋宅就如同进了狼窝，指不定我就不把你放出来了。"酥酥入骨的嗓音，缠绵地飘进阳洛天的耳朵。阳洛天打了个寒战，回头"呵呵"两声。

第二章 > 怦然心动

"这世界上没有小爷走不了的地儿，你家就是阎王殿，小爷也能朝上打个洞钻回人间。"

宋浩瀚凤眸潋滟，眯着眼打量着这位身着黑白分明男佣服的小爷，精致剪裁的圆领子内露出优美漂亮的锁骨，小小的"喉结"时不时上下滑动，那张侧脸白得像玉似的，微微翘起的邪气嘴角尽显此人的不羁洒脱。

还真有人能把用人的衣服穿出走秀的范儿。

以前天天算计着怎么弄死这个少年，如今当他主动靠近自己，宋浩瀚却不知怎么下手。什么生吞活剥、刀砍车碾、直接绑到埃及风化成木乃伊的计划，统统消失不见。

"小天天，别怪我没提醒你。进了我宋家的大门，你就是我的人，必须寸步不离守在我身边。"

阳洛天抖抖肩膀，转过脑袋，黝黑的眼瞪着宋浩瀚："你这话说得忒怪，小爷就是去找个人聊聊天，不是当上门女婿。"

宋浩瀚似乎心情极好，玫瑰花似的两瓣红唇勾出慑人的弧度，妖美得不像话，差点闪瞎阳洛天的一双眼。

大门悠悠开启，宾利缓缓驶入。从大门到正厅，足足开了十分钟，从车上下来的那一刻，阳洛天更加坚定了当八国列强的宏伟志向。

正厅雕花门旋开优雅的弧度，宋浩瀚轻悠走进。

左一排11个女仆，右一排11个男仆，齐齐九十度弯腰："恭迎少爷回家。"

跟在宋浩瀚身后的阳小哥，差点被这个阵势绊倒。突然觉得自己像是刘姥姥，进了大观园就不识路。

宋浩瀚在欢迎人群中站住脚，停在白毯中央："小天天，你那是什么鬼眼神？22个仆人而已，你这来自贫困山区的穷小子就不习惯了？"

来自贫困山区的穷小子不屑地指着周围一圈儿人，特诚恳地说："左边 11 个人，右边 11 个人，你被夹在中间欢迎，这不是祝你打光棍吗？啧啧，11，这数字真吉利。"

宋浩瀚美艳的脸庞瞬间垮了下来，脚步加快。阳洛天"嘿嘿"笑了两声，小跑跟在宋浩瀚身后："喂喂，被说中了吧？你艳压圣华，找个称心如意的上门女婿应该很难吧？喂喂，别走啊～～"

门厅一众人，面面相觑，脸上写满难以置信。几分钟后，管家匆匆过来下了一道命令：少爷吩咐，以后的入门礼免除。

阳洛天踱着步子跟在冷脸的宋浩瀚身后，东瞅瞅西看看，从走廊制作精美的花瓶到墙壁上挂着的西方油画，每一个装饰都仔仔细细估了个价，琢磨着弄烂哪一个才能给宋家造成毁灭性的损失。

宋浩瀚实在受不了阳洛天那掉进钱眼里的眼神儿，顿住脚步，"你别忘了来宋家的目的，现在你是男佣。"

阳洛天撇嘴，耸耸肩，嘴里唱着小调儿："得得，都听少爷您的。您让我往东咱绝不往西成了吧？"

话毕，赶紧换上一副正儿八经的脸，恭恭敬敬与宋主人保持着标准的男仆距离。

遣散其他仆人，阳洛天随着宋浩瀚走入他的房间。

还以为宋家少爷的房间不是金子就是银子，宋浩瀚的房间不是 cosplay 女人装就是香水红衣裳。

谁知走进一看，这里居然是标准的男性化布置，灰色与皇家蓝交相辉映，每一处角落都有棱有角，简洁、清晰，洋溢着钢铁般的男儿气息。书架上摆放着各种语言的著作精装本，每一本都有翻阅的痕迹。

茶几上有开启的半瓶红酒，淡淡的酒香萦绕在鼻梁。

第二章 > 怦然心动

阳洛天几乎是一瞬间就喜欢上这间屋子，即使内心很不想承认，化作嘴边的话就是："少爷啊～咱是不是走错房间了？这么男人的房间怎么会是我家美貌少爷的？"

宋浩瀚已经懒得和阳洛天动嘴皮子，径自坐在沙发边，倒一杯红酒慢慢压制心头的恼火。

阳洛天已经对红酒产生抗体，上次被酒母放倒，后果简直不堪入目。于是打算四处溜达一会儿，好好观摩下这间漂亮的屋子。

谁知脚还没迈出两步，大少爷慵懒发话："小用人，本少爷要沐浴。胰子香精准备好。"

"是～"阳洛天缩回脚步，转个弯儿朝浴室走去。

宋浩瀚很喜欢看阳洛天听话的俏模样，两个腮帮子一鼓一鼓，悄悄翻个不屑的白眼，灵气十足的眼珠子带点儿小算计。这副模样甭提有多窝心，这也是高贵的宋浩瀚勉为其难答应带阳洛天到宋宅一游的原因之一。

晃动手中的玻璃高脚杯，看猩红醇厚的液体缓缓流动，宋浩瀚心里涌现出说不清的快意。

不过，一分钟后。

"喂喂，少爷，哪个牌子的香精啊？"

"咦，这是哪个国家的语言，我怎么一个字都看不懂啊？少爷您看得懂不？"

"哇哇～好多花瓣啊～少爷您要玫瑰花、百合花，还是菊花啊？我给您放菊花好不，这个最符合您形象了。"

"欸？怎么这么多浴巾，少爷你要一米三的那条方形的，还是两米巨无霸那个？"

"哎哟，洗澡间怎么挂了一幅裸男油画，少爷你平时洗澡都盯着别人看？"

玻璃杯砰然落在茶几上，鲜红液体漫延过灰色玻璃面，一滴滴从玻璃边沿落下，鲜红带醇香的红酒渗入地毯，留下淡淡的红黑渍。

"小天天～你再多说一个字，本少爷绝对让你生不如死。"宋浩瀚修长的手指扒着门框，蓝色的眼眸危险地盯着浴室里东忙西忙的阳洛天，如蛰伏的野兽微喘气，每一个呼吸都能要人性命。

阳洛天瘪嘴，扬起脑袋瞅了一眼大理石墙上的那一幅价值千万的裸男油画，又瞅了瞅门边的宋美人，忽地搂住自己纤瘦的小胳膊，谨慎地再也不说一个字。

宋浩瀚哭笑不得，直接拽出阳小哥，浴室门轰然关上。

"待在外边，别碰我的任何东西，一个小时后我会出来。"

阳洛天"啧啧"两声，你洗个澡都要一个小时，小爷偏要到处碰你的东西怎么着？你还能光着身子跑出来？

这想法刚冒出头，里面的人幽幽说道："如果你敢动，我就敢让你伺候本少爷沐浴。"

阳洛天恶寒，鸡皮疙瘩掉了三斤。

倒也不再乱翻东西，安静窝在沙发上思考和那个知情人的对话。

她查过许多资料，华琼对于当年的事情虽然供认不讳，却也有许多漏洞。只有找到当年和列夫人接触最多的年迈女佣李氏，才能彻底了解真相。

门当当轻响，阳洛天赶紧从沙发上蹦起来，整理仪容，规规矩矩前去开门。

门外是一位年轻美貌的女佣，女佣上下打量着阳洛天，眼底划过鄙夷之色。这就是少爷带回来的？看起来俊俏大方，没想到居然是个为了金钱出卖自己的人。

"最新一批的法国香精已经来了，那是少爷最喜欢的一种，你随我去取来。"

阳洛天怎么会忽视女佣眼底一闪而逝的鄙夷，倒也不在意，轻轻松松卸下包袱，跟着女佣前去。

一路上，漂亮女佣越看阳洛天越不顺眼，这么俊美的一个大小伙儿，怎么就是个gay呢？刚才她瞅了一眼，少爷似乎在浴室洗澡，这两人居然就这么光明正大做那事？

简直，简直不堪！

负气的女佣把储物间新进口的十来瓶香精统统塞到阳洛天怀里，扬起下巴道："我还有事，你自己回去。还是劝劝你，钱要正正经经赚，生活要正正常常过，不然啊，后果自负！"

阳洛天嘴角抽了抽，这可爱的小姑娘是不是误会了什么……

亏得记下了从储物室到宋浩瀚屋子的路线，阳洛天抱着十几瓶香精就往回赶，生怕晚了宋浩瀚做什么极端的事儿。

宋家宅院不仅占地广阔，还特别崇尚视觉迷宫效应，一路三拐，横看成岭侧成峰，每一处都是异样的风景。阳洛天左拐右拐，一个不小心，一瓶香精油掉到地上，顺着地板滚到另一处。

阳小男佣赶紧追了过去，小瓶子圆滚滚滑溜溜，直接滚到角落一间屋子边。

弯腰拾起这不听话的小瓶子，阳洛天一抬头，微愣。

屋子开了一条缝儿，她看见桌面上摆了个铺满灰尘的相册，上面的小孩子笑得天真烂漫，那双深蓝的眼眸，阳洛天一辈子都不会忘记。

搁下手里十几瓶香精，阳洛天小心翼翼推开那道门。

屋子里光线有些暗，几缕雪白的阳光渗入，凝成几道光柱投射到地上，时光仿佛在这间小屋子凝结。小小的床、漂亮的床头柜、童趣十足的玩具、轻巧的钢琴，尘埃沾染迷蒙了阳洛天的双眼。

这里曾经有个天真烂漫的小孩子，踩着她脚下的地板，呼吸过相同的空气，看过同样的风景。

心好像被蒙上一层纱，所有思绪都试图从小小的缝隙里渗出，偏偏又被不自觉地掩住。当年他是以怎样的心情离开这间屋子的，年仅八岁，还没看透人情冷暖，就从尊贵的位置上跌落，置身于刀枪无情的冰冷社会。

翻开小小的画册，那稍显稚嫩偶见锋芒的笔画，绿的树、红的花、红的太阳、白的云、蓝的天、漂亮的母亲，他喜欢的一切都画在上面。越翻到后面，灰色、黑色的画越多，以至于最后所有画都是被涂抹的黑暗，阴暗穿透画纸渗入阳洛天的眼，幻化成瞳孔里黑漆漆的光影。

心头那份念想愈发强烈，想要这个人好好地、好好地感受阳光，清除所有的灰暗。

阳洛天一转身，门口是穿着白色浴袍的宋浩瀚。

他冷冷地望着阳洛天，褪去鲜艳衣着，此时此刻的宋浩瀚充满男性的侵略性，寒冷目光铺天盖地包裹着屋子里的阳洛天。

阳洛天尴尬一笑："我帮你取点香精，刚巧路过这里，就过来看了看。"

"如果你不是阳洛天，今天你一定不可能健全走出宋宅大门。"褪去浮华。此刻的宋浩瀚有些像无情的杀手，每一寸呼吸都能让他人窒息。

阳洛天不止一次，从这个人身上感受到那种浓浓的怨恨，他恨列衡宇，极恨。远远超出普通的家族之争，仿佛两兄弟之间横隔着巨大难以填满的沟壑。

可是……为什么？

为什么宋浩瀚要恨列衡宇？

集万千宠爱于一身的宋家少爷是他；按照现在集团的局势，宋家继承人必定也是他；甚至，传说中以宋家发源的 S 国未来的总统，也可能是他……

这样占据绝对优势的宋浩瀚，为何要恨列衡宇？

嘴皮动了动，什么话也说不出，空气仿佛凝滞似的。阳洛天默默走到门边，揽起地上的香精瓶，沉默着与宋浩瀚擦肩而过。

宋浩瀚半眯着眼，凝视着渐行渐远的那道纤瘦背影，心头的怒火忽然被莫名的情思

第二章 > 怦然心动

取代。沉默不吭声的阳洛天，服软听话的阳洛天，明明喜欢看他收敛爪牙的乖巧模样，终于实现后却没有想象里的喜悦，这不是他印象里那个不羁的少年。

阳洛天规矩懂事多了。

简洁大方的屋子里，她规规矩矩当一个普通的男佣人，一声不吭，脸上除了淡漠就没有多余的表情。

屋子里静悄悄的，宋浩瀚翻阅纸张窸窸窣窣的声音出奇地响亮。

"扫地。"

"擦桌子。"

"系鞋带。"

"倒水。"

宋浩瀚想听阳洛天的反驳，然而阳洛天规规矩矩弯腰，杯子一滴水不洒。宋浩瀚淡淡瞥了她一眼，入口的清水忽然变得难以下咽。

"按摩。"

宋浩瀚想听阳洛天的讽刺，然而她丝毫不犹豫，伸手就往宋浩瀚双肩上按压，力道不轻不重，深得按摩精要。宋浩瀚挑起俊秀的眉毛："你的手是棉花做的，软绵绵一点力道也没有？"

没有预料中的反驳，阳洛天俊俏的小脸不喜不悲，手中的力道稍稍加大。宋浩瀚敛眉："谁让你这么大力道？当本少爷的肩膀是棉花做的？轻点。"

阳洛天戴着不喜不悲的一张假面孔，手中力道又放轻了一点，一丝怨言都没有，安静得像坟墓。

就这么安静地持续了半个小时。

宋浩瀚终于忍不住，眯着深蓝的眸子，伸手一扯，猝不及防的阳洛天被扯到他面前。

一转眼，下巴被尖利的手指甲掐住，阳洛天眉头也不皱，静静盯着面前这个美艳之极的男人。

"什么事都愿意做吗？哪怕你引以为傲的尊严被践踏？"宋浩瀚几乎是咬牙切齿，钳着阳洛天雪白下巴的手指发力，指尖那处皮肤现出两抹红痕淡淡晕染。

少年身上散发着清爽的幽香，宋浩瀚的蓝眼眸锁住这张眉眼如画的脸，望进他漆黑眼眸的深处，想要看透这个人脑海里的所有思绪，然而什么都看不到。

"这不是你要求的吗？你不是想看到我服软吗？"阳洛天轻转脑袋，蹭开钳住下巴的修长手指，黑色瞳孔凝着，"再三想要弄死我的人，从来都是你和你背后的集团。如果有可能，我宁愿一辈子都远离你们这些人。"

宋浩瀚噤声，心头莫名有丝丝悔意。

事实好像是被揭开痂的伤口，血淋淋冲击着他所有的神经。

阳洛天揉揉生疼的下巴，淡漠起身，打算继续给这位少爷按摩。宋浩瀚摆摆手，示意阳洛天老实站在一边。

阳小哥转身之际，露出了个诡谲的笑容。要不是小爷装深沉，转移你这变态的思绪，指不定今儿真的不能健全走出宋宅的大门。

又是一道敲门声，伴随着清朗女声，震惊了屋子里装腔作势的阳小哥。

"浩瀚，你在吗？"

一句话打破了阳洛天所有的伪装。

"宋美人，你不是说你老妈今儿不回家的？"

轻佻熟悉的语气，宋浩瀚心底那点儿小忧伤忽然就消失殆尽。原来这小子刚才所谓的忧郁，都是装的！

狠狠瞪了眼不安的阳洛天，带点儿小算计、有点儿小嘚瑟、附加点小聪明，宋浩瀚特想把阳洛天的脑袋掰开，仔仔细细看看里头的构造。

"你看着我做什么？还不去开门。我找个地儿躲起来，你要是敢把我供出去，我保证揍得你一辈子爬不起来！"

最纯正的阳氏语气，宋浩瀚气得想笑。这才是最纯粹的阳洛天，如果一朝看到这个汉子流眼泪服软，他绝对想不出那时候的心情。

阳洛天当着宋浩瀚的面儿，身形矫健地踩过书架，小手一拧、扯、托，角落的天花板通风口露出一个黑黝黝的大洞。阳洛天身子机敏如老鼠簌簌钻了进去，天花板一盖，缝隙也不留，和原本无异。

宋浩瀚眼瞅着阳洛天踩自己的书架、揭自家的天花板，心头一股子闷气无处发。一转身，穿红色皮裙的华琼已经款款走近。

"浩瀚，你在看什么？"华琼疑怪地顺着他的目光，看向角落的古木书架。

宋浩瀚自若一笑，不着痕迹挡住华琼的视线："无事，约莫是初夏近湖潮湿，招惹来蟑螂之类的脏东西。"

通风道里的小蟑螂咬牙切齿：你才是蟑螂，你全家都是蟑螂。然后顿了顿，阳洛天在心底补充了句，小白脸才不是你家的。

"浩瀚，那件事希望你能考虑清楚。"

华琼坐定，双脚优雅交叉，想要伸手触碰宋浩瀚的肩膀。宋浩瀚微微避开，蓝色眼眸落在茶几上一滩未清扫干净的红酒渍上。

华琼秀眉一皱，洁白手腕似乎脱力般，若无其事收回。

"如今的圣华片区，再也不是一家独大。苏家败落，银行信誉受损，那小子带领列家和沧河结盟，我们圣华集团要想继续保持优势——"华琼道："浩瀚，你已经20岁了，应该回 S 国了。"

华琼的语气带点儿恳求,双手略略不安地交叉在一起。

宋浩瀚轻笑,后背随意靠在沙发靠枕上。

"你知道,我历来厌恶政治。"宋浩瀚红唇猩红,靡靡之气缓缓飘散,冰凉地讥讽,"那位置本该是列衡宇的,为什么要我去承担?难道就为了巩固你在圣华集团的位置?"

他的话毫无顾忌,直白如刀子,直接剜住华琼心里那块不容挑衅的血肉。

"什么叫巩固!我辛辛苦苦将集团力量扩及全球,还不是为了你。难道你还留恋当年风餐露宿遭人欺凌的苦日子!现在你是集团唯一的继承人!"华琼猛然提高语气,手指甲掐入皮肉里,呼吸突然急促不安。看见宋浩瀚嘲讽而平静的面孔,仿佛窥伺了极为丑陋的真相,作为母亲应该有的尊严蓦地被摧残得体无完肤。

"是啊,浩瀚都 20 岁了,有些事情早就看透了,看透了自己作为一个母亲那丑陋不堪的面孔。"

"继承人?呵呵……你做了什么,你最清楚。别妄想把我牵扯进来。"宋浩瀚懒懒挑起纤长手指,凭虚抓了一把空气,看骨节分明的手指收拢在一起,却什么也没触碰到,"你可别说这一切都是为了我。在总裁你的眼里,什么亲密爱人,什么至亲骨肉,都比不过你手中的权力。"

通风口趴着的某人,在漆黑环境中眨巴眨巴黑眼睛。原本以为自己和洛白雪母女之间的斗争已经无人可以匹敌,今儿才知道华琼母子之间剪不断理还乱的硝烟才真的是旷世无敌。话还没超过三句,原子弹便搬了出来,阳洛天猫在角落里都能感受到美苏冷战的恐怖,生怕一个不留神就炸翻天。

"你……浩瀚……"华琼美眸泛起水渍,自己的这个儿子也在逐渐超出自己的掌控,锋芒初露。有时候华琼的噩梦里,总会出现一大一小两个人,他们拥有相同的蓝色眼眸,小孩子咧开猩红嘴唇，笑眯眯地将冰冷的刀子捅入自己的身体。宋浩瀚他没有忘记那些事，只是……从不表露罢了。一旦触及他的逆鳞，这个美艳绝世的少年便会睁开蓝眼，含笑对付自己的母亲。

"如果你不愿去S国，那么帮母亲一个忙可好？"华琼略带痛苦地闭眼，眼底的水渍慢慢蒸发，再睁眼时已是平静淡然，高贵如初，"我知道你私底下一直在对付阳洛天，妈妈希望你能彻底让他消失。"

阳洛天打了个寒战，脑袋拼命地高速转动，思忖着如何在两座大山压迫下逃生。

宋浩瀚挑起精致的眼角，缓缓收敛浑身的血气，慵懒目光无意瞥过天花板角落。

"好。"他应允。

黑暗中躲藏着的小蟑螂，这一刻突然觉得四周的黑暗简直就是给自己造的一个坟墓。

华琼和宋浩瀚寒暄几句后，心思复杂地离开。宽敞的屋子里一时间寂静无声，阳洛天屏住呼吸，总觉得有一道炽热似狩猎的目光穿透脚下的天花板，不断升温加热，直往红烧蟑螂这道菜上迈进。

"小天天，不敢出来了？还是真的怕了。"声音响在阳洛天脚下。

话音一落，天花板松了松，一双脚晃悠悠探了出来，摇摆几下，阳洛天轻盈落下。

谁料一个不小心，右脚勾到框框格格的书架，阳洛天脚一用力。长长的书架摇摇欲坠，在宋浩瀚震惊的目光里，书架轰然落地，几千本书被压在地上。

"啪！"

当事人阳洛天心有余悸地蹲在倒地的书架横杆上，抹一把汗水，从脚底扯出一个垫脚的相框："幸亏没把右脚压住，不然又得打几天石膏。"又随意瞅了瞅玻璃破碎的相框，相片上小小美貌的少年正乐呵呵朝着自己笑。

一抬头，对上某人幽怨幽怨的目光。

"小天天，我很生气。"毒蛇吐出丝丝腥气，阳洛天打了个哆嗦。

阳洛天如愿见到知情人李氏的时候，浑身筋骨都透着酸痛。一个下午收拾整理几千本书，还得经受某人怨毒的目光。阳洛天终于认可，宋浩瀚真的是列衡宇的亲哥哥。

满脸憔悴，衣裳凌乱，目光坚韧，这一副我见犹怜的外貌带给李氏更多的是感动。这番感动被阳洛天运用得淋漓尽致，终于从这位老用人口中套出了她不知道的真相。

夜色深深，西苑别墅外的花园染上或雪白或昏黄的路灯光芒，幽寂的夜景落在深蓝眼眸里。

"查查我不在的这几天，阳洛天的所有动向。"低低的磁性嗓音倾泻而出，和着醉人的夜风酝酿着。

"是，老板。"

白色栅栏边，月光透过巨大玻璃屋顶渗了进来，染白了他每一寸发丝。

楼下响了响，一个身影鱼儿般窜了进来，东瞅瞅西瞅瞅，见楼上东屋白门紧闭，随即大大松了一口气。列衡宇躲在暗处，挑眉俯视楼下的光景。

阳洛天蹑手蹑脚猫进厨房，橱柜玻璃制的门发出被压制的响声。忽然传来碗具破碎的声音，半晌后，一个黑黝黝的脑袋伸了出来，将摔碎的小碗碎片偷偷扔进垃圾桶。

端着盛满食物的小盘子，踮着脚尖猫进客厅的银色沙发。开了一盏小灯，暖黄的灯光一下子把这个"小偷"俊俏的模样映衬出来。阳洛天两手并用，右手时不时操作一下笔记本，左手颇有规律地往嘴里塞东西。

列衡宇抱着胳膊，背靠墙壁，侧头淡淡看着漆黑中那一处小小的光亮。一鼓一鼓的小腮帮子，认真清亮的眼睛，安详而自然，那张颇为俊俏的侧脸就这么映入深蓝的眼眸里。

楼下阳洛天小心翼翼偷吃列衡宇的存粮，楼上正主目光轻柔地看着楼下的那一道光亮。

第二章 > 怦然心动

你猫在沙发上看风景。

看风景的人在楼上看你……

夜风伴奏,优美的风铃声穿透寂静夜色无声无息响在耳边。

第二日,雷打不动的早餐时间。

列大神已经默认了阳洛天的吃货身份,每天清晨都会奉上两人份的早餐。阳洛天原本是个不到最后一刻绝不起床的人,无奈感慨于某人精良的厨艺,不得不每天把自己从温暖的被窝拔起来。

此外,某人洁癖严重到人神共愤,为了一顿早饭折腰的阳洛天还不得不把自己收拾得人模人样,生怕一个不小心就把自己的早饭给弄没了。

一天中最幸福的事情,莫过于香浓滑腻的蔬菜肉粥冒着丝丝醉人的白气,青青蔬菜碎叶儿伴随着白瓷勺的起落划出清甜香味。举世无双的粥入口,对面坐着个养眼的美人,阳洛天什么起床气都没了,只恨不得将白瓷勺一并吞入腹中。

"小白——列衡宇啊,都说要抓住一个男人的心,先抓住他的胃。"阳洛天美滋滋抱着见底儿的碗,颇有感慨,"小爷的胃现在已经被你给牢牢抓住了,要是再来一碗,这辈子都逃不脱了。"

阳洛天说这句话没有别的意思,根本意图是暗示列大厨神再恩赐一碗粥。以至于脱口而出的"小白脸"都自然而然转化成规规矩矩的"列衡宇"。

说者无意,听者有心。

列衡宇凝视着阳小哥贪婪的小俊脸,带点猥琐的笑意,忽然就记起在中国A市,听那两个女生所谈的话。

列大神心里的诡异别扭情绪慢慢升华。

厨师久久不回应,被美食迷了心窍的阳小哥瘪嘴:"小白脸~小白~~小白~~你不吃小爷帮你吃~"

白瓷勺有一下没一下敲着碗沿，发出清脆的叮叮当当声。见列衡宇俊朗面容依旧不变色，按捺不住的阳洛天伸出爪子，飞快将剩下的软腻香粥一股脑儿倒进自己碗里。

一碗粥，她高兴得仿佛获得了整个世界。

列衡宇唇角微勾，抓住胃吗？

真是……幼稚。一顿早饭就能让他如此满足。

列大神静静望着阳洛天那副幸福的小模样儿，淡淡开口："昨天晚上橱柜里的精肉块怎么不见了？"

阳洛天淡定地说："一定是夜猫偷吃了的。"

"那也好，本就是过期食品。"

……

当日上午，阳洛天正在教室座位上托着腮帮子，思考下一步的计划。暖风习习，班主任雨路走了过来，美眸流转，清澈目光落在少年俊美的脸庞上。

"阳洛天，校长要见你。"

这一刻，阳洛天知道事情已经无法挽回。

三日后，硝烟已过。

时光荏苒，对于阳洛天来说，那些相处的每一个清晨都值得珍惜。

不能留在这片土地，守在这个人身边。

只是当这一天来临之际，她从没想过会如此让人心痛不安。那夜的倾盆大雨浇灭了她所有的热情和希望，以至于即将离开的时候才明白，或许两个人根本就不在同一个世界。

他永远体会不到感情的浓度，就像她永远看不透他高贵的思绪。

第二章 > 怦然心动

黑白琴键细数悠悠年华，风华正茂你我最好的时光，那年那天那音乐厅，那星光灿烂的背影落入眼眸的一刻，命运相赠的红色丝线已经轻轻系上她的心。

仰头看蔚蓝无边的天际，这诡异的三个月就像天上的浮云。

来的时候一身简装独身一人，走的时候依旧孤单一个人，除了酸涩的回忆什么也没有留下。

阳洛天收紧背包肩带，机场人来人往，她像个停留在人潮中的石柱，眼底忽地泛起清亮的水花……

这么一走，恐怕一生都不能回来了。

最痛苦的，莫过于原本最在乎的人，偏偏是那个不会留你的人……

> **惨淡过往**

在圣华片区叫得最响亮的名号，不是所谓特别行政区的最高执行长官，不是那些高高在上的皇室继承人，也不是圣华集团现任的名誉主席兼校长宋任重。

而是那位赫赫有名、锋芒毕露的女强人华琼总裁。

可阳洛天一直认为，华琼如今横行圣华的局面幕后，眼前这位栗白花发的蓝眼睛中年男人必定做了不少暗中推动，更甚是推波助澜。

不到中年，这个一手打造世界顶级贵族学院的男人却已经斑白了头发，额头依稀可见一两道深深浅浅的暗纹。眉眼依旧带着疲惫之色，空寂辉煌的校长办公室，他一身整洁的西装却显得莫名突兀。

"宋校长，您好。"

阳洛天坐定，挺直小身板儿，炯炯目光落在这个和自己有那么一点关系的人身上。

这人似乎高深莫测，又似乎慈悲为怀，阳洛天自认拥有一副24k钛合金眼，看人一来一个准,今儿遇到这位大神的父亲,忽然有点闪眼。

宋任重略带疲惫地揉揉眉心,抬眼打量了下穿白衬衫黑长裤的少年:"阳洛天,从你来到圣华开始,我几乎每天都能听到你的名字。"

声音低低浅浅,如一块沉重巨石压在喉咙上,压抑而沉闷。阳洛天忽地皱起眉头。

"校长,我每天上课,教学楼那儿搁着您的大名牌。"阳洛天扬起语气,笑嘻嘻道。言外之意是,小爷每天也能听到看到你的名字。

闻言,宋校长停止揉眉心的动作,一双精明的眼睛忽地闪出异样的光。这少年的确有几分聪明,不过未经世事,终究还是太浅薄。

阳洛天从来不敢小觑这位校长,能够当列衡宇的父亲,做圣华集团的原总裁,这个人的睿智绝不亚于常人。大伙儿都是聪明人,明人不说暗话。

"校长,我知道你找我的目的。"阳洛天懒懒掀开眼皮,突然不那么正经而坐,不甚优雅地盘腿坐在皮沙发上。托着腮,手肘搁在卷曲的膝头上,侧着毛茸茸的脑袋,黝黑眼珠子落在对面那人身上。

宋校长这辈子见过许多人,阅人无数。如果要直接获得他的肯定,阳洛天唯有开门见山地彰显自己的卓越能力。

"自从列衡宇母亲去世后,校长的性格忽地变了。撒手圣华集团生意不顾,着力打造贵族教育,逐渐把圣华集团实权过渡到华总手中。而后,我发现一个怪异现象,原本恩爱的校长和华琼夫人,居然渐渐疏离,以至于现在两人形同陌路。"

阳洛天在宋宅的那天,发觉那庞大的宋宅某种程度上更像个坟墓,一对夫妻,一个孩子,彼此之间没有交往。仿佛有巨大的沟壑填在这三人之间。

"校长,我知道,自从我住进西苑别墅,您老一直派人监视着我,甚至纵容宋浩瀚母子再三地追杀。"

宋任重神色变了变，深邃苍老的眼眸逐渐凝结。

"希望校长能够回答以下几个问题：

第一，你为什么一再纵容华琼犯错？

第二，为什么要把列衡宇赶出宋家？

第三，校长你最爱的女人究竟是谁，列氏还是华琼？

第四，你所有的现状、动作表明，校长你在逃避现实。"

宽敞奢华的办公室悄然无声，玻璃窗外明亮的世界传来汽笛阵阵的喧嚣。

宋任重这辈子佩服的年轻人屈指可数，他那个疏离淡漠、掌控大权的儿子衡宇，他那个隐忍如毒蛇、伺机而动的儿子浩瀚，如今这个传闻中的阳洛天再一次刷新宋任重的认知。

这个穿白衫的俊美少年，痞气十足，玩世不恭，完全超脱他对一个普通十八岁少年的认知。仿佛一台失控的机器，线路超脱的时候疯疯癫癫神经大条，线路正常的时候精准得像侦探机器，任何细节都躲不开这个少年的眼睛。

"阳洛天，外人一直说你是沧河的间谍。"宋任重轻笑，淡淡冷气从他身上蔓延，仿佛每一丝空气都僵硬成冰。

阳洛天这个人优点数不胜数，最大、最突出、最值得万众瞩目的优点就是脸皮厚。尤其是经过高冷列大神长期的"教导"，什么风雨飘摇、电闪雷鸣都经历过。宋任重的慑人之处在于他长期位于高处打磨成的犀利果断，那些暴戾情绪埋藏在温文尔雅的模样中，一旦被外人扒开那层掩饰的皮，那股子洪荒之力瞬间就爆发。

阳洛天如今做了这个狠狠扒开宋校长伪装皮囊的人。

"我是不是沧河的间谍，这不重要。"阳洛天慢条斯理地扯着自己的白袖子，神色慵懒散漫，仿佛说着的话事不关己，每一个字眼却都咄咄逼人，"重要的是，校长，为什么你一直要欺骗你自己？对华琼母子有愧疚，试图通过打压列衡宇得到补偿。如今又看到独立崛起的列衡宇，忽地发觉自己亏欠了这个儿子。然而你自己却保持在这诡异的平衡中，找不到出路。眼睁睁看着你的妻子和你的儿子们距离你越来越远。"

这个少年不羁的面容带点坏坏的笑容，瞧上去人畜无害。偏偏那双黑宝石似的眼睛，黑色瞳仁幽幽望不尽，仿佛窥伺洞察了前世今生所有的秘密。

事实上，偶尔聪明起来的阳洛天，的确拥有超强的侦破洞察能力，这也是中国国安局那位看上她的原因之一。

宋任重愈发感觉到这个少年的超凡脱俗，即使是世界一流的圣华地区，似乎也容不下这尊来自东方的佛。许久没有人拿着刀子剖开自己的心，那种突兀血淋淋的无奈穿透血管缓缓涌起。

他扶额，微叹："我从没想过伤害小琼和语儿（列衡宇的母亲列语嫣），偏偏两个都被我给伤害了。我试图不偏袒任何一方，偏偏总是左右摇摆。"

当华琼母子出现的那一刻，那个久经凡尘衰老的心终于鲜活起来，宋任重欣喜若狂，只想着给这对母子以最大的补偿，这时候，他忽略了自己还有一个端庄的妻子。

当列语嫣病逝的消息炸在耳边，宋任重这才记起妻子的所有好，端庄、贤淑、温婉、善良、伉俪情深，他发疯一样从夏威夷赶回病逝妻子的身边，这时候，他忽略了留在夏威夷那个同样爱他的华琼。

得知年仅八岁的列衡宇不懂事地将语儿治病的药丸随意丢弃，导致救命药不齐全，间接害死了语儿的时候，宋任重任凭华琼将这个孩子赶出家门，这时候，他把赶走列衡宇当作弥补对亡妻的亏欠。

后来，列衡宇顽强成长、大权在握，宋任重再次打量这个浴血成长的儿子，意识到长达十年没有尽到作为父亲的责任，他试图补偿，这时候，他又忽略了华琼母子的心思。

尤其是宋浩瀚，他活在自己这个弟弟的阴影里，宋任重的溺爱带给宋浩瀚的却是反叛不羁。

兜兜转转，徘徊无策，以至于这个中年男人最终一无所有。

家家有本难念的经，豪门家族这本经书不是托福、雅思，就是甲骨文、易筋经，难念得要命。阳洛天终究是看破了这一层真相。

"校长，小爷才不管你那么多的缠绵悱恻、纠纠结结，"阳洛天轻笑，"我只想请你做一件事：亲自给小白，啊呸，给列衡宇道歉，承认你当年、如今的错误。"

宋任重不解。对面的少年收回笑嘻嘻的一张脸，幽幽说道："虽然揭露豪门丑闻这件事儿比较不符合我一贯的作案风格，不过今儿我还是得说说。对了，我特地带了预防心脏病发的药，校长您要不要先吃两粒压压惊？"

阳洛天当真从兜里摸出一瓶儿药丸，写着正宗的美式英语，小白药瓶凌空而起，落在校长办公桌上，转了个漂亮的小圈儿后稳稳站住脚跟。

校长大人的视线落在药瓶上，凝了片刻，又慢慢转移到阳洛天嚣张又庄重的一张俊脸上，心头忽然一阵子诡谲怪异。

> 最后的礼物

十年前初夏，后埔地区正处于经济喷发之际。卓有远见的圣华集团充分利用第三次科技革命成果，率先将集团打造成片区经济龙头。

就在这时候，一件预料不及的撤资事件发生，圣华集团几乎面临分裂的深渊……

年轻美丽的列语嫣对远归的宋任重一见倾心，两大财团顺利联姻。或许当年宋任重对列语嫣的爱仅仅是浮于表面，谁不喜欢美丽、大方、优雅、年轻而富裕的女子？两手相执走入婚姻殿堂的浪漫却注定不长久。

宋任重手里是雄踞世界经济顶端的商业巨轮，行走在烦琐的尘世间注定消磨那颗热忧的心。生活好像永远那么枯燥、无味、平淡，年轻美丽的妻子、执掌财团的大权、逐渐流逝的光阴，岁月最懂如何让一个人失去朝气活力。

这时候，华琼母子出现在宋任重的世界，初恋的美好、青葱岁月的记忆、失而复得的欣喜，这个男人重新找回了生命的意义，悲剧也缓缓揭开它沉闷的序幕。

列语嫣病逝。

宋任重这时候才恍然大悟，他爱的并不是华琼，他留恋的仅仅是年轻时候那无所顾忌的青春。真正陪在自己身边，时刻关心守护自己的那个人，正是水晶棺材里的那个面色苍白的夫人。

年仅八岁的列衡宇，天真烂漫不谙世事，把病重母亲的药丸当作玩具四处丢弃，以至于列语嫣没能够得到最快的治疗，终于香消玉殒。不只是一个用人目睹过列衡宇丢弃药丸，知道事实的那一刻，本就心痛隐忍的宋任重通红了双眼……

宋家的天之骄子被扫出家门，列语嫣年迈的父亲一怒之下从圣华集团撤资，后埔地区喧嚣波动将近一年，宋任重心力交瘁，新夫人华琼上台力挽狂澜，终于稳固住集团的位置。

……

"可是校长大人，您老难道不了解自己的儿子？"犀利张扬的眼神忽如利剑，"我查过列衡宇的资料：年仅八岁，聪明可爱、偶尔腹黑、智商恐怖、性格变幻莫测，抛开其他不说，这破小孩对自己的母亲尤为依赖关心，得知母亲病重后，居然用了三个月时间完全消化了和身体衰竭疾病相关的医学资料，甚至都能给重病的母亲配药。"

她冷冷望着宋任重沉稳的脸渐渐露出难以置信的神色，看他带茧的手指微微颤抖。

很显然，这位父亲根本不了解自己的儿子。没有谁会相信一个年仅八岁的孩子居然拥有如此骇人的学习能力。当阳洛天翻到书架暗格里那一摞摞的复杂资料，她不敢想象那个小小的孩子是如何昼夜不息、啃咽那些生涩难懂的知识。

想到列衡宇如今那尖酸刻薄、腹黑高冷的俊脸，阳洛天心头一阵子酸堵，这副鬼样子都是宋任重造成的！

"校长，麻烦您老用脑子仔细想想，列衡宇是那种会随意丢弃母亲救命药丸的人吗！这么做，只有两个可能。"阳洛天一字一句阐述。

"第一，列衡宇脑袋里有豆腐渣，不把自己亲妈当回事。第二，他擅自丢弃的药都有问题！"

宋任重肩膀一震，突然从心底滋生出一股痛楚，极致迅速地深入扩散，愈演愈烈，心如刀割。真相的薄膜即将被戳破，宋任重眉眼染上痛苦神色，声音嘶哑无力："别说了……"

"我询问过宋宅那位长期照料列衡宇的年迈女佣，她提及过非常多的普通片段：列衡宇扔掉药丸前，翻看的是加速心肌阻塞的医药介绍；

每次家庭医生过来，他绝不会离开母亲远于两米，一直盯着某个医生的一举一动，好笑的是，当列衡宇执掌列氏集团后的第一天，那个年轻医生就莫名淹死在医院湖里；

他对华琼母子有着分外的仇恨，尤其是对华琼，近年来圣华集团所有的商业亏损都是列衡宇一手造成的。

当然，宋宅里列衡宇的房间一直无人打扫，阴凉适合保存证据。我很有幸地在角落找到一个白色小药瓶，几个胶囊软化留下的黑色污渍，还有一个闭塞的玻璃瓶。玻璃瓶隔绝空气，里面的药丸还保持着一定形状，在校医室检验了下，这些药里包含大量奎尼丁等物质。"

"阳洛天，你别说了……"宋任重紧闭双眼，额头皱纹深深。他从没料到事情会发展到如此地步，狐狸打算狩猎，偏偏被猎物看透前世今生。所有不敢看，不敢想，不敢面对的真相，统统被这个残忍无情的年轻人揭露。

"所有证据，我都发到您的私人邮箱里了，包括华琼总裁对当年那些事的看法。她和药丸有没有关系，我不感兴趣，我希望校长能和列衡宇当面谈谈。"

阳洛天不作声，她看着对面的中年男人眼角簌簌落下眼泪。

人不是慢慢老去的，而是一下子苍老的……

八年前，待在师父身边那段日子。阳洛天曾经在射击场问过一个问题："什么功夫能彻底把对方打败呢？"

师父微微一笑，斜侧着身子，子弹出膛稳稳直中红心。师父说："攻心。每个人心里都有不能触碰的记忆，如果要让他彻底失败，必须将这段记忆血淋淋展现在他面前。"

那时候 10 岁的她不懂 18 岁的她。

后来随着年岁增长，阳洛天逐渐摸透这一功夫。眼前颓废的男人，恍惚幻化成万千凡人饱经风霜的样子，苍老、无力、颓废。

每个人都有一段悲伤，想遗忘，却欲盖弥彰，不如扒开尘埃重见阳光。

有愧疚，却也有淡淡欣喜。

阳洛天给了这位中年男人一天时间修养疗伤，无论他是否亲自找华琼质问或是其他，都不在阳洛天的关心范围之内。她的时间不多了，母亲洛白雪在中国 A 市咄咄逼人，她必须尽快解决在圣华最后一件牵挂心头的事。

第二日天气闷热，天空密密麻麻布满了乌云，天空乌墨似压在心头。

常来咖啡厅的客人们似乎预知一场夏日雷暴，今夜的 Sunshine 咖啡厅空寂无人。

"姓乔的，你给我站住！"木诗诗娇眉一竖，叉着小腰，满脸怒气地挡在乔英宰前面。

自上次和木老爷子"和谐相处"后，木家的风气都变了，木老爷子对这位未来的孙女婿赞不绝口，三天两头打电话要木诗诗把孙女婿带来叙叙旧。

第二章 > 怦然心动

可惜历来尊老爱幼的好青年乔英宰，实在不喜欢和一个老当益壮四处找人打架的老头子相处，加上这几天阳洛天言行举止颇为不对劲儿，动不动就玩失踪搞特务，乔英宰实在放心不下这个人，于是便安装了雷达似自动避开木诗诗的纠缠。

今儿天色阴沉沉，四季如春的圣华片区氤氲在蒸笼里，动一动手指头都能激起一身汗。午后更是闷热加剧，随即猛然凉风习习，木诗诗身着的白纱裙迎风而动，仙气飘飘地挡住乔英宰匆匆的脚步。

她实在不明白这个大高个子脑袋里装的是哪种牌子的豆渣，自己一个漂亮光鲜的大美女屈尊邀请，这人居然也敢果断拒绝。那种从骨子里油然而生的挫败感，深深打击了这位名门闺秀，仿佛为了较量似的，木诗诗偏要再三堵住乔英宰的路，似乎只有这样才能证明自己的魅力。

"今天爷爷特地请了个印度大厨，他说要把你抓来一起品尝印度菜，顺便打打网球、讨论世界网球发展。"木诗诗扬起清脆嗓子，眼睛死死盯着乔英宰。不知何时，她身后靠近两辆加长林肯。

乔英宰英挺的眉毛拧成疙瘩，他着实不喜欢这位小姐脾气的姑娘。整天聒噪得像只自带香味的蚊子，吵得人心烦意乱。如果不是为了阿天的终身幸福，小乔扪心自问，宁愿剃度出家天天念叨阿弥陀佛也不愿意和木诗诗打交道。

"我答应过暂时配合你，并不意味着我必须时刻接受木老爷子要命的召唤。"乔英宰伸手理理脑袋上那一撮黄毛，俊脸带点少年特有的痞气，脚步移动隔开一段距离后。"嘿嘿"朝着木小姐勾勾手指头，自信道："再说，我要走，你一个黄毛丫头能拦得住？"

木诗诗被那个勾手的俏皮动作弄得一愣一愣，突然觉得痞起来的乔英宰也有点儿阳洛天的风味，心头顿生戏弄之心。

"谁说本小姐对付不了你，本小姐要抓什么人，还用得着亲自动手？"

话毕,两辆黑漆漆的加长林肯停了下来,四个穿黑衣戴墨镜的彪形大汉打开车门,东南西北将乔英宰堵在正中。

木大小姐娇笑一声,高傲地扬起雪白的下巴:

"打包成粽子扔进后备厢,不到目的地不准放出来。"

西苑别墅,大客厅。

"老板,资料表明,阳洛天于17日私下和华琼会面,两个小时后离开进入乔家,华琼方面派人追捕未遂。

19日凌晨网络入侵学校档案室,具体踪迹不明。

20日再度网络入侵圣华集团,将集团领导人华琼和宋任重的资料复制过。

21日乘坐宋浩瀚的车进入宋宅,长期待在宋浩瀚的房间,半夜回归。

22日上午和宋校长私下会谈,据闻宋校长当夜便与华琼发生过争执,华琼取消今日的国际会议。"

列衡宇一字一句听着,修长的食指缓缓在银色沙发面上敲出长短不一的音符。他深邃悠远的目光落在落地窗外阴沉的世界,花园里那一株株紫荆树花瓣早已经凋零,翠生的叶子几乎覆盖了整个树干,落在深蓝色眼眸里幻化成淡远的墨迹。

微闭薄唇轻抿,语气有几分不易察觉的危险。

"你说——他孤身一人前去和华琼会面?"

"的确。华琼一直认为阳洛天是促进老板与沧河合作的中间人,那日不知用了什么手段将阳洛天引入101层。阳洛天离开不久,华琼随即派遣最顶尖的保卫队拦截,阳洛天后进入乔家才脱困。此外,圣华集团加强了对网络安全的维护,似乎是阳洛天曾入侵过网路。"

第二章 > 怦然心动

耳麦那头的人丝毫不知道自己言语的影响力，每个字眼都往列衡宇血脉里钻。

华琼历来狠辣犀利，圣华人尽皆知。被这个女人盯上的猎物，几乎都避免不了或死亡或远走他乡的厄运。这些年来她唯一的失手，是列衡宇。

可如今，有人亲口告诉列衡宇，有个少年孤身一人闯入101层后能够安然无恙，被保卫队追捕也能逃出重围。

列衡宇不明白自己为何有心有余悸、带点劫后余生的庆幸，就像紧紧绷住的神经忽然放松，以至于心底蔓延出对阳洛天的不满。

阳洛天他究竟要做什么？为什么明知危险还要深入狼窝？……从来不打算向自己透露分毫。这种认知让列衡宇心堵，玻璃茶几上隐隐倒映的那一张脸，不明白自己心潮波澜起伏的原因。

白色大门轻响，轻快富含节奏的脚步声逐渐靠近。

未见其人，先闻其声。

"小白脸～列衡宇～～小爷回来了～"

清脆婉转的嗓音，雌雄莫辨却分外动人，刚相处的那段日子一听到这嗓音就心生烦闷，如今竟然愈发稀罕这充满活力的嗓子。

"小白脸"这个充满挑衅的词语，听着居然也不会觉得刺耳。反倒当阳洛天规规矩矩称呼"列衡宇"的时候，他心头会淡淡不喜。这种诡异的思绪，从来想不明白原因。

列衡宇勾唇，看见阳洛天瑟缩着脖子，双手紧紧揪住外套边沿，大概今日温度略低，这少年衣裳单薄不耐低温。

他饶有兴致瞧着阳洛天眼睛一亮，三步两步兔子似蹿过来，"哟，你在啊？"

不出列衡宇所料，接下来阳小哥好兄弟似往沙发上一坐，黑亮的大眼睛眨巴眨巴盯着自己看。这样的漂亮眼神儿，有时候会出现在列衡宇的梦里，有时候会出现在他指尖划过的黑白琴键。

只听黑白分明眸子的主人笑嘻嘻说："小白脸～等会儿去 Sunshine 咖啡厅，今晚估计没什么客人，我有一件足以改变你一生的事儿告诉你。"

足矣，改变你一生，改变你的路，希望你能喜欢我最后送你的礼物。

一大片一大片的乌云从天边汇聚，慢慢挤压在一起盖在头顶上。圣华湖不见波光粼粼，风刮在水面惊扰成波浪滔滔。

阳洛天撩开眼皮，以手当篷瞭望湖畔阴郁的天空。这种鬼天气，颇有点像中国八点档言情剧里的狗血情节，不是妻离子散就是情人分手，不是车祸就是癌症，阳洛天心头隐隐升起不好的预感。

Sunshine 咖啡屋漂亮精致，明亮的灯光照亮黑水荡漾的湖。窗纱遮挡住渗入的寒意，落下一道中年男人黑色的侧身剪影。那个中年男人撑着身子，微微叹气，搁置在桌上的双手不住分开、合拢——他似乎很紧张。

列衡宇静静立在咖啡厅外，已经了然那个人的身份，俊眉微微收敛，深蓝眼眸闪过幽光。只是不明白，阳洛天将自己带到这里和宋任重见面的缘由。

"原因。"他轻挑俊眉，淡淡道，夜风拂过他的侧脸，栗色发丝轻舞摇曳。

阳洛天摸摸下巴，咧开嘴角一笑："忽略今晚的鬼天气，小爷送你一份礼物报答你这些天的早餐之恩。"又生怕列衡宇拒绝，赶紧拍拍列衡宇的肩膀补充道："宋校长在屋里等着，他有些事儿想要亲口和你说。你们聊，我在湖边那亭子等你。千万不准临阵脱逃。"

话毕，又好哥们儿似重重拍了拍列衡宇的肩膀，力道之大，差点把列衡宇半边胳膊卸下来。

列衡宇微眯着眸子，瞳孔里的阳洛天嘴角上扬，那丝难以掩饰的期待之色溢于言表。

第二章 > 怦然心动

那双眸子灿若星辰，于是，不忍拒绝。

屋内，宋任重略带不安，沧桑的眼眸不住落在门铃之上。

期待着，又担忧着。

逃避了近十年的现实，再一次血淋淋展现在自己面前，逼着他不得不去面对。

门铃响动，晃悠悠的铃声瞬间将他从思绪沉浮里惊醒。那个和自己冷淡了十年的孩子，陌生又熟悉的冰冷面孔显露，同样一双蓝色眼眸，无边无际看不到尽头。

宋任重怔怔望着来人，他似乎长高了，深蓝色风衣一如既往毫无褶皱，映衬那张希腊大理石似的俊美脸庞。生活在同一所校园，他是校长，他是风云学生，本该时刻碰面的两人却几乎从不相遇。

十年了，宋任重已经记不起当年那个张开小胳膊、央求抱抱的小孩子。恍惚就是那么一瞬间，小男孩成长为这个身长玉立、眉眼冰冷的男人。每一天，都能听到"列衡宇"三个字，不再是宋家高贵的少爷宋衡宇，转身一变成为列家首席执行官。

"小宇……"宋任重艰难地试图呼唤一声，却什么也说不出来，喉头梗塞着一团血，以至于无言无话。

他还能说什么呢……

列衡宇波澜不惊的眼底划过淡淡讽刺，就座，冰冷眸光扫过来人："如果你是来为华琼求情，请回。"

除了华琼，列衡宇实在找不出这次会面的理由。

"什、什么？小宇，我不是……"宋任重根本没料到他第一句话居然如此隔绝，仿佛父子之间仅仅剩下无休止的商业利益，所谓的血脉相连只是淡漠外物。那种认知让宋任重心痛、愧疚、不安，是不是在这个孩子心底，早已没有父亲的概念？

苦笑一声，宋任重记起阳洛天的嘱咐，无奈苦涩道："小宇，是我对不起你和语儿。"

今生今世，再也无法偿还她的爱意，再也无法偿还你完整的童年。

闻言，列衡宇冰冷的脸庞瞬间裂开缝隙，掩埋的记忆伴随难掩的恨意喷薄而出，他冷笑着："我还以为你和华琼恩爱缱绻，早就忘了列语嫣。宋任重，你不配唤我母亲的名字！"

当华琼母子出现在宋宅的那一刻，这个人就已经不是自己的父亲了。

"小宇，都是我的错。"宋任重痛苦掩面，雪白灯光打在他花白的发丝上，白森森一片饱含沧桑，他埋着脑袋，摇头叹息，"我一直以为语儿带给我的是商业家族的巨大压力，列氏和宋家联姻将我送上总裁的位置，昼夜不息的工作让我痛苦不堪，分外想念哈佛那段无忧无虑的日子。后来，小琼的出现带给我新的希望，在她身上我仿佛看到当年无忧的时光。于是我将她们母子接来，我以为我找到生命中最值得珍惜的爱。可是，我错了……当得知语儿病逝的一瞬间，我就知道我错了。"

当年樱花烂漫，女子眉眼如画，温婉大方，微微一笑，月牙儿似的眼便深深刻在游学归来的人心头。夫妻患难，荣辱与共，携手将圣华集团打造成世界经济巨擘。那个一直守候在自己身边的人，是列语嫣而不是华琼。

他爱的华琼，不过是那段无忧岁月的代表。心里真正在乎的，却是樱花树下笑容美丽的列语嫣……只是看不清、摸不透，毁了两个人的一生。

宋任重痛苦闭眼，双手抱着脑袋，那一刻苍老得像个老人："小宇，我爱你的母亲，深深爱着，只是被现实蒙蔽了眼……当年赶走你，是我刻意逃避。这些年每次遇见你，对语儿的爱与愧疚便铺天盖地把我淹没……阳洛天那小子查出了所有真相，我知道你不是故意丢弃药丸的，我知道小琼一直待你不好……阳洛天劝我向你道歉，劝我让你解开心结……可是，我却不知如何开口……"

那个中年男人近乎呜咽，褪去高高在上傲视一方的成功外表，留下来的不过是一个哭泣小丑的灵魂。那一刻他的颓废刺痛了列衡宇的双眼，扎进骨肉痛不欲生。

原来，这个男人也会流泪？

他也有眼泪？

真是好笑……这么多年来，像只缩头乌龟似活着，拱手将大权让给华琼。难道就没看到华琼对列氏一次次的迫害？

列衡宇薄唇微启，眼眸星光闪烁："校长，你知道我母亲为什么病情恶化吗？"

"小宇……"他的声音喑哑干枯，古老枯树皮似沙沙摩挲，皱纹深深、眼神无光。列衡宇躲开对面人的视线，注视着窗纱上自己的影子："的确，你当年误把我当作罪魁祸首。我不怪罪你，因为你至少对母亲有愧疚。可我恨的是，你知道母亲为什么会去世？母亲的病，身体机能衰竭。她本来可以治愈的，可她拒绝了所有药物治疗。她告诉我：与其行尸走肉似活着，还不如就这么死去。说不定这么一死，宋任重心头会有那么一点点悔意。"

少年字字如冰，冷峻容颜幻化成赤焰杀手，毫无半分人情。

"她希望用自己身体的恶化，来挽回你一点点的爱意。可悲的是，宋任重你呢，你抱着华琼在夏威夷逍遥，享受你们甜蜜的度假！这样的你，我怎么可能原谅。"

最后的话，几乎是掐着拳头、忍着血泪，才阻止自己对这个薄情男人动手。

列衡宇至今记得，躺在床上面色苍白的母亲，临死前毫无焦距的眼遥望着夏威夷的方向，她美丽的容颜已经枯朽、发丝添上几分雪色、皮肤苍白透明仿佛浑身血液流尽。

然而，这样的母亲还在期盼着那个人能够回归，至少一眼，看一眼也足够。

她时常对列衡宇谈起当年两人的初遇，那是樱花季节落英缤纷，远归的学子风华正茂、英俊非凡，冥冥之中前世约定似，眉眼流转交换之间倾心相爱。

只是冰冷的黄泉路上，三生石畔，奈何桥头，再也等不到那个人。雪白教堂里念出的生死不离不弃的诺言，在夏威夷湛蓝湛蓝的天空烟消云散……

窗外风声大作，豆大的雨点颗颗往这片大地砸。

冷风撩起窗纱，露出中年男人痛苦苍老、泪珠闪烁的侧脸。

风中传来冰冷的话语：

"我绝不会原谅你。"

天是墨一样的黑暗，雨水连接成线从甍瓦凹处倾泻而下，雨水打在地面飞溅，迷蒙水汽氤氲一片，四四方方密闭的水线水帘洞似将阳洛天困在凉亭之中，隔绝咖啡厅明亮飘忽的灯光。

阳洛天略带不安地张望，时间分分秒秒消逝，她忽然有些说不清的担心。

这是仓促之中的一着险棋，她必须让列衡宇看清内心。

不只是宋任重在刻意逃避着现实，不愿意面对当年犯下的过错。同样的，那个冰冷少年也挣扎在是非对错之中，他的恨意、闭塞、冷漠、傲娇，都是内心的保护色。

宋任重都能抛开一切、直面伤悯，阳洛天希望列衡宇也能如此。至少初夏花开，樱花落尽的日子，大理石碑前，这对隔阂了整整十年的父子能安然相处共同祭奠亡人。

不安等待中，她清亮的眸子望见雨帘外的模糊身影，撑着一把和黑暗融为一体的雨伞，渐行渐近。雨水落在伞面，在伞边沿缀成清亮的水滴，入了凉亭天然而成的珠帘，那把伞缓缓收紧成条，斜斜依靠在亭柱边，伞尖儿晕出一大片水渍。

阳洛天带着惯有的笑容，眉眼弯弯，一个箭步凑了过去。瞥见他深蓝风衣上沾着不少水渍，衣角滴滴答答渗着雨水，阳洛天赶紧伸手帮列衡宇拧了拧衣角。

"小白脸～回来啦，你——"

一只修长有力的手阻止了她的动作，五指紧紧捏着她的手腕。阳洛天一怔，抬头望进他黑暗无边际的眼。

"阳洛天，窥伺别人的秘密就这么让你痛快？"列衡宇薄凉开口，檀棕如茶的发丝

第二章 > 怦然心动

凝着雨水幻化成利剑，这样的他陌生得让阳洛天不安。

"你什么意思……我这么做还不是为了——"笑容凝滞在脸上，阳洛天脸色倏忽苍白。

"谁给你的胆子，居然孤身跑去和华琼对峙？

谁准你和宋浩瀚一路进入宋宅，你难道不知道他多想害死你？

谁让你私自调查我的事，你以为宋任重那个男人道个歉就能化解我的恨意？"列衡宇攥紧她纤细的手腕，深蓝眼眸浸着阳洛天看不明白的狂暴情绪。偏偏语调不高不低，手腕钻心地疼，有那么一瞬间她以为自己活在南极冰川之上。她有些呆滞地看那双薄唇微启，"阳洛天，别以为你能有多特殊，别以为你一厢情愿就能改变我。这凡尘多得是试图妄用一己之力改变世界的人。"

一句话，打散阳洛天所有的希冀。

她期待着今夜能够看到一个焕发新生、看透自我、重试感情的列衡宇；她不惜妄自动用中国国安局的力量偷偷窥探核心商业机密，就为了找到宋任重当年的心事轨迹；她以为一切都如顶级心理学书籍上的描述，解开心结必促使当事人面对心结……

现在这个人告诉她：她做的一切，他毫不在乎。心口仿佛被刀子划开一道巨大的口子，血淋淋疼痛无比，差点儿窒息。

那一刻，锁着这张冷峻的脸，阳洛天终于明白了什么……

难掩的伤痛，像只淋雨的猫咪，不可避免刺痛列衡宇的思绪。今夜他的思绪如亭子外纷飞的雨水，杂乱不堪。宋任重愧疚的话语，阳洛天冒着危险促成的见面，当年剪不断理还乱的纠葛，所有是是非非爆炸在脑海里，以至于素来波澜不惊的情绪转化为不安暴动。

他更不能忍受的是为什么阳洛天拿自己的生命替别人完成夙愿？一想到101层可能发生的对峙，列衡宇再也不能面对眼前这个人，多待一秒，他都怕自己做出什么事情来。

不能面对，所以选择转身离开。

松手，看他踉跄退步，拾伞，踩着冰凉的雨水走出亭子。

一步、两步、三步，远离阳洛天，哪怕远离一刻也好。

伞沿雨水晶莹，树枝摇摆不安簌簌作响，石板砖缝隙汇聚成一条条浑浊的小溪，迷蒙了列衡宇清俊绝世的容颜。

"姓列的！你就是个混蛋！"

身后一声暴吼，那人踩着飞溅的雨水冲过来，挡住列衡宇的前路。

在这个特殊的雨夜里，波澜起伏的圣华湖畔，杨柳树边，昏黄路灯光下，他撑着伞，她在雨水中挡住他的路。一高一低的身影，飘忽成一首无言默默的雨夜交响曲。

"你在逃避什么？如果你真的恨宋任重，为什么还要在他一手开办的学校里读书？为什么明明有摧毁圣华集团的能力却不使用？潜意识里，你根本就没法恨这个男人，没法亲手摧毁他的家族！

你不把心事告诉任何人，甭以为我看不懂。你半夜弹的曲子，纠结得要死，以为小爷听不懂？你房间里的相册，三人合照，没见你扔！你珍惜得要命的李斯特手稿是当年宋任重送给你母亲的！每年扫墓的时候你从不阻止宋任重进入陵园，你敢说你还恨他？小爷就不信，哪个母亲会愿意看着丈夫和儿子分裂！你母亲要在天有灵，早就被你这个不争气的儿子气活过来！

她临死时的愿望是再见一眼宋任重，如今宋任重坦诚他真正爱的人是你母亲，列衡宇，你敢说她天堂有知不会幸福！"

每一个字儿都是沉重的雨点，冰冰凉砸进列衡宇的心。阳洛天看得太透彻了，列衡宇顿下欲要给来人撑伞的动作，深深眼眸凝视那个浑身雨水的人，看她通红的眼睛，看她脸颊上一行行的雨水痕迹，看她脚踩一地的浑浊雨水。

第二章 > 怦然心动

那种被揭开伤疤挖开骨血的痛，蔓延到五脏六腑。

阳洛天忽地笑了笑，湿淋淋的刘海渗出一行行水渍，她冷冷盯着眼前的人。

"你以为小爷愿意和华琼作对？你以为小爷傻得明知道宋宅是狼窝还往里钻？你以为小爷真不愿意离开西苑贵得要死的别墅？你以为小爷真想天天跑到这破咖啡屋赚那点儿刚够塞牙缝的钱……"

蓦地一笑，阳洛天狠狠迈进两步，铁钩似的手指穿透列衡宇的领口，狠狠一扯，猝不及防的列衡宇不由地微微弯下脑袋，两人目光交接在同一水平线上。

"你弹钢琴怎么那么好听？

你长成这副鬼样子天天诱惑小爷安的什么心？

你有事没事装高冷腹黑做什么？

你能不能别煮那么好吃的早饭，能不能别把我当弟弟一样照顾，能不能别那么好……"

所有心事砰然爆发，阳洛天揪住对方领口的力道愈发增大，指尖几乎泛白。

"小爷万花丛中过，不沾半点草。居然栽在你这个人身上，你哪里好啊？有洁癖、爱装酷、腹黑鬼、高冷猪、笑面虎、冷起来自带空调，小爷怎么就中意你这人！居然会爱你这种人！脑子有毛病！"

一把抹掉脸上的雨水，湿淋淋的刘海斜斜搭在脸上。阳洛天恨铁不成钢地瞅着眼前略微呆滞的人。心里好像有种说不出的滋味，好像全世界的苦胆黄连都在自己肚子中翻腾，她受不了，想把这种苦吐掉，但是这东西刚到嘴边，又硬生生地咽了回去，空留她一口苦涩。

"看什么看，发什么呆，小爷喜欢你！小爷在跟你告白！"

辛酸痛苦齐齐涌上心头，阳洛天攥住列衡宇领口的右手使劲一扯，左手狠狠扣住对方后脑勺，张开血盆大口咬了过去……

被你伤成这样，临走前怎么能不拿点儿利息！

灼热的气息驱散雨夜的寒冷，雨水纷飞电闪雷鸣中冰冷火热交接，撬开对方牙关，往死里纠缠。吻他冰凉的唇，攥住他每一寸冰凉或炽热的呼吸，如当初黑屋里不经意的吻，如大红幕布里唇齿相接触，如醉酒的夜里死命的折腾。

黑伞悄然落下，溅起湿漉漉的水花，列衡宇眉梢微动、长睫翕合。正欲推开来人，对方却早有察觉，霸气十足一把推开列衡宇。阳洛天余光扫过列衡宇试图推开自己的动作，心头针扎似疼痛。

"成，小爷不玩了。你要怎么报复都成，老子以后再帮你做事，我就从圣华大厦跳下来！祝你和宋荟乔白头偕老。"

最后那句话，在水花四溅、风雨交加的夜里模糊不真切。列衡宇蓝眸深深，那个少年纤细的身躯被雨水浇筑得像一道飘忽的幻影，看上去那么形单影只。

伸手，触碰刺痛的嘴角，任凭耳畔风声呼啸。

雨声渐渐消失，被雨幕遮掩住的灿烂夜色渐渐显露最初的繁华风貌。只有空气中残留的那丝丝难以掩盖的冰凉水汽，天幕还压着几团厚重的乌云，还在昭示着不久前的一场雷暴。

西苑别墅光线熹微，花园墨绿树荫中、密密草丛侧埋藏的防盗灯有规律地闪烁，二楼东边白色栅栏边依稀一道修长模糊的身影，凭栏凝视无边苍茫的夜色。

风刮在脸上，凉凉冰冰。

穿插渗入的凉风轻挑起他细碎的发丝，上下飘动间轻轻舞动出悠悠带点野性的旋律。他十指交叉，微弱灯光落在修长剪影之上，道不明地惆怅。

"看什么看，发什么呆，小爷喜欢你！小爷在跟你告白！"

"居然会爱你这种人！脑子有毛病！"

脑海里反反复复飘着这几句话，那少年倔强而不甘的面庞清晰浮现在眼前。列衡宇静静凝视栏外绿影婆娑的地儿，心潮一时起伏澎湃。

或许，阳洛天那小子希望能看到另一个自己，搁下恩怨郁结自在活着，没有阴暗里的算计折磨，没有钢琴曲里淡淡的忧愁，没有眉眼之间淡淡的疏离冷漠……谁知抱着最大的希望，却得到了最无奈的失望。这么多年，阳洛天是第一个走进自己圈子里的人，抑或唯一一个。他无声无息带动着自己的情绪，远远超过宋任重的影响力。

喜欢？告白？

这少年历来敢作敢当，被激怒所说出的话，绝不可能掺假。

列衡宇薄唇微勾，深蓝眸子闪过流光。

转身，走向西屋，叩门。

如果喜欢是一个理由，列衡宇希望这个理由一直持续下去，不讨厌，反而有种揭开香醇酒酿盖子的淡淡欣喜，慢慢酝酿越来越强烈。

不过那扇门，好像里面的人在负气，没有任何回应。

一分钟后，列衡宇危险地眯着眸子。

"阳洛天，你在里面？"

无人回应。

不安情绪忽然蔓延心头——难不成他没有回来？列衡宇素来做事果断，这一想法刚出炉，三秒后结实的白门痛苦呻吟一声被踢开。

屋子里黑漆漆一片，列衡宇用最快的速度在各个房间里搜索，屋里只有一团团杂乱无章的摆设。

阳洛天的卧室一如既往地凌乱不堪，桌上杂乱堆着一大堆有关圣华的资料，要点都被细心地用红笔勾出；床头电脑还处于待机状态，文件夹里有条不紊罗列着各个计划细节——利用华琼偏执的性格扭转战局、针对李氏的心理盘问、黑客入侵要点、宋校长心理攻破……

　　这里就像个小小的犯罪场所，列衡宇几乎可以想象，在一个个漆黑如水的夜里，昏黄灯光下，那少年咬着笔头细心勾勒每一处细节的认真模样。五指划过资料上的红色笔迹，大大小小的红圈穿透指尖化为心脏处新的血液。

　　"詹姆士，打开圣华校园监控网，全面搜索阳洛天。另外，把坤叔送来西苑。"

　　黑暗中，他淡淡地、优雅地伸手，如蛰伏在暗夜里伺机开动的猎豹，指尖触碰被某人蛮力咬破的嘴角，微微一笑。

　　"来来来～～再喝一杯～乔小子真畅快。"

　　长桌、白纱、花景、珍馐美味、毕恭毕敬的两列女仆，华美水晶灯高高悬在天花板，照耀一片笑声朗朗。

　　"当时战况极其激烈，眼见着那美国佬就要扭转局势，我们阳光华大将之风啊！英勇！英勇！反手一扬，跳起，狠狠来了个扣球～瞬间秒杀那美国佬～～哈哈哈～～"木老爷子醉得东倒西歪，顶着两团红透的腮帮子，迷迷糊糊吐着酒气。说到自己偶像的球场之风，激动地一扬手把好好的印度西兰花直接扔到对面，现场模仿了个餐桌上的网球之战。

　　边上同样醉醺醺的乔英宰，翻着半百的眼皮，吐一个大大的酒嗝。颇为自豪道："阳光华吗，我认识，阿天的老爸嘛！以前还手把手教我，教我打过球呢～那气度、那姿势、简直帅炸了～老爷子我跟你说……"

　　木诗诗幸灾乐祸瞅着一老一少耍酒疯，目光落在乔英宰红辣椒似的脸上，你小子装什么酷？本小姐一杯酒就把你逼回原型，让你嘚瑟天天念叨着阳洛天！

　　身边女仆轻轻走过来，压低声音道："小姐，乔少爷的手机。"

　　木诗诗一瞥显示屏上的来电人，先是一愣，恍惚以为火星砸到自己脑袋上。很快反

第二章 > 怦然心动

应过来，随后接过手机打发女仆离开。

"阳洛天在你这里？"那人的声音冰冷毫无温度，冻得木诗诗小姑娘一个哆嗦。

"没、没有，乔英宰在我家，我哪知道阳洛天跑哪去了，喂喂喂~喂~"木诗诗秀眉蹙弯，为什么列衡宇要找阳洛天，难道阳洛天出事了？

木诗诗回头瞥过餐桌上聊得热火朝天的一老一少，木老爷子哪里还有半点儿成功人士的风范，此时此刻就是个酒疯子，至于乔英宰这小子，一喝醉男女不分，撒个尿都要考虑脱裤子还是脱衣服。

微叹一口气，抬眸见已经雨停夜半，木诗诗抬手吩咐管家将两个醉鬼分开。

那两个醉鬼还在胡扯，木老爷子哈哈大笑："乔小子，那场球赛明明赢了，你是只猪吧？这都记错。"

乔英宰不满地晃悠脑袋，满嘴酒气："胡说，我才不是蜘蛛~唉唉，你们把我和老爷子分开做什么？"

木诗诗沉痛地扶额，娇手一挥："统统扔回各自房间，把门关死了，不准放出来！"

女仆领命，赶紧拖着乔英宰往客房走。醉酒的乔英宰脑神经全都成了粗直线，扬起嗓子大呼大叫："门关死了？门关是谁啊？哪个网球队的？"

老爷子迷迷糊糊，打了个酒嗝："门关死了？没听过门关这个人啊~~"

木诗诗闭眼，捏紧拳头，深呼吸好几次——两个醉鬼！

大半夜的，坤叔被詹姆士从被子里拔出来，塞进一辆跑车。人还没清醒过来，马达轰鸣之际他这把老骨头就被转移到西苑别墅。

那精美壮阔的欧式建筑安静伫立在暗夜，雪白灯光是黑夜的眼，窥伺这位发须斑白的迟暮老人。

宽敞的客厅里，银白色沙发上坐着俊朗绝世的少年。

灯光映衬得他面容刀刻般精致慑人，深幽眼眸仿佛洞察一切，散发出超脱这个年纪的睿智冷傲。

坤叔发现，自家那个爱干净成癖的少爷，此时身上那件深蓝风衣还在滴水，他檀棕色的发梢还微微带着湿润。很好奇，是什么火星撞地球的大事改变了少爷素来的习惯。

印象中的列衡宇，一旦认定某些事，绝不会轻易改变。

除了"是"，就是"否"。

"坤叔，今夜暂且在西苑休憩。"

坤叔愣了愣，自家少爷大半夜不睡觉，把自己转移到这里，就为了让自己换个睡觉的地儿？

也不等坤叔回复，列衡宇自顾迈开修长的步子上楼，房门轻闭。

坤叔皱起树皮似的眉骨，丈二和尚摸不着头脑，侧头询问身边那位黑衣冷脸的詹姆士："小宇今儿怎么了？"

詹姆士冷冰的面孔毫无生机，仅仅掀了掀机器似的嘴唇："今夜宋任重和少爷有过短暂会面。少爷与阳洛天发生过争吵，并且——"詹姆士顿了顿，大理石雕塑似的脸上浮现几分异样。

坤叔不解："并且？并且怎么了？"

詹姆士深深盯了眼一脸好奇的坤叔，喉头动了动，模样有些不自然："并且，产生了某些肢体冲突……随后，阳洛天失踪。"詹姆士一直暗中保护列衡宇的安全，充当着无形保镖的职责。几个小时前，大雨倾盆，詹姆士偶一回头，瞥见雨水纷飞中阳洛天惊人的动作……

约莫是詹姆士的话过于隐晦，坤叔听得不明所以。

唯一知道的是，当夜的东屋灯火不眠，有人凭栏凝思，一站就是一整晚。

次日清晨，雨后的圣华洗尽铅华，微微湿润的水汽凝在翠绿树叶上，汇聚成水珠滴落在湿润的土地里。漂亮的天然白石铸成半球透明似的陵墓，围着小小一圈活水，活水源头一棵绿叶繁茂的樱花树张开绿伞安静守候着沉睡的人。

六月时节，樱花已谢。

黑鞋踏上湿润的土地，深蓝眼眸久久停驻在白色大理石碑上的小小相片上。女子年轻、美貌、温柔，笑容动人。

列衡宇缓缓捂着心口，垂首，轻唤一声母亲。

母亲，若有在天之灵，你必定会支持我的决定……

身后有窸窣响声，列衡宇回头，熹微晨光中，宋任重略带不安、难掩憔悴地站在三尺之外。仿佛一夜之间，他便消磨了十载年华，成为皱纹深深、发丝斑白的老人。

他模样局促不安，面上难掩尴尬愧疚之色，大概这人打算趁着天色未亮，避开众人来这一方墓地守候一会儿，谁料在这里遇见列衡宇。十年来，列衡宇一直排斥宋任重出现在母亲的墓前，宋任重只得私下悄悄在那方土地上逗留几分钟，说几句话，甚至不敢触碰那冰凉的石头。

昨夜雨急风骤，凉薄的话语仿佛还萦绕在耳畔。宋任重留也不是，走也不是，局促而不安。

他看见自己的儿子慢慢走近，心脏骤然拧紧，少年在其身侧顿住步子，淡淡看了他一眼，随即抬步离开，自始至终，无言。

第一缕金色的阳光穿透薄云、渗透樱花树翠绿的叶，洁白墓碑神圣而美好，那一刻，宋任重忍不住老泪纵横。

"人在哪里？"银色沙发上，低沉如磁石的嗓音悄然响起。

詹姆士面容不改，头微低下，机械似地开口："昨夜雷暴过于激烈，监控设备清晰度直线下降。仅仅能判断出阳洛天坐上一辆红色跑车。圣华片区有超过一千辆相似的红色跑车,排除时间地点人物因素,共有125辆符合标准。"

言外之意,要找出阳洛天的踪迹还需要花点时间。阳洛天这小子反侦察能力超一流,他(她)真要藏起来,就是把偌大的圣华片区碾成渣慢慢用筛子盘查,他也能变成一团不起眼的废渣从缝隙里钻出去。

列衡宇轻笑,修长食指慢慢敲打着旋律,一下一下,扣人心扉。

十二个小时,哼,挺能躲的。列衡宇几乎能够想象,某个角落那俊美少年病怏怏、被伤透心的可怜模样。

列衡宇薄唇微勾,深蓝眼眸悄然泛起危险的涟漪,整个人被慵懒霸气环绕,浅笑,半月形的薄唇有着让人捉摸不透的邪肆。像猎豹,黑暗中睁开狩猎的锋眸。

"詹姆士,撤下所有人员。"

"是,老板。"

黑衣男人微战栗,此时此刻老板的模样,恍惚让他记起国际谈判桌上那霸气外泄、肆意风发的男人。像另一个世界的神,无声无息窥伺猎物翻滚在掌心。

詹姆士毕恭毕敬退出,坤叔正和蔼笑着从厨房走出,脱下围裙招呼客厅里的男子:"少爷,赶紧过来吃点,今早你可没吃早饭。"

列衡宇神秘微笑,薄唇上扬,不作答。

坤叔会意,靠近沙发,微鞠躬:"少爷,何事?"

只见那俊逸超群的少年起身,坤叔心头涌起一丝诡异之感。那感觉就好像、好像自己打光棍几十年的儿子,突然在清明时节雨纷纷的日子赫然宣布自己有了个即将进门的女朋友。

于是乎,坤叔活了大半辈子,见惯了风风雨雨新奇诡事,如今听到了这辈子最振奋人心、最诡谲震撼的话。

他默默守护了十年的少年，淡定地对他说：

"寻你来有两件事。第一，我打算将宋任重的名字刻在母亲墓碑上。第二，我不会传宗接代了。"

我不会传宗接代了？！

坤叔用了整整半个小时，终于消化了自家少爷的话中话。

少爷正逐渐打开心结，慢慢原谅这个冷漠的世界。并且，他有中意的对象了……对方，似乎是个男的。

"咳咳，那个少爷……您是不是对阿天她有其他想法……"

坤叔觉得自己吞下了一只埋在土里几千年的苍蝇，那滋味难以言喻。坤叔知道阳洛天是个女孩儿，也由衷希望她和少爷两情相悦，如今似乎女悦男，男悦女，就差两手一牵你侬我侬，可是男方仿佛误会了什么……

列衡宇微微点头，清俊眉宇流露罕见的坚定之色："我中意他，即使他是个男人。"

> 宋大美人儿

雨后世界一片清新，窗外传来鸟鸣，细碎阳光穿透碧绿树叶儿渗入屋内。

屋子里凌乱不堪，泥水四溅惨不忍睹，白墙壁上清晰可见一个个深凹、怒火十足的脚印。

兴许是嘈杂的鸟鸣惊醒了刚入睡不久的人，她不满地嘟囔着，不愿意睁开眼睛，右手迷迷糊糊摸索床面，扯来枕头直直往窗外砸去。软枕头精准地穿过窗口，甩到榆树繁复穿插的枝杈上，惊飞树上卿卿我我的两只鸟儿。

世界终于太平了，阳洛天撩开眼皮没了睡意，两只红眼睛愣愣望着天花板上<u>丝丝缠</u>

绕的花纹图案。

有时候人清醒着，还不如睡过去。睡着了至少还会做个不好不坏、不那么残酷的梦，而人一旦处于清醒状态，就意味着不得不面对残酷的现实。

有时候阳洛天也会想，是不是她这辈子拈花惹草、虚龙假凤过了头，触怒了冥冥之中的神灵，以至于好不容易的一次动心，或许是此生唯一一次，连相爱执手的花苞都还没有，就不得不残酷凋零。

还不清楚自己对他的喜欢有多深，当某一瞬间突然反应过来，那些长久以来微微酝酿在心头、发芽开花的情愫早已经超脱哥们儿友情，这时候列衡宇已经无形之中给自己顽强的生命按下难以磨灭的烙印。

可……又怨得了谁呢……自始至终都没人强求阳洛天去了解宋家往事。仅仅因为说不清楚的爱意，潜意识里不愿意听到悲哀的钢琴声响彻梦境，不希望列衡宇活在孤立淡漠的世界，她便义无反顾投入一场战争。

结果，不出意料，得罪了土皇帝似的华琼，破坏了顶级商业集团的利益。

最后，战争输了。

她不得不离开，从始至终都是一个人的闹剧，像个小丑似活在自己的世界。

"醒来足足一个小时，你还不起来认错。"门边斜斜倚着一道猩红身影，手中优雅执着高脚酒杯，血一样旖旎迷醉的液体轻轻摇曳在修长手指之间，一如那人妖冶的红唇。

阳洛天侧头轻描淡写看了一眼，随手扯回东倒西歪的被子，统统往自个身上罩着，把自己裹得严严实实，手触及尚还湿润的衣裳，心头升腾起一股子莫名的烦躁。

"小爷爱躺多久就躺多久，你管那么多！"话毕，又使性子似使劲把一床被子统统包在身上，手指狠狠揪着被子往死里扯，扯得指尖发白、眼眶通红，也不知道和谁生闷气。

宋浩瀚红唇一勾，目光从一堆堆破损的家具上转移到床上，饶有兴致锁着阳洛天闷

第二章 > 怦然心动

闷不乐的小俊脸。昨夜暴雨倾盆，宋浩瀚琢磨着回不了宋宅了，于是改道前往学校附近的个人私宅，谁知半路突然冒出个湿淋淋的野人，剽悍霸气地逼停自己的车，一脚踹烂车门蹿进来。

宋浩瀚还没反应过来，浑身淌水的人忽地哇哇大哭、撕心裂肺，差点震破他高贵的耳膜。

野人一哭不要紧，宋浩瀚赫然发现这位天外来客居然是阳洛天那小子。

不知道当时什么心态，居然就把阳洛天接到私宅来。

阳小哥没有半点儿犹豫，随便找了个房间钻进去，砰然关上门，屋子里拳打脚踢的响声持续到凌晨，才终于消停。

"跑车修理费20万，家具损坏费35.7万，住宿费10万，精神损失费100万，总共165.7万——美元。"宋浩瀚微笑着，饮下一口香醇的82年法国红酒，性感的喉头微动，一举一动难掩魅惑，撩人心扉。

阳洛天默不作声，幽幽目光盯着门前妖冶的霸王花。

人倒霉了，连逃避都逃上贼船！

宋浩瀚身着丝绸大红睡袍，光滑布料愈发衬得他美艳动人、妖媚之极，腰间随意扎了个腰带，深V领口中露出精壮结实的胸膛，美人缓缓靠近，自带一阵子诡异的香气。

"小天天，昨晚吃了什么药？这抽风抽得挺有深度的，居然敢往我的车里钻。"宋浩瀚微弯腰，长指轻挑，勾小宠物似挑起阳洛天的下巴。手指轻轻摩挲着，阳洛天觉得自己的下巴被一把冰冷的小刀子控制着，仿佛只要敢轻举妄动，就面临喉骨破碎的命运。

这么一凑近，宋浩瀚才看到阳洛天原本漂亮的双眼红肿一片，眼里血丝密布，双目再也没有印象里的勾人灵气。只见眼底青黑，脸色苍白而颓废，活像失去精元的行尸走肉。

"为什么我没有发烧，没有生病三天三夜？"阳洛天掀掀嘴皮，还是她连生病装傻、逃避现实的权力也没有……

宋浩瀚一怔："嗯？"这只小猫咪发什么疯呢……

"小爷淋了几个小时的雨，吹了几个小时的风，穿着湿衣服睡了半宿，居然还没有发烧，连老天也瞧不起小爷？！"

宋浩瀚敛起好看之极的眉毛，手掌优雅一翻落到阳洛天额头上，温度平平。这小子没发烧啊，怎么老说胡话，难不成被一百来万的欠债吓傻了？

"宋美人，把你账户给我，三天内还你两百万，多的钱送你买几万包 ABC。"

这样镇定自若、不发疯、不咬人的阳洛天，着实吓到了宋浩瀚。他不清楚 ABC 是什么东西，只怀疑阳洛天究竟是受了怎样变态的刺激，才能如此性情大变？

性情大变的阳小哥继续有条不紊地抽风，动动嘴皮道："答应你的事情，我也会办到。回国机票已经订好，下午 3 点起飞。以后我再也不会出现在你和华琼眼前。"

当初进入宋家私下会见李氏，与宋浩瀚达成的协议便是离开圣华片区，永不回归。

那时候毫无顾忌地将离开挂在嘴边，是因为圣华没有牵绊自己的人。如今终于看破内心桎梏，却又不得不离去。

宋浩瀚眉骨一动，蓝色瞳孔不着痕迹转动，这只张牙舞爪的猫咪终于学会听话了？

"……你舍得那五千万租金的豪宅？"宋浩瀚顿了顿，似乎有些恋恋不舍。犹豫着，终于开口，"如果愿意，你可以住到租金用完。华琼总裁那里，我可以替你挡着。"

"不用。"阳洛天脑袋一转，蹭开钳住自己下巴的手指，声音喑哑。

"原因。"

"小爷失恋了。"

"……哪家小姐入了小天天的眼，真可怜。"

阳洛天深深剜了眼近在咫尺、妖娆美艳的男人，仿佛赌气似开口："列衡宇。"

第二章 > 怦然心动

平地一声雷，轰炸在某人脑海。

屋内保持着长久的沉默，宋浩瀚幽蓝空旷的眸子划过难掩的诧异之色。阳洛天的脸色完全不似说谎，单单薄薄、脸色苍白，仿佛只要轻轻一触碰他的脸颊，那双眼睛就能溢出水渍来。

耳畔悄然响起雨夜，那浑身湿透的少年难掩的呜咽哭泣，蜷缩着身子，在陌生的副驾驶座里毫无顾忌地大哭大叫。宋浩瀚的心，被无形的手攥着攥着，陌生冰凉的痛意悄然而生。

好像自己放在心头的玩具，只能自己玩弄的玩具，有一天居然跑到另一人处安家。

"……我那位所谓的弟弟，被小天天你看上了。"声音低沉绵长，余音拖着长长的调子百转千回，似听到天大的笑话。宋浩瀚垂眼，眼前的阳洛天颇有点自暴自弃的意味，什么都不在乎，什么都敢说敢言，临走前的决绝昭然若揭。

宋浩瀚依稀记得，阳洛天在圣华校园圈混得风生水起，凭着漂亮的皮囊和翩翩绅士风度四处招摇，收割大片大片的少女心。虽然也有关于其好男风的坊间传闻，不过宋浩瀚绝不认为这少年会是个 gay，直觉而已。

阳小哥闷闷不乐，折耳猫似耷拉着脑袋，蔫头蔫脑："是挺喜欢他的，得得~和你这种冷血的人也说不清楚。"想了想，又颇为无奈地补充道："等你哪天喜欢上一个男人，费尽心机给他做了个满汉全席，结果那混球居然告诉你他已经出家了。相信你就会理解小爷的感受了。"

那语气，颇有一种看破红尘、饱含沧桑的通透。阳小哥就差穿着袈裟、拿着佛珠，口头念一句阿弥陀佛。

宋浩瀚：……

屋子里的气息蓦然诡异，宋浩瀚动动猩红薄唇，吐气如兰，忽地凑近一脸沧桑的阳洛天。奢靡香气淡淡萦绕，阳洛天皱着漂亮的小眉头，不大习惯眼前放大的一张妖媚之极的脸。

"小天天，既然你知道我喜欢男人，为什么还要往我的床上躺？"

冰凉的手指头，混合着他低迷的气息，阳洛天鸡皮疙瘩直落，恶寒地往床沿缩了缩，满脸嫌弃地甩去眼神冰刀子。

心头滚过一万只某种动物，她怎么就忘了，宋浩瀚闻名于世的不只是他卓越的外貌，同样还有他颇为坦诚的性取向。

见阳洛天死尸一样的脸终于有了变化，宋浩瀚心情稍霁，愈发地生了戏弄之心。一个灵气十足的阳洛天，远比丧尸脸的失恋者好得多。列衡宇这不近人情、不食人间烟火的怪胎，怎么值得自己可爱的玩具伤心落泪？

于是乎，宋浩瀚冰凉的手指头愈发不老实。

"我是喜欢男人，尤其像小天天这种一看就让人食指大动的男人，特别让人有征服的冲动。"

话毕，宋浩瀚单脚优雅支在床头，左手灵活解开大红睡衣腰带，右手蛇一样想要缠上阳洛天白生生的脖子。

"你有病吧？之前是谁动不动就要弄死小爷的。征服？呸！"阳洛天抽抽嘴，眼见着那不安分的手朝自己被子上扯，吓得自己小心肝儿差点裂开。

小爷一世清白可不能毁在身上，阳小哥赶紧踢开被子，弹簧似跳下床，落地靠墙，做了个牛哄哄的标准空手道防守姿势。

"小爷空手道有段者，你敢动手动脚，我就让你断手断脚。"

一扫之前的阴郁，她苍白的面容染上红晕，满脸警惕，灿若星辰的黑眼珠子咕噜咕噜转动，贼兮兮的，终于有了几分人气。

宋浩瀚轻笑，慵懒扫眉，退回床沿，慢条斯理地收紧腰带，将乍泄的春光一并收回："终于活过来了，小天天。"

眼前这个精气神十足、敢作敢拼的少年，才是宋浩瀚印象里的阳洛天。什么鬼失恋破暗恋，统统不值得放在心上。

阳洛天何等聪明之人，瞬间便明白了这个人的思考模式。

这人是在用这种变态的方式来安慰自己……心里怪怪的，连带着瞅他的眼神儿都怪怪的，阳洛天绝没有想到这个开口闭口要弄死自己的人，居然也会这么有人情味。

"别离开圣华，没了你，这片土地会少了很多趣味，空寂得像坟墓。"宋浩瀚道，他的玩具怎么能脱离控制，这不应该。

阳洛天动动嘴皮子，她实在不明白这些贵族们的世界。在这里，生活就是一出狗血剧，前一秒要杀了你的人，下一秒会安慰你；前一秒苦苦逼走你的人，下一秒会突然挽留你……

可是留不住了，她不属于这里，她属于鲜活热闹、自由自在的Ａ市。

午后1点，西苑别墅。

阳洛天略带忐忑，以为自己会见到冷面待人的列衡宇，可除了空荡荡、精致依旧的房子，什么也没有。心也变得空落落的，填补不上。

简单收拾好行李，仅仅一个背包，一双白球鞋，一身衣裳。她知道在中国Ａ市，洛白雪正在掰着手指头倒计时，准备又一场无聊的聚会。

临走时回眸一瞥，西苑别墅的花园枝繁叶茂、花开正好，阳洛天记得初来时，这里草叶初生、春林初盛。

> 被劫持的少年

"通往中国北京的航班即将起飞,请乘客们提前……"

阳洛天深深呼吸,转身朝检票口走去。居然心里还在隐隐期待着什么,简直就是自作自受!

机场人流有条不紊地移动,阳洛天精神飘忽、心神俱伤,没了历来的精明果敢。不知被谁挤了挤,后脖颈忽然一痛,还没来得及出手,眼前蓦然黑漆漆昏沉一片。

朦胧之中,有道陌生的声音响在大脑回路里:

"赶紧拖走,那边等不及了……"

十分钟后,机场匆匆闯进几道人影。乔英宰冲在最前面,面带焦虑四处搜寻。身后几人各自分散在人群之中。

"候机厅没找到人。"

"检票口监控没有阳小哥的踪迹。"

"有出入检录,但没见到人。"

乔英宰揉揉生疼的太阳穴,抿嘴不语,巨大的刺扎在五脏六腑。如果昨夜不喝醉,今朝能早醒,他又怎么会错过?

机场巨大的落地窗外,银白机翼映射初夏骄阳,徐徐飞往蓝天白云之间。

阳洛天曾经受过特殊训练,被袭击后苏醒速度极快,睁开眸子入眼却是一片漆黑。伴随着微微晃动,她知道自己被装在扎得牢固的黑袋子里,或许是被扔在汽车后备厢拖走。

尽力使自己冷静下来,越是不知前途的时候越不能慌张。

究竟是谁想要抓自己,这次离开几乎是没人知道,如果是华琼,她应该如何对付?

正想着,车子停了下来。阳洛天脑袋瓜子一个惯性不稳,砸到车门。忽然感觉有人靠近自己,随即天旋地转——黑袋子被外力扛了起来。

晃悠晃悠,阳洛天被折腾得头昏脑涨只想呕吐,不过想到呕吐到黑袋子里的下场,她不得不强忍心头的不舒适。被蛮力扛了大概一两分钟，仿佛走进一个空空大房间，脚踩在地板上有清脆的回声，悠悠响在阳洛天耳边。被扔垃圾似砸了下来，落到冷冰冰的地板上。

"华总，人带来了。"

对方凉薄讽笑："退下。"

屋子里空荡荡的，阳洛天敏锐听到高跟鞋踩地发出的尖利之声，好像要戳破皮肤似的刺耳。随即头顶一亮，银刃刀子割破黑袋子，她一抬眼就看到华琼美艳姣好的脸，带着讽刺与憎恶。

抿嘴，余光一瞥，这是面积中等、空荡荡的储物间，倒也算得上整洁干净，天花板正中央吊着大大的白炽灯，白幽幽的光下，清晰可见四个角落各自站立着的黑衣保镖，门口更是守着两个大汉，华琼身后亦有一个体型壮实的高大冷脸男人守护。阳洛天特别留意了一下这个冷脸男人，他身上淡淡的冷气狠辣似曾相识……

她脑袋还是晕乎乎的，后颈一阵子刺痛，短时间内想要逃出去颇有些难度。华琼这女人八成是新仇旧恨一块儿算，偌大的圣华操控在她掌心，想要揪出个从海关外逃的阳洛天实在太容易了。

华琼优雅坐在藤椅上，两只雪白的手慢条斯理把玩着一把三寸长的镶金匕首，狭长的凤眸含讽扫过阳洛天狼狈的一张脸。

"阳洛天，对付你这样诡计多端的混混，不能用文明人的手段。"她红唇微启，随意弯曲指头，轻轻朝银刃刀面一弹，清脆的刀刃锋鸣久久回荡在空寂的屋子里，割在阳洛天"脆弱"的小心肝儿上。

阳洛天强忍着心头蔓延的呕吐感，动作利索地站起来，嘴角勾起惯有的弧度："华总，我既然已经答应离开圣华片区，便是说话算数。你又把我拐回来，这是何种意思？难不成堂堂圣华集团的总裁,也是个背信弃义的普通女人?"

华琼身后的保镖捏起拳头,面带怒色。华琼淡笑,轻扬起匕首阻止:"没事,他说的是实话。"又将目光落在略显狼狈的阳洛天身上,只见他衣裳凌乱、俊脸苍白、肢体动作略有停滞。

华琼不由心情稍霁:"我和你之间的协议,的确如此。可阳洛天,你入侵我集团网络在先,私自闯入宋宅窃取机密在后,已经动了我的底线。"

阳洛天瞬间明白华琼绑她的初衷。宋校长为人何其精明,他既然知道列衡宇当年蒙受了不白之冤,只稍稍深入探查,便会知道华琼在其中所做的手脚。最爱的女人被初恋情人暗算,怒气难掩的宋校长难免会和华琼有口角之争……

阳洛天安静下来,被感情伤害的女人拥有无与伦比的破坏力,尤其是华琼这种位高权重、政治背景强大的女人,稍微触及其逆鳞,必将死相惨淡。

"华总,话虽如此,可当年之事,的确是你暗中偷换药物……"

"是又怎样!"华琼美艳的面容扭曲,狠狠攥紧手中尖利的匕首,修长身躯微颤,仿佛记起某些伤痛。

"可列语嫣那女人根本没有吃药,她根本就没有吃下去!她以为任凭病情恶化就能得到宋任重的怜惜吗?活该病死!自始至终,都是列语嫣自作自受!她死就死了,居然还敢破坏我和宋任重的感情!"

阳洛天皱眉,眼前的女人几乎处于疯狂的边缘,这让阳洛天颇为无奈。想来华琼对宋任重用情至深,陷于感情中的女人实在过于恐怖。她们会疯狂地寻找宣泄口,阳洛天好巧不巧就是促成这一场面的最大因素。

"咳咳~"阳洛天捏拳作势咳了咳,暗中活动筋骨调整身体状态,一面与这个近乎疯狂的女人斡旋,"华总,宋家内部之事,从今以后我绝不参与。我此次回中国是高层的安排……"

阳洛天试不厚道地又把沧河帝企搬了出来，反正天高皇帝远，有个象征性的免死金牌保身总是好的。远在中国A市，刚入睡的某高层打了个响亮的喷嚏。宠溺地抱着怀里的人，某高层迷迷糊糊想着，是否有谁在背后胡诌。

"那又怎样！你一再破坏我的家庭、破坏我集团利益、暗中与列衡宇合作，早就是我圣华集团的敌人。"华琼精致的妆容扭曲，美艳眸子几乎狰狞，"本总裁的敌人，只有死！"

阳洛天心想："我还能说些什么呢。"

别人都把"死"搬了出来，好比位高权重的皇帝大人一道赐死口谕，尔等再怎么高呼"臣妾做不到啊"都没用。

阳洛天实在好奇，宋任重这位大叔究竟和华琼吵了什么惊天动地的架，说了什么伤害女人脆弱小心肝儿的八股文，以至于华琼连最珍视的集团利益都抛到一边，拼死拼活要弄死自己。

"嘿，华总，女人何苦为难……小孩子呢。"阳洛天"嘿嘿"一笑，瞳孔里清晰可见对方魔化似的脸，那种揪心的痛苦忽然让阳洛天记起昨夜的自己。

她不着痕迹后退，脚掌慢慢朝门边旋转弧度，只要速度够快，把门边那两人以最快速度放倒绝对无碍。只是不明华琼究竟带了多少人手，门外的形势又如何。

事到如今，只有奋力拼一场。

唯女子与小人难养也……宁可得罪天下所有的男人，也不要得罪一个疯狂的女人。

华琼狞笑站起，那夜宋任重的话有多么伤人，她就有多么想灭了这个少年。她一步步朝着阳洛天靠近，手中精致的匕首愈发寒光四射，含笑目光落在阳洛天欲要逃离的脚步上。

想逃？想得美！

分散在四处的黑衣保镖也缓缓靠近,纷纷朝着门边位置防护,阳洛天皱起眉头,大约是想要以最快速度超越众人奔到门口,脚步飞也似蹿了三米远。众保镖脚底生风挡住去路……

谁料阳洛天猛然一转身,箭一样冲向毫无防备的华琼。右脚凌空侧踢,击中华琼攥着匕首的右手腕,匕首飞出掌心,砸到地上发出冷冰冰的响声。

阳洛天原本想要迷惑众人视线,做出要逃亡的假象分散注意力,乘机将华琼压扣作为筹码威胁。怎料到华琼身后的黑衣男人着实厉害,冷酷眼眸犀利扫过阳洛天,一把护过华琼,阳洛天踢出去的脚被强有力阻断。

数招下来,愈发不敌,打遍天下无敌手的人终究败了。

头脑昏沉的阳洛天被一双铁钳似的胳膊锁住,双手被叉在背后,面朝地板动弹不得,颇为狼狈。

这货居然这么能打!阳洛天咬牙。

华琼艳丽的脸庞划过厉色,揉揉生疼的右手腕,从保镖手中接过精致的匕首。轻蹲下身子,居高临下盯着这个少年。

"你是挺能打的,不过泰森是我高薪从FBI挖来的搏击手。明日海边浮起你发肿尸体的时候,你就知道得罪我的下场了。"

阳洛天心头"咯噔"一声,这位泰森居然是从FBI出来的……难怪会给她一种错觉,当年师父身上也有同样的气势。

现在也顾不得这么多,阳洛天心底哀号。

小爷还没有睡了列衡宇,还没有正正经经和洛白雪谈一场正事,还没找师父求教技术,卡里还有老爸送的几百万没花,居然这么就英年早逝了!

华琼手中的匕首慢慢凑近,阳洛天几乎都能感受得到匕首刀刃上溢出的寒气,顺着自己俊俏的小脸蛋儿划过去，每个汗毛都不寒而栗。

"华总，有事好商量……动刀动枪多么……"

"阳洛天，你该死。"华琼猩红嘴唇微动，手里寒光四射的匕首落到阳洛天光洁的脖子上。阳洛天咬牙闭眼，从没有想到自己居然会是这种死法……

如果有来生，她一定要正正当当做个女孩，一定要找个像列衡宇这样的人谈一场轰轰烈烈的恋爱……

绝望之际，门外忽地传来窸窸窣窣的脚步声。

来人深蓝眼眸闪电似扫过屋内，冰冷目光落到被压在地板上、动弹不得的少年身上，沉静道：

"华总，你匕首刺向的，是我的人。"

匕首刀刃尖一战栗，阳洛天脖子刺痛一下，她能感到温润带腥的液体顺着脖颈慢慢滑落。

那道嗓音实在太过熟悉，三个月来日日夜夜响在耳畔，以至于紧闭的眼帘忽然泪光朦胧。撩开眼，忍着胸口翻涌的不适，她想要再看看那个人。即使知道被压在地上的自己卖相必定颇为狼狈，像小乞丐似的可怜兮兮。

余光里，他一身修长得体的黑衣，棱角分明的脸一如既往冷酷慑人、睥睨万物，优雅得像黑夜中的魔，悄无声息铸造翻手为云覆手为雨的神话。

明明只间隔了一个雨夜，两人之间宛若跨过了整整一个春秋，阳洛天胸口破损的血色大洞终于被莫名的情绪填满了。

突如其来的变动让华琼微怔，她妆容精致的脸闪过几分不可思议。

泰森一手制造的劫持计划，人群中针迷、多辆车分散注意力、郊区库房潜藏，配合圣华集团精良的保卫，被察觉的可能性几乎接近零，为什么列衡宇能够找来这个地方？

这个人的防控网络究竟触及强悍到何种程度？

那个高贵淡漠的年轻男人，愈发让她心悸、不安，事实不止一次昭示——她一手打造的圣华帝国正逐渐转移主权。

"小宇，你我素来井水不犯河水。今天阳洛天必须死，谁也不能阻止。"华琼缓缓起身，厉色目光与门边的男人交接。身后人高马大的泰森抬手将软绵绵的阳洛天压到一边，反手锁住在胸前。

精致匕首的刀尖，渗落两滴红豆似的血珠，列衡宇蓝眸刺痛似缩了缩。昨日还意气风发、霸道蛮横的阳洛天，今天却弱成一只收敛爪牙的猫咪，垂着乱糟糟、毛茸茸的脑袋，模样十分可怜。

怎么都忽视不了她白皙脖颈上慢慢滑落的一行红色丝线。

列衡宇凝视落下的红豆似的血迹，薄唇微勾："华总，我说了，他是我的人，谁也伤不得。"

他微沙哑的嗓音似波浪海潮擦过海岸，温柔迷离，却让人不寒而栗。

饶是久经磨炼、铁血的华琼，也不禁有些战栗。眼前这个黑衣少年，早已不是宋宅里躲在女佣身后、一脸恨意的小孩子。他有至上的权力、庞大的财团、超常的经营手段作为筹码，正一步步成长……

那种错位的屈辱感漫上心头，华琼手指一扣，狠狠咬牙："那、那又怎样！阳洛天触碰我底线在前，我必须让他付出惨痛的代价。"

话音还未落，门口忽然踢踢踏踏一阵躁动，詹姆士一张大理石似的脸露了出来，毫无感情的双眸似探照灯扫过屋内，在泰森同样冰冷的脸上逗留半刻。两人平直的嘴角不约而同扬起挑衅的弧度。

数个特卫蜂拥而入，最重要的是，这群人都手执冰冷的95式自动步枪。局势瞬间扭

第二章 > 怦然心动

转,在场华琼手下圣华集团的保卫都未曾携带热武器,特制匕首绝不可能抵过枪支。

华琼大骇:"你、你居然私控武器!"

随即话音停滞,华琼这才留意到特卫身上的防暴盔甲服,这些特卫分明就是圣华警司的特警。

圣华地区虽然被财团控制,但依照国际法,唯有警察才有正大光明使用枪支的权力……

他居然能控制地区警察的力量,华琼万万不曾料到。

列衡宇淡漠微笑:"放人。"

空气凝滞,屋子里一时只剩下呼吸此起彼伏。

阳洛天的眼神在95式自动步枪上停留了会儿,淡定地看了眼列衡宇,后者报以安然一笑。阳洛天被这笑容晃了眼睛,随即白玉似的耳根瞬间变成红葡萄,心不由自主跳了跳。

她别过脑袋,轻声对身后压制自己的高大男人道:"可不可以放开我一下,不然后果自负。"

声音轻轻,一句话搅乱了一潭死水,众人眼神纷纷落在这个关键人物身上。

泰森面孔不变,约莫以为阳洛天要耍花招,铁臂一转,阳洛天像只猫儿似身子旋转,毛茸茸的脑袋正对着泰森铁板似的胸膛。

"泰森大叔,别这样,不然你真的会后悔的……"阳洛天喉咙动了动,脸色愈发苍白扭曲,连带着话语都有些诡异的颤动。

泰森一脸刚毅,满脸写着"老子从FBI出来的铁血战士怎么会受你这种小角色威胁"。

众人只当阳洛天在劝告对方放下武器、立地成佛。唯有最了解阳洛天的某人,微微皱起好看的眉——阳洛天果然是特别的,即使是擦枪走火、危机四伏的场面,她都能折腾出莫名其妙的幺蛾子。

或许这就是阳洛天吸引他的地方,列衡宇想,那人是如此特别。

阳洛天喉咙滚了滚,最后略带怜悯地看了眼刚正不阿的泰森,以及其胸膛上的黑皮护胸,终于忍不住,嘴张了张:

"呕……呕……呕,咳咳……"

"呕……"

老子被绑成粽子扔到黑不溜秋的后备厢,又闷又热还被起起伏伏地折腾,胃里早就翻天覆地、翻江倒海,就差一个合理的时机倾泻而出。

阳洛天由于心情不佳,午饭就吞了点面条,这点儿积攒在胃里的存货统统落到泰森铁板似的胸膛上。白白黏黏的异物从黑皮护胸上顺溜地流下,滴在泰森世界顶级的山地靴上,诡异酸酸的气味悄然蔓延,一个劲儿往泰森欧式挺翘的鼻子里钻,这个铁血硬汉面容诡异扭曲,浑身僵硬,两只虎眸盯着阳洛天半天吐不出一个字儿来。

华琼:……

泰森:……

众人:……

呵呵……居然会是这种场面,原本剑拔弩张的局势夹杂了些尴尬、哭笑不得的元素。

列衡宇心头无奈叹口气,果然,这才是阳洛天的本性,亏得他早就习惯了……

修长手指优雅一勾,特警接令蜂拥而上,转眼控制住华琼等人。其中一个穿正装的特警头子取出搜捕令,义正词严道:

"华总,有人举报您私下羁押学生,请和我们走一趟。"

华琼淡然收回匕首,和政治作斗争切忌一味反抗。她背景强大,只要面上"配合"调查,这件事很快就会被压制下去,集团利益也不会受损。

只是……看来列氏早已经入侵政治领域,以后在商业和政治上的斗争交锋必定不少。

华琼一行人在持枪特警的羁押下离开,临走前,华琼淡淡的目光扫过正在漱口的阳洛天,袖口里攥住匕首的手猛然收紧,指甲几乎掐进肉里。

　　阳洛天吗?

　　哼,看你能好运到什么时候!列衡宇护得了你一时,护不了你一世,圣华可不是你的天下!

校草的秘密（下）

一弯月 著

中国广播影视出版社

第三章 > 花样年华

第三章 > 花样年华

你喜欢的人,正巧也喜欢你,
两情相悦是一件多么幸福的事儿。

郊区某酒店。

阳洛天冲进洗手间里，里里外外把自己洗了个香喷喷纤尘不染，换了身干净衣裳。大爷似地盘腿坐在沙发上，阳岳医生瞄了她一眼，面无表情替她收拾脖子上仅仅一厘米长的划伤。

"哟，阳医生～小爷还没死呢，你这副表情就如丧考妣。一厘米的伤口也是伤啊，医生的天职乃是救死扶伤。"

阳岳瞪了眼阳洛天幸灾乐祸的脸，幽幽开口："阳洛天，你私自使用那边的技术入侵圣华片区网络，这笔账还没算。回头你必须亲自跟那位解释。"

一个并非国安局人员的外人，居然动用国安局的资源办私事，此举动已经严重违章。若非阳洛天的师父是国安局的局长，阳洛天这小身板儿都不知道下了油锅炸过几次了。

阳洛天"嘿嘿"一笑，正要开口调笑几句。忽然门把轻微转动，有人走了进来，阳洛天立马闭上了嘴。

阳岳淡定起身，收拾好医护用具，简单提醒阳洛天几句医疗常识，和进门的列衡宇简单目光交接后离开。

酒店房间干净整洁，安静无声。

窗外温和的阳光洒了进来，列衡宇勾唇，看阳光落在那人细碎的短发上，看阳小哥黑宝石似的眼珠子转啊转，转啊转……

空气暧昧而尴尬,阳洛天悄然红了耳朵乱了心跳。

"咳咳。"她假装用力咳了咳,试图打破诡异的氛围。

阳洛天不自然地别开脑袋,转动身子面朝晶莹剔透的落地窗,毛茸茸的后脑勺对着列衡宇。即使这样,阳洛天也能感觉到他炽热而温和、邪肆而淡然的目光仿佛要穿透空气、穿透自己的身体。

"那个……那个警局那边都处理好了?你还挺厉害的,居然控制了圣华警司。"

"嗯。"他淡淡应了句,凝视阳洛天别扭的后脑勺,精致唇角勾起优雅的弧度。小猫咪别扭了?真是可爱。

阳洛天心里抓狂。

她胸腔里满满都是乱七八糟的别扭,昨晚上她还看透生死看破红尘,今天居然就直面惨淡的人生。列衡宇那句"他是我的人"翻来覆去在阳洛天脑子里跳大神,一想到这几个字儿背后可能蕴藏的深意,阳洛天连带着呼吸都有几分灼热、不安,从来没有觉得和一个人独处会这么……心跳加速、语言系统紊乱。

"还有,死里逃生还是挺感谢你的,当然,小爷这回是马失前蹄,并不代表小爷实力不行。"

"嗯。"不咸不淡的一句回应。

你多说几个字成不成!你是机器人啊?阳洛天胸口情绪滚滚翻涌,觉得身后是一座岩浆滚滚的大火山,悄无声息灼伤自己的脸颊,气氛变得古怪而尴尬。

阳洛天绞尽脑汁在脑海里翻字典,力图找出几个字眼儿来结束这局面。

"咳咳~那个……今天天气真好啊,阳光真暖和,你说是不是?对了,你吃早饭没……"阳洛天差点要咬断自己的舌头,脑子有病啊,说的这是什么话!天都要黑了,问别人吃早饭没?

"你在逃避。"列衡宇凑近。

"哈哈～胡说，小爷才没有逃避，逃避个毛线……"

沙发软了一下，阳洛天每个神经末梢都因某人的靠近叫嚣着。他的声音响在自己耳朵后，每一个敏感的毛孔都舒展开来感受他的靠近。厚脸皮一辈子的阳洛天，悄无声息挪动了下屁股，与列衡宇保持了一段非常和谐的距离。

谁知列衡宇淡定地移动，又将阳小哥红着脖子拉开的和谐距离补上。

阳洛天赶紧又挪开一段距离，列衡宇淡定地继续补上，两人在酒店沙发上展开了一段微妙的角逐战，直到阳小哥被逼到了沙发末端。

阳洛天心疼地发现，再挪动，自己就得在地板上安家落户。咬咬牙只得停下来，小身板儿直挺挺板着，勉强撑起后脑勺对身后之人说："咳咳，那个～～昨晚我有些喝醉了，做的什么鬼事，说的什么鬼话，一点儿也没记住，你甭放在心上。"

身后之人默了默，阳洛天小心翼翼地吐了口浊气，眼珠子东飘西飘计算着从这里逃到门边的距离。

"酒后吐真言，你说的都是实话。"列衡宇淡淡开口。

阳洛天瞪大眼珠子，针触似地反弹，脑袋方向盘似地转过来："不是，我真的胡说的，咱们是好哥们儿，哥们儿之间开个玩笑……"

四目相撞，心里翻江倒海，阳洛天的话卡在喉咙里，吐不出来咽不下去。

"玩笑，嗯？"列衡宇危险地眯着眼，一个"嗯"字儿语音高高挑起。

阳洛天瞬间觉得心头窒息，似被外力狠狠攥捏住，差点儿呼吸不过来。话说出口，又不好意思转口，阳洛天顶着压力，露出惯性笑容打马虎眼：

"对啊，大家都是哥们儿，开个玩笑挺正常的，哈哈、嘿嘿、呵呵……"

"哎哟，小白脸是要搞哪样？甭用这种杀猪的眼神儿瞅我成不？"阳洛天心里一阵哀号。

列衡宇用眼神扫了一下悻悻的阳洛天，幽幽开口："我没把你当哥们儿。"

或许很早之前，就不再把你当作其他人，你灿烂的笑容，你纯粹率直的性格，你隐藏心底的善良无忌，你一低头的温柔，都悄无声息地铭刻在我苍白寂寥的生命里，给我以生生不息的爱意。

你于我是最独一无二的存在。

阳洛天哪知道列衡宇深藏的思绪，仅仅知道这货估计……呃，也许、可能、大概、应该那啥终于铁树开花、公鸡下蛋，估摸着爱上自己了……

滑头的阳洛天赶紧顺着楼梯往下沿话，"嘿嘿"一笑："是是是，你一直把我当弟弟嘛，我知道，我知道……对了，我得走啦~补张机票回中国估计还来得及。"

列衡宇眼见阳洛天还想着逃避，微微叹口气，伸手打算揽回某人，时时刻刻瞄着列衡宇每个细微动作的阳洛天连忙后仰避开。殊不知背后是冰凉的地板，阳洛天的后脑勺直直朝着地板砸去。

"哎哟！"

眼疾手快的列衡宇顺势扑了过去，长臂一伸，揽住阳洛天摇摇欲坠的身子，再往软绵绵的沙发上一放。天旋地转之间，阳洛天缓过神来，眼前却是一张放大的俊脸。

列衡宇长睫微颤，人神共愤的脸出奇地温柔、好看、迷离、邪肆，俊朗之极的眉宇间流淌出令人窒息的情愫，浓烈又纯粹，阳洛天差点儿就要在列衡宇酥酥软软的目光里软化成泥。

大囧害臊的阳洛天忍住流鼻血的冲动，连忙伸手要拉开两人的距离，两只扑腾扑腾的爪子一个劲儿推搡着列衡宇精壮的胸膛。

"别，我妈在家等我吃饭呢，先放开小爷成不？"

他微叹，对付这只张牙舞爪的猫咪，唯有使用最直接的方法。

低头，轻吻。

唇齿相接，暧昧气息悄然流转。

怀里的胡乱折腾的人瞬间就安静了。

他轻柔缱绻的吻说明了一切，她心里流淌过醇醇酒酿，醉了所有思绪神经。

你喜欢的人，正巧也喜欢你，

两情相悦是一件多么幸福的事儿。

宽阔的马路，法国冬青行道树青翠欲滴，深蓝跑车轻快行驶在郊区马路上，夕阳的余晖透过前车窗玻璃洒进蓝色跑车座。

抬眼望向天边海岸，有海鸥洁白的身影转瞬即逝。

她洁白的下巴展现优美弧线，挡风墨镜也掩盖不住喜意。精致漂亮的嘴角上了发动机似的一个劲儿往上翘。

阳小哥伸出五个手指头，挡住眼前漂亮的夕阳，两只脚兴高采烈地左晃右晃，带颜色的眼神儿隔三岔五飘向身边的男人。

上辈子究竟是做了什么孽，这辈子居然把他给看上了……

就算是淡定的列衡宇，也受不了阳洛天这骇人的小眼神。

"小白脸，小白～你猜我在想什么？"阳洛天咧嘴直笑。

列衡宇默然，这还用猜，小脑袋瓜子里就那点东西。

果不其然，阳洛天自顾自扳着手指头，喃喃自语道："真是奇怪，小爷昨天还以为世界走到尽头，今天突然就来个狗血剧情大反转，居然就把神给套住了。小白脸啊～小爷身上哪些闪光点被你给看上了？我特好奇。"

列衡宇：……

阳洛天忽地咧嘴一笑，翘起舌头"啧啧"感叹："谁叫我长得帅、心地善良、大方得体、人见人爱～哈哈哈~"

事实上，阳洛天觉得自己除了智慧超群、极具魅力、温文尔雅、风度翩翩、彬彬有礼、威风堂堂、天下无双、人面桃花、英俊潇洒、气宇不凡、风流倜傥之外，就没有什么优点了……

一路上都洒满了阳洛天肆意的笑声。

列衡宇侧头，瞥过喜滋滋的阳洛天，轻挑起的漂亮眉毛、咕噜咕噜冒话的嘴、一耸一耸的肩膀，灵气十足可爱得暖人心窝。

"阳洛天。"

"嗯？怎么，难不成又要……嘿嘿？"

……

乔宅，天色微亮。

乔英宰顶着两个偌大的黑眼圈，下巴青青一圈儿小胡茬，闷闷窝在屋子里等待手下的消息。往干涩的嘴里灌了两口水，慢慢咽下去。

阳洛天突然不告而别，杳无音信，无疑是当头一棒。

中国A市无消息，圣华片区也没消息，那一刻，小乔才知道自己那么在乎她，也意识到原来权利如此之重要。

或许八年前，那个无所畏惧直面枪林弹雨的小姑娘就闯进心来，披着哥们儿的外套与之相处，乔英宰再也没法移开心思。

"老乔老乔，你当年是怎么追到乔嫂的？"

乔英宰心头烦闷，一把揪住正在乔宅忙活的老乔，张口就连珠炮似的发问。老乔擦擦手，万万没料到自家少爷会突然问这话，一时间愣在原地。

"老乔，你说喜欢一个人怎么就这么痛苦呢，脑子里成天都想要了解她的一举一动，她笑一笑，我就开心得几天睡不着，她一哭，我就愁白了头。一旦不清楚她的动向，心里就火烧火燎……唉，真痛苦。"小乔抓耳挠腮，满脸纠结，"我妈以前跟我说，有权力才有爱人的能力，我终于信服了。"

你永远不明白权力的力量有多大，直到你需要它的那一刻。

老乔想："难不成少爷他对哪家姑娘有心思了？居然要顺从理事长的意愿？"

嗅到恋爱气息的老乔赶紧停下手里的事，天大地大自家少爷的事情最大。估计少爷是看上木家小姐了，那姑娘是挺不错的。

"这个……少爷啊，既然喜欢就去追，老乔我拼了一把老骨头也会帮少爷的。"瞅着乔英宰爱恨交织的脸色，眼底隐隐可见的黑眼圈，老乔心头一动，这副模样不就是暗恋纠结的典型代表吗？没想到木家姑娘居然这么有能力，抓得住少爷那颗浪子心。

老乔正想多说几句，门外女仆温声道："少爷，阳小哥过来了……"

女仆话音未落，一道修长灵活的身影便窜了进来，伴随着爽朗的话儿："小乔～小爷回来啦，你躲哪儿了还不快快接驾？"

阳洛天刚露面，乔英宰结实的胳膊便锁了上来，撞得阳小哥鼻子发酸、眼泪差点就掉了下来。

"哎哟，你松手啊～小爷快被你憋死了！"话虽如此，阳洛天倒也没真推开小乔。

自己不告而别，害哥们担心，总是自己的错。

"阿天，你小子死哪儿去了？电话关机、房间没人、机场蒸发，担心死我了！"乔英宰哇哇大叫，死也不放手，几乎把毫无防备的阳洛天捏到骨肉里。

站在边上目瞪口呆的老乔管家，看着这个感人肺腑的画面，脑神经忽然一跳一跳……

好几分钟后，兴奋过度的小乔同学终于恢复了点儿良知，松开铁钳似的胳膊。一把揽过阳洛天的胳膊，哀怨道："你不给我解释清楚，今天就甭想出我乔家大门。"

阳洛天露出一口雪亮白牙，神秘兮兮开口："等会儿跟你说个事儿，走，去你房间我慢慢跟你说。"

"成。"

耳朵尖的老乔闻言，一脸纠结别扭，心差点儿跳出胸腔。孤男寡男共处一室，这、这……

老乔眼睁睁看着少爷和阳洛天勾肩搭背朝楼上走去，经过老乔身边时，阳洛天还很友好地朝这位受人尊敬的管家神秘一笑。

那笑容原本充满革命友谊，在老乔眼里不知不觉变了味道，就好像狮子分解猎物前的迷之笑容。

在老乔担忧的目光里，精致大门轰然关闭。老乔摸摸下巴，思忖着摆在面前的难题……

"老实交代，你消失的原因。"乔英宰眯着眼，盯着盘腿占据自己床铺的漂亮少年。

阳洛天闷笑几声，似乎想起什么事儿来，小俊脸慢慢有些绯红。

"洛白雪给我找了个对象，是个男的，让我回去见个面谈谈婚事。"

乔英宰心头"咯噔"一下，试探问道："你……真要回去？"

"本来是要回去的，可现在就是死，小爷也不回去。"阳洛天笑呵呵地在床上左摆右摆，盘着两条长腿，一副嘚瑟的小模样儿。

小乔心头长松了一口气，你不离开，多好。

"那你怎么就要留下来了？"

阳洛天"呵呵"一笑，笑嘻嘻道："小乔，哥们儿我告诉你一件事儿，开心事儿一起分享。"

"啥事儿，难不成你又调戏了哪家小姐？"乔英宰特熟悉阳洛天的这种表情，笑得没心没肺，小贱小贱，特别招人牙痒痒。

阳洛天摇摇头，一字一句道："我把列衡宇收了。"

前一天晚上阳洛天做梦都笑醒了，大半夜乐呵呵去敲列衡宇的门，后者幽幽目光扫过神经异动的阳小哥，淡定地将其拖回原本的狗窝。

一大早，列衡宇临时有事，不得不前去处理华琼的问题，阳小哥乘机溜到乔宅来通知自己铁哥们儿这一惊天动地的消息。

乔英宰先是微愣，随即释然一笑："呦，阿天你小子又做了啥鬼事，小宇子这次又大发慈悲原谅你了？瞧你那嘚瑟的样儿。"

丈二和尚摸不着头脑的小乔同学，仅当阳洛天又闯了弥天大祸。

阳洛天神秘地摇摇头，伸出食指划了划："不是，我的意思是我和他在一起了。"

屋子里空气凝滞，笑容停滞在乔英宰阳光俊朗的脸上，半晌后蹦出几个字："阿天，你烧坏脑袋了？"

怎么可能……

"以前小爷还以为，我这不男不女的性子估计一辈子打光棍，以后和尚庙又多一个修道的阳大师，"阳洛天盘腿，慢悠悠左晃右晃自己的身体，模样认真得让乔英宰感到陌生不安。

"我这人历来敢拼敢作，活了这么久也没几个人能让小爷受挫。偏生到了小白脸那里，我就像贴了诅咒符似的栽跟头，那人又神秘又冷漠、腹黑得让人牙痒痒、随便一个挑眉都能让人浑身冒火。可相处下来，发现这人除了人品有问题，其他地方都出色得要命，你无意识地就会被他给吸引，小爷一个不小心就栽跟头了……"

仿佛打开了话匣子，阳洛天一谈起来就没完没了，把最近的事儿倒豆子似的统统倒了出来。

眉飞色舞，喜气洋洋。她历来不会掩藏自己的情绪，纯粹又直白。

乔英宰静静听着，看她神采飞扬、眉眼如画，黑宝石似的眼珠子星光灿烂般动人，乔英宰的心慢慢沉入无尽的深渊里，陌生的阻塞搁在心头，拧得每一股子血液都难掩痛楚。

阿天孤身一人在圣华，不喜欢贵族们的生活圈子，除了自己没有任何深交的朋友，自己有那个责任担当她的肩膀去让她依靠、担当她的倾诉对象。

她这样一个特别的人儿，像黑夜里灼灼灿烂的夜明珠，光辉耀目，本就值得众人追寻、仰望甚至倾慕。曾经还以为她是天上自由自在的青鸟，卓越优秀，没有人能够触及她崇尚自由的羽翼。还以为随着时间推移，或许自己就能走进她的心⋯⋯

的确走进了，乔英宰心头苦涩，她把自己当独一无二的哥们儿，属于情人的那一块心，竟然留给了神一样的列衡宇。

也只有神，才抓得住青鸟的心。让她无意识像个小女生一般，露出独属于女孩儿的青涩。

而列衡宇一旦认定的人或者事，注定了一生不弃。

阳洛天足足说了一个小时才关闭话匣子，灌了两口水润喉咙，一挑眉才发现乔英宰面色略显苍白。两个黑眼圈愈发浓烈，头顶上那一撮儿黄毛蔫兮兮，衬托得乔英宰愈发神色戚戚。

"哥们儿，你昨晚没睡好？"

乔英宰惯性扯出一抹笑容，故作一如既往的痞气，伸手挠挠阳洛天的脑袋："废话，你无缘无故消失，我能不担心吗？以后再无缘无故失踪，看我不废了你两条腿~"

笑呵呵说出这话的时候，乔英宰也不知道自己是何种心思。

有些情愫还没有发芽，就被生生扼杀在泥土里，再也没有翻身的机会。

阿天那样一个我行我素的果敢决绝之人，她不会在意什么世俗的男女之分，什么门当户对，她和列衡宇一样，认定便是一辈子。

阳洛天"嘿嘿"露出白牙，探出爪子使劲揪了揪乔英宰那一撮儿黄毛："成，小爷以后再也不装忧郁、再也不玩不告而别的游戏，成了吧？"

再一瞅小乔凄凄惨惨的脸色，阳洛天 24k 钛合金眼分明探测到，此人仿佛受到了什么极大的打击，欲要掩饰却不得，那种未知的情愫从他眉眼流泻而出。

"小乔……"阳洛天压低声音，"你怎么了……"

"阿天，我在想一个问题。"

"啥？"

"小宇子他以为你是男人，他喜欢的是……"乔英宰不着痕迹地转移话题。果不其然，阳洛天脸色瞬间变化。

"哎哟！"阳洛天猛然惊醒，拍拍脑袋恍然大悟，"对啊，我忘了！小白脸一直以为我是男的，那他究竟喜欢男的还是女的啊？"

当年师父教了她近乎完美的伪装术，世人眼中的阳洛天是俊美异常、风流倜傥的少年郎，而不是偶尔被痛经折腾的小姑娘。

那么问题来了……

究竟列衡宇喜欢的是前凸后翘的女人，还是带把儿的男人？！

阳洛天正纠结着，房门被敲了敲，老乔低沉的嗓音响在门外："少爷，列少来了，说要接走阳小哥。"

老乔苍老的声音饱含异样。

阳洛天磨磨蹭蹭滑出乔宅，身后跟着一脸复杂的小乔同学。

深蓝跑车停在路边。

他檀栗色的发丝染上阳光的柔和，挡风墨镜下的眼眸自始至终锁在磨蹭走出来的少年身上，见阳洛天一脸的"纠结"和"不情愿"，列衡宇眉宇间划过危险神色。

"不是让你在家里等着？"言语清冷。

"我不是找小乔有点事儿嘛，也就待了一会儿。"

还在为列衡宇性取向纠结的阳洛天敷衍回了句，打开车门窜了进去。

列衡宇深深看了眼走神的阳洛天，又抬眼望了望同样"纠结"的乔英宰，初入情场的列大神似乎嗅到了什么不一样的气息。

抬手将打包好的早饭稳稳扔进阳洛天手里，跑车马达轰鸣，化作一道蓝色幻影消失在乔英宰眼前。

乔英宰的浓眉软成一条八字，左一撇右一撇溢满莫名的酸。

他们不过初在一起，为何会自然得像老夫老妻？这样贤惠又冷漠的列衡宇，绝不是乔英宰印象里那位执掌列氏财团、运筹帷幄、拒人千里的人。

管家老乔担忧地望着自家少爷僵硬的背影，孤寂得像一尊望夫石。老乔无奈叹口气，现在的小伙子，好好的姑娘不喜欢，非要去……

蓝色魅影高速行驶后渐渐平缓下来，阳洛天陷入沉思，一个劲儿纠结列衡宇的性取向。一个白包子塞进嘴里，嚼了好半天也没有咽下肚。

要不要跟列衡宇坦白自己的性别呢？

想了想还是决定直接发问："你喜欢男人还是女人？"

列大神以为阳洛天纠结着同性恋情可能不会被世人接受。事实上，列衡宇从未想过自己有一天会心仪一个人，爱就爱了，无关性别。

无论阳洛天是男是女，他喜欢的、倾心的，是这个人，而不是性别。

列大神的本意是"我只喜欢你，无关性别"，为了安抚别扭的阳洛天，让其安心，列大神直截了当地回答："我喜欢男人。"

因为你是男人。

阳洛天差点被包子给噎着……

心里轰隆隆颤抖。

咬牙切齿，又不死心地添了句："小白啊，你真的不喜欢女人？长腿俏脸的女孩儿多好啊，干吗要喜欢前后一对平行线、身材干瘪的男人？"

对方保持沉默，幽幽目光落在阳洛天"干瘪"的身板儿上，的确比普通男人要娟秀修长不少。

列大神忽然就记起一件事儿来，似乎不久前，阳洛天患过私密的男科疾病，难道有了后遗症，所以阳洛天担心以后的生活不和谐？

一想到这，列大神是何等思维，当即拍砖决定：必须找时间给阳洛天做个完整的身体检查，保证其健康。为了将来的幸福生活，阳洛天的身体绝对不能出任何毛病！

"如果……"阳洛天张张嘴，心头无声询问，如果小爷是个女的呢……阳小哥力图挽回一局。

"没有如果。"列大神语气生冷，因为男科疾病就让本大神去喜欢别人，休想。

两个初入情场的小孩子完全不在同一个频道，阳洛天心都快碎了。她顿觉自己左半边脑袋是水，右半边脑袋是面粉，整个脑袋被列衡宇不容置疑的话摇晃得全是糨糊，满脑子乱麻胡乱折腾：

"小爷是个女的，

你居然喜欢男的，

你那么聪明、那么奸诈居然以为我是男的，

如果知道我是个女的，

那你还不把我给甩到十八层地狱……"

好不容易把神的心给捏住，差点连命都丢了才换得两个人在一起，一出虚龙假凤的戏居然成了阻隔两人的最大因素。

他！居！然！喜！欢！男！人！！

阳洛天感觉自己吞了大把大把的黄连，苦到了五脏六腑，前后受阻偏偏怎么也说不出真相。耶稣？安拉？玉皇大帝？小爷上辈子究竟得罪了哪路神仙，以至于这辈子被折腾得哭笑不得。

难道一辈子……都要当一个"男人"？

转过脑袋看他一张俊到极致的脸，高挺的鼻梁，温润的薄唇，修长玉立的身形。阳洛天越看越心疼，越看越纠结，心里暗暗咒骂，你没事长成这副鬼样子做什么，长丑点成不成……

阳洛天恨恨地盯着手里软绵绵的包子，咬牙切齿。

当男人就当男人，当了十八年再当十八年又怎样？

这样一想，脸色稍霁，漂亮的嘴角悠悠上扬，阳小哥恢复一贯的灿烂笑容，又开始喜滋滋往嘴里塞早饭。

列衡宇瞥了眼"心情已好"的阳洛天，精致优美的唇角微微勾起。

这只小猫咪折腾人的花样，还真挺多的。

那么……什么时候带他去做全面体检呢？

中国 A 市，阳家小院。

洛白雪慢悠悠捏住手机，独属于排球女将蛮横的力道几乎让手机壳皲裂。早料到你小子不会回来，老娘事先就想好了对策。

阳光华略带无奈地望着爱妻决绝的背影,一场新的战争又要打响……

圣华片区位于长年风平浪静的海滨,腹地宽广,四季如春的温和气候酝酿出独属于富人们的贵族文化。

最典型的文化之一,便是谈八卦。加之有根源于美国报业巨擘的张小强等和相机黏成一体的奇人存在,这一八卦文化得到了极好的发展。

比如,最近一个传说悄然流传……

话说那日阴云密布、妖气盛行,圣华贵族学院的上空笼罩着诡谲的阴云。学生们陆陆续续、一如既往进入这所举世闻名的特殊校园。

八卦第一人,著名狗仔张小强敏锐地嗅到别样的气息。从阳洛天俊俏惹人爱的小脸蛋出现在教室的那一刻开始,张小强就发觉了异样——俊脸朝气蓬勃,面色红润健康,黑亮眼珠子灿若星辰,每一步都轻盈优雅,丝毫不见前些日子隐隐的颓废之气,精致漂亮的唇角弯起弧度压也压不下去。阳洛天本就长得好看,这下更让人移不开眼了。

张小强摸摸手里的宝贝单反相机,"阳小哥有事儿啊～～啧啧～～"

然而从早上第一节课到下午放学之前,阳洛天依旧是那位谈笑风生、四处留情的主儿,丝毫没有任何异样。倒是他身边那位乔英宰,眼神迷离、心事重重。

张小强疑惑着,坚守一个贵族狗仔的职业道德,放学后偷偷跟在阳洛天身后刺探风声。

1班教室。

从某种程度上说,列衡宇完全就没有留在学校学习的必要,超脱普通富家子弟的身份地位,大权在握,没有任何学校能够容纳下这位大神。

若非这学期横空出现了个阳洛天,或许列衡宇已经全面接手列氏财团……

宋荟乔优雅地理理耳边长发,黑绸带似的发丝划出美丽的弧度,落在光洁的锁骨之上,

第三章 > 花样年华

我见犹怜、楚楚动人。

一张精致的卡片轻放到列衡宇桌上：

"宇，三天后是我十八岁生辰，父亲替我举办了成年舞会，希望你能参加。"

宋荟乔红唇轻咬，美眸饱含期待，她永远看不透这个人的想法，若即若离，每一次想要抓住他的思绪都化成穿透指尖的风。

宽敞的教室里，尚未离开的众同学纷纷竖起耳朵。木诗诗最喜欢这种场面，当即搁下手里的事儿，托着光洁的下巴看好戏。

宋荟乔与列衡宇之间暧昧不清的关系，历来是众人嚼舌头的焦点。加之家族利益的驱使，了解宋家和列家的婚姻动向亦是商业要事。

列衡宇淡淡略过那张烫金的请帖，起身，答："我历来不喜欢这种喧嚣热闹的场合。"

牙齿差点咬破嘴唇，宋荟乔心口被狠狠一拧，明明在同一个教室、在同一个乐队、在同一片天空下，为何他总是距离自己那么远？宋荟乔强撑起一抹笑容："父亲他一直想见见你，如果你……"

"不必。"列衡宇的目光落在窗外阴郁的天空，似乎又要下雨了呢……不知道阳洛天这糊涂小子带伞没？

正想着，教室后门探进一个漂亮的脑袋，黑亮眼睛笑意盈盈落到列衡宇身上。

阳洛天在看到其身后楚楚可怜的宋荟乔之际，乐滋滋的俊脸瞬间垮了下来，她至今记得不久前的那个清晨，宋荟乔坐在副驾驶上信口的那句"谢谢你来接我们"。

搞得就像小三儿入住，鄙视正房似的。

阳小哥迈着大步子溜进去，低头瞥见桌上乖乖躺着的请柬。

"啧啧，这请柬真漂亮，荟乔美女，你十八岁生辰怎么只请列衡宇呢？"

宋荟乔噎了噎，见列衡宇并无异样，又碍于大家闺秀的面子，只得温和回答："如果阳洛天你愿意参加，我自然也是欢迎的。"

角落里看热闹的木诗诗翻了个白眼，好一朵盛开的白莲花。

话音刚落，阳洛天"嘿嘿"一笑，顺手将那张请柬塞进包里："小爷自然会参加的，我历来喜欢这种热闹的场合。"

宋荟乔秀眉微蹙："这张请柬是送给……"

阳洛天摆摆手，一把揽过列衡宇的胳膊："放心，小白脸，小白，跟着我一起去，你说是吧？"阳洛天露出雪亮白牙，笑嘻嘻又带挑衅地望着列衡宇。

问："你想去？"

答："当然想去，凑热闹这事儿多好玩。"

默："那便去吧。"

之后阳洛天含笑着说了什么，宋荟乔半个字眼儿都没有听进去。她美丽的双眸怔怔目送两人消失在视线里，心仿佛被扯开一道血淋淋的口子……

不止一次，他总是放纵、宠溺这个人，或许连他自己也不清楚……

张小强偷偷躲在门口，给这位落寞美女一个漂亮的特写。

第二天，惊天八卦轰炸整个圣华校园。

校园杂志再一次脱销加印，全校园网络头条被亲密无间的两道背影占据。众人翘首企盼杂志编辑部被列衡宇挥手之间歼灭，谁知阳洛天单枪匹马杀到编辑部，仅仅做了两件事。

第一，向编辑部索要了数量不明的巨款，美其名曰形象大使费。

第二，充分赞扬了编辑部作为新闻人的职业节操，并鼓励张小强等人继续发扬狗仔精神。

此后，校园杂志拿着阳洛天赐予的尚方宝剑，堂而皇之大肆宣传阳列虐恋情深。尤其夸张了列衡宇的专情不贰、终生不悔，并配有真实照片添油加醋。

列大神历来独居于凡尘之外，自阳洛天空降圣华，两人之间模棱两可的关系亦是八卦重灾区。列衡宇的默认无疑是推波助澜，真相板上钉钉。

据不明数据表明：倾慕列衡宇的庞大男女群体中，高达80%的暗恋明恋者不得不放弃对大神的幻想……

所以，阳小哥暗中实施的大规模消灭情敌计划得到圆满执行……

> 男科检查

"她在圣华混得风生水起，前些日子死里逃生后，和列衡宇走在一起，列小哥似乎还不知道她的真身。"

明亮的校医室，阳岳有条不紊报告着阳洛天最近的动向，办公桌上搁着一摞光鲜亮丽的八卦杂志。

耳麦那头的女子静了静，嗓音清冷如风："圣华片区的危机已经不可阻止，如果可能，尽量护着她。"

阳岳默默答应，手中的笔在白纸上划过弯弯曲曲的墨迹，直到那边的人挂断通话。他抬眼望向窗外，瞳孔里映衬的晨光已经乍然明亮，阴郁天空下绵绵细雨打湿了窗边簇簇的野樱。

雨水仿佛淋到内心深处，湿漉漉、潮湿、无奈。

半晌，耳麦再次传来通信，阳岳眼睛一亮，迫不及待接通。

那头却换了人，悄悄压低的嗓音愈发邪气：

"岳阳啊~阳洛天那小子是块璞玉，多让她经历些风险磨难，只要不死怎么折腾都行。我家沧月惯着她，是因为师徒孽缘。不过特工绝不能感情用事，所以~大特工你应该明白。"

阳岳：……

一贯的邪肆语气，轻佻而张狂，阳岳不禁微皱眉。

"阳洛天毕竟才十八岁，远在他乡的小孩子总该……"

那边的人轻笑，提点了句："十八岁又怎样，当年我们谁不是十八岁。阳洛天那小姑娘说不定就是第二个沧月。"

圣华片区波谲云诡，政治与商业利益的交织碰撞注定了这片土地不太平。处在温室里娇生惯养的小贵族们能经受得起未知的考验吗？这还是个问题。

女护士敲敲门，轻柔走近。

"阳医生，他来了。"

阳岳收回复杂纠结的心思，白纱帘子微晃动，送进来初夏的潮湿水汽。阳洛天板着小脸走了进来，利索地关上门，将那个欲要走进的人死死关在门外。

一步一步都是岩浆，阳洛天一张脸阴沉得如圣华昏暗的天色。

阳岳勾唇一笑："几天不见，你就凶悍成这样。"

阳洛天撇嘴，翘着愤愤不平的二郎腿："如果阳岳你的女朋友让你去做男科检查，看你脸色能好到哪里去。"

阳岳噎了噎，面色复杂地盯着眼前这位帅帅的小女生。

阳洛天两条长腿套了件修身的牛仔裤，简单随性穿了件白T恤加黑外套，倒戴着顶白色棒球帽，眉眼如画，雌雄莫辨，搁哪儿都是扎眼得要命。若不是一身火气冲刷了这副俊俏模样，阳岳也会怀疑此人性别。

着实是她的装扮技术太炉火纯青，最好的伪装不是外貌上的打扮，而是骨子里的气质。十有八九这小姑娘没把自己当女孩看，朝着男人婆的路越走越远。

脑海里忽然就记起河南的话来：阳洛天那小子是块璞玉。

"你真和列衡宇那小哥在一起了,他知道了你的身份?"

阳洛天恼怒面容一转,化成一副蔫兮兮的可怜模样:"他是对小爷动心了,藏得真深。如果不是我费尽心机逼一逼,他估计一辈子都把我当弟弟。不过啊——"阳洛天背靠凉椅,双手枕在脑袋后,幽幽叹了口气:"不过他居然是个 gay,这可愁死我了,阳岳大叔啊,你说他这么注重我的身体健康,是不是对我动了不该有的邪念了?我还不到十八岁,这种少儿不宜的事情真急不得。"

阳岳:……

不得不说,阳洛天总是带给阳岳别样的惊喜,无论是超一流的能力,还是口无遮拦的奇葩语言。

"那你要我怎么做?是证明你的男科疾病绝对没有后遗症,还是证明你现在的身体尚处于发育期,不适合做某些事。"阳岳懒懒转着手里的签字笔,撩起眼皮有一下没一下查看电脑屏幕上最新闪现的数据。

这一番话仅仅是随口开个玩笑,谁知阳洛天真的扳着纤长的手指头想了好一会儿,最后黑眼睛亮了亮:"要不你就告诉他,说我身体还在修复发育期,约莫还有一年才会完全去除后遗症。"

阳岳抬起头,带刺的眼神扫过阳洛天飞机场似的胸膛。

"阳洛天,十八岁还处于发育期。你如果长期把胸膛裹成飞机场,我保证不只是男科疾病,妇科疾病同样滚滚而来。"

不是每个少女都经得起女扮男装的折腾,天生的女性特征随着时间推移难以掩盖。阳洛天比寻常少女要高挑,不过某些部位正在悄然发育……

阳小哥叹口气,低头瞅了瞅自己平坦坦的胸口:"那小爷争取在最短时间内改变小白的性取向。"

模样认真，丝毫没有往常的痞气不羁，阳岳俊眉挑了挑，这样青春年少的爱恋，禁得起将来的折腾折磨吗？

几乎是一瞬间，阳岳就默认了之前河南的话语。阳洛天这块璞玉，不该养在花园温室里，多些风雨磨炼才能焕发生机。

两人有一搭没一搭聊了许久，阳洛天估摸着时间差不多了，这才起身打算走出去。

阳岳骤然记起某些鸡毛蒜皮的大事儿："等等，阳洛天你私自盗用那边的技术攻破圣华网络这件事儿，怎么交代？"

她一个小丫头，不是国安局的成员却接二连三盗用技术软件，若非局长一直袒护着，这小姑娘早就成了特别监视对象。

手还没有触到门把儿便硬生生僵住，早有对策的阳洛天回头，嫣然一笑："阳医生会帮我挡住的。"

阳岳淡笑摇头，缓缓开口："你小子恃宠而骄，即使是那位也不打算原谅你。"

本来打算吓唬吓唬阳小哥，谁知她神秘一笑："我记得阳医生房间里、某夹缝中有一张照片。如果小爷记得不错，照片上那位漂亮的美人儿就是我师父吧？磨损程度显示，你隔三岔五观摩咱师父的美照。如果我把你私藏我师父照片的事情告诉河南'师母'……"

阳岳彻底不说话了，亏得皮肤微黑小麦色，才掩饰住薄脸皮上的绯红。他的确喜欢那位，只是她身边有更好的人在爱着她、护着她，阳岳便只能默默地在国安局特工部工作着，这或许是最接近她、能守护她的方式。

今儿被火眼金睛的阳洛天明挑出来，仿佛秘密被窥破，尴尬油然而生。但凡惹火了她，阳洛天那小妮子翻天的事儿都敢做出来。

阳岳双眸饱含哀怨地望着那道嚣张背影消失。白大褂医生磨磨牙齿，果然，这人需要磨炼，好好地磨炼……

医院明亮的走廊里，修长人影屈膝单脚靠墙，微低头，正通过耳麦低声与人交谈着什么。

阳洛天竖起耳朵，隐约听到"资金""流转"之类古怪的词语，心叹大神就是大神，陪着"男"朋友检查身体都不忘遥遥指挥商战。你商场上那么聪明，怎么当初就没看出小爷是个女的？！

列衡宇似乎是感受到身后人的心思，简单吩咐几句后挂断耳麦。一回头，阳洛天阴森森、幽怨怨的目光便扫了过来，列衡宇挑眉："既然身体无碍，那就回去上课，圣华的期末考试虽然简单，每年想要投湖自尽的人倒也不少。"

列大神的本意是让阳洛天垮掉的小俊脸稍微明朗点，谁知阳洛天蹦出几个字："小爷会游泳。"

你居然让小爷做男科检查，安的什么鬼心思？

阳洛天一生气，后果很严重。换做之前的脾气早就出拳头揍人，可对着眼前这张俊美的脸实在下不了手。只得傲娇地抬起小脑袋，目不斜视，背着双手打算高傲地从列衡宇面前走过去。

列衡宇低低叹口气，一出手，傲娇的小猫咪打着旋儿退了回来。再一反手，猫咪被扣在墙壁之上动弹不得，阳洛天俊眉一笼，噘嘴，抬脚就朝对方的脚尖踩去。

列衡宇倒也不躲，阳洛天带着力道的脚跟踩上脚趾，他眉头也不皱半分。只用一双幽蓝如夜空的眼眸锁着双臂里脸颊微红的猫咪，看她睫毛簌簌动着，光洁白皙的皮肤透着异样的红。

阳洛天别过脸，觉得两人这姿势特别别扭，后背靠着冰凉的墙壁，居然会有一种火热从胸口缓缓蔓延，灼烧着每一寸皮肤，让她有一种马上要被吃干抹净的错觉。阳洛天喉头滚动吞吞口水，偷瞄列衡宇的鞋面，上面清晰可见一个脚印，她眼神飘忽："为什么不躲？又不是不知道我揍人的力道。"

列衡宇薄唇轻抿，微凑近，他本就比阳洛天高出不少，这么一靠近，几乎遮住阳洛天眼前所有的光芒，那张轮廓分明的脸带着别样的暧昧气息。

话说今日晨光初现，阳洛天照常溜到自己的人工厨房去蹭早饭。餐桌上，列衡宇说了一句："我已经预约相关男科医生，等会载你去做全面检查。"当时阳洛天就被包子噎住了，灌了两大杯水才顺通喉咙。阳洛天好说歹说才把医生换成阳岳，自此一路上都不给列衡宇一个好脸色。

列衡宇是何等人也，怎么会察觉不到阳洛天的异样，只是不点明。

眼下小猫咪张牙舞爪发威，绯红着一张脸，模样俊俏而可爱，列衡宇忍不住贴近她耳边，唇有意无意地轻轻触碰阳洛天的耳根："阳洛天，你是不是有事情瞒着我？"

阳洛天脸色大变，赶紧伸出爪子推开对方的脑袋，尴尬一咳："怎、怎么会，我瞒着你的事情多了，不知道你说的是哪一件事？"

她实在受不了大神暧昧诡谲的气息，挠痒痒似的撩着自己脆弱的小心肝。

列衡宇遒劲的双手攥住阳洛天胡乱折腾的爪子，低头看那一双东瞧西瞧的黑眼睛："我记挂你的身体健康，再三让你做检查，你却一再逃避。"

这只猫咪怎么看都不像是有毛病的人，平日活蹦乱跳废话连篇，揍起人来力道十足，若说有病，只能是心病。

近在咫尺的人似乎洞悉一切，自己就是被挂在墙上的一条咸鱼，被里里外外看了个透，阳洛天忒不自在地扭扭手腕："没什么，男人嘛，有些毛病真说不出口……小白你手往哪里碰？！"

阳洛天瞪大眼珠子，赶紧夹住两条纤长的腿，列衡宇轻瞥过对方的小动作，颇为无奈地耸耸肩："你不说出来，我就只有亲自检查了。"话毕，列大神修长的手臂伸向阳洛天的牛仔裤……

"小白脸，这是医院！"

阳洛天欲哭无泪，列衡宇骨骼天生比自己略胜一筹，估计也有点儿武术底子，一时之间居然挣脱不开他的魔爪。

当初仅仅知道这个人腹黑，没料到还是个流氓的主儿。

走廊里路过的几个护士纷纷侧目，低低絮语，阳洛天耳根子都快烧成红炭了。

阳洛天只得服软："行行行，我招了可以不？你别耍流氓啊~"

列衡宇优雅收手，淡淡瞥了眼急红了脸的某人："早这样不就好了？省得大庭广众之下丢面子。"列衡宇很好奇，阳洛天当初哪借来的胆子，一再明目张胆吻自己，现在不过是一个小小的测试，居然就主动缴械投降？

阳洛天瘪嘴，忽然一把攥住列衡宇的衣领，恶狠狠道："小白，你一再让我去做男科检查，是不是对小爷意图不轨。"

列衡宇：……

只听某人继续愤愤道："小爷还没满十八岁，在中国还属于未成年。虽然咱们是男、男男朋友，不过这种违背传统和生理的事情我绝对不会答应！"

如果你喜欢的是女人，小爷早就把你吃干抹净……你为毛喜欢男人……

列衡宇微蹙眉，原来这只小猫咪担心的是这种事。想来阳岳那一通奇怪的医学叮嘱，也是阳洛天的授意。

不过扪心自问，列衡宇还是得承认，自己带有那些更靠近的心思。和阳洛天相处越久，潜藏的爱意愈发难掩。阳洛天仿佛生来就是拯救自己的阳光，或喜或哀，或笑或叹，总能无意识地牵扯自己的所有心思。

习惯每个清晨那慵懒的笑容，习惯他无意识的依赖爱恋，习惯他变幻无常的脸庞，习惯他在脱口而出的"小白脸"与新安的昵称"小白"中懊恼纠结，习惯他灿若星辰的眼眸中的盈盈笑意。

想要拥有这个人的所有，想要把这个人永远留在身边，甚至想要更多，那种爱已经逐渐超脱自己的掌控……

微叹，列衡宇低头，薄唇蹭了蹭阳洛天噘起的嘴角，轻吻，像一只舐猎物的优雅野兽。

"你的生日是8月28日。"

阳洛天点头，嘴角他留下的冰凉散发着异样的灼热，却一时间不明白他话里的意思。只见对方笑容邪肆而诡异，红唇诱惑似地微启，幽幽话语飘在阳洛天耳边：

"那么，生日之后便成年了。"

大脑机械似回响列大神的话，阳小哥彻底傻眼了。

什么叫生日之后便成年了？！

成年了就可以……

然后……

耳根红了……

眼睛红了……

漂亮的小脸蛋红了，紫了……

小心肝儿"怦怦怦"高速跳动了……

凡人岂能够改变神要把你吃掉的意愿？况且是思想先进、喜欢"男人"毫无后顾之忧的神。一旦列衡宇认定的事情，想要改变的可能性几乎为零。他殷切地希望得到阳洛天，自然做好了万全的准备。

阳洛天几乎要迎风流泪，为什么我的眼里常含泪水，因为列衡宇对老子爱得深沉！

列衡宇拉着呆滞石化的阳小哥走出医院，身后一众窃窃私语的女护士。

第三章 > 花样年华

阳岳隐在护士群里,神情复杂……

咦?这个特殊事变要不要通报给国安局那位?

窸窸窣窣一场夏雨,黄昏的空气湿润而轻柔。坤叔厚着脸皮蹭上詹姆士的路虎副驾驶座,双手捧着偌大的黑色礼盒,一双精明的老眼不住转动。

詹姆士板着生硬的面孔,盯了眼坤叔猎犬似的动作,刚硬的薄唇动了动:"坤叔,这种小事用不着您亲自出马。"

不过是替老板送两件定制西装,坤叔这半只脚踏入棺材的老骨头非得凑过来抢任务,还抱着礼盒诡异地微笑,詹姆士着实猜不透这位老人的心思。

坤叔诡谲笑笑不语,沧桑老眼眺望沿路转瞬即逝的苍翠绿影。

路虎在离西苑别墅一丈开外停下,坤叔眯着笑眼走下车。花园外一行冬青枝繁叶茂,夏日葱翠欲滴的树木映衬出独属于西苑的生机勃勃。坤叔迈开步子,詹姆士钢板似的身躯紧随其后。

还没到门前,里面阳洛天的高声反抗透过门缝儿传了出来。

坤叔顿下步子,将礼盒搁在詹姆士手臂上,朝詹姆士做了个"嘘"的手势,随即做贼似的高高竖起耳朵,自己蹑手蹑脚避开保安系统偷偷贴近门边。

屋子里的对话:

"不成~小爷要留着空肚子,富家千金的舞会,随便哪样食物都比你这一堆货强。"

"以你好动的性子,能记起吃晚饭?"略带磁性的嗓音响起,一针见血点破真相。

里面的阳洛天似乎噎了下,卡壳两秒钟,"所以我不正把你给带上嘛,你今晚必须在我三米范围之内,别理会那些找你搭讪的小妞。"

门边偷听的坤叔扬眉,记起今晚这小两口要携手参加宋家千金的生日舞会,但是——

他俩现在做哪样？

低沉嗓音响起，略带轻讽："如果要我在你目力范围之内，桌上这些必须吃完。"

"你煮的这些是什么东西？一股子药味儿，是人喝的吗？都说了我没病、我没病、没病！"

偷听的坤叔迷惑了，听情况，似乎自家少爷亲手给阳洛天做了一顿晚餐果腹，阳洛天誓死不从，那些晚餐似乎都是用来治病的？

可阳洛天有啥毛病？长得太俊了？天生桃花脸？脸皮太厚？

再侧耳倾听，坤叔听见自家少爷慢悠悠、挑衅之极开口："你没病正好，某些事情可以放手做了。"

很流氓，很邪恶的说话声。

里面传来近乎呜咽的声音，坤叔老脸划过不解，过了好半晌，才听到里面的阳洛天恨恨端盘子、拿筷子，还颇为幽怨地说道："我说小白，以前你没有这么流氓的，今早上我没刷牙，中午吃大蒜，刚才吃了几个辣椒，你居然不嫌弃就亲上了？我自己都嫌弃自己。"

报之的是长长久久的沉默。

坤叔忍不住"扑哧"一笑，眼前不禁浮现列衡宇冷淡的表情。才过几天，这小姑娘就开始反击少爷了，说不定以后两人之间的主导者是她。

门边自动化身雕塑的詹姆士，瘪嘴，他冰冷瞳仁中的坤叔俨然一副奸商嘴脸。

坤叔还打算偷听点儿什么，屋子里扬起阳洛天吊儿郎当的小调儿："坤叔，偷听小孩子谈话这种事儿是倚老卖老啊，不道德啊。"

猝不及防的坤叔被隔空点名，一张老脸唰唰变红。

他动作已经调到最小，几乎是悄无声息，阳洛天这小鬼头怎么察觉出来的？回头看了看詹姆士，詹姆士微耸肩，阳洛天身上有太多惊奇之处，远远不是他一个特卫头子能看透的。

坤叔压下心底疑虑，换上一副和蔼慈祥的面容，笑呵呵通过门口的保卫认证，推门而入。

入门便是一阵沁人药香，阳洛天抱着一盘子黑不溜秋的东西往嘴里塞，还不忘挑衅似的瞄了眼慈眉善目的坤叔。

坤叔是何等灵敏的鼻子？仅仅凭借化在水里的药丸就能判断出阳洛天曾偷偷服用益母草，再精明地推理出阳洛天的性别。屋子里萦绕鼻尖的香味儿，不正是知母、黄柏、丹参、土茯苓之类的药，这可是专门治疗男性那啥疾病的淳朴良药。

坤叔老脸表情一时颇为复杂，虽然女孩儿吃这种药物没啥问题，可是……坤叔望着自家少爷冷傲的面孔，为什么少爷要让阳洛天吃这些东西？

阳洛天不可能有男科疾病啊，为什么少爷要……

忽然，一个新奇而诡异的想法冒了出来，坤叔踉跄一下，差点儿将手里的黑色礼盒给砸到地上。

难不成少爷想要和阳洛天做那种事？！

坤叔看着快快不乐、眉眼含愁的阳洛天，唉，真的委屈这女扮男装的小姑娘了～

阳洛天噘着嘴，盯着镜子里仅穿着薄衫的自己。

褪去束胸，脱下男装，娇俏白皙的身躯就出现了。这副身子总算有点儿女人样子，至少该有的地方特征明显，不该有的地儿依旧没有。

两只手指捏着肉色的喉结贴，阳洛天忽然有种将这玩意儿冲进马桶的冲动。

大理石台上搁置着新制的白色西装，熨烫整洁。参与一方大亨女儿的成人礼舞会，一条牛仔裤绝对上不了台面。

轻叹一口气。

阳洛天老老实实绑好束胸，侧身望着镜子，胸前一马平川。不知怎么的就想起宋荟乔起伏有致的身材，两人一对比，阳洛天干瘪的身子就被比到了爪哇岛，阳洛天真觉得自己就是个男人。

简单收拾完毕，镜子里穿白色西装的少年肤色白皙、眉眼如画，只要不开口说话，怎么看她都像是高贵优雅的白天鹅——雄的！

走出客厅，穿黑西装的男人已经在银白沙发上静候。阳洛天酸溜溜地看着那位身材颀长的"男朋友"，心头直骂老天不公平——当女人身材比不过宋荟乔，当男人又被眼前这位落下十万八千里。

他本就长得人神共愤，偏偏还穿上这么合体精致的黑西装参加舞会，阳洛天自行脑补舞会那些妞儿色眯眯的眼神儿，几乎想要把这人的衣服扒了换上丐帮家族专用衣物。

列衡宇似乎感受到身后的目光，侧头，将阳洛天从头打量到脚，似乎对他这一身装扮极为满意，连带着眼神都久久黏在阳洛天身上。

阳洛天不大自在地假装咳了咳，吞咽口水润润喉咙："先说好，今晚不准离开小爷半步。以后少穿这身衣服在外面招蜂引蝶。"

列衡宇轻笑起身，朝别扭的阳洛天走近，伸手理理她耳边几根凌乱的发丝："放心，为了你心里那点儿小九九，我自然随时守在你身边。当初你主动应承宋荟乔的邀请，不就是为了今晚在圣华贵族圈子里宣誓对我的主权吗？"

这只小猫咪的那点儿小心思他怎么不懂？

暗中唆使张小强那批人用尽法子夸大两人的恋情，两人携手参与一场名流聚集的舞会，阳洛天无非就是想要对圣华片区甚至全世界宣告：列衡宇这人是小爷的。

阳洛天耳根一红，心思被看破后面上有点儿挂不住，搜肠刮肚找了点话反驳："还不是因为你太容易被人看上，一个宋荟乔倒下了，还有千千万万个宋荟乔追着你。小爷为了防止你红杏出墙，总得想点儿整治法子。不然哪天媳妇儿跟着人跑了，我还被蒙在鼓里。长得帅的，危险；有钱的，危险；长得又帅又有钱的，简直是超级危险品。"

话说阳洛天自从和列衡宇挑明关系在一起后，有心查了查名流圈子里的婚恋情况，赫然发现百分之八十以上的富家豪强都把列衡宇归为女婿第一人选。

阳小哥当时就震惊了，没想到自己"媳妇儿"这么抢手！阳家那点儿薄薄家产怎么能够和这一群枕钻石睡觉、拿着黄金擦屁股的贵族相提并论？

列衡宇无声叹气，挠挠阳洛天胡思乱想的脑袋，深蓝眼眸略带几分恼色。

两人究竟谁是风流的主儿？

谁动不动四处拈花惹草，四处留情？

接下来的事实证明，阳洛天不但是拈花惹草的主儿，还惹上一场不大不小的祸事……

富丽典雅的化妆间，白小蝶不满地把玩着手里的指甲油瓶，打开了亮晶晶的小盖子，又狠狠关上，鲜红的指甲反反复复掐着柔软的瓶面。

"荟乔，你就这么放弃了？"

宋荟乔优雅微笑，琉璃巨镜里的人一袭鲜艳大摆红裙，浅V领绣银丝流畅勾勒着洁白脖颈，胸口处若隐若现雪白的沟壑，长发微卷，几缕发丝卷曲落在家族特制的银河系列水晶项链上，配着姣好容颜，愈发衬得楚楚动人、明丽大方。

"小蝶，宇……他真的——真的喜欢阳洛天吗？"红唇轻启，眸子里流转的波光凝滞，淡淡哀愁悄然弥漫。美人含愁，总是惹人心怜，白小蝶皱眉，记起这些天来几乎席卷圣华贵族圈舆论的大绯闻。

那个神一样存在的人，无数人仰望的焦点，居然和初来乍到的异国人阳洛天在一起了？！

即使圣华思想开放，男风盛行，不少名流当众承认个人性取向，不过谁也不曾料到神一样的列衡宇居然也会⋯⋯

两个当事人至今选择沉默，今晚两人携手参加宋家千金私人舞会的消息暗自散布，众人翘首企盼，意图观摩信息真实度。

"阳洛天长得不男不女，学校里不少男学生对他有意思，"白小蝶冷声，红唇不屑地微翘起，"这几天我派人观察过阳洛天的动向，他和那位似乎真有暧昧。荟乔，那小子来路不明，为人嚣张跋扈的，说不定他故意引诱那位（列衡宇）。我查过学校学籍资料，阳洛天个人信息匮乏，八成是从穷乡僻壤偷渡而来，试图勾搭上哪位上流人物保证下半辈子衣食无忧。居然让他得逞了，把那位给勾搭上了！"

白小蝶的后母，当年也是凭着一副漂亮到极致的狐狸模样找上自己的父亲，直接导致白小蝶父母感情破裂而离婚。或许正是因为这样，这个年轻的贵族少女对一切来路不明的人都抱有仇视态度。

宋荟乔眼前浮现出阳洛天俊俏的模样，那的确是一个长得极好的少年。可阳洛天绝不是凭着一张脸博得宇的青睐，宋荟乔想，这个少年里里外外透着一股子灵动气息，一双眸子明净清澈、灿若星辰，骨子里果敢决绝、敢作敢为，就像来自异世破空而来的灵魂，搅动圣华死水起微澜⋯⋯

能赢得了吗？即使阳洛天是男子，宋荟乔也没有把握能触碰到列衡宇高傲的心。

"无论怎样，阳洛天已经占据了宇的心，我又能做什么呢？哦，对了，父亲在书房等我，我先过去，小蝶你在这里等等。桌上有点心，我亲手做的。"宋荟乔苦笑，轻轻转身，华美红裙一扫，朝雕花大门走去。

白小蝶手里的指甲油瓶面已经被鲜红指甲掐出裂痕，眼底寒光乍现，她心疼地看着漂亮的红衣少女落寞离去的背影，低头，抿嘴。

第三章 > 花样年华

放心，我一定帮你。

一定要让那不知天高地厚的小子付出代价！

指甲油瓶子被抛向化妆桌，落下滴溜溜打着转儿，渗出几点红色的液体。

宋荟乔轻捻起裙摆，偶一回头，美眸扫过低头沉思的白小蝶，似有戾气从这娇小的贵族身上弥散。宋荟乔美艳的眸子晃动着诡谲异光，红唇微勾不屑，裙摆摇曳离去，空气中似留下淡淡的嘲讽。

千万不要把养尊处优的人儿逼上绝路，她们华美裙摆的背后，是狠厉决绝。

夜，灯火璀璨，宋氏庄园。

在上流社会圈子里，每一场绚烂的舞会都是名与利的交融碰撞，衣着鲜艳的人们套着最好的伪装，戴上最伪善的面具，高脚玻璃杯交相轻触，相视一笑之间已是风云变幻。

巨大的七彩喷泉池畔，人流涌动，在如白昼的夜里笑声盈盈。

庄园入口缓缓驶入车辆，通往露天舞会的红地毯边沿，殷勤的侍者九十度弯腰，恭谨欢迎贵族大佬们莅临。

随着时间推移，人流渐渐聚拢，富有贵族名流特色的笑声充斥夜色。越是大腕级别的人物，越是来得晚，越能够得到众人整齐的注目礼。车辆早晚到达的顺序无形之中对上流人物再次进行地位的分层。

约莫这就是强者世界的法则，最牛的人总是慢吞吞开着豪车，炫耀似的对所有人宣告——老子才是天下第一。

相当长一段时间内，最后抵达的人物皆来自圣华集团。现在圣华圈子的局势，圣华和列氏平分秋色，如今手执红酒杯的人们翘首企盼那最后的两辆豪车。

钢琴曲悠悠流淌，喷泉缓缓涌出流光溢彩的水柱，穿燕尾服的侍者九十度鞠躬。那辆鲜红如血的兰博淡然驶入众人视线。

皎白灯光盈盈洒在妖冶火红的兰博上，车轰然一停，无形的力道梗塞在众人心里。

宋伊服饰千金大小姐的成人礼，前来参与的大多都是各家子弟。年轻人朝气蓬勃，在场的多是年轻子弟，或西装革履，或衣裙妖娆，身后依托着各自的家族势力。

在众人复杂的目光中，锃亮鲜红的车门颇有气势地一开，潘多拉魔盒似的释放出最魔化的妖物。

的确是妖物，那人笑容妖异之极，灼灼红炽的领带，雪白的特制衬衫，笔挺的黑色西装裤，锃亮皮鞋一踩自带慑人风度，美貌非凡的脸庞生生压下在座一众芳华各异的美人。

宋浩瀚轻挑精致的眉角，无声无息扫过窥伺的众人。心里暗自嘲讽，今晨自己那位位高权重的母亲华琼再三叮嘱，这种场合必须最后一个抵达，这是圣华集团天然的特权，昭示霸主存在的必要。

什么鬼特权？不过是一张虚伪的薄皮，虚伪的表象，他从来不属于这高傲贵气的圈子。心里自知，世人敬畏宋家少爷，敬畏的不过是他背后的庞大集团。嘲讽却也不露痕迹，宋浩瀚淡笑走入奢华的舞会。

寂静消失，谈笑声徐徐涌起，恍若无事。气氛却莫名地更加诡异，既然圣华集团是倒数第二个抵达，那么毫无疑问，这场没有硝烟的战争，列氏拔得一筹。

人群中身穿黑纱小洋装的木诗诗微笑，揉揉太阳穴，啧啧赞叹了几句。心想但凡有宋浩瀚的地方，所有女性角色自动魅力全失，不过嘛～嘿嘿，看你宋荟乔出什么风头，人家宋浩瀚艳压群芳甩你几十条街。

可爱的小嘴角翘了翘，木诗诗搁下玻璃酒杯，眼神四处寻找乔英宰的踪迹。

话说莫风和乔英宰躲在角落里，忒没风度地有一口没一口啃水果，懒懒散散看着远处舞池酒林、人影摇曳，顺带懒懒散散地八卦。

萌萌黄毛哥莫风暗恋宋荟乔天下皆知，同一个乐队里抬头不见低头见，忽然有一天，莫风约莫是擦干净了眼睛，赫然发现宋荟乔的魅力，于是一脚就陷进情网。

莫风不大喜欢这种热闹舞会，为了心中所爱，这才硬着头皮参与这种带有社交性质的舞会。结果主角儿不到最后关头不愿意露面，莫风又不喜欢衣着暴露、故作正经的姑娘小姐们，只得和乔英宰躲在角落里避避风头聊聊八卦。

"啧啧，瞧瞧人家宋浩瀚，到哪儿都艳压群芳。"莫风目送妖冶红唇的所谓宋大美人离去，举手投足间风华绝代，看得他一个大男人都忍不住心跳不止。莫风忍不住摇头赞叹："好好一个男人长成这样美艳，怪不得成了个 gay，英宰你说是吧？"

乔英宰闷闷往嘴里塞了一大块蜜菠萝，忽然记起阳洛天来。她最近小日子过得顺风顺水，除了那点儿所谓的男科疾病的困扰，几乎天天笑容满面阳光灿烂——那是发自内心的喜悦开心。

在幸运的日子里找到属于自己的那个人，无须太多磨合，你在我身边、我在你身边，和你在一起一切都是那么自然而然。很幸运地，阿天找到了那个人，乔英宰心中蔓延说不出的苦涩。

莫风没注意到基友的黯然模样，还在自顾自发牢骚，偏偏还往乔英宰痛处里戳："对了，最近阳洛天也没怎么赖在咱们宿舍打游戏了，是不是谈恋爱的男人都见色忘友了？哟哟，如果不是目睹两人牵手挽胳膊，宇万年不变的冰山脸居然裂出笑容，我怎么都不会相信这两个人居然凑成一对儿了。不过我还真得感谢阳小哥，把宇这超强情敌勾走了，荟乔身边就我一个人鹤立鸡群……嘿嘿～"

一阵子不检点的猥琐笑声，乔英宰却愈发难受，心被扭着、揪着、缠着。

舞池边的喧嚣忽然消逝，四周仿佛被悄无声息幻化成真空。

莫风撩开眼，不顾嘴角糊着火龙果渣滓，饶有兴致目击深蓝色的幻影飘到红地毯边沿。

天边云影缭绕，车停，车门打开，无形的聚光灯慢慢凝聚。树影婆娑之中，隐隐月华之下，他修长身影伫立，眉眼流转之间便倾倒众生。如果宋浩瀚是妖媚化身，那列衡宇便是修罗幻化，妖能吸引心魄，修罗能化人心魂。

深蓝如夜空的眼眸淡漠扫过众人，衣袂飘飘的美丽少女们不敢直视，却又忍不住小心脏怦怦跳动。有些人就像毒药，恐惧着，又不由自主地靠近。偷偷理理衣上的褶皱，小心翼翼摸摸脸蛋上的精致妆容，少女们试图用最好的状态迎接这位神的注目礼，谁都想成为挽住神胳膊的人。

不过……

一道雪白身影精灵似的从蓝色跑车里蹿了出来，黑亮眼珠子笑眯眯望着猝不及防的众美人儿。

然后，淡定地、挑衅地、傲娇地，一把挽住列衡宇的胳膊。

众贵女：……

空气中清晰听得见玻璃心哗啦啦碎满一地的骇声。

于天下少女们，人世间最痛苦的莫过于你喜欢的男生居然喜欢男生……

列衡宇侧头，瞧着那张熠熠生辉充满攻击性的小脸蛋，如果他要玩，那便陪他罢……如果想要在圣华片区更好地生存，这只猫咪必须要拥有强有力的羽翼庇佑。只有把阳洛天完好无损地护在自己的羽翼之下，向众人宣告他独有的地位，才没有人敢动不该有的恶心思。

阳洛天略带小得意，唇角弯弯，眼角弯弯，一副小人得志套大神的嘚瑟模样。

看吧看吧，这人是小爷的！不该有的心思统统榨成汁排出体外，回家玩洋娃娃去，甭在列衡宇身上花心思。

在众人惊艳、惊骇的目光之中，小人得志的阳洛天极不优雅地拖着男朋友钻进舞会现场。华尔兹舞曲徐徐响起，流光溢彩的喷泉流淌着青春洋溢的风姿。

白色宫殿式建筑扶栏边，凭栏而立可俯瞰大露天庭院的所有风景。

红裙在夜风中摇曳着，似妖冶盛开的黑夜红玫瑰。宋荟乔咬唇，瞳孔里久久盛着穿雪白西装的少年，红得剔透的指甲几乎抠进肉里……

明明是她的成人礼，为什么偏要有人乱了本该属于她的风华？

美眸流转之际，宋荟乔淡淡瞥过楼角一闪而逝的纤细身影。

有人替自己出头，何尝不好？

"他们看起来还挺般配的，真想不到那位居然也会动凡心。"三三两两穿洋装的少女聚在喷泉池边，低声交谈着。

"那么多女孩儿向他告白，最终都落得个凄惨收尾。原来咱们一开始就找错了方向，那位喜欢的是像阳洛天这样的小俊男。"橙衣少女嘟嘴，满眼无奈，"之前我还想着追不到那位，追求阳洛天也好～谁料到模样最好的两个人居然凑到一起了。"

她们尊称列衡宇为"那位"，能够直呼其名的人少之又少。

另一个女孩儿轻笑道："阿雅，你爸爸才不会让你和阳洛天这种没身份没背景的人在一起呢，听说已经给你找了李家二少爷作对象。"

被唤作阿雅的少女恼怒地跺跺脚，仰头饮尽红酒，余光瞥过人群中一黑一白的两道身影，漂亮眼眸里划过几分无奈。

"还真的挺羡慕阳洛天的，至少那位实力雄厚，有选择人的权力。"最后的话语飘散在香醇酒味里，有那么一瞬间醉了这几个贵族女孩儿的心神。

裙摆摇曳生姿，穿透夜色的优美钟声徐徐响起。

夜，9：00。

众人渐渐聚拢在白石阶梯之前，或艳羡，或嫉妒，或轻讥地等候今夜女主角的登场。

宋伊服饰名满世界，承接皇家私人定制的礼服，是明星街拍的宠儿，占据奢侈衣饰40%的市场，强大的经济政治背景足以让人仰视。宋伊这一代唯一的千金，唯一的继承人宋荟乔，无疑是众星捧月的焦点人物。

四下璀璨灯光忽灭，白石阶梯上一束柔和光束洒下。

瓷白脸颊妆容精致，贵气天成，宋荟乔素手纤纤，如玉手指轻捻裙角，脚步轻柔，含着微微笑意走下阶梯。雪白灯光洒在妖娆红裙之上，红裙飘摇似天边晚霞般动人，脚步移动之间隐约可见修长的玉腿，浑圆的脚踝裹着透明的水晶高跟鞋，让人不忍移开目光。

她的确是极美的人，花一样美艳，宋浩瀚那朵奇葩不知道哪儿去扎根腐朽了，宋荟乔的容颜一时之间痴迷了众人。

最清醒的莫过于阳洛天，情敌越是强大，她越是要头脑清醒。宋荟乔那小妮子再漂亮又怎么样？反正列衡宇喜欢的是男人……哎，为什么要喜欢男人呢……

众人皆醉阳小哥独醒，阳洛天侧头恨恨剜了眼列衡宇。却见列衡宇俊容沉静如水，蓝眸跳跃着异样的火花，更要命的是，阳洛天发现自己的小白久久望着的方向居然是宋荟乔那边儿。

阳洛天暗中伸出爪子，握住对方的右手，指甲一掐，拧着列衡宇手心那点儿肉不放。

列衡宇镇定自若地回头，目光落到阳洛天那只白生生的手上，右手手心一阵刺痛。

阳洛天"哟哟"怪叫两声，缩回作怪的爪子，酸溜溜道："人家宋大美人真漂亮，某些装高冷的人一下子就在蜘蛛精面前现原形了。我还以为某些人是不沾荤腥的唐僧呢，谁知道居然是猪八戒，美人一现，瞬间被打回原形了。"

列衡宇：……

他轻勾薄唇，疼痛依旧的右手轻揽住阳洛天的脑袋往自己胸前靠了靠，低头凑近阳洛天耳边，微沙低沉的嗓音幽寂得如柔柔流淌的河水，温柔迷离："宋荟乔是宋家远戚，算得上我表妹。近亲结婚有风险，你不清楚？"

"哦~"阳洛天翻白眼，表哥表妹，天生一对！

列衡宇幽幽补充道："我刚才走神，是在想，将来，我要用最豪华的宫殿、最美妙的音乐、最广阔的人群、最华美的花束，来和你成婚。"

呼吸声响在耳边，暖暖气息吹拂在每一个毛孔，像是有一根手指头挠在心尖儿上，阳洛天浑身骨头都要散了。

这人又来美男计！

她装腔作势退后两步，见自家小白一脸认真，她用尽所有心理学法子想要找出真诚下的哪怕一丝虚伪，结果所有真相都指明此人的诚心，百分百纯天然无杂质……

心头乐滋滋的，阳洛天面上又不好表露，只得握住白拳头放在嘴边，轻咳两声："鉴于小白你嘴甜，小爷暂且原谅你一次。"

列衡宇温柔地揉揉阳洛天的毛绒脑袋，说了句不怎么温柔的话："你想要什么时候成婚？"

"……那个、那个，还早~等我哪天资产过亿了，我就来娶你。"阳洛天尴尬笑笑，老子还没满十八岁，小白你脑袋里想什么鬼东西！

列衡宇俊眉一挑，带着几分愁容："你资产过亿的时候，哈雷彗星都一个轮回了。"

阳洛天横眉倒竖："胡说，不就资产过亿嘛，小爷随便改个银行账户，几分钟就是亿万富翁。"

列衡宇："原来洛洛你这么想和我成婚。"笑容邪肆魅惑，声音如清泉泠泠。

"胡扯~"阳洛天被洛洛两个字烫伤了心脏，最近这人但凡心情好或者是起了逗弄之心，就鬼使神差地叫一声洛洛，还说什么要和小白匹配。

那种感觉忒怪异，洛洛？好怪的名字，不是阿天，不是阳洛天，只属于列衡宇。

当初自己老妈有段时间逼着自己当回女孩儿，还试图把"阳洛天"三个字改成"阳洛甜"，小名儿就是"小甜甜"，惊得阳小哥好几天吃不下饭，看见甜品就呕吐不已。

阳洛天想，"洛洛"虽然别扭，至少甩了"小甜甜"几百条街的智商。

聚光灯下，宋荟乔优雅如天鹅，屹立在众人艳羡的目光之中。

她美丽绽放的笑容精灵一般动人，微笑着左右轻盼，忽地看到角落里一黑一白靠近的身影，眸子里流转的波光刹那间凝滞。

她看到那人历来波澜不惊的面容绽放温柔笑意，看阳洛天别扭地嘟囔似在争吵，看那人低头啄了啄对方的额头……

明明是两个男人，可这两人是如此和谐、如此充满爱意，一幅画儿似的熠熠生辉。生生扎疼了宋荟乔的眼。宋荟乔勉强维持着笑意，简单寒暄几句，示意管家舞会开始。

侧身背向众人的一瞬间，她眸子里一片朦胧的水雾突然结了冰，连带着四周的温度都跟着下降。蚕丝纱套里的手，轻轻地攥紧，攥紧，再攥紧……

或许自己原来是善良的，不过阳洛天，你为何要一再地挑战我的底线呢。

如果苏家不能毁了你，宋浩瀚不能毁了你，那么，换我来。

> **交际花阳洛天**

轻快的华尔兹响起，对音乐挑剔到极点的列衡宇皱眉，这支曲儿化作乐谱排排展示在脑海里，其中的bug让他特别不舒服。实在不解这一群音乐白痴从哪来的兴致，在这种低级音乐中还能翩翩起舞。

这想法刚从列衡宇脑海里闪过，阳小白痴就兴冲冲地凑过来，"走，跳舞去~"

列衡宇看了看孩子气十足的阳洛天，淡定摇头。

阳洛天略带嫌弃地瞟了一眼这人："跳舞都不会，那你来这里做什么？果然你就只适合在家里做做菜洗洗碗，一辈子当个家庭主夫，这种展示男人风采的场合只适合小爷。"

四下搜索着，阳洛天指着角落某个人烟稀少的甜品点，"你去那角落里吃点儿东西，小白你这么不安分的男人，天生招蜂引蝶。不准东跑西跑，也不准和美女搭讪。"似乎又想到什么，阳洛天捏紧拳头，恐吓道："男的也不准搭讪，我随时查岗啊～真不让人心安，男女通吃的男朋友真让人焦心。"

列衡宇深深盯着那张生机勃勃的小脸，究竟是谁天生招蜂引蝶？究竟是谁不安分？究竟是谁男女通吃？当初来之前，某人信誓旦旦要求保持以米为单位的距离……

事实证明，阳洛天骨子里充满不安分的因子，尤其是在热闹的场合，不去搅搅浑水就浑身不舒服。

列衡宇这尊菩萨一消失，各种美丽的邂逅接踵而来。要说阳洛天这张俊俏皮囊的吸引力，绝不亚于冷冰冰的某人，阳洛天笑眯眯地混进裙摆飞舞的舞池。白西装风度翩翩，优雅大方，舞步翩跹，平地绽放绚烂的雪白，配上一副四处留情的贱贱笑容，那小伙子磁石般吸引着众人的视线……

该套近乎的套近乎，该邀请共舞的共舞，阳洛天用24K钛合金眼挑选共舞对象，时不时扯皮几句无关紧要的冷笑话，逗得人家美女"咯咯"直笑。

一朵活生生交际男花横空出世。

好巧不巧的是，阳洛天指的那个角落，偏偏就是乔英宰蜗居的地儿。

莫风丢下好基友，前去找今夜的主角儿共舞一曲。乔英宰默默啃着水果，啃完苹果啃雪梨，啃完雪梨啃青果，啃完青果吞榴梿……玻璃水晶桌上一堆果渣儿。

列衡宇信步而来的时候，小乔同学正在全神贯注地啃榴梿，黄黄软软的果肉黏在嘴角，随着嘴角蠕动，以他为中心方圆几米内浮动着榴梿富含特色的臭味。

乔英宰目光落在地板上，思绪在太平洋，知道视线里出现了一双黑鞋，鞋面一如他的主人般淡漠决绝。乔英宰勉强扯出一抹笑容，挪挪身子空出一个位置："坐吧。"后又想到了什么，讪讪笑笑坐回原位，放回带刺儿的榴梿壳，边擦自己的手边快快道："你估计也不愿意在这儿逗留，水果渣遍地，我都看不下去。"

谁料列衡宇径自跨过满地的垃圾，找了个最干净的地儿径自坐下。从衣兜里取出特制手机，展屏、VR控制，在嘈杂之声隐隐的舞会，在臭气熏天的角落，他居然全心全意投入集团工作。

乔英宰心头梗塞，认识这人已经两年，同一乐队的情分让他比大多数人更能贴近列衡宇。还是第一次见列衡宇在这种地儿——呃，工作？

两人默不作声，仿佛有一道无形的屏障将外界的嘈杂隔绝在外。

小乔正在神思着，忽然有人冷冷开口："阳洛天以前拈花惹草的事儿不少吧。"

"啥？"

小乔一哽，发现不知何时，列衡宇已经抬头，蓝幽幽的瞳孔弥散着无形的威压。

乔英宰尴尬地抓着脑袋瓜子，一想起阳洛天，不知怎么的所有话都一股脑儿从嘴里吐了出来："阿天？得，那小子还没懂事就知道泡妞了，她那后宫的姑娘没有一万也有八千。她妈就是知道这一茬子烂事儿，才千挑万挑、大浪筛沙找了个木诗诗当儿媳妇儿。"

"这样。"列衡宇轻轻应了句，危险眯地着眼眸，纤长的手指慢条斯理按下回车键，送走一条最新的指示，某国某集团霎时破产。

"她自幼生活在道馆，里面一群粗胳膊大老爷们儿，阿天不但学会了一身厉害的空手道，还深谙泡妞法则。阳爸阳妈常年在外，这小子就是脱缰的野马，她从幼儿园到高中一路野花盛开、四季如春，她身体素质这么好，跑个十几公里不喘气儿，多半都是被姑娘们追出来的。啧啧，你别看她对宋荟乔冷眼相加，其实骨子里不知道有多喜欢这样出色的美人……"乔英宰忽然停住口，哎呀，我为啥要跟小宇子说这些呢？！

偶一回头，见不远处的某人浑身冷气。乔英宰意识到自己说错了什么……但凡牵扯到阳洛天的事儿，自己这张臭嘴就像漏勺一样时时刻刻往外漏东西。

心里直给自己狠狠扇耳光，绞尽脑汁想法子离开这地儿。

列衡宇说："继续。"

乔英宰尴尬一笑，试图替阳洛天辩解："不过阿天对这些女孩儿存的心思仅仅是欣赏，绝对没有挑逗的意思，也绝不是花花肠子……"这借口连自己都不信。乔英宰一抹脸上的虚汗，打算给列衡宇吃一颗定心丸："放心，她绝对是异性恋，我是她哥们儿还不了解……呃，不是，阿天她是男人嘛，喜欢的绝对是男人，咳……"

"姓乔的，你在这儿啊！让本小姐好找，"木诗诗一身黑纱裙遛了过来，"走，跟姐跳舞去。"

换做以前，乔英宰绝对一口回绝。今儿像是抓住一棵救命稻草似的，赶紧站起来，"走走走，跳舞去。那个小宇子，我先闪啦，你甭信我刚才说的胡话~"

木诗诗还处于震惊状态，整个人就被心急火燎的乔英宰拖走了，留下角落里一脸阴沉的某人。

"姓乔的，你身上好臭~~~"

"走，跳舞去。"

忽明忽暗的灯光洒在那张雕刻似的脸上，明暗交替之间，那深邃蓝眸捕猎似掠过人海里风姿绰约的白色身影。列衡宇嘴角扬起嗜血的弧度，特制手机发出最后一道商业机密命令，无声无息撬动远方的经济格局。

管家恭敬走近，弯腰鞠躬："列少，我家老爷有请。他知道您会拒绝，所以让我告诉您，这件事有关您的母亲，语嫣夫人。"

阳洛天偷得几分空闲，踱着轻快的小步子跑到甜点桌取了点儿蛋糕果腹，顺便眯着眼朝角落扫去探探风。

忽然听见耳边有人絮絮低声交谈。

男生压低声音说:"你看到没,那位进了庄园。"

女孩儿略显惊异,吃惊道:"那位是去和宋荟乔私会吗?不可能吧,他不是喜欢阳洛天吗?"

男生一副洞察一切的语气:"有权有势的宋小姐和身份背景平淡的阳洛天,是个男人都会选前者。可怜阳洛天那小哥还被蒙在鼓里。"

阳洛天当即不淡定了,余光扫过那一对窃窃私语的男女。

要算计人,能不能找个好点儿的演员。

瞧瞧那虚假的眼神儿,听听那故意强调重点的语气,眉毛飞舞得快脱离皮肤层,这种演技就只配在国安局当饭后的漱口水,连塞牙缝也不够资格。

男女还在交谈,没料到横空砸来一个蛋糕,阳洛天好哥们儿似的将两只手搭在这对男女肩膀上,铁钳似的捏住其皮肉,阳洛天"嘿嘿"一笑:"小爷玩无间道的时候你们俩还是两个受精卵呢。乖乖说,谁请你们来当群演的。"

> 秦晋之好

宋氏家族发源于S国皇室,工业革命之后逐步转化为商政巨擘,在世界经济脉络里拥有举足轻重的地位。现在最出名的宋家人,一个是圣华集团退居后台的宋任重,一个便是列衡宇眼前这位锋芒毕露的宋伊服饰总裁宋道远。

这位俊朗依旧的中年人曾是称霸一时的商人,国字脸,金丝眼镜,红领结黑西装,皇商特有的形象。

宋氏庄园天台,洁白的凉亭石柱悄然而立,古旧熏染的琉璃灯静静挂在亭子的四个

第三章 > 花样年华

角落，灯光笼罩中那悬挂的日式竹帘随着夜风晃悠着，发出清淡的嘎吱声。詹姆士顶着一张僵硬的大理石脸，石像似岿然不动守在亭外，冷气森森，杀气外泄，与宋家一群胆战心惊的保卫面对面无声交流。

从晃动的竹帘逐步移动扫过梨木桌，茶水馥郁氤氲之中，精明目光落在眼前的少年身上。

宋道远温和一笑，眼角的皱纹舒展开来："小宇啊，你长得真像你母亲，尤其是那一双眼睛。如果当年你母亲选择了我，当今——"

"如果你找我仅仅是为了怀旧，那么这场会面毫无意义。"列衡宇薄唇轻动，夜风习习凉透了茶香氤氲。宋道远眼神一滞，见少年清冷而气势外泄，笔挺的黑色西装衬托得他愈发超群绝世，他的手慢条斯理划过白瓷茶杯，杯中茶汤透亮泛起小涟漪，似乎无形之中有一股子让宋道远也心悸的威压从那简单的动作中流泻。

这个少年，再也不是当初那个低头躲在母亲身后的小孩了，再也不是。

尴尬一笑，宋道远举杯小饮一口，搁下茶杯，正色道："我寻你来，是为了当今的局势。小宇你必定关注着欧洲方面的消息，英国人试图脱离欧盟，如今公投已成定局。S国私下传来消息，暗箱已经控制了投票，结果必定是英国脱欧成功。列氏集团20%的社会投资都在英国，我宋伊服饰15%的利润来自英国皇室、10%的利润来自德国皇室。公投后几个月内，必定有一场大幅度货币贬值，场外配资风险向场内两融、公募基金进而向整个金融体系蔓延。列氏集团和宋伊服饰的亏损已经可以预料。"

对于商政人士，财团越巨大，亏损比率越高。资本主义市场无形的力量，谁也操控不得。

列衡宇最近的确关注此事，西方国家的市场波动起伏太大，股市变幻无常。所以列衡宇才与中国沧河帝企合作，中国良好的经济模式至少能保证外资稳定打入中国市场，并且面对最少的金融危机损害。

列氏集团在欧美的投资占比巨大，英国脱欧之后集团面临的困境难以控制。

不过……列衡宇看着这位精神矍铄、睿智依旧的中年皇商，额头刻着深深浅浅的皱纹，戴了近20年的金丝眼镜已经有了岁月留下的暗沉。他缓缓道："按照我对宋总裁的了解，未雨绸缪的你第一个寻求合作的对象应该是华琼，而不是我列氏。"

圣华片区两家分割，老一辈资深的企业家们都拜倒在圣华集团旗帜之下，新兴财团皆选择列氏财团为合伙对象。

这位宋道远是宋氏家族的人，按照传统，自然应该逗留在家族最大的商业伞之下，而不是选择半途"逃脱家族"的列衡宇。

宋道远摇摇头，慢慢给自己斟着茶水，寂静风声中清晰可闻茶水落杯的清脆之声。

"这茶初入水，苦味极重。来来回回十次后，苦味才消除，取而代之的是馥郁香味。产自中国武夷山的母树大红袍，我托了不少人脉，才终于获得这个市场绝版的珍贵茶叶。"似乎记起当年往事，宋道远额头的皱纹被温和抚平，淡淡光辉染上眉眼，"当年，你母亲最喜欢在粉樱树下，备好紫砂茶具、恒温泉水、梨木桌，认真细心地制茶饮茶。这么多年，我再也没喝到那么好的茶、见过那么好的姑娘了。

小宇，我没有你离开宋家的勇气，唯一有的，是帮语嫣照顾她唯一孩子的心。"

当年列语嫣芳名远扬，出身于贵族之家，才华横溢，一颦一笑之间，多少青年俊少遗失最初的爱恋。多少年纷飞而过，一方汉白玉坟墓依旧挡不住关于当年那个美丽少女的传说，老人们不会忘记曾经惊艳时光的女子。

列衡宇默了默，修长的手指捏着白瓷茶杯，深蓝的眼眸倒映着白瓷光洁剔透的杯壁，指尖松了又紧、紧了又松，半抿的薄唇刀刃般锋利。琉璃灯温和的光束斜斜洒在檀栗色发丝之上，晕染眉宇之间流动婉转的波光——他在思考。

宋伊服饰的经济实力雄厚不容小觑，如果能够借其打开另一条商业道路，无疑是集团平稳发展的重要保障。

他是完美的商人，不放过一丝一毫的机会。

"宋总裁，条件。"

温情不属于冰冷的商业政治圈子，温情只是达成商业利益的催化剂，这十年，列衡宇比任何人都深谙此理。

宋道远和蔼一笑，舒展了眼角沧桑的皱纹："我家荟乔十八了，正适龄。你和荟乔两人郎才女貌，何不订婚结秦晋之好？"

梨木桌那旁的西装少年默不作声，幽蓝深邃的眼睛凝视杯中清亮舒展的茶叶。

宋道远心头拧着疙瘩，他愈发看不清楚自己这位年轻族亲的思绪想法，"你和荟乔的血缘渊源超过三代，不再是近亲婚配。这个问题小宇你完全不必担心。若是两家联姻，相信列氏必能够全盘压制圣华集团。"

这的确是极好的诱惑，资本经济极不稳定，圣华集团暗中不断施展手段试图压制新生力量。圣华这匹濒临死亡的骆驼至少比新兴的列氏集团实力凶悍。

"至于你身边那位阳洛天，他不过是沧河帝企放在圣华的一颗炸弹。沧河帝企是出了名的吸血集团，发展数年，被收购的民企多不胜数。何必把这颗炸弹搁在身边？"宋道远更进一步，试图说服这位年轻有为的后辈。

殊不知，列衡宇慢条斯理推开指尖的白瓷茶杯："他可不是炸弹，他是我的人。"

这只胡乱折腾的猫咪，连基本的商业术语都听得云里雾里，怎么可能是所谓的商业间谍？

宋道远差点被这番话给噎着，列衡宇眉宇之间丝毫没有半分矛盾，不知怎么地，宋道远就想起了最近闹得沸沸扬扬的绯闻……

"咳～这个年轻人的想法我们这些老人还、还真不理解。"宋道远饮了两口茶，静了静心,"忠言逆耳,小宇。阳洛天身份背景神秘,来路不明,年纪轻轻居然掌握一流的黑客技术、顶尖的格斗技巧和反侦查手段,这种人必定经过某种特殊训练。沧河帝企的老总背后就是特训营,据我手下的线人调查,阳洛天多次和沧河老总交流。这种人,防不胜防。"

"宋总裁,"列衡宇阻断此人言语,冷冷目光扫过宋道远的脸,带几分淡淡的厌恶,"如果你试图用诋毁我家洛洛的方法来劝我联盟,这算盘已经打歪。"

列衡宇薄唇微勾,威压蔓延,风中清晰可闻他孤傲而真实的宣言:"没人能打败我,除了我自己。"

宋道远神色一滞,被"我家洛洛"四个字雷得天翻地覆,闻得霸气十足的后半句话,心头被淡漠字眼挤压得生疼。

他略带诧异地望着少年起身,修长的手指扫过衣裳的褶皱,指尖弹弹莫须有的灰尘。随意简单的动作,宋道远几乎都能感受到少年无形的排斥、厌恶、淡漠,像是高高在上的神嗤笑凡人无知。

詹姆士板着一张大理石冰块脸,默默跟在老板身后。

天台凉风习习,茶香缥缈浮动映衬着宋道远沉思的眉眼,依稀可见睿智却已苍老的眼角。

中年男人摇头微叹,三十年河东,三十年河西,莫欺少年穷。列衡宇再也不是沉默寡言的宋家小少爷,而宋道远依旧还是宋道远……

"谈判失败,"宋道远无奈摇头,对手机另一头的人说道,"我搬出列语嫣做筹码,他有过动摇。不过提及阳洛天那小子,他直接拒绝了我的要求。"

那头的人讽刺一笑:"我早就说过,想用这招拖垮列氏集团没有结果。堂堂列氏继承者,心思手段远非你我所能推测。与其等着被列家活活折磨死,你我倒不如先下手为强。"

宋道远拧眉："这是违反国际法的，事情一旦暴露，我担心……"

那头的人嗤笑："圣华片区，又有哪家没做过违法的事儿？更何况在圣华，我华琼就是法律。"

电话挂断，宋道远陷入长长久久的沉默，扶额，手心触碰的是密布的皱纹。

商战，无休无止。

纷争，无休无止。

危机，无休无止。

管家匆匆走进，面带急色："老爷，不好了~"

宋道远疲惫地揉揉太阳穴，不耐烦道："老爷我好着呢，老宋你就整天咒我吧。"

老宋一把抹掉亮锃锃脑门上的汗渍，着急道："老爷，是小姐那边出事儿了。小姐刚才派女佣回房间取那条埃及王后赠送的红宝石项链，结果女佣发现链心那颗价值千万的红心宝石不见了。亏得发现得及时，女佣悄悄跟着偷宝石的人，发现她进了老爷你的办公书房。"

宋道远叹口气，手指继续揉着脑袋："荟乔什么时候变得这么小女孩性子，这种幼稚的手段都使得出来。她这次要捉弄谁呢？阳洛天那小子？"

"哎哟~我的老爷，"老宋低头，唉声叹气，"这不是问题。关键是女佣为了把小偷抓住，直接锁住了您办公书房的门。荟乔小姐闻讯赶来后，发现里面居然是白家小姐。"

"白家小姐？"宋道远打断老宋的话，表情疑怪，"小蝶不是我家荟乔的好友吗，荟乔怎么想捉弄她？"

"哎哟喂，老爷，您听我说完，"管家急得直跺脚，脸红脖子粗，"在您书房发现了那颗被剜了的红宝石，这是次要的。重要的是，老爷您搁在桌上的文件都有被翻阅的痕迹，保险箱也被人打开过，您老赶紧去瞧瞧有没有丢失重要文件。"

宋道远一股脑从座位上蹿起来："你个老不死的，怎么不早说！赶紧跟我去救场啊。对了，桌上的东西都轻拿轻放，这一套瓷器弄坏了我扣你一年工资。"

这模样，哪有当初冷血商人的做派，分明就是个活宝老人家。

"成成成～我知道这茶具是语嫣夫人送您的，您宝贝得不得了。不过老爷啊～现在先去书房看看，那才是要紧事～"老宋怪叫几声，一溜烟儿跟上跑到拐角处的自家老爷。

两个年过半百的老人匆匆朝书房奔去，候在一旁的女佣们早已习惯了老爷的做派，小心翼翼捧着白瓷茶具，大红袍氤氲沁人的茶香飘散在夜风之中……

露天舞会人影稀疏，灯光摇曳。

宋浩瀚斜靠在餐桌旁的白石柱上，风骚优雅地挑起耳畔的发丝，柔柔搁在右耳后，耳垂上一颗透亮的钻石耳钉，与精致红唇相映成趣，自带一股诱惑人心的风流。

蓝眼眸子里倒映着穿白西装的少年惊世骇俗的吃相。

宋浩瀚有时候真的不能理解，为什么有的人会集多个面孔于一身，还能不让人觉得矛盾。就像阳洛天，聪明起来绝顶聪明，邪恶起来像小恶魔，天真起来傻得可怜，极度压抑后眼泪说来就来，像个泼妇似哭天抢地，饿起来简直饥不择食……

这吃相……不知道列衡宇那洁癖狂怎么忍受下来的。

阳洛天吃饱喝足，这才恋恋不舍搁下盘子，扭头瞄了瞄风姿绰约的某人，好心地递了一只油光锃亮的猪蹄："宋美人儿，吃不？"

宋浩瀚蛾眉一敛，俏脸一黑，美目盯着那只还在滴着油水的乳猪猪蹄，油光光、锃亮亮、软糯酥香，瞅瞅猪蹄，瞅瞅那只手，瞅瞅沾染油渍的白西装，瞅瞅少年嘴角亮晶晶的油渍，宋浩瀚相当坚决地甩脑袋。

阳洛天动动嘴角，"切"了一声。满脸"你个装风骚卖弄姿色不男不女的人居然还嫌弃小爷，老子挥一挥衣袖多得是要吃猪蹄的美人还差你一个"的嫌弃表情。

"小天天，为什么又找我帮忙呢？"宋浩瀚蛾眉轻扫，满目含春，修长如白玉的手指缓缓摩擦着掌心，"要请我作证，代价很大的。"

阳洛天恶寒地抖掉三斤鸡皮疙瘩，被他风骚美艳的模样狠狠惊艳几把之余，又被"小天天"三个字儿恶心得不行。小天天？怎么发音这么像"小甜甜"……

还不是因为搜不到小白、找不着小乔、寻不到几个信得过的人，这才勉强让这个表面"偶然经过"实则暗中窥伺良久的宋浩瀚帮个忙。

白小蝶那姑娘实在是肥皂剧看多了，这种上不得台面的低级剧情也敢用。要玩就玩大的，小姑娘绣花的把戏不堪入目，阳洛天干脆顺手推波助澜一把，借着设置的剧情来了个大反转，从偷窃宝石的小案子扩展到生死攸关的盗取商业机密。

布置好一切后，偷偷从天花板无声无息溜出大庄园，窜到露天舞会现场。在宋荟乔派的人找来之前，只需要一个人证，证明阳洛天从始至终窝在一边啃，哦不，吃点心即可。

估计是老天爷被宋浩瀚的美貌闪瞎了眼，手一抖就把宋浩瀚送到阳洛天身边。

"代价？刚才不是给你猪蹄做报酬了，这还不够。"阳洛天甩眉毛撇嘴巴，随即恍然大悟，"难不成你还要一整只猪当报酬，天，万恶的资本家！"

宋浩瀚：……

宋浩瀚发现，决不能用普通人的说话方式和这个少年交流，他根本就不属于人类的范畴。

一回头，阳洛天又把那猪蹄给啃上了……宋浩瀚突然很怀疑，这人是怎么一再从各种困境死里逃生，还倒喷敌人一脸口水的？如果是运气，那这人上辈子是积了几个太平洋面积的德……

"小天天，欠我的165.7万美金什么时候还呢？哦，不对，你说还我200万的。"

宋浩瀚红唇一勾，很淡然地看着阳洛天被猪蹄噎了一下，黑亮眼珠子眨巴眨巴又在打着小盘算。

如果不提醒，阳洛天必定选择主动忘记这茬子事儿。当初怎么就跳上了他的车呢？还哭得稀里哗啦，还砸了人家满屋子贵重的家具……

"咳咳~"阳洛天搁下手里的食物，一边扯了张纸巾擦擦手指头，一边思考如何解决这件事儿。

宋浩瀚饶有兴致地观察着，看白纸巾慢慢擦过阳洛天那几根修长如玉的指头，白昼似的灯光下，清晰可见少年的手指有轻微的薄茧，那是长期进行空手道训练的结果。

"钱，自然是要还的。不过前提是小爷离开圣华。"阳洛天"嘿嘿"一笑，伸出干干净净的白爪子，"等我哪天走了再给你，你一个典型的富N代还缺那点儿钱？"

宋浩瀚眼睛一眨，淡定回答："缺。"

艳丽眉眼锁住阳洛天俊俏小脸上的每一个动作，瞧他纠结的时候拧起的可爱黑眉毛、转动的黑亮眼珠子、半抿的小嘴，每一个细微表情都有趣极了，可爱得像只猫咪。

阳洛天嫌弃地瞪着这位美人儿，果然人心神俱灭的时候万万不能冲动答应任何事儿，莫名其妙的200万元，100万居然都是精神损失费！这人脸皮这么厚，精神再怎么损失都达不到100万美金之巨。

瞧瞧那白得刷漆似的西装，瞧瞧那条风骚的红领带，瞧瞧那一丝不苟的扎小辫儿造型，活脱脱一个西方版的东方不败，居然抠200万的小钱儿。阳洛天忽然记起，曾经自家小白更加夸张，居然咬住3万工资不放嘴，扣来扣去每个月只剩下几毛钱。

抠门，抠3万和抠200万一对比，宋浩瀚的形象瞬间高大起来了。

"啧啧，小天天，别用这种怪异的眼神看我。"宋浩瀚微微一笑很倾城，温声提醒，"明天中午12点我要看到转账，否则今夜我不但不做证人，还要反将你一军，别这样看着我，真的。"

阳洛天翻个白眼，"小爷这辈子是栽在你们兄弟俩身上了，一个列衡宇就够我喝一壶的，你还凑来犯贱。亏得小爷有先见之明，终于把列衡宇这魔王收了，生活阳光了不少。"

虽是这么说，阳洛天眉眼之间的笑意依旧难掩，满满的幸福自得。注意着阳洛天微表情的某人，忽然有种淡淡的涩意涌上心头。

自己玩弄的小玩具，自己的小猫咪，终于找到家了？

宋家女佣匆匆寻来，宋浩瀚卡在喉咙的话被阻断。

阳洛天笑嘻嘻招呼宋浩瀚跟上节奏，一场好戏即将上演。

宅内书房。

作为宋伊服饰第一执行官，宋道远的办公书房几乎是最贴近商业机密的地儿。宋伊服饰办公大楼再怎么保卫周全，也不比最贴心窝子的家更让人心安。

宋道远心急火燎冲到书房，肃穆依旧的书房外守着一脸严肃的保卫。

宋荟乔至少是聪明的，远不像白小蝶仅仅有主意没脑子。事情已经不是原本所预料的样子，舞会人群已经没有存在的意义。如果阳洛天今夜丢丑，这群人倒可以当个见证，如今情况剧变，快刀斩乱麻才是关键。

宋荟乔温言结束今夜的舞会，吩咐管家一一送走闻讯看热闹的人，乱况之下，难免有人趁乱起了不该有的心思。

"小蝶，你、你怎么会在这里。"宋荟乔秀眉微蹙，招呼女佣出去，空荡荡的办公书房只剩下两人。静坐在黑皮沙发之上，宋荟乔美眸流转，扫过办公书桌上凌乱的文件，以及书房角落和墙壁混为一体的隐秘保险柜。

> 陷害之局

白小蝶攥紧白俏的双手，目光如炬。

今夜这位贵族少女发丝尽挽，脑后梳着精心装饰的丸子头，发前裹着一圈儿漂亮精巧的银丝，露出光洁白皙的脖子，远远看去像一只高傲的白天鹅。

不过白天鹅妆容精致的脸庞上尽是愤愤不平："一定是阳洛天！我本来打算让他吃点亏，把他引上楼嫁祸他偷了宝石。谁知道等我布置好一切，打算找人来抓现的时候，就莫名其妙晕了过去。一醒来就在这间屋子了。"

恨恨咬牙，白小蝶漂亮的脸孔几乎狰狞，红指甲交互掐着攥着，仿佛阳洛天就在她狠掐的指甲之间。

宋荟乔柔美的目光掠过那张生动的小脸，心头划过嘲讽之色，还以为这小妮子会想出多么绝妙的法子，结果就是普普通通的小女生手段，亏得自己还试图利用这次机会好好折腾一顿阳洛天……

"小蝶，你真是太糊涂了。"宋荟乔姣好的脸蛋浮起忧虑，"虽然阳洛天抢走了宇，但你总不能用这种法——"

"荟乔——"白小蝶拔高声音，颇有些恨铁不成钢的意味，"你就是这么善良。当初木诗诗那贱人一再和你作对，你忍着；现在又来了个人抢了那位，还是个男人！你怎么还能忍着？你是宋家大小姐，不是日本的忍者。"

宋荟乔"扑哧"一笑，似乎被忍者这个形容词逗乐了。

"你还笑，等哪天那位和阳洛天手牵手走进教堂，相亲相爱一辈子，看你还怎么笑。"白小蝶嗔怒一声，揉揉被指甲掐出血痕的手心，

"一想到两个大男人躺在床上卿卿我我，我就浑身别扭。荟乔，你千万不要忍着，该用手段的时候就用。我家那个漂亮的后母再怎么得我父亲宠爱，在我面前还不是唯唯诺诺小心翼翼的。有些人啊，再怎么攀高枝穿金戴银都没法变凤凰，山鸡还是山鸡，不

可能和我们贵族相提并论。"

少女的话铿锵有力,愤懑情绪满溢,宋荟乔静默笑着:"虽然这小妮子智商低得可笑,不过有句话还是对的——该用手段的时候就用。

被一个男人抢走心爱之人,听起来实在别扭,阳洛天已经不止一次无声践踏了自己的贵女尊严。想我自幼得万千宠爱,顺风顺水,在宇那里被永久地磕绊住了,又怎么能再被阳洛天磕绊?"

宋荟乔优雅地理理发丝,却轻皱起小眉,目光下移,红唇微抿,神色戚戚,声音柔和:"小蝶,我知道你是为了我好。虽然我守在他身边两年,阳洛天仅来到圣华三个月,不过感情的事儿不能勉强,如果宇爱他,我放手也好。"

神色戚戚,梨花带雨,白小蝶的心一下子便软了下来。

她这个好朋友,淡泊不争,总是一味忍让,受了委屈也不说。阳洛天实在太过奸诈,荟乔绝对不是对手,白小蝶深感一股子守护朋友的责任压在肩上。

"荟乔,这件事先不说,我一定帮你。"白小蝶温和安慰道,将手掌搭在宋荟乔肩上,信誓旦旦道:"圣华多得是要害他的人,我们不出手,单圣华集团就足够压制他的了。糟了,现在怎么办,他们不会误解我是偷宝石的人吧?"

白小蝶这才记起这茬子事儿,被女佣抓了个所谓的现行,"荟乔,我之前是想把阳洛天引到客房,宝石应该还在那儿。"

宋荟乔温柔弯唇,这小妮子才记起现状?

可怜的白小蝶还不知道,偷宝石事小,出现在这间书房才是大事。私自闯入宋伊服饰老总的办公室,难免被贴上窃取商业政治机密的标签。宋荟乔柔声道:"放心,我当然相信你。不过我父亲那一关可不好过,他历来小家子气的。"

"这——荟乔,你得帮——"

两人正说着,女佣匆匆走进来。扫过紧张不安的白家小姐,垂头恭谨对宋荟乔道:"小姐,客房没有找到宝石。"

宋荟乔心里偷笑,却露出忧愁的神色。白小蝶娇俏的脸蛋染上绯红急色,她当然知道埃及王后所赠送的宝石具有无与伦比的意义,几乎是喃喃自语:"怎么可能,我明明放在枕头下的,你们搜枕头了吗?"

女佣垂头,不缓不急道:"每个角落都找过,没有发现宝石的踪迹。"

白小蝶讶然,慌忙站起:"不可能!我绝对没有记错。"似乎想到了什么,白小蝶紧张地转过头,看着温柔模样的宋荟乔,声音有些喑哑,"荟乔,一定是阳洛天那混球做的,我怎么可能会偷你的宝石呢。"

宋荟乔柔声安慰,伸手理理白小蝶耳边落下的一缕发丝,轻轻替她别在脑后,与精致公主氏的挽发相映。细微的动作安抚着少女的情绪:"我当然相信你,别着急,我一定站在你这边。我已经派人去找阳洛天——爸爸?您来了。"

中年男人匆匆大步迈进,丝毫没有将目光放在黑皮沙发上的两个女孩儿身上,着急地走向角落的保险柜,见保险柜小门有过试图开锁留下的刮痕,心一紧。

回头,犀利目光扫过正忸怩不安的白小蝶。

指纹解锁,密码确定,经过一系列认证程序后打开保险柜。里面的数据盘和纸质文档保存完好,宋道远稍微松了一口气。

略微忐忑地,打开最里层的保险盒。

眼波一转,赫然发现放在最底层的那张老照片悄然无踪。慌乱地再三查看,老照片人间蒸发,没了踪迹。

似是一块巨石击中宋道远的心脏,惊得他五脏六腑震荡不安,以至于站起身来,头脑一阵充血差点跌倒在地。多亏老宋管家赶来,一把扶住这位神色戚戚的中年人。

照片……照片……唯一的纪念，没了……

宋道远仿佛失了魂魄，僵硬着脸孔，任凭宋荟乔着急地呼唤家庭医生。管家老宋安顿好主人后，默默走近保险柜，屈膝、上锁、封闭，保险柜安然封闭，一如最初。

老宋再默默走到宽大古朴的办公桌前，目不转睛查看桌上的资料文件。又有条不紊地打开电脑，浏览最近的点击记录。

家庭医生匆匆走进，量血压、测心率、递白开水。

白小蝶呆呆僵在原地，看着一群人前前后后忙活，忽然发觉自己似乎被人算计了。

那一刻，她慌了神。

难道，丢了东西？自己岂不是第一嫌疑人……

管家老宋历来扮演着宋道远的臂膀的角色，他镇静、有条理地查看过所有资料后。淡然稳重地走近慌神的白小蝶，深沉厚实的嗓音徐徐响起："白小姐，虽然没有文件遗失的情况。不过现在是科技社会，我担心您和您的几位保镖或许用了电子设备拍摄、转移过信息，我希望您能够配合我们的调查。"

白小蝶慌了神，她知道这位管家狠辣的手段远远不像其慈祥和蔼的面孔，恐惧袭上心头，她将求助的目光扫向一边的好友。

宋荟乔心领神会，掩住心头加剧的不屑，这小妮子绝对没有那勇气和智商去窃取机密，恐怕是被人陷害了。

不说别的，仅仅开保险柜这一手，圣华片区能做到的人屈指可数。今日参与舞会的一干人等，能做到避开红外线、打开保险柜的人不超过三个。

"管家，我相信小蝶，她不会是窃取机密的人。"宋荟乔柔声道，优雅起身走到白小蝶身边，与管家面对面，"我看这件事就这么算了吧，我们也没有损失什么。至于红宝石，我留着只是为了尊重埃及王后的心意。"

言语温柔，举止谦和，宋荟乔似乎在袒护着白小蝶。事实上，却无形中向众人证明了白小蝶是盗取宝石和商业机密的祸首。

白小蝶红了眼眶，几乎感动得要落泪，"荟乔，谢谢你。"

宋荟乔侧头望了眼红了眼眶的少女，淡然优雅微笑："不用谢的，我信你。"又回头对管家道："爸爸可能只是蹲久了，头晕，血液循环不畅，他也不曾抱怨质询过小蝶。管家，这件事便算了，好吗？"

这件事儿闹大了，关乎两大集团的商政利益。如果顺水推舟卖个人情，相信白家必会更加倾向宋家。

"这……"老宋假装皱眉，似在犹豫着，半刻后才开口，"这样也好，我们都相信白小姐，今夜的事儿作罢。"

精明的管家怎会不理解这深层含义，出声质询仅仅是个幌子，卖个人情才是真。更何况宋道远丢失的那张照片，事关个人隐私，绝不能摆上台面。

然而宋荟乔和管家实在低估了白小蝶的智商，白小蝶感动之余，一把抹掉眼角的泪渍，恨恨道："都是阳洛天搞的鬼，宋管家，你们赶紧去派人把阳洛天抓来！居然敢陷害本小姐，我要他吃不了兜着走。"

老宋：……

居然有人蠢笨到如此地步，白家老爷着实费了不少心思吧……谁都知道阳洛天惹是生非的本事出神入化，有他在的地方就是一池浑水。

"不用找，宋荟乔小美人已经派人来接小爷了。"

人还没见到影儿，懒懒散散、嚣张不已的嗓音已经飘了过来。

屋内众人皆是一惊，最不想出事的时候，偏偏来了个最喜欢惹事的主。

阳小哥饶有兴致地走了进来，潇洒背着两只手爪子，摇摆着修长的腿儿，精气神十足地瞄了眼屋子的现状。

背后依次跟着宋浩瀚、乔英宰、莫风三个重量级的人物。

阳洛天特别慷慨地张嘴："我说宋大叔、老管家、荟乔美人儿，这件事儿真不能这么草草结尾。今天你们遇到我——名侦探阳洛天，是多大的幸运，小爷今晚不把凶手扒出来就不走了。"话毕，伸出右手食指，自信满满地左右晃动着。

众人：……

遇到你是走了多大的霉运。

> 名侦探阳洛天

莫风拖着乔英宰，与美貌震惊八方的宋浩瀚保持相当长一段距离，窝到角落，凑近乔英宰耳边，压低声音问道："哥们，阳洛天耍什么鬼主意，会不会伤了我家荟乔啊？"

话说莫风费尽口舌才将正与木诗诗纠缠的乔英宰解救出来，一转头就撞上了带着贱笑的阳洛天。优哉游哉的阳小哥见了两人，黑眼睛亮了亮，"哟、小乔、莫风，走，小爷带你们近距离观赏一出名为《打碎牙齿往肚子里咽》的好戏。"

一头雾水的两人，就这么被阳洛天贱兮兮的表情忽悠过来了。

乔英宰摇头，目光锁紧阳洛天挺拔俊俏的背影，"依照我对阿天的了解，得罪她的人有两种下场。"

莫风紧张地吞吞口水，好奇地问："哪两种？"

"第一种，不死也得脱层皮。你甭看华琼那些人现在好过，阿天心里谋划出的报复措施，没有一千也有八百。"

"阳洛天这不是典型的反社会人士、超级危险品嘛！"莫风心下大骇，转而又偷偷问："另一种呢？"

乔英宰神色暗了暗，艰难开口："第二种，直接收为己有。小宇子那么高傲的一个人，还不是被阿天收了。"

莫风抖抖肩膀，浑身直起鸡皮疙瘩，想到阳洛天诡异的性取向，不由双眸饱含忧伤，摸摸自己萌态十足的脸蛋儿，生出了一个诡异的念头："我长这么帅，阳洛天这变态会不会看上我啊～～好恐怖啊～"

那边的白小蝶激动不已，尖着嗓子，纤纤手指戳向阳洛天："阳洛天，是你对不对！是你陷害本小姐，宝石、商业机密都是你偷的！"

宋荟乔皱眉，伸手安抚着白小蝶因为激动不断起伏的后背。这妮子还嫌局面不够混乱吗？眼眸一转，递给老宋一个眼神。

老宋慈爱笑笑："阳小哥，这件事我和老爷、小姐都不打算追究，白小姐——"

"No、no、no～"阳洛天唏嘘几声，挑衅的目光落到白小蝶身上，"小蝶美女，你想不想证明自己的清白？"

"当然！阳洛天你少玩诡计，栽赃陷害，小人行为。"白小蝶被阳洛天挑衅的眼神儿激起斗志，顾不得宋荟乔的劝阻，直接扬声应承。

老宋心头默哀，小姐这位朋友实在没脑子……

"那就好，宋管家，小爷最大的优点就是慷慨无私、乐于助人。今天一定帮你们找到丢失的宝石。"阳洛天大方一笑，眉眼弯弯，如果忽略衣服上的油渍和莫名其妙的灰渍，看起来倒也称得上光彩照人。宋荟乔深深看了一眼这个意气风发的少年，眸间划过一缕莫名思绪。

"刚才来的路上，我通过漂亮小女佣的描述，大概知道了案情。"阳洛天原地走动，故作沉思，"不过我想不通，小蝶美女为何指证我是盗窃犯？"

白小蝶气得直跺脚，冷哼道："本小姐亲眼看见，你鬼鬼祟祟溜进荟乔闺房，接着偷偷摸摸跑到客房去了。一定是你发觉本小姐在跟踪，所以把我打昏放到书房来，想要嫁祸于我！"

莫风躲在角落，啧啧称奇，这位姑娘的智商真让人着急。看来八成是要陷害阳洛天不成，反被猎物狠狠咬了一口。

阳洛天长长"哦"了一声，"看来我真的好厉害，第一次来宋家庄园就能够轻而易举找到荟乔美人的房间，知道她把宝石放在什么地方，还傻傻地往客房跑而不是找我家小白寻求庇护。"

小表情做得特让人咬牙切齿，白小蝶被狠狠一噎，差点吐出一口老血。不死心道："谁知道你是不是提前查过荟乔的私人信息，圣华谁不知道你阳洛天一手电脑技术出神入化！"话毕，得意地看着阳洛天，仿佛扳回一局似的。

在场众人面面相觑，明眼人都知道这件事幕后最大的嫌疑人是谁，只是谁也阻止不了打着正义旗号的阳洛天卖弄才智。傻傻蒙在鼓里的白小蝶还在试图螳臂当车。

稍微恢复心智的宋道远，静静地注视着阳洛天的一举一动。他清楚，这个少年非池中之物，说不定那张照片，在这个少年手里……

"哦～看来小爷最近脑子的确灌了水。"阳洛天似乎对自己的智商颇为焦心，揉揉自己的脑袋，满脸难以置信、痛彻心扉，"小爷真傻，我家小白那么有钱。我居然还觊觎荟乔美人藏在宋家庄园的闺房的某个不知名角落里的连样子都不清楚的红宝石项链，我真傻，真的。"

长长一串儿傻得冒泡的词语，逗笑了几个看热闹的观众。

莫风不敢在心仪的宋荟乔面前偷笑，只得一个劲儿咬着小嘴不让自己笑出声。

乔英宰十分给力地大笑三声，阿天还是一如既往地……呵呵……

笑得最好看的是宋浩瀚大美人，慵懒地靠在书房一侧的雕花壁上，勾起精致妖冶的唇角，邪肆幽深的目光自始至终留在这只张牙舞爪的猫咪身上，为什么这只猫咪这么可爱呢？可爱得让人忍不住想要收入怀里，然而被列衡宇霸占了，真可惜……

"一路上我见到不少针孔摄像头呢，如果是小爷偷的，应该有录像吧。"阳洛天眼睛亮了亮，看模样似乎找到了个新的出发点。"殷切"目光落在老宋那边，似乎期待着老宋能去查查监控录像。

老宋尴尬咳了咳，扫过激动不已的白小蝶："这个，由于今晚客人太多，电压负荷过大，老宋我想着宋家保卫周全，便把监控器关闭了两个小时。唉，真是人越老越不中用！"

老宋自责地闭眼摇头，言语间透着悲戚懊悔。阳洛天盯着这位老管家看了许久，什么叫人精，这就是活着的标本，一边自责一边替人解围，此等人才举世无双。

"唉~那便算了。谁让小爷倒霉呢，好好待在外面吃东西，居然半途就被人指责成小偷。人倒霉了，喝凉水都塞牙、啃猪蹄都啃到手。"阳洛天扶额微叹，似叹命运之不公、世事之无常，转而话锋犀利，"不过，小爷倒是认为，窃贼应该是小蝶美女。"

"你胡说！我是荟乔最好的朋友，怎么会做这种事。"白小蝶涨红了脸，差点要跳过来给阳小哥两巴掌，被宋荟乔和女佣联手拉了回来。

"这是法治社会，我们用证据说话。"阳洛天收回笑嘻嘻的模样，换上一副庄严肃穆的神色，凛然干脆，居然有一种威严弥漫。

只听得阳小哥一句句道来："第一，白小蝶作为宋荟乔的闺蜜，自然清楚宋荟乔最宝贝的首饰藏匿的地方。我一个大男人再怎么缺钱，也不会觊觎女人家的项链。

案发时间，根据女佣口述，在今晚10点左右。不过那时候，小爷正在露天舞会场地角落进餐。而白小蝶，不出意料应该一直待在庄园宅子内。

庄园内守卫森严，这里大多数保卫如果看到素昧平生的我，必定上前盘问。我们可以请这些保卫前来辨认，看他们在案发前后，是否看到我或者白小蝶。

我刚才留意到保险柜上有刮痕，办公桌上凌乱不堪。我们可以请指纹专家当场核对指纹。

如果以上条件都因为某些因素不成立，那么只有找到那颗丢失的红宝石了。窃贼被女佣抓了现行，恐怕没有时间处理赃物，宝石应该还在窃贼身上。而这位窃贼自认为万无一失，众人绝不会怀疑到自己身上。那么排查几番，这位窃贼要么是白小蝶，要么是当事人宋荟乔。"

一句一句铿锵有力，条理清晰，似乎哪里都有理，似乎又全都不合理。

诡异的话语震得白小蝶踉跄一下差点跌倒。倒不是因为阳洛天指明真相铿锵有力，实在是阳洛天颠倒黑白的能力让人目瞪口呆，居然还句句有理，不容反驳。

宋荟乔眸光微转，温柔勾唇："阳洛天，你真爱开玩笑，我今晚一直在前厅呢。"阳洛天微笑："那是自然，荟乔美人天真善良，又怎么会是蛇蝎心肠的歹毒少女呢。"

阳洛天是真的不喜欢宋荟乔，对方无论美貌还是胸围，都在自己之上，而且还是自己的头号情敌。悄无声息的讽刺，针尖似扎在宋荟乔的耳朵上，宋荟乔神色微滞，阳洛天的眼神太过剔透，仿佛能无声无息地戳破伪装的皮囊、参透对方所有的心思，探照灯似让人无法逃避。

宋荟乔总觉得那个少年脸上的笑容隐含着尖刀利刃，洞悉一切。

白小蝶紧紧攥着双手，鲜红指尖几乎划破皮肤，死命瞪着阳洛天的脸，声音尖利刺耳："不可能，你一定进了庄园内。你说案发当时你不在现场，有人证吗？谁看见了，别在这里信口雌黄。"

她暗中让人引诱阳洛天前往庄园内，根据那两人的报告，阳洛天的确进了庄园宅子。

阳洛天就等这句话，欠揍地勾勾手指，目光转移到角落里风姿绰约的宋大美人身上。

那人夺目的白西装、扎眼的红领带，美艳极了。

随着阳洛天目光转移，宋荟乔、老宋、宋道远、莫风等人纷纷望向角落里美丽不可方物的宋浩瀚。

白小蝶怔了怔，难道……

只见绝世美人懒懒靠在雕花石壁上，红唇白衣，艳若牡丹倾国倾城。精致眉眼飘然扫过众人，最后含情脉脉的蓝色眼眸落在阳洛天身上。

丹唇微启，吐气如兰："的确，今夜10时左右，良辰美景，赏心乐事，小天天与我一直在偏西南角落的餐桌旁谈情说爱。当时小天天还羞答答地说，要甩了小宇这不解风情的冰块脸，跟本少过日子。小天天，你说是吧？"

话毕，宋美人美丽的右眼轻轻一眨，暗送秋波。

阳洛天差点儿被这媚眼儿勒死，什么要甩了小宇这不解风情的冰块脸，跟你这妖精过日子？小爷宁愿被雷劈死、被面条吊死、被口水呛死，也不要和你这不男不女的东方不败谈情说爱！

不过现在形势所迫，数双眼睛都盯着两人，阳洛天只得硬着头皮应了句："是，是，那是自然，呵呵……"

话音刚落，一阵肃杀之气铺天盖地席卷而来，顺着阳洛天脚跟飞速蔓延到后脑勺，让他全身寒毛倒竖。这股子冷气熟悉到骨子里了，阳洛天扯扯嘴皮，机械似回头，果不其然，门口竖着一尊俊美异常的天神。

阳洛天赶紧转回脑袋，生怕一个不留神，某尊大神就用那冰冷眼神割了自己的小脖子。

"怎、怎么可能？阳洛天你耍什么花招，你和宋浩、宋少不是一直敌对？你怎么会和他说上话！"白小蝶踉跄退后几步，不可思议地盯着宋浩瀚，又望向阳洛天的脸。一个劲儿摇头，怎么可能！

第三章 > 花样年华

"怎么不可能？宋美人，啊呸，宋少爷代表的可是圣华集团，你质疑他，不就是质疑咱们伟大的圣华集团？这话要是传出去～估计华琼总裁直接开坦克碾轧过来。"阳洛天忍着自家小白幽怨的冷气，强打起笑脸。一个劲儿发牢骚，找你的时候不见影儿，不需要你的时候偏偏踩着点儿过来。

宋浩瀚当然注意到列衡宇的到来，那句暧昧不清的话是故意说给列衡宇听的。偶尔捣点乱，看小猫咪乱了方寸，总觉得万分有趣可爱。

两双同样深蓝的眼眸相撞，一冷一热，空气中无形浮动激烈的火花。又在同一时刻，两人各自别开眼。

阳洛天清清嗓子，力图让自己在小白的高度威压下镇定下来。

"咳咳～其实小爷之所以判断小蝶美女有猫腻。是因为刚进入这间屋子的时候，我发觉她身上藏有类似宝石的东西。如果宋老爷同意，可以让女佣搜搜白小蝶的身。"

白小蝶闻言，暗自松了一口气，递给宋荟乔一个心安的眼色。

宋荟乔轻轻颔首，上前一步，温言道："既然要搜身，也不能只搜小蝶。阳洛天，你也是嫌疑人，按道理也该搜搜。相信你不会拒绝吧？这都是为了证明清白，不得不进行的举措。"

一旁看戏的乔英宰动了动，两道俊眉拧成疙瘩。倒不是担忧阿天，乔英宰隐约有些发觉，眼前楚楚动人的宋荟乔似乎和记忆里温婉大方的苍穹乐队主唱大相径庭。

侧头看了眼莫风，这位深深迷恋宋荟乔的哥们儿还没有发觉异样，仅仅低声嘟囔着："我家荟乔怎么这样啊……估计是今天生辰被打断，生气了吧～不然我怎么老觉得她在针对阳洛天呢……"

乔英宰望着阳洛天的背影，似乎有些明白阿天今晚一番动作的真正意图，不是为了找出所谓的真凶，她八成就是真凶。真正的目的，是让某些人认清宋荟乔的真面目。

"阳洛天，我同意搜身，你也必须同意，不然就是做贼心虚。"白小蝶洋洋得意道，声音一再拔高，志在必得的模样。白小蝶有足够理由相信，她身上绝对没有宝石，身上这一件紫色小洋装简单大方，根本没有地方搁置一块拇指大小的宝石。

阳洛天耸耸肩，颇为无奈地转身，脉脉羞涩眸光落在门边静立的人身上："搜身，这怎么可以！小爷的身体只能我家小白碰，你们这些人想也不要想。"

众人：

伫立在列衡宇身后，大理石面孔的詹姆士唇角罕见地抽了抽。

见过不要脸的，没见过这么不要脸的……

阳洛天心头轰轰烈烈滚过一万只某种动物，要不是为了安抚列衡宇这个腹黑鬼，小爷才不说这么肉麻的话。

阳洛天想：小白再也不是以前那个单纯地只想着算计人的小白了，现在两人坦白了恋爱关系，一旦惹怒了小白这尊神，指不定……今日下午他宁死不喝那些滋阴补阳的药膳，小白居然直接往他嘴里灌，还是嘴对嘴……

所幸，两道冰冷利剑温和了不少，冰雪融化，那人俊朗非凡的脸庞浮起淡淡笑意。

列衡宇深蓝的眼眸锁住阳洛天的身影，如果你要锋芒毕露，我便坦然助纣为虐。

一尊大神压在门边，谁敢动神的人？

几位女佣低垂着头，拿着布帘子，在宋道远的暗示下靠近白小蝶。不顾白小蝶反抗，碎花布帘子拉起，挡住众人视线。

在场最通透的人，是宋道远。他从一开始就明白这场闹剧的赢家是谁，这样僵持下去，荟乔这丫头辛苦经营的良好声誉只会灰飞烟灭。阳洛天这少年，心思实在太过缜密。

几分钟后，传来白小蝶不可思议的尖叫。

碎花布帘子移开，女佣恭谨地送上一颗漂亮夺目的红宝石，搁置在宋道远面前的小桌上，宝石指头大小，色泽异常美丽。

女佣垂头道："这是从白小姐头发里找出的，正是小姐丢失的宝石。"

白小蝶俏脸煞白，百口莫辩，目光几乎呆滞。她从未想到，从自己精心准备的公主式挽发里，居然找出这颗红宝石。

她仿佛感受到自己发烫的耳根，感受到众人无声的嘲讽，就好像今夜她一个人演了一场啼笑皆非的小丑闹剧。

她抓住宋荟乔的手当作唯一的救命稻草，荟乔依旧温柔安慰着自己，可是那眉那眼，似乎又有些别样的、白小蝶之前从未留意过的神色。

白小蝶的心被泼了一盆凉水，凉到五脏六腑。

呆呆挣脱宋荟乔的手，复杂地看着神色各异的众人，双眼缓缓地、慢慢地浮上晶亮的泪水，不顾众人诧异的眼光，她狠狠擦着眼角跑出书房。

一场闹剧，落下帷幕。

阳洛天揉揉疲乏的眼睛，简单跟乔英宰、莫风两人打了个招呼，转过身子朝自家小白跑去。

立定，扬唇，阳洛天捏住列衡宇的手心，对方用更大的力道作为回应，两人心照不宣离开现场。

乔英宰嘴皮张了张，不远处的两人十指相扣，阳洛天软着身子靠在列衡宇身上，这一幕和谐而有爱。前一刻她犀利狡黠如狐，后一刻她收敛爪牙温顺如猫，乔英宰扬起的嘴角化为一抹苦涩的弧度，拖着还在喃喃自语的莫风，径直离开这个喧闹一时的地方。

宋浩瀚优雅地扶额，精致妖冶的眼眸笑眯眯看着书房里的几人，转身，迈着优雅的步子风度翩翩地离去。

小天天真是个厉害的角儿,这番晶莹剔透的心思让人佩服之极,宋浩瀚凤眸微眯,真想撬开这只猫咪的小脑袋瓜子,看看里面究竟是何种奇异物质。

不过——宋浩瀚挑起美艳眼角,微笑着望向远处某人软绵绵的背影。

红唇无声无息张启,风中似有幽幽鬼魅的话语:"小天天,我们来日方长。"

> 教训

仆人们识趣地离开。

留下宋道远、老宋和贝齿轻咬的宋荟乔。

"爸爸,您丢了什么东西?"宋荟乔问道,鲜见自己的父亲有失态的时候,约莫遗失了极为重要的文件。

宋道远沉重闭眼,掩饰住眼底淡淡的伤感。声音蓦然沧桑得像是迟暮老人,喑哑黯淡:"没什么……丢了就丢了,留着只徒增伤悲。荟乔,以后少做这种事,损了面子不说,你的声誉也受影响。"

宋荟乔愤然,漂亮眼眸直直传达着恨意,纤长手指攥着红裙布料,"爸爸,阳洛天欺人太甚,我决不放过他。"

今夕盛装出席,只为那人回眸一视。岂料自始至终都不见他的身影。她只知道,看到宇和阳洛天十指相扣,从心底蔓延的疼痛和恨意几乎吞噬了自己所有的思绪,她爱了两年的人,守了两年的人,居然和另一个男人十指交扣!

被一个男人抢走爱人!那复杂的感觉,就像夏雨荷等着盼着前世今生,最后居然被容嬷嬷给横刀夺爱了!

宋道远心头哀叹,将自己女儿的不甘神色尽收眼底。妻子早逝,唯一的女儿历来争强好胜,骨子里不愿意退步屈服。

第三章 > 花样年华

不过今日的阳洛天，着实让宋道远惊讶万分，忽然有几分明白高傲的列衡宇选择阳洛天的原因了，一个果敢大方、自信霸气的少年，绝对拥有让人折服的魅力。

今日谁都知道阳洛天在胡诌，但谁也不会反驳。

宋道远甚至百分百肯定，自己那个超一流的保险柜，也是这个神奇少年破解的。

"荟乔，这世界上有一种人，他之所以嚣张、不羁于世，是因为他有凌驾于人的资本。"宋道远怜惜地望着自己的女儿，由衷劝道，"你若执意和阳洛天作对，吃亏的总会是你。"

"爸爸~他一个来历不明的野小子，哪来的本事让我吃亏！我看您是杞人忧天，算了，我累了，先去休息。"宋荟乔压制住心头的怒气，秀眉一敛，红唇狠抿，高跟鞋嘀嘀答答踩在地板上，很快消失在宋道远的视线内。

宋道远揉揉自己生疼的太阳穴，沉重的眼皮终于落下，盖住眼前杂乱的现实，整个人靠在软座上，仿佛脱力一般了无生机。额头的皱纹似乎添了几道，眉眼染上几分疲色。

"老宋，我老喽~这世界，是年轻人的。"他的声音苍老暗哑，疲惫万分，"可我为了保全宋家、保全荟乔，还要和一个被蒙在鼓里的女疯子合作。"

宋道远精打细算半辈子，身边唯一信得过的就是这位管家，有些不能说出的话、不能流露的感情，在这位管家面前都能毫无保留地展现。

这世上总要有一个能使你敞开心扉的人，这样才不至于心头深埋累和苦却无处倾诉。

老宋笑笑："我说老爷啊，华琼总裁要和您联盟，您就联盟呗。荟乔小姐独有的资产足够庞大了，我们这些老骨头总要化作春泥更护花啰。至于阳洛天，那少年戾气十足却又懂得变通，思想通透明晰，这样的人几乎没有软肋。

不过命运无常，谁知道阳洛天和列少的未来如何，我们除了静观其变，别无他法。"

这个穿燕尾服、略显老态的管家，总能够轻易摸透宋道远的心思。两人相交多年，在圣华这片浑水之中，居然成了无话不谈的朋友。

或许是现实太过黯淡虚假，需要那么一个"真实"的宣泄口。与其处处防备他人，倒不如静心相交为友。

宋道远"扑哧"一笑，眉眼舒展，睁眼瞪了下老宋："你个老不死的，说的话还挺有理的。我们这些老骨头，除了炖点儿骨头汤没啥用处，哈哈哈～～还有那张照片，没了也挺好，以后她就活在我心里了，再也没人能把她偷走。走，喝大红袍去！"

两个年过半百的中年人，像是迟暮老人一般，相谈甚欢地消失在办公书房。

女佣们默默走进，有条不紊地将杂乱的书房回归原本庄严肃穆的模样。

收拾完毕，默默走出书房，关灯，书房古朴的雕花大门"吱呀"一声关上，就好像从未开启过一般……

舞会早已结束，阳洛天打着哈欠依偎在列衡宇肩膀上，两人慢悠悠走向停车场。

"回家换衣服，今天又在天花板上方钻来钻去，宋家的天花板真不是一般人能受得住的，小爷浑身脏兮兮的。"阳洛天懒懒眨着眼睛，这种颠倒黑白的事儿做多了，感悟也层出不穷，今日最大的感慨就是：

"当坏人真辛苦，小爷以后还是当个好人。对了小白，今晚你跑到哪儿去泡妞了？哎，等我一下。"

阳洛天一扫疲惫，黑亮眼珠子锃亮，她看到不远处正准备上车离开的白小蝶。阳洛天挣开自家小白的手，屁颠屁颠往白小蝶那边跑去。

一系列动作行云流水，手心余温尚存，列衡宇危险地眯着眼眸，随手将车钥匙丢给身后的詹姆士："把车取来。"

詹姆士点头："是，老板。"

另一头。

白小蝶红着眼睛，打开车门正要藏进车里，忽然身后响起一道九转回环的声音："先别走啊,小蝶美女。"

白小蝶秀眉一拢,转过身来就是一巴掌,早有防备的阳洛天轻巧躲开。

"你来做什么,还嫌我今晚不够丢人吗?还是你还要看我这个手下败将今晚有多狼狈!"白小蝶娇呼一声,亮晶晶的眼泪霎时从眼眶落了下来,滴滴砸在地上。

从小到大,都没有受过这种委屈。

阳洛天恨铁不成钢地盯着这个天真的小姑娘,瘪嘴道:"小爷历来讨厌白痴,尤其讨厌被白痴耍得团团转的极品白痴。"

"你说谁白痴!阳洛天,别以为你有那位护着本小姐就不敢动你!"白小蝶怒气冲冲,右手再次扬了起来,想要狠狠打掉眼前少年脸上痞痞的笑容。

阳洛天看了眼白小蝶扬起的手掌,啧啧赞叹:"小女生就是麻烦,打架用巴掌和指甲,算计人用绣花手段,统统上不了台面。小爷今晚给你上了人生中最重要的一课,你居然还傻傻地看不清。"

"什么……"

"我问你,你试图嫁祸我的法子没有跟宋荟乔提过吧?别用这痴傻的眼神看我。你以为宋伊服饰的监控设备是摆设?老宋真的关了监控?怎么可能,他们不过是为了替你铺一条路。

我敢说,如果今晚我不小心被你算计了,这些监控绝对100%完好无损,所有关于你出入宋荟乔房间的画面都没有,有的只是我到宋荟乔房间捉奸我家小白的录像。

荟乔美人儿早就猜透了你的心思,暗中推波助澜。今日她一再所谓的维护你,其实处处把你往替死鬼方向推,不然凭着你们姐妹情深,她今夜居然没有亲自送你。估计荟乔美人躲在她的香闺里,一边嫌弃你的智商,一边挖空心思算计我……"

白小蝶脸色煞白,看着前面,双手抱在胸前,眉眼犀利,她摇头闷笑:"胡说,荟乔她善良美丽。阳洛天你居然挑拨我们的关系……"

"我记得初次见到你，是在圣华湖边。那时候你替荟乔美人打抱不平，还差点儿把木诗诗推到冰冷的湖水里。如果那天小爷没有顺手救了木诗诗，你猜猜后果会怎样？"阳洛天勾唇，黑亮眼睛望着眼前天真的少女。

结果会怎样……

木家大小姐木诗诗会掉进冰冷的湖水里，轻则感冒，重则濒临溺死。到时候在场的观众也会证明，动手推人的是白小蝶。第一负责人绝对是白小蝶，而不是她想要保护的"善良美丽"的宋荟乔。

想到这一层，白小蝶再迟钝的脑袋也被撬开了一点缝隙。她记起，曾有好几次，木诗诗指着自己鼻子大骂白痴，说自己被人当枪使都不知。现在想想，似乎每次荟乔和木诗诗有矛盾，负责出手的人都是自己，而荟乔一直是躲在自己身后扮演温柔、弱小的角色。

为什么……

"宋荟乔最喜欢的颜色是什么？"

"红色。"白小蝶张张嘴，下意识答。

"她知道你最喜欢的颜色吗？"

"这……"相处许久，她似乎不知道……

"据我所知，宋荟乔在其父的帮助下独立建立了个人品牌，亲自经营。员工达一千，世界分公司达三百，年利润过亿。你说这样的精明商人会性子温柔、隐忍不发？"

"……我不知道。"白小蝶退后两步，眉梢染上迷惑不安。

往事历历在目，白小蝶陷入久久的迷茫。今夜她好像陷入一个诡异的梦境。是是非非，剪不断理还乱，现实和梦境交织在一起，善恶不分，对错不分，虚实不分……

"小爷今晚折腾一番，就是为了告诉你这个闺中小姐，眼睛看到的不一定是真的，凡事要用心去感受。"

当然，最根本的目的是挫挫宋荟乔的锐气，小白名草有主，你们这些庸脂俗粉哪边凉快哪边待着去，甭打我家小白的主意。

阳洛天看见白小蝶困惑的神色，微微一笑，转身离开。

种子已经播下，能不能发芽就看造化了，希望这个小贵族不要蠢笨到让人扶额叹息的地步。

当夜，白小蝶不知道自己是怎样在保镖的保护下回到白家的，管家守在门外，见白小蝶一行人安全到家，赶紧迎接了上来，侧头吩咐女佣报告老爷。

白小蝶摆摆手，淡淡吩咐："不用告诉爸爸，你们先下去。我自己回去……"

管家呆了呆，今夜的小姐似乎有些不一样了，眉目清冷如霜，脸色憔悴，记忆里那个刁蛮任性的小姐哪去了？

不敢违背命令，管家匆匆安排女佣离开。

白小蝶垂头慢慢朝大厅走去，她的房间在二楼。走到厅门口，却见门里透出一道微光，透过门缝，白小蝶看到了自己那位美丽的后母静静候在沙发上，略带忧伤的眸光时不时朝门外滑过。

白小蝶微动身子，躲开了后母看过来的目光。

她听到了父亲的声音响起，这对年过半百的夫妻轻声细语唠着嗑。

"婉柔，你先去休息，小蝶这丫头向来晚归，我已经让管家在门口候着，人回来了我就告诉你。"

"我总担心她在外出事儿，她性子太直，人又天真，那个宋家小姐做事滴水不漏，总让我不放心。我知道小蝶因为那件事儿恨我，可我心里一直把她当女儿。"

"终究是我欠她的，阿华当初以死相逼要和我离婚，害得这孩子自小就在心头烙下阴影。这些阴影又转移到你身上了，婉柔，我真抱歉。"

"没关系，孩子总会长大的。你先睡吧，明天还要开会，我再等等她。"

"我和你一起等。"

"这可别，小蝶看到了又要生气。你先去睡~"

圣华夜色璀璨，繁华的夜色映在白小蝶清澈的眼眶中。

她微眨着眼睛，凌乱发丝飘摇在耳畔的晚风之中。

晶亮的水渍顺着脸颊落下来，白小蝶捂着嘴，不久前，那少年清冷的话语响在耳畔：眼睛看到的不一定是真的，凡事要用心去感受。

> 小白的吻

另一边，阳洛天双手插在西装裤口袋里，逆着探照灯光优哉游哉走回车库。

深蓝法拉利规规矩矩候在原地，列衡宇候在驾驶座上。阳洛天扯开嘴角朝自家小白笑了笑，屁股刚沾到副驾驶座，眼皮瞬间就软下来。

"我先睡一会儿，到了叫我……今天事儿真多……困死小爷了……"剩下的话全部消散在低低浅浅的呼吸声中，居然就睡着了。

列衡宇侧头，阳洛天微垂着毛茸茸的脑袋，眉头放松舒展，扇子似的睫毛微微抖动，嘴角上扬，偶尔嘟囔哼叽三两声，清醒时候的神采飞扬、自信满满消失不见，取而代之的是孩子似的睡颜。

看着这样纯粹的睡容，列衡宇心底几乎滋生出一种放弃全世界，只愿守他一方净土的夙愿。

深蓝眼眸落在脏兮兮布满灰尘的白西装上，今夜少年的锋芒毕露，背后多得是不能言说的辛苦。列衡宇不知道阳洛天用了何种巧妙的法子，能够避开众人视线偷龙转凤，只知道这个人在试图用独有的方法逃出困境。

他的洛洛，不是笼中养尊处优的金丝雀，反之，他有锋利的爪牙去守护捍卫自己的权利，一直是特别的。

列衡宇取出薄毯替她盖上，掖了掖毯角，迷迷糊糊的阳洛天脑袋一歪，踏踏实实将脑袋搁在列衡宇肩头，睡得安稳又舒心。

于是乎，时速最高可达 350 公里的法拉利用几乎爬行的速度，平平稳稳，慢慢挪回西苑别墅。

最可怜的还是詹姆士，为了保护老板的人身安全，那辆剽悍的路虎不得不用时速十几公里的龟速一挪一挪跟着，大理石雕塑似的脸孔再次龟裂一道缝隙。

时间啊，就这么慢慢挪过去了，今夜的恩怨纠纷，却还没有结束……

阳洛天迷迷糊糊睁开眼，入眼的是一大块锃亮的车玻璃，远处是璀璨的夜色。

空气里氤氲着新翻泥土湿漉漉的气息，周围是熟悉的西苑花园，阳洛天动动小鼻头："到了啊～时间过得真快。我先回去洗个澡，小白你也早点儿睡。"

阳洛天掀开毛毯，手还没有碰到车门，某人遒劲有力的手掌直接环住阳洛天的小腰，阳洛天低头瞅了瞅锁住自己的手，不明所以。

"放手啊，你想在车上睡？"

列衡宇深深凝了阳洛天一眼，眼神里分明写着"敢走，必死"的恐吓。

阳洛天尴尬一笑，他打算秋后算账了……

詹姆士僵着脸孔走近，列衡宇左手支着太阳穴，右手锁住阳洛天，气质淡然地与自己这位最忠实的下属交谈着。阳洛天正大光明竖起耳朵，稀奇古怪的商业术语听了个一知半解，又见两人神情严肃，似乎是极为凝重的谈话……

心头腹诽，搂着老子的腰，和另一个男人谈商业机密……

阳洛天刚小睡一觉，精气神儿都恢复了不少。现在被自家小白一只手困着，一时间逃不开。

人闲着，各种心思都冒了出来，阳洛天干脆掀开眼皮，借着前庭灯光近距离打量这位传奇人士詹姆士先生。

不得不说，和这位詹姆士有过数次的碰面，这位爷一直保持着死板生硬、拒人于千里之外的模样。果然有什么样的老板，就有什么样的下属。

詹姆士面部的肌肉几乎是大理石雕出来的，仿佛除了那张能动的嘴和两只机械似有规律眨巴的眼，其他部位都不能活动。动作刻板、表情僵硬、笔挺着背站在那里，薄薄衬衫根本掩盖不住喷薄欲出的肌肉，这人几乎就是一尊石刻雕像。

阳洛天眼睛眯了眯，骨子里的好战因子开始胡乱跳动。以柔克刚，不知道和这位特卫先生打一架……

詹姆士自然感受到了来自某处的奇异目光，眼珠子机械地转了转，扫到阳洛天身上后不动声色地转回来。

交谈结束，詹姆士面不改色地离开。临走时似不经意扫过阳洛天，詹姆士这张脸都能放到鬼片的宣传海报上了。

列衡宇回头："看够了？"

阳洛天："咳咳，我瞧着詹姆士还挺能打的，我留意他，纯粹是强者之间的惺惺相惜。"

列衡宇收紧揽住阳洛天腰肢的手，阳洛天一个不留神被扯到列衡宇胸前，鼻子差点儿就撞上某人硬邦邦的胸膛。铺面而来的男性气息，一下子染红了阳洛天的耳根子。车内狭窄，两人的动作真少儿不宜……

"是谁要我待在他身边 3 米之内？

又是谁半途将我给一脚踹到角落？

和一群女人眉来眼去还不够，

沾染宋浩瀚还不够，

居然当着我的面用热气腾腾的眼神观摩我的下属。"

慢条斯理细数阳洛天的罪状，列衡宇一反手，阳洛天的后背直接靠在方向盘上，两只爪子被抓住，和腰肢一起被那只遒劲的右手锁住……眼前突然出现一张放大的俊脸。

"还是你觉得，我不如他（她）们？"

低低暧昧的呼气声扫在阳洛天绯红的脸蛋儿上，冰冷的手指划过阳洛天的脖子，探进领口摩挲白生生的皮肤，冰刀似割着皮肤，阳洛天浑身汗毛倒立。

小白藏得好深，在舞会的时候默不作声，静静看着自己四处拈花惹草，无声无息将与自己有牵扯的男人或者女人记在心里，就等着最后一网打尽，来个最后的惩罚。

"怎么会？我家小白帅气逼人，精通厨艺，才华横溢，家财万贯，纵游商政两界无敌手，随随便便一个小喷嚏就甩舞会那些庸脂俗粉几十条街。我当然最爱我家小白了~"

老子爱死你了……

列衡宇扫过阳洛天的俏脸，勾唇："何必摆出这么违心的表情呢？"

实际上，阳洛天的确被A市道馆那群粗老爷们儿带坏了。见到美女吹口哨、整理发型卖弄姿色，几乎成了神经反射。

欣赏归欣赏，并不等于爱，可以欣赏千千万万种不同的风景，却只会爱一个人。

阳洛天眼珠子滴溜溜转啊转，"这不一样，我对你严格要求，对自己放纵，实在是我们俩的本性不一样。宋荟乔那些姑娘个个恨不得把你生吞活剥，我这是为了保护你。再说小爷天生比你稳重、正经……"这话假得自己都不信，阳洛天默默将最后的字眼儿吞进肚子。

一计不成又生一计，阳洛天往后挪挪脑袋，试图与这张摄人心魄的脸拉开距离。手指灵活一动，从西装口袋里摸出一张照片，小心翼翼搁在两人目光之间。

"对了，今晚有大发现啊~你看这张照片。没想到宋道远还是个痴情的，当年你母亲，哦不，咱们的老妈是多么艳压群芳。"

列衡宇眸光转了转，锁住阳洛天腰肢的手并不松力。照片泛黄，忽略被阳洛天人为制造出的褶皱——樱花树、梨木桌、紫砂壶、茶雾氤氲，美丽少女垂首，轻掀开紫色的茶盖……

记忆里温柔美丽的母亲……

列衡宇眼神中带一些伤感，转瞬即逝。

自家的小猫咪做错了事儿，怎么能随便被忽悠过去？鉴于阳洛天劣迹斑斑的前科，从A市桃花盛开到圣华处处留情，列衡宇早就生了断绝此人桃花源的念头。

所谓釜底抽薪，不把罪魁祸首好好教训一顿，指不定哪天又给自己戴绿帽子。

照片挡住阳洛天的眼睛，列衡宇眼里映衬着怀里少年那线条流畅的下巴，细腻白皙如牛奶的皮肤，微张的粉润柔软唇瓣……仿佛有一种致命的吸引力，即使知道是毒药，依旧让人不断滋生一股想要深入的冲动。

微微地，喉头动了动。

照片下毫不知情的阳洛天小羊羔心虚地松一口气。岳母啊，我家"媳妇儿"吃醋，要对小爷行不轨之事，您老在天保佑别让他得逞啊……小爷不是打不过他，我徒手都能对抗好几个特种兵呢，实在是对小白下不了手啊，万一打坏了小爷还不是心疼个死去活来的……

阳洛天这想法刚冒出来，那张照片被一只修长遒劲的手慢慢扯掉，转移到车内储物柜，深蓝幽暗的眼眸出现在阳洛天鼻梁之上，低低暧昧的气息悄然流转。

突如其来的变故让阳洛天瞪大了眼睛,小白这什么鬼眼神儿啊!

深不见底的瞳孔,炭火似灼烧着微凉空气,阳洛天耳根子蔓延着滚烫的灼热,老脸化为一片通红火辣。

他们的脸几乎零距离,阳洛天近乎淹没在一片诡异深沉的蓝色里。他长得实在太好了,每一处都是独一无二的,带着淡漠又炽热的气息,铺天盖地把自己包围裹紧。身子被束缚,薄薄呼吸落在脸上,每一个细腻毛孔都伴随着激烈心跳在颤动。

可是……

阳洛天死命将被困的两只爪子挣脱,试图用近距离擒拿术阻止这只欲要进攻的野兽。

小白要吃人了,不逃脱指不定那点儿秘密就被挖了出来。

一想到擦枪走火后严重的后果,阳洛天两只白爪子的力道更加蛮横。

"小白,爷错了还不成。你快松手,这事儿真急不得!"

阳洛天差点要哭出来。

列衡宇自幼受西方S国自由开放文化影响,脑海里灌输的思想是:既然爱一个人,便要得到其全部,无论是灵魂,还是身体。

可小爷是个女的啊……阳洛天悲愤地想,她再怎么玩世不恭、风流纨绔,骨子里还保留着点儿中华民族先祖留下来的传统美德。

列衡宇危险地眯着眼,喉头动了动,垂首,将这只张牙舞爪试图逃脱的猫咪压在方向盘上,冰凉薄唇狠狠印了上去。

唇齿相接,冰与火异样的冲击,甜蜜而诡谲的气息弥漫在彼此高速运动的心头。

阳洛天唇角一阵刺痛,狂风暴雨般的吻,炽热扑面而来不断深入。

他的唇如此冰冷,他的吻如此炽热,贴在腰间的手几乎掐进肉里,另一只手死死扣住阳洛天的后脑勺,在他极度霸道强势的控制下,阳洛天溃不成军,危险慢摇,思想混沌,脑海空白……

她能感受到那人浓烈的爱意，霸道蛮横，热意发散到四肢，心渐渐软了，两只顽强抵抗的白爪子渐渐松了……直到脖颈间传来异样的冰凉，他的唇逐渐地往肩窝下探。

冰凉的温度霎时间将阳洛天从沉迷、沉醉中扯出来，她察觉到他正试图解开自己的西装扣子，脑子瞬间冻醒……

不行……

绝对不行……

不能被他发现……

阳洛天拼死拼活，不顾狭窄车厢施展不开拳脚，手脚并用挣扎阻止……小白，别逼我出绝招啊……

列衡宇顿了顿，退开，深蓝眼眸里难掩炽热、欲望。

怀里的人眼波流转，双颊绯红如晚霞，鼻尖渗出薄汗，在灯光映衬下出奇的美好。可也掩盖不了眉眼间的委屈不安。

心尖刺痛一下，列衡宇敛眉。

怀里的人，很委屈吗？

夜色中传来诡异的对话。

"你今晚吃了什么。"

"哦～奶油点心、脆果子、梅菜扣肉、佛跳墙、酸梅汤、鲜牡蛎、生鱼片加芥末，哦，最后吃了半个猪蹄……怎么了……"阳洛天心口怦怦乱跳，不安地注视着自家小白，报菜名儿似地吐出一串儿字眼。

列衡宇薄唇微勾，冰凉手掌蹭蹭少年绯红的脸颊，手心是温热的触感。

"我不会强迫你。"列衡宇淡然道，看着怀里的少年灵动的眼珠子一亮。

"真的？"阳洛天讶然，害小爷差点失身的小白，居然说不强迫？他自从两人确定关系后，脑子里那点儿龌龊思想时不时困扰着阳洛天的神经末梢。

"再惹怒我，后果自负。"

后来磨磨蹭蹭回屋，梳洗完毕，天边已经蒙蒙亮。

没了睡意。

东屋。灯光不灭，列衡宇慵懒地靠在办公椅上，修长指尖划过刺痛的唇角，少年清爽诱人的气息还残留着久久不散。

你还藏着什么不可道来的秘密？什么时候才能坦诚待我？

蓝眸深深，随即敛去游思，VR通信徐徐打开，硕大的电子屏幕连接远方。新一轮的政治角逐即将全面展开。

西屋。阳洛天躺在床上，侧头看窗外婆娑摇曳的黑色树影，不禁失神。

他终究顾及自己的感受，无形中撑起强大的保护伞，护自己安稳周全。遇到这样一个人，究竟是幸运还是不幸？

有时候阳洛天也会怀疑，列衡宇这样的人，居然是她的，居然可以遇到，人生的旅途中可以跟她相伴走一程。

他好像是从神话里走出来的人物，大财团的首席执行官、睥睨八方的天之骄子、皇室成员、圣华片区最强横的力量之一。反观自己，不过是中国某城市某街道某房某小孩……

三个月前两人的生命轨迹没有交叉，三个月后居然就这么走在一起。

这是最美好的时光，生活在列衡宇身边的每一天都是新鲜的，快乐而向上的，血液中有一些好像兴奋剂似的因子在刺激着她，让她斗志昂扬闪闪发光。

可冥冥之中又有一股潜藏的担忧，阳洛天也说不清楚这是为何。十八年来，知道她女儿身份的人屈指可数，或是亲人，或是朋友，或是眼神毒辣的人物，唯独没有，也绝不能有列衡宇。

她知道一个人的意志很难改变，列衡宇钟情的是男子身份的阳洛天，而不是拥有女性特征的阳家大小姐。

或许生活就是这样，一面让你阳光明媚幸福得想哭，一面埋下隐藏的炸弹随时爆破……

阳洛天想了很久，终于下定结论：秘密总有一天会被识破，在此之前，珍惜和他在一起的时光。若是某天列衡宇断然了结这段关系，那也好，该走就走，绝不回头……

闭眼，阳洛天忽然记起曾有人说过：

我行过很多地方的桥，

看过许多次数的云，

喝过许多种类的酒，

却只爱一个正当最好年龄的人。

> 校长的心思

日子还得继续，时光悄然流转，一转眼便已经临近七月半。

有些事儿在世界各国都无法避免，比如学习，比如考试。

圣华贵族学院之所以能在短短十年内成为佼佼者，除了超一流的贵族学子，还拥有最富有特色的考试。作为超一流贵族子弟专属学院，除基础的语言、算数与体育外，富含贵族特色的各种课程——从家族管理到贵族利益维护，种类繁多，绝对能为各大家族打造一流的继承人。

阳洛天憋着笑，偷偷观摩形体礼仪考试时自家小白保持着淑男式冰冷，淡漠而端庄得体地迈着小碎步款款走入礼堂的动人场景。

阳洛天最不擅长的课业是经济管理，偏偏这门课考得最牛，分数几乎与大神级别的列衡宇旗鼓相当。

熟悉阳小哥的人纷纷惊掉了下巴，一个每堂金融课都点头眯眼打哈欠的金融白痴，居然能在难度系数五颗星的经济管理考试中拔得头筹。于是乎，众人皆以为阳洛天是近朱者赤，沾染了列大神的神之气，所以才能一鸣惊人……

实际上，当阳小哥眉飞色舞地将电子成绩单在某人面前显摆时，某人淡淡瞥了一眼，仅仅回复了一句：

"黑客当过瘾了？"

阳洛天：……

为什么如此了解小爷。的确，阳洛天不擅长经济管理，但是擅长黑客技术……

被挖掘小心思的阳洛天咬咬牙，张嘴就朝着那张刀子嘴咬去……

考试就这么毫无悬念地走向结束，这天正是周六，列衡宇有事外出，留下阳洛天独守空房。

最近国际局势似乎极为动荡不安，金融界政界都受到不小冲击。列衡宇身为超级财团的首席执行官，身上的担子愈发沉重。为了保证与阳洛天未来的小日子过得顺畅点儿，列大神不得不亲力亲为投入未知的金融战争中。

阳洛天闲着无聊，干脆溜到列衡宇的香闺参观。

刚踏进东屋的大门儿，阳洛天差点儿就要羞愤自杀。小白的屋子一如既往地干净整洁、纤尘不染、不沾染半分俗气。阳洛天觉得自己就是横空闯入的最大垃圾，白白污染了一室整洁。

阳洛天滴溜溜亮晶晶的眼珠子在屋子里转啊转，宽敞明亮的屋子，基本格调是深蓝浅灰。优雅大方，犀利果断的线条正如那人坚毅冰冷的性格，阳洛天翘着嘴角四处扫描。

她喜欢搜索列衡宇留下的每一个痕迹，桌上的咖啡、床头的读物、衣橱的风格、书房的布局、琴房冰冷的蓝色调，看着每一处，就好像看着他每天在这里移动、思考、沉默，那种探索式的惊喜总让阳洛天欢喜。

偷偷溜到列衡宇的卧室，阳洛天瞅了瞅物件不多的床头柜。心中暗喜，取出衣兜里的水晶相框，端端正正摆放在桌上。相片上的小伙子笑得中二又自在，阳洛天盯着帅气的自己呵呵傻笑。

以后小白每天睁开眼，看到的都是相框里的自己。当然，思想前卫的小白，不止一次暗示过两人可同床共枕，不出意料，这一诱惑性极好的暗示被阳小哥断然拒绝。

自家小白早已不是当年大明湖畔美丽的夏雨荷了，他化身成随时随地想要吃人的容嬷嬷。

然后，拉开床头柜抽屉……

接着，阳洛天再也笑不出来了……

一瓶瓶，一瓶瓶，一瓶瓶……lube，各种品牌，各种口味，各种国家的文字……

阳洛天瞬间风中凌乱，之前观摩小白房间塑造出来的高大俊朗的形象瞬间变猥琐了……阳洛天肉痛地揉揉自己的小屁屁，有苦也说不出，小白这厮为了两人幸福的生活，准备得还真充分……

阳洛天拖着软绵绵的身子圆润地滚出小白的香闺，溜下楼给自己找了一大杯冰水，狠狠灌了大半杯才勉强压制住心头的火热不安。摸出小镜子，看晶莹镜片里俊美异常的少年，阳洛天痛心疾首地捏捏自己的脸，第一次觉得那个俊眉桃花眼、高鼻白脸的少年是如此让人无奈……

骨子里都有种男儿豪气，也怪不得小白看不出她的女儿身。

第三章 > 花样年华

女扮男装的最高境界是什么？不是长得多帅多风骚，而是连当事人也忘了自己是个女的……

阳洛天还在苦苦的纠结中，门被悄然打开。

宋校长身着简单的黑色休闲服，一脸凝重地走进客厅，沧桑而犀利的眼扫过银色沙发上的少年。

宋校长怔怔地盯着阳洛天看了许久，银色沙发上的少年捧着一面小镜子，眉眼还残留着淡淡忧伤，此时正惊讶于自己的突然到来，一双黑白分明的眸子满是灵动。

阳洛天惊讶的是，这位名义上的"公公"居然有西苑别墅的钥匙。毫无疑问，这是列衡宇的意愿，是不是也从侧面说明，列衡宇已经原谅这位父亲了？

"坐坐坐，校长您甭站着，赶紧过来坐。"阳洛天这才反应过来，顺溜地挪了个位置，示意干站着的宋校长过来。

宋校长面色复杂，两人坐毕，一时间竟然无言以对。

阳洛天纠结的是这位未来"公公"的突然造访，宋校长纠结的是这个横空冒出来的男性"儿媳妇"。

好半天，阳洛天才尴尬开口："那个真不巧，小白这几天忙，您老换个时间过来……"

"我是专程过来找你的。"宋校长皱眉，打断阳洛天的话。

"啥？"阳洛天眨巴眼睛，有种即将上战场的紧张感。她忽然有些理解，当年洛白雪以儿媳身份面见那位封建思想浓厚的婆婆之际，那种发自内心的紧张了。

宋校长正襟危坐，精明依旧的眉眼利剑似扫过这位俊美少年。他至今难以相信，自己那个高傲淡漠的儿子，居然会喜欢男人……

"小琼已经全盘接手了圣华集团，我已经不能影响圣华的任何决议，你可知道？"

"不知道。"阳洛天特别诚恳地回答。

"……欧洲那边的危机难以避免,而我一直不赞同列氏打入中国市场,更不赞同列氏和沧河合作。"

"哦。"

"我知道你是沧河帝企的人,金融天分极高。圣华和列氏的斗争逐步白热化,小宇身边的人需要有价值,相信你也明白正确的合伙人对一家商擎的重要性。"

"……我明白。"阳洛天听了半天,也不知道自家公公说的是哪国语言,听天书似的迷迷糊糊。尤其是"金融天赋极高"的六字评语,差点让阳洛天羞愤得钻地缝儿,凭着一张成绩单就认为小爷金融天分高……

宋校长似乎松了一口气,犀利的眉眼也瞬间柔和起来。看来这个少年还是有自知之明的,知道人微言轻的至理名言。

"阳洛天,你是个聪明的人。相信你也明白,作为一个父亲,为子女考虑将来的殷切之心。"宋校长的言外之意是,希望阳洛天能够为了列衡宇的未来离开……

"明白,自然明白。"阳洛天呵呵干笑,小爷心里还是不明白……

宋校长大为欣慰,连带和蔼慈祥老干妈似的笑容都露了出来:"年轻人,年轻气盛,哪里懂什么叫爱情。尤其是男人之间的爱情,简直不可理喻、违背伦理。"

莫怪宋校长思想不开放,实在是阳洛天家室背景不雄厚,和列衡宇走在一起几乎就是扮家家似的幼稚。

"对对对,我也特不喜欢男男恋。"阳洛天张嘴就附和,她记起小白抽屉里满满当当的润滑油,想起来就备感菊花痛。

然后阳小哥的白痴脑袋终于反应过来,抬头望着自家公公:"校长,你的意思是……"

宋校长欣然:"我已经帮你准备了机票,直达北京。没想到你如此开明通透,那么现在就可以准备下离开圣华了。"

阳洛天：……

来到圣华三个月，要赶走阳洛天的人凑成一个足球队还附加 N 名替补。

阳洛天自认为人见人爱、花见花开，人品一流、智商一流、模样一流，怎么会这么招人嫌弃？

今儿大好的周末时光，自家公公居然趁着小白不在登门造访，大张旗鼓地暗示着让自己离开圣华。

阳洛天彻底石化了……

宋校长见阳洛天面色诡异，以为其心思动摇，老眉一皱："阳洛天，我很感谢你为我和小宇做的一切。可你也该明白当今的动荡局势，小宇他需要更加强大的背景作为支持。"

年近半百的中年人眉眼沧桑，言辞恳切。

阳洛天嘴皮子动了动，小爷真的不明白当今的局势有多动荡。自从踏入圣华的土地，她就没过过一天太平日子。

她历来对政治不感冒，尤其是对圣华复杂的政治环境几乎处于迷茫混沌状态。在中国那会儿，帝中开了一门选修课叫作思想政治，阳洛天愣是连考四次都不及格，连校长都大呼阳洛天是极端的政治危险品。

"可是……"阳洛天挠挠脑袋瓜子，言辞更加恳切，模样更加真挚，黑白分明的眸子直勾勾盯着眼前的中年人，"校长啊，不是我离开圣华的问题，是我家小白让不让我离开他身边的问题。我敢保证，我前脚刚离开这栋房子，后脚小白就开着火箭把我追回来了。"

宋校长：……

"还有啊，小爷好不容易把他追到手，华琼拿着枪比着我脑袋要我离开，小爷为了爱情毫不屈服。现在您孤家寡人一个跑过来劝我走，这说服力也忒小了。"

宋校长：……

"以后咱们都是一家人，家家有本难念的经，这道理我懂。所以公公大人，今日这件事就这么作罢，等会我亲自开车送您回去喝茶。"

宋校长被"公公大人"四个字硬生生噎住，干红着一张老脸，活了大半辈子，从没想过会有被一个毛头小子大呼"公公"的一天。宋校长愣是呆了足足三分钟，臊得浑身像吞了只蟑螂般难受，半个字眼儿都吐不出来。阳洛天此人实在刁钻古怪，精明过头，三言两语便堵住他所有的话。

"如果你不想离开也可以，"宋校长憋着一口老气，忍住心底的火气，"你既然是中国沧河帝企的人，如果你能说动沧河总裁增加对列氏的投资额，我倒是勉强可以考虑让你留下。"

阳洛天干笑，特诚恳地回答："跟您说实话吧，我真不是沧河帝企的间谍。甭说扩大投资了，就是搬沧河一块茅厕砖的资格都不够。"

宋校长老眉深皱，一口血憋在胸口久久不散。圣华片区普遍认为阳洛天是沧河帝企的探子，真理掌握在少数人手上，唯有极个别人知道她其实就是个普通大企业的小少爷。

现在宋校长只当阳洛天刻意逃避，只知吸列氏的血，却不为列氏发展做任何贡献。偏偏还摆出一副"小爷很纯洁、很认真、你能拿我怎么着"的小痞子模样。

"罢罢罢！小宇他是看走了眼！看上你这白眼狼！"宋道远怒极反笑，站起身来，作势要头也不回离开这个鬼魅少年。

阳洛天丈二和尚摸不着头脑，这又是玩哪出啊？

"您走慢点儿，这儿地板有点滑。我扶您出去……"

"……滚开。"

第三章 > 花样年华

"甭这样啊,大伙儿一家人……"

"……咳咳!"

宋校长忽然捂着胸口,不断咳嗽,连带着意识都开始模糊起来,整个人软绵绵往地上倒。阳洛天大吃一惊,赶紧上前扶着。

见宋校长冷汗直冒,脸色蜡黄苍白,呼吸困难。一面赶紧地拨通紧急救护号,一面扶住晕厥的中年人平躺在硬地板上,心里大呼不妙,自己居然有把未来公公气得心脏病发的潜力!屋子里没有硝酸甘油,阳洛天懂得基本的心脏病急救方法。

可是……真要给宋校长做人工呼吸吗……

纠结了两秒,阳洛天硬着头皮,反正一家人……错过了黄金四分钟急救时间说不准就回天乏力了。

正想着,大门口传来焦急的脚步声,阳洛天一扭头,列衡宇冷冰冰的面孔赫然出现。詹姆士快步踏过来,遒劲双手一用力,干脆利落进行急救,几分钟后,路虎轰然发动,转瞬消失在视线里。

阳洛天噤声,小跑跟上列衡宇的步子,待在深蓝法拉利副驾驶座不开口。

她捕捉到小白眼底一闪而过的焦急,从西苑到校医院CCU,短短几分钟的车程被阳洛天人为地无限拉长。

校医院设备一流,医术尖端。

阳洛天在急救室外干站着,侧头偷偷瞄着列衡宇冷冰冰板着的脸,刀削斧砍似俊逸非凡,眉宇之间有罕见的厉色与邪气,一如初见之际的拒人千里,阳洛天心头霎时滋味万千。

这件事儿和自己脱离不了干系,她知道宋任重在列衡宇心头的分量很重。阳洛天心头慢慢涌出不安,小白他生气了……

千古难题来了，父亲和"媳妇儿"同时掉进河里，该先救谁？"媳妇儿"把公公气得住进医院，该原谅"媳妇儿"不？

三个小时悄然流逝，急救室终于走出了人。

阳岳医生正儿八经走过来，白大褂、蓝口罩、意气风发，阳洛天赶紧迎上去："宋校长他怎么样了？"

阳岳淡定地扫过一脸急色的阳洛天，又瞥过一边沉默的列衡宇，有条不紊开口："急火攻心引发心脏病，目前已脱离危险。以后少说点儿刺激、富含挑衅的话，不然下次大罗神仙都救不回来。"话毕，阳岳对着列衡宇神秘笑笑，随即大摇大摆离开。

阳洛天干笑两声，扭头搪塞了句："小白，你进去看看宋校长，我先回家遛。"

列衡宇凉飕飕的眼神儿从心虚的阳小哥身上碾过去，伸手，攥住阳洛天的手心儿，牵宠物犬似的拖着她离开休息室。

深蓝跑车刚离开，华琼匆匆带人赶来校医院。

阳光灿烂，夏威夷某咖啡厅。

姿色不减、容颜依旧的女人绽开一抹靓丽的微笑，酒杯相撞，声响清脆。

"我家阿天就托付给你了，还是故人之子最让人放心。"

妖冶男子勾唇一笑，蓝色如天际的眼眸锁住晶莹酒杯中鲜红的酒水，幽幽开口：

"那是自然，我会照顾好小天天的。"

仪器指示灯嘀嘀轻响。

中年男人半闭眼躺在床上，冰冷灯光照得那张侧脸出奇冷峻。

门响动，穿红色皮裙的女人走进，清素的病房忽然充盈着陌生而熟悉的香气。中年男人眼皮微动,悠悠睁开眼。

蓝眼里依稀可见未消散的浑浊,透着精光的瞳孔缓缓转向靠近的女人。

"你输了。"华琼坐毕,当着宋任重的面,优雅而慢条斯理摆弄着手里的白色花束。鲜红指甲掐着白色花瓣,深深浅浅留下一道道指甲印。

当初两人打赌,横空出世的阳洛天与血缘至亲宋任重,谁在列衡宇心里分量更重?

用圣华集团的绝对统治权作为筹码。

最后毫无悬念地,宋任重输了。自此,华琼占据圣华集团过半的股份,完完全全成为统治者。

宋任重提前服用了刺激心脏病发的药丸,所谓的被阳洛天"气得病发"的表象不过是一场预先导演的戏。目的,不过是为了证明自己在儿子心里占有一席之地。

现实沉重而冷酷,以至于病床上的中年男人有种就此长眠的冲动。低低叹口气,宋任重开口:"你赢了,以后我不再干预你的任何决定。"

华琼艳丽的眸子扫过苍老不少的中年男人,他俊秀依旧的脸庞溢满沧桑、悲凉,仿佛看透生死般,寂寥、空洞。

华琼指甲一掐,心头一阵酸楚。猛然起身,华琼将手里的白色花束砸在地上,情绪几乎失控:"宋任重,你就这么逃避一辈子吧!活该你妻离子散!亏得列语嫣死得早,否则她绝对后悔看上你这种懦弱的男人!你以为我愿意接手你的圣华集团?你以为我吃饱了撑的天天钩心斗角?我是你妻子,不是你逃避现实的盾牌!"

十年前,这个男人逃避列语嫣的死亡,将圣华集团拱手让给毫无准备的华琼。世人皆以为华琼崇尚权力、财富,夺权压族,殊不知这一切不过是一个妻子为了挽救丈夫家族不得已出的下策。

再强悍的女人,心窝子里总有那么一块柔软的地方。装强悍装久了,骨子里也有了强悍的武装。

"宋任重，好，你很好！"华琼双眸悲怆，指尖泛白，精致妆容扭曲，恨恨道："你就逃避装懦弱吧，我告诉你！一个月之内，我势必把你这个儿子给毁了！"

声音尖利刺耳，华琼的高跟鞋踩过白色花束，病房大门轰然关闭。宋任重闭眼，敛去眼底涟漪阵阵。

这辈子，负的人太多。

弥补华琼，亏欠了语嫣；弥补语嫣，亏欠了华琼；弥补两人，亏欠了子女……宋道远只恨自己骨子里的怯弱，人生已过半，身边人终究匆匆全部离散。

蓝色魅影划过林荫道，摇曳婆娑的绿影映衬车上白衬衫少年微紧张的模样。

阳洛天干笑着扯扯自己的衣领，试图驱散心里的热气儿。

不知是今儿天气热，还是心里紧张得发热。

偷偷地、猫咪似地瞄了瞄身边的人，瞅见那张冰冻三尺的俊脸，不怒自威的总裁气势浑然天成，阳洛天忽然就通体冰凉。

车内死一样寂静，跑车灵活地转了个方向，直奔CBD最南方的巨大建筑群。

阳洛天眯着眼睛抬头，逆光看过去，玻璃墙反衬夏日阳光，挺秀巍然拔地而起的雄伟建筑，正是列氏集团中央大楼。

直到被自家小白拖进中央大楼顶层办公室，一路上吸引了无数探索的目光，阳洛天脑袋还是迷迷糊糊的。

照理说，把未来公公气得心脏病发作住进重症监护室，小白至少该用发发怒、装装狠、扑倒强吻甚至那啥少儿不宜的那啥之类的行动表示表示。

可是……

阳洛天眨巴滴溜溜转动的眼睛，瞅着肃穆大气的总裁办公室，瞅着办公桌旁已经开始忙活着处理公文的首席执行官大人。

小白这是玩哪样？

暴风雨前的平静？

阳洛天在小脑袋瓜子里假设，假设自己把老爸阳光华气得进了重症监护室，老妈剽悍的反应……

"嘶嘶~"抖了抖肩膀，后果不堪设想！

阳小哥张张嘴，发觉自己一个字眼儿也吐不出来。狐疑的目光落在巨大的落地窗上，窗外建筑群呈现着匍匐诚服的绝对姿态——难不成小白打算把自己从列氏顶楼扔下去蹦个极？

这世上有种人不怒自威，不笑自威，不鸣则已，一鸣惊人。

阳洛天觉得自己像是油锅里的一条鱼，正面煎了煎背面，两面煎熬腹背受敌。列衡宇心思深沉得要命，阳洛天用尽毕生所学都不能从那张极品皮囊里看出点儿蛛丝马迹。

坐立不安，阳洛天生怕小白猛然扑过来剥皮拆骨，啃得自己渣都不剩。

然而，某小白丝毫没察觉阳洛天的异样，他接到手下的报告——宋任重进入西苑别墅。了解宋任重的列衡宇，当即开车从列氏总部飞驰返校。他担心自家小猫咪被莫须有的挑唆给动摇了羽毛心，一个脑袋不开窍就离家出走。

至于后来目击心脏病发，列衡宇仅仅心头一拧，心微痛过后是淡淡的悲哀。

宋任重的确有心脏病，不过这么多年来从未复发过。这个中年男人心思深沉，意志是天然的保护膜，仅仅一个阳洛天，还不至于让这个久经沉浮的男人病发。

除非……宋任重服用了某些刺激性药物。

看透一切的列衡宇，不得不把阳洛天搁在身边随时看护着。待在自己身边，才是最安全的选择。

最近欧洲方面局势紧张之极，列衡宇精明的脑袋里久久思考着如何最好化解即将到来的危机，也顾不得安慰自家胡思乱想的猫咪。认真思考欧洲局势的列衡宇，连带着表情动作都严峻冷酷起来，俊美冷酷之极，毫无半点活人气息，这副模样落在阳小哥眼中，又是另一番光景……

　　世界上最遥远的距离，不是生与死的距离，而是我以为你在酝酿怒气，你却在思考经济……

　　可怜的阳洛天，用自虐的方式在脑海里把自己屠杀了几百次。

　　最后换来一段奇异的对话。

　　某小白："晚餐想吃什么？"

　　某洛洛（颤抖）："你……想要做什么……小爷告诉你啊，甭、甭以为这是你的地盘就可以胡作非为……"自顾自捂着小胳膊，防备地盯着靠近的男子。

　　某小白（一脸懵）："……吃东西怎么就胡作非为了？"伸手试图拉过往地板上倒的某人。

　　某洛洛（大骇）："小爷错了还不成，保证以后再也不把宋校长气得发病，你爪子往哪儿碰呢？"

　　某小白：……

　　仿佛，误会什么了。

　　总之这一段小插曲就稀里糊涂过去了。

　　多年后，跷着二郎腿坐在中国国安局办公室里的阳洛天，不经意和自家老公提起这件事儿，这才恍然大悟……

　　嘀嘀～

　　嘀嘀～

第三章 > 花样年华

阳洛天迷迷糊糊四处摸索，总算在脚底探到被遗忘一宿的手机。

半闭着眼，一半思绪还留在梦里，阳洛天脑袋压着枕头，懒懒张嘴："喂，哪位？"

半响后，屋子里静了静，阳洛天幽幽睁开眼眸。

七月微热，心底却凭生一股寒意。

居家必备良家妇男列衡宇，一大早便觉得阳洛天同学表现出浓浓的诡异情绪，早餐桌上，蔫兮兮耷拉着脑袋，有一口没一口往嘴里灌米粥。

不似往常一样恶狗扑食般往早餐桌上跳，不似往常有意无意蹭蹭自己的嘴唇，不似往常一般朝气蓬勃精力十足……列衡宇俊眉微皱，等着发病的阳洛天开口。

磨磨蹭蹭吃完早饭的阳小哥，居然破天荒地帮着收拾碗筷，还一个劲儿抢着整理料理台。

稀里糊涂忙了一阵，早餐总算彻底结束。列衡宇看看时间，距离正式工作还有一个小时，鉴于阳洛天的异常行为，怎么看都是心虚的表现。

"小白啊～～听说最近金融市场不太稳定啊。你如果太忙，就不用理会我的早饭，我可以去小乔家蹭饭……"

终于等到阳洛天开口，偏偏说的话无关痛痒，列衡宇挑起好看的眉毛，洞悉一切的目光扫过阳洛天的小身板儿。

阳洛天缩缩脖子，心虚地别过眼，一种红杏出墙被揪到小辫子的错觉油然而生。

"那个，我找小乔有点事，先走。"

阳洛天脸皮再厚，也敌不过列衡宇探照灯似的目光。只得脚底抹油，蹬蹬地踩着地板跑开。

列衡宇危险地眯着眼，目送那道身影落荒而逃。

这只小猫咪，究竟藏着什么小秘密呢？

优雅别致的茶厅，客人稀少，轻柔舒缓的音乐缓缓流淌。

巨大的玻璃灯悬在大厅中央，水晶灯微昏的灯光洒满茶厅每个角落，暖融融，舒缓着名门贵族轻松愉悦的生活步伐。

角落的卫生间，水龙头哗啦啦流动，冰冰凉的水渍洒在脸上，总算把阳洛天飘忽的情绪给收敛了不少。

瞅着镜子里俊俏的小子，黑发细碎，肤色白皙，眉眼如画，俊美得一塌糊涂，阳洛天深深吐了口气。

今天天气好晴朗，处处好风光，小爷瞒着小白相亲忙……

还以为洛白雪终于放下屠刀、休养生息，谁知道这厮沉住气儿就为了来一个大的！一大早夺命连环call，用母子关系作为威胁来要求阳洛天亲临相亲现场。

说是给阳洛天找了个家境殷实、俊美异常、品行端庄，更重要的是性取向完美契合、百年难得一遇的好对象……

阳洛天无奈地揉揉太阳穴，此相亲对象还是圣华地区名门之后，更要命的是洛白雪居然把自己的女孩身份告诉了对方。女孩身份啊，这要传出去，整个圣华地区还不被震个天翻地覆！

这个老妈真真是个不省事的主儿，阳洛天在圣华片区的小日子水深火热，好几次差点翘辫子还不敢告诉家里人，这位亲妈还隔三岔五没命折腾。

阳洛天默默想了想应对措施，半晌后迈着铿锵的小步子走回茶厅。

短短一段路上，阳洛天右眼皮一个劲儿跳。

毫不费力找到约定的桌号——1314。

1314是什么鬼含意……

步子慢了下来，阳洛天思索着如何应对即将到来的情景。如果对方非得纠缠不休得理不饶人，她也不得不动用铁血手段。

深呼吸一口气，一大步迈进中国式屏风后的座位，檀香幽幽，香气氤氲，阳洛天眨巴着眼，没看到传说中的对象？

再四下瞅瞅，相亲对象的影子都没见到。

阳洛天心头缓缓升起不好的预感，一个掌握自己秘密的陌生人，凭空消失？纵观整个圣华片区，阳洛天无疑是有史以来第一位在最短时间内名声流传最开的人物，只要相亲对象不是个住精神病院的，都会知道阳小哥的贯耳大名。

对方是敌是友……

阳洛天坐下，饮一杯茉莉茶，她知道洛白雪的性子，此女狠辣、犀利、果断、决绝，目光更是毒辣，她眼里普天之下能配得上阳洛天的人还真是屈指可数，洛白雪会找个什么样的对象呢……

风铃动了动，细碎发丝微微飘起弧度，羽扇般的睫毛上扬，阳洛天耳边传来越来越近的脚步声。

熟悉的幽香扑鼻而来，地狱的魔咧开优雅的笑颜，暗红身影出现在模糊视线里，阳洛天瞪大眼睛。

那人红唇轻动，鬼魅而邪肆：

"小天天，真巧。"

正是阳光温和的七月，莫名冷飕飕的寒意忽然袭蔓全身，冻得每一根骨头僵硬死板。

阳洛天机械似转过头，那张艳惊八方的妖冶俊脸，似一朵开在暗夜的鲜红彼岸花。唇角微勾，似笑非笑的蓝色眸子锁住眼前的人。

暗红的夏式风衣勾勒着修长挺拔的身形，白如雪的脸庞划过笑意。

"咦？为何用这种剽悍的眼神瞧我，我今日不杀你、不动你、不吃你、不算计你，你该宽心。"来人优雅走进，奢靡香风拂面，转眼间已经落座，修长手指慢慢挑起白瓷杯盖，茶杯里掩盖的热气氤氲在小小的空间。

茶厅未至高峰期，顾客稀少，靠窗临树荫的这一角几乎无人靠近，晶莹的玻璃阳台上缠着鲜绿的爬山虎，随风微微晃动着绿叶儿。

阳洛天板着一张小俊脸，一屁股坐在竹藤椅上，黑白分明的眼珠子瞪着眼前的人，面露凶相："你是怎么找到洛白雪的？"

她就不相信，洛白雪那点儿触角还能伸到圣华片区来，找谁不好偏偏找到圣华集团大少爷，事出反常必有妖，指不定是这人想出来折腾自己的阴谋诡计。

宋浩瀚不作回答，唯有自带温度的目光久久留在面前的"少年"身上。

如此俊俏的一张脸，如此剽悍霸道的脾气，如此风流不羁的性子，就是把前八辈子祖先的智商加起来，宋浩瀚自问耗尽毕生智慧也想不到这只猫咪居然是个雌的。

是个女的？

她哪里像个女人……

若非凭空冒出来一个自称阳洛天母亲的洛白雪，亲口揭露惊天的秘密，宋浩瀚估计一辈子都会把这只猫咪当作公的。

阳洛天觉得宋美人那眼神儿透着寒气，X光般把自己照得骨头分明。尤其是那蓝眼珠子戏谑地落在自己平坦的胸前之际，那无声的嘲讽几乎臊红了阳洛天十米厚的脸皮。

如果知道她女儿身份的是普通世家少爷，那事儿绝对好办，直接让小白对对方的集团施压。可偏偏对方是与列氏势均力敌的圣华集团少爷，常人说真话没人信，而贵族说鬼话大家都会当真。

"中国阳氏体育的唯一公子，A市帝中出名风流的校草，空手道有段者，圣华片区横空出世的风云人物，"宋浩瀚轻笑，顾盼生姿，"没想到居然是个小丫头。"

小丫头三个字说得轻佻肆意，满满的讽刺。

小丫头阳洛天心底的火苗子噌噌直冒，特希望手里有一把机关枪，把此人毒辣的嘴给轰成第二个圆明园。那种恨不得捏死对方的火气，自和自家小白一起后再也没有出现过，如今被小白的哥哥给再度激起来……

"别以为你是小白的哥哥，我就不敢揍你。"阳洛天咬牙切齿，拳头攥得"咯咯"作响。

宋浩瀚眸光一闪，自动忽略"哥哥"二字。修长白皙的手指悠悠移动，靠近桌上那两只捏紧的白拳头，指尖一点，触上捏紧的拳头，阳洛天触电似赶紧收回拳头。

"小天天，我已是双十年龄，你正值二八芳华，正如洛姨所说郎才女貌，佳偶天成。何不将就着凑成一对儿？"

宋浩瀚微微一笑很倾城，从没有想到这只猫咪的软肋居然会是她的父母。无论洛白雪的要求多么极端过分，剽悍霸气的阳洛天最终总会选择接受，然后慢慢消化至无。

真好奇，发生在这对母女之间的故事。

另一边的阳洛天抽抽嘴角——发什么疯。

郎才女貌？小爷的才，你的美貌？假小子和真人妖，是挺配的……

她越发看不清楚宋浩瀚的思绪，这个人飘忽不定、变幻莫测，像暗夜里翩然惊鸿的背影，虚幻得太不真实。

宋浩瀚眉眼深深，笑容妖冶："洛姨有意撮合你我一起，小天天你虽然剽悍无耻，倒也算是个良人，我孤单了这么多年，是时候找个伴儿了。

再则，似乎小宇那不解风情的人还不知道你的女儿身份。他历来厌恶骗他情感之人，一旦察觉便是终身的敌对。你们的将来注定灰暗，何不就此放手，以免未来受情感折磨。"

"我和小白的事儿，不需要你一个外人指点。"阳洛天生冷打断宋浩瀚的话，狠狠往嘴里灌了一口茉莉茶，试图用茶水掩盖自己的不安，"你直接说条件，怎样才能放弃这段鬼畜的相亲。"

宋浩瀚俊眉微锁，被"外人"二字刺了刺耳朵，心里涌起淡淡的不悦。

为何在这只猫咪心里，两人之间除了谈判还是谈判？

那种认知让人极为不悦。

"小天天，别再逃避了。如果你和小宇继续走下去，依照小宇坚贞的脾性，相爱必得全部，无论是精神还是肉体都必须全部拥有。小宇必定会要求和你有进一步的发展，到时候，纸包不住火，你们的关系就此结束。你们的相爱本就建立在不平等的基础之上，根基不稳，如何长久？"

空灵清雅的嗓子，徐徐道来有一股震慑人心的诡异魔力，一如宋浩瀚艳丽的面容让人沉迷。

"够了！"阳洛天蹙眉，猛地起身，双手砸在桌上，"我不管你打什么鬼主意，总之小爷告诉你，这辈子小爷都跟着列衡宇，管他喜欢男的还是女的！见鬼的相亲，见鬼的身份，你要四处宣扬随你便，见招拆招谁不会！"

宋浩瀚眉心一动，道："你被戳中心思了。"

她最深的软肋，最恐惧的梦魇，原来是那人……

捋起袖子，阳洛天深呼吸一口气，感觉自己像是被剥皮的血淋淋的小人儿。黑白分明的眼眸落在妖冶男人身上，阳洛天忽地淡笑："小白无情冷血，但他至少明白爱。而你，宋浩瀚，终有一天，你会为你的冷血无情付出代价，我保证。"

茶间淡香弥漫，镂空的古木屏风渗入微暖的光芒。晶莹的玻璃阳台上缠着鲜绿的爬山虎，宋浩瀚单手支着下巴，另一只手轻捂着胸口，蓝色瞳孔静静送那道俏丽身影离去。

付出代价？

可笑……

你的话，让我心痛。

小天天，你的天真和你的智慧勇气不成正比。

当今圣华片区的经济局势，列氏和圣华的龙虎斗争你还看不透？

只有待在我身边，你才是最安全的。

手机铃声打破微凉的寂静，宋浩瀚薄唇轻勾："洛姨，那件事，我答应你。"

凉眸落在窗外阳光灿烂的世界，七月的风穿过圣华的每一个角落，养尊处优的人们，是否能经受该来的风雨？

第四章 ＞危 机 四 伏

她和他在一起的每一寸光阴都好幸福，幸福到她恨不得用小刀将每一件芝麻小事都雕刻在自己的骨骼上，灵魂上。

这条路漫漫，我终于要离开你的羽翼重返一个人的路途……

第四章 > 危机四伏

清晨天刚蒙蒙亮，阳洛天趿拉着凉拖，顶着两只硕大的黑眼圈松松垮垮溜下楼。

所谓上有政策、下有对策，洛白雪不到黄河心不死的性格，从最开始的木诗诗事件到现在的宋浩瀚，打定主意要给阳洛天寻一个良人。

阳洛天唯有绞尽脑汁儿去寻求破解之法。

不得不说，一旦认真起来的阳洛天，IQ指数如同火山喷发似直直向上升，脑袋瓜子瞬间如同计算机似的精明，任何一个蛛丝马迹都能成为她破解僵局的筹码。

聪明起来的后果是，通宵熬夜仅仅睡了两个小时。不想错过小白绝妙的早餐，不得不把自己从床上拔起来。

无论集团事宜多么忙碌，无论外界纷争多么波谲云诡，高贵的列大神不屈不挠地保持着良好的生活习惯。一日三餐按时吃，日常锻炼按时做，钢琴按时练习，日常课程不落下。

"早～小白。"阳洛天伸懒腰，骨头嘎嘣嘎嘣直响。眼神往餐桌上一落，惊喜道："鸡蛋羹啊，真香。"

列衡宇转身，优雅地取下白色围裙，坐毕，深蓝眼眸静静锁着那张东张西望的小脸，眸光落在对方眼底的黑眼圈上，这小子，又如此折腾自己的身体？

"熬夜了。"绝对的肯定语气。

"……咳咳。"阳洛天别扭地点头,还不是为了处理相亲那点儿破事。打蛇打七寸,阳洛天昨晚差点儿熬白头发,就为了找出宋浩瀚这厮的弱点。

"以后再熬夜,我不介意当你的安眠药。"

……

阳洛天眨巴黑眼珠子,觉得自己愈发邪恶了……

"最近圣华是不是有大事儿发生?比如哪家要破产了,哪家要股市崩盘。"阳洛天咬着汤匙,岔开话题,她最不擅长金融知识,昨夜抽了点时间看了看圣华的股市,除了深深浅浅的红色,什么也看不懂……

列衡宇眉心动了动,指尖动作一顿:"从哪儿得到这些消息的?我记得,你一向对金融不感兴趣。"

"最近有不少人在我耳边念叨,说是圣华金融危机。"阳洛天漫不经心嘟囔着,往嘴里塞入一口蛋羹,"咱们列氏集团这么大,会不会一不小心就死翘翘了?"

所谓树大招风,在危机面前,越是商业巨擘越容易一夕受损。列氏1%的损失额完全不是普通小企业的损失额可以相比的。

列衡宇挑眉,幽幽开口:"放心,有我在,列氏绝对不倒。"

只有拥有足够的资本,才能护得你我安稳的生活。

"别太自负啊,指不定哪天你还要靠我去养你,到时候小白就成了货真价实的小白脸~"阳洛天笑得特别没心没肺,伸出白生生的爪子勾勾对方的下巴,无比熟悉地揩一把油。

她当然相信自家小白,除非他得了癌症动弹不得、思绪混乱,否则只要这个人在思考,算计和智慧便没有尽头。

指尖还残余着对方皮肤温和的触感,最近小白的皮肤不如以前滑溜了啊,阳洛天心

第四章 > 危机四伏

头腹诽着。

少年白皙到透明的指尖带着清新淡雅的味儿,久久逗留在列衡宇鼻翼之间。列衡宇的蓝色眼眸忽然深如黑洞,目光从阳洛天的指尖滑到上半身。

今早的阳洛天穿着松松垮垮的松鼠黄睡衣,大方地露出光洁白皙的脖子,那一抹白落在列衡宇眼中,又是异样的风景。

"咳咳~~吃早饭啊,小爷再好看你都得吃早饭。"阳洛天忸怩地将睡衣领子收紧,挡住自己脆弱诱人的小脖子,那灼热的眼神差点让香香软软的鸡蛋羹噎着阳洛天脆弱的小喉咙。

一言不合就用这种眼神瞅自己,阳洛天脑海里忽然萦绕起宋美人的话——依照小宇坚贞的脾性,相爱必得全部,无论是精神还是肉体都必须全部拥有。

列衡宇但笑不语,蓝眸里的温度渐渐降了下来。

大神想:"等圣华危机消弭,我们再好好谈谈情感问题。"

阳小哥心底吐了口浊气:等危机过了,小爷找个天时地利人和的时机坦白算了……

两人各自打着小算盘,相视一笑,算计满满。

忽然大门一响,高大壮硕的詹姆士冲了进来,沉稳压抑的嗓音惊破了一室安逸:"老板,欧洲那边出事了!英国内部投票结果已经出来了!"

列衡宇眉眼染上罕见的厉色,起身,"召开紧急会议,20分钟内全部董事到场。"

"是。"

阳洛天丈二和尚摸不着头脑,她还是第一次见到大理石似的詹姆士如此不安?愣愣地看着小白迅速,换好衣服;愣愣地看他凑近,低沉富含磁性的嗓音响在耳畔:

"我可能离开一段时间。这些天别乱走,待在西苑别墅或者英宰家,有事call我。"

话毕,大手宠溺地揉揉阳洛天乱糟糟的头发,在阳洛天目瞪口呆的眼神里消失。

一室寂静。

清晨的微光洒在餐桌上，银色刀叉闪着寒光。

阳洛天兜里的手机动了动。

她犹犹豫豫地点开通话键……

公元20××年7月24日，大不列颠及北爱尔兰联合王国公投结束，英国脱欧。

英镑兑美元汇率大幅下跌，股市变幻莫测、楼市泡沫破灭。各国开展紧急避险资金转移，各大经济体遭受波及……

作为东西经济核心的圣华地区，面临着前所未有的挑战。

列氏集团大厦，宽敞肃穆的办公室。

"近20天，列氏集团上证指数从5241点到3000点，下跌近30%，市值减少10.548亿。与之相对的，圣华集团市值减少5.548亿元。宋道远的凭空加入，暂时缓解了圣华集团的危机。"詹姆士低沉的嗓音流淌在偌大的会议室里，电子屏数据激光似流动变幻，红绿交叉。

长长的黑漆办公桌，万年青翠绿浓郁的叶子一动不动，两侧西装革履的董事们齐齐凛然，复杂的心思涌上心头，最终所有期盼的目光都落在首座的男子身上。

男子深蓝眼眸如鹰，注视着水晶电子屏，刀削斧砍的侧脸带着寒气。

欧洲S国皇室的力量有限，即使背后有列衡宇的财团花了巨大心血阻止英国脱欧，然而在波谲云诡的国际纷争间，强大的财力并不能阻断所谓的民意。

列衡宇眼眸微眯，单支右手靠额，修长指尖轻轻点在额前。

真正聪明的商人、政客、社会活动家，都知道欧洲一体化的重要性。

唯独那些打着自由民主旗号，用违背历史洪流的方法守护家族利益的顽固腐朽，才一再高呼着脱离。

第四章 > 危机四伏

詹姆士顿了顿,扫了眼会议室陷入沉思的众位列家家族董事,继续道:"我们之前一直将经济矛盾的焦点归结于场外配资风险向场内两融、公募基金进而向整个金融体系的蔓延。但事实上,股指期货的巨大负基差,可能才是圣华这场灾祸的导火索。"

电子屏晃动,闪现出一组复杂凌乱的折线图。

"毫无疑问,圣华片区正遭受一场金融危机。有人恶意做空经济,妄图不惜一切拖垮我们列氏。"

詹姆士大理石似的面孔依旧冰冷毫无温度,寒气却悄然从未知的角落如雾化似弥漫整个会议室。

谁明里暗里针对列氏?

答案呼之欲出。

列氏集团在英国有着大幅度的投资,英国经济动荡,波及欧洲乃至世界。有人往伤口上撒盐,火上浇油,妄图用杀敌一千自损三百的方式来"渴死"列氏财团。

在座的董事都是经历过风浪的老人,集团市值大幅度缩水的现象还是毕生以来头一遭遇到,一个个慌乱了心神。

首座旁边,地位仅次于首座的中年男人浓眉一蹙,国字脸染上凝重,他薄怒道:"华琼那女人是发了疯?居然敢明目张胆违背国际法。她这是铁了心要灭了我列氏!小宇,老板,可有应对措施?"

中年男人名为列语安,是列语嫣的亲哥哥,列衡宇的舅舅。

当年他和父亲用尽法子将年幼丧母的列衡宇从圣华集团的压迫下解救,并且一手扶持着天赋异禀的列衡宇走上列家首席的位置。

列语安略带欣慰地望着首座上的少年,如今幼虎已长成,老骥暗退,年少有为的列衡宇早已拥有让这群老人们信服、仰望的能力。

只见首座上的少年淡漠一笑，这张仿佛雕刻出来的脸上凝聚万千风华的蓝色瞳孔厉色轻溢，仅仅坐在那里，一股子浑然天成的霸气便悄然让人心悦诚服。

薄唇微启，首席冷冷道："玩游戏嘛，圣华要我亡，我便提前送她入轮回。"

一场棋局，以世界为局，以财团为棋子，以改朝换代为代价，你方唱罢，孰是孰非，未见揭晓！

历史性事件发生之际，河南还在慵懒地把玩着手机，懒懒向电话那头的人汇报最近的相思之苦。

秘书匆匆走进，宣告了英国脱欧的大事件。与此同时，河南手里的电话也适时地陷入无休止的通话声中，一会儿，对方挂断了电话。

"不就是一个国家一不小心闹革命成功了，有什么大惊小怪的。"河南桃花眼一挑，指尖触触手机屏幕，还有淡淡的温热。已经8天8小时34分钟34秒没见到老婆本尊了，以至于夜夜难眠，日日把思念挂在脸上嘴上。

"通知财务部和人力资源部，沧河帝企8号计划启动。"河南起身，整理衣装。秘书恭敬退出，偌大的办公室里只剩下身长玉立的男人。

窗外世界灿烂迷醉，连绵起伏的霓虹灯映照着城市特有的夜色。他淡笑着，谋划了这么久，鱼儿该慢慢入网了，理想的幸福生活正在朝着自己挥手呢。

慢条斯理走入休息室，灯光熄灭，凝视一室黑暗，他低声叹了口气。

而世界，逐渐风起云涌。

灰色与皇家蓝轻泛起诡异色彩，清晨初光乍现渗入灰薄落地窗帘。

落地窗明，屋内暗，光线折射着明暗交替处穿银色睡袍的男人。他铁铸似的身影忽明忽暗，侧坐在欧式镶银椅上。

低头，屏幕光亮熄灭，手机优雅地从手里脱离，无声无息贴向法兰绒地毯。

男人艳煞众生的眼眸落在渗入卧室的晨光上：亮堂堂如白雾似的光、泛着阵阵寒意的光，将灰暗的窗帘映衬得仿佛换了模样。

阳光啊，一如坚毅狡黠的那个她。

今天又会有怎样的惊喜等着自己？

以她狡黠奸诈的脾性，必定想尽法子抽丝剥茧，就是凭空捏造也要找到自己的弱点作为威胁筹码。

优雅侧坐，长指慵懒扶额，他蓝色的眸子剔透黑沉，异常美艳妖冶。

宋浩瀚记起今晨的第一个消息：远方那个古老而迷离的贵族国家脱欧。他想：这第一场跨越国际的交锋，似乎自己的母亲华琼略胜一筹。至少面上，列氏集团损失额达到10亿美金。

可是……宋浩瀚了解这个运筹帷幄决胜于千里之外的所谓"弟弟"。列衡宇几乎是圣华数年难得一遇的商业奇才，将濒临灭亡的列氏重新送回世界前五的商业巨擘行列，用了仅仅十年工夫。自己的母亲华琼被感情冲昏了头脑，用尽各种手段笼络人心对抗列氏，看似来势汹汹，实则毫无长久发展的可能……

注定会输，那又怎样？

疯子不可怕，可怕的是疯子重权在握。

圣华集团庞大的家业，足以冲击世界金融圈数年之久，足以让那只小猫咪少半条命。

优雅魅惑的弧度缓缓上扬，宋浩瀚淡淡扫过墙壁上的挂钟，再过不久，那小少年，不，那小丫头就要上门踢馆。

静静地，等着。

风铃微动，有用人的声音传来：

"少爷，人来了。"

宋浩瀚淡笑，优雅起身，

难得的独处时间终于降临，

她来了……

英国脱欧的消息未至官方公布时间，却已在特定人群中迅速蔓延。

乔英宰一大早晨练归来，捧着大杯牛奶往嘴里倒，顺带闷闷不乐想着此时此刻西苑别墅该有的温馨早餐场面。

很早之前，那时候阿天和小宇子之间除了炸药就是炸药，乔英宰贴心扮演着阳小哥贴身保姆的角色。隔三岔五去西苑别墅溜达一圈儿，扫扫阿天乱糟糟的狗窝，补贴补贴基本的生活口粮，没事晃悠着两人玩玩篮球、健健身、练练身手，两个人几乎是穿一条裤衩的交情。

可自从那两口子奇迹般地在一起后，乔英宰备感自己被某腹黑的大神慢慢挤了出去。列衡宇自然而然充当了保姆的角色，他的心上人，一切生活都须得自己打理才能心安。

至于阿天那见色忘友没心没肺的，傻呵呵地被美男计转移了心思，愣是忘了自己这个交情深厚的哥们。乔英宰闷闷想着，闷头狠灌了自己一大口牛奶。

"少爷，理事长临走时交代，最近这些日子您得少和圣华集团的人打交道。如果有可能，希望您能将企业管理的知识运用到公司上。理事长说了，这是一场实战演练，您可以体验企业冰火两重天的折磨。"

不知何时，老乔幽幽漂移了过来，低低沉沉的话语响在乔英宰脑门后。

正在沉思的乔英宰被吓了一跳，差点被一口牛奶呛着。

"老乔，您老最近轻功练得不错啊。"乔英宰一把擦掉嘴角的奶渍。顿了顿，面带不解，

"我妈居然肯让我独立经营公司，太阳打西边儿出来了还是她老年痴呆提前犯了？"

老乔咳了一声，一本正经道："老乔我也不清楚具体的。只知道最近圣华经济波动极大，恐怕有场巨大的金融危机。少爷您不是受了列氏那位的刺激，打算经营起自己的事业吗？理事长这是把这场危机当作您的历练机会。"

乔英宰噤声。

金融危机的事儿他之前也有察觉，早在当初银行劫持案之际，资金的波动便很诡异。只是乔英宰不料老乔用了"巨大"这个形容词来形容这场危机。

巨大？

圣华片区的金融危机，如果用巨大来形容，那恐怕整个世界都会被波及……

乔英宰狠灌剩下的牛奶，搁下玻璃杯，自嘲道："我妈倒还真放心我这个儿子，万一我一个管理不善而产生黑洞效应，把咱们家全部的资本都赔了怎么办？难不成破产后，我拖着吉他在街头卖唱养家，唔，这也不错。"

普天之下，能把金融危机当作儿子历练机会的母亲，估计也只有这位伟大的理事长母亲了。

老乔深深望着自家少爷，慢条斯理开口："夫人说了，咱们乔家破产的几率就和少爷你同阳小哥结婚的概率一样低。咱们家族依靠的力量是列氏集团，只要有列氏那人在，乔家大门永远不倒。理事长让您管理的几家公司，您随便怎么玩都成。"

乔英宰：……

表情复杂地盯着老乔为老不尊的脸，乔英宰心头颇不是滋味，他不如列衡宇，那人几乎是神一样的存在，以至于自己要强的母亲都甘为人臣。

而乔英宰的母亲是何等精明的人，再加上老乔的"偶然"点播，早就把乔英宰对阳洛天的心思看得七七八八。

乔理事长是出名的果敢精明女人，对自己儿子的恋爱大事自然关心之极。她自然不同意自己儿子喜欢一个男人，本来打算阻止两人见面，谁知阳洛天居然和列氏那位正大光明在一起了。乔理事长当即转换思路，那位看上的人，可不是自己傻乎乎的儿子能抢走的，何不顺水推舟，用那位来刺激刺激乔英宰，引导他走上成功的事业之路？

事实证明，乔理事长拥有绝对的先见之明。乔英宰默默守护着阳洛天，他也逐渐开始理解权力的重要性，唯有权力无上，才能护得心上人安稳一世。

"玩就玩，我会比小宇子差多少？哼。"乔英宰傲娇撇嘴，离开餐桌，留下一道潇洒的背影。

老乔和蔼笑着，脸上的皱纹舒展开来，依稀可见当年的俊朗之色。

"年轻真好，呵呵，年轻人啊，总得受点儿伤才知道成长。不过少爷喜欢的那个阳小哥么，恐怕受的伤将不止一点点咯~~"

老乔迈着慢悠悠的步子，随口嘟囔着，如沉寂的老人一般背着一双手，燕尾服在他身上显得突兀而诡谲。

> 红杏偷出墙

阳洛天从没想过，她有生之年还能踏进宋家豪宅那土豪大门。

站在豪气万丈的大理石门前，七月灿烂阳光交融石壁阴冷的纹路，阳洛天忽然有种抬脚走入坟墓的错觉。

其实阳小哥的毕生夙愿很简单，0岁睁眼看世界出个场，10岁当个假小子处处吃香，20岁至90岁和小白牵手走一趟，100岁的时候和小白一起挂墙上。

一辈子简简单单过了也好，可她偏偏身在圣华这片泥塘里，隔三岔五来点儿刺探、谋杀、阴谋当生活的调味剂。

第四章 > 危机四伏

女佣冷脸引路，阳洛天随手摸摸腰间搁着的小型平板电脑，信步走入。

宋浩瀚敢把自己接到宋宅，想必那位武则天似的华琼不在此镇守。也是，现在的华琼总裁应该在那座高大瑰丽的大厦顶层，和列衡宇展开一场叱咤风云的商业战争。

不懂金融的阳洛天凑不了热闹，眼前的相亲风波还未平息，再一次迎战宋浩瀚，阳洛天觉得自己引以为傲的脑容量都快被压榨成豆腐渣了。

"少爷，人来了。"

女佣将他引入，奢华琉璃门悄然在阳洛天身后关上。

阳洛天转转瞳仁，屋子里灯光未开，窗帘紧闭，乌漆墨黑一片，空气中氤氲着淡淡的沉香，阳洛天蹙眉，特担心那美艳到极致的人突然蹿出来上演一幕倩女幽魂的惊悚片。

四顾，目光落到渗出丝丝亮光的卧室——暗示很明显。

换做之前，阳小爷绝对捋起袖子冒着火山气儿冲进去。可如今，宋美人知晓自己的女孩儿身份，一个大男人把小姑娘往卧室引——非奸即盗！

阳洛天脚底钉了钉子，就站在门边儿一动不动。

屋子里黑不溜秋一片，阳洛天背靠着门边墙壁，微屈腿，脑袋依靠在墙上，昨夜熬了个通宵，找准一切时间合眼见周公。

卧室内。

宋浩瀚半闭着眼，眸光落在卧室门沿。

不过短暂响动后，屋外再无声响。

宋浩瀚扬起好看的眉，这只猫咪又在玩什么花样？心里虽然好奇，不过骨子里的骄傲让宋浩瀚按捺住出门一探的冲动。

时间慢慢流逝，窗外阳光愈发强烈，等待将近一个小时，门外忽然传来一阵闷响，有低低的吃痛低骂声落在耳畔。

屋外，阳洛天肉疼地摸着后脑勺，居然靠着墙壁睡着了，脑袋一歪就撞到坚硬的银门把。那一股子痛意啊，直疼得阳洛天龇牙咧嘴。

摸着后脑勺，一抬头就看见强烈的光线从卧室冲出来。

阳洛天抬手遮眼，眯着眼逆光看去。有一道修长慵懒的身影逆光出现，银色睡袍肆意裹在身上，大大张开的领口露出肌理分明的胸膛，那人侧头优雅靠在门框上，似笑非笑的蓝色眼睛盈满异样情绪。

阳洛天特受不了这人卖弄风骚，偏偏这人长得出奇的俊美、妖冶如同鲜红的彼岸花肆意张扬。每每看着宋浩瀚，阳洛天都有种被东方不败看上即将荣升一品男宠的错觉。

妖孽，看小爷今天不好好整治你！

"小天天，别用这种苍蝇一样的眼神盯着我。"

宋浩瀚红唇轻启，修长白皙的手指划过侧脸，似幽怨，似调情。阳洛天瞅着那要多美就有多美的优雅姿势，感觉自己骨头都要散成渣了……

"小爷是苍蝇，你是什么？苍蝇喜欢的东西？"阳洛天别开眼，捂着鼻子，淡淡回了一句意味深长的话。

宋浩瀚：……

第一次交锋，阳小哥完胜。

随即屋内灯光大开，灿烂夺目的光芒霎时驱走一室黑暗。

宋浩瀚漫不经心收拢睡袍，优雅地走向正厅，落座于银丝欧式贵族椅上。阳洛天摸摸腰间的平板电脑，理理脖子间的白衬衫纽扣，淡定地落座于宋美人正前方。

"今儿咱们就开门见山说清楚。在这个民主的时代，任何包办相亲都是应该被谴责的。"阳洛天翘起不怎么入眼的二郎腿，单刀直入："我是女的这件事，你最好管住自己的嘴。"

她的言语犀利，割在耳膜上，会有种疼痛悄然蔓延。宋浩瀚眸子里流转波光，望着少女俊俏坚毅的脸庞，忽道："为何？昨日我已经和洛姨坦白我对你的感情，她由衷赞成你我的姻缘。并说，在你成人之后，必定将小天天你洗得白白净净送到我身边。"

圣华湖湖水潋滟，波光泛着阵阵沉寂的寒意。

"那边准备得怎么样，可找到下手的机会？"压抑着的女声从电话那头传来，惊破了一池湖水波光。

戴黑帽的男人狞笑，粗厚的手指握紧手机，低吼道："那小子精明狡诈，老子的人怎么也没有找到突破口。不过你放一万个心，一个月之内，他的命定会收在我们手里。"

"但愿如此。祝你们好运。"女人讽笑，断开通信。

清晨寒风穿过，男人抬头，狰狞放大的面孔赫然写满仇怨。

洗得白白净净……

送到宋美人身边……

阳洛天恶寒地抖抖后背上冒出的鸡皮疙瘩，宋浩瀚魅惑的眼神儿勾得人心痒痒的，微微上扬的精致眼角波光潋滟，蓝色瞳仁里有数不清的暧昧之气。

"宋美人，甭给你点阳光你就腐烂啊。玩笑甭乱开，否则小爷不揍你，你就不知道我文武双全？"阳洛天别开脸，慢慢从腰间摸出小型平板电脑，大有宋浩瀚一发疯就把屏幕往他脸上拍的冲动。

宋浩瀚轻笑，微摇头："我为什么要开玩笑？小天天，你是我这么多年见过的最可心的猎物，勉强和你成婚，倒也是不错的选择。"

尾音往上挑，仿佛开玩笑似的，偏偏又有那难以掩饰的严肃认真。阳洛天心头一凛，细看宋浩瀚精致的眉眼，心口忽然被冻僵了一块。

这人玩真的？

"你一个财团的大少爷，皇室内定候选人，居然愿意和我一个不男不女的假小子相亲。"阳洛天搁下平板电脑，双手交叉，跷起二郎腿，目光平视对面的男子，"说真的，我还真不知道自己哪点儿价值被你算计上了。难不成宋美人你觊觎鄙人的美色？"

要论宋浩瀚的心思，复杂得像蜘蛛网，他永远用那副似笑非笑的绝美皮囊，如毒蜘蛛似的迷惑人心，悄然注射着致命的毒药。阳洛天宁肯得罪一百个华琼，也不愿意沾染上这种名为宋浩瀚的毒药，偏偏此人总喜欢和自己作对。

宋浩瀚看那双黑白分明的眼珠子闪着疑惑和排斥，红唇一勾："小天天，你的价值之大，圣华片区无人可敌，尤其是在经济最混乱的这几个月，无数只眼睛都在盯着你这块香饽饽。

小宇在未来的一个月内，会和我母亲斗得惊天动地难分难解。圣华两家独大，尽管列氏权势滔天，他也不能在如此混乱的局面下护得小天天你的周全。唯有我，才能保你平安。"

阳洛天听着一大串儿的词儿从那人嘴里冒出来，听得云里雾里不明所以。

"宋美人你应该去脑科复查了？小爷哪里是香饽饽了，除了会打架、会点儿黑客技术外加长得帅之外，没有半点儿价值。你们这群有钱人一个个盯着我做什么？我宁愿待在一只食肉虎身边一辈子，也不愿意被你保护。"

笑话，在圣华待了几个月，就宋浩瀚这妖孽害她的次数最密集。

宋浩瀚淡然摇头，如玉的指尖在空中左右划开弧度："金字塔顶端的人都知道你的价值，唯独你蒙在鼓里。我却不一样，我只要你这个人，不需要你的价值。我虽然是宋家名义上的少爷，但是圣华集团的财产里没有我的半分钱。这场危机波及各大财团，我除外。"

从记事开始，宋浩瀚便已为自己的未来铺好了路。

他的特殊身份，注定了与圣华集团庞大的财产毕生无缘。既然财产不可得，那唯有走上权力的高峰，才可获得生存的基本权利。有时候荣誉、权力、身份，这些象征性的东西，也是无形的庞大资产。

所以他以后的路，不是经商，而是从政。

多年后他亦成为叱咤世界政坛的风云人物，铁血强势的一代政治家，这是后话。

阳洛天眉头拧着疙瘩，她还真不清楚自己的价值……如果长得精致好看也是价值的一种，那么……这群贵族商人脑子有毛病？！

她听不懂宋美人的话，只觉得他像是脑子抽风似胡乱折腾，简单来说像犯了贵族傲娇病，病发起来脑子糊涂了。

"得，懒得和你猜字谜。我妈年纪大了犯糊涂，不是怕我性取向不正常就是忧心我一辈子混成单身狗，脑筋直成一条钢筋谁也掰不动。小爷今天就一句话：你怎样才能放弃这场相亲？"

阳洛天的老妈，不是一般的母亲。当年叱咤风云的排球女将，中国排球一枝花，直率、坚强、顽固不化，认准的事儿一百个阳光华也拉不回来。也正是因为执拗的性子，当年和阳光华相恋才被未来婆婆刁难，历经一幕幕言情狗血剧的斗争才终于有情人成夫妻。

这么多年，世界沧海桑田、天翻地覆，唯有洛白雪倔强的脾气一如既往。偏偏唯一的女儿阳洛天又完美继承了这种脾气，于是母女之间的矛盾层出不穷，足以拍成十几部《2012》《星球大战》。

宋浩瀚轻偏头，眉眼如画，右手优雅支着下巴，指尖微微摩挲着皮肤，笑道："小天天，你不了解上流社会最核心人群的法则。世上最少数的人，掌握着世上大多数人的命运。

你无意闯入我们核心人群的生活，除非死去，否则绝不可能轻易逃脱法则的掌控。这一个月，小宇他能否护你周全还是未知数，你切不可小视人性丑恶的力量。"

她的价值之大，无人可比。来自中国的那道强有力的声明，注定了这场盛世危机的纽带、终结者，多方追逐的对象，是她。

宋浩瀚心头淡笑，为何会起了好心要救她出泥潭？他亦不懂。或许是自己看上的玩具，不愿意让世俗亵渎；或许心底有那么一丝丝的情感，不愿意让她受伤。

唯独她还蒙在鼓里。

听到对方的话，阳洛天噤声，呼吸着稀薄的空气，胸口微滞。

"这是你唯一的活路，小天天。我在救你。

你成年之日，便是你我订婚之时。除非你有足够的力量反抗，否则你无法逃脱这既定的命运。"

暗色窗帘感光自动拉开，巨大的落地窗外，法国冬青一簇簇绵延。七月艳阳投入炽热明亮的光，奢华暗沉的屋里浮动着长久的寂静沉默。

阳洛天眼前划过列衡宇清俊的侧颜，悠悠琴声似响在耳畔，颤动着模糊着她的每一缕灵魂。

贵族的法则，她从来都不放在眼里。她的小白，她怎么都不愿意离开的小白，怎么能因为一场巨大的危机、一群高傲的人就离开？

伸手，一拍笔记本，屏幕亮起来，抬头，她冷冷道："既然如此，别怪小爷出手狠毒。你的致命弱点，攥在我手里。"

> 往事

S国，是位于西欧方向毗邻英吉利与地中海的发达国家，非典型的君主立宪制。

第四章 > 危机四伏

这一国家受工业革命影响而走向强大，长期奉行不结盟政策，第三产业与军工业发达，在世界大国行列里别独具一格。

S国政治由绵延百年的皇族一手统治，每二十年会举行一次总统换届。总统候选人来自宋氏宗族皇室优秀的成员，经过国会内部绝密审议后最终选出最符合国家政治利益的总统。

当年宋氏优秀的成员之一，年轻有为的宋任重曾是总统热门候选人。不过此人素来不喜政治，年轻的时候远出求学，在美利坚哈佛大学进修。

那时候的宋任重风华正茂，风雅迷人，俊逸的模样、优雅的风度博得不少少女的爱慕。其中就包括华琼，出生于普通家庭却坚强独立的美艳异国女子。

同样的学识修养、相同的兴趣爱好，两人在一起顺理成章。

如同所有的波折偶像剧情节，宋氏家族的S国总统大选逼回了正处热恋的宋任重。

宋任重这么一走，便是十年。不但爱上别的女子，还有了可爱的儿子。

骨子里倔强、容不得一点感情瑕疵的华琼，大醉一场后便彻底换了个人。愈发坚强独立，果敢顽强，和校友开了一家化妆品公司，渐渐做大做强后，却再无心商业，甘心过着清贫简单的日子。

鲜为人知的真相却是，华琼在宋任重离开之夜孤身奔赴酒吧，喝得酩酊大醉。她酒精冲脑，神志不清，迷迷糊糊遇到拥有一双蓝色眼眸的男人Allen。

所有的委屈和不甘，都化作一夜春宵苦短。和一个陌生男人共度一夜，九个月后华琼生下一个有深蓝眼眸的男孩。

直到十年后的某一天，她重逢长途奔波赶来、满腹愧疚的宋任重。

她身边十岁的孩子，用深蓝如海的眸子望着风尘仆仆、双目蓄满泪光的男人，从此十岁少年的生活泛起波澜。

世人只当宋浩瀚是圣华集团前任总裁宋任重的私生子，列语嫣一死，宋浩瀚成为名义上的宋家长子。这秘密，多年来尘封在少数人的记忆里。

洛白雪，就是少数人之一。她当年在哈佛短暂求学，与俊朗的蓝眼高年级学长Allen熟识。

Allen与华琼相处一夜后，对华琼展开猛烈的追求攻势。怎奈落花有意流水无情，华琼身边带着两人的孩子，却从不正眼相待这个陌生的男人。热情大方的Allen只得用商业投资华琼的化妆品公司的方式试图和这位冰美人拥有相处的机会。

后来，Allen死于一场交通事故。

不久后，宋任重来到这对母子身边。

洛白雪和Allen交情深厚，由于琐事颇多，离开哈佛后多年不再联系。等洛白雪试图联系这位学长一手创办的公司之际，接手其公司的却是陌生的年轻男子。再一交谈，居然是Allen学长的亲生儿子。洛白雪当即眼前一亮，正愁找不到女婿，这不就送上来一个？

再一问，学长的儿子居然也在圣华居住，于是一场相亲大计闪亮出场。

"怎么样，我说的可有错误？浩瀚·艾伦。"

阳洛天指尖划过平板电脑屏幕，一张张照片、人证物证尽数展现。这些证据都是她冒着巨大风险，瞒着中国国安局的人，借用高度机密渠道潜入美国国家网络和S国皇室档案库，逐一搜索，恨不得长一百个脑袋抽丝剥茧，熬了一个通宵才得到的惊天爆炸消息。

宋氏家族是一个重视血缘关系的家族，和列衡宇的财团作斗争本就遭到多人反对。华琼能够压下族人，和宋浩瀚身上流淌的所谓宋家血液有很大的关系。

宋浩瀚勾起精致的唇角，瞳孔噙着诡异的笑意。

这只猫咪总能带给人别样的惊喜。

第四章 > 危机四伏

她那脑袋瓜子究竟容纳了什么样的机敏智慧？能够从他与洛白雪相识的偶然细节中，挖掘出埋藏多年的秘密。而且，足不出户，依靠的工具仅仅是一台计算机。

普天之下，当真有人能把黑客技术运用得如此出神入化。

不得不说，阳洛天抓住了圣华集团的命脉。

圣华集团身后的宋氏家族一旦知道宋浩瀚并非本族中人，势必内部大乱。到时候高度集权的华琼失去家族支持，在和列氏家族的斗争之中必定溃不成军。

阳洛天淡笑着，侧头望向落地窗外绿意森森的世界，日头高照，阳光有些刺眼，映衬得她眼底的黑眼圈愈发显眼。她冷冷淡淡道："宋浩瀚，我不会把你的秘密公之于众，借此帮助我家小白脱困，也希望你能守住我的秘密。"

守护自己的最好方式，是变得强大。

她阳洛天不需要任何人的保护，她要告诉所有人，阳洛天拥有足够的能力自保。谁也不能夺走属于她的生活，夺走属于她的生命路途。

"小天天，辛苦你了。为了对付我，耗费了整整一夜时间。"宋浩瀚十指优雅交叉，嘴角微微上扬，俊美脸庞上带着一丝邪气不羁。

可是……真相，可不是一个抱着电脑的晚上就能查出来的。

你太心急了……

能用钱解决的问题都不是问题，能用黑客技术找出的真相都不完全是真相。

"好，我答应你。绝不泄露你是女人的事实。毕竟连我也不敢相信。"

阳洛天定定瞅了会儿宋浩瀚，见他眼底坦诚，应该是真话。阳洛天嘴角渐渐咧开大大的弧度，白亮牙齿一露，灿若星辰的眼睛弯成月牙儿，俊脸浮现出宋浩瀚熟悉的不羁自由笑容，鲜亮得像一朵绽放在灿烂春阳下的向日葵。

"成，这事儿就这么定了！"

大气豪迈的阳小爷回归。

有那么一瞬间，仿佛空气都停滞了，宋浩瀚被这个美丽洒脱的笑容惊艳了。

原来真的有人，仅用一个笑容就可以惊艳整个青春正好的时光。

宋浩瀚心头波澜微起，看着阳洛天，一字一句道："不过，这并不代表我就放弃了对你的喜欢。"

阳洛天心头咯噔一下："喜欢？"

宋浩瀚诚恳邀请："小天天，趁着小宇这段日子忙。你要不要红杏出墙？我在墙外等你。"

金属暗沉的光泽反衬暗夜的低迷，精密仪器的嘀嘀声混着一行行高端电脑高速输入数码时的压抑之声。情报室里的空气，似乎随时随地都能因为一点儿火星儿爆炸。

"老大，英国那边结果已经出来了。"

她淡定地取下耳麦："截取各国情报，尤其以 S 国和美国为中心。"

"是。"

情报室内的气氛愈发凝重，涉及家国利益的斗争还在不断进行。国与国之间的较量，从来没有个尽头，国安局作为共和国最锋利的一把刀，不得不随时保持着高度的警戒状态。

然而令她头痛的事儿接连不断，家里有头老虎随时虎视眈眈，工作上还时不时来点儿惊喜调和她的情绪。

西装男子匆匆走进"战火纷飞"、群情亢奋的情报室，来到办公室，低声对她说："老大，昨晚有人私自利用我们开发的绝密软件入侵他国数据库。"

她揉揉眉心，精致眉眼划过几分倦意，"又是那小丫头？"

西装男子面色古怪，说："是。虽然阳洛天已经做到隐秘潜伏，但还是被 FBI 监控到踪迹。我们费了很大劲儿才帮阳洛天收拾了残局。老大，这小丫头不是国安局的人却接二连三盗用我们的软件，我们是否要将她列入那张名单？"

中国国安局核心开发出的黑客软件，操作复杂，性能也数一数二，若是被非国安局人士利用，一旦泄露出去后果不堪设想。

尤其是最近国际局势动荡，欧盟风云诡谲，一丁点儿漏洞都不能出现。

她叹口气，想了想，吩咐道："让岳阳去提醒下那丫头，现在是非常时期，行事要低调。下次要用国安局的黑客软件，提前给我打个报告。"

西装男子明显地噎住了。

他头一次发现刚正不阿、冷漠犀利的局长大人，居然也会如此正大光明地偏袒一个十八岁的小丫头。

阳洛天浑身别扭地走出宋浩瀚阴气森森的狼窝。

那感觉就像吞了一万只苍蝇外加喝了一大杯碳酸水，碳酸分解充分促进苍蝇在胃里消化……

宋美人寸步不离跟在她身后，精致美丽的唇角上扬，信步跟上阳洛天飘忽变幻的速度，美其名曰：待客之道，寸步不离。

阳洛天本就对这位美艳绝伦的男人没有好感，此时此刻宋美人那句"这并不代表我就放弃了对你的喜欢"久久回荡在脑海里，差点儿震碎了阳小哥本就残缺的世界观。

世界上还真有人的节操如此接近地心，阳洛天只叹世界之大，无奇不有。

以前那个恨不得砍了小爷做人肉叉烧包的宋浩瀚，居然义正词严说"喜欢"。阳洛天自动把宋浩瀚对自己的喜欢归于猎人对猎物、狮子对小白兔、猫咪对老鼠等一系列的"喜欢"。

鉴于不堪回首的往事，阳小哥发自肺腑认为：宋浩瀚对自己的"喜欢"简直到了变态的程度……

但是无论如何,既然双方已经达成协议,绝不泄露对方的秘密,互相拥有对方的筹码,相生相克危机已经消除。

就这么一路别扭着来到宋家富丽堂皇的大门边,用人被尽数遣散。

阳洛天抬起步子就要离开,宋浩瀚身姿一偏,脚步变幻挡住了她的去路:"小天天,明日我在郊外茶厅备了点心,赏脸?"

阳洛天翻了个白眼,"没有脸。"

宋浩瀚皱眉,修长的身子微顿,凝着阳洛天毫无掩饰的脸色,轻叹着将手贴住心口:"话真伤人,不过我喜欢。"

阳洛天余光扫过藏在暗处的一众保卫,强忍住揍人的冲动。当众被调戏这码子事儿,活了十八年还是头一回经历。

正欲开口,忽然从远处冲来三辆越野吉普,个个如同猛兽,拥有阳洛天熟悉的嗜血气息。

阳洛天眉心微敛,华琼?

还没想好应对措施,宋浩瀚大手一拉将阳洛天护在身后。阳洛天差点踉跄倒地,稳住身子后不可思议地盯着他的后背——他力气居然如此之大?

宋浩瀚还穿着修身银色的睡衣,阳洛天扬起脑袋,只觉得他的后背挺拔有劲,漂亮的茶栗色修耳短发随风微动,在正午阳光下闪着耀眼夺目的光。身上弥散的气势却邪肆而危险……

他在保护自己?

阳洛天疑惑了,那三辆越野吉普停在宋宅门外,伴随着尖锐的嘎吱声,几道魁梧人影砰砰落地。

为首的是一个高大健壮的美国人,阳洛天瞳孔缩了缩,认出此人是华琼手下的特卫头子,那个美国FBI出来的搏击手,曾将自己打败的泰森。

泰森一步一个刚劲的脚印,黝黑皮肤、满满戾气,深邃眼珠见到阳洛天白生生的俏脸之际,浑身戾气更是火山似爆发。

这小子,是第一个敢往自己身上呕吐的人!

"少爷,总裁让我把阳洛天带过去。"粗糙的嗓音,沙子似咯得阳洛天心口一紧。宋浩瀚没有保护自己的理由,他毕竟是华琼的亲儿子……母子之间虽有矛盾,但也不至于为了凭空出现的自己分裂。

尤其是在这个紧张时期,华琼与列衡宇之间的战争升级,此时此刻若是华琼抓住自己,无异于锁住了列衡宇的咽喉。

阳洛天试图移动脚步,却被宋浩瀚刚劲的手钳住了手腕。

"不想死就别动,我说过会保护你。"宋浩瀚不悦地瞪了眼阳洛天,偷偷做小动作的阳洛天眨巴眼睛,噤声、温顺地躲在他身后。

宋浩瀚似乎对这只猫的积极配合态度很满意,这才转头看着泰森,冷冷开口道:"你不过是我妈身边的一条狗,哪来的勇气在本少的地盘狂吠。"

话毕,宋家黑衣保卫纷涌而出,几十个全副武装的特卫钢铁似护在宋浩瀚身后。这时候,阳洛天才知道,宋宅这片地区,已经在宋浩瀚的羽翼之下。

什么时候?这个看似与世无争、凭着一张美艳皮囊四处招摇的花花公子,已经暗自成长为另一头猛虎?

泰森两条浓眉凝着,黝黑脸庞染上凝重,少爷这是明着和总裁作对?

"少爷,请别让我们为难。总裁的势力,您比任何人都清楚。"

泰森身后的几名顶级保镖,个个面带狠厉。

一时间，剑拔弩张。

宋浩瀚轻笑，右手继续捏住阳洛天纤细的手腕，一字一句道："我的人，谁也碰不得。"

空气似乎都颤抖了，阳洛天心头微滞，面色复杂地看着他的后脑勺，似曾相识的话语，曾经有人也这么霸气外露地宣称过。

只是……阳洛天悻悻摸着鼻梁，这玩笑开得有点大啊，宋美人整人的手段层出不穷，令人猝不及防。

此言一出，惊艳四方。

泰森面部刚硬的线条断裂，嘴角微抽搐，虎眸森森，胸口憋着一口老气吐不出来。眼前的少爷霸气外露，护犊子似镇守着一方土地，居然让久经磨炼的泰森有了异样的忌惮。

"少爷，总裁下令抓捕的人，历来没有漏网之鱼。您护得了阳洛天一时，护不了一世。而今局势动荡，您在圣华的势力远不如在Ｓ国，望您考虑周全。"泰森勉强好着脾气相劝。

身后几名顶级保镖慢慢移开步子，长期浴血奋战的几人弥散着扑面而来的血气。

宋浩瀚美眸掠过锋芒，母亲手下这几个保镖，都是从战场上招回来的铁血硬汉，各个以一敌十势不可挡。

不过，宋宅片区已经尽数掌控在自己手中，金融危机时商战纷杂，列氏集团强大而富有攻击性，他这位母亲势力再广，短期内也抽不出时间对付自己……

宋浩瀚精明的大脑高速琢磨着应对措施，远处忽然传来马达尖利的锋鸣声，一辆剽悍庞大的路虎几乎漂移着划过路面。穿过几辆黑车，稳稳停在宋浩瀚与泰森之间。

宋浩瀚精致的眉头一收，红唇不屑抿着，心头微叹——小宇这小子消息倒是挺灵的。

阳洛天一看到那辆剽悍路虎，顿时咧开笑容，还是自家小白最好啊～

车门慢悠悠打开，詹姆士套着一身还没来得及换下的黑色西装跳了下来。车身晃了晃，

第四章 > 危机四伏

詹姆士手指夹着一只烟，狠狠吸了一口，在香烟雾升腾中用淡漠眼神扫了眼周围形势。

一上午的战略会议刚结束，日理万机的老板接到消息后，直接把自己踢来揪回阳洛天。詹姆士历来对阳洛天没什么好感，眼下见到躲在宋浩瀚身后探头探脑的小子，心头愈发烦闷。

如果不是因为老板瞎了眼喜欢这小子，他真想一指头捏死这个惹是生非的阳洛天。

回头，詹姆士夹着烟，目光与泰森激烈交火。

两人泰山似地立着，形成两座钢铁墙壁。

倒是泰森先开口，低沉着嗓音，虎眸闪着异样火花，"詹姆士，好久不见。"

詹姆士冷笑，"好久不见。"

四目交接，新仇旧恨统统涌上心头。两人都有一股热血戾气直冲脑门，恨不得大打一场的戾气。

不过，詹姆士愤愤压下仇怨。转身看了眼阳洛天，"老板让我接你回去，上车。"

阳洛天皱着小眉毛，"就你一个人？"

詹姆士沉着嗓子，淡定回答："没料到华琼也派人来了，老板只派了我来。"

阳洛天瘪嘴，瞥了眼那辆剽悍霸气的路虎，用尖利的眼神打量了几秒钟，这才放下心从宋浩瀚身后溜出去。

刚走了两步，手腕儿就被宋美人攥住了。阳洛天使劲转了转手腕，挣不开？

宋浩瀚勾唇一笑，轻弯腰，奢靡醉人的香气霎时吞没了阳洛天，他凑近她耳边道："先放你回去，不过小天天你逃不了的。"

蛇吐红信子似，轻声鬼魅的话语响在耳边。

阳洛天耳根子一阵痒，被宋浩瀚身上迤逦的香味给包围着，差点儿窒息。那种香味像是一种让人上瘾的毒药，阳洛天差点迷失在一片浓丽暗黑之中。回过神来的时候，宋浩瀚已经松开他冰凉的手掌，退开一尺远。

他优雅而立，淡淡招手，宋宅黑衣特卫们瞬间拥向泰森一行人，阳洛天面前出现一堵厚厚黑色的人墙。杀气外露，遮天蔽日。

"詹姆士，回去告诉你家老板。本少看上阳洛天了，让他小心点。"

阳洛天刚窜进路虎车，闻言差点一个趔趄。驾驶座上的詹姆士非常难得的有了嘴角抽搐的迹象，冰封似的脸裂开口子。

"姓宋的，国家怎么没有拿你的脸皮去当防弹衣呢？"阳洛天关上车窗，唏嘘不已。

无论如何，路虎马达轰鸣，詹姆士凭着超凡的车技冲出人流。

泰森阴着脸，两道利剑似的目光射过消失的路虎，却不敢轻易动弹。

泰森脑门后，抵着一只冰凉漆黑的枪支。持枪者红唇邪肆，银色睡袍迎风微动，美目流转尽是逼人的煞气。

空气凝重压抑，正午骄阳也掩不住杀意。

片刻后，宋浩瀚手指一松，枪支"啪"地落地。

泰森脑门冒出冷汗。

"回去告诉我母亲，她自寻死路和列氏作对，本少管不着。若她敢动阳洛天，我会让她后悔一辈子的。"

他的玩具，他的猫咪，只能让他动。

别人，不可伤及一分。

"啊嚏～"

阳洛天捂着鼻子，打了个响亮的喷嚏。

驾驶座上的钢铁身躯詹姆士大叔淡淡瞥了一眼，路虎奔驰的速度丝毫不减。路边行道树飞驰而过，转瞬即逝。

阳洛天悻悻开口："詹姆士大叔，你和泰森关系匪浅啊。以前是同门？"

詹姆士不回答。

阳洛天吞吞口水，继续分析："泰森以前是FBI的，参加过好几次伊拉克暗战。十年前他跟了华琼，你跟了我家小白，瞧这架势，似乎是针锋相对的？你们相爱相杀多少年了？"

詹姆士下巴冷硬的线条动了动，侧头深深望了眼笑眯眯的阳洛天："有话直说，何必拐弯抹角。"

声音冰凉，目光带有不屑。阳洛天深知，这位詹姆士历来对自己没好感，这也没法，不是每个人生来就是要受万人喜爱的。

"宋浩瀚那些话——"

"我会一字不漏转达给老板。"詹姆士一口回绝，活活拍死阳洛天的小算计，"老板对你一再私会宋浩瀚的行为表示不满，这段日子你最好消停点。"

阳洛天垮着脸，庆幸这段日子腹黑的小白腾不出时间教育自己。

路虎飞驰，抵达的地点却不是西苑别墅。

慈眉善目的老乔领着一帮用人候在乔家大宅门口，被轰下路虎的阳洛天拧着眉毛，为什么要把自己送到小乔家？

一回头，詹姆士猛踩油门，扑了阳洛天一鼻子的厚重汽油味儿。

> 乔家避难

阳洛天不曾想过，自己会在乔家一待就是十天。

这十天，她像个贵族似的接受着乔家的服侍，锦衣玉食、葡萄美酒、毫无压力。

乔宅守卫一天比一天森严，天空时不时被莫名的飞行器环绕，犹如悄无声息的战场，她却被困在金丝笼里寸步难行。

偌大的乔家只有她一个人,连素来对商业不感冒的乔英宰也投入了这场盛况空前的商战中。

前所未有的肃杀气息,如洪水席卷这片繁荣的土地。

她不懂金融,除了一天天干涩无聊地等待别无他法。网络上传来的信息如泉涌:A股市场大跌,银行风暴席卷亚欧大陆;欧洲大国债务缠身,金融崩溃;美元大涨,欧元持续走低……

阳洛天想要冲出乔家一探究竟,可小白让她留在乔家。

他的判断,从来正确,以最小的损失维护最大的利益。

只是她一直不明白,为什么金融危机爆发,圣华最高层人员纷纷将目光放在自己身上,甚至不惜动用武力探寻她的踪迹。就好像自己是一颗还魂丹,吞下之后就能改变百万人的命运似的……

正蹲在花园池子边走神,方圆十米压着全副武装的特卫,水池子里倒映着清丽俊美的少年模样。

阳洛天瞅着水池子直叹气,上个厕所都有监控,拉个肚子"哎哟"两声门外立马来了一大票人,吃撑了非得带自己做胃镜检查,半夜起来进厨房找食物居然惊醒一大批持枪特卫……

老乔悠悠溜达过来,弯腰道:"木家小小姐来拜访您了。"

阳洛天噌地蹿起来。

大厦顶层,丝丝光亮透过稀薄白云在巨大落地窗外投下变幻光影。

办公室氛围凝重如冰,女秘书微垂头,一丝不苟候在门外。

"浩瀚，你不是无理取闹的人。"华琼叹口气，数天不见，她光洁的额头上又增添了几道皱纹，每一道都如刀割似划在脸上，微微老气溢散。

她愈发看不透自己的这个孩子，或许从十年前，这双深蓝眼眸已经看穿尘世的仇恨辛酸。

黑皮沙发上悠然靠着修长慵懒的人，红色薄风衣随意套在身上，狭长眸子微闭，一手支在额头，一手轻轻在膝头敲打着节奏。

华琼抿唇，面带无奈道："浩瀚，听妈妈的话。阳洛天留不得，你在 S 国的势力完全可以用来对付他……"

"尊贵的总裁大人，您似乎弄错了。"宋浩瀚凤眸微睁，刻意强调"总裁"二字，轻笑似嘲道："我与您素来不相欠、不相争，我没有任何理由帮您。更何况，阳洛天的命也不该您去取。"

华琼的心针扎似一痛。

是啊，这个儿子的力量深不可测，十年来如巨树似无形中四处扎根隐藏力量。等华琼反应过来时，他已经脱离自己给他铺的路，走上另一条刚硬而强势的康庄大道。

世人以为华琼母子和谐相处，殊不知金玉其外、败絮其中。

十年了，宋浩瀚从没有发自内心叫过华琼一声母亲。

"浩瀚，Allen 的事的确是我的错。但妈妈也有苦衷……"

"你的苦衷是太爱宋任重。"宋浩瀚冷冷打断她的话，"我爸爱你入骨，为你甘愿抛弃尊贵的身份。而你呢，听到宋任重那男人要接回你的消息，居然伪造车祸害死了我爸，谎称我是宋任重的亲生儿子。

这十年你又得到了什么？宋任重真正爱的是列语嫣，你就下药加重列语嫣的病情；8 岁的列衡宇被赶出宋家，你派人不顾一切暗杀；宋家前族长突发心脏病身亡，你敢说你没动过手脚？而今又用尽手段试图拖垮列氏集团……总裁，您苦衷真多。"

玻璃杯"啪地"倒地，鲜红酒汁渗透羊毛地毯，湿了一片。

宋浩瀚讽刺地望着目瞪口呆的华琼，积攒在心头的恨意被倾吐，快意和酸楚齐齐涌上心头。

华琼的红唇颤抖嗫嚅着，指甲掐进肉里。

良久后，她才让自己镇定下来。一抬头，又恢复了那个镇定大方的总裁模样，唯有眼角隐约的水渍泄露了心头的不安。

"浩瀚，帮妈妈一回，以后各不相欠。"华琼冷静道："圣华和列氏旗鼓相当不分胜负，一旦阳洛天将沧河的资金转向列氏，圣华集团将全数崩盘。所以，你帮妈妈处理了阳洛天可好？"

他笑着摇头，优雅起身，手指理着红色薄风衣上的褶皱，一举一动尊贵得像俯视天下的王。

"不，我不会动她。"

"为什么！你当初不是一再算计阳洛天吗？！"

"总裁，很不幸地告诉您。"宋浩瀚立在门边，背对着华琼，一字一句道："我喜欢上阳洛天了。"

话毕，门自动打开，红色身影离去。

女秘书弯腰恭送，余光瞥见办公室里总裁震惊的面容。

女秘书皱眉，试探地问了一句："总裁？"

"滚出去！"

"是。"

"站住，马上召开董事会。"

"是。"

女秘书弯腰，面无表情地朝电梯走去。

奢华富丽的办公室，空寂得像是一座荒芜的坟墓，华琼双手扶额，白齿咬着猩红嘴唇，血丝顺着嘴角慢慢流下。

为什么！

她爱的，不爱她！爱她的，被她亲手杀死！她恨的，被她爱的人保护！

这世界究竟有什么是她华琼该有的？她追求爱一辈子，最终却被毁得体无完肤。

通红的眼眸满是嗜血之光，华琼疯了似狂声大笑，笑着笑着，两行炽热的眼泪顺着脸颊滚落了下来。

乔家阳小哥的专属卧室里，阳洛天趿着白拖鞋刚踏进，门板刚关，卧室里木诗诗脆生生的嗓音便飘了过来。

"哟，小皇帝终于露面啦？"

话毕，一团娇俏的粉红色朝着阳洛天砸了过来，阳洛天被这丫头用蛮力推到门板上，俩腮帮子被两只白爪子扯来扯去，面前赫然一张放大的漂亮脸蛋。

木诗诗两手揉揉捏捏阳洛天的脸，大概觉得手感不错，黏着阳洛天的脸蛋迟迟不肯放手，大惊小怪道："哟哟，阳洛天，这么久不见，你又长宽了。瞧这水灵灵鸡蛋壳儿似的脸蛋儿，怪不得乔英宰那小子整天念念不忘。"

阳洛天被这妞儿身上鬼畜的香水味堵住鼻子，手腕用上巧劲，从这丫头的八爪鱼攻势下逃脱。

"鸡蛋壳似的脸蛋，大小姐你是夸我还是损我？"阳洛天避开三尺远，跷着不甚优雅的二郎腿，随手从茶几上拿了只青苹果往嘴里塞。

木诗诗噘嘴，向前走了两步，忽然脖子一凉。

一低头，粉红色洋装的扣子不知怎么被解开了，衣服领子顺着脖子往下滑。

"呀~"

木诗诗花容失色，愤懑地蹬蹬高跟鞋，手忙脚乱地将脱离皮肤的衣服及时拯救。

捂着胸口，木大小姐恼怒不已："阳洛天，你整天扮臭流氓。信不信本小姐一脚把你踢到华琼那儿！"

木诗诗俏脸通红娇嗔，珍珠似的偏亮眼睛瞪着一边优哉游哉的阳洛天。

作恶者泼皮无赖似的耸肩："小爷的脸蛋儿你可摸不得，再有下次，可不是掉衣服就能简单弥补的。"

话虽然邪里邪气，不过言语里透出难掩的认真。阳洛天笑得特灿烂，黑白分明的眼黏糊糊地从天花板扫过落到木诗诗雪白的脖子……

木诗诗悻悻地噘嘴，瞧阳洛天这衣冠禽兽的模样，是吃错了什么牌子的杀虫剂。

"成成成，懒得和你扯皮~本小姐今儿找你是受了乔英宰的委托。"木诗诗说着，从小包里摸出两包紫色物品，隔空扔到阳小哥怀里。

阳洛天低头一瞧，

七度空间……

"这两天应该是你的生理期，整个乔家都把你当男人供着，乔英宰抽不了空回来一趟，特地让我过来送东西。还说，厨房里多得是红糖、红枣，你痛经了就去找点来塞肚子。"

阳洛天手里捏着两包东西，心头五味俱杂。

人生在世不称意，有个哥们弄扁舟。活了十八年，修得这么一个好哥们，上辈子估计拯救了天下苍生。

木诗诗翘着红唇，看阳洛天走神发呆，扫帚似乱糟糟的头发搭在额前，她微垂着头，隐隐可见优美的脸部轮廓异常地摄人心魄。

心里莫名的不快。

"本小姐先走了，你乖乖待在乔家别乱跑啊。"尖着嗓子说了句，扭头，踩着高跟鞋就往门外飘。

出了乔宅，木诗诗皱着眉坐在车里，凝神想了想，掏出手机给乔英宰打了通电话。

"姓乔的，东西送到了……放心，你们乔家的粮食好得很，阳洛天壮得跟头牛似的。对了，本小姐本月末生理期，你记得给我送两包七度空间啊！"

果断挂断通话。

木诗诗特烦躁地扶额，心想着乔英宰对阳洛天的关心，似乎过头了。

这绝不是哥们间的关照，哪有关心对方生理期还送卫生巾的哥们？

难道，乔英宰对阳洛天……

想到某种可能性，木诗诗俏丽的小眉毛越皱越深，心头的烦躁顺着转动的车轱辘一路向前。

阳洛天拉开窗帘，看着木诗诗的车队轰轰烈烈消失在远方。

刺啦一声，窗帘被关得严严实实。

仰头，脚一踢，白拖鞋脱离脚丫子，直线砸向角落的天花板，触及雪白天花板板面后，拖鞋震了震，回归地面。

半响，天花板松了松，被缓缓移到通风道。

一道魁梧身形轻巧落下，小麦色的皮肤渗出薄汗，沾染了丝丝灰尘。

"不错啊，几天不见，反侦查能力越来越牛。"阳岳爽朗一笑，锐利目光四扫阳洛天猫了十天的卧室，凌乱不堪，偏生掩盖不住细致的高雅。

阳洛天翻了个白眼，爬上床，盘腿坐在床上，"小爷是钻天花板的鼻祖，全天下的地鼠耗子都得称我一声祖爷爷。医生你在小爷头顶上钻通风口，简直是自找死路。"

阳岳"啧啧"赞叹两声，当着阳洛天的面儿拍拍自己的黑色作战衣，手掌"啪啪啪"落在皮质衣裳上，抖了一地灰尘，铺了骄傲的阳小哥一鼻子灰。

"你这小日子过得还挺舒坦。"阳岳和蔼地笑，"外边试图攻进乔宅的人，加起来都抵得过一个加强师附带大规模杀伤性武器了。圣华两家独大，斗得你死我活，但凡有点实力的企业政客都在找你这块香饽饽。"

又观摩了下奢华精致的卧室，入眼随便一块地板都能抵几两黄金。阳岳"啧啧"又叹了两句："小日子真滋润，有反恐级别的特卫保护，住超五星级的屋子，吃金喝银，还有贴心人送卫生棉。"

阳洛天瘪嘴，咂摸这话里的滋味，怎么听都像是羡慕嫉妒恨加怨妇惆怅。再细看阳岳小麦色的脸，眼底清晰可见黑色疲惫，人也似乎苍老了点儿。

这也勿怪阳岳嫉妒，他忙着国安局的事儿呕心沥血累得六亲不认，不仅要在经济危机下收集隐秘极端的罪证，还要扒心扒肝当爹似替阳洛天挡住重重的麻烦。

阳洛天倒好，穿金戴银过着小皇帝的日子，笑嘻嘻看他这个太监四处遛狗……

"好说好说~"阳洛天无比谦逊地回应，小身板儿在床上左晃右晃好不嘚瑟，"说真的，你找我什么事儿？"

阳岳哼哼道："某人最近私自盗用那边的软件，那位一怒之下，直接让我把包括隐形防护墙的整套程序都砸给你，想给哪家公司投毒就投毒，想偷哪家八卦就偷，黑客白客红客灰客随便当。只要不把那边给泄露出去，你爱怎么玩就怎么玩。"

阳洛天眼睛一亮，"真的？"

"自然，毕竟你是身价百亿、众人追杀的对象。"阳岳的话，阴森森的。

阳洛天喉咙一噎："百亿？小爷这么值钱……"

第四章 > 危机四伏

阳岳阴森森露出一口白牙，说："忘了告诉你。沧河帝企总裁从金融危机爆发之初就宣布，你是沧河帝企在圣华地区唯一信赖的官方代言人。"

沧河帝企在圣华地区唯一信赖的官方代言人……

阳洛天机械似摇摇头。

阳岳瞟了眼他，开口解疑："某人不是一直打着沧河帝企间谍的名号在圣华招摇撞骗吗？中国一直想打开圣华市场，干脆趁着这次金融危机，融资百亿挤进地区龙头。所以沧河总裁便任命你为代表，掌握着一百亿的流动资金。

现在圣华片区金融崩溃，谁得到百亿的外部资金，谁就能形成压倒性的优势。"

阳洛天抿嘴不语，如今金融危机爆发，列宋两家斗争激烈，自己一个小伙子，哦不，小姑娘，既没有什么大背景，偏偏又和列衡宇在一起了。

想要自保，必须得给自己加上个百亿大亨的名头……

从某种程度上，她这位河南"师母"无私博爱伟大，既没有怪罪自己，还慷慨地送了张保命符让自己当中国与圣华的合伙人。

可是……

"'师母'这是帮我还是害我？"阳洛天的怒气重重堆积，咬牙切齿地几乎把床单扯碎，"我当代表？偏偏这事除了我，全天下人都知道！给我一百亿有毛用，我这个光杆司令连一毛钱都没看到。'师母'他以为这是古代啊？得小爷者得天下？"

眼眶突然有些酸涩，小白他一定知道这件事。可他从一开始就选择独立抵御华琼的疯狂报复，却从来不开口让自己拿出一百亿来帮助列氏集团压垮圣华。

小白有属于他的骄傲啊。

怪不得这段时间风声鹤唳，怪不得小白把自己宠物般圈在乔家，外界必定知道自己不曾将百亿资金转给列氏，就造成了万众追捕阳洛天的"盛况"。

"谁知道河南总裁的心思？他历来是诡计多端狡诈恶劣。列氏集团有你家小白，中间或许有些波折，获胜是铁板钉钉的事。你只要安心在乔家一个月，出来后自然晴空万里。"

阳岳同情地望着小猎物阳洛天，他了解河南这个人，不动声色制敌于千里之外是他的特色。

恐怕这次打着保护阳洛天的旗号融资百亿，也带有鲜为人知的阴谋。

阳洛天定定想了会儿，眼眸蓦然暗黑一片，猛地从床上跳下来，拔腿就往留了个窟窿的天花板跑去。

"不行，我要去帮他！"

她怎么能安心守在乔家过富贵的日子？华琼一旦疯起来，指不定会做出什么惊世骇俗的事情。

华琼对列家的恨，早已经陷入恐怖的疯狂中，让自己的小白和这种疯子较量，她不放心……

"圣华遍地都是危机，经济崩溃早就让法制失效。破产的富商数不胜数，疯子四处都是。中国国安局的人手不多，我也没有保护你的义务。你现在出去，能对付成百上千的癫狂分子？"阳岳冷冷开口，黑白眸子看着阳洛天动作一顿。

"列衡宇能力非凡，几乎坚不可摧。他唯一的弱点是你。"

屋子里静悄悄的。

阳洛天两只脚像是灌了铅，仰头，久久盯着黑洞洞的天花板通道口。

时间凝滞，悄无声息。

> 宋荟乔的本色

"将乔家在英国的投资全数撤走，不动产暂时保留。西欧的 A 股全部抛售，其他股暂时保留。美国那边按照列氏给的方案进行收购,将筹码压到30美金以下。还有关于国际法控告,尽快将罪证收齐……"

絮絮叨叨一上午,开了个冗长的会议,又将最新安排尽数传递。好不容易得到喘息时间,乔英宰的喉咙几乎都嘶哑地说不出话来。

一抬头,大理石墙壁上的挂钟指针已经指向罗马数字12,这时候肚子才开始唱空城计。

乔英宰疲惫地揉揉脑袋,黑发丛中那缕扎眼的黄发耷拉着毫无生机。

心想这老总真不是人干的工作,眼观六路耳听八方,运筹帷幄、决胜千里……乔英宰无比怀念他的吉他和篮球,怀念当年苍穹乐队一呼百应的风光日子……

人总会长大的啊,苍穹乐队只能存在于和平年代,只能存在于校园之中。

而今,低头看着自己笔挺的西装,意气风发、肆意妄为的少年时光似乎越来越遥远了……

办公室门被敲了敲,感应器轻声响动,活泼的身影窜了进来。

乔英宰撩开眼皮,这兵荒马乱的年代,估计只有莫风这小子活得最没心没肺了……

莫家总部设置在澳洲而不是圣华,家族在澳洲政界势力庞大。在东亚投资不少,强有力的国家宏观干预政策让声势浩大的金融危机鲜少波及东亚经济圈,所以莫家几乎算得上是活得最轻松的商政大家族。

"哥们,给你送香喷喷的午饭了。大份牛排配82年私酿的澳洲葡萄酒,果腹又美味。"莫风笑得没心没肺,将疲惫的乔英宰拖到办公室配置的餐桌上。

打开食盒,浓郁香醇的酒味扑鼻而来,一扫满脑子的疲惫。

乔英宰饿狼似吞完牛排,顺手从桌角取来咖啡杯,就要往嘴里灌。

"喂喂,82年的酒不喝,灌什么咖啡啊?"莫风爪子猛拍桌子,试图抢回乔英宰手里的咖啡。

乔英宰赶紧避开，一口灌下咖啡，满口苦涩。

"现在是非常时期，喝酒误事伤身，我得喝点提神的东西。哥们，多谢你的午餐。晚上再送牛排来，这味道真不错。"话毕，乔英宰揉揉太阳穴，朝着办公桌走去。

莫风嘴角抽了抽，这人是工作疯了。

"我说哥们，你——"

莫风嘴张了张，乔英宰朝他做了一个噤声的手势。

莫风眼睁睁看着乔英宰接通电子通信，眼睁睁看着乔英宰温和地问："她吃了午饭了，什么？今天中午只喝了一碗粥？不行，老乔，我说过多少遍了，阿天喜欢各类蘑菇、大小西红柿、中国小炒肉，晚餐多做点这类菜色。还有她房间的被子、地毯、衣服，记得随时换洗……"

莫风又继续眼睁睁看着乔大忙人瞬间转化为乔大保姆，絮絮叨叨用宝贵的时间吩咐乔管家一系列细节……

好不容易等乔保姆磨叽完，莫风正要吐槽几句。电话响起，秘书传达消息："少爷，宋伊服饰千金来了，是否请她进来？"

莫风心里一惊一喜，忙低下黄毛头，看着自己的黄衬衫、黄裤子、黄拖鞋，一丝贵族气也没有。

莫风赶紧窜到办公室附带的卧室里，头也不回地嘱托道："英宰啊，你要把我供出去我饶不了你！千万别和荟乔说我在这儿啊~"

乔英宰瞅着落荒而逃的背影，轻笑两声。接着整理面容仪态，淡定吩咐："请宋小姐进来。"

说到圣华地区的苍穹乐队，那几乎是圣华贵族学院偶然之中奇迹般的存在。

它聚集了圣华地区四位家世显赫的人物。

第四章 > 危机四伏

当初乔英宰酷爱吉他到了痴迷忘我、废寝忘食、忘上厕所的程度,莫风有事没事喜欢打两声鼓,两人凑到一堆儿互相看上了眼,成天你敲我打。

后来乔英宰听闻列衡宇的钢琴造诣出神入化,抱着必死的决心、顶着超大压力请君出山,谁知三顾茅庐后居然把这位神请出来了,还顺带将爱慕列衡宇的宋荟乔给拉进团伙里。

乐队日常活动不多,演出一年也仅有三两次,但是有大神镇山,这个新生代的乐队一炮而红盛极一时。

乔英宰眼底划过一丝淡淡的眷恋,他静静看着精心打扮的宋荟乔走进,举手投足之间都弥散着优雅端庄,又熟悉又陌生。

"英宰,好久不见。"清澈自若的嗓音,春风般和煦,宋荟乔一身及膝红色Ａ字裙,领口微张,微微露出雪白皮肤。笑容自然而温和,仿佛最近外界的波澜壮阔与自己无关。

乔英宰眼神一晃,仿佛又回到当初美好的校园时光,几人在音乐室日常训练的快乐日子。

"好久不见,请坐。"管理了几天企业他惯性地用商业性语气回话,冷冰冰毫无感情的话语脱口而出的那一刻,乔英宰心神不禁一晃。

宋荟乔美眸定定看了一会儿乔英宰——漆黑奢华的办公桌前西装革履、意气风发的少年,忽地"扑哧"一笑。

"英宰,你才当了几天代理行政官,居然变了个人似的。我都快不认识了。"轻轻松松的语气,眼前的女子笑靥如花,听得乔英宰心头一咯噔。

一场危机让所有人都变了,连痴迷游戏的莫风都鲜少触碰当初命一样的游戏。似乎没变的,只有眼前这个漂亮的宋家姑娘。

乔英宰松了松语气,嘴角上扬勾起一抹笑容:"这倒是,等金融危机过了,我再好好考虑是否要继续这份工作。倒是你，虽然我们是朋友，不过我乔家自始至终站在小宇子那边，而你家投靠了华琼。"

谁都知道，宋荟乔的父亲，那位颇具传奇色彩的一代服饰大亨宋道远，倒入了华琼行列，成为核心分子之一。

某种程度上，宋荟乔似乎站在了列氏的对立面。

躲在卧室里的莫风高高竖起耳朵，整个人贴在门板上，不放过办公室里半点儿声音。

这场危机中，莫家倾重于支持列氏，自己喜欢的姑娘偏偏是敌人主力军的女儿，自古情义两难全，可怜的莫风最近老是失眠……

门外，宋荟乔优雅坐定，含笑的眼睛望着乔英宰，说道："我知道你的心思，英宰。我爸爸投靠华琼，并不代表我也是华琼阵营的一员。我有自己经营的公司，处于中立状态，不倒向任何一处。"

乔英宰微皱眉，问："你这是什么意思？"

宋荟乔优雅微笑，仿佛思考了许久似，答道："爸爸的决定太过自负，我打算加入宇的阵营，这将会为列氏带来2%的股份投资。"

卧室里的莫风瞪大了萌眼睛，他心爱的荟乔居然敢公然对抗华琼。莫风捂着心口，忍不住得意地扬唇，自己看上的女孩子果然与众不同，勇敢又善良。

乔英宰听到这一消息，心头自然震惊，不过好在他理智尚存。没有毫无阴谋的贡献，短期的商业磨炼，已经让他有了基本的商业认知："条件，荟乔，你如果要加入列氏财团，第一个宣布的对象应该是小宇子，而不是我。"

屋子里静了静，空气中飘浮着浅浅的葡萄酒醇香。乔英宰忽然觉得，眼前这个美丽端庄的女子，远不如表面那么简单。

美眸流转，宋荟乔慢慢将落在额前的一缕发丝收拢在脑后，光洁白皙的脸美得似一块晶莹剔透的冰。

"阳洛天还在乔家吧？"

她看了眼乔英宰，继续温和地说："宇他不愿意利用身价百亿的阳洛天，也不愿意将阳洛天送出国，便分调了大批特卫防护乔宅。但是，英宰，你应该知道，只有离开圣华、遣送回国，阳洛天才会是最安全的。"

心头波澜阵阵，乔英宰面色不改，眼神示意眼前的美貌女子继续说下去。

"最近华琼秘密从美国调了大批黑客，宇可能面临短期的困局。如果你能说服阳洛天回国，那么将会有一大批特卫精英回到宇身边，助他一臂之力。而我也会入股列氏。"

乔英宰觉得自己的心已经凉透，眼眸渐渐冰冷。

遣送阳洛天回国，分流人手助力列衡宇，说得多么冠冕堂皇。

或许阳洛天这么一走，在有心人的推波助澜下，一辈子都回不了圣华。

然后，宋荟乔便可以堂而皇之地与列衡宇在一起。

她为什么要来拜访自己？乔英宰心头讽笑，宋荟乔不过是看中自己和阳洛天的关系。阳洛天可以不听任何人的话，但她一定会考虑哥们乔英宰的建议。

宋荟乔微眯着眼，她怎么会错过乔英宰的不悦神色？

眼底划过一丝狠厉，口头话语却依旧温柔："英宰，你应该清楚。不能利用百亿价值的阳洛天，对宇来说完全是负担。"

心被划开一道口子，乔英宰一字一句，冷冷道："你为什么不直接说？赶走阳洛天，你才能名正言顺地待在列衡宇身边，你才能暗地里断了阳洛天和圣华的联系，你从最开始就看不起这个异地来的少年，今天做戏这么久，不过是试图利用我来赶走阳洛天。"

屋子里的空气冰冷，交谈氛围霎时风起云涌。

如果可能，乔英宰绝不愿意揭开这个女人的面具，他知道卧室里有个叫莫风的哥们。

那小子一直傻傻地喜欢宋荟乔，把她当作善良美丽的女神，日日夜夜念叨着她的名字。

指甲抠进皮肤，宋荟乔没料到素来大大咧咧的乔英宰居然坦白如斯，毫不留情地划开自己长期伪装的面具。

"你在说什么呢，吓到我了，英宰。"宋荟乔皱起眉，双眸泛泪，楚楚可怜。

乔英宰讽笑，如果不是在商场历练数日，他一定会被这张脸给迷惑了心神。不过就因为见识了尘世的纷杂，他才有了初步的火眼金睛。

"荟乔，你太心急了。如果你不提及阿天，或许我会相信你的话。"

美丽面孔定定望着乔英宰，宋荟乔忽地笑出声来。

"我原来以为你和莫风那小子一样好骗，没想到你倒是个深藏不露的货。"

美丽面具扯开，她仿佛变了个人，陌生得让乔英宰心悸。

骨子里争强好胜的因子在阳洛天出现的那一瞬间便已经收不住了，她堂堂世家的千金大小姐、高贵优雅众人追逐的天鹅居然抵不过身份不明的陌生小子。骨子里的自尊被狠狠泼上一层热油，滚烫痛苦。

宋荟乔美丽如雕塑的面容依旧带着笑意，眸子里翻腾着黑暗。

乔英宰俊眉收拢，淡然道："荟乔，你变了。"

或许，是每个人都变了，贵族少男少女们在这场危机中成长着，分道扬镳。

"我一直没有变过，是阳洛天把我逼成这样的。"宋荟乔浅笑，轻描淡写，"乔英宰，你堂堂世家之子，身价至高，为什么屈尊去和一个陌生的油头小子一路？当今局势，把阳洛天送走无疑是最好的选择。阳洛天一走，我会携巨款加入列氏，大量精英重归……"

乔英宰看着她，忽然想起苍穹乐队初成立时的模样。

那时候四个性格各异的青年男女聚在一起，有吵吵嚷嚷没心没肺的莫风，有魅力十足嗓音动人的宋荟乔，有嬉皮打闹抱着吉他一整天的自己，还有性子淡漠的列衡宇。

两年时光，足够美好的记忆沉积沉淀……

"荟乔，改变我们的不是阳洛天，是我们自己。"乔英宰颔首，俊朗脸庞有种淡淡的悲凉之色。

"你走吧，宇他的能力你我清楚，这场战争的输赢早已揭晓，煎熬的不过是一个过程。至于……阿天，我一定会护着她。"

似乎察觉到乔英宰疏离的目光，宋荟乔美眸微动，觉得自己仿佛被狠狠打了个耳光。她做梦都想赶走阳洛天，夺回本该属于自己的爱情，这本是天经地义的事儿，为什么这些曾经的朋友都要反对？

她想不明白，阳洛天有什么本事，收拢一颗又一颗人心？

气氛冷而严肃，凝重而压抑。

宋荟乔起身，红衣高贵，模样美艳，高跟鞋踩在冷冰冰的地板上，脚步移动间鞋跟发出尖利的嘶吼声。

"你最好别后悔今天的决定。"她淡淡警告一句，转身朝门外走去。手指触及门把之际，一道闪电猛地冲击她的脑海，转身看了看乔英宰。

"你似乎太维护阳洛天了，乔英宰。"

以一个女子的直觉，宋荟乔忽然发觉乔英宰的不对劲儿。兄弟情义虽重，但他太维护阳洛天这小子……

面对质疑的目光，乔英宰不闪不避，静静接受注目礼，"我喜欢阿天，很喜欢。"

宋荟乔立在门边，隔了一段距离望向办公桌边西装革履的男子，他大理石一样俊朗的脸孔陌生而认真。宋荟乔精致的红唇想要勾起来露出一个讽刺的弧度，可是唇角怎么也提不起，连带着半个讽刺的字眼也吐不出来。

心头只划过几个字眼——阳洛天，好本事！

最后，她只得扬起高傲的头颅，天生的骄傲让她不得不压制住心潮汹涌，一如既往的端庄美丽，迈着优雅的步子走出办公室。

红色兰博里，宋荟乔的目光落在手机屏幕上，指尖一点。

"喂，琼姨，我是荟乔。很抱歉打搅您，是这样的，我愿意为您提供一些精英资源……"

另一边。

偌大奢华的办公室，正午的阳光穿过落地窗，太过明亮的光芒刺得人眼睛生疼。

乔英宰知道，从这一刻开始，关于盛极一时的苍穹乐队，关于年少时候意气风发的梦想，关于花样年华的纯真，都随着成长化为未来荆棘路上的粗糙记忆。

除了回忆，什么都没了。

卧室门有气无力地旋开弧度，莫风沉默着把自己拖了出来。

乔英宰看了他一眼，心头微叹，最可怜的莫过于这小子……没有安慰之法，他伸手取来文件继续批阅。

耷拉着满头黄毛，莫风自始至终垂着眼帘，可怜得像个乞丐似的。他把自己扔在黑皮沙发上，取来82年的葡萄酒，慢慢喝着，一口一口，唇齿留香……

"今天做戏这么久，不过是试图利用我来赶走阳洛天。"

"我原来以为你和莫风那小子一样好骗。"

"你最好别后悔今天的决定。"

脑海里有个复读机，一遍一遍重复着她的话。阳光落在地面，反射进莫风的眼睛里，有淡淡的水渍晶莹剔透地划过清秀的俊脸。

当年惊鸿一瞥，那一抹醉人的笑容让他常记于心，如今幻化成泡沫似的碎影，爱情的萌芽还没露出泥土，宇宙洪荒便淹没他所有的心意。

过了很久，时间悄然流转，乔英宰抬头看了看倒在沙发里的朋友。

一瓶酒见底，莫风默默躺在沙发里，像是睡着了似的。

他应该是睡着了，乔英宰垂头继续批阅文件。

却忽然听到有人用喑哑的嗓子说："哥们，我是真的喜欢荟乔，真的喜欢。"

可连当面质问的勇气都没有，他害怕她用温和美丽的笑容击碎自己最后一道防线。

乔英宰笔尖一顿，纸页上划过一道黑色曲折的墨痕。

有多少还没说出口的话，还没当面拥抱的人，都变成岁月纷飞中难以开口的往事。

> 程序员阳洛天

"……打给他……不打给他……"

两只爪子抱着手机，阳洛天裹着大被单蹲在床角陷入个人战。两只眼睛盯着屏幕上的两个字"小白"，一个绿色的拨出键怎么也按不出。

十多天没见面了，两人之间甭说见一面，就是一通电话也没有。阳小哥严重怀疑此人红杏出墙。

阳洛天昨晚做了一个噩梦，梦里她和小白牵着小手儿走在太空，忽然横空飞来一辆剽悍大卡车，两人瞬间被撞飞。自己被撞到月亮上，小白被撞回地球，两人天各一方怎么都不能相见，然后……然后……然后就被惊醒了。

"天～～十三天零八个小时没见面，小白是工作疯了还是傻了？"阳洛天扯扯从肩膀上落下的被单，疑惑地挠挠脑袋瓜子，难道他就不想小爷？

真相却是，话说那日阳洛天偷偷摸摸从宋浩瀚的魔窟钻出来，一不留神出门就撞鬼，遇到泰森一行人。好不容易逃出来，刚正不阿的詹姆士大叔一字不漏地复述当日情况。

特别地提到了那句"詹姆士，回去告诉你家老板。本少看上阳洛天了，让他小心点。"

当时列大神的脸就垮了下来，那张俊脸黑不溜秋的都能当黑炭锅底了。雷厉风行地部署了特卫防控乔宅，傲娇的列大神愣是把红杏出墙的阳洛天送进冷宫十多天。

　　蒙在鼓里的阳洛天哪知自家小白的醋坛子支离破碎，眼下干巴巴地躲在屋子里纠结着是否打个电话……她真的有点想他。

　　撩开眼皮看向窗外，全副武装的特卫把屋子围得水泄不通，连一只母苍蝇都飞不进来，当然，除了阳岳那种尖端特工，苍蝇中的战斗机。

　　两只爪子揪着手机，要不要主动联系那位呢？

　　要不要呢？

　　纠结着，手机有感应似地亮起屏幕，差点吓坏神游的阳洛天。

　　忙抓稳手机，那边人气息沉稳，隔着一块手机屏幕阳洛天都能感受到此人浑身的刚硬气息，"阳洛天，有事相商。"

　　"唉~"

　　阳洛天发出今天的再一声感叹，空荡荡的更衣室久久回荡着她无奈的叹息声。

　　两只爪子握拳，眼睛落在镜子里穿着黑色护胸的"少年"身上。

　　阳洛天试着收收平坦的小肚子，然后，看到了隐约的腹肌，可怜自己不但没有胸，还多了寻常女人没有的小腹肌。

　　门板响了响，詹姆士低沉的嗓音传入："时间还剩一分钟。"

　　"成，马上就好~"阳洛天扬起嗓子回了句，余光再次痛心疾首地瞅瞅镜子里前不凸后不翘的自己。

　　一分钟后。

　　更衣室门打开——凌乱的发型、大大的黑框眼镜、扎在裤子里的灰色长袖衬衫、灰不溜秋的皮带、黑色高腰牛仔裤、白袜子和没擦亮的皮鞋，阳洛天就这样加入了程序员大军行列。

詹姆士用高配置的眼睛上下扫描阳洛天半响，对阳洛天的新装扮颇为满意。

朝阳洛天扔了一张工作证，阳洛天美滋滋地将工作证套在脖子上，指尖摩挲着那张丑不拉几的新照，以及新名字——洛阳。

办事效率一流的詹姆士很快将阳洛天带到核心技术部，临走前还不忘再三嘱咐，"乔家那边已经按照你的计划布置好了，在工作完成前万不能随意走动，更不能被老板察觉异样。"

阳洛天颇乖地点头，朝詹姆士露出由衷的笑容："谢谢你，詹姆士大叔，谢谢你给我帮助小白的机会。"

詹姆士钢铁似的脸被这声清脆的"大叔"给惊了惊，异样的眼神落在面前的少年身上。

最近有超出普通范围的大批黑客进攻列氏集团总部数据库，仿佛华琼凭空获得了大量精英，而列氏预先配备的高端技术人才有限，一时之间居然落了下风，这几天老板着实烦心这件小事儿。

詹姆士当即便想到一个人——阳洛天。虽然打心眼里不喜欢这个和老板相爱的小子，但为了顾全大局，詹姆士不得不偷偷朝黑客技术高超的阳洛天求助。

谁知阳小哥满口答应，还提出躲开乔宅监控的短期方案。

于是一夜之间，阳洛天偷偷从乔家消失，列氏集团技术部多了个名为"洛阳"的程序员。

列氏集团计算机人才最集中的技术部，规模并不大。划分了几十个隔间，每个隔间办公桌上摆两三台电脑，一左一右两个台式，中间一个笔记本。

边上乱七八糟堆着书本、泡面盒子、锅碗瓢盆，程序员翘着二郎腿坐在乱糟糟的办公桌前，嘴里叼着一只慢慢落灰的烟，从烟雾中眯着精明的眼珠子，两只手心无旁骛地敲敲敲、打打打，一串串精巧绝伦的防控程序从脏兮兮的指头冒出……

阳洛天四下瞅着几十个同样装扮的同行，忽然有种鱼回大海的感慨油然而生，回想自己在西苑别墅的房间，不也是同样的一团乱？

再也不用担心和小白偶遇了，他洁癖到变态的程度，甭说进核心技术部视察，就是当初关于是否留下这个部门，他恐怕都做了不少激烈的思想斗争……

程序技术员们顶着象征智慧的爱因斯坦氏鸡窝头，仿佛脑袋一歪，就能从头发里掉出俩鸡蛋。阳洛天戴着工作证，从一众鸡窝里穿越而过，找到角落的位置。

打开三台电脑，试试手，阳洛天黑框眼镜下的眼珠子倏忽一亮，每一台外表糟糕的电脑都拥有极高的配置。

隔壁一黑瘦黑瘦的哥们转过椅子，打了声简单的招呼："喂，新来的？技术怎么样？"

阳洛天扭头，乍一看差点没被吓坏，这哥们又黑又瘦，眼睛浮肿，活似行走的骷髅架子。

"技术一般，也就去FBI总部溜达了几次。"阳洛天特谦虚地回答。此话一出，不大的屋子里仅有的几十个顶尖员工都竖起了耳朵。

骷髅兄噎了噎，狐疑的目光扫过清清秀秀的阳洛天，这新来的小子看穿着打扮似乎是同行，不过总觉得有点儿不寻常的地方。

骷髅兄好心提醒："这几天大伙儿忙得昏天暗地，我三天来只睡了两个小时。牛皮可以乱吹，但千万不要给大家拖后腿。"

阳洛天："没问题。毕竟几十个人拖小爷的后腿，小爷还真挺烦恼的。"

骷髅兄：……

众人：……

正是午休时间，新一轮的网络防控战刚落下帷幕。除了监控防火墙的程序员，其他人都略微放松了下神经，偏巧这时候阳洛天刚上班。

昼夜辛苦鏖战的众人，个个面黄肌瘦、肤色蜡黄，白生生清清秀秀的阳洛天一走进来，仿佛一朵鲜花插进了牛粪堆，惹眼得要命。

"小子，你玩电脑多少年了？"有人高声问，大家的注意力全部集中到角落。

阳洛天"嘿嘿"一笑："八年。"

话一出，四面八方的笑声忽然响起。笑声里倒没有讽刺意味，阳洛天心知这群疲劳过度的员工们，仅仅是需要一个精神发泄口。

玩电脑八年，这经验值实在太low，估计这里的精英们刚生下来就把电脑当玩具。

不过对付这群和电脑亲密接触、一年四季统一服装、电脑壁纸一辈子不换的程序员，新人阳洛天只需要一句话：

"各位，我有恋爱对象。"

众人倒抽气。

"是个活生生的人，不是橡皮。要身材有身材，要模样有模样，我和他还是同居关系。"

众人：……

"Oh my god~"

"什么！"

"真的！"

谩骂声、踢桌子声、呜咽声层出不穷，距离最近的骷髅兄一脸敬佩地瞻仰新来的哥们。

阳洛天露出了淡定的笑容。

程序员的硬伤——感情。这种人，智商全部上交国家和电脑，情商接近负数，普通人谈恋爱满脑子风花雪月，程序员谈恋爱满脑子流程图。

等级越高，单身概率越高，这几乎是行内黄金法则。

阳洛天用脚趾头都猜得出，这群一流精英都是三流的单身狗。

核心技术部自立门户，没有人能驾驭得了这一群放荡不羁的顶级精英。

他们工作几乎不再是为了金钱，而单纯是对于计算机的热爱与痴迷。阳洛天历来自来熟，和谁都能打交道，如果要让这群人对自己这个新来之人心服口服，最好的办法就是用实力证明自己。

来之前阳洛天特意了解了这群尖端奇葩分子，这些都是小白费尽心思从世界各地挖掘来的高手。

高手之间要么斗得你死我活，要么亲密得穿一条裤衩。很显然，这四十八个高手都是亲密得穿一条裤衩……好不容易有个性感的美国妞儿在里面，不过人家喜欢女的……

调侃了几分钟，警报再次打响。

一个戴黑框眼镜的胖子高声大呼："兄弟们，抄家伙。对方大面积攻击咱们2号防护墙。"

"我和黑子这边十八个防御。"

"咱们这边打掩护。"

"后勤。"

"这边防守其他网口。"

"网络监察。"

……

众人颇有默契地分配工作，长时期的磨合让这群天才逐渐形成了自己的分工体制。噼里啪啦的键盘声接连响起，一双双炽热的眼眸以无比的热忱投入没有硝烟的战场，黑客交响乐奏鸣。

最先发声的胖子转过头，朝阳洛天吼了声："新来的，你给大伙儿泡咖啡。"

大家不知道阳洛天的计算机技术，更不知道阳洛天在这里只能待短短最多几天时间，胖子按照新人入门的惯例发号施令。

"我负责反攻。"阳洛天熟练地打开自备软件。

胖子两条肉乎乎的黑眉毛一拧，厚嘴唇一张，没好气地说："新来的，我们人手不足。我们要尽力和对方打成平手，把他们阻隔在门外，你甭破坏计划！"

阳洛天懒得掀开嘴皮解释，十指灵活飞动，一行行数字代码落在黑框眼镜片上，隐隐有寒光闪现。

她是在十岁那年涉足黑客领域的，有师父这个超一流高手指导，她自然而然沾染了大师的作风。师父神秘失踪后，她也不曾断过计算机学习，八年下来，偶尔小试牛刀居然发现自己已经牛哄哄了。

华琼方的黑客来势汹汹，在阳洛天眼里几乎是一场盛大的宴席，从心底蔓延出喜悦，那是猎人偶遇心仪猎物时的欣喜痴迷。

时间在高速运转的指尖悄然流逝。

窗外繁华的世界渐渐陷入夜的喧嚣璀璨，这一夜，仿佛彩色墨水滴入硝烟四起的圣华大地，海天相接的远方，有淡淡的腥味顺着夜风飘散。

一场黑客对战，一战就是接连不断的10个小时。

圣华集团总部。

"不好了，列氏反攻！"

"什么？怎么可能反攻！他们人哪有我们多！"主管高吼，慌忙打开大屏幕。

瞳孔里映照着高速变幻的代码，绿色字符杂乱纷飞在黑色背景上，绚烂夺目。

"赶紧拦截！快拦截！各个关口守住！"

"不行，他们似乎有高手！拦截不住！"

"他们投了小病毒！"

"你们这群废物！"主管愤懑之极，老脸煞白。

键盘失灵，每个电脑屏幕前缓缓浮现出模样怪异的一个部件、两个部件……

在圣华集团技术部主管的镜片里，倒映出一只可爱的白猪，发出"嗷嗷"两声懒洋洋的猪叫，扭着白生生的屁股慢慢消失在所有人的电脑屏幕里。

仪器恢复正常，从这只白猪出现到结束不过20秒，主管煞白着脸，怒火直烧，两只大鼻孔的呼吸紊乱。

另一边。

阳洛天电脑桌前挤满了看热闹的同行，一双双近乎痴迷的眼珠子盯着电脑屏幕，每个人脑门上都凭空浮现一层汗。

当看到一只白猪病毒投放出去后，众人愣了半晌，哄然大笑。

被众人围观的阳洛天捂着鼻子，忍住呕吐的冲动，被一群半年没洗澡的乞丐围着，那滋味真酸爽……

不过从这群丐帮高手的反应来看，阳洛天勾勾唇角，至少她已经用实力证明了自己。

扭头看窗外，黑夜早已降临，夜半钟声敲响。

詹姆士大理石一样僵硬的面孔动了动，搁下通信器，朝主座的西装男子道：

"老板，黑客进攻已经被控制。您可以休息了，明日7点50分还有欧洲行销行动。"

列衡宇两指轻揉眉心，淡淡询问："核心技术部这次花费的时间缩短了二分之一，原因。"

虽然他一贯不喜核心技术部的生活作风，不过对这几十名作风恶劣的精英十分了解，几斤几两心头有数。

华琼这次突然得了大批高手，试图用黑客攻击瓦解列氏数据库，以列氏这些程序员的水准，至少需要连续奋战20个小时才能和对方打个平手。

这次……似乎有些太快了。

面对老板的质疑，詹姆士一张大理石脸孔风云不惊，拿出早已准备好的托词："据说技术部改变了应对策略。这群人作风不寻常，个个都是老板您挖掘来的计算机领域高手，华琼短时间内召集的精英也不能匹敌。"

詹姆士最大的特点就是一张脸永远正气十足，刚正不阿，他不擅长说谎，偶尔说谎也能欺骗世人的眼睛，嘴里吐出阳洛天编出来的说辞也面色不改。

列衡宇背靠办公椅，淡淡目光扫过西装笔挺的詹姆士。

空气凝了凝，往下沉了沉。

他徐徐开口："乔宅那边——"顿了顿，修长手指交叉，继续道："他历来是不安分的人，特卫注意防护，切不可让他离开乔宅。"

詹姆士心神晃动，老板每日最后关心的话题，永远都是阳洛天。偏生又不愿意亲自去乔宅看看，更不愿意拨通阳洛天的电话询问一二。

"老板，老乔传来消息，说是今天木家小小姐又来拜访，其他并无异样。"詹姆士正色，"若是您想了解他的情况，完全可以直接拨通他的手机。"

说出这话时，詹姆士心头却在打鼓。如果老板真的拨通阳洛天的电话，不知那小子能否掩饰得过去……

列衡宇淡笑，侧头，巨大落地窗外的世界一片璀璨繁华，落入眼睛里，连带深蓝眼眸都染上一片破碎的光影。

"你先下去休息。"

"是。"詹姆士恭敬鞠躬，高壮身影消失。

列衡宇起身，披衣，颀长挺拔的身形如暗夜的王者，站在巨大落地窗前，圣华灿烂的夜景统统匍匐在他的脚下。

目力可及的远方隐约可见圣华集团的建筑群，平行线上两幢最高大的建筑屹立在整个片区，无声而激烈地斗争着。

他眼底盛满寂寥的夜色，淡笑，为什么不能打电话给阳洛天？

他怕听到那个人的声音，心神便久久不能平静，更怕自己丢下一切繁杂事务奔到乔宅，只为见那人一抹灿烂夺目的笑容……

爱的人已经融入骨血灵魂里，成为不可触碰的逆鳞，稍稍一阵风吹，就能如星星之火燎遍整片思念的荒原。

忍不住摸摸胸口，仿佛喜欢的人就在身边一样，那种感觉让列衡宇心动。

阳洛天趴在天花板上，借着偷偷挖开的小洞朝下望去，嘴角微勾，笑盈盈地看着好久不见的背影。

繁华奢靡、灯红酒绿的夜景，霓虹灯绚烂的光芒星星点点映照在他身上，犹如无声的音乐缓缓流淌，醉了阳洛天所有的神经。

恍惚回到了某个星光灿烂的时刻，聚光灯都落在他身上，全世界都是他的背影。

"小阳，赶紧过来搭把手~"

胖子扔下键盘，回头朝角落高声吼了句。

"十万块，少一毛甭想请小爷出山。"

刚阻止了一场突袭，众人皆是疲惫。

阳洛天懒懒躺在办公椅上，两脚随意搭在桌上，几近平躺地窝在自己的一亩三分地儿上午睡，脸上扣着本体育杂志。

自从那日白猪病毒事件后，阳洛天在这片天才云集的邋遢窝一战成名。这群爱计算机成疯成魔的汉子们逮住宝贝似的，但凡有点儿时间就喜欢找阳洛天PK技术。

PK 来 PK 去，个个找虐后还连连感激。

小爷根本没有多余的时间和这群疯子磨叽，类似胖子这样的请求一般都是能拒就拒，不能拒直接装死。

胖子是四十八名奇葩里最靓丽的一朵，拥有神似弥勒佛本尊的外貌，不仅是众人中隐形的指挥官，而且是个特有追求、意志坚定、目光毒辣的胖子。

在他眼里，新来的"洛阳"同志具有可持续发展的可能性，聪明、淡定、随性，最可贵的是小阳很年轻，而年轻就是嚣张的资本。

胖子扬起嗓子继续吼："小阳，这事儿特重要。事儿办好后，甭说十万块，就是一百万、一千万，咱们老板也会给你。"

体育杂志动了动，阳洛天缓缓睁开眼，脑海里自动形成一套算法：事儿——老板——分红，老板＝列氏集团的头儿＝小白。

身子自动上了弹簧，阳洛天想也不想就从椅子上跳下来，费力地从众程序员那些邋里邋遢的杂物中钻到胖子所在的独立办公室。

阳洛天问："胖子，找小爷什么事儿？"

胖子张开小眼睛瞥了眼窜过来的清秀小子："哟，一听到一千万跑得比兔崽子还快。"

清秀小子扶了扶黑框眼镜，露出一个特诚恳的笑容："多多益善，小爷身价百亿，多赚一千万买只小白回家遛遛。"

胖子愣了愣，被阳洛天突然亮出的笑容闪了闪眼睛，随即嗤嗤一笑："小阳啊，甭吹牛了。你要身价百亿胖子我马上自断经脉。得，今天找你是为了咱们集团。"

闻言，阳洛天非常自觉地关上了办公室的门，拉了把椅子坐在胖子面前，隔着两片玻璃眼镜，胖子都能感受到那双眼里清冽的光。

似乎……詹姆士找来的这个人，非常特殊。至于怎么个特殊，胖子说不出来，只觉得这个"洛阳"耀眼得像是天边的启明星。

咳了咳，胖子开口："是这样的，小阳你也知道，这个时代，网络新媒体几乎垄断了世界，致命的黑客攻击几乎能摧垮一个跨国财团。这里的四十八个人都是世界一流的高手，列氏的网络防护可以说是坚不可摧。

圣华集团不知道从哪里网罗了几百个高手，昼夜不息地对列氏数据库进行黑客攻击。我们的人虽然都是精英，但人毕竟是血肉之躯，四十几个人怎么抵得过几百人的车轮战。小阳，你是聪明人。"

他看得出，这个少年聪颖非凡，对整个财团都有一种莫名的维护感。

好像冥冥之中，少年就是上天派来拯救核心技术部的神。

胖子的担忧亦是阳洛天的心结，小白的财团太过庞大，在经济剧烈动荡的时期，任何一个部门都不能出差错。

华琼手下精英突然膨胀本就太过诡异，仿佛有心人故意提供了援手，借此撼动列氏这庞然大物。

阳洛天凝神，神色逐步严肃起来，抬起头一字一句问："胖子，想不想冒个险。"

胖子笑笑，伸出胖乎乎的手爪子："自然。"

一胖一瘦相视一笑，空气中飘浮过奸诈算计的味道。

电子日历上，写着19。

这场斗争，已经持续了19天，龙虎之争升级。

"德、意、法三国经济衰退的局面已经有所缓解。"

"北美暂时压制住局势，发动民意控制右翼的策略已经成功。"

"给联合国的控告已经提交。"

第四章 > 危机四伏

"公司股价逐步恢复。"

……

大会议持续进行，首座穿黑色西装的男子面容不改，静静聆听来自世界各地的汇报。刀削斧砍似的俊朗侧脸冷硬、冷酷，弥散着挥之不去的威慑力，惯常冷漠、惯常睥睨一切，没有任何属于人类的温和情绪流露。

坤叔静候在一侧，苍老遒劲的脸孔依旧温和慈祥。不过慈祥仅仅是表面，在座各位乃至电子屏上的众位参会人员都不敢小觑这个年过半百的老人。

能培养出列衡宇这般人物的坤叔，又怎会是池中之物。

"老板，可否在十日后收网？"众人报告完毕后，坤叔恭敬弯腰，问道。

按照计划，十日后就是血洗收网之际。

不过……深蓝眼眸的主人淡扫四周，薄唇一勾："华琼的罪证，不足以让她被判终身监禁。"

坤叔迟疑："她做空股市，控制交易，已经触犯国际法……"

列衡宇轻摇头，眼眸深处有一缕嗜血之光："罪证不足，我要的是终身监禁永不得保释。詹姆士，在最短时间内办好这件事。"

在坤叔差异的目光里，冰山脸孔的詹姆士答："是，老板。"

在座众人齐齐讶然，首座上的男子蓝眸妖冶宛若地狱之王。那一抬手的风神优雅，像极了华丽的吸血鬼探出致命的爪牙。

敌人要拖垮他的列氏财团，他便让对方灰飞烟灭、永世不得超生。

不死，终身监禁，国际法施压，这是对从高处跌下来之人最残酷的惩罚。

首座上的男子似乎想起某些事，目光落在宽大会议室的角落那位走神的胖子身上："Tomas，圣华的黑客攻击，十天，可否撑过？"

被圣上点名的胖子立马回神，理理思绪，扬声道："报、报、报告老板，咳咳，那个啥，目前阻止圣华攻击并不难，但长期防御不利于员工健康，我和小阳已经制订好计划，三天内必定反攻圣华，一举灭了对方服务器。到时候，天王老子都救不了圣华的网络，哈哈~"

胖子此话一出，詹姆士的眼神瞬间变了变。

列衡宇淡淡开口："小阳？"

胖子哪知道詹姆士和阳洛天那一码子事儿，还以为"洛阳"就是新来的一个奇葩员工。见老板对小阳感兴趣，话匣子便打开了：

"小阳啊，人才~那小子——"

话匣子刚打开，詹姆士便直接打断了胖子的话，"老板，核心技术部研究出的新的反攻方案，等会我送到您办公室。"

胖子见詹姆士发话，也不好多说，悻悻坐回原位。

列衡宇侧头，凉丝丝的气儿落到詹姆士大理石似僵硬的脸上。

"会议结束。"老板大人发话，众人陆陆续续离开。

出了会议室，落在最后的坤叔笑眯眯拍了拍詹姆士结实的肩膀。

"小伙子，你历来是聪明的。"

一双沧桑眼眸划过淡淡的同情，坤叔倒背着手，慢条斯理朝前踱步。

詹姆士僵在原地，后背浮起一层冷汗。

另外一边，办公室内的列衡宇慢慢翻阅着新送来的报告，蓝眸深深，若有所思。

天花板上，一个小身板儿噌噌噌钻过来，借着小小的缝儿偷偷观摩自家小白的工作日常。

这两天，但凡有空她都要钻过来瞅两眼。

第四章 > 危机四伏

而接下来的三天，反攻计划实施，她估计也没有时间溜出来。

正午时分，老乔照常领着一众用人来到阳洛天的房前。

轻叩了叩门，老乔压低声音问道："阳小哥，今日还是不愿意出门？"

静了静，屋子里的人毫不客气地扬声，话里似有隐隐不耐："饭菜端进来搁在桌上，小爷现在正用功着呢。"

老乔沉默了一会儿，转身示意用人们将饭菜送入。临走时，老乔不忘朝书房看了两眼，少年正专心致志地垂头翻阅书籍，灯光落在他清瘦的背影上居然有种异样的疏离感。

话说这几日"阳洛天"不知怎么一时兴起，居然对金融经济有了极大的兴趣。整天把自己关在卧室书房里，逮着一堆金融管理的书籍不放手，以至于到了废寝忘食的地步。

众人皆以为"阳洛天"是关心时局体贴老板，然而真相却是……

木诗诗竖起耳朵，偷偷从书缝里探出一双贼兮兮的眼睛，见众人离开，手里的书直接一扔，变声器一扯，三步两步窜到饭桌前。

鼻子动了动，饭菜馥郁的香味扑鼻而来，终于是消解了木诗诗的烦躁焦虑。

又装了一上午……当初就不应该轻易答应阳洛天的。

端着小白碗，吞了两口饭，木诗诗心思复杂地看着窗缝儿——她堂堂木家小小姐，要风得风，要雨得雨，为什么要帮阳洛天呢？

门响了响，沙沙哑哑是老乔的声音："阳小哥，少爷来消息了。说是明日下午，他路过乔宅，打算顺道来看看您。"

老乔的嗓音波澜不惊，屋里的木诗诗却是惊出一身冷汗。

路过？顺道？

这本来就是他乔英宰的狗窝，还用得着顺道？分明就是找了个奇葩理由，偷偷来看望天天念叨的阳洛天，解解他小子多日的相思之苦。

心口一阵痛，好像尖锐的银色刀片划过心头软肉，木诗诗珍珠般的眼睛一阵难受。

阳洛天、阳洛天、阳洛天，乔英宰天天就想着人家阳洛天。人家阳洛天有大老板疼着爱着，你侬我侬、相亲相爱，你个乔英宰偏要心思龌龊整天觊觎有夫之妇！！！

本小姐有钱有貌有身材，你个臭小子居然搁着本大美女不要，喜欢一个假小子！

越想越不是滋味，木诗诗负气似搁下碗筷，扯回变声器大吼道："永远有多远，就让姓乔的滚多远！"

门外死一样沉默。

木诗诗憋着气，贝齿狠咬着嘴唇，终于恢复了理智。

她捏着绣花拳头换了个语气："这几天正是高峰期，金融不稳定。你告诉姓乔的、小乔，男人要有担当，不能因为儿女情长就忘了责任。再说，相比于小乔，小爷更喜欢列、我家小白。"

门外的老管家噎了噎，精明依旧的眼划过一缕精光。

伸手做了个撤退动作，门边四名全副武装的特卫悄无声息地退出。

多年后，黑客界依旧流传着关于圣华金融区的传奇。

在隔着一片屏幕，计算机代码控制的虚拟世界，曾经诞生过一个又一个无冕之王。

圈内人都知道，圣华集团奇迹般在最短时间内网罗了大批高级别黑客，试图一举攻破死对头列氏的防护墙。

商业斗争，更多时候是技术与经济实力的较量。

当时，列氏同样拥有世界级的黑客四十八名。奇迹般地，这四十八名性格迥异的天才在奋战三天两夜后，居然一举挫败圣华的攻击，更是化守为攻，直接让圣华的网络系

第四章 > 危机四伏

统崩溃。

正是闷热的八月天,圣华片区的夏热攀登到顶峰,入夜乌云滚滚,一场蓄势待发的雷暴终于落了下来,清洗整个炽热的经济区,更是清洗了商业巨擘总部的网络。

"主管,网络出问题了!"有人跌跌撞撞闯进办公室。

杯子落地,发出尖锐的声音。

"系统被篡改,全是乱码。"

"数据消失,敌方正在攻击核心数据库!"

"超木马程序攻击!"

"IP地址被攻陷,怎么回事!他们利用漏洞攻进来了!"

噼里啪啦敲击键盘,每个人都面色凝重,从脊梁骨上涌起一股子寒意。

仿佛有无形的巨人俯瞰,蔑视着这群短时间内集结的精英。

圣华庞大的技术部,所有人都神经紧绷,大气也不敢出。

静得可怕,乱码肆意横行在每块液晶屏上,无声地嘲讽炫耀。

主管面孔僵硬冰冷。

终于有人用极其轻微的声音打破寂静:"主管,对方似乎在用某种未知的超级软件,我们的设备敌不过……"

主管板着脸,大势已去。圣华精英虽多,但却是短时间内集结的,默契根本比不过传统中的列氏的邋遢核心技术部。

半响,主管深呼吸,闭眼,冷静吩咐:"尽最大可能修复网络,决不能拖圣华集团的后腿。开启备用网络,加大防控力度。"

众人默然领命,他们这次面对的,似乎不是简单的对手。

少数黑客才知道超级软件,那是像中国或者美国这样的大国才能拥有的最高级网络防控。列氏集团，居然有人有使用超级软件的特权……

黑漆漆的雨水冷冷浇灌着大地，隔着坚固的隔音墙，依旧能听到轰隆隆的雷声。

已经是第二日的清晨，天色依旧漆黑一片，仿佛从来不曾明亮过。

三、二、一……

最后一道防线，在四十九道炽热目光里轰然塌陷。

终于爆发了三天两夜来第一次欢呼声。

"终于一雪前耻了！"

"终于可以睡一觉了，天王老子来了都不要叫老子！哈哈！"

"哇咔咔，小阳你小子够牛啊，当我老师怎么样？"

"早饭红烧牛肉面，要吃的自己去开水房啊～～老子要吃三桶！"

胖子顶着两个浮肿的黑眼圈，哈欠连天地穿过邋里邋遢的众人，肥硕的身子好不容易从瓶瓶罐罐中钻到角落里。正打算和大功臣"洛阳"胡侃几句，边上的骷髅兄扯了扯胖子的衣襟，做了个"嘘"的手势。

骷髅兄和胖子齐齐看向办公桌边的少年。

少年整个人一摊泥巴似趴在办公桌上。裹着件黑色薄夹克，露出半张沉睡的脸，翘鼻梁上的黑框眼镜斜着。眼睛下是厚重的黑眼圈，面色因为长期熬夜而隐隐泛黄，全不见初来时候白生生的清秀模样。

她指尖微微红肿，指甲头裂了好几个，三天两夜里像个疯子一样杀红了眼睛。最后一根弦终于崩断了，她除了睡再无其他想法，整个人陷入诡异的混沌状态。

她太累了。

每场斗争背后都有别人不知道的付出和辛酸，从最开始的计划、策略制订，到废寝忘食地指挥、亲自上阵，阳洛天咬牙坚持到最后，直到彻底打消圣华再次攻击的可能性。

熟睡，是世上最安逸的事儿。

胖子叹了口气，抬手打算示意众人安静下来，让这个累坏了的小少年得到片刻安宁。

手刚抬起来，屋子里瞬间陷入诡异的寂静，胖子挑眉，大伙儿什么时候这么听话了？

一回头，却见技术部门口竖着一尊冷气森森的神。

> 情人

老板？！

吵吵嚷嚷声瞬间消失，空气中弥漫着红烧牛肉面浓郁的香味，正往嘴里塞泡面的几位老兄瞬间低下了头，大大咧咧当众抠脚丫子的低下了头，号称天王老子光临也不醒的程序员瞬间低下了头。

智力超群、体力低下的程序员们，个个罪人似大气也不敢出。

列氏集团内部谁都知道，首席执行官大老板最不愿意视察的部门便是核心技术部。

程序员是什么？

上联：为系统而生，为写框架而死，为debug奋斗一辈子

下联：吃符号的亏，上大小写的当，最后死在需求上

横批：悲剧程序员

这个最邋遢、最放荡不羁爱自由的地儿，聚集了一群放荡不羁的一流人才。这群人一年四季一套衣服，一个装扮，四季不分、日夜不分、三餐紊乱、从不运动，一台计算机就是整个人生。

可如今，百年难得一遇的神居然屈尊莅临，简直是蓬荜生辉、三生有幸，上辈子拯救了全宇宙……

胖子僵在原地，心想即使大伙儿立了大功，老板也不必亲自前来恭贺吧，今儿太阳

打西边出来了？

一瞅窗外，雨水还在淅淅沥沥地落，清晨的天空黑压压一片。

众人眼巴巴看着自家大老板，只见这位气度非凡的男人微皱眉，似乎不习惯技术部污浊的空气。

清冽眼神扫过一众人，最后深蓝眼眸定在某个角落。

胖子脊背一冷，伸手赶紧推了推睡成一摊烂泥的阳洛天。熟睡的某人完全不理会，迷迷糊糊伸手拍开胖子的肥爪子，嘟囔几声继续进入深度睡眠。

胖子惊呆了，他看见老板板着阴晴不定的脸步步走近。

"老、老、老板，小阳他因为太累才睡了，您可千万别怪罪……"胖子结巴着，想要替新来的小弟挽回点形象。

然而，老板仅仅站在"洛阳"的办公桌前，居高临下看着睡熟的新人。

完了完了完了，众人心里扼腕叹息，核心技术部再怎么放荡不羁，对这位掌控工资的老板依旧不敢怠慢。新来的小子倒好，居然在非常时期当着老板的面儿睡觉……

胖子肥硕的脑袋已经开始想着怎么给"洛阳"同志举行风光葬礼。

然而让众人目瞪口呆的一幕发生了：

十指不沾阳春水的男人，俯身慢慢脱掉"洛阳"身上脏兮兮的夹克，接着小心翼翼把自己的黑色西装脱下，裹住"洛阳"瘦削的小身板。取下他的黑框眼镜，凝视着那张疲惫的小脸，似是无奈地叹了口气。

接着，老板大人弯腰，轻抱起熟睡的"洛阳"，动作轻微，仿佛抱着一件易碎的珍宝。

熟睡的阳洛天神经依旧敏感，只觉得迷迷糊糊进入温暖的春天，熟悉的触感近在咫尺，心终于踏实下来，紧绷的神经彻底放松。

嘤咛嘟囔着俩字"小白"，迷糊地伸手四处摸索，指尖摸到软软冷冷的那块皮肤，

第四章 > 危机四伏

阳洛天懒懒扬起脑袋，嘟着嘴朝着那块软肉蹭了一下。

似乎听到有人惊骇地抽气，然而她什么都不在乎，继续陷入深度睡眠。

列衡宇低头，微乎其微地抿嘴，唇角还有怀里人温暖的触感。

这小子，连睡觉也不忘吃自己豆腐。

抱着睡熟的人儿，老板一脸罕见的温柔，扬起嘴角离开邈邈的核心技术部。

整个部门死一样寂静。

骷髅兄最先反应过来，狠狠揪了揪自己没几两肉的下巴。脸上传来痛意，昭示着这不是一场噩梦。

"洛阳那小子居、居、居、居然？"

"小阳他——我的眼睛瞎了！居然敢亲老板！"

"……快扶我，老子心脏病发了……"

"小李子，咱们在一起吧，小阳都和老板凑一对了，我们还有什么顾虑啊！"

胖子最后总结了一句："居然和老板有一腿……这小子真是深藏不露。"

阳洛天这一觉睡得特别踏实。

三天两夜没合眼，独自一人掌控着庞大的超级软件，就是神也得累脱一层皮。

列衡宇将她放在床上，她自动抱紧被子和整张床融为一体。

雨淅淅沥沥地下，阳洛天一直不愿意醒来，眉头舒展，嘴角上扬，偶尔迷迷糊糊嘟囔两句，面容稚嫩得像个孩子。

借着灯光，列衡宇微弯腰，细细凝视着她睡眠的模样。

二十二日不见，这小子终究是寻了过来。

这些天午夜寂静时分，列衡宇总会想念少年肆意洒脱的清俊容颜，想要听少年一两句喃喃低语，想念他唇齿间的触感。

可列衡宇不敢与她相见，一见阳洛天，必然误了大事。

天知道得知阳洛天和自己就在同一栋大厦之际，他心底瞬间爆炸蔓延的喜悦。

那时候才知道，对阳洛天的爱早已经深入骨髓灵魂，连着骨头皮肉和神经脉络，一旦扯开便是鲜血淋漓。

叹息着，低头，吻了吻熟睡人儿的唇。

然后……

列衡宇终于皱起傲娇高贵的眉头，阴鸷眼神扫过睡成猪的阳洛天。

这小子是多少天没洗澡了？

浑身散发着一股浓郁经典的老坛酸菜味儿。刚才只顾着心里头挥之不去的挂念，居然忽略了这小子是只刚从垃圾堆里捞出来的猫咪……

有洁癖的列衡宇，心头顿时感慨万千。

瞧着脏兮兮的阳洛天在自己的床上睡得满足之极，爆炸头，眼屎在脸上，乌漆墨黑数天不洗的脖子，臭烘烘的脚丫子……

列衡宇又爱又恨，哭笑不得。

再次无奈叹口气，转身去浴室里放好热水，打算对阳洛天实施一个工程浩大的清洗工作。

返回床边，试图把阳洛天抱去浴室。

谁知阳小哥做梦都有超强的危机感，两条长腿死死夹着被子，死鱼般执拗地和床保持着最亲密的接触。

列衡宇试着抱了好几次，这小子就和粘在床上一样，怎么都不愿意离开。

几次下来，饶是大神也微动怒。

干脆直接扯了被单,将阳洛天连带着被子都裹成一堆,打算连人带被子一起送进浴室。

昏沉沉的阳洛天忽然撇嘴,两腿松开被子,眯着眼瓮声瓮气似在抽噎:

"小白~我困~"

软绵绵的嗓子,一下子冲垮了列衡宇心头坚不可摧的墙壁。

低头看她泛黄疲惫的脸,列衡宇只得将她放下。

往她嘴里灌了两口水,盖好被子,转身走向卧室外的办公桌。

阳小哥是被饿醒的……

她做了一个诡谲的梦,梦里自己抱着一台硕大的电脑啃啊啃,不停地啃,啃了显示器啃主机。

突然一只遒劲有力的手将电脑抽走,扔到隔壁的太平洋里。

阳洛天顿时委屈了、生气了、发飙了!

抢了小爷的电脑,我到哪去找吃的?阳洛天恨恨瞪了眼那只手的主人,一看不要紧,居然是自家俊美非凡、天下无双、美味无比的小白?

阳洛天眼睛顿时一亮,猛地抱住自家小白,捏捏他俊朗的脸颊,张开血盆大口就咬向那红艳艳、万分诱人的嘴唇。

咬啊咬,怎么都咬不破。

豁然睁开眼,入眼是一间奢华低调的卧室,低头,阳洛天发现自己嘴里正咬着被子一角,咬得棉絮都冒出来了……

床头柜上放着一碟三明治、一杯牛奶。

阳洛天脑子慢慢恢复正常运作,两只爪子心有余悸地捧着牛奶杯,边往嘴里灌边思考处境。

这地儿似乎是小白办公室配置的私人卧室,她睡了一天……

记得当初自己睡在核心技术部，接着似乎有人来了，再接着似乎有人试图脱自己的衣服……

脱衣服？！

阳洛天惊出一身冷汗，差点打翻手里的杯子。瞪着眼，犹豫又试探着摸了摸自己的胸口，好在护胸紧紧地贴在皮肤上。

依照小白的脾气，他就是死也不愿意碰脏东西，阳洛天庆幸又辛酸地想。

三下五除二地干掉三明治，饿了几天的肚子终于被填饱了。

挠挠脑袋瓜子，阳洛天极为明智地从衣橱里找了几件衣裳，反锁门，快速钻进浴室把自己一身的泥巴搓得干干净净，恢复到原本白白净净的俊俏模样。

圣华片区的雨还在淅淅沥沥地下，冰凉的雨水洗刷着灯火璀璨的夜色，冲淡了原有的炽热。

从列氏大厦顶层望去，万千雨丝飘落，跌入万紫千红的夜景，模糊又遥远。

"现在是非常时期，我暂时不动你，并不代表放任。"他冷冷开口，冰凉如雨水的目光扫过面前高大魁梧的男子。

詹姆士垂头，仿佛有一把无形的枪抵着自己的脑袋，让人不寒而栗。列衡宇的狠，从不张扬，悄无声息刺探出锋利的刀刃。

可他还是忍不住开口："老板，如果不是阳洛天，或许我们的网络早已崩溃。我这么做，完全是为了集团。"

"我会忌惮几百个黑客？詹姆士，你跟着我已经十年了。"列衡宇危险地眯着眼，詹姆士顿觉浑身肌肉集体僵硬，后背冒出冷汗，那人犀利洞察一切的目光早已看透自己的想法。

是的，詹姆士素来看不惯阳洛天这个横空出世的少年。

第四章 > 危机四伏

阳洛天实在太过耀眼，偏生缺点众多、玩世不恭，自他突兀地出现在圣华片区，整个世界都动荡不安。甚至连老板这样冷酷的人都动了心……

原本詹姆士将阳洛天骗出来，是想让这少年知难而退，认清自己的地位后甘愿离开圣华。

谁知阳洛天一鸣惊人……

"滚出去，明天8点前我要看到最新方案。"列衡宇淡淡开口，右手指尖扶在额上，异样优雅邪肆。

詹姆士大理石似的面孔终于有了崩溃的痕迹，咬牙，恭敬鞠躬，匆匆离开总裁办公室。

列衡宇瞥了眼桌面的电子时钟，已经是23：47。

侧头，利剑似的目光穿透卧室门板：

"还要藏到什么时候？"

静了静，门被轻轻打开一条缝儿。探头探脑，钻出半个毛茸茸的脑袋，阳洛天悻悻地揉揉耳朵，心想：小白不去当特工简直暴殄天物。

列衡宇慵懒随意地一笑，"过来。"

过来，我的猫咪。

微沙的嗓音似海潮扶岸、风吹杨柳，温柔而迷惑人心。

阳洛天干笑着，用西装将身子紧紧裹了裹，赶紧扣上所有扣子，拉上所有拉链，把自己武装得密不透风。

随即换上一副灿烂无比的笑容，屁颠屁颠跑过去，乖乖巧巧地给大老板倒了杯热水。

接着，乖乖巧巧的阳洛天顺从地站在办公桌边，浑身裹得严严实实，垂着俊俏的小脑袋，一声不吭，模样十分可怜。

列衡宇哭笑不得，心里一股子闷气在可怜兮兮的阳洛天面前无处发泄，只得冷言冷语问："当初有胆子伙同詹姆士逃出乔家，就该有胆子面对我。你这副可怜的样子做给谁看？"

乖巧的阳洛天老老实实回答："做给你看。"

列衡宇：……

阳小哥早就领教了自家小白发威时候的恐怖，上次舞会因为一丁点儿事差点儿没把自己剥皮拆骨吞下肚，血的教训。

早死晚死都是死，还不如坦然面对惨淡的人生。

小白问："知错？"

洛洛乖巧地答："知错了。"

小白噎了一口气，冷脸继续发问："以后还有这种事？"

洛洛乖巧而诚实地答："有。"

小白扬起语气，冷声质问："为什么？"

洛洛乖巧、诚实而坦然地答："我喜欢你，不能让你一个人面对困难。"

小白：……

这甜蜜蜜的理由真难拒绝……甜蜜滋味涌上心头，奇异的喜悦冲击着列衡宇精致的唇角，试图软化他故作冷漠的面容。

他知道这是阳洛天小狐狸的脱困招数，可他偏偏十分愿意上当。

与生俱来的骄傲让列大神拼命维护住心头一垮再垮的墙壁，依旧板着一张脸，继续审问"罪犯"："前些日子，瞒着我跑到宋家私会宋浩瀚，给我一个完美的解释。"

这是列大神心头一根刺儿，冥冥之中总觉得宋浩瀚和自家猫咪之间的关系非常特殊……至于怎么个特殊法，他说不出来，像是隔着雾气看风景，模糊不真切。

阳洛天默不作声退后两步，与自家小白保持一定的安全距离。

抬起脑袋瓜子，小心翼翼地开口："我说出来，你不准发火，更不准对我做发火时候做的事。"

这话不说还好，一出口，列衡宇心里瞬间就燃起一堆酸溜溜的火焰。为了套出小猫咪的话，列大神勉为其难地点点头。

于是，阳洛天将老妈安排相亲、对象是宋浩瀚以及用宋浩瀚的身世为威胁终于得以脱困的一码子事儿尽数坦白。

除了没说自己是女孩儿这件事，其他细节要多细就有多细，叽里呱啦说了将近一个小时。

话毕，还不忘做一个完美的总结："现在想想，小爷我真是聪明绝顶。"

一转头，却发现自家小白俊脸上阴霾重重，黑压压的特别瘆人。

相亲、私会、熬夜搜集半点用也没有的证据、逃出乔家、不顾危险卧底核心技术部，列衡宇心头荆棘四起：阳洛天，很好～很好～哼！

阳小哥天真地认为小白在为宋浩瀚隐瞒身世、冒充皇族血脉的事生气，赶紧挥挥爪子安慰道：

"没事，宋浩瀚鸠占鹊巢十年，以后这笔账迟早要算回来。我们掌握了他的弱点，完全不怕他捣乱。"

列衡宇半眯着双眼，幽蓝目光锁着不远处一脸"幸灾乐祸"仿佛捡到宝贝的少年，徐徐开口："我早就知道宋浩瀚的身世。"

"啥？小白你居然知道他爸是那个叫艾伦的外国人？"

"他的父亲 Allen，是哈佛大学的高才生，同样也是宋家嫡系血脉，S 国皇室成员。不然洛洛你以为，他那双蓝色眼睛仅仅是个巧合？"

阳洛天小眉头一皱，没有留意到列衡宇对自己的称呼变为咬牙切齿的洛洛。

她陷入了沉思，为什么宋浩瀚明知这是个圈套，还愿意跳进去？自己以为重比泰山的威胁筹码，其实根本连一根鸟毛都不如。

小白没有必要撒谎，宋浩瀚身上流着皇家血脉……

宋浩瀚那狐狸一定知道，自己不是什么沧河间谍，顶多是中国一家大企业的小公子。相比于庞大到变态的圣华集团，阳氏体育根本不值一提。

可……宋浩瀚这人为何要这么做呢……

为什么要这么做呢？列衡宇心头冷冷一哼，阴沉目光锁住陷入冥思苦想的小猫咪。

这只四处留情、拈花惹草的猫咪，真是欠收拾！

办公椅一动，顾长身影凝成一股暗黑势力慢慢笼罩过来。

阳洛天右眼皮一个劲儿跳啊跳，小白要做什么？

四目相撞，阳洛天一股脑儿抛开宋浩瀚之类杂七杂八的想法，眼下只有一个念头——逃。

她阳洛天一代天骄，天不怕地不怕，所向披靡俯瞰一切牛鬼蛇神。

可就怕自家小白发怒啊……别人发怒顶多揍揍人、踢两脚蛋蛋，可她家小白一发火就要吃人……

吃人啊，擦枪走火的后果相当严重！

尤其是小白这种长时间没吃肉的人，看谁都像一块红烧肉。

"小白，天黑了，咱们睡觉吧，啊呸，您老快去洗洗睡吧，事业为重，呵呵……"

阳洛天吞吞口水，小心翼翼地退了几步。列衡宇迈着修长的腿优雅靠近，雪白灯光落在他棱角分明的侧脸上，忽明忽暗异常邪气，逆光而来像是来自暗夜的食人魔。

敌进我退，退啊退，退啊退……

阳洛天扯扯衣襟，胸口塞着只兔子似咚咚咚跳个不停，再退后就是冷冰冰的巨大落地窗了。小白莫不是要把自己从一百楼给扔下去？

"你答应过不对我做发火时候做的事……"声音低迷，几乎听不见。

列衡宇邪魅一笑："这不是发火，这是爱你。"

话毕，长臂一伸，把阳洛天死死地按在落地窗上，俯身霸道地吻了上去。

唇齿触碰，冰火激烈碰撞，这却是二十二个日夜来第一个真正意义上的拥抱和亲吻。

从危机爆发开始，谁也不敢见对方一面，分离是一件痛苦的事儿，可如果不分离，我们都不会那么清楚地感受到深夜里空洞的思念，只是为你。

阳洛天在理智和情感中挣扎着，两只手被更遒劲的手死死地扣在冰冷的玻璃上。落地窗后便是繁华冰冷的世界，深夜高空飘飞的雨水一行行顺着玻璃往下落，一如她挣扎犹豫、波澜起伏的心境，扑通~扑通~。

她喜欢他，很喜欢。可理智却告诉自己，小白喜欢的是身为男子的阳洛天……

贴在自己身上的男人，侵略性十足而危险莫测，精致蓝眸深沉不见底，阳洛天甚至能感受到他炽热深沉的渴望不断失控，化成唇角永不停歇的刺痛。

抗争的手终于软了下来，毫无力道，不作反抗。

列衡宇抱着她，头深深埋进她的脖颈，哑着嗓子在她耳畔唤了句："洛洛……"

如火如荼的黑客战争已经结束，圣华集团在这一战役中元气大伤，不敢轻举妄动。因而核心技术部一干程序员们暂时得以休养生息。

人闲着，八卦的洪荒之力就来了。

骷髅兄眼巴巴瞅着边上空荡荡的座位，感慨万千，那个风起云涌漆黑如夜的清晨，"洛阳"不仅用高端技术征服了大伙儿，更用史无前例的泡妞技术震惊四方。

程序员们利用网络技术，结合江湖中风行的老板八卦，很快将"洛阳"与传闻中的阳洛天重合在一起。

"胖子，你说小阳是怎么泡上我们老板的？"骷髅兄捂着小心口，迟迟不能接受老板娘在身边的现实，"老板的洁癖症众所周知，小阳是长得挺不错的，不过邋里邋遢脏兮兮，我们英明的大老板怎么就看上了？"

胖子懒懒地敲着键盘，从阳洛天初来之际，他便发觉这少年与众不同。胖子眼前浮现少年清俊不羁的侧颜，那人就像一颗沾染泥土的夜明珠，青天白日下看不出异样，一旦天色暗下来，便是熠熠生辉艳煞众人。

吐一口浊气，胖子扬声叮嘱众人："上头传下命令，核心技术部只有洛阳，没有阳洛天，谁也不准将小阳的身份泄露出去！"

话音刚落，技术部大门轰然一声巨响，一双阴霾十足的眼珠子扫过目瞪口呆的众人。

来人脑袋上扣着黑帽子，一身睡衣，光着脚丫子，偏偏浑身煞气，大步走进，随即转身扣死大门。

一步一个火山岩浆脚印，火气十足地穿过狭窄的行人道，钻进角落空了整整一天的位置。

技术部静得只能听见阳洛天骨头"咯吱咯吱"作响的声音。

众人丈二和尚摸不着头脑，小阳怎么又回来了？吞了几吨炸药似怒气冲冲的。

有些程序员已经开始想象——睡衣、光脚丫、老板、小阳……嘿嘿嘿……

骷髅兄和阳洛天有邻桌交情，在众人炽热的八卦眼神威胁下，骷髅兄试探地问了句："小阳，你……怎么了？"

阳洛天深呼吸，拳头紧捏着，青筋暴起。

另一边，总裁办公室。

坤叔小心翼翼走进办公室，只见暗黑奢华的办公桌上端坐着俊朗的男子，正慢条斯理地翻阅着新送来的议案。

坤叔略带诧异，问道："小宇，你和阿天吵架了？"

刚才阳洛天似乎火气十足地冲出办公室，一路脚底生风，揪出好几个隐藏在角落的持枪特卫，三脚两脚踹飞。然后风风火火地离开，甚至连路过的坤叔都没留意到。

列衡宇淡笑："坤叔，让詹姆士加强核心技术部的安保工作，乔宅那边调取少量精英回来援助。"

坤叔老脸满是困惑，瞧着列衡宇眉眼萦绕微微笑意、整个人神清气爽格外精神，偏偏暴走的阳洛天一身火气……坤叔只叹，年轻人的世界谁也看不懂。

真相却是：

昨夜两人规规矩矩地相拥而眠。

一大早窝在被子里梦周公的阳洛天迷糊之中，听到列衡宇低声吩咐詹姆士派人将自己送回乔宅。

阳洛天瞬间炸毛，吃了小爷豆腐不说，还要忘恩负义把小爷送回去？

阳小哥当即踹被子咬牙切齿表示极度抗议，然而所有抗议在列大神面前都无效。

洛洛极怒："乔宅有什么好的？小爷到哪儿身后都跟着一群保姆，你把我送回去还不如直接涮了我下锅煮汤。"

小白："听话，乔宅才是最安全的。"

洛洛踹被子："胡说，明明在你身边才最安全。华琼老妖婆再牛，也不可能派人把你给一枪崩了！小爷以一敌十个特种兵，这几天当你贴身保镖成不？"

小白目光扫过床上的洛洛，神秘微笑道："贴身保镖——要多贴身？"

洛洛（小白脑子里装的是什么污水）："……总之，你甭想把我扔回乔家！"

小白沉住气，幽幽道："不行，你必须回乔家。"

一句话听得洛洛差点落泪，他堂堂大财团位高权重的老板，身边安保措施能比乔宅差到哪里去？为什么就不让自己待在他身边呢？

他就这么一个人挡住风风雨雨，却让自己待在乔家安心度日……

既然相爱，为什么就不能一起面对挫折？还是他太过自信，认为圣华是他列衡宇的天下？！

阳洛天一骨碌从床上跳下来，三步两步跳到衣冠整洁的列衡宇身边，踮起脚丫子，恶狠狠拽住他的领带，一扯，两人脑袋处于同一水平线。

恶狠狠瞪着那双深蓝如海的眼睛，阳洛天一字一句咬牙切齿警告道："爷郑重告诉你，天王老子都不能把我送回乔家！这几天爷睡在核心技术部，你最好别出现在小爷面前！"

一番豪言壮语后，阳洛天怒气冲冲离开卧室。

列衡宇无奈伸手，理着被揪得一团糟的领带，这只猫咪一旦炸毛发火，总喜欢没命地折腾。

动作顿了顿，目光落在骨节分明的右手上。

轻轻地，右手握成拳，又微微摊开手掌，仿佛指尖还残留着他熟悉的气息。

无声地回答：

为什么要把你送回乔家？

因为你待在我身边，我会分心……脑海里想的全是你……

> 乔英宰的心

乔宅门口银色跑车悠悠停下。

俊朗少年大步跨进大门，丝毫不理会周围全副武装的特卫。

脚步匆匆，风撩起他的一头短发，那一撮儿特立独行的黄毛迎风招展。

老乔赶紧迎了上去："少爷，是否要稍加休息？我这就让人送咖啡来。"

乔英宰随意摆手，擦擦额头冒出的汗珠，目光落在楼上雕花栏杆深处的房间："不用，老乔，阿天她在午睡？还是病了？"

老乔苍老的面孔上划过古怪之色，见少爷目光一直停留在楼上，其中深意不言而喻。只可惜少爷注定要做没有结局的伤心人，阳小哥真心喜欢的是列家那位。

"少爷，阳小哥他身体历来安好，您不用担心。"

这边话音刚落，那边乔英宰已经欢欣鼓舞地奔上楼，朝着里屋喜滋滋踱步而去。

卧室里，木诗诗正百无聊赖地翻着几本精装时装杂志。

装扮阳洛天的日子，天天窝在书房里装腔作势，每天不敢出门半步，这样的苦逼生活何时才是个头？

正忧伤着，卧室大门"嘎吱"一响，匆匆脚步声伴随着富有特色的欢畅嗓音：

"阿天，你小子这几天发霉没有？"

木诗诗翻阅杂志的动作瞬间定住，乔英宰这厮回来了……

乔英宰眼神四处搜索，最后终于在小书房门口瞥见背对着自己的"阳洛天"。扬起唇角，数日不见，他赫然发现自己比想象中更加挂念阿天。

她似乎瘦了不少，借着昏暗的灯光看去，她套在身上的衣服有些松松垮垮，露出衣袖的手腕也细了不少。乔英宰微皱眉，阿天这段日子似乎过得不如想象中安逸，不仅消瘦……似乎还矮小了不少……

乔英宰迈着步子，正要进屋打声招呼。"阳洛天"却忽然开口，"乔英宰，小乔，你别进来，小爷正忙着学习金融常识呢，甭打搅。"

木诗诗背对着乔英宰，神情紧张，眼看着就要露馅，小心肝一时怦怦直跳。脑海里回放着阳洛天的日常。

金融危机还在延续，乔英宰折腾掉大半条命总算圆满完成列衡宇分配给自己的任务，满心欢喜地冲回家想要见见哥们，谁知当头便是一盆冷水。

"看书？"乔英宰扯扯嘴角，抱着手臂，懒懒靠在书房大门边，"老乔前儿和我说你在看金融书籍，我下巴至今都没合上。一个金融白痴居然看金融书，天下奇闻。"

旁人或许被阳洛天金光闪闪的经济管理成绩给亮瞎了眼，然而知友莫若友，乔英宰自然知道阳洛天的水平有几斤几两。

木诗诗心头腹诽，眼珠子一转，压低变声器漫不经心道："我学金融经济管理，还不是为了应对当今局势？"似乎觉得这理由不够打击人，木诗诗模仿着阳洛天的口吻加了一句，"作为小白的贤内助，小爷总不能拖他的后腿。这些书就是再无聊苦涩，我也得一字一句看下去。"

这句话模仿得极有阳洛天的风度，略带不羁纨绔，惟妙惟肖。木诗诗话刚出口，身后的空气顿时僵硬冷冻住。

乔英宰扬起的唇角慢慢垮下，化为淡淡的苦涩，抬起的步子怎么也迈不进这间书房。

是啊，阿天的努力，都是为了列衡宇……

嘴巴张了张，他发现自己像是吞了哑药似，想要如往常一样开个玩笑，却一个字也发不出来。

你喜欢的人一直把你当兄弟，和你说最贴心的话，抱怨最平常的琐事，爱上最无可取代的他人。你就待在她身边，长长久久充当着"兄弟"的角色，默默看她哭着笑着肆意绽放青春，不敢跨越雷池半步……

单恋无疑是生命中最大的折磨。

似乎对乔英宰的心思波澜颇有感触，木诗诗垂着头，白瓷般的脸颊溢满莫名的不安，忍住心头的无奈酸涩，她慢慢劝解道："小乔，我知道你对我的喜欢在意。不过感情的事儿谁也勉强不得，小爷这辈子认定的人是列衡宇，想要拥抱的人是列衡宇。在我心里，你一直是我的哥们。世界这么大，比我好的女孩儿多不胜数，你一定会找到那个适合你的人。"

她的语气轻轻柔柔，丝绸般划过门边人的心。

乔英宰怔怔看着那道陌生又熟悉的背影，阿天她早就知道自己的心思……那种感觉很复杂，就好像寒气逼人的刀子寸寸割开皮肤，除了痛意，还有无边无尽的寒冷……

"阿天……"乔英宰哑着嗓子，俊朗面孔写满悲戚。他怀着最炽热的心回归，她馈赠自己最冰冷的拒绝。

抬起眼眸，乔英宰愣愣看着明暗灯光下的背影，看着，看着，忽然脑海里一道闪电划过。

不对！

"你不是阿天！"

同样的衣物，同样的发丝，同样的语气，可这人绝对不会是阳洛天。

乔英宰记忆里的阿天，敢作敢为，敢于直面一切纷繁纠结之事。

若是一朝发觉自己对她的感情，她一定会笑眯眯拍着自己的肩膀，似笑非笑，似认真似开玩笑地道一句：

"看上小爷是小爷的荣幸，不过小爷心有所属，小乔你赶紧找个姑娘嫁了。"

阳洛天绝不会酸溜溜地开口说什么"世界这么大，比我好的女孩儿多不胜数，你一定会找到那个适合你的人"之类的情话，因为阿天几乎不把自己当女孩儿看……

乔英宰心头微怒，那种被戏弄玩耍的羞耻感油然而生。几乎是冲进屋子，大力揪过"阳洛天"的肩膀。

入眼的是一张精致漂亮的少女脸孔，两只珍珠似的大眼正直直盯着自己。乔英宰手心一烫，松开钳住少女肩膀的手掌。

"你怎么在这里,阿天呢?"

少女娇俏笑道:"这还用猜?阳洛天这个不安分的小姑娘自然是找她的白马王子去了,姓乔的,你还以为阳洛天会规规矩矩待在乔家等你'顺路'来拜访?"

兴许是木诗诗漂亮眼眸里戏谑满满,兴许是被挖出秘密心思的不悦占据心头,兴许是阳洛天偷偷离开让他心塞无奈,所有情绪都化成乔英宰心里升起的一股子火气,他侧身朝门外大吼道:"老乔,派人把这丫头扔出去,以后别让我看见她!"

乔英宰素来脾气温和、开朗乐观,鲜少发怒,这一声吼差点把木诗诗眼泪震落下来。木诗诗秀眉倒竖,她堂堂木家掌上明珠,从小被人呵护爱怜着,哪里受过这种委屈?

木大小姐当即发怒,本小姐整天窝在这屋里都快发霉了,你一来就要把人踢走?木诗诗贝齿咬得"嘎吱"作响,恨不得手上有把冲锋枪,一子弹崩了这个疯子。

纤纤食指顶着乔英宰的鼻子,木诗诗骂道:"你那点儿心思被戳破,就往本小姐身上撒气?乔英宰你是个男人吗!如果我是阳洛天,我也肯定喜欢那位爷,死也不会看上你这蠢货!乔英宰,你醒醒!"

话音刚落,木诗诗瞥见老乔扶了扶镜框朝屋子里查探,那双精明的眼珠子看到木诗诗的时候,似乎并不诧异。

倒是木诗诗保持着清醒,软下嗓子吩咐道:"老乔,这里没有你的事。你只需要记住一件事:阳洛天还好好地待在乔家,不曾离开。"

老乔点点头,目光扫过少爷僵硬的脊背,心头微叹着,少爷遇事容易冲动,倒是这位木家小姐精明通透,可惜郎情妾意不搭边,谁也勉强不了。

轻轻关上书房门,老乔离开卧室的时候也顺带将门关得严严实实,屋子里半点儿声音都透不出来。

木诗诗开口时,并未取下变声器,所以声音依旧是阳洛天的声音。熟悉的嗓音落在

第四章 > 危机四伏

乔英宰耳朵里，字字犀利，耳朵异样地疼痛，心口仿佛被轰出个血淋淋的洞。

乔英宰哑着嗓子，仿佛被抽尽力气般，愣愣走向红木椅，慢慢坐下默不作声。昏暗灯光打在他俊朗的侧颜上，棱角分明，周围的气压似乎都低了……

是啊，木诗诗说得对，换做谁，都会爱上列衡宇……

默默地打开手机，给列衡宇发了一条短信，他知道阿天一定躲在列氏的某个地方，用尽一切方法去帮助列氏脱离困境。

很快，一条信息返回："知道。"

仅仅两个字，乔英宰几乎能够想象出列衡宇掌控一切的王者模样。

手机感知到主人的困顿，慢慢从他的手掌脱离落地。

看着这样颓废的乔英宰，丝毫不能和印象里阳光开朗的少年重合。偷瞄一眼垂头丧气的少年，木诗诗心口莫名一痛，似乎自己的语气有点重了，伤了这个人的心。

一把扯下变声器，清了清嗓子，木诗诗试图扯起一点笑容："瞧你那怂样，不就是单恋挫折吗？本小姐告诉你啊，现在华琼老妖婆还没有输，阳洛天这块香饽饽大家都盯着瞧着，指不定哪天就让人一枪打死。你不是第一护花使者吗？你这苦逼男三号的样子，不知道的还以为你被人始乱终弃了。"

乔英宰弯腰，深深将头埋在膝盖。

他每天念着的人，念着他人。甚至抛开一切，冒着生命危险前往列氏集团……

乔英宰说："这些日子我一直在忙碌着，越忙，越无奈地挖掘自己的脆弱，越感受到宇这个男人的强悍。能够撑起整个财团，能够将华琼的集团死死压制，能够影响西欧各国政治，还能将阿天的心拴住，这样的列衡宇……可望而不可即，我羡慕着、嫉妒着、无奈着。"

木诗诗心头一颤，黑羽似的睫毛轻眨着，眼底水波流转。

这样的乔英宰，可怜得像一只舔舐伤口的独角兽，让人忍不住想要靠近，亲吻抚摸他悲伤的容颜。

灯光幽幽，暗沉无光泽。

乔英宰将脸埋在双手中，低哑着喉咙，慢慢说道："阿天从来没有那么在乎过一个人，我知道这辈子我都没有机会了……连开口说喜欢她的勇气都没有。"

少年嗓音如泣如诉，木诗诗手指紧紧攥着书页，心头顿时莫名酸涩。

木诗诗抬头凝视天花板，在乔英宰看不到的角度，红唇轻启，开玩笑似地说道："看在你这么可怜的分上，既然阳洛天注定不会爱你，那么本小姐暂且决定收留你。谁让本小姐心地善良，拯救流浪宠物是本小姐的分内之事。"

屋子里依旧寂静，乔英宰默然无声。

木诗诗珍珠似的眼睛继续凝着天花板，看古老苍凉的纹理覆盖在白色大理石上，不愿意低头，她怕自己一低头，不争气的眼泪就会掉下来。

穿着阳洛天的衣物，戴着同样发型的假发，有着同样拽酷的语气，可她终究不是阳洛天……

之前木诗诗不明白，为什么阳洛天请求自己暂时伪装成"阳洛天"的时候，自己会毫不犹豫地答应。

之前她是"喜欢"阳洛天的，也曾为未婚妻的身份乐得一夜睡不着觉。那樱花般的少年美好得像是童话里走出来的人物，可后来慢慢发现，对阳洛天的"喜欢"不过是青春年少的淡淡仰慕。

喜欢是心头一喜，爱是心头一痛。

所以看着阳光大男孩乔英宰，会无意识撺掇着让他见木家老爷子，无意识隔三岔五打给他几个电话，她会心头一喜，心头一痛，会答应扮成阳洛天瞒天过海。

第四章 > 危机四伏

谁都不清楚命运的安排，每个人总会在既定的时候遇到那个人，至于是否在对的时间里遇到对的人，谁也不清楚……

这几天外边儿闹得满城风雨，阳洛天慵懒随意的小日子却过得舒畅万分。每天和一大帮程序员钻研黑客技术，时不时玩个巨款PK。

即使那天吵架后，负气的阳洛天再也不肯踏出核心技术部的大门，不过心里会有一种前所未有的满足感。

两人就在同一栋大厦，面对同样的敌人，他在阳洛天触手可及的地方指点江山规划宏图，处于同一片天空下，阳洛天再也没有午夜梦回时候冰凉的空洞感席卷心头。

阳洛天清楚自己的价值，除了脑子里那点儿计算机知识和手上那点儿皮毛功夫，似乎没有其他长处。偏偏被沧河帝企的老总坑得特惨，莫名其妙成了百亿身价的香饽饽或者弹靶子。

所以除了规规矩矩待在小白的羽翼下，别无他法。

"嘀嘀嘀～～"

似乎没有尽头的嘀嘀响声，阳洛天正趴在乱糟糟的办公桌上，合上眼皮正睡得迷迷糊糊。

胳膊被人推了推，骷髅兄尖声尖气冲着阳洛天耳朵叫了句："小阳，醒醒～老板给你打电话。"

一听老板这个词，阳洛天脑海里一个激灵，眯着眼摸索到抽屉里的手机，连屏幕也不曾瞅一眼，直接开了通话键：

"喂，小白……"

那头静了静，随即女人阴恻恻的嗓音穿透过来："臭小子，你叫谁小白。"

阳洛天突然睁开双目，眼里一片浓郁的黑暗，眸光冷锐强硬丝毫没有虚弱之态。她起身，朝隔壁空荡荡的储物室走去。

闭了门，她沉着嗓子："找我什么事？直说。"

女人笑了两声："臭小子，逃跑了几个月，对你妈居然这么不客气。"

阳洛天懒懒眯着眼，背靠着墙壁，仰头望向天花板："我什么时候和你客气过，洛白雪你若闲得慌，我爸在家里洗得干干净净让你玩。"

女人被这话噎得不轻，忍不住骂道："你小子还没满十八岁，满口黄腔。早知道当年就不该让你装扮成男人混日子。想当年，你穿着开裆裤天天跟在老娘后面叫妈妈的时候，甭提多可爱了。现在越长越退化……"

"我挂电话了。"阳洛天微眨着眼，掌心握住的手机出奇冰凉，凉透心底。

洛白雪气得咬牙，无奈道："别挂，臭小子，我在圣华西海岸度假村的咖啡厅。列氏大厦西门口角落有辆车，你小子还不快滚过来参见母后。"

屋子里寂静无声。

阳洛天捂住胸口，数月来被压制住的伤痛记忆忽然涌上心头。洛白雪、阳光华、中国、Ａ市，这些终究要面对的，怎么也逃脱不了。

流淌在血液里那些割舍不下的情感，多年来亲情的疏离淡漠，一朝哪能够改变？

踢开门，阳洛天挑眉望向一众趴在门边偷听的程序员。这群人以为自己和小白通话，瞧那一个个猥琐的样儿。

阳洛天换上惯常的痞子状态，伸手朝众人挥挥爪子："兄弟们，小爷有事出去一趟，你们可得替我打好掩护。"

胖子摇摇弥勒佛似的脑袋："不成，老板特意嘱咐过，小阳你绝对不能跨出技术部的门。不然我们这一年的薪水都打水漂了。"

阳洛天猥琐一笑，众人瞧着阳小哥含笑弑血的模样，心头齐齐扫过一场寒流。

只听得阳小哥温柔地说："爷从天花板钻出去，不走门。尔等如果非要阻止，那么我敢保证：你们不仅没工资，没工作，连老婆都没有。"

妖冶拉风的兰博一道妖红穿过高速公路，驾驶座上的男人修长手指摩挲着黑皮方向盘。

白玉似的指头落在方向盘上，慢慢磨着、磨着，仿佛在触碰宠物的毛皮。偏偏嘴角挂着若有若无的邪魅微笑，鲜红如血的嘴角邪肆上扬。

阳洛天摸摸胳膊抖抖鸡皮疙瘩，身边这妖艳贱货是从哪家红院里溜出来的？举手投足间妖气十足，艳丽却不落俗套，到哪里都是扎眼的货色。

如果知道接自己去海岸的司机是宋浩瀚这妖物，阳洛天宁愿躺在技术部蒙头睡大觉，除了小白谁也不愿意见。

一声不吭，阳洛天闭目沉思，选择无视这妖艳的货。

宋浩瀚转头，副驾驶座的猫咪合上眼睛，浑身戾气收敛殆尽。安静下来的阳洛天，乖巧地垂着头，俊美的脸庞泛着通透的白光，高鼻红唇，靠在背椅上，说不出的吸引人。

阳洛天动动嘴皮子："宋美人，你要再看小爷不看路，今天爷便和你共赴黄泉路，死也要拉你垫背。"

身边人低声轻笑，黑暗鬼魅的笑声散了一路飘在风里。

阳洛天心头腹诽，真当自己眼睛瞎了，不好好开车，整天东瞄西看。被宋美人用这种寒气十足充满诡异的眼神盯着，饶是见惯各色人物的阳洛天也莫名不安。这感觉，恍若无数个记忆片段里，小白抱着自己，眼睛里毫不掩饰的一簇簇火焰。

难不成宋浩瀚这人妖，真的看上自己了？

想到这，阳洛天睁开眼："宋美人，你老爸是 S 国皇室。"

宋浩瀚漫不经心地答:"好像是。"

阳洛天冷哼,什么叫"好像是……"

"戏弄小爷就这么好玩?亏我满心以为揪住你的小辫子,天真地跑去和你谈判,真幼稚。"阳洛天咬牙切齿,"看着我在你面前小丑一样玩弄小把戏,心里是不是一直嘲笑着小爷?"

宋浩瀚自在地点头:"自然。看着小天天你故作聪明,和逗猫一样有趣。"

自以为是的阳洛天,以为胜券在握出现在自己面前,杀气腾腾地威胁自己。那模样,可笑又可爱,让人忍不住生出逗弄之心。

阳洛天:……

手心好痒、好痒、好痒,好想揍揍某些人啊……

一路无言,阳洛天闷着一口恶气。若非即将面对的是自家难缠之极的老妈,她早就一脚踹飞这个闷骚的人。

跑车利箭般穿过高速公路。

蔚蓝的海岸线渐渐出现在眼前,带有淡淡腥味的海风拂过脸颊,与数月不见的人相见,阳洛天心头涌上烦闷与酸涩。

咖啡厅优雅奢华,大概因为经济不景气,客人不多。

戴上黑帽挡住面孔,阳洛天心思复杂,抬头仰望流光溢彩的咖啡厅招牌。

"进去,洛姨在等你。"宋浩瀚不知何时靠近,精致眼角斜飞。他不知道这对母女之间的恩怨纠葛,但至少能确定一件事:洛白雪关心着这个性格乖僻的女儿。

否则,洛白雪也不会冒着危险,费尽周折找到自己。可惜……宋浩瀚凝着她冷漠的侧颜,可惜这个女儿始终放不下心头的结。

"我不知道你和洛白雪达成了什么交易,"阳洛天回头,冷冷对宋浩瀚道,"不过小爷告诉你，你什么都得不到。"

话毕，头也不回地朝咖啡厅内走去。

风中似乎还萦绕着她冰凉的语丝儿，宋浩瀚扶住胸口。

小天天，你的话可真伤人。

谈起洛白雪和阳光华，这对夫妻在中国体坛皆是叱咤风云的人物。

一个是素有铁血女子之称的排球女将，一个是绝命扣杀的网球国王。一个泼辣如火，一个温和有礼，在奥运会大赛上不知怎么就看对眼了，不顾周遭人劝阻走在一起。

生下阳洛天后，正值运动巅峰期的两个运动健将重返赛场，洛白雪更是凭一己之力重振中国排球事业。而一出生便被冠上男儿身份的阳洛天，很快被送到空手道馆，一活就是十八年。

所谓亲情血浓于水，阳洛天看到的不过是平淡的情感。

"发什么呆啊，小子。"茶座对面的中年女子弹弹指甲，"在圣华片区待了快半年，吹了点资本主义软绵绵的风，就不认识你老母我了？"

女子一头黑色精干短发，乌眉秀面，常年风吹日晒，难得还能保持三十出头的漂亮模样。黑亮眼珠含笑望着阳洛天，上扬的嘴角让她俊逸的脸孔多了些罕见的温柔。

举手投足之间都弥散着特有的洒脱不羁，仿佛就是多年以后的阳洛天。

阳洛天往嘴里灌了一口咖啡，随即嫌弃："苦咖啡？"

洛白雪挑眉："不喜欢苦咖啡啊，那你喜欢什么饮料？现在的年轻人似乎都挺中意咖啡之类的玩意儿。"

说者无心，阳洛天心底却是荡漾着淡淡的苦涩。

一个连自己女儿喜好都不知道的母亲……

入口的咖啡渗入五脏六腑，仿佛一点儿苦味都没有。阳洛天平静道："说吧，什么事？"

如果你要把我绑回中国,这如意算盘算是白打了,小爷绝不回去。"

洛白雪差点洒了杯子里的咖啡,诧异地睁大眼,眼前俊俏冰冷的女儿陌生得让她心寒。

"我不逼你回去。"洛白雪勉强挂起笑容,试图伸手触碰女儿的手,却被阳洛天不着痕迹地躲开。

洛白雪瞳孔一缩,强笑道:"阿天,你在圣华地区的事情我听了点儿,眼下金融危机席卷全球,圣华片区那些没事干的贵族集团天天觊觎你的价值,你待在这里不安全。"

阳洛天皱眉,一把扫开桌上的咖啡杯:"洛白雪,堂堂中国女排第一教练,何时说话转弯抹角过?"

话锋犀利,丝毫不留情面,洛白雪诧异地望着自己的女儿。这些年鲜少和女儿相处,却不知何时阳洛天已经长成荆棘遍生的玫瑰。

洛白雪咬牙,美丽脸庞有几分狠绝:"老娘就跟你直说,我查过列衡宇那小子的资料。他为人孤僻冷漠,毫无血性,树敌众多,皇商历来绝情,尤其是这种年纪轻轻权势滔天的皇商(皇商为有贵族血统的商政人士)。待在这种人身边,你一辈子都是苦的。若你执意要蹚这浑水,妈妈希望你留在浩瀚身边。至少浩瀚他,比列衡宇值得托付。"

"扑哧"一声笑,阳洛天指尖的咖啡杯倾倒,黑黄水渍渗入洁白桌布,晕染一大片,空气中瞬间弥漫着香浓的咖啡味。

仅仅因为宋浩瀚是故人之子,就认为他值得我去爱?

在圣华几个月,就数宋浩瀚害自己最多。自己的这位母亲,究竟对圣华贵族圈了解多少……

咖啡的香味浓郁,入口却是一片苦。

洛白雪蹙眉:"臭小子,笑什么?老娘还不是为了你好!商业斗争历来无情,市场经济变幻莫测,你跟了列衡宇过日子,以后还有千千万万个金融危机,我不能让你陷入

第四章 > 危机四伏

危险的深渊。"

面前年轻俊秀的孩子，偏偏带给洛白雪一种难以抵御的错觉——冷血、无情。

"我和列衡宇怎么了？他树敌众多，待在他身边很危险。那我如果娶了宋浩瀚，这人以后注定走上风云变幻的国际政坛，我便不危险了？"阳洛天笑着，扯了一张纸巾，慢慢擦干指头上的咖啡渍。

危险迷离，目光幽深。

抬眸含笑，凝视这位母亲，她一字一句道："你们把我在外放养这么多年，我遇到过的危险还少吗？现在我好不容易喜欢上一个人，你偏要冒出来以狗屁母亲的名义来阻止我，洛白雪，你是不是当排球教练当久了，以为每个人都要听你指挥？"

每句话都是冷冰冰的刀子，锋利精准地插进洛白雪的心窝。

洛白雪难以置信，这番字字诛心的话居然会是自己的孩子口里所出。她这些年忙碌着撑起中国女排事业，还要照料阳光华的日常训练，谁料时光飞舞一转眼就是十八年。

等她和丈夫终于决定退役过清闲日子，这时候才发觉这个放养多年的孩子早已变了模样。阿天几乎已经活成一个男子，玩世不恭，随性洒脱。身边更是时常流连着各色漂亮的追求者。

洛白雪好不容易说服自己，既然孩子"喜欢"女人，她这个当妈的就接受这种年轻人的思想。

于是洛白雪替孩子找了一个漂亮贤淑的"未婚妻"木诗诗，谁知此举居然逼走了阳洛天……更没想到，阳洛天居然逃到万里之外的圣华经济区，各国经济的交融地，寸土寸金的奢华池。

心口颤了颤，洛白雪到底是赛场上叱咤风云的排球女将，承受力也远远超出常人。蹙眉想了想，洛白雪尽量让自己的声音柔和起来，温声劝导："阿天，我知道你还在生我和你爸的气。当年你姥姥的死，天灾人祸，这也无可奈何。你还是听妈妈的话，别再蹚这浑水了……"

女儿与父母之间的隔阂，洛白雪想，或许是八年前那场车祸造成的。否则天下间哪有子女会如此反抗亲生父母……

一定是的，洛白雪安慰自己，阿天叛逆的性子，是八年前的车祸留下的阴影。

阳洛天黑白分明的眼眸锁住自己这位母亲，心口早已经凉透。

她是最合格的排球教练，是最合格的妻子，却是最失败的母亲……

"是啊，我很生气。"阳洛天似叹息似无奈，眼前浮现出当年血淋淋、乱糟糟的一幕幕。低头，慢条斯理玩弄着自己修长的手指头，声音低迷彷徨，空寂如同坟墓似的，讲着自己的故事。

"这些年，我白天在学校和道馆之间往返，晚上一个人回家睡觉。难得姥姥记挂着世界上还有个叫阳洛天的活人，每年会从北京飞到Ａ市看望我几次。

八年前，一个狂妄的富二代胡乱飙车，把姥姥的小车撞翻在人行道，如果不是有人相救，连我也会死……我才十岁啊，就眼睁睁看着姥姥的小汽车爆炸了。前一秒还在和我说说笑笑的人，商量着晚饭吃什么的人，忽然下一秒就没了，真的没了，永远没了，我这辈子再也见不着她了……"

咖啡厅寂寥无人，隐隐有海风穿过竹窗绿叶，送来丝丝腥臭的海风。

少女漫不经心，像个小孩子似把玩着自己的手指头。对面原本泼辣老练的女人，美丽脸庞浮现出复杂、哀戚与不安。

少女还在轻声细语地说着："洛白雪，你知道当时我是多无助吗？在Ａ市我没有一个亲人，我才十岁，我发了疯似的给你们打电话，没人接……你们夫妻俩还在美国，为几块冰凉的奖牌忘我奋斗，为所谓的国家荣誉奋斗。

第四章 > 危机四伏

等你们听到消息回来的时候,姥姥都已经入土半个月了,因为汽车爆炸,她入土的尸体都找不全。哦,对了,你们夫妻大概不知道,害死我姥姥的那个富二代,我在他身上捅了一刀,看着他惨叫,鲜红的血从背上慢慢流下来……那时候我就想,你们不仅不爱我这个女儿,连你们的亲妈都不在乎……什么狗屁亲人,哪比得过你们的体育荣誉事业呢,你说是不是?"

阳洛天静静地看着眼前的女人落下两行泪,心头有种报复得逞滋生的变态快意。

称霸体坛、震惊四方的排球女将,居然也会有眼泪……真是,千古奇闻。

少女还在慢慢说着,仿佛无休无止。

"有一天,你们夫妻俩突然记起世界上还有个活着的女儿,终于回来了。看我活得不男不女,生活一团糟,你们便担忧了,开始关心我的终身大事了,好像我这辈子都嫁不出去似的,又好像让我的婚姻圆满能让你们赎罪。可我还没满十八岁,哦,你可能忘了,再过不久我就满十八岁了。

把我逼到国外不够,还要给我找什么见鬼的未婚妻、未婚夫。我好不容易喜欢上一个人,你还要让我离开他,说什么为了我的安全着想。把我撇开十八年,洛白雪,你有什么资格让我离开列衡宇?"

无声无息,中年女人面色惨白如纸。

唯有颤抖的手指,嗫嚅战栗的嘴唇和滴着大颗眼泪的眼睛泄露了中年女人此刻的情绪。

她一直以为阿天是叛逆,一直以为血浓于水,即使生疏也不会有太多隔阂。

所以当发觉阿天陷入圣华危机,洛白雪夫妇拼尽人脉想要把女儿从圣华的深渊里救出来。列氏和圣华两大财团在当今世上几乎无人能阻,幸运的是,她找到了宋浩瀚,一个有着圣华集团少爷名号、实际脱离于圣华泥潭的外人。

她和宋浩瀚达成协议，如果宋浩瀚用 S 国皇室的力量将阿天从两家斗争的漩涡里解救出来，洛白雪便把阿天嫁给宋浩瀚。她看得出来，这个俊美的故人之子对阿天的爱意，至少这份爱意会让两人有圆满的婚姻。

可是……

一切并不如预期，阳洛天似乎对父母已经完全没了感情。

洛白雪看着这个遥远又熟悉的女儿，愧疚让她不敢直视孩子那双淡漠平静的眼眸。

不知何时，阿天已经长成了独立自强的陌生人，而洛白雪始终把她当成十八年前襁褓里的、没有思考能力只会顺从的婴儿。

眼前水波泛滥，模糊了视线，这个刚硬的女强人心口溃成一片汹涌悲哀。

她这时候才明白，养育孩子和打排球赛不一样，亲情之间没有干脆精良的传球技巧能够挽回失败局势，没有一个能够得分的凶狠扣球能磋磨对手意志。

对孩子付出多少，收获的亲情便有多少，所以……她一无所获。

"阿天……"嘴唇动着，洛白雪眼睛酸涩，却不知道说些什么。

道歉？来不及了。

愧疚？来不及了。

这才记起，很久没听过阳洛天称呼自己一声"妈"……她和丈夫亲手把阳洛天推向圣华片区这个深渊。

静默着，天色已晚。海水开始退潮，留下湿漉漉的沙滩。

夕阳如血，波澜壮阔的红色余晖染红了海水，海天相接的地方是一轮巨大的红日。阳洛天握了握手心，抓不住太阳的余晖。

起身，阳洛天依旧保持着温和的笑容："我走了。"

中年女人踉跄起身，试图挽留："阿天，别这样……我、我……"她试图伸手，那只扣杀排球无敌的手掌僵硬在半空，手腕上洒满了红艳艳的太阳光。

"那么多人要取你性命……你该离开，不回中国也好，去 S 国……"

阳洛天转过头，看一眼这个好像老了十岁的女人，这个曾经意气风发的女强人。阳洛天忽然记起，几个月前的某个时候，一个叫宋任重的男人也曾露出过相同的愧疚表情。

原谅吗……她暂时做不到。

"抱歉，你们夫妻已经消耗了我对你们的最后一点爱。再见。"

如果十八年欠缺的爱能够一朝弥补，谁还会记得一个个寂寥苦涩的黑夜？

今日她抱着最后的几分期待溜出列氏大厦来到这里，原本想着看一眼自己这位母亲，谁料洛白雪依旧我行我素、不明白她的心思……

她这些年过得有多肆意潇洒，骨子里就有多悲哀辛酸。谁都以为阳洛天玩世不恭无法无天，殊不知那只是她独自面对这个陌生世界的保护色……如今，好不容易爱上一个人，又怎么甘愿离开他身边？

洛白雪踉跄一下，双脚一软差点倒地。亏得一双遒劲的手扶住她的肩膀，将她送回柔软的茶座之上，慢慢替她按摩着太阳穴。

洛白雪痛苦地闭着眼，止不住的眼泪顺着脸颊淌下来，心一阵阵绞痛。抽噎着，她喉咙嘶哑："光华，我错了……"

阳光华苦笑着摇头："我们都错了。如果当年坦白告诉母亲，你生的是个女孩不是男孩，或许阿天的命运会回归平常。如果我们能挤出一点时间陪着孩子，或许她不会这样冰冷……"

可怜天下父母心，可惜孩子一直认为，父母没有心……

出了咖啡厅，阳洛天抬眼望向海天相接的远方。

海天一色，天地一色，圣华海边的黄昏是这样鲜红如血，海风里扑鼻的腥味，冲淡了阳洛天脸上长久挂着的笑容。

"戏好看吗？宋浩瀚。"阳洛天捏着拳头，咬牙切齿看着身边美艳的男人，"看着小爷像个小丑一样哭哭笑笑，丑陋得像个发疯的鬼，你心里很好受？"

宋浩瀚微弯腰，徐徐靠近这只重新伸出爪牙的猫咪。微凑近她耳边，轻声道："不，我只是心疼你。"

心疼你独自活了十八年，心疼你孤苦无依强颜欢笑的日子。

如果知道你这些年是如此煎熬过来的，我只后悔没有早点遇见你，让列衡宇钻了空子提前霸占了你的心。

耳畔一阵痒，他呼出的热气悄然吹拂着每一个毛孔，阳洛天本就处于极度压抑的状态。宋浩瀚这一凑上来，几乎就是找打的前奏。

皱眉，反手一拽就奉上了个标准的过肩摔。

咖啡厅前铺地的鹅卵石个个坚硬，宋浩瀚这一摔下去，只觉得整个后背火辣辣地痛，骨头都要裂断般。

宋浩瀚强扯出一抹笑容，龇牙咧嘴站起来，揉着生疼的胳膊，无奈又可气地瞪着这只猫咪……小天天，真是一点也不留情。

"揍我一次，可消解你心头郁结？"宋浩瀚美眸一扬，朝阳洛天送去一个艳煞众生的媚眼儿。

阳洛天俏丽的小眉头皱得更深："如果你要解我心结，那就找把刀子来让我捅两刀。"

宋浩瀚：……

"算了，眼看着天将黑，我送你回去。"宋浩瀚无奈苦笑，"瞧你那可怜的样儿，要哭就哭，非得在我面前硬撑着。"

第四章 > 危机四伏

阳洛天摇头，闪烁的眼眸看向不远处，声音缥缈。

"不用，有人来接我回家了。"

略显苍白的嘴角扬起一抹涩意的笑容，阳洛天静静看着那辆深蓝色跑车从海天相接的地方飞驰而来，像是从另一个世界来临，缓缓停留在自己面前。

车窗打开，露出一张熟悉的脸庞："上车，洛洛。"

阳洛天扬唇，笑得眼泪都快掉下来了。

"好啊，小白。"

他打开车门，将她牵进车里。

深蓝跑车马达响动，逐渐消失在海天相接的远方。

留着宋浩瀚僵硬在原地，海风刮起他鲜红如血的风衣，蓝眼幽暗深晦。

载着她离开的车辚辘仿佛就压在心里，心揪着痛，他伸手抚摸着自己的心口，触摸着胸腔里那颗跳动的心脏，宋浩瀚唇角缓缓勾起，有些心酸叹惋：

"小天天，以前总想着如何弄死你，现在换你用这种方式折磨我了……"

或许从第一次见到她开始，她端着一杯黑咖啡，笑语盈盈地问"我可以坐在这里吗"的时候，她灿若星辰的眼眸落在自己身上的时候，这个叫阳洛天的少女便注定了是自己一生的劫数……

深蓝跑车行驶在宽阔的马路上，太阳落山，天色已经完全暗了下来。

跑车出了海岸，到一处无车辆经过的路段停了下来。

阳洛天吸吸鼻子，伸手攥紧安全带，哑着嗓子问："怎么停了？今晚小爷可不住郊外喂蚊子。"

话音刚落，一双手便把自己捞了过去，落入温暖的怀抱。

"要哭就哭，在我面前不用掩饰。"

"谁要哭啊～小爷比蟑螂还坚强……"虽是这么说，蓄藏已久的眼泪猝不及防地从眼眶里掉了下来。眼泪落在列衡宇手腕上，几乎烫伤了他的皮肤，环住怀里人的双臂不由地紧了紧。

虽然不知阳洛天和父母之间的矛盾，但心爱之人露出如此脆弱的一面，却只让列衡宇心疼、心痛。

郊外夜色寂寂，灯火稀疏。

本以为性子坚强的阳洛天只会哭一时半会儿，谁料窝在自己怀里一掉眼泪就是三个小时，还絮絮叨叨讲述着这些年所受的大大小小的挫折，特别强调了八年前那场车祸……

再刚硬的人，在爱人面前总容易软下心来。

列衡宇俊眉一皱，这只猫咪大有越哭越凶的趋势……

"你再哭，我们就只有相拥过一夜，我可不敢保证晚上会发生什么。"

阳洛天抬起脑袋，一张脸泪渍满满，委屈得像一只饱受摧残的猫咪，列衡宇的心一下子就软了下来……

"你脑子不要想那些有的没的，眼睛长在我脸上，咳咳～我想哭就哭。"阳洛天抽噎着，抹抹鼻子，愤愤将眼泪鼻涕全都揩拭在列衡宇的衣服上。

"不准哭了。大男人哭起来像个女子似的。"列衡宇想不出其他措辞安慰，活了这么久也不曾安慰过人，一时之间居然有些手足无措。

阳洛天擦干眼泪，腹诽着，小爷本来就是个女的……仰头，没好气道："之前跟你告白的那个晚上，被你拒绝后，小爷足足哭了一个晚上。现在就掉两滴眼泪罢了，瞧你那手足无措的样子，啧啧，大老板不会安慰人吗？"

"……不会。"列衡宇诚恳地回答。

"扑哧～不会安慰人？以后小爷日子可苦了。现在好想退货，不要小白你了。"

第四章 > 危机四伏

某小白危险地眯起眸子，深深看着怀里不安分的人："再说一次试试？"他可亲眼看见宋浩瀚那个男人了，哼！

某洛洛不知死活，阴阳怪气地亮嗓子："我——想——退——货，呜呜呜……"

话音刚落，大老板不由分说压了过来，咬着那张犀利的小嘴不放。

郊外夜风习习，漫天星子颗颗璀璨挂在天空，淡绿色的萤火虫从草丛里飞出来，仲夏夜的星空美得让人心醉，空气里一时溢满暧昧气息。

世事错综复杂，这一路荆棘野刺扎破我们的皮肤，磋磨我们的意志。

多幸运有你在身边，一路牵着我的手。

希望未来所有的时光都有你相伴，我们不再孤独。

"嘀嘀嘀～～"

似乎没有尽头的嘀嘀响声，阳洛天如往常一样正趴在乱糟糟的办公桌上，合上眼皮正睡得迷迷糊糊。

胳膊被人推了推，骷髅兄尖声尖气地冲着阳洛天的耳朵叫了句："小阳，醒醒～老板又给你打电话了。"

骷髅兄意味深长地强调了"又"字，忙着和键盘、鼠标谈恋爱的一干程序员们纷纷停下手中的动作，竖起耳朵倾听老板和小阳的对话……

一听老板这个词，阳洛天脑海里昏昏沉沉，眯着眼摸索到抽屉里的手机，依旧连屏幕也不曾瞅一眼，眯着眼直接开了通话键，一不小心把扩音键也给按了下去：

洛洛："喂，小白……"

小白（蹙眉）："还在睡，昨晚没休息好？"

洛洛（义愤填膺）："废话！这里的床硬得像石头，睡在上面简直像是水泥地！"

小白幽幽道:"谁让你昨夜不愿意和我同眠,非得往技术部钻?"

洛洛(义愤填膺):"你还好意思提昨天晚上?亲就亲,手往哪里碰啊,还要偷偷剥我衣服?真以为小爷眼睛哭瞎了,没注意到你手上猥琐的小动作?!如果和你睡一张床,今天小爷就甭想起床了!!!"

小白:……

静默了一会儿,列衡宇望着落地窗外繁华的世界,深蓝眼眸盛满了异样的风华:"等危机结束——"

洛洛:"啥?"

小白:"阳洛天,我们结婚。"

圣华经济政治独立,法律健全,同性恋婚姻早已经合法化。

我们结婚,再也不让你落泪和孤独。

你的喜怒哀乐都由我掌控,我用我的一切为你撑起保护伞,挡住一切风风雨雨。

手机这头,张牙舞爪的阳洛天瞬间安静了下来。

结婚……

"哦。"

仅仅回复了一个字,阳洛天匆匆挂了电话。

发了会儿呆,猛地拿起桌上的冷咖啡,一个劲儿往嘴里灌,越灌身体越发烫,小心脏怦怦跳个不停。

俊秀的脸蛋儿红艳艳一片,唇角忍不住一勾再勾。阳洛天觉得自己心里"啪"地开了一朵花、两朵花、一片花,脑海里不住地冒着七彩的泡泡,每个泡泡里都包裹着一个傻笑的阳洛天。

不过啊,心里还是隐隐担忧着。

第四章 > 危机四伏

小白他爱的是身为男子的阳洛天，长此以往，精明如他，定会发现自己一直骗着他。

低低叹口气，阳洛天目光落在桌前的日历上，再过不久就是她十八岁的生日，踏入另一个新鲜年华——成年。

成年意味着什么？意味着……

默默思考了会儿，阳洛天下定决心在十八岁那一天，向列衡宇坦白一切。

他若不爱，我便离去；

他若不弃，我便执子之手，将子拖走。

打定主意的小阳同学一抬头，赫然发现技术部的大伙儿都用震惊乃至崇拜的眼神瞅着自己，一双双眼珠子诡异无比。

刚才扩音器无意间被打开，所有人都把两人的对话一字不漏地听了去。

骷髅兄比了个痛心疾首的手势，替大伙儿总结了一句："老板凶猛，小阳你一路走好~"

阳洛天：……

詹姆士铁板似站在办公室门外等候。

半晌，自动门打开，老板一身黑色西装出现。单手插在裤袋里，俊朗的脸上挂着若有若无的笑意。

詹姆士迟疑了一下，上前一步道："老板，决策会议已经准备好了。"

列衡宇淡淡点头，迈步朝着偌大肃穆的会议室走去。

那条通往会议室的走廊明亮而奢华，黑琉璃地砖反射着从天空渗入百层大厦玻璃墙壁的阳光，他踏在一片细碎光亮之中，步步似有深深脚印留下。

这场波动世界经济局势的战役，埋藏了两代人的恩怨，将由光亮之中的男人亲手完结。

女秘书沉着面孔，泛着寒光的高跟鞋在冰凉地面步步踩过。

自动感应门打开，女秘书白漆刷出的一张脸不见任何波澜，古怪而死气沉沉。

女秘书看了一眼总裁宝座上的中年女人，未至一月，这个中年女人似乎苍老了十岁。从最开始的斗志昂扬，到最后的苍老崩溃，还不到一个月。

素来注重仪容打扮的华琼，几乎已经变了模样，颧骨高高凸起，眼珠子略微显灰，粉底也掩盖不了蜡黄的肤色，一张脸像是脱了水的木头，丑态毕现。

"总裁，这是新送来的财务报表。"女秘书弯腰，轻轻将数据表搁在华琼办公桌上。从数据表中抽出一张加盖红印的纸张，女秘书淡然继续道："这是联合国送来的律师函，总裁请过目。"

话毕，女秘书再次弯腰，随即离开。

刚出了总裁办公室两步，屋内传来撕心裂肺的吼叫，痛苦、压抑、不甘。

女秘书僵硬的脸孔终于有了几分波动，飘过几分同情。

这三天，列氏集团发动了最后的攻击。

圣华集团掌控的股市崩盘大跌，场外融资爆仓，先跌停的股票卖不出去，A股市场大面积跌停。圣华集团一夜之间蒸发20亿，这在金融危机中，无疑是致命的打击。

以列衡宇为代表的新经济力量，用蓬勃的实力逐步压榨华琼这些老人。历史的洪流滚滚向前，蕴含无穷新生力量的新经济体制已经是当今时代的主流。

谁都看得出来，圣华金融特区两家独大的局面已经改变，列氏财团凭借强有力的领导核心和充足的融资，慢慢抽干圣华集团的血液……圣华集团要想咸鱼翻身，除非列衡宇死、列氏融资链断、华琼得到大量资金，然而，这几乎是不可能的事情。

列氏那位犀利果断、冰冷狠绝的首席，斩草除根，已经搜集了大量华琼做空市场、恶意破坏经济的证据，等待华琼的，将是国际法庭冰冷的审判。

第四章 > 危机四伏

圣华大厦，底层车库。

"小姐，老爷让您赶快回家。"

保镖恭恭敬敬道，面前的女子却不为所动，身子靠在冰冷的车门上，双手抱拳，美丽脸庞划过几分狰狞。

宋荟乔齿狠咬着嘴，几乎要渗出血渍。

"还以为华琼这老女人能有多厉害，结果却是个白痴一样的女人！我把那么多黑客精英送给她，结果反被列氏弄崩溃了网络！我爸投入宋伊服饰大半资金帮华琼拖垮列氏，结果才几天就被股市蒸发！"

保镖静默着，他最近已经习惯自家小姐的暴戾，曾经那位温文有礼的小姐似乎就是错误的记忆。

"不过，"宋荟乔美眸一动，波光粼粼，眼前浮现出少年淡漠绝世的模样，"华琼的敌人是宇，我的宇是那样强大的男人，又怎么会轻易输给华琼这个女疯子。"

宋荟乔脸上红晕阵阵，这样优秀的男人，也只有她宋荟乔才配得上。

车库角落里微响，保镖瞬间警惕起来："谁在那里！"

宋荟乔皱起眉，车库阴暗，光线微弱，她一心想着圣华的事儿，居然忘记了这是车库。如果刚才自己的愤恼之词被人传了出去，她精心塑造的名门淑女形象岂不大打折扣？

昏暗中走出一道人影，周身溢散着薄薄的寒意。

少年一头黄毛，面容俊朗苦涩。宋荟乔暗自松了一口气，亏得是莫风这个傻小子，只要简单糊弄过去便好。

宋荟乔脸上挂起照常的迷人笑容："是莫风啊，你在这里做什么呢，不是来找我喝咖啡的吧？不过今天我有点事儿，换个时间才行。"

莫风苦涩一笑，原本人见人爱的娃娃脸染上淡淡的悲哀。眼前的少女依旧美丽、优雅、高贵，但是早已经不是当年那个回眸一笑让莫风终生难忘的白天鹅了。

她原本晶莹剔透的七窍玲珑心，不知何时已经丑化，丑得让莫风不敢直视。

那日躲在乔英宰办公室里偷听，今日在角落倒车时无意间听见她的话，现实如刀子刮着莫风单纯的心，告诉他世界并非美好。

莫风努力扬起笑容："荟乔，我要回澳洲了。"

宋荟乔故作讶然，看到眼前人呆萌的模样，猜测着自己刚才的话应该没被听到。心情再一次放松，于是继续故作哀愁地问道："什么时候？我去送你。苍穹乐队可不能没有你这只小可爱呢~"

莫风眼睛里有一种晶莹的液体摇摇欲坠，要是以前，他听到荟乔如此温柔相待的话语，定会乐得几天几夜合不上眼。

可是……宋荟乔还在装吗？还要装到什么时候？还是她一直以为，莫风就是那个成天打游戏、四处溜达、头脑简单永远长不大的富家公子？

"9月初回澳洲。"莫风镇定心绪，看着眼前美貌的少女，"等宇和阿天订婚仪式结束后，我就回去。"

不出所料，莫风在宋荟乔脸上看到近乎崩溃的神色。就好像一张漂亮精致的面具，终于裂开了一条缝。

"订婚！"宋荟乔尖叫，太过难以置信，精致妆容几乎扭曲，"不可能，你胡说！"

怎么可能！列衡宇只能是她的，谁也不准抢走！

这一刻，莫风觉得宋荟乔像一只披着美艳皮子的魔鬼。莫风静静回答："昨天我去见过宇，他打算在阿天生日那天举行订婚仪式，半年后正式举行婚礼。"

话音刚落，几乎疯狂的宋荟乔已经回到车里，跑车横冲出车库。

灯光昏暗的地下车库，静静留下一道长长伫立不动的影子。

莫风像一根柱子一样，逗留在原地。那日隔着一面墙壁偷听，他心里还有点残留的希望，或许荟乔只是一时糊涂。

如今面对面撕破脸皮，莫风苦笑着发觉，自己才是最糊涂的人。

少年初生的懵懂爱意，灰飞烟灭……

圣华片区的经济几乎是世界经济的风向标，颓废的经济正在用缓慢的速度自动恢复。

这场波澜壮阔战争的胜利者已经清晰明确。

生活似乎已经归于平静，西苑别墅里温馨简单的小日子已经重新开启。

早餐桌上，阳洛天一边往嘴里塞东西，一边瞅着手机上新发布的财经消息。

对面的"贤妻良母"小白正慢慢翻阅着陈旧的琴谱，思索着订婚仪式的准备事宜，余光偶尔瞥向对面的少年，眼底掠过淡淡暖意。

危机尚未完全解除，列衡宇需要先安排订婚仪式，向整个片区宣告阳洛天的未婚"夫"身份，顺便灭了某些野花野草不该有的心思。至于一生一世仅此一回的婚礼，凡事挑剔的列大神自然要精心准备面面俱到，婚礼暂时定在半年后盛大举行。

"啧啧，听听这些记者的描述，"阳洛天咽下一口面包，"嘿嘿"笑道："吸血暴君强力挽救经济；圣华集团遭受血腥碾压；列氏帝国版图展开。不看内容只看标题，还以为是写大型魔幻武侠剧呢。"

谁能料到一个不到双十年华的少年居然撑起了圣华的半边天？而这个人还是自己看上的对象，那股子难以言喻的骄傲让阳洛天不禁眉飞色舞，小俊脸满是沾沾自喜。

想起这些天禁闭般的日子，阳洛天又笑嘻嘻说："小白，其实你根本不必派那么多人保护我。哪有光天化日下杀人的事儿？圣华好歹法律健全，又是超级经济区，警察持证上岗总有点能耐的。"

列衡宇顿了顿，这小子当真是好了伤疤忘了痛。

沧河帝企那位总裁莫名其妙给了阳洛天百亿的身价，名义上似乎是让阳洛天在这片地区有个巨大的金钱保护伞，实际上在敏感的时候，价值越高越危险。

更何况，作为列氏总裁的"男朋友"，阳洛天几乎已经是个移动的活靶子。

乔宅不止一次遭受过武器暴力攻击，伤亡人数不少。唯独宅子内，被重重保护的阳洛天毫不知情，还以为皇帝般的小日子顺风顺水……

也罢，列衡宇想，以后的日子里，所有的黑暗风波就让他挡住，阳洛天只需要无忧无虑地活在灿烂阳光之下。

边儿上无忧无虑的阳洛天还在絮絮叨叨，搁下手机，托着下巴继续发表言论："还有啊，小爷拳脚功夫丝毫不逊于詹姆士这样的彪形大汉，以一当十绰绰有余。以后我一定好好保护你。"

关于阳洛天的身手，列衡宇有几分了解。从数月前空手道大赛上的力挫群雄，到银行劫案时候表现出的冷静理智，被绑架时果敢狠绝的气势，这少年身上似乎有种不同于普通武者的气质，或许可以叫作杀气。

列衡宇优雅地饮一口咖啡，眸光闪烁温柔："如果可能，我倒想见见你的师父。一来感谢当年他对你的救命之恩，二来想请他见证我们的婚礼。"

至于阳洛天的父母，列衡宇从未将这两人纳入婚礼考虑行列。

对亲生孩子几乎不理不问十八年，让他的洛洛失去亲情苦涩了十八年，这样的岳父岳母着实让列衡宇不喜。

虽然他列衡宇幼年不幸丧母，被迫离开宋家，但至少身边有坤叔和列家长辈细心关照，还能有几分温暖留在身边。

阳洛天挠挠脑袋，脸上偷偷染上几分红晕，故作镇定地咳咳嗓子："我师父她历来挺忙碌，职业也挺隐秘的……"

"什么职业？"列衡宇颇有几分兴趣，凝神想了想，"依照你的身手推测，他应该是从事军职、保镖或者体育运动方面职业的男人。"

阳洛天特别不自在地摸摸鼻头，眼珠子骨碌骨碌转，瞧自家小白一脸感兴趣的模样，赶紧澄清："咳咳~那个小白啊，我师父她是个女的……"

列衡宇：……

列大神眼前不自觉浮现出一个浑身肌肉疙瘩、八块腹肌、面色狠辣的中年拳击女人模样。能教出如此剽悍的徒弟，这个女师父必定不简单。

"离结婚还有半年，我再私下找师父谈谈，她应该空得出时间。"

早餐在你一句我一句的唠嗑中终于结束。

阳洛天试图帮忙刷碗，被列衡宇一脸嫌弃地扔在客厅沙发上，自己则贤惠地回厨房收拾碗筷。

"收拾一下，等会和我去东郊列家庄园。"厨房里传来列衡宇清淡无波的话。

在沙发上软趴趴躺着的阳洛天一个激灵，脑子里迅速做出推算：

东郊——列家——庄园——陵园。

小白要带自己去列氏陵园？面见列祖列宗？

阳洛天扬起嗓子问了句："小白，语嫣阿姨喜欢吃什么啊？等会咱们顺路给她捎点。"

厨房里的列衡宇，露出清淡的笑容。

"少爷，您和莫风少爷该吃早餐了。"

老乔轻声叩门，良久无回应。老乔面露担忧，从知道阳小爷要和那位订婚的消息后，少爷整天把自己关在屋子里，死气沉沉。而昨夜，莫风少爷不知受了什么刺激，半夜跑到乔宅，两个大男人哭哭笑笑，谁也不肯见。

"少爷？我派人把早餐送进来，可好？"

依旧没有得到回复，老乔微叹一口气，打开门，指挥女佣们将早餐一一送进去。

屋子里轻飘着淡淡的酒气，老乔皱眉，目光落在微闭的卧室。印象里的少爷，品行端正、作风优良、阳光爽朗，鲜少喝酒过度。

看来这次阳小哥的订婚，对少爷打击颇大。但愿一次宿醉，能够让他正视现实，毕竟乔家唯一继承人未来的路，还很遥远漫长。

老乔带着用人们悄悄退了出去，一切又回归寂静。

卧室里，莫风裹着张毯子，蚕茧似缩在屋子角落里沉睡。而红着眼珠子的乔英宰痛苦地揉着太阳穴，一股子深沉的睡意慢慢涌上来，促使他眼皮沉重，终于合上了眼睛昏睡了过去。

明天她十八岁了。

阳台上搁着一只空空的玻璃酒瓶，清晨初阳洒下细腻的阳光，那只玻璃酒瓶晶莹剔透，却是莫名地寒光四射。

忽然一阵猛风灌了进来，雪白的窗帘纷飞飘扬，像极了送丧时人们扔向天空中的白色纸钱。

那只玻璃酒瓶不堪风力，左右摇晃着，"啪"地从阳台滚下，碎成一地刺亮的玻璃片……

"对不起，少爷，总裁吩咐过不见客。"

女秘书冷冷开口，将来人挡在总裁办公室门外。

股市大跌、律师函发出后不久，宋任重曾经和华琼有过短暂的交谈。那天之后，华琼就直接吩咐不见宋家的任何人，包括少爷宋浩瀚。

第四章 > 危机四伏

女秘书至今记得，华琼总裁脸上那种狠绝、冰冷无畏的神色，让人不寒而栗。

穿红色风衣的男子挑眉，惊艳的脸庞划过淡淡的讽刺："哦，是吗，难不成我这位母亲发誓和宋家断绝关系了？"

女秘书沉默。

宋浩瀚冷哼一声避开女秘书直接推门而入。

"少爷，请别——奇怪，华总呢？"

宋浩瀚瞧着空无一人却颇为凌乱的总裁办公室。纸张四处纷飞、办公用品一团糟，仿佛经受过暴力摧打。

黑色皮鞋踩过一地碎纸，宋浩瀚走向黑色奢华的总裁办公桌，曾经这里坐着个盛气凌人、果敢狠绝的女强人。如今濒临失败，居然会疯成这样……

修长如玉的手指缓缓扫过桌面上残留的几张文件，宋浩瀚眼底满是讽刺。

简单看了看总裁办公室的"动人风光"，宋浩瀚优雅负手，转身离去。

出了圣华大厦大厅，看着天色，似乎已是正午。原本晴朗清澈的初秋天空，不知何时已经从四面八方笼罩上乌黑的云，空气压抑，压得人呼吸停滞。

纵眼望去，仿佛鳞次栉比、车水马龙的城市都被压在未知的乌云里。

宋浩瀚心头微叹，想来老天也是个通情达理的神，知道自己心情低迷略带忧伤，便送了些乌云来应景。

红跑车慢慢行驶在路上，宋浩瀚侧头静静看了一眼副驾驶座，不久前这里坐着一个倔强的少女，而明天就是她的订婚仪式了……

修长手指触碰猩红的嘴角，宋浩瀚美眸涟漪阵阵，真想明天把她给抢走。不过依照小宇那护崽的心态，估计圣华湖边的订婚现场，已经安排好了最周密的特卫……

要不今天去诱惑下可爱的小天天？宋浩瀚勾唇，心头一片苦涩……

忽然，一道闪电划过宋浩瀚的脑海。

跑车"嘎吱"尖叫停在路面。

不对！

不可能！

宋浩瀚瞳孔霎时弥漫出诡谲的黑暗，他闭上眼睛，精密头脑回放着总裁办公室的每一个细节，总裁办公室——混乱的纸张——办公桌上的文件——凌乱？

最后思绪停留在办公桌上某张纸上。

那是列氏集团总资产分析表，上面有人用鲜红的笔触在末端划了一个向下的红色箭头……笔迹勾勒出的箭头像一把染血的红刀，狠狠挖着宋浩瀚的心脏。

他居然忽略了！

华琼是那样骄傲的一个女人，即使是死，也要拉上人陪葬！

宋浩瀚心口蓦然刺痛，死一样的灰暗涌上心头……

初晴的天空忽然暗了下来，天空堆积着暗沉的乌云。

谁也不曾留意到，东海岸海天相接的地方，一架银色私人飞机穿透乌云，终于降落。

飞机上匆匆走下数道精干的黑色身影，谁也无心观赏海岸亮丽的风景。

为首的男人取下墨镜，一双俊逸桃花眼望向前方繁华依旧的城市，心头无声轻笑。

"走，救人去。"男人漫不经心，低沉而富有磁性的嗓音一如海浪抚岸。

"是。"数道黑影答。

八月末，樱花树叶还未凋谢，绿影婆娑的枝叶守护着树下一方安静的坟墓。

一湾清澈溪水从白色大理石边流淌而过，发出轻微的优美响声。

远远从地平线那边出现一辆深蓝法拉利，车门打开，一道白色娇俏的身影流畅地跳了下来。

阳洛天以手当篷，眯着眼朝四周看了看，又抬头望了望天。

"小白，你家墓地真大～依山傍海的风水宝地，哪天我死了，你也把我埋这里。"

列衡宇淡淡瞥了眼阳洛天，蹙眉，低头狠狠在那胡乱说话的小嘴上咬了一口，随即正色警告："才十八岁，整天把死挂在嘴边像什么样？你若再提死，别怪我不客气。"

阳洛天红着脸，避开某人火辣辣的眼神，赶紧聪明地转开话题。指尖朝东边戳了戳，"是那里吗？"

"对。"列衡宇蓝眸深深，唇角勾起清浅的弧度。

十指交叉，他牵着她的手，朝着那方白色大理石步步走去。

深蓝跑车留在绿色国槐树之下，微风吹来，浅绿草丛摇曳晃动，绿色交织着深蓝，变幻莫测得像一幅流动的画。

天空掠过一只白色的海鸟，经过这棵国槐树时，突然调转了方向……

鞋子踩过白色大理石，阳洛天眼前出现一方精致优雅的墓，樱花树翠绿的树叶摇曳在石碑之上，温柔得像是守护珍宝的神。

石碑上镶着黑白照片，照片上的列语嫣年轻、美丽，笑容温和。

阳洛天侧头看了一眼陷入沉思的列衡宇，单薄的精致深蓝风衣穿在他身上，衬得他愈发俊逸。

阳洛天蹲下身，从容地把带来的长木匣子打开，取出事先准备好的紫砂茶杯、小热水瓶、茶包。

茶叶入杯，热水冲烫，阳洛天小心翼翼将三杯茶搁置在墓碑供石上，氤氲的大红袍茶香逐渐溢散在暖风之中，沁人心脾。

忙活完这一切，阳洛天这才退回到伫立不动的列衡宇身边，看他眉心暖意融融，温柔且安心。

清清嗓子，阳洛天郑重其事拉着自家小白的手，对那方石碑说道："语嫣阿姨，您就放心把儿子交给我吧。虽然他这人脾气古怪、冷漠无聊、腹黑狡诈、偶尔傲娇又白痴，但我一定会全心全意爱他、保护他、绝不让他受到任何伤害。"

列衡宇微皱起眉，听着这一番霸气十足又古怪的话，哭笑不得。

手心被轻掐了掐，列衡宇回过神来，不明所以地望向阳洛天。阳洛天动动嘴角，压低声音道："当着亲妈的面，你也说点什么啊，别老发呆。"

列衡宇一愣，随即松开牵着阳洛天的手，示意阳洛天转过身子背对着自己。

阳洛天眨巴眼睛，低头看了看余温尚存的手掌，这人打算避开小爷和语嫣阿姨说悄悄话？心头虽然古怪，但还是规规矩矩转过身子，不过耳朵依旧高高竖起，打算偷听。

默了一会儿。阳洛天听见微乎其微的窸窣声，手指被人轻握住，一丝凉意从无名指指尖滑到指根。

阳洛天不由呆滞，随即唇角扬起，俊秀面容因为一抹肆意的笑容，笼上一层明艳的浅光。

温暖从背后层层包裹住阳洛天，那人从背后抱着她，将下巴轻搁在她肩头。温柔、磁性的声音让人着迷："当着我母亲的面，接不接受？"

阳洛天伸出右手，举向天空，无名指上小小精致的银戒轻泛着迷人、永恒的银光。

那股暖暖的幸福感从心底蔓延，两只戒指，两颗爱恋的心。

"接受。"

话音刚落，唇角蓦然一阵湿润的温暖。

唇齿相接，独属于两人的幸福温柔缱绻。

十指交叉，两人牵手离开。

樱花树上层层叠叠的绿叶摇曳生姿，婆娑树影落在大理石墓碑上，轻轻摇摆着，无声叹息。

三杯冒着热气的茶逐一摆在供石之上，忽然一阵大风从东边吹来，最右边的茶杯"砰"地倒地，散开一地温热茶水，像血一样四处流淌……

阳洛天一路低着头，两只眼睛不住瞅着右手无名指上的银环戒指，笑得嘴角都快咧到耳根子后面了。

"小白，答应我一件事好不好？"阳洛天揪住列衡宇的风衣衣角，笑嘻嘻盯着眼前的人。

列衡宇顿下步子，"说。"

阳洛天心头小小忸怩了一下，随即黑亮眼珠子炯炯盯着面前人："明天我生日，我会告诉你一个小秘密。听到这个秘密后，你不准生我的气，更不准抛弃我！"

这是藏在阳洛天心里的最后一点担忧，如果明天向他坦白自己的性别。高傲如他，能否接受这个女扮男装的阳洛天？

列衡宇心思微动，他很早就察觉到阳洛天心底埋藏着某个不为人知的隐秘，他不主动过问，就是等着有一天阳洛天亲口对自己坦白。

看眼前的少年虽是笑意满面，眉宇中依旧隐藏着淡淡的顾虑。列衡宇颔首，眼底一缕精光："好，我答应你。"

心里再补充了句，如果这个秘密让人太过生气，他可以尝试用其他特殊的、羞涩的、期盼已久的暧昧方式来泄气。

阳洛天得到承诺，压在小心肝上的石头总算松了几分。踮起脚，在小白右脸颊"吧嗒"亲一口，乐呵呵地牵着小白的手爪子往停车的地方走去。

深蓝法拉利安安静静在原地等候着两位主人。

驾驶座上，列衡宇捻起落在方向盘上的翠绿国槐树叶，抬头一看，原本晴朗的天空不知何时已经密布上层层乌云，层层堆积，越来越厚重。

郊区天气变幻莫测，尤其是近海的地方。不久之后，这里将有一场倾盆大雨。

阳洛天也留意到天色的变化，皱起俊俏的小眉头。

"詹姆士他们在沿海高速路口，我们得赶快和他们会合，瞧这天气似乎又是大雨。"阳洛天说。

深蓝跑车奔驰出列家陵园，天空已经渐渐阴沉下来。

车还在行驶着，历来第六感超强的阳洛天，忽然有些莫名的心悸与不安。

她眼睛忍不住四下张望，在车内临时集物盒里看到一丝绿影。凝神一看，那是一片绿色的国槐叶……

国槐叶。

绿色的……

夏末时节，车里掉进绿色树叶……

> "死别"

阳洛天心脏顿时一紧，几乎是脱口而出："快！最短时间内和詹姆士他们会合！"说话的同时，阳洛天飞快将列衡宇和詹姆士联络用的通信器打开，却发现按钮无故失灵！

列衡宇几乎同时发觉异样，压低声音道："别怕，还有五公里就能和他们会合。你先试着用手机联系其他人。"法拉利不断加速，速度盘上的指示红针向右滑动。

"好。"

阳洛天掏出手机，但是她手机里没有詹姆士的手机号。咬牙，只得给小乔打电话。

"嘟……嘟……嘟……"

不知为何，素来通话声仅响一声就接电话的小乔，今日似乎睡着了般，十几秒内都无人接。

乔英宰的确睡着了，陪莫风喝了一夜的酒，第二天几乎在暗无天日的昏睡中度过，因此也错过了人生中最生死攸关的电话……

阳洛天眉头越锁越紧。不对劲，超强的第六感告诉她，不对劲！

如果她是那个对车子动手脚的人，绝对不会简单只破坏小白的通信器！阳洛天强迫自己镇定下来，不对劲！

藏在暗处的敌人必定会想办法杀了她和小白，而我们必须加快车速和詹姆士会合！

等等？

加快车速……

车速加快的同时，马达温度也会骤然提升，如果被安装了感温炸弹……

阳洛天瞪大眼眸，不顾法拉利在高速前进，用毕生最快的速度打开车门，扯开列衡宇的安全带，使劲把他推出车门："快逃！"

列衡宇瞬间反应过来，伸手揽住阳洛天，两道身影滚出飞驰着的跑车。

与此同时，惊天的爆炸声轰然响起，烧焦的碎片炸裂四散……

不远处，隐藏在楼阁之中的望远镜正在窥伺着。

跑车爆炸声响在耳畔，黑红色的烟火徐徐上升，化成一片黑烟。

手持望远镜的白皙手指满意地放了下来。

"做得真不错，不愧是特种兵出身心狠手辣的苏家老爷子。"华琼红唇微勾，露出数天来第一个真正发自肺腑的笑容。

华琼身边的老人，脸上皮肤干枯如树皮，身子骨消瘦却也精干，此人正是几个月前制造银行劫案,最后潜逃的苏家老爷子苏霸天。长期的逃亡让他眉眼锋利阴狠,戾气十足。

苏霸天狰狞一笑,脸上的刀疤愈发可怕:"列衡宇这小子历来狡猾,亏得他将大部分人手留在圣华湖的订婚现场负责安保,今日跟来的只有詹姆士那几个,否则我们哪有良机杀死这两个人。"

灭族之仇,让他成为众矢之的,这笔恶账他苏霸天必定要还给列衡宇和阳洛天!他带着苏家最精良的人手,逃开国际警察的追捕,偷偷潜回圣华躲在华琼的羽翼之下,为的就是有一天能够报仇雪恨。

华琼笑道:"放心,剩下的事情交给我。列氏集团群龙无首,现在该我来慢慢压榨这个刚获得胜利的财团了。事成之后,五五分成,我华琼说到做到。"

"好!华总果真是爽快人。"

苏霸天爽朗大笑,一张黑瘦干枯的老脸舒展不少,活似松垮的树皮。

一名正在探查的手下匆匆走近,面带不安:"报告,爆炸现场似乎看到人影。"

华琼秀眉一蹙,艳丽脸庞看向苏霸天。

老头子冷哼:"我的爆炸设计独一无二,不过为防万一,我还是带人去看看。华总,您先离开这里。"

恍惚有那么一瞬间,阳洛天以为自己回到了八年前的 A 市。

同样的爆炸声,同样刺痛的心脏。

脑袋里昏昏沉沉,巨大的冲击力将两人撞开,马路边是碎石与野草交杂在一起的斜坡,她感觉自己不断地翻滚着翻滚着,胸口闷沉,思绪混乱。后脑勺被人用手掌保护着,天旋地转间从碎石杂草堆里碾过去……

直到有温热的液体落在脸上,浓郁的血腥味慢慢充斥鼻翼,她才缓缓睁开眼。

第四章 > 危机四伏

眼前是宽阔的胸膛,他用结实的肩膀,死死护住怀里的人,替她挡住爆炸的冲击、纷乱的碎石……

脸上温热一片,她怔怔扯出手掌一抹,白皙掌心里是触目惊心的一片血红。

那一刻,她几乎忘记了呼吸,眼前一片空白。一切好像是虚幻的梦,不久前他们还牵着手走过青葱草地,不久前他还镇定地谈着订婚事宜……

血,列衡宇的血……

阳洛天缓慢地、小心翼翼地从他怀里离开,踉跄着跪倒在他身边。

深蓝色风衣破破烂烂,有烧焦的痕迹,有碎石穿透的痕迹,有滚滚而出的鲜血渗透布料,乌黑鲜红一片,刺痛了阳洛天的双眼。他原本俊美无瑕的脸此刻已经是血迹斑斑,眼睛合上,似乎永远不会睁开似的……

唯有那微微、淡淡的脖动脉跳动,昭示着他尚在生死边缘游离。

"小白……你醒醒,醒醒……"阳洛天哑着嗓子,不断地呼唤他,渴望看到他深蓝如海的眸子,然而他就这样躺着,毫无声息,那种前所未有的恐惧狂风暴雨般冲击着阳洛天的心神。

阳洛天使劲咬着自己颤抖的嘴唇,将眼泪逼回眼眶,强忍住心头针扎似的剧痛。

用最轻的手劲,将他四肢舒展开来。胸膛血液密集,阳洛天忍着眼泪仔细一看,白色的骨头,鲜红的血肉……原来他胸前的肋骨断了一根,断裂的骨头直接刺破皮肤,生生血淋淋地露在外面。

她被保护着安然无恙,他骨断血流昏迷不醒。

"白痴,列衡宇你就是个白痴……"滚烫的眼泪落下,阳洛天死死咬着嘴唇。伸手扯开布料,将列衡宇身上几大动脉裹住,至少不会流太多血液。

她不敢妄自搬动他的身体,没有担架,没有药,没有人手……

那一刻,她从未觉得自己如此弱小不堪,连最爱的人都保护不了。她一直以为,她的小白无所不能,像神一样护着、爱着自己,她在保护伞下肆意无畏地活着,以为一切都是理所当然。现在才知道,原来他也有可能生病、受伤,甚至是死去……

远处传来窸窸窣窣的响声,阳洛天耳朵一动,赶紧起身查看。

谁知看到的却是苏霸天苍老阴森的一张脸,呼救声卡在喉咙里。

阳洛天忙不迭蹲下身子,喘着粗气,借着杂草堆藏住自己。苏霸天出现在这里,她已经明白了事故的缘由。

阳洛天保持着最后一点理智,从怀里取出尚还能用的手机,指尖在屏幕上飞舞。几秒钟后将手机轻放在昏死过去的列衡宇身边。

绝对的恐惧反而让他保持了绝对的冷静,阳洛天换了个人似的,冷着一双眼眸,脑海里精明地推理,跑车爆炸声音巨大,詹姆士他们应该察觉得到异样,估计已经在赶来的路上。

现在,最重要的是拖延时间。

苏霸天已经逐步逼了过来……

阳洛天半跪着,带血的双手轻抚着那人的脸庞,滚烫的眼泪落在布满鲜红血液的皮肤上,留恋地、不舍地、痛苦地轻声道:"小白,我去引开他们。你要撑住,撑到詹姆士他们来救你,你千万不能死,千万不能死,答应我。"

风吹草动,乌云蔽空。

一道俊俏身影灵活地穿过草丛,箭一般朝着东边公路奔去。

"东边,猎物在东边!"有人高喊。

苏霸天精明的老眼锐利划过东边的方向,很快认出那个浑身鲜红的人影是阳洛天。苏霸天狰狞一笑:"所有人,向东,追捕阳洛天!"

第四章 > 危机四伏

"是！"

十几道人影匆匆朝着东边方向奔去，草丛迎风摇曳，距离苏霸天刚才逗留的地方不过二十米的坡上，隐隐露出躺在血泊里奄奄一息的人。

阳洛天用尽一切力气跑上沿海公路，原本打算能在这里碰到一辆偶然路过的车辆，谁知奔跑近十分钟，连半个人影都不曾见着。

身后的追兵不知何时已经靠近，四辆剽悍的越野车咆哮着追在阳洛天身后。

越来越近，越来越近，身边不时飞过射击的流弹。她就像是一只被猎人围捕的野兽，浑身带血，苦苦逃离不得！

阳洛天咬牙，心头发下毒誓：

若今日死，她只怨自己弱小；

若今日不死，来日必定血债血偿！

突然，一辆黑色越野车赫然出现在前方，车窗口探出一张熟悉冷峻的面孔。

那一刻，阳洛天从没觉得阳岳医生如此可爱。

"快点，上车！"阳岳大吼，黝黑脸庞满是担忧，车门大大打开。

阳洛天拖着疲软的双脚，飞也似地跳进车里，车门还未关闭，越野车马达轰然作响，黑色越野车冲向远方。

苏霸天老眼一横，干枯布满老茧的手掌嘎吱作响：

"追上，不死不休！"

到手的猎物，怎么能让他逃脱？就算是拼了这条老命，也要把阳洛天和列衡宇拖进坟墓！

另一边。

詹姆士匆匆带人赶往爆炸的地方，现场一片狼藉，黑烟滚滚。詹姆士瞳仁狠缩，这是……老板的蓝色法拉利？！

"所有人，以爆炸点为中心四散搜查！一定要找到老板！医疗队随时听命！"

命令刚下，忽然从西边杂草丛生的斜坡那里传来尖锐的音乐声。

詹姆士浓眉紧锁，这个声音……他曾经听阳洛天用手机播放过。

"医疗队，赶紧跟过来！"詹姆士捏着拳头，脚步生风朝着西边杂草堆跑去。机敏的医疗队人员很快醒悟过来，几人带着医疗设备跟在詹姆士身后。

草丛里，他们的老板浑身淌血，安静地沉睡在那里。

手边放着一只渗血的、嘀嘀作响的手机。

那一刻，饶是硬汉如詹姆士，也不禁哽咽住，再也说不出话来……

乌云密布的天空，海岸刮来呼啸不绝的大风，骤然落下豆大的雨点，噼里啪啦淋湿整片海岸。

黑色越野车飞驰在郊外无人的马路上，身后紧紧跟着四辆同样剽悍的越野车。

阳岳神色镇定，从容不迫地操控着方向盘。简单看了一眼浑身是血的阳洛天，心头一顿，细看来似乎并不是阳洛天的血，这才稍稍放下心来。

"怎么只有你一个人？"阳洛天揩掉脸上的血水，阳岳单枪匹马冲来营救，按理说他身边至少应该带着几个国安局同行特工。

阳岳淡淡回了句："没想到他们会在光天化日下行动。我正巧前往东海岸接人，半路听到爆炸声，便第一时间过来营救你们。你小子挺厉害的，感温炸弹都能察觉。"

的确，饶是精明的阳洛天，也没料到华琼居然和苏霸天有勾结，更没料到他们居然丧心病狂地在光天化日下行动。

这群疯子几乎已经被仇恨染红了双眼，明知身后是地狱也发疯似地往下跳……

阳岳单手扔过去两把手枪，平静地问阳洛天："敢不敢？"

阳洛天双手握住冰冷的枪柄，仿佛她生来就属于杀手行列似的，眼底寒光乍现："自然，小爷这辈子还没吃过这种亏。"

以前师父亲手教过她射击、搏斗，这些年来她空闲时间太多，经常琢磨着师父教过她的各种技巧。

车窗打开，冰凉纷飞的雨点"啪"地打进车厢内，阳洛天套着安全头盔，双手执枪。

怎样才能让苏霸天付出代价呢？

阳洛天冷笑着："阳岳，避开苏霸天他们的流弹，剩下的交给我。"

风雨愈发激烈，豆大的雨点砸在这片诡谲的土地上。阳岳开车朝东行驶，风从东边吹来，逆风行驶对车子消耗极大。

但如果是射击，阳洛天朝后射击是顺风，苏霸天等人的子弹逆风摩擦威力大减。

两颗子弹穿透追得最近的越野车的右侧轮胎，这辆越野车瞬间脱力，伴随着车轮胎摩擦地面的声音，车子侧翻成一个30度角的弧度。

阳洛天冷冷笑着，30度角已经足够，她已经看到了汽车底盘……而汽车底盘之内，是汽车油箱。

如果用子弹射击底盘，穿透摩擦易燃的油箱，会怎样呢？

天空一声霹雳惊雷，地上轰然爆炸。越野车发出尖锐的急刹车声，伴随着车辆相撞的砰然巨响。

雨水顺着安全头盔落下来，雨水交织着火光，轰隆隆巨响就在身后。

将脑袋收回车内，阳洛天一把扯掉安全头盔，似是自言自语："这下看你们怎么追！"

阳岳攥紧方向盘的手微有些战栗，他原本以为，阳洛天仅仅会放流弹暂时阻止敌人靠近。却没料到这个剽悍的少女，直接点燃对方车辆的油箱，用报复似的爆炸阻断追击。

能在瓢泼大雨中，隔断风力、摩擦力、雨水、车辆前进等多方面因素干扰，准确无误地击中轮胎和底盘……阳岳心头诧异万分,这个十八岁少女几乎就是那人的翻版……

"过了东跨海大桥,就进入城市边区了。到了那里我们就安全了。"

"砰砰"的子弹声乍然响起,阳洛天副驾驶座外的反光镜被"啪"地打碎。

回头一看,四辆越野车仅存一辆,正煞气十足地在后面追击。

雨水"哗啦啦"淌在玻璃上,透过水流,阳洛天看到追击的越野车里,苏霸天猩红疯狂的眼珠子……

敌人不可怕,可怕的是敌人发了疯。

疯狂的敌人是最凶猛的恶犬,抛开一切不死不休,拼尽一切将对手拖进地狱。

阳洛天的眉毛拧成疙瘩,忽然身体猛然往前倾,阳岳拼死踩下刹车……

黑色越野车在水泥路面摩擦生烟,360°旋转,伴随着"嘎吱"刺响。越野车危险地在跨海大桥边停下……

跨海大桥口的路面不知何时被炸毁,断裂的横截面不时被雨水冲刷下碎石子,万千雨点穿过被炸断的桥面落入百米下波涛汹涌的海面……

阳洛天的差点将脑袋磕破,转头朝窗外望去,猛烈的海风夹杂着暴雨灌进车厢,十几米的断口赫然出现在眼前。

原来跨海大桥早就被人炸断,天气恶劣的情况下,救援修缮队几乎是寸步难行。

阳洛天牙齿狠狠咬着嘴唇,十指几乎掐进皮肤里。苏霸天本就是退役的老特种兵,在顶尖部队里,各种防敌战术层出不穷,或许这就是华琼和苏霸天精心设置的圈套。

阳岳的黑色越野车险险地停在悬崖边。一面是疯狂跟上来的苏霸天,一面是波涛汹涌的大海……

形势刻不容缓,阳岳和阳洛天对视,目光短暂交接迅速做出了决定。

"阳洛天,无论如何,你一定要活着。"阳岳突然开口,黑眸炯炯如虎豹般。

阳洛天微怔:"好。"

其实她心里很清楚,阳岳的国安局援军还在被风雨雷阻碍的路上,短时间内根本无法赶来。至于詹姆士这个高大强壮的男人,心里只关心着他的老板,根本不会派人搜索下落不明的自己……詹姆士历来不喜欢阳洛天啊,她心头苦笑。

但愿她的小白,不要轻易离开这个世界,这是她唯一的愿望。

另一侧车门打开,两道挺拔的身影从车上跳下来。

雨水打在身上,阳洛天沾染血水的白衬衫湿淋淋地黏在身上,愈发衬托得她纤瘦修长。唯独锐利的双眼,彰显着她并不在精神上狼狈。

噼里啪啦地雨点砸下,地面一层积水,朦胧的海雾雨烟慢慢笼罩上来。但是任凭风雨肆虐,苏霸天那辆军绿色的越野车依旧出现在眼前。"嘎吱"一声停下,轮胎高高溅起浑浊的水花。

黑瘦精干的苏霸天持枪出现,穿着绿色的雨衣,湿漉漉的像是从海水里爬出的水鬼。两只凸出的、暴戾的、猩红的眼珠子利剑一般盯着阳洛天。

"阳洛天,我看你们往哪里逃!今日我就让大海成为你的葬身之地!"

阳洛天素来不愿意在嘴皮子上落下风,当即回了句:"尊敬老人是我中华民族传统美德,苏老恶棍您'德高望重',出于礼貌,小生还是让您先去地狱找阎王报道。"手里的枪支愈发攥得紧,警惕地看着眼前的三个邪恶魔鬼。

苏霸天是何其精明之人,他自然知道阳洛天有援军即将到达,眼下,嘴皮子功夫不过是拖延时间的策略。

他苏霸天四辆越野车十几个人手,现在只剩下他和两个手下,眼下唯有速战速决,方能够制胜。猩双的目划过狡黠,如今阳洛天这只小狐狸崽子被逼上被炸断的跨海大桥,无处可逃!

"阳洛天，别以为我不知道你的鬼主意。可惜今天你哪里也——"

苏霸天狠话尚未放出，两声枪响，身边两个手下相继倒下。苏霸天当即惊愕，老眼不可思议地盯着倒在雨水里的两个手下。

怎么可能！为以防万一，他们都穿着防弹衣，仅仅露出一张脸。风雨越来越大，海风刮得人几乎站立不稳，这种情况下要精准射中目标极难。

可是……他两个倒地的手下，眉心赫然一点鲜红，后脑勺血肉模糊……

苏霸天如虎狼一般的目光扫过阳洛天，落在那个沉默高大的男人身上。苏霸天从始至终的注意力都在阳洛天身上，居然忽略了这个陌生的男人……却没料到，这个陌生沉默的男人竟然有着超一般的本事。

"你是谁！"苏霸天难以置信地看着阳岳。

雨水落在那个男人身上，铁铸般伫立在原地。刚才从大风骤雨中悄然无声穿过的两颗子弹，就是出自这个男人之手。

杀人不眨眼，情绪不动摇，举手之间夺人性命。

苏霸天顿时觉得从脊骨涌起一股子寒意，恍惚记起那个把他逼到绝境、差点命丧国际警察之手的男人。

阳岳平静地举着手枪，瓢泼大雨中瞄准不断走近的苏霸天。

"阳岳，圣华贵族学院一级医师。"

阳洛天偷偷松了一口气，还好傍上了阳岳这棵战斗力超群的大树。她师父扔到圣华金融区卧底的特工头子，浑身自然长满了本事。否则自己那点儿斤两，早就成了苏霸天乱弹之下的亡魂。

"哼……一级医师，怎么可能？"苏霸天踩着一地雨水，似乎丝毫不畏惧那瞄准自己的手枪。

阴鸷的视线注视着两人，苏霸天跨过两个手下尚还温暖的尸体，慢慢朝着阳洛天两人走近。

"究竟是我老了？还是世界变了？"

苏霸天突然大笑，风雨中他凄厉的笑声愈发古怪刺耳，像是苍老的山鹰撞崖自尽前的悲鸣。

他的悲哀，谁人可懂？

"我不过就是想要让我的家族振兴，偏偏遇上一个又一个不怕死的小混蛋！河南那小子暗中追捕我十年，眼看我就要得到千亿巨款，他凭空冒出来断了我的财路！我苏家成了众矢之的，树倒猢狲散！

我苏家唯一的继承人苏俞杰，八年前被阳洛天你给刺了一刀差点命丧黄泉，八年后你又和列衡宇联手打压苏家，这小子现在还在国际警察的牢房里！一辈子就这么毁了！

你们这些总打着正义名号掌握权力的小辈，凭着所谓的一腔热血做出的烂事，谁来对你们幼稚的行为负责？"

阳洛天静默着，雨水顺着耷拉在额前的头发一股股往下落，眼前的老人愈发苍老古怪，厚重的雨衣包裹不住骨瘦如柴的身体，一张树皮似的脸饱经沧桑。

这个曾经叱咤一方的铁血商人，曾经在特种兵军营里浴血奋战的邪恶英雄，沦落到寄人篱下、供华琼当枪使的悲剧命运。

可悲可叹：美人迟暮，英雄末路。

苏家子孙辈软弱无能，纨绔子弟众多，将富庶的家族拖向破产的深渊。苏霸天这个本该颐养天年的老人，不得不挺直身板重新上阵。

可惜，人已老，时代风云变幻……

苏霸天疯狂大笑，突然拼命朝着阳洛天和阳岳冲去，苏家残存的那点儿骄傲让他不肯逃避，他宁愿背着身上的炸弹和阳洛天等人共赴黄泉！

乌云密布的天空，暴雨愈发猛烈，雨水汇集成一股股溪流，顺着缝隙，从被炸断的大桥边缘倾泻而下，落入波涛汹涌的大海之中。

天空一声震耳欲聋的炸雷，掩盖住地面上的炸弹爆炸响声……

雨幕中冲进鲜红如血的跑车。

路面被炸出巨大的坑洞，大雨倾盆，坑洞里积攒着满满的雨水。水面漂浮着焦黑的零件、漂浮着不知从何处吹来的树枝。

大雨未至之前，这里曾经发生过巨大的爆炸。

不远处搭建着简单的白色医疗帐篷，数架直升机穿透雨幕停靠在一边。十来个湿漉漉的特卫正谨慎而匆忙地将担架上的男人送上直升机。

宋浩瀚眼眸刺痛般一缩，揪住詹姆士的衣领质问："阳洛天呢！她在哪里？为什么这里只有列衡宇？"

詹姆士柱子似的立在原地，任凭风雨打在大理石面孔上。声音依旧平静无波："我们赶到的时候，这里只有浑身淌血的老板。"

"我问的是阳洛天！她在哪里！"宋浩瀚拔高声音，精致五官几乎扭曲。

前所未有的恐惧瞬间袭上心头，占据了每一寸血脉神经。仿佛回到多年前华琼设计杀死Allen的时候，他心底充满不安与恐惧。

詹姆士冰冷僵硬的脸孔破裂了一丝痕迹，瓢泼大雨中他刚硬的身躯有了不着痕迹的战栗："感温炸弹高度隐秘，威力巨大。阳洛天，也许被爆炸波冲击，从斜草坪滚进了大海。也许来不及从车上逃脱……"

这也勿怪詹姆士判断错误，他派人短暂搜索过爆炸冲击的范围，什么都没有发现。

第四章 > 危机四伏

同样被爆炸冲击，生死未卜，恐怕阳洛天也受了重伤。

公路边是倾斜的碎石野草坡，詹姆士留意到老板身上人为捆绑的绷带和手机。

那么只有两种可能：

一、"重伤"的阳洛天拼尽最后一丝力气帮老板包扎几处动脉，留下手机，随后力气用尽滚下了斜坡，掉入大海。

二、阳洛天没有逃出车辆，将手机留给老板。老板清醒之际自己绑住几处动脉，留下手机发出信号，随即昏迷。

雨水冲击力太大，将阳洛天的所有痕迹都冲没了。那只手机在完成最后使命后，终于也黑了屏幕永远沉睡。

宋浩瀚只觉得自己的心被狠狠挖了一大块，鲜血淋淋，痛苦不堪。

怎么可能，那只聪明狡诈的猫咪，怎么可能会离开……

詹姆士沉声说："大少爷，我还是想和您说一句。这场事故应该和您母亲脱不了关系。如今老板身受重伤徘徊在鬼门关外，列家群龙无首，您母亲应该会借机对付列氏集团。大少爷，您是聪明人，好自为之。"

暴雨越下越大，狠狠洗刷着这块肮脏的土地。直升机轰隆隆离开案发现场，飞往最近的一家国际医院。

朦胧雨雾中，冰凉的雨水肆意浇打着那道鲜红的身影。

宋浩瀚怔怔望着爆炸留下的巨大水坑。两边的树木被烧焦损毁，被雨水冲刷得只剩下焦黑残骸，她的尸骨是不是也被雨水冲刷得无影无踪了？

"宋美人，你发什么呆啊？"清脆狡黠的声音忽然响在耳边。

宋浩瀚猛然转身，冰冷的海风夹杂着雨水扑面而来，他俊美异常的脸淌着凉透心的水渍。

幻听吗？

那个娇俏活泼的人，已经没了……

曾经不止一次想要害死她，就因为她太过靠近列衡宇，试图拯救列衡宇冷漠的世界。

他曾经恨列衡宇，恨列衡宇的父亲宋任重夺走自己平静的生活，恨列衡宇的母亲就是死也要带走世人的思念，更恨列衡宇的卓越"顽强"凌驾众人之上……

所以当阳洛天一缕阳光似照进列衡宇的心里，宋浩瀚会嫉妒、不安，试图杀死阳洛天。从银行劫案开始不断地试图绑住这只胡乱折腾的野猫，即使是前些天的相亲事件，他也不曾放弃征服猫咪的意志……

可是……

心会痛。

"阳洛天，我再也不算计你了，你回来可好。"宋浩瀚苦笑着，伸手试图抓住落地的雨水。

仰头，天空灰蒙蒙一片，他的发丝湿漉漉地渗着雨水，眉眼如画的容颜盛满悲哀。

清冷的雨水顺着脸颊落入焦黑依旧的地面，溅起冰凉的水花。

跨海大桥在同一天，迎来了两次爆炸。

被恨意染红了双眸的苏霸天，选择与阳洛天同归于尽。

碎石头滚滚落下断裂口，钢铁断裂落入百米之下的海水。从高处望下去头晕目眩、海雾迷蒙中波涛汹涌。

参差不齐的桥面断口渗透浑浊的雨水，一条长长的钢筋侥幸留存了下来。

阳洛天咬牙，一手死死攥住手里的钢筋条，眼睛四处张望试图寻求能够攀爬上去的落脚点。

第四章 > 危机四伏

仰头是错乱不堪的钢铁和混凝土，低头是肆意呼啸的海水。阳洛天和阳岳就像是鱼线上的鱼饵，摇摆在滚滚海水之上，上不去、下不来。

"那老头想要同归于尽，想得美。"阳洛天长呼一口气，阳岳就在她面前，两人是捆在一根钢筋上的蚂蚱。危急关头，阳岳果断选择拖着她跳下断桥，并在最短时间内找到栖身之地。

阳岳看着面前的少女，她脏兮兮的脸颊上沾染了几点血渍，身上似乎也有不少擦伤，但好在她依旧精气神十足，一双灵动略显疲惫的双眼四处乱晃，寻找着能够脱困的方式。

阳岳笑了笑，说："阳洛天，无论如何，你一定要活着。"

阳洛天眨眨眼睛，这句话阳岳不知和她说过多少次。她目光落在阳岳身上，突然发觉不对劲……

两人面对着面，共同抓着一条坚硬冰冷的钢筋，眼前的阳岳，黑发湿透，脸色异常苍白，嘴角几乎没了血色。阳洛天皱着眉，他的脖子、胸膛、下半身，似乎都没有任何受伤的痕迹，可他的脸色为什么如此苍白……苍白得就像躺在乱草丛里的小白……

这种认知让阳洛天莫名心悸，她试图松开一只手，探探阳岳的后背。可刚松开一只手，钢筋瞬间没了平衡，错乱地晃动起来。

阳洛天连忙将手臂收回，狐疑的目光扫过阳岳苍白的脸："阳岳医生，你这话听着怎么像遗言啊。"虽然是开着玩笑，但直觉告诉阳洛天，面前的男人似乎受了极重的伤，半空中有淡淡的血腥味充斥着。

阳岳垂钓着的双脚，隐隐有血液混合雨水落下。

在阳洛天看不到的地方，阳岳的后背触目惊心、血肉模糊，那是爆炸冲击而出的碎石砸过的痕迹。雨水冲刷着血淋淋的后背，血水顺着背脊蔓延过双脚，汇成鲜红的水流。

阳岳淡笑摇头，气息有些紊乱："阳洛天，这条钢筋承受不住你我的重量。"

阳洛天诧异地睁大眸子，一种诡异的辛酸无奈涌上心头。强笑着说："阳岳，你可别玩什么狗血言情剧套路，搁下我往海里跳。小爷我恐高，一个人待在半空会害怕，你得陪着我……"

海风骤雨中，阳岳的声音有些不稳，眉宇间却淡然、喜悦、安详。他说："我答应过她，要保护你周全。决不食言。"

阳洛天哽咽着，鼻梁发酸，朝着阳岳吼道："小爷和你又不熟，才不要你保护。我说了不要一个人待在半空中！这里动静这么大，一定会有人来救我们的！"

她在圣华的朋友不多，这个狡诈精明、时冷时热的阳岳医生便是其中一个。她的小白生死未卜，又怎能眼睁睁看着另一个人在自己眼前丢失？

可是阳岳仿佛一个坦然面对死亡的老僧人，看着红了眼眶的阳洛天，平和安慰道："特工注定是默默无闻的牺牲者。当年沧月给了我一次后悔的机会，我依旧义无反顾走入国安局特工训练营。"

时过境迁，往事历历在目。

当年活泼无畏的岳阳，已经长成了国安局一流的特工，在离沧月最近的地方，默默无闻地以属下、亲人的身份保护着沧月。即使她身边已经有了更强大的男人守护着，岳阳依旧会守着、守着，直到生命的尽头。

"阳洛天，你不要愧疚，不要流眼泪，我求你好好活下去，好好活下去。让我完成她给我的任务。"

"如果有一天你遇到你的师父沧月，咳咳……麻烦转告她，岳阳永远是她的亲人。"

脱皮流血的手掌终于脱力松开钢筋，安静地接受死亡。阳岳，不，是岳阳，他苍白的唇角挂着淡淡的、幸福的笑容，眼前恍惚出现了那道清丽俊秀的身影，她温暖的笑颜。

岳阳，

沧月，

如果有来生，

我一定要比那个人更早遇到你，爱上你，守护你，

护你童年无忧，一生平安……

他血肉模糊的身子像断线的风筝，投入波涛汹涌、海风呼啸的大海里。波浪翻滚霎时吞没了他。

"阳岳！！！！"

阳洛天朝着大海撕心裂肺地吼叫着，回应她的只有穿透身体、冰凉的风雨。

眼前模糊一片……

五日后。

精致华美的卧室里，少女正对着精美的镜子，眉笔流转在秀眉之上，慢慢轻轻地画着眉。

只是眼神有些空洞，长发有几分凌乱，面色略显苍白，唇角裂开口子。她在等，她在赌，赌急救室里那个人顽强的生命力。

"小姐，小姐！听消息说，那位被抢救回来了！"女佣匆匆走进，高声宣布着这个激动人心的消息。宋荟乔画眉的手猛然一顿，眉笔差点戳到眼珠子。

她踉跄起身，攥着女佣的肩膀大力摇晃："真的？真的？我的宇他活过来了！"

女佣忍着肩膀的疼，咬牙点头："是的，听说坤叔他都激动得昏过去了。"

宋荟乔愣了愣，跌跌撞撞退后几步，梳妆台上的瓶瓶罐罐"啪啦"被推到地面，她用纤纤手指掐着自己的胳膊，有丝丝的疼痛。

那一瞬间，喜悦像是野草般生长。她担心、不安长达五天五夜，还好，顽强的列衡

宇终于活过来了！

"呵呵……呵呵……哈哈哈哈！"宋荟乔仰天大笑，笑得眼泪顺着脸颊流下，"上天终究待我不薄！我恨的，死了；我爱的，活了！哈哈哈！"

女佣受惊般退后两步，眼前疯子似的少女，陌生得让人恐惧。

狂笑之后的宋荟乔，哼着轻快的歌儿重回梳妆台，细致地梳妆打扮。

一个小时后，红裙卷发、妆容精美的淑女宋荟乔出现在衣装镜前。宋荟乔满意地看着镜子里的自己，提起小包包朝门外走去。

"管家，备车，本小姐要去中心私立医院。"宋荟乔喜悦地开口。

刚跨出卧室一步，就被两个警卫挡在门前。

"放肆，你们做什么？本小姐要出门，你们两个混账东西挡什么路！"宋荟乔秀眉倒竖，不悦地盯着高大的警卫。

沉重的脚步声响起，宋道远架着那副金丝眼镜，出现在自己女儿面前。

这个威严不减的中年人恨铁不成钢地瞪着自己的女儿："在华琼母子之间的斗争没结束前，你休想踏出这个门一步！"

宋荟乔眼神一变，难以置信地看着自己的父亲："爸爸，您说什么胡话呢？宇他现在脱离危险了，我该去看看他！阳洛天那小子终于死了，以后宇他就是我宋荟乔一个人的！谁也抢不走！"

"胡扯！"宋道远大骂，气得眼睛昏花直跺脚，差点晕倒在地，亏得老宋管家赶紧扶了一把。

"你当我不知道你做的那些丑事？阳洛天为什么会死，那位为什么会受重伤，宋浩瀚为什么会和圣华集团敌对？还不是因为你！如果不是你偷偷告诉华琼阳洛天的行踪，他们俩怎么会遭遇爆炸袭击！"宋道远气急，禁不住破口大骂。

第四章 > 危机四伏

事实上，列衡宇带着阳洛天前往列家陵园的事儿极为隐秘，除了当事人几乎无人知晓。

可偏偏躲不过宋荟乔的眼，她爱列衡宇发了疯，知道但逢大喜大悲之事，列衡宇总会去母亲坟前静坐或者絮絮说着话。

订婚这种大事，宋荟乔推测，依照列衡宇的性子，他必定会带着阳洛天提前见见"岳母"。

于是丧心病狂的宋荟乔将这件事告诉了华琼，便有了之后的灾难……

"那又怎样！"宋荟乔大叫道，艳丽脸孔狞色毕露，"阳洛天死了，他终于死了！再也没人跟我抢宇了！爸爸，您难道希望女儿我一辈子不嫁，孤独终老吗？"

宋道远苍老的双眼噙着泪水，眼前的人是自己那个可爱善良的女儿？究竟是什么让荟乔陷入嫉妒的深渊，美丽的皮囊下满是肮脏的污秽……

宋道远摇摇头，对女儿失望透顶。他能接受女儿偶尔的小脾气，偶尔的刁蛮任性，但绝不接受她制造人命关天的悲剧。

他闭着眼，冷漠道："我宁愿你一辈子孤独终老，也不愿意你双手沾满鲜血。管家，传令下去，没得到我亲口允诺前，不准让小姐踏出卧室！就算她死，也要死在房间里！"

老宋垂头，恭敬道："是，老爷。"

"爸爸，你做什么，我要出去……"

哭喊哭闹的宋荟乔被押回房间，大门紧闭，窗户落锁，屋子里传来瓷器破裂的声响。

长廊幽幽，灯光昏暗。宋道远低头看了看手上的黑漆拐杖，沉重、压抑，不知何时，他原本健康的身体已经老化，不得不靠着一根拐杖行走在中年的路途上。

"老宋，你说我们是不是老了？"宋道远望向窗外的白云蓝天，当年的热血青春消逝得太快，让连他怀疑是错觉。

老宋微垂着头，发丝已经斑白："老爷，都老了。"

两个中年人，苍老得像是垂暮的老人。

在这个高贵奢侈的圈子里，每个人都太容易苍老，太容易逝去花样年华。

"浩瀚，你真的要和妈妈敌对？一个阳洛天值得你这么做？"

"Allen和阳洛天的死，总需要一个活人替他们负责。"宋浩瀚答，随手挂断电话。

宽大奢华的总裁办公室里，宋浩瀚西装革履、容色镇定，褪去属于过去的风流不羁，这个重新出现的漏洞就由他替列衡宇补上。

小天天，就当是我对你无辜早逝的补偿。

愿你在另外一个世界，安好。

➤ 大难不死

各大报刊、新媒体蜂拥报道圣华国际金融区的风云。

当列氏集团以强有力的手段打压圣华集团后，短短五天局势发生诡异的变化。列氏首席执行官兼任总裁的天才皇商列衡宇突然出车祸，至今昏迷不醒。

原本气息奄奄的圣华集团突然振兴，凭空得到一笔巨大的融资，华琼全力整顿财团并对列氏发动商业攻击。列氏群龙无首，资金也莫名出现问题，一时之间竟然落了下风。

民间流传着一个未经过官方认证的说法，据说华琼人为制造了车祸，并利用特殊渠道转移走列氏集团庞大的资金，占为己有。

然而更戏剧性的一幕发生了，谁也不曾料到。

宋家大少爷、华琼的亲生儿子宋浩瀚，不知用什么法子说服了列氏集团的董事，在坤叔和詹姆士的强力支持下，宋浩瀚居然当上了列氏的代理总裁，替病重昏迷的列衡宇镇守江山，抵御华琼的商业进攻……

第四章 > 危机四伏

圣华的天空，一如既往的蓝而清澈，湛蓝湛蓝的海水温柔地拍打着沙滩，风暴过后的晴天总是特别动人。

海滨小屋，硕大的液晶电视里孜孜不倦地播放着圣华贵族商业圈之间的斗争，当提到列氏年轻的总裁至今昏迷的消息时，她清澈明净的眼眸里浮上水花。

断裂刺破胸膛的肋骨，血肉模糊的胸膛，苍白毫无血色的脸……不过，还好，在无数个噩梦冲击心神的恐惧后，她顽强的小白还活着。

门把转动，修长挺拔的身影走近，男人面容俊美异常，身姿挺拔，一双桃花眼顾盼生姿，隐隐透着难以掩饰的深沉睿智。

他在床沿放下托盘，盘子里搁着一杯牛奶、两片吐司。

阳洛天深深看了眼来人，嘴皮子动了动："大叔……"

河南猛地咳嗽，略带幽怨地瞥了眼阳洛天："小丫头，叫谁大叔呢~"几个字带了点儿鼻音，对自己的年龄有种维护感。

阳洛天："大叔、大叔、大叔、大叔、大叔！"一连串的话从嘴里叽里咕噜冒出来，强有力地打击着河南的神经。

……

"你本事不是挺大的？当时为什么不早点赶来帮忙，你如果早来几分钟，阳岳医生也不至于命丧大海。真不知道当初师父怎么看上你的！"阳洛天踢踢被子，气鼓鼓地瞪着俊美大叔。

河南半眯着眼睛，拖了一个板凳坐下。

如果不是这小妮子身上还有点伤没痊愈，他早就把阳洛天扔到北极去感受大自然的魅力了。

俊美桃花眼一闪，河南大神勾勾手指头，一字一句道："第一，我老婆看上我是她眼光太好。第二，我不是警察，没有时刻为人民服务的伟大节操。第三，岳阳这小子就是滚到地狱去，我也要把他拖回人间。"

就算是天才，也不能面面俱到。他带着一帮人找到断桥的时候，半空中就剩下个摇摇晃晃奄奄一息的阳洛天，他第一时间派人下海搜索另一个人。

阳洛天黑眼珠子一亮："他回到人间了吗？大叔？"

河南优雅颔首："海水过于冰冷，废了一只脚，勉强活过来了。"

事实上，精明的河南狐狸绝对不能让岳阳这人死去，他是沧月在世界上唯一的血脉亲人。

如果岳阳死了，沧月必定时不时想起岳阳，怀念岳阳，作为沧月的老公，河南无论如何也不能容忍自己的老婆脑海里想别的男人！

听到这个消息，床上半死不活躺了几天，不言不语的阳洛天终于恢复了几分人气。

连带着拍马屁的功夫也回来了，张口就夸道："啧啧啧，我师父就是厉害，选老公的水平真高。这世界上恐怕只有大叔你才配得上我师父。"

河南满意地翘起狐狸尾巴，毫不谦虚地接受了一翻甘言美语。

阳洛天一口口往嘴里灌牛奶，目光留在液晶电视屏幕上久久不动。她需要了解圣华的经济状况，在车祸后的五天里究竟发生了什么……

河南狐狸眼暗扫过液晶屏，随口戏谑道："不得不说，圣华这个经济区域里，藏龙卧虎。若你家小白是龙，宋浩瀚这个小孩子，便是虎。"

十指交叉，房门已闭，河南随性优雅地背靠着椅子。

床上往嘴里灌牛奶的阳洛天顿下动作，直觉告诉她，这位年轻狡诈的大叔终于要展露他最原始的狐狸模样。

"宋美人他怎么入得了大叔你的眼？"阳洛天故作好奇地问道，但心里已经隐隐有

第四章 > 危机四伏

几分无奈的了然……

河南慵懒地掀开眼皮,精致唇角微微翘着,睨着窗外的海滨蓝天,眼眸流转之间似乎完成了新一轮的阴谋算计。

他侧头,似笑非笑地盯着阳洛天,见她黑宝石般的黑色瞳仁,灿若星辰的眼眸,英气十足的高挺鼻梁,有几分苍白的薄唇,白色蓬松的睡衣,静静坐在床上,一句话也不说。

心头哀叹淡笑,河南徐徐开口:"华琼是个聪明又愚蠢的女人,被你家小白强有力的手段打压得动弹不得,居然还能找到苏霸天这个老鬼头。你家小白几乎是列氏集团的精神领袖和实力领袖,他一受重伤,资金再被华琼转走,世界级别的大集团也瞬间陷入瘫痪,只得面临被宰的命运。"

阳洛天心头咯噔一下,这也是她最担心的现实。

列氏集团精英众多,但几乎没有一个能达到列衡宇的高度,他精明的头脑总能抓住庞大集团任何一个细节,充分调动所有人脉资源,像个洞悉一切的君王,无人可以替代。

可如果君王生死未卜,重度昏迷,短时间内根本无法抵御华琼的攻击。

阳洛天咬牙,问:"华琼怎么可能躲过世界银行把列氏的资金转移走?我之前查过资金库,那防护程序相当强悍。"

河南神色自若,仿佛说着不相干的事儿:"苏家老头子原来在军队服役,军队几乎是世界科技的前沿,苏霸天借着军队的老关系,用了些科技手段直接转移了列氏的资金。华琼的勇气倒是值得人敬佩,以前的罪行顶多是终身监禁,现在的罪行怕是死几次都不够。"

简单来说,华琼将列氏的资金通过卑劣手段转移到圣华名下,巨额资金填补了金融危机的坑洞。而莫名其妙失去资金的列氏集团,几乎已经是一个空壳子……

"后来呢……"阳洛天的心慢慢提起来,是否因为一场事故,小白的心血便没了?

她知道华琼的疯狂，失去丈夫和孩子的爱，她活得像是行尸走肉。

除了报复一无所有。

"后来，呵呵，"河南瞥了眼神色黯然的阳洛天，慢条斯理继续道，"你家小白出事后的第三天，宋浩瀚这个小孩突然冒了出来，劝服了坤叔和财团董事，当上了临时总裁。用一笔短时间内聚集起来的资金和华琼对抗。"

阳洛天神色微怔，宋美人？

为什么他要帮助一个空壳子集团？

"别说，这个叫宋浩瀚的小孩子挺厉害，韬光养晦，以后必成大器。"河南目光自然，清俊眉眼里划过几分赞赏。"他在短时间内筹集了近百亿美元流动资金，掌握大财团运营方式，短期内倒是勉强能接得住圣华集团的攻击。"

勉强能接得住短时间内的攻击，意思是长时间较量，列氏必将溃不成军？

阳洛天狠狠往嘴里灌了一大口牛奶，擦擦嘴问："宋美人他哪儿打劫的那么多钱？"

印象里，风流的宋浩瀚几乎是养在宋家的金屋子里，不碰商业，十指不沾阳春水。阳洛天曾经一度认为他就是个聪明过人的纨绔富二代。

河南不紧不慢地答："根据我的情报，似乎这个宋浩瀚答应参与 S 国新一轮的总统竞选。他私底下将各大财团暗中支持的总统竞选资金投入和圣华集团的较量中。"

阳洛天不解，指甲敲着玻璃牛奶杯，玻璃杯发出低低沉沉的响声。

"他为什么这么做？对方可是她的亲生母亲。再说，宋美人历来和我家小白井水不犯河水，一见面就斗得你死我活。"

河南俊眉一挑，侧眸望了眼阳洛天姣好俊俏的小脸蛋："当年宋浩瀚的生父 Allen 被华琼算计而死，母子之间隔阂严重。前几天，华琼又把他心爱的姑娘给害死了，宋浩瀚这小孩极怒之下投靠敌营，母子关系彻底破裂。"

阳洛天想也不想，话脱口而出："怪不得，老子和媳妇都没了，啧啧，真是红颜祸水。"随即似乎想到了什么，顿了顿，幽幽地开口问："大叔，你口中'心爱的姑娘'不是小爷我吧……"

河南淡定点头。

心头腹诽，这小丫头和沧月一样，处处留情，招蜂引蝶……哼。

那一瞬间，阳洛天的心情已经不能用复杂来形容了。

她以为宋浩瀚对自己的感情，仅仅是因为对"玩具"的兴趣，即使是喜欢，也是饱含着强烈占有欲的霸道喜欢。可却从来没有想到，他对自己的爱远远超出想象……

参与总统选举，政治海洋波涛诡谲，进去了或许就再也无法脱身。与亲生母亲对抗，无疑会是政治人生中的污点……

窗外海风穿透窗帘渗了进来，淡淡的海腥味萦绕在鼻间。

阳洛天侧头，黑宝石似的瞳仁盯着河南。她知道，这个精明狡猾的中国侦探，似乎在设置一个链条长长的局。

她轻声问："大叔，你告诉我这么多事情，就是为了打发我无聊的时间？"

四目相撞，睿智精明的火花四溅。

救了她，却不放她离开海滨小屋。让她眼睁睁看着局势激烈变化，却无能为力。

河南精致的薄唇缓缓勾起一抹弧度，狐狸眼睛锁着眼前雌雄莫辨的白衣少女。

"沧河帝企市值三千四百亿美元，与列氏集团不相上下。如今圣华集团气势汹汹，即使有宋浩瀚力挽狂澜，也无法改变列氏集团市值不断缩水的结局。"

河南伸出修长的五指，捻起一张白色纸张，当着阳洛天的面，慢慢捏紧，窸窸窣窣之间，手一松，皱巴巴的纸团从手掌脱落。"最后列氏集团就像是脱水的干尸，再也无法反抗。"

阳洛天噤声，双目落在皱巴巴的纸团上。

"你应该清楚,只有一种东西能帮助你家小白的集团走出危机。"

河南的嗓音,沉寂而冰冷,虽然挂着好看的笑容,阳洛天却察觉到他不羁模样下的冰冷残酷。

阳洛天羽扇般的睫毛动了动,她当然知道那是什么东西……

资金。

能够流动的大笔资金。

华琼用恶劣手段盗走了列衡宇财团的流动资金,即使宋浩瀚试图补救金钱漏洞,也无异于杯水车薪。

所以必须有一笔能够流动的巨额资金转入列氏集团,填补经济漏洞。

可是这次波动世界的金融危机,让排名前十的大集团都受到重创。唯独沧河帝企凭借着中国良好的宏观调控市场政策,几乎完好无损,

也就是说……现在能救列氏集团的,只有财大气粗的沧河帝企。

如果河南选择冷眼旁观,神话般的列氏集团会被摧毁;支持列氏的各大公司将会破产;宋浩瀚的心血会白费甚至影响他未来的政治之路……她那位失去权势的小白,则会被华琼这个女人赶尽杀绝。

"大叔,你的条件。"

阳洛天努力勾起一抹笑容,手里捧着的牛奶玻璃杯异常冰冷,她眸光定在右手无名指上,小小的银戒还牢牢套在指上。

她独自活到十八岁,这些年经历过的事情数不胜数。

她也曾和人毫不留情谈判过,却从来没有如今这么无能为力。

这个叫河南的人实在太过聪明,阳洛天毫不怀疑,从两人相见的第一眼开始,河南已经开始布置细致的局。

第四章 > 危机四伏

河南神色自若，俊逸非常的脸上有淡淡赞许。

狐狸眸子盯着阳洛天，那是他谋划良久终于到手的猎物。

"阳洛天，你很聪明，我没有看错人。"河南似笑非笑，桃花眼很迷人，"当初我口头赋予你百亿的身价，不过是为了宣告我绝对的财力。我可以帮助列氏，拯救你的小白先生，那你猜猜，我的条件是什么？"

阳洛天捧起玻璃杯，喝下最后一口牛奶，香醇牛奶融在舌尖喉咙，仿佛饮下剧毒似，心一阵子揪着疼痛。

她耸耸肩，眼底闪烁着水光氤氲的笑意："我阳洛天活了十八年，最具有价值的不过两件东西。

其一，容貌。我这张脸搁到哪里都能引起地震。不过大叔你肯定不会贪图小爷的美貌，我师父那尊大佛满满占据了你的心，你看其他雌性和看小猫小狗没有任何区别。

其二，能力。当初银行抢劫案，大叔早就察觉我的实力，一个能徒手和特种兵搏斗的年轻人，潜力无限。大叔你看上我的能力了，不是吗？"

记忆里，郑凯校长和阳岳医生都曾夸赞过自己，说她几乎是另一个沧月。

她的师父，沧月，一个几乎活成了传奇的女子。

当年师父把年仅十岁的她从爆炸现场救出，用了一个暑假亲自教授她各种能力和技巧。阳洛天能感受到，这个美丽冷酷的女子心底的柔情关怀，师父希望她能够变强，能够保护自己、保护身边人……

所以在师父消失的八年里，她努力地变强、变强、变得更强，没有人在她身边，她依旧不断进步着，只为了将来再见之时，用实力报答这个在她冰冷岁月里投下温暖的女子。

可是现在，河南大叔觊觎她的能力，用列氏集团做筹码，他要她离开圣华，离开普通人恩爱平常的生活……

"大叔，为什么是我？比我更厉害的人多了，为什么偏偏是我？"

"世界上不缺乏天才，唯独你是最像沧月，最能替代沧月的人。"

"我师父她不知道你用资金威胁我这件事吧。"

"她不需要知道。"

"大叔，你真无情。"

"……等你哪天有足够能力保护所爱之人，你才有资格和我谈判。"河南淡笑。曾经他也是那个没有资格谈判的人，所以面对失去爱人的痛苦，无能为力。

阳洛天抬头看着天花板，雪白的天花板上雕刻着精致的曼陀罗花花纹，一条条蜿蜒着像她心底的波澜。

自从来到圣华，逼着她离开的人数不胜数。

华琼、宋浩瀚、宋任重、宋道远、宋荟乔、洛白雪、詹姆士……如今河南也逼着自己离开，用最残酷的筹码。

不过想和小白在一起罢了，你们何必苦苦相逼？

幸福总是短暂。

阳洛天涩涩苦笑，她的心脏是一座有两间卧室的房子，一间住着痛苦，一间住着快乐，她因为和小白在一起笑得太响，笑声吵醒了隔壁的痛苦……

所以，痛苦不堪。

"你和他，不过是错误的时间，遇到正确的人。"河南勾起唇角，察觉到眼前少女的心事，安然劝说，"他身份特殊，而你太过优秀。上流社会有他们生存的法则，你的出现，破坏了原本的平衡。"

屋子里安安静静，液晶屏电视黑了屏幕，窗外海风徐徐。

阳洛天叹了口气："大叔，河南'师母'，您能先离开这间屋子吗？我怕我忍不住揍您。"

河南勾唇一笑，弯腰取过装着两片吐司和一个空玻璃杯的托盘。

走到门边，关门之前，桃花眼轻扬："小丫头，经得起时间考验的爱情才是永恒，禁不起时间考验的爱情那叫青春。"

别怨恨，小丫头，这是注定的命运。

如果列衡宇那小子真的爱你，时间会证明一切……就像我和沧月。

话毕，白门"吱呀"一声关闭，徒留一室空寂。

> 青春落幕

私立医院 ICU 病房。

心电图机上慢慢波动着红色波线，嘀嘀轻响愈发衬得病房寂静无声，纱帘轻闭，隔绝外界喧嚣，时间仿佛停滞在这片苍白的梦幻里。

房门打开，老医生带着两个护士轻轻走进，做每隔一小时的例行检查。

这个病人身份太过特殊、尊贵，且是各方人物关注的焦点，即使是世界级别的私立医院也不敢掉以轻心。

经验丰富的老医生擦亮眼镜片，戴稳口罩，仔仔细细检查了仪器数据，抬手示意微胖的女护士逐一记录下来。

另一个年轻的护士则在一边细致地打理床铺，理理被角，小心翼翼拨开病人额前白色绷带上的一缕头发。

年轻护士的目光落在床上，白色病床上安静沉睡着那个俊逸的人。

他面容完美而苍白，双眸紧闭，毫无血色的唇角上还结着小小的痂。他瘦了不少，胸前绑着染着血渍的绷带，不久前他的胸腔断了一根肋骨，伤及内脏差点丧命。

至今，都能嗅到淡淡的、让人心痛的血腥味。

他身上插着各种各样的仪器管子，曾经俯瞰众生、神一样的男子，如今只能靠这些毫无生命的管子与死神抗争……

她的目光最后落在病人右手的无名指上，那里有一枚银色戒指，谁也不敢触碰这枚戒指，它至今仍留在病重主人的指头上。

年轻护士看着看着，她的眼角就泛起阵阵酸涩，视线也开始模糊，黑色眼眸里忽然涌出清冽的水花。

心，是难以控制地疼痛。

想要伸出手触碰他的嘴唇和脸颊，感受尚存的温度，可又害怕指尖触摸到的是死一样的冰冷。

白色口罩下，年轻护士死死咬住颤抖的嘴唇。

那种无奈让她泪眼模糊，有种想痛痛快快哭一场的冲动。

可她不能哭，要面对未来未知的日子，她不敢哭。

老医生终于检查完毕，满意地点点头。

招招手，示意两个护士赶紧随他离开病房。

年轻护士走在最后，走得很慢。直到再也看不到那白色病床，缓缓关闭的大门隔绝了最后一抹风景……

走廊上遇到刚处理完事情，匆匆赶来的老人。

几天不见，坤叔愈发老态龙钟，额头皱纹深深，眼眶周围是厚重的黑眼圈。

"怎么样？小宇他今天情况怎么样？"

年轻护士躲在微胖女护士身后，竖起耳朵听着老医生和坤叔的谈话。

老医生说："您请放心，一切正常，那位已经脱离危险期，现在仅仅是短暂昏迷。

距离苏醒，约莫还有三四天。完全恢复，恐怕还需要半年。"

坤叔老眼一酸，沧桑的声音似叹息似悲哀："你们切记一件事，小宇苏醒后问起阳洛天，便说她在另一个病房修养，身体尚好，在小宇身体恢复前，绝不能让他知道阳洛天的死讯。"

老医生点头，回道："您老已经提醒过多次，我们早熟记于心。"

短暂交流后，坤叔匆匆朝着病房方向走去，老医生回办公室继续研究病情。

空寂明亮的走廊，留下那位怔怔发呆的年轻护士。

她无奈苦笑着，这样也好，世人都当阳洛天在爆炸中死去，尸骨无存，从此再无人能用阳洛天这个人威胁她的小白……

只是还会从心里惋惜，她和他在一起的每一寸光阴都好幸福，幸福到她恨不得用小刀将每一件小事都雕刻在自己的骨骼上、灵魂上。

脱下白手套，右手五指缓缓伸出，挡住午后渗入寂寥长廊的灿烂阳光，每一根手指都泛着光。

无名指上的银戒，在光芒下异常夺目。五指用力合拢，搁在胸前，她曾经以为，她终于抓住了幸福……

她好不容易才得到的光，这么快就要消逝了，无可奈何。

年轻护士，也是换装后即将离开的阳洛天，一步步朝着走廊深处走去，走向另一个波谲云诡的世界……

小白，此去经年，是否还能再相见？

还没来得及说出我的秘密，

还没来得及轻吻你的唇，

还没来得及再说一次我爱你，

我就要沉默着离开了……

这条路充满荆棘，我终于要离开你的羽翼重返一个人的路途……

特级病房里，心电仪器有感应似的，红色波纹突然跳动……

第五章 > 重逢

于千万人之中遇见你所遇见的人，于千万年之中，时间的无涯的荒野里，没有早一步，也没有晚一步，刚巧赶上了。

——张爱玲《爱》

八年后。

阳光炽热毒辣，戈壁滩上肆意生长的野草尖锐得几乎能刺破脚掌，几十名特种兵负重三十公斤，脚踩着灼人的戈壁急速前进。

天气炎热，气候干燥，环境恶劣，饥肠辘辘，饶是饱经挫折的特种兵也吃不消。其中两名矮个子特种兵渐渐脱离队伍，落在最后气喘吁吁拖着沉重的步子。

"这女人是从哪个魔窟里放出来的？这是人能完成的训练吗！"特种兵甲喘着粗气，差点被脚底的碎石子给绊倒。亏得特种兵乙险险地扶了一把，甲才保持住平衡。

乙用粗手狠抹一把汗水，仰头望向炽热发白的太阳，"甭抱怨了，听说这女人来头不小，我们还是跟着大伙儿走吧。"

特种兵甲冷哼，脚底阵阵疼痛，连带着脾气都上来了，破口大骂："我看那女人八成就是花瓶，她以为五十公里是女人化妆绣花？她要真有本事就甭每天窝在直升机里吹冷气。"

话音刚落，忽然从杂草堆里蹿出一只雪白剽悍的大型藏獒。

"嗷呜嗷呜~"

藏獒仰天长啸，四蹄生风、张开血盆大口猛朝两个落后的特种兵冲去。雪獒力大凶猛、野性尚存，被咬伤后果不堪设想。

两个特种兵惊骇万分，拔腿就跑。

第五章 > 重逢

这头雪獒似乎极有灵气，追着几十名特种兵跑，谁落后就咬谁的屁股，五十公里像是在赶羊似的，终于在夕阳西下时分彻底结束。

所有人都累瘫在校场之上，一个接一个倒地，大喘粗气。

"汪汪汪~"雪獒神气十足，骄傲地摇摆着白尾巴，耀武扬威地从累瘫的人们中间穿过，半蹲在地上，扬起雪白的大脑袋仰头看天。

天空慢悠悠降落下一架直升机，机舱打开，一只带血的死兔子被扔了出去，准确无误地落入雪獒张开的血盆大口中。

黑色军用皮靴踩在地上，溅起扑鼻的灰尘。女子慢条斯理脱下头盔，瞧着地上躺着的一排浑身汗水的特种兵。

"啧啧，连一只狗都跑不过，怪不得你们首长哭着求小爷给你们搞特训。"

边上啃兔子的雪獒"汪汪汪"叫唤两声。

她似乎尤其擅长损人，声音抑扬顿挫、怪里怪气，地上躺着的特种兵们瞬间怒气冲冲，各个打鸡血般站立起来，虎目瞪着眼前优哉游哉的女子。

被人讽刺不如一只狗，还是被女人讽刺，血气方刚的男人们哪受得了？

最不服气的当数被雪獒咬了好几口的特种兵甲，他怒气冲冲，粗眉毛翘得老高，"你的狗是万里挑一的雪獒，我们怎么可能跑得过？你一个女人懂什么军事训练，回家养你的娃、绣你的花。你若再不服气，咱们单挑，让你这女人见识见识什么叫军人！"

这话几乎说出了众位特种兵的心声，众人注视着眼前这个高挑清俊的女子，她长得太俊俏，太过修长玉立，实在和一干四肢发达的特种兵格格不入。

阳洛天优雅地翘起手指头，"连我家小白都跑不过，你们还不配和小爷单挑。休整十分钟，接下来负重障碍跑，结束再吃饭。"

雪獒啃完一只兔子，嗷嗷朝天叫唤两声，它还没吃饱，可以拿这帮傻子当晚饭。

众人：……

见过嚣张的，没见过这么嚣张的。

这边阳洛天兜里的通信器嘀嘀响了两声，阳洛天背过身，纨绔不羁的模样瞬间转变，清隽眉眼异样冷酷。

"什么事？"

正在休整的几十名特种兵，忽然听到直升机边的女子破口大骂。

"你当我是临时工啊，随时随地听你们调遣？国家养了那么多特警、特种兵你们不用，非得让我去当苦力！告诉你，这任务就是国家主席亲自发布，我也不接！"

话毕，女子直接捏碎了手里的通信器。

动作之剽悍，神情之冷酷，看着碎成渣的通信器，一干特种兵莫名觉得后背脊梁噌噌冒冷汗。

能够徒手捏碎坚硬通信器的女人……

呵呵……

这次不用雪獒发威，特种兵们自觉背上负重包，投入艰苦卓绝的练习中去。

发威后的阳洛天，伸手搓搓捏捏雪獒脑袋上毛茸茸的白毛，半眯着眼望着满是荒草碎石的戈壁滩，"小白啊，新任务来了。G20峰会安保。"

雪獒："汪汪汪～嗷呜嗷呜～"

阳洛天低头瞥了眼兴冲冲的雪獒，微微一笑，心头略微苦涩，这样无休无止的日子何时是个尽头……

城市的天空湛蓝，高高低低的建筑群林立，经济繁华。

巨大的电视墙全天播放着最新的国际要闻：

"G20峰会将于三日后在我国沿海经济特区R市举行，以寻求合作，促进国际金融

第五章 > 重逢

稳定。据报道，各国领导人或相关代表正相继抵达 R 特区。"

R 市帝都酒店，黑色加长林肯在众保镖车的护送下抵达。

车门打开，黑色皮鞋踩上红地毯，恭候良久的负责人员赶紧走上前来。

"Antony 总统，欢迎光临帝都酒店。"

总统 Antony 微颔首，保持着惯有的上位者笑容，蓝色眼眸淡然扫过奢华富庶的酒店，精致唇角微微翘起。

这位年轻有为的总统，就职不过五年，早已经是政坛中铁血手腕的代表。S 国在他强有力的政策指引下，克服了金融危机，经济高速增长，逐步走向欧洲各国前列。

与他强悍政策相悖的是，他拥有完美无瑕的面容，卓绝超然的气质，是有史以来最受女性欢迎的国家领导人。

总统套房内。

秘书有条不紊地汇报着这次 G20 峰会的行程，上座的俊美男人手执红酒酒杯，猩红的液体伴随浓浓酒香滑入红唇。精致的眼睛凝望着落地窗外蔚蓝的大海。

"好了，先下去。"宋浩瀚吩咐道。

秘书弯腰领命，很快消失。

宋浩瀚起身，走向落地窗，淡淡的腥味夹杂在海风里，眉眼一晃，似乎又回到某段错乱美好的时光。

银白飞机划过天空，机翼在蓝天白云下像鸟儿雪白的翅膀，宋浩瀚想，她已经逝世八年了……

有人在地面仰头看天空，天空上有人低头俯瞰大地。

安静整洁的头等舱，他侧头，窗边飘过大片大片雪白的云朵。

他深蓝的眼眸安静锁着透明机窗外一闪而逝的风景。

刀削斧砍的侧脸带着凛然的气势，仅仅一个完美侧脸，竟然让人有种可望而不可即的错觉。

左手指头轻抚过右手无名指上的银色戒指，这是他沉默的时候最平常的动作。他神情有几分忧郁，几分淡漠，引人注目又让人不敢轻易瞻仰。

然而列衡宇不知道的是，他深深想念的那个人正在同一架飞机之上。

机舱底盘。

阳洛天咬牙从狭窄的库房里钻进控制室，核心控制室里黑漆漆一片，唯有角落里亮着一盏触目惊心的红光。

好不容易爬到红光所在处，阳洛天打开小灯，白色灯光下那一枚电子炸弹正"嘀嘀"作响。

"杰杰，马上给我炸弹的破解方式。"阳洛天趴在炸弹边，对耳麦那头的手下吩咐。

"头儿，您先睡十分钟。我马上破解。"

阳洛天翻了个白眼，低头仔仔细细观察着眼前的炸弹。脱下手套，慢慢伸手触碰冰凉的电子炸弹。

> 相逢

阳洛天低头摆弄着手里的炸弹，轻轻剥壳拆线，还不忘听着耳机里手下的埋怨诉苦。

"头儿，你说咱们黑月怎么老是这么苦？反恐、防暴、暗杀这种事咱们勉强还能接受，现在上头居然派黑月去负责G20峰会安保。我们又不是特警，安保这种低级无节操的工作居然交给我们高贵的特工做！"

叶俊杰十指在键盘上飞动，一边寻找炸弹拆解方式，一边大倒苦水。

"更可气的是，上头给我们这么多任务，居然还不肯加工资！头儿，你有空和局长

第五章 > 重逢

说说？哦，对了，听说这次G20峰会挺重要的，20个国家都派出了代表，还有各国顶级商业精英。"

叶俊杰话还没说完，耳麦里传来女子清冷的声音："好了。"

"好了？"叶俊杰手里的动作僵住了，目光僵硬地看向边上的时钟，才过去4分钟，脑门滚下一串惊叹的黑线，"头儿，你已经把炸弹拆除了？"

阳洛天镇定点头："等会来机场接我，晚饭准备大份牛排，我家小白要吃5分熟带血牛排。"

"头儿，你不是女人。"叶俊杰冒着被砍头的危险大发感慨，头儿不愧是特工队伍里的No.1，拆弹功夫无人可敌。

银白飞机穿云掠过蔚蓝天空，一场悄无声息的炸弹危机宣告结束。

机场人来人往，这次峰会几乎吸引了整个世界的目光。

阳洛天穿着低调的黑色休闲衣，脑袋上套着黑色连衣帽，低头顺着人流走出机场候机厅。

在她身后不远处，一抹西装革履的英俊身影同样顺着人流前进，墨镜下的深蓝眉眼扫过熙熙攘攘的行人，万年大洁癖列衡宇忍不住眉心微皱。

虽然有几名随身便衣特卫帮列大神挡开人群，但依旧不能阻止有人无意挤到他的身边，衣角交错，人流夹杂汗臭喧嚣，列大神内心那种厌恶感几乎到达极致。

特卫瞅着自家一脸冰冷的老板，吞吞口水小心翼翼道："老板，您的私人飞机正在检修，过不久就能送到R市。"

特卫心里滚滚涌过不安惶恐，高冷的总裁大人的洁癖症极为严重，如果不是此次峰会极为重要又时间紧迫，列大总裁无论如何也不愿意屈尊到客机上就座。

这位位高权重的世界财团大老板，用残酷的手段兼并当年盛极一时的圣华集团，大刀阔斧改革旧部，投资各大行业，雄踞在圣华经济区龙头之位。

列氏集团几乎是世界财团中神一般的存在。

而今，让大老板屈尊坐普通飞机……

"下次直接包机。"列大神甩下一句冷冰冰的话，看着黑压压的人群，英挺眉头有淡淡不耐烦。

话音刚落，傲娇的列大神脚背突然一阵痛。

他浑身的冷气顿时迸发：居然！有人！踩到！"朕"高贵的脚！

人流拥挤，阳洛天不经意间踩到某个人的脚背，好宝宝阳洛天赶紧道歉："对不起啊，兄弟~"

正打算回头给那位倒霉的老兄再赔个礼，突然远处传来叶俊杰富含特色的高呼："头儿，头儿，您在哪里？"

阳洛天耳朵一竖，朝着叶俊杰声音处窜过去，刚好和西装革履、面容冰冷的列衡宇擦肩而过。

列衡宇正打算揪出这个踩了他高贵脚背的刁民，却忽然听到嘈杂人群中一道清脆的嗓音："对不起啊，兄弟~"

仿佛在哪里听过，清朗清脆得像三月的淙淙泉水，悦耳好听之极。那分明是个女子爽朗的道歉声，可列衡宇蓦然感到一丝丝的熟悉……

一转头，那道声音的主人早已经消失在拥挤流动的人群里……

列衡宇心头浮起淡淡的怅然，这是他的洛洛的国家，只是再也见不到那个阳光般的少年了，心依旧疼痛着。

两人朝着相反方向离去，背对背，谁也不知道曾经擦肩而过。

命运的铃铛声清脆悦耳，迷失的人迷失了，相逢的人还会再相逢。

第五章 > 重逢

帝都酒店安保室。

气氛极为诡异，波涛汹涌暗藏杀机。

阳洛天翘着二郎腿坐在椅子上，身后站着幸灾乐祸的小胖子叶俊杰等人，右手边蹲着硕大剽悍的雪獒。

雪獒软趴趴地睡在阳洛天脚边，慵懒地眯着眼睛，雪白的大脑袋时不时往阳洛天脚踝蹭蹭。

安保负责人讪讪笑着，笑眯眯的眼睛盯着椅子上的短发女子，"1号，G20峰会不是小孩子过家家，李局长亲自安排的任务，谁也不敢违背。"

阳洛天冷哼，自从四年前师父在河南这厮的软磨硬泡之下，终于答应"退休"离开国安局局长的宝座，新上任的局长李云峰愈发雷厉风行。

这位李云峰局长，远远不如面上看起来那么温润如玉，温和笑容下是尖锐冰冷的刀子。他直接把黑月扔给阳洛天，隔三岔五砸过来任务，势必要把新一代黑月磨砺成祖国最尖利的刀子……

局长的苦心，阳洛天倒是能理解，可是……阳洛天捏捏拳头，咬牙切齿地发问："安保就安保，为毛小爷要穿女装，浓妆艳抹的怎么和敌人枪战？"

雪獒："嗷呜、嗷呜～汪汪汪～"

安保负责人继续保持雷打不动的笑容，"据说已经有身份未知的极端分子混入帝都酒店。1号，你身上煞气太重。我们保护的是各国政要，必须掩人耳目，谁也不会料到总统身边美艳的女人会是身怀绝技的杀手。放心，我们拥有顶级的化妆人员，一定会让1号您充满女性魅力的。"

阳洛天噤声，低头看了看自己潇洒干练的特工装扮。

这八年来，她再也不是曾经那个前后扁平的少年郎了，终于发育完全，勉强也称得上前凸后翘。

但是扮成个娇滴滴的女人，阳洛天总觉得和吞了只蟑螂般让人烦躁。

叶俊杰猥琐地看了眼自家老大，也伺机添油加醋道："头儿，国家利益至上。我们为了国家什么都可以牺牲。不就是一套衣服吗？头儿你不会是怕了吧！"

其他黑月成员齐齐露出诡异笑容，他们无比期待女汉子蜕变成女娇娥。

连阳洛天脚边的雪獒也睁开狗眼，朝阳洛天露出满口雪白锋利的牙齿……

阳洛天危险地眯眼，平静地看着自己的一帮手下，这群狐狸崽子的那点儿猥琐心思当她不清楚？技不如人，就想着从其他地方讨点好处。

阳洛天咬牙，一拍大腿站起来："这次任务必须圆满完成，一个月后小爷带你们再去叙利亚玩玩枪！"

黑月众成员：……

暴乱动荡的叙利亚，呵呵呵呵。

夕阳金灿灿的余晖洒满 R 市。

某人踩着高跟鞋，跟跟跄跄走进帝都酒店大门。女子长发秀面，白裙洋装纯洁如画，漂亮得差点电死路上爬过的几只公蚂蚁。

阳洛天恨恨盯着脚上的高跟鞋，穿上去就和踩了跟针一样，摇摇晃晃，真不知道别人是怎么驾驭这种恐怖的女人武器的？

"头儿，您就甭抱怨了。赶紧去五楼右侧的总统套房，人家总统在那里等着中国随身安保大驾光临呢。"耳麦里传来叶俊杰幸灾乐祸的声音。

阳洛天真想一耳刮子扫过去，这针尖似的鞋跟，这差点露出两胸的白裙子，这涂了一层厚厚白色粉底的脸，这长得能当扫把的假发，当女人真辛苦……

第五章 > 重逢

酒店富丽堂皇的大门前黑压压一堆人，各个翘首企盼，似乎在等待着重量级客人。

衣裙翩翩的窈窕淑女阳洛天好不容易才挤进去，侧头看了眼堵在门口的人群，啧啧赞叹两声，不知道是哪国总统有如此大的架势。

白色身影很快消失在门口，几乎是同一时间，数辆加长林肯威风凛凛地停下，车门打开，西装革履的列衡宇出现在众人眼前。

深蓝精致的眼眸扫过黑压压的人群，俊逸眉眼划过淡淡不悦。

余光无意瞥过绿树婆娑的角落，列衡宇发现一只硕大的白色藏獒蹲在树荫下，甩着粗粗的毛尾巴，悠闲地乘凉。

那只雪獒似乎察觉到有人注视自己，扬起狗脑袋，大大的蓝色狗眼睛准确无误地看向人群中的帅气男人。

"嗷呜嗷呜"叫唤两声，雪獒慢吞吞起身，朝着大门走去。

列衡宇心头淡讽，眼前这群等候自己的人，还没有一只雪獒有趣。

帝都酒店一楼大厅宽敞奢华。

阳洛天现在改头换面成了淑女，自然不能风风火火毫无形象地窜上五楼找这次保护的对象。

于是只能默默地在电梯边静候。

"我家小白呢？"阳洛天压低声音，询问耳麦那头的叶俊杰。

"放心，头儿。小白狗它在一楼大厅，它鼻子灵，你涂再厚的粉，它也认得你剽悍的女人味。"

列衡宇在特卫和负责人的护送下走进大厅，虽然极不喜欢人多的场合，但作为大集团总裁，总有必须要应酬的人和事。这次G20峰会重要之极，赢得全世界瞩目，该给的面子需要给，即使心里极为不喜。

负责人絮絮叨叨讲着欢迎词,向这位权重一方的男人介绍着酒店布局、安保措施等。

列衡宇耐着性子听着负责人的话,隔开一段距离,他不喜欢外人靠自己太近。这么多年,只有一个人能靠近自己。

"小白~过来~"

一丝清朗嗓音忽然穿透嘈杂的人群,传到列衡宇耳畔。

他几乎愣在原地,胸口怦然爆炸,难以置信地怦怦怦跳动着。

小白……只有一个人会叫自己小白,那人曾经整天唤自己"小白脸",两人相爱后,才改口称呼为"小白"……

"列先生,您是身体不舒服吗?"负责人发现对方的不对劲,手试图拉拉列衡宇的衣袖,保护在列衡宇身边的詹姆士很快阻止了负责人的动作。

列衡宇的目光落在角落里的电梯边,他看到那只巨大雪獒慢悠悠走近一个白裙女子身边。

女子微弯腰,绸缎似的黑发挡住了脸庞,白色裙子上绣了细碎的花色,纤腰长腿,穿一双漂亮的水晶高跟鞋,即使看不清楚脸,列衡宇依旧能判断出这个女子的清丽容颜。

她手上戴着白丝手套,手掌轻轻揉着雪獒的脑袋。雪獒高高扬着脑袋,蹭蹭女子的手掌,白尾巴得意地摇摆着,大大的狗脸满是惬意舒适。

那一瞬间,列衡宇居然有些嫉妒这只雪獒,连他自己也觉得莫名其妙。

电梯门"嘀"的一声打开,一人一狗走进电梯。

列衡宇想要细看女子的脸,但是她自始至终垂着头,长发挡住脸,直到电梯门自然合上。

那只雪獒叫小白?

列衡宇俊眉微敛,无意识地触碰无名指上的银戒,心里有一丝说不出的复杂。就好像心爱的人在掌心突然消失般。

电梯徐徐上升，阳洛天愣在原地。

他在这里……

他在这里……

> 宋大总统

心像是被针尖狠狠扎着，刺痛伴随着喜悦冲击着每一根神经。

时光飞舞中被刻意遗忘的记忆，如洪水般波涛翻涌浮现在眼前，逼得人泪眼婆娑。

仿佛昨天还在他身边，打打闹闹你侬我侬，笑得肆意而张扬。

今日惊鸿一瞥，他模样愈发清俊绝世，一身西装透着睿智不羁，仿佛成熟了不少，却越发引人注目。

在人群里，他耀眼得像太阳，绝世独立。

"头儿~"

"头儿~~~"

"头儿~~~~~你发什么呆啊，现在是任务时间呐！"耳麦里的叶俊杰吼得嗓子都快冒烟了，他家老大就像耳聋似的就是不回话。

"汪汪汪~~嗷呜嗷呜~"雪獒的大脑袋使劲蹭阳洛天的长腿，一个劲儿拱着。

好半响，阳洛天才如梦初醒，愣愣抬头。

素手一抹，脸上湿漉漉一片，不知何时已经满脸泪水。

电梯早已经到达五楼，无人启动，电梯门开了又关，关了又开。

"杰杰，我没事……对了，你刚才说美国总统在哪个房间来着？"阳洛天擦干脸上的水渍，用了许久，才强迫自己镇定下来。

列氏集团已经脱离危机，河南大叔的威胁早就不起作用了。

河南大叔把自己安置到国安局，不就是为了再造一个实力超群的李沧月，早点和师父过上夫妻如胶似漆的日子？

可她现在还没有做好和小白见面的准备，而且，更重要的是她现在一身淑女名媛的穿着打扮，列衡宇能接受自己是女人的事实吗？

更何况自己的职业太过危险，注定不能长久安居。

"五楼右侧的房间。"叶俊杰砸吧嘴皮，又不经意提了一句，"对了，头儿。美国总统架子大，他带了FBI特工，拒绝我们中国安排随身安保。所以刚才系统自动把你保护的对象做了调整。"

黑月20名成员，G20峰会来了20个国家代表和世界企业前十强代表。政治家由黑月保护，根据黑月成员的实力，逐一分配保护对象。

阳洛天作为实力剽悍的黑月队长，保护的自然是仇人最多的美国总统。

秀眉抬起，阳洛天心头涌起极为不好的预感，问："改成谁了？"

叶俊杰答："S国总统，Antony。头儿你快去，其他成员已经和保护对象见面了，您甭让人家Antony干等着。我听说这位总统特别受女性欢迎……"

Antony·Allen，不就是宋浩瀚……

耳麦里叶俊杰叽叽喳喳说的话，阳洛天愣是一个字儿也没听进去。

她今天出门前应该翻翻黄历或者买千万彩票，此等狗血剧情发生在自己身上，简直是火星撞太阳的概率。

出了电梯门，阳洛天老远就看见总统套房门口站着四个威风凛凛的黑衣保镖。

侧头瞄了眼走廊的银色墙壁，倒映出女子清澈美丽的面孔，这张脸被化妆师精心雕琢，眉眼如画，漂亮得不像话。和戈壁滩里那个清俊英气的1号特工判若两人……

第五章 > 重　　逢

阳洛天思忖着，隔了八年，宋浩瀚这厮估计也认不出自己就是逝世八年的阳洛天。

这样一想，心踏实了不少。阳洛天带着自家小白，斯斯文文扮作淑女，朝着总统套房走去。

刚到门边一米远，便被高大的黑衣保镖拦下了。

"小姐，请绕道。这里不得进入。"

阳洛天忍住翻白眼的冲动，活了26年，第一次有人称呼自己为"小姐"，心里甭提多别扭。

她淡定地取下左手的白丝手套，露出手腕上的精密电子环表明身份："我是中国安保中心派来保护总统的安保人员：1号。"

黑衣保镖古怪地瞅了眼面前娇俏的美人儿，瞥了眼美人身后的巨大藏獒，又仔细检查了电子环，心底不住嘀咕，这姑娘怎么看都不像是保镖，更像是中国送给总统解决生理需求的……

当然，出于尊重，黑衣保镖还是开门放人，将一脸好奇的雪獒留在门外。

套房内，G20峰会尚未开始，宋总统很悠闲自在地背靠在软椅上。听着秘书汇报未来几日的行程，手里翻阅着新送来的各国内情资料，顺便等候中国安保中心派来的安保人员。

谁知这一等便是半个小时……

落地窗外海风阵阵，吹起白色纱帘，一只鸟儿扑腾扑腾地飞到打开的窗前，四下瞅了瞅精致华丽的屋子，随即扑棱翅膀飞向夕阳红艳的天空。

这只鸟的动静挺大，见多识广的秘书不禁瞄了一眼，随即笑着对宋浩瀚说："总统，这种鸟在中国叫喜鹊。听说只要遇到喜鹊，必定会有喜事儿发生。"

宋浩瀚掀开眼皮，懒懒地看了眼被夕阳染成金色的落地窗。

能有什么喜事发生，难不成上天还会把失去的人送回他眼前？

刚这样一想，门口处传来轻轻脚步声。

清朗如铃的女声响起："总统先生，抱歉让您久等了，我是中国安保中心派来保护总统的安保人员，您可以唤我1号。"

宋浩瀚眉心一动，指尖顿了顿，蓝色眼眸慢慢滑到走进来的漂亮女子身上。

阳洛天努力做出名媛淑女的模样，红唇勾起适宜的弧度，眉眼弯弯适当表现出和蔼的面容，纤纤素手交叉在腹部，恭恭敬敬地朝宋大总统行了个标准礼。

心里面滚过一万只某种动物，这副虚伪的模样差点把自己恶心死了……

"你是安保人员？"淡淡的鼻音，浓浓的怀疑，瞳仁里的蓝色愈发深沉。

"是。总统先生，这些天我会和您的保镖一起保护您的安全。"

阳洛天假装恭敬地点头，灿若星辰的眸子望着精致华美沙发上的男人。

他穿着淡红的丝绸睡袍，白腰带横系在腰上，睡袍领口大张露出结实精壮的肌肉，那张妖艳魅惑的脸隐隐透着成熟的俊美。

好久不见，这人依旧改变不了骨子里的妖艳本质……

屋子里静了静，宋浩瀚抬手示意秘书出去。

他从沙发上站起来，阳洛天皱起漂亮的眉头，两眼瞅着宋美人越靠越近，心头狐疑，难不成他发现了？

不可能吧？

下巴忽然一阵痛，宋美人一如既往勾起阳洛天的下巴，精致的眼眸久久锁着面前人的脸庞。

倏忽放大的俊脸吓坏了阳洛天的小心肝儿，独属于宋浩瀚的香水味扑鼻而来，阳洛天恍惚记起很久以前，宋美人也特喜欢勾自己的下巴，就像逗宠物似的。

第五章 > 重　　逢

"呵呵，中国居然送了一个手无缚鸡之力的美人过来当本总统的保镖。"宋浩瀚手指紧紧锁住面前人的下巴，双眸如狐般不放过阳洛天的每一个面部动作，"你确定你是保镖，而不是做其他贴身的工作？"

男性暧昧的气息萦绕在鼻翼，阳洛天强忍住揍人的冲动，扭头蹭开宋浩瀚钳住自己下巴的手，退后两步，镇定道："总统先生，请自重。我的确是保镖。"

宋浩瀚上前一步，似笑非笑道："既然你是保镖，那总得对本总统负责。迟到整整半个小时，如何负责？"

阳洛天别开他灼灼的视线，他不会色胚心不改，见到美女就喜欢勾搭吧？

"总统先生，我向您道歉。"

宋浩瀚轻笑摇头："口头道歉无用，你可以用其他方式补偿，比如身体。"

炽热的眼神落在身上，似乎要剥了那层漂亮衣服一窥内中风景。

这张陌生又熟悉的脸，和梦境里起伏徘徊的容颜几乎是一个模子刻出来的。他一寸一寸观察着她的脸部轮廓，不放过她任何的小动作。

阳洛天浑身别扭，恨不得手里有把冲锋枪，直接轰了眼前这人。沉住气，阳洛天勉强勾起冷笑："对不起，我想我应该离开——"

她的声音冷冷的，一下子冲垮宋浩瀚的防线。

剩下的话戛然而止，宋浩瀚突然一个箭步冲上来，手臂紧紧抱着阳洛天，力道之大差点勒死阳洛天。

"小天天！你是小天天！"

他惊喜地大叫，俊脸绽放出巨大的喜悦，抱着她，将脑袋深深埋在她的脖颈里，生怕这是一个虚无的梦。

阳洛天僵了僵，原来宋浩瀚刚才是在试探自己，暗中观察自己的脸部表情？！

男性气息掩盖住一切，脑袋靠在他结实的胸膛上，阳洛天几乎听得到他的心脏猛烈的跳动声。

"你是小天天，同样的眼睛，同样的神色，同样的冰冷语气，你就是我的小天天！"声音喑哑，带着微微战栗。

阳洛天心里感到淡淡悲凉，过了八年，她以为世人会忘记曾经有个不羁于世的阳洛天……

可列衡宇无名指上的银色戒指，宋浩瀚坚实的拥抱，无声昭示着阳洛天并不曾消失在世人的记忆里。

或许时间并不能带走人们的记忆，记忆如一杯酒，在岁月里越酿越甘醇。

阳洛天深深吐出一口浊气，并不忍心推开这个男人，只得瓮声瓮气吼道："宋美人你松手，你压得小爷胸部好痛~小爷好不容易长出来，你这么抱着铁定缩水！"

脖颈处传来"扑哧"一声笑。

或许是屋子里动静太大，门外保镖听到风声赶紧冲了进来。

一瞧，瞧见自家总统正抱着美人儿……

雪獒钻进一个脑袋，蓝色狗眼赫然看见自家主人被色狼抱住，嗷嗷大叫冲了过来。

黑衣保镖见雪獒袭击总统，连忙冲过去救驾。阳洛天赶紧蹭开宋美人的虎爪子，自家小白凶猛的攻击本性可不是一般人能承受得住的……

保镖防狗，狗咬总统，阳洛天既要防狗又要保护宋浩瀚，屋子里一时间鸡飞狗跳好不热闹。

瞎折腾好久，总算归于平静。

巨大的雪獒挤在主人和总统之间，摇晃着白尾巴，狗眼瞪得铜铃般大，坚决不让总统大人靠近自己的主人。

第五章 > 重逢

阳洛天无奈地搓搓捏捏小白的毛绒脑袋，简单提及这些年的事儿，车祸后离开圣华，到了中国国安局做事，一待就是八年，丝毫不提及当初离开时候的挣扎痛苦。

宋浩瀚静静听着，精致瞳仁久久望着阳洛天，从未移开半分。

看她露出的白皙小腿上浅浅的疤痕，手臂上的刀痕，心里刺痛着，纵横政界，他知道国家机器的重要性与生死拼搏。

他猜得到这八年她经历的危险……

宋浩瀚知道阳洛天有所隐瞒，不过……至少他的小猫咪终于回来了，生命再也不空洞空白。

"很谢谢你，列衡宇昏迷的那些日子，谢谢你替他守住了列氏集团的江山。"最后，阳洛天露出感激的笑容，夕阳金灿灿的光芒洒在她清俊的脸上，愈发虚幻迷离得像是个梦中的人物。

宋浩瀚摇头："如果不是我母亲，或许列氏就不会遭此大难，你也不会离开。你若真要感激，就感激沧河帝企的总裁河南先生，他雪中送炭拯救了列氏。"

世人都认为沧河帝企总裁雪中送炭慷慨正义，殊不知背后有个阳洛天牺牲自己换取这份"雪中的炭"。

阳洛天摸摸鼻头，她自然要好好"感激"河南大叔，哼！不是不报，时候未到！

精灵古怪的模样出现在阳洛天脸上，坏坏算计的神色，俏皮又灵动，宋浩瀚一时看呆，这么多年，她算计人的模样依旧可爱得要命。

换上女装，珍珠般艳丽夺目，宋浩瀚忍不住伸出手，勾勾她俊俏滑腻的下巴。

手刚碰到阳洛天光洁的下巴，雪獒"嗷呜"着猛然扑了过来，大脑袋一甩蹭开这只咸猪手。

"汪汪汪～～嗷呜嗷呜～～～"

血盆大口张开，硕大的狗眼狠狠瞪着俊美异常的宋大总统。

阳洛天回过神来，"嘿嘿"一笑，手指头搓搓雪獒脑袋上的白毛："小白，宋美人虽然不是好人，但也不算坏人。下次注意点，人家可是一国总统，咬伤了小爷可赔不起。"

雪獒"嗷呜"叫了两声，肥硕的大脑袋倒在阳洛天大腿上，心满意足地拱了拱，懒洋洋享受着主人的抚摸。

宋浩瀚眉眼一挑，望着这只肥硕巨大的雪獒："它叫小白？"

> 两只小白

阳洛天点点头："四年前去西藏出任务，在雪崩的山脚捡了只幼年雪獒，瞧它可怜就收留了。这家伙食量大，野性十足，这几年倒也帮了我不少忙，算得上一只特工狗。"

宋浩瀚关心的根本就不是这只狗的来历，他在意的是名字——小白。

蓝色瞳孔里倒映着女子低头温柔抚摸雪獒脑袋的画面，温和的笑容挂在她脸上，愈发衬托得光彩照人。

他当然知道"小白"代表的意义，那个男人……

酸溜溜问："小天天，你心里一直爱着他？"

阳洛天坦然点头，揉揉搓搓雪獒的脑袋："我爱他。但是没办法面对他。当年他若不是为了救我，也不会送掉半条命。刚才在大厅碰见他了，看都不敢多看一眼，心里难受得要命。"

宋浩瀚挑眉，一针见血地指明要点："他似乎并不知道阳洛天是个女的。"

某人苦恼地托着下巴，眼睛可怜巴巴望着落地窗外的海滩："是啊，宋美人你帮我想想办法。"

"我为什么要帮情敌？别忘了，小天天，本总统对你的感情不逊于那奸商。"

第五章 > 重逢

阳洛天转头瞄了眼美艳的男人，阴阳怪气来了句："哦……我真忘了，你好像挺喜欢我的。"

宋浩瀚：……

时隔八年，这只张牙舞爪的猫咪说出来的话一样气死人，真让人又爱又恨。

不过，宋浩瀚妖冶的面孔闪现几分算计，这段日子小天天都会以安保人员的身份留在自己身边，他多得是追求的机会。

距离 G20 峰会还有两天。

不知哪国的代表极为恐惧犬类，无意撞见走廊上一只招摇的雪獒，吓得差点心脏病发进医院。

安保负责人不得不硬着头皮，请阳洛天将爱犬转移。

阳洛天得知消息后，幽幽目光看向办公桌前认真办公的某大总统。总觉得这件事儿和宋美人脱不了关系……

迫不得已将自家小白安置在帝都酒店花园里，就当放养一次练练它的野性。

"詹姆士，事情安排得如何？"

"老板，一切安排妥当。G20 峰会结束前，我们将会获得超过千亿的投资。"詹姆士依旧板着一张大理石般僵硬的脸，时间在他结实的脸颊上刻下纹路，倒也充满了成熟气质。

"你先下去，六点前我要看到资金的最新方案。"

"是，老板。您请注意安全。"

列衡宇负手立在落地窗前，深蓝眼眸看向翠绿苍郁的大花园。绿影婆娑，落英缤纷，恍惚又回到西苑别墅。

当年那一段没了魂魄的日子熬了过来，八年就这么熬过来了，那人清澈的容颜日日夜夜出现在梦里。

世上没了阳洛天，生活仿佛失去了颜色，再大的权势，再让世人艳羡的资产，都换不回逝去人一抹绽放的笑容。

空寂无人的时候，那种思念如野草肆意生长，占据着每寸神经末梢。

失去了那人的痛苦，连着骨头皮肤，一被扯开便是鲜血淋漓的痛。

列衡宇苦涩笑着，深蓝眸光闪烁凉凉的悲哀。

帝都酒店翠绿葱郁的大花园里，一只硕大的雪獒突然闯进列衡宇的视线。

雪獒的铜铃大眼四下瞅瞅，见无人打搅，便慢悠悠走到一棵大榆树下，狗爪子刨了刨草地，随即优哉游哉躺下，惬意地享受无人打搅的午后时光。

列衡宇透过落地窗，看着那只睡得酣畅肆意的雪獒，眼前悄然浮现出阳洛天同样酣畅的睡姿，不由缓缓勾起唇角。

他记得，这只雪獒似乎是一个年轻女子豢养的，名字叫小白。

心里生了几分兴致。

避开保镖，列衡宇步伐悠闲地走向大榆树。

那只雪獒似乎察觉到有生人靠近，白胖的大耳朵动了动，懒懒睁开狗眼瞅了两眼。瞧见英气侧漏的俊逸男人，雪獒干瘪瘪"嗷呜"两声，随即拉下眼皮继续睡觉。

列衡宇难得兴趣十足，走近雪獒身边，半蹲下身子，饶有兴致地打量着这只罕见的雪獒。

按理说，雪獒的领地意识极强，野性十足，对于列衡宇这个入侵者会相当忌惮反抗。可是它似乎颇有灵性，约莫遇强则强，它看得出来人强悍的实力。

"你的主人把你扔在这里？"列衡宇开口问，随即失笑，他居然和一只雪獒说话。洁癖如他，居然对这只脏兮兮的雪獒不反感，反而有种莫名的亲切感。

第五章 > 重　逢

雪獒掀开眼皮："汪汪汪~嗷呜嗷呜~"

怪里怪气叫了几声，耷拉着硕大的白毛脑袋，又继续眯眼睡觉。

掌心触碰了下雪獒的脑袋，毛茸茸的触感带着丝丝温暖渗入皮肤，列衡宇心里升起奇异的情绪。

察觉到有陌生人触碰自己的脑袋，那只凶猛的雪獒仅仅动动毛耳朵，完全不反抗列大神的触摸。

绿树幽幽，草叶清香，两只小白的友情，无形中得到了升华。

G20峰会如火如荼地展开。

各国首脑的会议一个接着一个，阳洛天的安保任务仅仅限于总统下榻的帝都酒店。宋浩瀚一开始忙碌起来，从早到晚的会议、谈判几乎占据了他所有的时间。

让阳洛天咬牙的是，无论宋大总统多么忙碌，只要稍有空闲，流氓本质便露出来了，动不动就调戏美女保镖，牵牵手，抱一抱，美艳妖娆的笑容极其恶劣。

不过更多时候，她这个随身安保便无所事事。

这个任务无疑是八年来最轻松悠闲的活儿，长期在枪林弹雨中生存的阳洛天，一时间不太适应悠闲的光阴。

人一闲下来，各种埋藏的情感都泄露出来。

窝在套房里的沙发上，抱着软绵绵的白枕头，目光游离，一待就是一下午。

帝都酒店之大，几乎占据了整个海湾。

她知道列衡宇也在这里，只要她愿意，一秒钟就能够查到他的位置，知道他在做的事、遇到的人、说过的话……

可，她不敢。

生活在同一片天空下，呼吸同样的空气，看每一天的日出日落，已经是这些年最大的幸福。

> 相见

另外还有一件事特别诡异……

小白发胖了！

阳洛天明显察觉到雪獒肚子上的肉又滚了一圈，走起路来一步一个脚印太重把地面压出坑来。

按理说，小白虽然是雪獒中的吃货，吃货中的战斗犬，但生性警惕，只会吃主人配置的餐饭。

阳洛天托着下巴想，难不成R市的肉富含过多维生素ＡＢＣＤ，同样的食量小白营养反弹？又或者帝都花园里有野味，小白偶尔捕猎塞塞牙缝？

另一边。

午后休闲时光，开完行策会议的列大总裁屏退保安，带着一盒子渗血牛排，亲自给花园里的雪獒送去。

难得洁癖成魔的大总裁还能有心喂养一只狗，尔等刁狗自然不敢违抗皇命，啃牛排啃得那叫一个心满意足。

每当雪獒乐呵呵摇着毛尾巴啃牛排的时候，列衡宇总会想起曾经某个人的吃相，无拘无束、洒脱自在，就好像这只雪獒就是他的洛洛豢养的。

触碰着无名指上的银戒，他已经生了念头，离开时，必定把这只雪獒带回圣华片区。

时光飞逝，S国国务繁忙，宋大总统满脸不情愿地离开帝都酒店前往下一个会议点，阳洛天笑眯眯送别大总统，打算用难得宝贵的午后休闲时光好好补眠。

脑袋粘上枕头，眼睛一闭，一躺就是一下午。

最后是被耳麦里急促的警报吵醒的。

"头儿，监控发现三名可疑持枪分子，正偷偷前往帝都花园。"

阳洛天瞬间清醒，匆匆套好衣裳拿好武器，国安局最担心的事儿还是发生了。

极端分子闯入各国政要下榻的酒店，必然会有案子发生。

"不要惊动政府，派A组人员全部击毙，我马上赶过去帮忙。"

阳洛天冲到套房落地窗前，打开备用窗户，脚尖用力直接从五楼灵活地跳了下去。绿色草叶晃动，人影已经离去。

三个极端分子她根本不放在心上，可是帝都花园里有她的雪獒小白。小白再凶猛，也敌不过混乱中的真枪实弹。

帝都花园面积广阔，种植着繁杂的花花草草，盛夏时候这里特别清凉。

"位置在哪里？"阳洛天走近，锐利眼神扫过绿树婆娑的花园。

A组组长收好枪支，朝阳洛天敬了个手礼："报告，10点钟方向500米，头儿？"

A组组长顿时傻了眼，印象里的阳洛天永远是一身精干的战斗装，短发俏丽、眉眼睿智。今儿怎么换了身如此、如此特殊的衣服？

阳洛天疑怪，扭头瞥了眼A组组长。只见这个高大男人眼神躲闪，黑脸绯红，神色要多别扭就多别扭。

低头瞅了瞅自己的装扮，黑色抹胸小吊带露香肩，黑色超短睡裤露白腿……在A组全副武装的汉子面前，这副类似"比基尼"的打扮的确惹眼得要命。

不知道的还以为头儿刚从被窝里钻出来……她的确刚从被窝里钻出来。

尴尬地咳了咳，她还不是太担心自家的雪獒，跑得匆忙忘记多套点衣裳。

阳洛天别过脑袋，声音无比淡定："放心，三个极端分子而已，我根本不需要特种装备。你们Ａ组眼睛放精神点，再往小爷身上看，两只眼珠子就甭想要了。"

Ａ组组长：……

众组员：……

头儿还是一如既往地心狠手辣，不过，身材真有料……

玩笑归玩笑，除了能力出众的阳洛天，众人神经依旧高度紧绷。

"报告，逐步接近目标。"

"三人呈三角形，好像逐步往中间移动。似乎在秘密攻击某个目标。"

阳洛天摸摸鼻头，三个极端分子，三角形移动围拢，看来这几个人在秘密实行暗杀计划。

阳洛天问："查到他们攻击的目标了？"

Ａ组组长观察着卫星拍照，看清楚极端分子攻击的目标后，神色有些古怪："头儿，这三个极端分子，似乎要谋杀一只白狗。"

卫星拍摄的画面里，在榆树边缘有一只慵懒睡觉的狗。三个目标分子正逐步推进距离……

阳洛天足足愣了两秒，白狗？

小白？

一把扯过Ａ组组长的GPS卫星照相，当真看见主图上，榆树绿荫盖子边缘正优哉哉地躺着一只狗，正是她家巨型雪獒小白。

去！

这年头的极端分子有点古怪啊，难不成喜欢上狗肉火锅了？才冒着死亡的危险跑到帝都酒店谋杀一只狗？

鬼才相信有这么无聊的人会费尽心机谋杀一只狗。

第五章 > 重逢

"A 组注意，"阳洛天沉声道，"谋杀对象不是狗，是避在树干处的人。等会进攻，谁敢伤了那只狗，小爷找谁拼命。"

"……是。"

榆树下，列衡宇背靠着榆树干，犀利眉眼扫过四周。

"詹姆士，如何？"

"老板放心，安保中心的人已经包围了极端分子，我们无法插手。不过中国安保系统历来强悍，您暂时逗留原地。"

薄唇微勾，列衡宇含笑看着一米远外的雪獒。

这只雪獒看起来虽然愚笨，骨子里却很精明。第一时间发现危险后，雪獒当即把列衡宇推蹭到榆树干之后躲避，自己则继续在树荫下乘凉。

如此聪明的一只雪獒，它的主人应该不同凡响。列衡宇想，若有机会一定要见见雪獒的主人。

由于列衡宇非常明智地背靠着树干，前面又有一只巨型犬保护，一时间打乱了三个极端分子的计划。

他们好不容易摸清列氏集团老总的行踪，知道他每日下午都会避开保镖前往花园。所以才设计了这场暗杀行动。

极端分子 C 压低声音吩咐道：

"A，你负责击毙那只狗。"

"B，你和我一前一后夹击，必须把他杀了。"

"是。"

风声鹤唳，海风徐徐吹拂，草叶摇曳、绿荫婆娑。

忽然一声巨吼："嗷呜嗷呜嗷呜~~"

阳洛天心一紧，借着目镜她看到雪獒猛然跃起，躲开飞来的流弹。张开血盆大口朝着东边丛林冲去。

目镜中，她还看到背靠树干、神色淡然的那个人……

一瞬间，心跳激烈。

两名蒙面极端分子正前后夹击，黑洞洞的枪支对准背靠树干的人，尖锐的子弹破膛而出。

在任何场面从来镇静自若的阳洛天，头脑瞬间空白，几乎忘记呼吸。没有下达进攻命令，她直接冲向榆树荫下的人。

"小白！快躲开！"

"砰砰砰~"

阳洛天一把将列衡宇护在身后，摸出枪支直接射击最近的蒙面分子，眸光清冷犀利，特有的煞气弥散张狂。

枪声响在耳畔连绵不绝，草叶纷飞，泥土四溅，树皮裂开。伴随着雪獒惊天动地的巨吼，枪战愈发激烈，血腥味愈发浓重。

A组人员个个经验老到，对付三个送上门来的猎物绰绰有余。虽然头儿今天居然忘记了下达攻击命令，直接冲了出去，A组还是很快反应过来并展开攻击。

不过几分钟，花园又恢复了平静。

阳洛天深深吐了一口气，当了八年特种兵，居然还会有紧张万分的时刻。

扭头，一把抓住列衡宇的胳膊，没经过大脑思考的话脱口而出："小白，没事吧？"

然后，心"咯噔"一下，阳洛天自己都愣住了。

骨子里的习惯并不会随着时间消逝而改变，相反在某个特定的时候，习惯会不经大脑悄然再现。

四目相对，恍若隔世，恍惚就在昨天。

空气凝滞了，那双深蓝眼眸划过深思，浓浓如墨，渐渐清亮，如雪融化。

雪獒满嘴带血，甩着大尾巴，趾高气扬地回到阳洛天身边，白毛大脑袋拱着僵硬石化的阳洛天，"嗷呜嗷呜"叫唤两声邀功。

梦里千百回出现的脸就在眼前，八年了，他比以前更成熟、更让人心动，她却莫名心虚，不敢触碰那双深蓝如海的眼。

心虚，心痛，不敢触碰……鲜血淋漓的记忆冲击心脉。

咬牙，挣扎起身，两脚迈开猛朝外跑。

胳膊忽然被一股强劲外力扯住，猝不及防的阳洛天重心不稳，一下子跌回温暖颤抖的怀抱。

"报告，三名极端分子……呃……已经被击毙………请指示……"

A组赶来的人齐齐傻站在原地，齐齐擦擦眼睛，心里齐齐滚过一万只某种动物，他们心中那个剽悍霸道的头儿，居然被一个英俊的男人抱在怀里如兔子般动也不动……

一路无言，众目睽睽之下，阳洛天是被列衡宇横抱紧锁着离开现场的，身后跟了一只满嘴人血、摇着尾巴的雪獒。

套房里安静无声。

雪獒抬起白毛脑袋，懒洋洋趴在地毯上看着两个主人。

阳洛天规规矩矩坐在沙发上，动也不敢动，沉默不语的列衡宇取来医药箱。

轻拉过阳洛天的左胳膊，他取出棉花慢慢擦着胳膊上磨破皮后蹭出的大量血渍。

男人半跪着，低着头，细致小心地处理阳洛天胳膊上的伤口。阳洛天看不清楚他的神情，猜不透他的心思，只看得到他指尖微乎其微的战栗。

胳膊一阵刺痛，阳洛天蹙眉，压低声音道："我自己来。"

缩回胳膊,阳洛天熟练地用酒精消毒,涂上红霉素,用脱脂棉覆盖伤口,最后用医用纱布包扎,还打了个精致漂亮的结。

一系列动作流畅自然,这些年隔几天就要给自己或者队员包扎伤口,她已经完全熟悉伤口包扎的流程。

处理完伤口后,一抬头就对上一双深蓝幽暗的眼眸。那双眼睛里有心疼、有喜悦、有怀疑、有不安,阳洛天不敢直视,鼻子一酸差点掉下眼泪。

可是列衡宇一言不发,沉默得让阳洛天心悸。

她宁愿被怀疑、被质问、被责骂,也不希望他长久沉默。

她感觉到,他的眼神落在自己的脸上、脖子上、身上,落在每个地方,挣扎犹豫仿佛在接受一个不敢想象的事实。

一只手慢慢触碰上阳洛天的胸膛,落在滑腻白皙的皮肤上,带着不可思议,触碰她好不容易发育出来的两团……

阳洛天瞅瞅自己的抹胸小吊带和黑色短裤,瞄了瞄落在胸口上的手,脸一红,赶紧扯过搭在沙发上的大毛巾,顺溜地把自己露了太多肉的身子裹好。

门被敲了敲,詹姆士小心地问:"老板,今晚还有会议。"

列衡宇头也不回:"取消。"

双眸看着阳洛天将毛巾裹在身上,心莫名一痛。

门外静了静,詹姆士说:"老板,副代表会替您参加。您先歇息。"詹姆士叹了口气,直觉告诉他,屋子里的那个年轻女子很不简单。

阳洛天坐在沙发上,如坐针毡,浑身不舒服。她很羡慕一边趴着的雪獒,一只犬都比自己逍遥自在。

腰间的通信器响了响,叶俊杰亮起富含特色的嗓门:"头儿,您跑哪去了?人家总

第五章 > 重逢

统大人到处找您呢,再不回来他都要闹到安保处了。"

通信器声音不大,偏偏在安静的屋子里格外刺耳。阳洛天脸色一变,长久的习惯让她第一时间扯过通信器,开口便答:"等会儿,我马上回去。"

通信器突然被一股大力给扔远,砸在地上碎成几块。列衡宇沉着脸,健硕的身子压了过去,柔软的沙发顿时陷了个大坑。

居高临下,冰凉的手掌落在阳洛天的脸颊上,小心翼翼,不敢置信,像是抚摸着得之不易、心爱的宝贝。

他遗失了八年的爱,残缺了八年的心,终于回来了,而且……真身居然……

天知道当他听到那声"小白,没事吧",心头滚滚翻涌的喜悦几乎冲垮心房。

回来了,在最不经意的时候,用最不经意的方式。

夜深人静时候的孤苦,空洞没有未来的等待,换你一朝回归,都是值得的。

阳洛天眼睛一阵酸涩,瞅着眼前放大的俊脸,憋着气道:"你不是喜欢男人吗,干吗压着我一个……女人?"

八年前的对话还在脑子里回旋:

"那你喜欢男人还是女人?"

"我喜欢男人。"

"如果……"

"没有如果。"

这才是阳洛天心底藏得最深的刺儿,她爱列衡宇,可担心列衡宇只喜欢男的……

列衡宇手指顿了顿,深深望着红了双眼的阳洛天,哑着嗓子问:"你觉得呢?"

阳洛天瘪嘴,眼珠子转向角落,冷哼道:"这八年我不小心看了些和你有关的消息。别人当总裁花边新闻多得是,和交际花、女明星的绯闻一连串儿。可你一个大总裁,和女明星、交际花没有一点绯闻，你不是喜欢男人是什么？"

列衡宇：……

重逢的喜悦被浇下一盆刺骨的冷水，列衡宇俊脸拉得老长。他发现，无论阳洛天是男是女，是十八岁还是二十六岁，她气人的本事只增不减。

见列衡宇不回话，神色莫测，难得神经大条的阳洛天顿时委屈了。

我猜对了吧，这人就是喜欢男人！

被小爷戳中了心思，说不出话了吧！

哼~

心里委屈得不得了，阳洛天两只爪子狠狠推了推压在自己身上的列衡宇，瓮声瓮气说："去去去~找你的男人去，甭压着我一个弱女子，手别乱摸，小爷心烦！"

列衡宇又爱又恨、又气又笑，伸手压住阳洛天胡乱折腾的两只爪子，阴恻恻问："你离开我，是因为怕我知道你是女子的事实？"

深蓝眼眸危险地看着阳洛天裹在身上的白毛巾，白皙光洁的脖子下，隐隐可见凹凸诱人的风景。

而阳洛天的泪水在眼眶里打转转，哪里还有什么一代特工的冷酷无情，像个小孩子似倔强地瘪嘴，委屈地盯着列衡宇："以前我不止一次问过你的性取向，你都说你喜欢男人！"

屋子里静了静。

列衡宇强压住心里的怒气，扳正阳洛天东转西转的脑袋，一字一句铿锵有力："你听好了，我爱阳洛天，无关性别，只爱她这个人。"

男子的声音低沉如潮水，低迷沉静，听着会有一种舒心的安全感。

他念她，爱她，无论性别，无论年龄。

第五章 > 重逢

阳洛天耳根偷偷红了个透,像是掉进糖窟里似的,浑身上下都沾了甜滋滋的味儿,甜得眉梢翘起喜悦的弧度,嘴唇一个劲儿往上翘。

"哦~你不早说。"不痛不痒地回了句,阳洛天心底偷偷高兴。

列衡宇的声音火药味儿十足:"你离开我,就是因为这个破原因?"

如果怀里的阳洛天敢回答一个"是",禁欲二十七年的列大神必定会做出相应恐怖的惩罚,保证让怀里的人悔恨终生。

列大神终于明白了,难怪八年前每次想和她亲近,阳洛天总会拼命阻止深入交流,她是怕女儿身暴露。

还好阳洛天对自家小白的性子极为了解,抬头看见那双饱含炽热欲望的深蓝眼眸,感觉到对方身体某个部位的变化,当即猛摇脑袋瓜子:"不是,肯定不是!"

随即,阳洛天将八年前的事儿不漏一个细节地全盘招供。

细节要多细就多细,连天打了几个雷、开枪打了几颗子弹都说得清清楚楚。

她在他怀里絮絮叨叨说着,从跑车爆炸后的恐惧、和岳阳逃跑时的惊险、不得不接受河南威胁时的无助、在医院里最后一次见面时的不忍、初入特工营时的迷茫、第一次执行任务时双手沾血的颤抖、最终成长为黑月队长的艰辛自豪。

他抱着她,侧耳倾听,不错漏任何一个字。

两人好像从没有分开八年,一如既往,自然而然拥抱,自然而然吐露心思。

恋人之间有着这种天然的默契,无论光阴如何流转,无论你我如何苍老,你的怀抱永远是我最亲密依恋的家。

在宋浩瀚面前,阳洛天不会把往事全部说出,因为她的心并不在宋浩瀚身上。

在列衡宇面前,刚强坚毅的女特工退化成期待拥抱的孩子,藏不住心事,贪恋依赖他给予自己的温暖。

"河南大叔这样做，根本目的是为了我师父。他和师父历经艰辛，好不容易在一起，国安局却成了阻隔夫妻生活最大的障碍。所以他需要培养一个可以代替我师父的人，便找上了我。"

说者无心，听者有意，大狐狸列衡宇冷冷一笑，亏他一直记着河南雪中送炭的恩情，想不到这厮居然是害他和洛洛分离的罪魁祸首。哼，总有一天要让这个河南付出代价！

阳洛天这一倒豆子似地说话，几个小时悄然而逝。

落地窗外的世界渐渐染上夜色的繁华，璀璨的海滨风景穿过花园落入眼帘。

麻利地收完最后一个字儿，扬起脑袋，笑嘻嘻地看着列衡宇。后者爱怜地揉揉她的头发。

他了解特工的生活，那是在刀口上舔血、枪林弹雨中生存的职业。

活着，无人知晓；死了，无人挂念。看她麻利流畅地自己包扎伤口，列衡宇就知道这些年她受过的伤痛一定不少。

心疼，心痛，归根结底都是为了自己，如果阳洛天拒绝河南的请求，她或许就不会走上这黯然无光的道路。

阳洛天没有错过列衡宇眼里的疼惜，强扯起一抹笑容安慰道："没什么。我生来就该是个特工。安逸平常的日子我不习惯，小爷本就该过刺激肆意的生活。"

话毕，唇上一阵温热。

他托着怀里人的后脑勺，轻吮细咬，辗转反侧，唇齿相接，冰凉炽热越陷越深，仿佛只有这样才能弥补亏欠了八年的相思、愧疚。

阳洛天的老脸红了个透，隔了八年的亲吻，刻在灵魂上的熟悉。双手忍不住环抱他的腰，扑面而来的炽热，越来越强烈的霸道占有欲捆绑着阳洛天的呼吸。

他的温柔渐渐迷失，力道加大，霸气逐渐外泄，炽热带火的唇随着本性慢慢往下移动，朝着肩窝下探索。

这一切动作几乎是出于男性的本能，列大神在阳洛天面前历来没有任何自制力。

一个温柔的吻滑向另一个世界，他无比怀念她的滋味，潜意识里想要更多……

硕大的雪獒趴在地上，眨巴着狗眼看着少儿不宜的景观。忽然"嗷呜嗷呜"大叫起来。

阳洛天被吻得迷迷糊糊，雪獒一声高吼大煞风景，瞬间让她清醒过来。

当着一只狗的面亲热……

一低头，胸口凉凉的，那块挡住身体的白毛巾不知何时被抽走，露出白生生的脖颈、胸口。某人的咸猪手就搁在她发育完好的两只包子上……

这人无师自通的程度真的让人脸红……

阳洛天脸皮再厚，也经不起列大神这般摧残。赶紧扯回白毛巾，推开某只大色狼，噌噌噌挪动身子，避开好一段安全距离。

"咳咳咳～那啥小白，天晚了，早点休息。"阳洛天眼珠子躲躲闪闪，尴尬地开口。

列衡宇剑眉一挑，幽幽目光看着雪亮灯光下俏脸绯红的阳洛天，面若艳霞，红唇微张，毛巾挡不住优美的身姿，反而有种欲盖弥彰的错觉，几乎是致命的吸引力。

列大神想：给她时间适应吧，是男是女，反正总逃不过被吃干抹净的一天，呵呵。

雪獒从地上站起来，迈着四条粗腿儿跑到阳洛天身边，蓝色狗眼可怜兮兮地望着阳洛天。

阳洛天想了两秒，猛一拍脑袋："对了，今天忘记给小白吃晚饭了。"

"嗷呜嗷呜～汪～～"

列衡宇瞥了眼蹭吃蹭喝的雪獒，一双蓝汪汪的狗眼，雪白的大脑袋，突然觉得这只狗特别不顺眼："今天下午，我给它吃了三大片肥牛肉。"

"嗷呜～～"

阳洛天蹙起小眉头，狐疑地问："你每天都给它吃肉？"

列衡宇点头，看着阳洛天抬手就朝雪獒毛茸茸的脑袋上狠狠拧了一把，"怪不得你这几天肥了一圈儿，臭小白，给你一个月时间，不瘦下来不准吃晚饭！"

雪獒："嗷呜～～呜呜呜～～～"它好委屈，但它不说。

而列衡宇听阳洛天教训雪獒，一口一个臭小白，总觉得她在转弯抹角骂自己，列大神心里极为不舒服。

两手将阳洛天圈在怀里，压低声音道："以后不准叫这只雪獒小白，你的小白已经回来了。"

阳洛天笑得很灿烂，头靠在列衡宇肩头："那它叫什么？"

大神沉思，镇定答："旺财。"

"嗷呜嗷呜嗷呜～～～"什么鬼名字，雪獒委屈万分。

"吉祥。"

"嗷呜嗷呜嗷呜～～"

"……算了，"阳洛天抓抓雪獒的脑袋，"叫大白好了。"

"嗷呜嗷呜～"雪獒满意地大叫，这名字不错，比见鬼的"旺财""吉祥"好听多了，符合它英明神武的形象。

"我送你的银戒呢？"逗完雪獒的某人突然想起这件事儿，他们订婚的戒指。

"在国安局保密柜里，经常出任务容易落下。"阳洛天老实回答，没有错过自家小白俊脸上的满足笑意。

▶ 列大神 vs 宋大总统

当夜月上柳梢，落地窗外的世界繁华一片，屋内的世界安然祥和。

第五章 > 重逢

阳洛天安安静静缩在列衡宇怀里,卧室里开着小小的壁灯,眼前放大的容颜愈发俊逸非常,棱角分明浑然天成,恍惚就是八年前的模样。

爪子摸了摸列衡宇的脸,觉得手感不错,阳洛天的两只爪子齐齐上阵,搓搓捏捏,列衡宇一张好看的俊脸被蹂躏得一塌糊涂。

最后阳洛天发了声感慨:"小白,我都怀疑自己在做梦。上个月去叙利亚,掩护小九他们离开的时候昏了过去,我就迷迷糊糊抱住一个人,我还以为他是你。结果醒来,发现自己抱的是一根大木头。"

列衡宇薄唇轻勾,抱住阳洛天的手臂收紧。

她终于睡了过去,睡得很不踏实。时不时就要迷糊着伸手摸摸,怕一觉醒来身边又是冷冰冰的木头。

列衡宇久久无眠,他何尝不怀疑这是一个绚烂迷醉的美梦?梦里穿越时间的缝隙相逢,醒来一场空,到手的幸福烟消云散。

"这不是梦。"他喃喃说。

如果这是一个梦,我希望永远不要醒来。

我抱着你,你躺在我怀里,像所有恋人一样。

安静地闭上眼,安静地沉睡,但愿人长久,以后每一段路程都有最爱的人执手。

第二天,天色大亮。

床榻上的阳洛天迷迷糊糊伸了个懒腰,踢踢被子,朝身边的位置摸了摸。

入手一片冰凉,心一紧,她突然睁开眸子,一下子从床上坐起来。

四下望了望,陌生的房间,昨夜的记忆涌上心头,阳洛天这才稍稍放下心来。

还好,不是梦。

从衣橱里搜出列衡宇的一件白衬衫和一条短裤。勉强套在身上,该遮的地儿遮,她可不愿意再穿个抹胸小吊带出去见人。

没找到自己的鞋子，阳洛天只得光着脚丫子打开卧室门，迷迷糊糊擦着眼睛。

"小白，我鞋子呢？"

然后愣住了，奢华富丽的客厅里，端坐着两个针锋相对的男人。两人似乎在交谈着什么，火药味儿十足。宋浩瀚在看到阳洛天的那一刹那，眼神瞬间变得犀利复杂。

列衡宇薄唇上扬，洛洛这一副打扮，深得我心。

阳洛天淡定地耸肩，踮着脚尖朝沙发走去，坐在列衡宇身边："我鞋子呢？"

列衡宇弯腰，从地上拿起洗干净的鞋子，抬起她的两只脚细心替她穿上。

"我饿了，有饭吗？"

"等会儿詹姆士会送来。"

"哦。记得小白的那份。"

"是大白。"

"嗷呜嗷呜～～～"

两人之间默契十足，宋大总统被晾在一边，蓝色眼眸映着两人自然熟悉的互动，胸口堵塞刺痛。

穿着男人的衬衫短裤，光着白生生的脚丫子，从卧室里走出来，凌乱简练的短发耷拉在额头上，光洁的脖子上清晰可见的红色印记——这些难道不足以说明他们之间的关系？

苦笑着，无论世界上有多少个爱着阳洛天的宋浩瀚，她想要的仅仅是一个列衡宇。

殊不知昨日，得知有极端分子潜入帝都酒店，素来风云不惊的宋浩瀚罕见地重心不稳，心头爆炸出巨大的恐惧。

果不其然，他得知阳洛天前去击毙极端分子，现场发生规模不小的枪战。这个小事

第五章 > 重逢

件很快过去，阳洛天却不知所踪。

等他用总统的名义强行打开安保处的口风，才得知阳洛天被列氏集团总裁带走了。

兜兜转转，那两人终于重逢了。

宋浩瀚将眼底的苦涩掩盖，俊美成熟的脸庞恢复了一贯的神色。

门被敲了敲，詹姆士冷着一张脸走进，送上可口的早餐。阳洛天点头道谢，詹姆士愣了愣，临走时深深看了眼阳洛天，神情诧异古怪。

穿好鞋子，阳洛天这才看向宋浩瀚，面带歉意："对不起啊，宋美人，昨天出了点儿意外。等会我就跟你回去。"

宋浩瀚傲娇冷哼，瞪了眼睡眼惺忪的阳洛天："哼~堂堂安保1号，居然撇下保护对象逍遥在外，还要本总统亲自上门揪人，你以为随随便便道个歉就能弥补？"

阳洛天：……

宋美人摆出一副活捉潘金莲的表情做什么？他以为自己是武大郎？

"既然她失职，那便辞退。"列衡宇别过头，优雅地靠在沙发上，淡然开口，"我送你十个保镖，随时随地保护你的安全。"

让他心爱的人去保护另一个男人，列衡宇心里一百个不情愿。

"哼，十个保镖都比不过她一个人。你休想把她从本总统身边拐走！"

"她本来就是我的人，你能留多久。"

"现在她是我的随身安保，不可能待在你这里。"

"当了几年总统，你的人品倒是越来越接近地面了。"

"那也比你这奸商强，除了压榨普通民众，还会什么？"

阳洛天打了个哈欠，一边端着碗往嘴里送粥，一边看两个大男人打嘴仗。

一国总统和大财团总裁之间的较量，你一言、我一语，骂人不重复、不带脏字，偏偏举止得体、优雅端庄。两个俊美男人面对面，针锋相对，如果忽略奇葩的对话，像是在开庄严肃穆的国际会议。

阳洛天兴致勃勃观摩着，恨不得手上拿了架摄像机，将这百年一遇的华山论剑现场给拍摄下来，随随便便播放出来都有亿万点击率。

雪獒倒不理会这阵仗，铜铃大的狗眼盯着饭盆里缩水一半的早饭，孤零零只有几片肥肉，"嗷呜嗷呜"着朝阳洛天叫唤两声，看戏的某人根本不理会爱犬。

吃饱喝足，两个男人也终于吵完了架。谁也没有占据优势，反倒是看客阳洛天乐呵呵咧嘴笑个不停。

恍惚就是一个梦，昨天还距离千里，今天就欢聚一堂。

阳洛天扯了张纸斤，擦擦嘴，扬起嗓子说："好了，今儿华山论剑到此结束。该工作的工作，该休息的休息。"

屋子里静了静。

> 宋浩瀚的痛

列衡宇眸光冷冷锁着阳洛天，如果能把她牢牢困在身边多好，偏偏她翅膀太硬。

宋浩瀚红唇潋滟，醉心一笑。优雅如同英伦贵族似起身，理理黑白西装，朝阳洛天招招手："走吧，我的随身安保。"还不忘挑衅似朝列衡宇挑眉。

阳洛天脚丫子踢踢慢条斯理吞早饭的雪獒，跟着宋大总统离开，还不忘转身对列衡宇嘱托道："这段日子先把大白扔到小白你这儿，每天少给它吃点肉，必须减掉十斤。"

"嗷呜嗷呜~~"雪獒委屈地缩在沙发角落。

列衡宇瞥了眼委屈无比的雪獒，他心里的委屈并不比这只狗少。

委屈的小白跨步走近门边，一把拉过阳洛天的胳膊。当着宋总统的面儿就是一个温

第五章 > 重　　逢

柔缱绻的吻。

还不忘贴心揉揉阳洛天的短发，温柔道："晚上早点回来，不然我不给你开门。"

阳洛天红着一张俏脸，小鸡啄米似点点头。

这恩爱秀得撒了某些人一脸狗粮，宋浩瀚的脸瞬间垮了下来。拖着阳洛天就往门外走，承载怒火的大门"砰"地关上，差点压扁走近套房的詹姆士。

目送两人离开后，列衡宇温柔的眼神消逝，蓝眸深深冰若寒潭。负手而立，列衡宇俊逸非凡的脸闪过算计和志在必得。

"詹姆士，联系中国国安局。"

詹姆士恭敬弯腰："是，老板。"

分隔八年，列大神又怎会愿意再承受迷茫不安的苦涩？

唯有速战速决，洒下大网，用最快的速度把他的阳洛天一辈子套在身边……最好，有个孩子。

秘书抱着资料唯唯诺诺地走近办公桌，他不清楚最近总统为何总是怒气冲冲。

办公桌边懒懒地站着一身裙装的安保1号，她正背靠着书架，漂亮的嘴角挂着掩饰不住的笑意，手里灵活地玩着一把精致的瑞士刀。锋利的刀刃在女子手里像是有了魔法似，花样百出，让人眼花缭乱。

至于历来高贵冷傲的Antony总统，一张俊美脸庞黑得吓人，书房里气压低得吓人，走进去整个人都快冻僵了。偏偏那位安保1号神态潇洒，安然自得，笑得像朵花儿。

"总统，这是会议最新的进展。美国方面希望您能接受关于经济区建设的提议。"

秘书轻放下资料，九十度弯腰，脚底生风似离开。

书房里只有签字笔划在纸张上的沙沙响声，总统先生翻阅每一张纸的时候都戾气十足,恨不得捏碎手里的笔和纸,将渣滓通通塞进阳洛天咧开的嘴里。

时钟指针转了一圈儿,宋浩瀚终于憋不住气,转头阴阳怪气瞥了阳洛天一眼:"1号,你打搅本总统了。"

这话冷气十足,对阳洛天的称呼都变成了客气标准的"1号"而不是"小天天"。

阳洛天收回手里转动的银色瑞士刀,迈开步子就要往门外走:"那我出去,有事叫我。"

宋浩瀚妖冶美艳的脸愈发阴沉,突然从办公椅上站起来。

拦住阳洛天的身子,冷冰冰问:"你就这么不喜欢待在我身边?脑子里天天想着列衡宇那个奸商。"

自从和列衡宇这厮破镜重圆后,阳洛天整天乐呵呵、笑眯眯,但凡有闲暇时间就往人家屋子里跑。

哪里还有半点儿冷酷安保人员的风度?分明就是个陷入恋爱的纯情大龄女。

把他这个正牌该保护的对象活生生撂在一边,宋大总统能不生气?

阳洛天眨巴眼睛,歪着脑袋:"你想听真话还是假话?"

宋浩瀚一噎,眼前的女子眉眼透着狡黠、疏离和淡漠。

这八年她变化了不少,偶尔透露出的冰冷残酷连宋浩瀚也会感到陌生心悸。

特工生涯无形中已经让她脱离人情,在与列衡宇重逢之前她一直保持着拒人千里的模样,与列衡宇重逢后,她这几天总算重新有了几分属于人类的气息。

很悲哀,宋浩瀚想,他并不是带给她温暖的那个人。看着她为另一个人微笑,他的心像是被巨石碾压折磨,难受着无法消解。

"阳洛天,我爱你,并不是玩笑。"宋浩瀚苦涩一笑,试图触碰阳洛天的肩膀,被她轻轻避开。这个避开的动作刺痛了宋浩瀚,他似是陷入回忆,"听人说,当初小宇开车溅了你一身泥水,你才和他杠上,最后相爱。这些年我常想,如果当初是我开车把泥水溅在你身上，你最先爱上的会不会是我？"

他的声音低沉哀伤，媚气十足的脸庞染上细数不尽的无奈。

阳洛天沉默不语。

命运无常，谁又能猜透它变幻的方向？

宋浩瀚嗓音喑哑，望着静默的阳洛天，"当年若是我能够再狠一点，在没对你动感情前，和华琼联手杀了你，或许就不会陷入这张无形的情网里，把自己折磨得痛不欲生。每次看到你为小宇绽放出笑容，我总恨不得派出十万军队把你押回 S 国，锁在我的世界里一生一世不放手。"

书房里弥漫着淡淡熏香，阳洛天伫立在原地不动，素净容颜静静看着眼前的妖美男人。

宋浩瀚微叹，上前一步，两手抓住阳洛天瘦削的胳膊，俯身。

男人妖冶如画的脸孔靠近，特有的奢靡香味萦绕在空气中，他的唇靠近她的嘴角，炽热气息扑面而来，落在每个舒张的毛孔之上。

她的唇冰凉，没有想象中的温热。阳洛天并不反抗，用沉默回答他。

无论他如何亲吻磋磨，阳洛天毅然保持不动，似是毫无生命的木头。

终于，宋浩瀚眼底滑过痛色，忽然一把推开安静而立的阳洛天，吼道："出去！"

阳洛天皱眉："宋美人——"

"出去！"

"……对不起，唔……"

宋浩瀚红着眼，扯过面有愧色的阳洛天，钳住她的胳膊，低头狠狠在她唇上咬了一口，哑着嗓子吼道："你再不出去，信不信我马上把你办了！"

他怕再看这个人一眼，嫉妒的火焰会让他做出不经大脑思考的事。

眼眸望了眼宋浩瀚，阳洛天挪动步子，离开的每一步似乎都踩在宋浩瀚的心上，书房门"吱嘎"关闭，徒留一室空寂。

宋浩瀚闭上眼，心痛，无以复加。

突然有些明白母亲华琼疯狂的原因，为了爱，可以丧失理智。

爱，求之不得，寤寐思服，辗转反侧。

海滨天幕已黑，璀璨繁华的夜色唱响在霓虹灯华美的灯光之下，帝都酒店一天的风起云涌落下短暂的帷幕。

房门打开，沙发边优哉躺着雪獒大白，眯着眼，偶尔慵懒地甩甩白色尾巴。

列衡宇眸光四下扫了扫，最后望向微敞开的卧室门。

卧室里开着小小的壁灯，昏黄的灯光照耀着缩在床上的人。列衡宇敛眉，掌心轻轻触碰阳洛天的额头。

温度正常。

阳洛天慢慢睁开眼，望着眼前熟悉的脸，轻唤了声："小白。"

列衡宇顿了顿，深蓝瞳仁刺痛般一缩，壁灯黯然光芒下的阳洛天面色异常苍白，脸颊有几滴冷汗，唇上赫然可见结痂的咬痕。

"要不要上点药？"列衡宇指尖小心触碰她的嘴角。心头怒火直烧，他当然知道这痕迹是如何出现的，宋浩瀚居然敢对他的洛洛做这种事！

阳洛天艰难地摇头："不用上药，小白，帮我弄点红糖水来。"

列衡宇：……

红糖水？

喝红糖水就能减轻嘴角的伤？闻所未闻的奇怪法子。

阳洛天小眉头都快皱到后脑勺了，见列大神一脸茫然，憋着一口气催促道："小白～快点，痛死我了～红糖水和暖宝宝。我让杰杰送了药过来，等会你帮我拿一下。"

列衡宇：……

被咬伤嘴唇，有这么痛？

床沿的通信器亮了亮，杰杰亮起嗓门吼道："头儿，我到了。门外几个保镖拦着不让我进来～～"

半晌，面色古怪的列衡宇取来药片、送来温水。顽强的阳洛天不用人扶，费劲儿撑着两只手臂坐起来，将药片往嘴里一扣，就着温水咕噜咕噜就往嘴里灌，直到水杯见底儿。

"呼～"

阳洛天呈大字倒在床上，抹一把虚汗，喃喃自语："当女人真麻烦，小爷宁愿挨几刀子都不想当女人……痛死我了……都是被宋美人祸害的，八年没复发的毛病，今天被他一折腾居然就复发了……"

床沿的列衡宇脸色阴沉，又心疼又哭笑不得。忽然记起以前的事儿，列大神终于开了窍："我记得你以前有男科疾病，不会就是痛经这毛病？"

阳洛天凄凄惨惨地点点脑袋瓜子，虚弱地闭上眼睛，往事不堪回首。

耳畔传来窸窸窣窣的脱衣声，随即床榻一陷，男性气息瞬间将阳洛天包裹着。一只略微冰冷的手朝着阳洛天腰间送去，慢慢揭开阳洛天的衣角。

> 乌龙

阳洛天汗毛倒竖，顾不得小腹剧痛，两只爪子死命按住那只剥自己衣裳的手："小白，我身体难受着呢～那种事做不得！"

列衡宇危险地眯起眼："你都让宋浩瀚吻你，就不许我这个正牌男友替你脱衣裳？"

浓浓的酸味儿，千年老窖、陈年老醋。阳洛天被自家小白深沉浓郁的目光盯得特心虚。

吊灯打开，灯光雪亮，在阳洛天"扑通、扑通"的剧烈心跳声中，她腰间的衣料被一只大手揽起来，裹在胸前，露出一截纤细白皙的腰肢，腹腰上隐隐可见常年训练留下的腹肌……

阳洛天小腹疼得难受，武力值暴跌，万分担忧自家小白狼性大发。饥渴了二十七年的男人，实在太可怕，这几天但凡有空他就喜欢偷偷腥，折腾得阳洛天心神不宁，头昏脑涨……

阳洛天不得不软语哀求道："小白，我错了还不成？女子那啥期间做那啥少儿不宜的事儿真的不行……别这样，我痛着呢……"

软绵绵的腔调，温柔得像是黄鹂鸟在哀求，列衡宇搁在阳洛天腰间软肉上的手僵了僵，冷着脸将暖宫贴按在她软软的小腹上。

他撩开阳洛天的衣裳，初衷是帮她贴上暖宫贴，倒真没有朝那方面想。谁知阳洛天偏要用这种温柔缱绻的语调哀求，列衡宇的心被扯了扯，眼神落在她粉润柔软的唇瓣上，眼底慢慢升腾出火焰来。

阳洛天小腹一暖，心里长长吐了口气。耳根子红了红，原来小白是帮她减轻疼痛，自己居然想这么多……

心安了下来，脑袋不由靠近列衡宇的胸膛，软绵绵说："谢谢~"

列衡宇小心将阳洛天抱在怀里，手搁在她小腹上轻轻揉着，掌心触碰到的皮肤异常柔软滑腻，列衡宇心一动，悠悠转移话题，问道："今天你嘴角的伤，给我一个合适的理由。"

大概是那只手轻揉着小腹，居然奇迹般减轻了疼痛，阳洛天不禁舒服地眯着眼，懒懒回答："我欠宋美人的。他当年愿意力挽狂澜守住列氏集团，直接原因是为了我。他为了筹集资金，答应总统选举。政治家难为，S国总统还是20年一换。宋浩瀚他是那样不羁自由的人，却被困在权力的笼子里，我总觉得是我的过错。"

列衡宇俊眉一动，目光悄然落在阳洛天白皙的腰肢上，指尖轻揉着，喉咙无意识动

第五章 > 重逢

了动，面上依旧云淡风轻、坦然自若："然后呢？"

阳洛天沉浸在自己的思绪里，丝毫没有留意到腰间那只渐渐偏离了方向的手掌，"他对我的感情，太强烈。每次和他独处，我都能感受到宋美人炽热的情感。可世界上只有一个阳洛天，欠他的，还不了。"

她的心早就遗失在列衡宇身上，或许是当年初见时候的惊鸿一瞥，那抹孤傲的灵魂便不自觉吸引了她的目光；或许是悠悠琴声寂寥，让她忍不住触碰那颗心。命运扎的红绳牵连着两人，她的爱割舍不开。

"放心，我替你还。"列衡宇的嗓音低沉喑哑，手掌自觉地探入她衣襟里，触碰到小腹以上、起伏蜿蜒的地方。

女子淡淡的幽香浮在鼻翼间，让人有种深入窥探的冲动。

"得，我才不信呢，前些天你们俩吵得——啊！"

阳洛天的话卡在喉咙里，胸前一阵冰凉。他按揉小腹的手不知何时换了位置，无师自通朝上移动，摸索进胸口的衣裳里，就那样按压按压……

耳根子一热，一抬头就对上了一双深沉幽暗饱含欲望的眼眸，呼吸都带着异样的炽热。

阳洛天心里滚滚而过羞赧不安，她以为自己脸皮已经厚得可以当城墙了，没想到她家小白的脸皮更厚……

"怎么了？"列衡宇幽幽微笑，凑近了些，"你继续说，我听着。"

阳洛天欲哭无泪，几乎呜咽道："你手往哪里搁呢？我好不容易长出来两团肉容易吗？"

列衡宇："哦，我记得洛洛以前扮男人，胸前倒是一马平川。八年了，长得真快。"边说话，手掌还在胡乱折腾丈量。

阳洛天腾出爪子使劲攥住那只手，无奈这次失血过多力气不足，他的手就好像黏在自己胸前似的，怎么扯都扯不开。奇异的酥麻从心头涌起，阳洛天气息不稳，只得又一次软下嗓子，黄鹂鸟似哀求："别这样，我不舒服，等我好了再……再那啥行吗？"

千不该，万不该，阳洛天就不该用女孩子嗲嗲的语气哀求，列衡宇肆意的动作顿了顿，眼底愈发深沉。

女子绯红美丽的脸近在咫尺，幽幽女儿香萦绕在每一寸神经，饶是高冷的列大神也抵抗不了，低头，一口吻住阳洛天红艳的唇，辗转反侧、攻城略地。

"呜～～"

近乎呜咽，迷迷糊糊地折腾，啃咬纠缠，迷离慌乱，空气都染上迷醉的暧昧。

最后气喘吁吁的阳洛天，腹痛难忍装可怜，某只狼心疼，不得已停下探索，一场战争草草落下帷幕。

哄着阳洛天入睡，某只狼静静看着她姣好的睡颜。

她睡得依旧很不踏实，时不时往列衡宇怀里拱拱。列衡宇知道，重逢八日，她潜意识里会流露出担忧，即使待在自己身边，她也怕这是个短暂的梦。

目光落在她半裸的肩头臂膀，白皙皮肤上隐隐可见刀伤甚至是枪口留下的淡痕，作为特工精英，这八年阳洛天经受过太多的伤与血，多得是无法言喻的孤独无奈，而这一切都是为了他。

列衡宇心疼叹息，他再也不想让她承受未知的风险。

低头吻了吻她的额头。

洛洛，等我，不远了。

▶ 交易

"G20峰会期间，共化解潜在危机48次，击毙极端分子8人，抓捕18人。基本完成安保任务。"

机密会议室里,阳洛天漫不经心地查看着电子屏上新传来的报告。各国协约陆续签订,商业、政治目的逐步达成,被特地调遣来的国安局黑月已经完成使命。

所以,都要离开了?

小白回太平洋彼岸的圣华地区,宋美人回西欧地中海边的 S 国,阳洛天也要重新回归茫无尽头的任务中,大家各奔东西。

他们再也不是年少轻狂的孩子,时间让他们成长、成熟,肩膀上被赋予该承担的责任。

阳洛天心情很糟糕,浑身冷气发散,屋子里 19 名黑月成员瞅着首座上的女子,不明白头儿的心思。

在角落里缩着的叶俊杰挠挠脑袋瓜子,试探地问了句:"头儿,这次任务不达标?"

按理说,让高高在上的特工去负责低级的安保工作,简直就是暴殄天物。黑月活动多年,这种安保任务连初级都算不上,闭着眼都能取得优秀的成绩。

真不明白头儿为什么板着一张脸。

"下个任务,销毁叙利亚 M 地区的美方武器情报。"阳洛天放开嗓子吼了声,随手将手头的电子屏扔在办公桌上,"明天全员回国安局总部准备,下周一出发。"

她无法离开国安局,脱离不了随时将生命搁在任务上的日子。黑月是国安局最锋利的一把刀,而这把刀注定要时刻用血液祭奠。

看着面前 19 个英姿勃发、性格迥异的精英,每一个人都是万里挑一的天才,集结在黑月之下何尝不是命运的安排?

几年出生入死下来,黑月这把刀越来越尖锐,作为首领,阳洛天怎能因为儿女情长逃避离开?

内战动荡的叙利亚一去,归期无期,生死莫测。

阳洛天常想，她其实不应该和列衡宇重逢，他的怀抱太温暖太让人依赖，习惯了爱的温度，如何再去面对刀光剑影的冰冷？

"头儿，"叶俊杰笑嘻嘻举起爪子，小眼睛里亮闪闪，"局长命令，叙利亚任务由他亲自执行。"

阳洛天俊脸一冷："不可能。"

她这才发现黑月成员们眼神诡谲，看着自己的眼神颇为暧昧。

"局长说了，头儿你最近心思波动太厉害，不适合执行机密任务。"叶俊杰摇头晃脑，贱兮兮咧嘴笑着，"所以强令头儿你休假两个月，好好调整状态。"

叶俊杰话音刚落，阳洛天怒气冲冲的背影已经从机密会议室消失了。

头儿一走，放荡不羁的特工们瞬间炸开了锅。

"哟哟，大家猜猜，过不久头儿就可能生个小孩给大家玩了。"

"不是吧，她那么剽悍的女人还会生孩子？"

"听说对方还是列氏集团的总裁，前天我偷偷瞄了眼，哟，你们都不知道头儿在列总裁面前，温柔得像只猫~"

"你们没见过头儿小鸟依人的样儿吧，特逗！"

"早知道当初就该告白的，说不定现在头儿小鸟依人的对象就是我，呜呜~~"

"17号你脑子抽了吧，头儿喜欢的是我这种帅气有内涵的男人！"

总之，某年某月某日，国安局黑月特工1号阳洛天，因为莫须有的理由被暂时强制放假。

至于其中黑幕，估计只有某腹黑总裁知晓。

咖啡厅里，袅袅焦糖香味萦绕着，男人优雅地搅动着手里的黑色咖啡，浅浅笑意挂

第五章 > 重　　逢

在唇角，仿佛生来就有一种亲切温和感。

阳洛天深深地看了眼他，似笑非笑说："知道我要杀回国安局，局长大人竟然亲自来 R 市堵人？"

男人白衣悠闲，似乎极为享受午后休闲的咖啡时光，在阳洛天咄咄逼人的目光之下，局长大人眸光悄然滑动，"1 号，你应该知道特工的大忌。这段日子你心绪不宁，这种任务不能贸然交给心不在焉的你。"

李云峰眸子温润，举止随和，可阳洛天太过熟悉上司的蛇蝎本心。

师父当局长那会儿，做事敢作敢当从不拐弯抹角；李云峰胜任局长后，明里温柔笑，暗里一把刀，典型的笑面虎。

"啧啧，难道我还要感谢局长你深明大义，把我踢出任务之外？"阳洛天皮笑肉不笑，脸色怪异地盯着李云峰，"叙利亚局势动荡，这次任务的难度之大，可不是你一个在办公室喝了四年咖啡的上司就能简单胜任的。再说小爷我历来公私分明，纵观整个国安局，能够以高胜算领导完成这个任务的只有我。"

虽然这位李云峰局长也具有极高的特工素养，可阳洛天总是不喜欢这人温柔刀子的性格。折腾起人来，不比河南大叔逊色多少。

李云峰依旧保持着云淡风轻的笑容，俊逸睿智的脸染上些莫名的喜悦。他心底叹了叹，温和地说："1 号，你家小白呢？"

他问的是阳洛天豢养的雪獒，阳洛天回答的是列衡宇。

"他暂时回圣华片区了，怎么，局长大人关心起我们这些下属的家属了？"阳洛天扬眉，这位局长大人知道的事儿不少，她和列衡宇的事儿估计早就传进他耳朵里了。

其实阳洛天心里更怀疑，自己无缘无故被踢出叙利亚计划，十有八九是列衡宇这腹黑找上中国国安局，和李云峰这笑面虎一拍即合，沆瀣一气以权谋私，哼！

李云峰清淡如玉的眸子静静看着阳洛天，女子短发干练，眉眼精致俊俏，修身黑衣衬托得她愈发绝世独立，举手投足之间都有一种熟悉的杀气。

八年前，第一次在特工营见到阳洛天，他就生了错觉，恍惚看到了另一个13号。

"1号，被爱远比爱人更幸福。"李云峰轻笑，黑色瞳仁浮现出无奈，"对特工来说，爱几乎是奢侈品。列氏总裁对你的心之深、爱之切，旁人艳羡，你应该好好珍惜。有些人错过了，也许一辈子就找不回来了。"

阳洛天噤声，低头看白瓷杯里的黑咖啡。

她何尝不想长长久久地和小白在一起，可他有偌大的集团企业要管理，她有肩上扛着的国家责任。

国安局特工成千上万，精英中的精英在黑月，黑月的头儿是阳洛天。

她若是撂下担子跟小白离开，国安局哪能在短期内找到替代黑月首领的人？即使是李云峰出手，他作为局长日理万机，不可能次次都代理黑月老大的职责。

"局长，叙利亚任务——"

"1号，暂时不用你。"

李云峰出声阻止，阳洛天那点儿纠结复杂的心思，早就被前些天见到的列衡宇条理清晰地分析过了。

饶是老狐狸李云峰，也不得不佩服列衡宇卓越出众的阴谋策划能力，提出的交易条件也深得局长之心。

阳洛天狐疑地盯着李云峰，怎么老觉得局长大人今日似乎有点喜悦，那点儿喜悦被完美地藏在狐狸皮囊之下，露出个喜悦的小尾巴摇摇晃晃。

"局长，你今天似乎挺高兴的？和小爷见面能让你这么开心？"阳洛天眨着眼睛，试图看透李云峰温和伪装下掩藏的喜悦。那种喜悦，类似于见到暗恋对象后，翘着尾巴

第五章 > 重逢

四处蹦蹦跳跳的开心。

自家小白究竟是用什么条件，让李云峰铁树开花，答应将三好特工阳洛天踢出叙利亚计划的？

"咳咳，没什么。"李云峰优雅地喝了口咖啡，一脸坦然。阳洛天的性子，做任何事都要一挖到底，所以李云峰坦诚地说："任务虽然没有1号你的参与，但完全没有任何问题。有我在，任务成功率达到80%，还有一个人参与，成功率达到100%。"

100%的成功率……

阳洛天想了两秒，眼睫毛动了动，在国安局里能比自己还厉害的，只有她亲爱的师父……

李云峰笑得非常温和，隐隐难藏期待之情，连带着语气也如三月春风，和和睦睦、喜气洋洋，"如你所猜测，沧月她会和我联手完成任务。有她在，没有失败的任务，1号你可以放心休假。"

阳洛天算是明白了。

列衡宇和李云峰之间的交易，是建立在损失河南大叔的利益之上。两个陌生男人以前没有交集，但他俩有共同的敌人——河南。

当初阳洛天进入国安局，沧月原本十分排斥，她不愿意徒弟阳洛天走上打打杀杀的血路。而阳洛天有把柄攥在河南大叔手上，无奈只字不提被威胁的事儿。

阳洛天暂时不计较，并不代表腹黑的列衡宇愿意放过河南。他将一出悲哀婉转的"狐狸河南凶狠算计弱小女子，阳洛天无奈走入血海八年"的悲情戏通过特殊渠道告诉了沧月。沧月的脾气火爆直率，心疼阳洛天的同时，当即撂下腹黑丈夫河南，怒气冲冲地回归国安局帮忙。

这个一石N鸟的计划，实在高明。列衡宇抓住了最核心的点——师父对徒弟的愧疚。

沧月一回国安局，开心的自然是局长大人李云峰……

李云峰一开心，阳洛天就被圆润地踢出叙利亚计划了……

这样一来，局长大人有重逢初恋的欣喜，沧月对爱徒有愧疚之心，河南大叔过上了独守空房照顾孩子的凄苦日子，阳洛天获得了度假休闲的时光，列衡宇这幕后推手终于抱得美人归……

"局长，你不怕河南大叔报复？"阳洛天灌下一口咖啡，这群男人尔虞我诈的战争，实在是精彩纷呈堪比后宫大戏。

"河南要报复，我们有沧月这道保护伞。"李云峰笑得非常非常温和，笑里藏的那把刀亮闪闪，能够抛下河南，与沧月再次独处几个月，他心极悦。

"1号，你该回家了。"

局长让阳洛天回家，她第一个想到的家是圣华片区的西苑别墅。

所以当她站在A市的蓝天白云之下，会莫名地惆怅。

中国南方气候宜人的A市，是她出生、孤独地成长了十八年的地方。

飞机降落，拥挤的公交车直达市中心。公交车最末的座位，阳洛天打开车窗，让盛夏清新的风吹散公交车内污浊的空气，仿佛只有这样才能让空洞的心安定下来。

单手撑着下巴，睫毛微动，安静地注视车窗外的世界。

八年时光弹指而过，风景早已经不是旧时模样，路变了，人变了，心变了。

她还看到了旧识：那个追了自己五条街的胖妞。如今的胖妞体型不改，笑容多了人情练达的世故，右手牵着一个胖小孩，母子俩欢欢喜喜走在绿树掩映的人行道上。

八年了，谁还记得当年有个名动一方的校草阳洛天呢？

她已经完全蜕变成藏在暗处的特工，行走在家国社会的前沿，脱离了普通人的生活。

第五章 > 重逢

公交车抵达终点站,阳洛天戴上特制太阳镜,顺着人流下车。来来往往的人们,带着各自的目标行走奔波在这片繁华的城市,熙熙攘攘,车水马龙。

她就像是漂浮在尘世的尘埃,漫无方向,无所适从。

思绪空洞,双脚不听头脑的使唤,带着阳洛天来到熟悉而陌生的地方。

这栋宅子中欧风格结合,很大、很漂亮,阳洛天曾经在这栋大房子里住了十八年。如今阳台上种了各种盆栽,门前小楼梯两侧,花花草草被修理得整齐有序,一簇簇红黄蔷薇花环绕着栅栏,漂亮的紫薇花落下粉红如霞的花瓣。

阳洛天摸摸心口,有点微刺痛。

以前一个人住在这里,生活一团糟,屋子就像是爆炸后的加工厂,门外荒草连天一朵花儿都不长。美丽的阳家宅子被阳洛天糟蹋成鬼屋,偏偏住得安然自得。

她知道,退役后的洛白雪夫妇住在这里。

这八年的特工生活,最煎熬的那段日子,让她坚持下来的唯一动力是列衡宇,而不是她的亲生父母。

大门打开,一对年轻男女走了出来,身后跟着苍老了不少的洛白雪夫妇。

"阿姨,不用送了,您和叔叔先回屋。"背着吉他的男子笑容满面,低头看了下手表,大叫一声,"糟糕,登机时间快到了。"

身边的年轻女子拍拍他的肩膀,漂亮脸蛋露出嘲讽:"乔英宰,让你拖拉耽搁,北京演唱会估计又得延迟,我这经纪人又要被歌迷骂死了!"

木诗诗嘴里埋怨着,两脚依旧站在原地,靠近乔英宰身边。阳洛天"逝世"后,乔英宰消极了相当长一段时间,她和莫风花费了巨大精力才让他振作起来。

后来,看透商政纷争的乔英宰无心家族企业,和莫风商量着重振苍穹乐队,依托家族庞大的财力势力闯入音乐界,于是便有了长盛不衰的组合苍穹。

乔英宰脸色如常，看看晴朗的天空，转头微笑着对洛白雪说："阿姨，我们这两个月办亚洲巡回演唱会，挺忙的。演唱会结束后，我再来拜访您和叔叔。"

洛白雪含笑点头，她苍老了不少，原本强悍不羁的体坛名将气势早已如烛火熄灭，时间在她眼角刻上清浅的皱纹。

喇叭响了响，一辆白色跑车开了过来，在门外二十米处停下。

莫风顶着满头黄毛，亮起嗓子吼道："喂喂，英宰啊，要迟到了——"刚说了几个字，莫风便突然停嘴，瞪大眼珠子，喉咙像是噎着一块石子儿，吐不出咽不下，卡在喉咙一动不动。

乔英宰四人站在门口，被莫风一吼，目光齐齐看了过去。

然后⋯⋯

盛夏的风带来蔷薇花的芳香，绿色草叶在风里微微摇曳晃动，在莫风的白色跑车和阳家门口之间，紫薇树下，伫立着一道修长人影。

白鞋、黑色短裤、白衬衫、乌黑短发，墨色太阳镜遮住她的眼睛，红润嘴唇保持一条冷硬的直线，还有光洁优美的下巴线条。她存在着介于男人和女人之间的美和英气，隐隐透出非凡不可直视的戾气。

她右手随性地插在裤口袋里，背靠着紫薇树树干，半侧头，静静看着目瞪口呆的乔英宰他们。

空气在这方空间里凝滞，只留下疑惑、不安。

乔英宰怀疑这是错觉，陌生又熟悉。

阳洛天的脚步沙沙作响，步步朝着阳家门口走去，站在乔英宰面前，太阳镜随手一扔，露出一张俊美异常的脸庞，红唇早已勾起狡黠一笑。

手臂一勾，来了个热烈的拥抱："小乔，好久不见，你越长越帅了！"

第五章 > 重　　逢

　　熟悉到灵魂里的调侃，乔英宰的心豁然被撕裂一个大洞，喜悦酸涩齐齐往心口涌动，冲击着他的泪腺。

　　阿天，回来了……

　　盛夏的暖风吹进阳宅客厅。

　　"阳洛天你从地狱里爬出来了？还变成个女的了？"莫风费力地合起下巴，蹲在阳洛天面前使劲擦眼睛，抓耳挠腮问道："我听说中国存在鬼怪僵尸的说法，你是不是觉得死得冤，从地下爬出来了？"

　　木诗诗一脚踹开莫风，秀眉皱得有点复杂："阳洛天，你居然没死？先说好啊，每年我和英宰都花了不少钱给你烧香上坟，你有时间把香火钱还给我们。"

　　阳洛天完好无损地回来，木诗诗有喜有悲。

　　尤其是瞧见乔英宰满眼的惊喜，多久没见过他兴奋成这样？木诗诗心里那股子酸涩几乎把五脏六腑酸化，恨不得喝点碱水把自己中和。

　　还是乔英宰最明理，强压住心头的波涛汹涌，用好哥们的身份询问阳洛天这些年的去向和生活。

　　阳洛天淡笑，别头望向人："我没事，你们只需要知道我还活着。"

　　国安局涉及国家机密，不可对太多人宣扬。不告诉乔英宰他们，是对几人最大的保护。

　　阳洛天简单直率的话，引来一阵寂静。莫风浓眉一皱哇哇大叫："阳洛天，你果然是从地狱里爬出来的……"话音刚落，乔英宰抬手就是一个暴栗，童心未泯的莫风抱着生疼的脑袋瓜子，表示极大不满。

　　乔英宰盯着女子流畅美丽的侧颜，心里有太多话想要问：她去了哪里？现在住在哪里？日子过得怎么样？是否挂念故人？……和列衡宇有没有联系？

　　话到嘴边，一个字也说不出。

阳洛天仿佛经过铁血的淬炼，眉梢轻上扬英气十足，目光隐隐透着犀利果敢，骨子里愈发坚强大气，弥散着一股威慑人心的气度，看着看着，便会心生惧意和距离感。

人还是那个人，气度悄然改变。

沙发另一头坐着中年健朗的阳光华，网球老将望着自己的女儿一言不发，眉眼慈祥和蔼，嘴唇不自觉上扬，泄露了他欣喜的内心。

洛白雪从厨房里端出茶水，她动作有些呆滞，弯腰将茶杯放在茶几上，倒水时险些将茶杯打翻。一只白皙修长的手闪电般探出，将歪倒的茶杯扶正，洛白雪头一抬，看到自己女儿淡然无波的双眸。

那双眼睛里没有任何情绪波澜，冰冷疏离得像是千年老井。洛白雪心口好像被人掐住，窒息得特别难受，时隔八年，阳洛天依旧没有原谅自己。

"阿天……"

中年女人眼底浮上水花，张开嘴，说不出话来。

事实上，阳洛天也不清楚自己为何要回到阳家，脚不听大脑使唤，反应过来的时候人已经站在熟悉的路口。

阳洛天取过茶杯，淡饮一口，扫过洛白雪颓废的神色，淡笑说："茶很好喝，谢谢。"

洛白雪似乎没料到阳洛天会和自己说话，僵在原地，眼睛瞪得大大的。随即脸色一红，像是个被夸奖的孩子般，有些语无伦次回道："好喝——就好，我、我再去泡点儿！"

木诗诗瞥了眼乔英宰，麻利灵活地从沙发上站起来，跟在洛白雪身后一道儿去了厨房。

莫风四下瞅了瞅，大概太过担忧阳洛天是僵尸，大概察觉到乔英宰的心境，所以也屁颠屁颠跑去厨房帮忙。

偌大的客厅，只剩下阳洛天、乔英宰和阳光华。

阳光华到底是看透世态人情的精明人士，阳洛天举手投足之间的神秘气度，一个清冽眼神偶尔的冰冷，让他能猜中这八年时间里女儿的不平凡经历。想必她也是吃了不少苦头，心疼之际，却也不过问，既是保护阳洛天，也是保护家人。

"阿天，注意安全。如果你需要帮忙，尽管找我。"

阳洛天点头。

简短闲聊了一会儿，阳洛天的手机清脆响起，是列衡宇的电话。

洛白雪端着新泡的茶水出来，正巧看到阳洛天接电话的模样。她眉宇间的戾气消散，取而代之的是独属于女儿家的温和，唇角娇俏地扬起，连语调都变得婉转起来。

这样的阳洛天，是洛白雪从未见过、亦难以想象的模样，稚气单纯得像个孩子。

"我还有事，先离开。"

洛白雪心一紧，手不知道放在何处，只得近乎哀求道："天快黑了，要不，要不先吃个晚饭再走？厨房里还有很多菜……"

阳洛天起身："不用。"顿了顿，补充道："下次再来。"

洛白雪手指微颤，眼里包裹着数不清的思绪，或喜悦或悲叹——阿天她说"下次再来"，意味着以后还会见面？

门铃响了响，阳洛天挑眉，第一个跑去开门。

门口站着身长玉立的俊逸男子，阳洛天打开门，露出灿烂的笑容，任凭列衡宇紧紧攥住自己的手掌。

列衡宇点头朝洛白雪等人示意，牵着阳洛天的手离开阳家。

阳洛天暂时不能完全原谅父母，对他们的感情太淡。

即使洛白雪落下眼泪心存愧疚，也仅仅让阳洛天眉头一皱。这些年的特工生涯使她愈发冷血冷酷，感情两极分化，爱的更爱，不爱的淡忘。

列衡宇能够原谅宋任重，因为宋任重至少当过八年的慈父。而对于阳洛天，从出生开始就是孤孤单单的一个人，父母没有给她爱，她亦不需要回报任何爱。

她的生命里只有一个人，傲娇、霸道、腹黑，她爱他，他爱她，不分彼此。

"小乔，我先走了，有空联系你们。"

看着两道身影消失在视线里，他们俩仿佛生来就该是恋人，和谐美满。

众人情绪复杂。

洛白雪靠在阳光华怀里，久久不语，她当然知道那个男人，那是唯一一个能让阳洛天敞开心扉的人。

乔英宰苦笑着，时隔八年，阿天她的心里依旧只有一个列衡宇。那种无奈灼伤了眼睛，刺痛双眸想要落眼泪。

木诗诗扯了扯乔英宰的衣角，噘着嘴，狠狠瞪了眼陷入沉思的乔英宰。

盛夏，草木茂盛，夕阳中的天空湛蓝微黄，悠闲的火烧云轻飘过天边。

深蓝跑车掠过行道树，雪獒白花花的脑袋在风中凌乱，露出一口剽悍的白牙红龈。

阳洛天意味深长地摸摸下巴，狐疑的目光落在驾驶座上冷峻的某人身上。

"小白——"

"这是重新定做的车，防爆功能八级。三天前我让詹姆士将车空运到A市。"某大神头也不转，目光落在前方。

"……不是，我不问这个，"阳洛天摇头，盯着自家小白流畅优美的侧脸，怎么看都弥漫着阴谋算计，"你是不是早就算好了，我会回A市？"

列衡宇微微一笑，不回答，却悄悄岔开话题，"前面是你上高中时的学校，要不要去看看？"

行道树边出现白色栅栏，翠绿的爬山虎蜿蜒曲折，高高低低的精美建筑群落入眼帘。

第五章 > 重　　逢

正是中国第一中学的落脚点，声名赫赫的帝中。

阳洛天被成功转移注意力，趴在车门上瞅瞅来来往往的学生。

"算了，不去。校草年年有，不缺我一个。"阳洛天闷声闷气，感慨丛生，"如果不是洛白雪逼婚，我肯定待在帝中继续当校草，毕业后继承阳家家业，本分地过着安逸的小资日子。哪会跑到圣华那魔窟里当活靶子，最后在国安局卖命。"

列衡宇俊眉一挑，侧头深深望了眼阳洛天："你似乎挺不喜欢圣华。"

"当然不喜欢。那地方被资本主义毒瘤侵蚀，越有钱的心越毒，杀人不眨眼的。我刚到圣华那天，特倒霉，一下子就碰到大魔王——咳咳，邂逅了一段美丽的姻缘。"

无意识说错话，阳洛天心虚地别眼，干笑两声。

她的确不喜欢圣华，那是寸土寸金的奢华地，世人瞩目的富贵窟，经济科技发展的前沿，但是那里太缺乏人性。

好在她遇到列衡宇，这位超脱俗世的神。

"咳咳，小白，你对我的初次印象怎么样？是不是一见钟情来着？"阳洛天猥琐地搓搓爪子，兴致勃勃地问。

手指轻轻敲击方向盘，在阳洛天饱含期待的殷切眸光里，列衡宇淡淡回答："初见你，很厌烦。"

一见钟情？

怎么可能。

初见时，她就像是从垃圾堆里走出来的怪物。粗鲁、无理、蛮横、暴力，唯有那双灵气十足的眸子，引人注目。

她是第一个听懂自己琴声的人，琴声，情深，早已经注定。

阳洛天翻翻白眼，手指扒了扒眼皮，做了个俏皮的鬼脸。一脸稚气的模样，眉眼如画，英气俊俏，让列衡宇心动不已。

列衡宇越来越发现，自己离不开阳洛天，喜欢她灿烂的微笑，也喜欢她偶然流露的冰冷，喜欢得恨不得把她永远藏起来，谁也不能夺走。

他少年老练，本无悲无喜，是阳洛天如一缕夺目的阳光，照亮他冰冷的生命，驱逐所有的黑暗。

蓝眸深深，望向绵延远方的高速公路，前方，是璀璨夺目的未来。

深蓝跑车，在市南一处双层白楼前停下。

简洁大方的两层庭院，欧式圆形，芳草鲜花，清净淡雅。站在这里，仿佛身心都得到净化——这正是两人当年同住的西苑别墅。

雪獒"嗷呜嗷呜"叫唤两声，矫捷地从后座一跃而起，朝着精致建筑跑去，那模样就像放养的流浪狗终于回了家，一步一个欢喜劲儿。

阳洛天好奇地张望，她转头，笑嘻嘻道："小白本事挺大的，居然能把西苑别墅从万里之外搬到中国，愚公都得拜你为师了。"

列衡宇薄唇上扬，轻揽住她的肩膀，"喜欢吗？"

"喜欢。"阳洛天点点脑袋瓜子，"啧啧"叹了两声，当年两人的孽缘就从这屋子里展开。

腰一暖，列衡宇从后面环抱着阳洛天，将下巴搁在她肩窝里。

暖风习习，世界静谧而美好。

和列大神在一起，阳洛天过的是米虫优哉游哉的日子。

两人没有相爱之前，列衡宇对待阳洛天和对待乞丐、蟑螂没有任何区别。然而一旦被列衡宇爱上了，生活简直进了糖罐子。

他是神一样的男人。商场上是商业战神，厨房里是专业厨神，生活上是洁癖大神，

第五章 > 重逢

爱情中是贴心情圣。

天色渐晚，阳洛天幸福地托着腮帮子，坐在餐桌前眼巴巴观望着厨房里的动人风景。心里大发感慨，这个上得厅堂、下得厨房、有才有钱有貌的三有男人居然是自己的，上辈子估计拯救了宇宙苍生。

雪獒大白鼻头一个劲儿嗅，张开血盆大口半蹲在地上，馋兮兮地目不转睛地盯着厨房看。

饭菜的香味似乎长了一只手，从厨房伸出来延展到阳洛天身边，一个劲儿勾着阳洛天心里的馋虫儿。阳洛天坐不住了，屁颠屁颠跑到厨房去，东瞅瞅西瞧瞧。

看着自家小白指点天下大事的手熟练地拿着锅铲、脱去整洁西装换上花布围裙的身躯、雕刻般俊美的五官写满认真神色，她总觉得人生已经满足。

"我帮你切洋葱斩鱼，你先忙着。"阳洛天手握尖刀，不等列大厨神回话，手指灵活地捻起一个大洋葱，刀刃在玻璃案板上起舞，刀起刀落。随后拖来一条鱼，锋利刀刃以极快的速度移动。

不到一分钟，洋葱和鱼已经切得条理分明。阳洛天扭头，自家小白正目不转睛地盯着自己。

"切得不错。"列大厨神发话，深蓝眼眸中带着宠溺。

阳洛天这人特别不禁夸，尤其禁不起自家小白难得之极的夸奖。小白一夸，她就忍不住翘起嘴角，俊脸上写满得意扬扬，手舞足蹈，就差长出两只翅膀飞呀飞。

"没啥、没啥，"阳洛天表情特虚伪，装作谦虚地摆摆手，"这八年经常动刀子，白刀子进红刀子出，切了不少肉，我的刀工自然上乘。"

列衡宇：……

最后阳洛天还是被轰出了厨房，晚餐桌上，再也没有出现洋葱和鱼。

> 小白要吃肉

糖醋排骨、回锅肉、一碟儿素菜、清汤一份,都是简单的中国式家常菜肴,对于列衡宇这个西餐大厨实在难能可贵。

一顿饭吃得开心幸福满足,阳洛天一个劲儿咧嘴乐呵呵,塞进嘴里的饭菜都快从嘴角漏出来了。

吃完饭,夜色清凉如水。小日子清闲安逸,幸福满满。

阳洛天吃饱喝足不愿意动,换了身舒适的浅白色睡衣,窝在银色沙发里懒洋洋地看电视。胃里塞了太多东西,导致肚子不舒服。

列衡宇叹口气,收拾完厨房后,只得抱着化身米虫的阳洛天,伸出手掌慢慢揉着阳洛天鼓鼓的小肚子,帮助这只小吃货消化。

"听李云峰说,你在国安局是出了名的特工1号,生活条理清晰,工作认真犀利。怎么在我面前这么懒?"

阳洛天懒懒往列衡宇怀里缩了缩,猥琐地摸摸自家小白线条优美的下巴,调侃道:"那不正说明小白在我心里地位非凡,我待你和别人完全不一样。我这么好养,小白你应该高兴。""嘿嘿"一笑,露出雪亮狡黠的白牙。

正是因为我知道你会无休止地宠我爱我,所以在你面前,我褪去伪装,活得肆意又潇洒。

瞧着阳洛天一副恃宠而骄的娇俏模样,列衡宇亦忍不住嘴角上扬。他愿意无休止地宠她爱她,天荒地老,让她再也离不开自己,一生一世永不分离。

"你还要留在国安局多久?那工作太危险,我们聚少离多。"列衡宇细心替阳洛天揉着肚子,蓝眸锁住怀里人精致的五官,眸光落在她粉嫩的唇上。

阳洛天苦恼地摇头，两条眉毛拧在一起："这还真不清楚。师父她最多帮我出两三个任务，换我几个月清闲日子。她家还有两只八岁乱折腾的包子，她舍不得离开太久。国安局任务繁重，黑月是核心队伍，少一个人质量都会大打折扣，更别说少了我这个头儿。"

阳洛天很苦恼，列衡宇更苦恼。他总算能够体会河南的心思，心爱的人奔走在危险边缘，聚少离多，那种煎熬实在太过痛苦。

他也想寻找一个能替代阳洛天的人，非常想……

低头看着阳洛天姣好清俊的脸，黑白分明的眼眸恍惚盛满了星光，清澈无比，列衡宇忽然压低嗓音，"你这么聪明，就没有办法脱离国安局？"

手指继续按压着阳洛天饱饱的小肚子，指尖触及的皮肤异样滑腻，列衡宇蓝眸愈发深沉。

阳洛天舒服地享受着小白的贴心伺候，歪着脑袋，猫咪似地拱了拱，"我哪有小白聪明？某些人把河南大叔这老狐狸都给狠狠算计了一通，在你面前再聪明的人都是白痴。"

列衡宇抱着慵懒享受的小猫咪，目光不着痕迹地扫过阳洛天浅白色睡衣微敞开的领口，脖子下起伏的山峦，他的嗓音愈发深沉低哑，心不在焉道："我如果足够聪明，就不会有八年前那场灾祸了，我们也不会分开八年。"

领口处那抹白皙肤色落在深蓝眼眸里，无声无息点燃了列衡宇心里的火，慢慢地呈现出燎原的趋势。

天真的阳洛天丝毫没有发觉抱着自己的男人出现异样，突然记起以前的某些搞笑事儿，傻乎乎笑道："小白你当然聪明，当年不知道是谁聪明地把我当成男人，还聪明地在自己卧室里准备了 N 瓶润滑油。这八年你是不是聪明地一直把我当成男人来怀念？"

阳洛天这番话，完全是自寻死路。

一代天骄列衡宇活到二十七岁，最大的失误就是没看穿阳洛天的性别，一直把她当作男人来爱。

然后某天相遇，赫然发现阳洛天是女子。

阳洛天忍不住又掐掐列衡宇俊美的脸蛋，调笑道："小白，你应该看过不少同志的书籍吧？现在小爷是个女的，零经验的你能应付么？"

阳小白痴这番话实在是太具调戏意味，殊不知列大神神通广大，少年天才的名号绝不是挂在脑袋上让人瞻仰的，各方面都有涉猎，博古通今、才华横溢。

阳洛天挑衅的话音刚落，暖融融的居家氛围顿时变了变，一股强烈霸道的侵占气息瞬间将阳小白痴包裹得密不透风。

脑袋几乎是一节节扭过来的，阳洛天僵硬转头，对上一双深沉幽暗火焰跳跃的深蓝瞳孔。

他精致的唇角弯起，天神般俊美的脸近乎邪肆，薄唇靠近阳洛天红润的唇角，低哑声音让人沦陷："洛洛，对付你，零经验足够了。"

阳洛天耳根子红了个透，立马意识到小白要做什么事儿，脑袋瓜子往后移了移，拉开与那人的距离。

身子不动声色地扭了扭，试图从他怀里退出来，察觉到阳洛天的逃走意向，那只游走在阳洛天肚子上的手猛然一扣，列衡宇掌心一用力，翻身将阳洛天压在银色沙发上。

另一只手扣住阳洛天乱动的脑袋，居高临下，冰凉的薄唇轻凑近阳洛天的唇角，"怎么，1号特工害怕了，想要逃走？"

暧昧气息洒在阳洛天毛孔上，他的笑容充满欲望，搁在阳洛天腰上那只手越来越没有规矩，阳洛天身上松松垮垮的浅白色睡衣很容易穿上，更容易脱下……

"哈哈，笑话，小爷我的字典里没有害怕两个字！"阳洛天别扭地转过头，又被一只遒劲的手掌将脑袋扳正，对着某妖孽的脸，阳洛天底气不足地宣称，"小白你得小心点儿，论武力你这个坐办公室的男人根本赢不了小爷我！"

论武力，大特工阳洛天绝对完胜一代总裁列衡宇。

关键是……列衡宇比打打杀杀的阳洛天更了解某些事。大神的目标只有一个，无论阳洛天是男是女，他一概通吃。

"嗷呜嗷呜嗷呜~"雪獒仰头叫了几声，铜铃大的狗眼直愣愣盯着自己的两个主人，单纯天真的狗眼睛里写满了好奇。

列衡宇平淡无波地睨了眼雪獒大白，又低头看着怀里眼珠子四处飘动的阳洛天。

沙发一动，阳洛天被抱上了楼。

> 家

作为二十六岁的女子，有十八年都被当成男人，还有八年被制作成国安局的锋利刀子，阳洛天认为自己的心理承受力还是相当强悍的。可不知道为啥，刚硬的外壳一碰到自家小白就噼里啪啦碎成一地渣。

尤其是良辰美景的夜里，看见小白一双炽热邪魅的眼，阳洛天小心肝儿脆弱地一跳一跳，口干舌燥，莫名地紧张。

她敢单枪匹马应付一窝的凶狠毒贩、恐怖分子，却不敢直视小白燃烧着火焰的眼睛。

列衡宇轻轻扳正阳洛天的脸庞，深深凝视，看一双黑眸眨啊眨的谨慎地望着自己，情愫蔓延。

"洛洛……我要你。"嗓音喑哑，迷醉在清凉如水的月夜。

慢慢靠近，呼吸缠绕，越来越近……

滚烫的呼吸终于肆意落下，他强烈的占有欲让阳洛天觉着连呼吸都有些困难了。

"呜呜~"

那唇瓣带着炽烈的火焰就猛地落了下去，覆上了她的唇。男人完美的面孔蓦地在眼前放大，那凉凉的嘴直接就噙住了她微张的唇，舌尖更是迫不及待地刺入她的口腔，辗转间，深深地吮吻。

她的眼睛，她的鼻尖，她的脸颊，她的耳垂，她的唇瓣，她身体的每一寸，列衡宇都强烈渴望着，迫切想要全部占据。

另一只手抓着她的肩膀，大力撕扯之下，浅色睡衣应声而落，掉到了床沿之下皱成一团，布料碎裂的声音在寂静的夜里清晰可闻。

果然，即使是零经验的小白也能将负经验的阳洛天完全压制住。

阳洛天皱起漂亮的眉头，脸色绯红，难耐地推了推他结实的胸膛。他四处探索的手指和唇，带给她不可言喻的战栗的、奇异的感觉，如波浪般层层叠叠地涌上来、覆盖上来，酥酥麻麻滚进五脏六腑、灵魂末梢。

她骨子里想要倔强地反推倒，但那人早已经掌控全局，他甚至比阳洛天更清楚她身体的软肋。列衡宇习惯用高超智商掌控一切，阳洛天再狡猾也敌不过大神的腹黑算计，她就像是被点了穴的武林高手，除了任君采撷、任君搓捻揉捏，别无他法……

氤氲迷醉间，阳洛天只看到他修长健美的脊背，如山般覆盖在自己上方。

他忽然抓住她的手，十指紧紧交扣。他的嗓音如海潮拂岸，又似古老而庄重的宣言，沙哑而醉人："洛洛，我爱你。"

猛然攻击，疼痛席卷，阳洛天的眼泪霎时落了下来……

盛夏夜月光如水，浓郁的靡丽香气弥散在氤氲暧昧的夜里。

一夜起起伏伏，汹涌澎湃，天将破晓才暂且归于平静。

阳洛天被折腾得奄奄一息，趴在某人怀里一动都不想再动地喘着气。

昏睡过去前，咬牙切齿地瞪着在她的颈间贪婪地舔舐吮吸着、一脸意犹未尽的男人。

第五章 > 重逢

梦里还不忘痛骂：禁欲了二十七年的小白大神，真恐怖……

再次醒过来时，天色已经大亮，落地窗外树枝上的鸟儿喜气洋洋唱着情歌儿，"扑棱、扑棱"地扇着小翅膀。

阳洛天费劲儿地扒开眼皮子，呆呆地盯着复古的天花板，只觉得浑身上下没有一块好肉，比在特工特训基地的极端练习训练还要累上好几倍。

静静呆坐一会儿，阳洛天伸出手爪子摸摸嘴角，发觉自己喜滋滋地一个劲儿笑着。

她扶着酸痛的老腰，踩着虚浮的小步子飘下楼，列衡宇不在客厅。阳洛天四处瞅了瞅，瞥见花园里正接电话的小白，阳光洒在他修长的身上，绿影婆娑、芳草鲜美。

雪獒懒洋洋地趴在绿色草坪上，敞开白生生的肚皮晒太阳，远远看上去像一堆白毛。听见阳洛天的脚步声，雪獒毛茸茸的耳朵动了动，张嘴"嗷呜嗷呜"叫唤两声，随后继续眯着狗眼一动不动。

听见动静，列衡宇转头看了过来，瞧见气呼呼飘过来的阳洛天，他俊美非凡的脸庞划过暖暖笑意。

简单吩咐几句，边挂断电话边朝阳洛天走来。阳洛天隐约听到"婚礼、布置"等词语。

列衡宇伸手一揽，把她抱到花园中精致的凉椅软垫上。

"不多睡会儿？我还打算晚餐时候叫你起床。"吃饱喝足的男人，眼神宠溺几乎要把阳洛天给淹死在一片温柔里。

阳洛天凉飕飕剜了眼笑得特邪气的小白，老脸一红，扶着老腰扯开一段距离，哑着嗓子："今晚我要一个人睡，你甭想上小爷的床。"

就他这趋势，阳洛天强烈认为，再和饿狼小白同床共枕几天，她这条命估计就没了。她一代披荆斩棘的特工头子，所向无敌，居然一朝被压制得动弹不得。更可气的是，施暴者居然安然无恙、精气神十足！

她宁愿执行一百次叙利亚任务，也不敢再和小白待一晚，这人太恐怖了，吃人不吐骨头……

列衡宇但笑不语，轻揽过阳洛天的肩膀，久久凝视着那张清俊美丽的脸。

"下个月，二十六岁生日。"

阳洛天原本打算距离这只"食人"小白远点，不过他的怀抱坚实而温暖，阳洛天忍不住凑近了点，汲取独属于他的安全感。

"我都快忘了，转眼就过了这么多年。"

"生日那天，我们结婚。"

再也没有谁能阻止我把你留在身边。

他清朗充满磁性的声音响在耳边，阳洛天唇角忍不住抿着优美的弧度，眉眼弯弯笑意盈盈。

温暖阳光铺洒在身上，花园里清清淡淡的木槿蔷薇香萦绕着，暖暖的幸福让人身心舒畅。

他说："洛洛，我缺了一样东西。"

她疑问："缺了什么？"

"家。"

家，一个完整的家，有你，有我，互不割舍，永不分离。

无名指有一分凉意，戒指，她知道这意味着什么。

于千万人之中遇见你所遇见的人，于千万年之中，时间的无涯的荒野里，没有早一步，也没有晚一步，刚巧赶上了。

你滋润我坎坷荆棘的生命路，我牵着你的手漫步人间，未来所有美好的时光你我共同度过，人生旅途不再孤独。

第五章 > 重　　逢

村上春树说：

每个人都有属于自己的一片森林，

也许我们从不曾去过，

但它一直在那里，

总会在那里。

迷失的人迷失了，

相逢的人会再相逢。

第六章 ＞番外

第六章 > 番　　外

雪獒

她也不知道，为什么要救这只雪獒。

或许是冰天雪地里，窝在大石头后避风雪的那只小雪獒，让她想起了最初的自己。世界风雪苍茫冷冽，只有那伫立在雪地里的坚硬石头才是它的避风港。

她冒着暴风雪救下这只雪獒后，整整昏迷了两天。

在营地里醒来的第一句话，便是："那只狗在哪？"

正在给她挂营养液的部队医生愣了一下，让开了身子。床脚，正趴着一只瘦瘦小小的灰白雪獒，蜷缩成一圈儿，似乎正在睡眠中。

"这只狗赖着不走，这两天一直守在你床边。"部队医生说。

阳洛天点头，目光落在那只灰白的雪獒身上，心头微暖。

从此，特训基地就多了一只让人闻风丧胆的雪獒，和它的主人一起，开启了长达数年的巅峰之路。

一缕阳光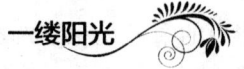

多少年了，从知道阳洛天死讯的那一刻开始，生命已经再无意义。

浑浑噩噩度过苍凉的岁月，世间再无那一缕阳光温暖他干枯的生命。

庞大的商业帝国一天天稳固,高处举目的荒凉让列衡宇眸色日益冰冷。

坤叔时常劝他："逝者已矣，不如放下。"

放下？如何放下？

有些人融入骨髓灵魂，一扯开记忆的伤疤就是鲜血淋漓的痛，他如何放得下？

有时候列衡宇也会茫然，原本以为命运让他经历人世波折与苦难，是为了把最好的阳光留给他。

阳光来了，

阳光走了，

从此世间再无阳洛天。

一封请柬

精致华美的请柬从列氏集团总部分发到世界各地，众人反应各不相同。

第一封请柬送到S国总统办公室。列大神本着人文关怀，发挥人类友爱，第一时间将两人结婚的消息传达给最大的情敌，S国总统。

宋浩瀚收到请柬后，亲自回了一封简短的邮件：

"国务繁忙。"

一封请柬送到乔英宰的苍穹乐队，乔英宰抱着吉他弹了一整夜，天亮的时候简单回复："按时参加，祝美满。"随后继续和木诗诗商量最新单曲的宣传方案。

一封请柬送到洛白雪夫妇家，夫妻俩面面相觑，相视一笑。冰雪消融，人情初暖。

一封请柬送到宋任重养老的宅子，年过半百的中年人热泪盈眶，当日在列语嫣的墓前坐着，絮絮叨叨讲述他们的过往。

一封请柬送到沧河帝企老总的家，据说河南随手翻了翻请柬，随手扔给边上玩儿的两个兔崽子，自己则一脸苦逼地打电话给远在异国他乡的沧月求原谅。

还有一封请柬特奇怪，不知怎么的就出现在宋伊服饰千金宋荟乔的卧室里，这位美丽端庄的小姐打开请柬后，倒地昏迷不醒。

无论世人如何反应，这两位总算顺顺利利结了婚。

河沧和列衡宇

大任务完成后，阳洛天得到了宝贵的十天假期。

河南大叔不知用了什么鬼法子，带着沧月到某国过上短暂的二人时光。

阳洛天便拖着小白去师父家，看望被丢在家里的漂亮可爱的双胞胎。河沧继承了老爸的高智商和老妈的性格，死活都不要阳洛天的甜蜜拥抱，阳洛天无法，只得抱着可爱讨人喜欢的河月小姑娘玩儿。

河沧看到小白后，酷酷拽拽地走过去，酷酷拽拽地伸手："你好，我是河沧，我只和智商高的人玩。"

于是，智商高的两人取出围棋棋盘，一大一小开始智商的较量。最后以河沧小朋友冷冰冰一句"胜败乃兵家常事，失败乃成功之母，下次我一定不会输"宣布终结。

列衡宇淡笑："放心，在你成年之前，我会一直用五成智商和你较量。"

河沧：……

他发觉这位帅大叔和自家老爸一样狐狸……

恋恋不舍地离开师父家，阳洛天乐呵呵地窝在副驾驶座上，絮絮叨叨夸赞着小河月的可爱懂事，恨不得把她抱回家当女儿养。

小白点头，打算趁着假期努力造人。

愤懑的阳洛天

收到请柬的时候，阳洛天一脸愤懑。

她侧头对小白说："小乔这人挺能拖啊，他和木诗诗谈了八年恋爱，居然现在才结婚。亏得木诗诗那小丫头愿意等。"

显然，阳洛天一直以为她离开的那八年，小乔和木诗诗是男女朋友的关系。

列衡宇淡淡瞥了眼请柬，又看了看阳洛天怒气冲冲的俏脸。

他当然知道乔英宰对阳洛天的心思，可惜当事人一直把乔英宰当哥们。

不过，偶尔白痴点也好，最好她一辈子不知道乔英宰的心思。

木诗诗死缠烂打的功夫太过厉害，如果乔英宰还不愿意面对现实，木诗诗甚至可能缠着乔英宰两个八年、三个八年，甚至更久。

至于乔英宰是否真的放下了阳洛天，列衡宇无心探究。

这一生一世，属于他的阳光将永远在他的手心。

总统的一天

清晨，秘书有条不紊地汇报着今日的行程：

9：00-10：00 国会会议，商讨与东亚各国的战略关系。

10：30-11：00 接见法国使者，致欢迎词。

12：00-13：00 与美国华胜顿州长共进午餐。

13：30-14：30 联合国使节来访接待。

15：00-17：00 首都商贸会议。

19：00-19：30 每月一次例行记者会。

肃穆的总统府，宋浩瀚从睁开眼开始，每一天都被安排在精准的时间表上，他依旧西装革履的打扮，华美精致的五官多了上位者的傲气。他操控着家国大事，掌控几千万人的生活，承受着政治界的波谲云诡。活在所有人视线里，众人敬仰敬畏。

第六章 > 番外

繁忙的一天过去了,在镁光灯下从国会堂走向繁华璀璨的夜。

没了人群的喧嚣,终于迎来一天中属于自己的休闲时间。

巨大落地窗前,屋子里无灯光,S国首都繁华的夜景匍匐在君王脚下。

宋浩瀚背靠在黑皮软椅上,手上慢条斯理地把玩着一封精致的请柬。纸质请柬远比电子请柬更华美真实,真实得让人不能怀疑这是视觉错误。

白天日程紧凑,他没有时间去想念一个人,一旦暂时得了散漫光阴,那种藏在骨子里的记忆便汹涌而发。

指尖慢慢摩挲着请柬精美的封面,饱含情愫的漆金"love you forever"出自那个人的手笔,每一笔都让人嫉妒羡慕。

宋浩瀚苦笑,在他用铁血政策压制政敌之际,其实早就已经断了和阳洛天的任何可能性,S国总统的身份,注定不能和中国国安局有任何亲密联系。

时间从指间一天天溜走,他一天天更具备了政治家铁血冷酷的风格。当年鲜衣怒马、不羁狂放的少年时光,早已经随着时间洪流堆积在记忆深处。他这一生都不可能回到肆意放纵的往昔。

偶尔还会记起那个人,就像寂寥的今夜,彻骨的思念如野草般肆意生长。

两人初见,是在咖啡厅。从光影里走来的她笑靥如花,某个瞬间曾让他恍然。她一口一个"美女"地称呼,殊不知自己最厌恶别人夸赞自己"美"。

后来,阳洛天几乎是喜欢上称赞自己的美貌,张口闭口就是"宋美人"。而自己,听着听着居然也就习惯了……

一年,两年,三年……八年……

她离开了,回来了,结婚了……

他比这世上所有人都希望她能幸福,可这幸福与他无关。

有时候，宋浩瀚也会不断追问自己，为什么就非阳洛天不可？为何不能学学那个叫乔英宰的男人，试着放下，试着接受其他女人？

这些年爱他、恋他的女人不计其数，比阳洛天漂亮，比阳洛天温柔，比阳洛天更适合做总统夫人……

可她们都不是阳洛天，他苦笑着。

忽然记起今日记者会，某女记者询问："总统先生，您能透露下择偶标准吗？或者说您是否有正在交往的女朋友呢？"

秘书试图阻止女记者的发问，这是庄重的政治例会，不是相亲访谈。

当时，总统脑海里却浮现出她灿若星辰的笑容。

然后回答："我的爱人，是S国。"

众人没料到大总统会这样回答，纷纷哗然，总统一番话，是否意味着将把一生奉献给家国的发展？

这段采访瞬间传达到世界各地，政敌讽刺他炒作，国人赞美总统的伟大情怀。

夜深人静，喧嚣暂歇，总统静静望着繁华的城市夜景。

好想她。

心痛着。

情，不知所起，一往而深。

图书在版编目（CIP）数据

校草的秘密：全2册/一弯月著. -- 北京：中国广播影视出版社，2019.3
ISBN 978-7-5043-8249-8

Ⅰ.①校… Ⅱ.①一… Ⅲ.①长篇小说—中国—当代 Ⅳ.① I247.5

中国版本图书馆 CIP 数据核字 (2019) 第 000245 号

校草的秘密（全2册）
一弯月　著

出 品 人	王卫平　冻千秋
总 策 划	陈晓华
总 监 制	江俊　杨勇
策 　 划	林曦
统 　 筹	崔帅　宋蕾佳
责任编辑	黄月蛟
特约编辑	陆宏阳
封面设计	大禾禾
版式设计	智达设计
责任校对	龚晨

出版发行	中国广播影视出版社
电　　话	010-86093580　　010-86093583
社　　址	北京市西城区真武庙二条9号
邮　　编	100045
网　　址	www．CRTP．com．cn
微　　博	http://weibo.com/crtp
电子信箱	crtp8@sina.com

经　　销	全国各地新华书店
印　　刷	三河市人民印务有限公司

开　　本	710 毫米 ×1000 毫米　　1/16
字　　数	540（千）字
印　　张	43
版　　次	2019 年 3 月第 1 版　2019 年 3 月第 1 次印刷

书　　号	ISBN 978-7-5043-8249-8
定　　价	65.00 元（全 2 册）

（版权所有　翻印必究・印装有误　负责调换）